MCI

Von Mary Gentle sind bei Bastei Lübbe Taschenbücher
erschienen:

Die Legende von Ash
20 566 Bd. 1: Der blaue Löwe
20 572 Bd. 2: Der Aufstieg Karthagos
20 577 Bd. 3: Der steinerne Golem
20 584 Bd. 4: Der Untergang Burgunds

Mary Gentle

DER UNTERGANG BURGUNDS

Die Legende von Ash

Roman

Ins Deutsche übertragen von
Rainer Schuhmacher

BASTEI LÜBBE TASCHENBUCH
Band 20 584

1. Auflage: Dezember 2007

Vollständige Taschenbuchausgabe der in der Bibliothek
der Phantastischen Literatur erschienenen Ausgabe

Bastei Lübbe Taschenbücher
in der Verlagsgruppe Lübbe

Titel der englischen Originalausgabe:
Lost Burgundy – The Book of Ash Part 4
© 1999 by Mary Gentle
© Published by arrangement with Mary Gentle
© für die deutschsprachige Ausgabe 2004 by
Verlagsgruppe Lübbe GmbH & Co. KG, Bergisch Gladbach
This book was negotiated through Literary Agency
Thomas Schlück GmbH; 30827 Garbsen
Lektorat: Dr. Lutz Steinhoff/Stefan Bauer
Titelillustration: Arndt Drechsler
Umschlaggestaltung: Tanja Østlyngen
Satz: Urban SatzKonzept, Düsseldorf
Druck und Verarbeitung: Ebner & Spiegel, Ulm
Printed in Germany
ISBN 978-3-404-20584-4

Sie finden uns im Internet unter
www.luebbe.de
Bitte beachten Sie auch: www.lesejury.de

Der Preis dieses Bandes versteht sich einschließlich
der gesetzlichen Mehrwertsteuer.

Da sowohl politische als auch historische Überlegungen zu einer getrennten Veröffentlichung der vier Bücher von ASH geführt haben, ist diese Vorbemerkung dafür gedacht, den Leser auf den Stand der drei vorherigen Bände von ASH zu bringen: »Der Blaue Löwe«, »Der Aufstieg Karthagos« und »Der Steinerne Golem«.

Ash, ein weiblicher Söldnerhauptmann aus dem 15. Jahrhundert, ist untrennbar in die westgotische Invasion Europas aus Nordafrika verstrickt. Sie hat herausgefunden, dass es sich bei ihrer ›Heiligen Stimme‹, dem Löwen, der sie in der Schlacht führt, tatsächlich um die Übertragungen der westgotischen *machina rei militaris* handelt, eines ›taktischen Computers‹. Ashs Zwilling – der westgotische General, den man die Faris nennt – wurde gezüchtet, um die *machina* auf große Entfernung hören zu können, und Ash hat erfahren müssen, dass sie Ausschuss desselben Experiments ist.

Entschlossen, die *machina rei militaris* in Karthago zu zerstören, verbündet sich Ash mit der einzigen europäischen Macht, die noch immer gegen die Westgoten kämpft: Burgund, das von Herzog Karl dem Kühnen regiert wird. Während der katastrophalen Schlacht von Auxonne wird Ash verwundet und gerät in Gefangenschaft, woraufhin man sie als Gefangene nach Nordafrika verschifft.

In Karthago sitzt sie im Kerker und wartet darauf, von dem westgotischen Fürst-Emir Leofric seziert zu werden, der sowohl sie als auch die Faris gezüchtet hat. Ashs Ehemann, der verräterische deutsche Ritter Fernando, versucht, sie auf Geheiß eines anderen Westgotenfürsten mit Namen Gelimer bei einem Jagdausflug zu den Pyramiden vor Karthago zu entführen. Dort ruft Ash ihre ›Stimme‹ an . . . und findet nur Schweigen.

Angesichts der drohenden Hinrichtung bei der Krönung des neuen König-Kalifen versucht Ash, mit Gewalt Informationen von der *machina rei militaris* ›downzuloaden‹. Sie hört jedoch nicht nur eine, sondern viele Stimmen – andere Stimmen, die sich selbst ›die Wilden Maschinen‹ nennen. In diesem Augenblick bringt ein Erdbeben den Palast zum Einsturz, und Ash entkommt; in Begleitung ihres Priesters Godfrey, der auf der Flucht jedoch stirbt, flieht sie in die alten römischen Kanäle. Als sie wieder ins Freie gelangt, trifft sie auf ihre eigenen Männer, die gekommen sind, die *machina rei militaris* zu zerstören. Der Versuch scheitert. Ash sieht eine Aurora über den südlichen Pyramiden und erkennt, dass dies ›die Wilden Maschinen‹ sind. Die Maschinen zwingen sie, zu ihnen zu kommen, doch ihre Männer halten sie mit Gewalt davon zurück und retten sie so.

Nach dieser Niederlage überqueren Ash und ihre Männer das Mittelmeer auf der Suche nach dem Rest der Kompanie. Ash weiß nun, dass die Wilden Maschinen schon seit Jahrhunderten die Strategie des Westgotischen Reiches bestimmen, indem sie ihr einziges Mittel benutzen, um mit der Außenwelt zu kommunizieren: die *machina rei militaris*. Ihr Ziel ist es, Burgund vom Angesicht der Welt zu fegen – Ash weiß jedoch nicht warum und kann es auch nicht herausfinden.

Nach Europa zurückgekehrt führt Ash ihre Männer unter einem sonnenlosen Himmel durch ein verwüstetes Land. Sie vertraut den Ratschlägen der *machina rei militaris* nicht länger; doch auf dem Weg nach Burgund hört sie die Stimme des toten Godfrey in ihrem Kopf, auf die gleiche Art, wie sie auch die *machina rei militaris* und die Wilden Maschinen gehört hat.

Ash und ihren Männern gehen die Vorräte aus, und obwohl eine mächtige Westgotenarmee Dijon belagert, schickt Ash ihre Leute still und heimlich in die Stadt, während sie selbst mit der Faris redet. Die Faris hat die Wilden Maschinen zwar auch ›gehört‹, doch weigert sie sich zu glauben, dass sie irgendetwas anderes als nur ein kleiner Fehler in der *machina rei militaris* sind. Schließlich gesteht die Faris, dass sie auch Godfrey gehört hat, doch darüber will sie noch nicht einmal nachdenken.

Nachdem sie nun an der Verteidigung von Dijon beteiligt ist, gibt der schwerverletzte Herzog von Burgund Ash ein Versprechen: dass er seinen verbliebenen Streitkräften den Befehl erteilen wird, einen zweiten Angriff gegen Karthago zu führen, um diesmal die *machina rei militaris* wirklich zu zerstören. Ash, die weiß, dass damit der Kontakt der Wilden Maschinen zur Menschheit unterbrochen wäre, willigt ein, weiter für Burgund zu kämpfen. Anschließend vereinbart sie ein zweites Treffen mit der Faris, um einen vorübergehenden Waffenstillstand auszuhandeln.

Ash erzählt der Faris, was sie von den Wilden Maschinen erfahren hat: dass die Faris aus einer Blutlinie von Propheten und Wunderwirkern gezüchtet wurde, und das nicht nur, um mit der *machina rei militaris* zu sprechen, sondern um schlussendlich ein Wunder für die Wilden Maschinen zu wirken, durch das die gesamte Menschheit vernichtet werden soll. Doch zunächst muss Burgund zerstört werden, bevor dieses Wunder gewirkt werden kann – eine Tat, über die die Faris keinerlei Kontrolle hat.

Das Gespräch wird von der Nachricht unterbrochen, dass der Herzog im Sterben liegt. Ein burgundischer Bote kommt aus der Stadt und bittet die Faris, die Jagd zu genehmigen, durch die die Burgunder ihren neuen Herzog bestimmen. Entsetzt darüber, was die Wilden Maschinen nach dem Tod des Herzogs mit ihr machen könnten, willigt die Faris ein.

Ash und ihre Männer reiten mit der burgundischen Jagd aus der Stadt, planen aber, bei passender Gelegenheit wieder kehrtzumachen und ein weiteres Schlüsselelement in der Strategie der Wilden Maschinen auszuschalten: Ashs Schwester, die Faris. Der als Mann verkleidete, weibliche Kompaniearzt, Florian, reitet mit den Burgundern. Während der Jagd im Wilden Wald wird Ash von ihrer Kompanie getrennt und folgt schließlich einem milchweißen Hirsch mit goldenem Geweih: dem Wappentier Burgunds. Sie ›hört‹ die Freude der Wilden

Maschinen über den Tod von Herzog Karl und sieht die Sonne schwächer werden, während sie versuchen, die Faris dazu zu zwingen, ihr ›Wunder‹ zu wirken. Gleichzeitig beobachtet Ash, wie Florian den Hirsch in die Enge treibt – nun nur noch ein schlichter Albino – und ihn tötet. Daraufhin rufen die Burgunder Florian zu ihrer Herzogin aus.

Florian erzählt Ash, dass die Burgunder seit Generationen ihre eigene Verteidigung gegen ›Wunder‹ gezüchtet haben; irgendjemand macht das mythische Wappentier immer zu einem schlichten Hirsch, jemand, in dessen Gegenwart keine Wunder gewirkt werden können. Somit können die Wilden Maschinen ihre ›Wunderwirker‹ nicht einsetzen, solange es einen Herzog oder eine Herzogin von Burgund gibt. Nun ist Florian die Einzige, die die Zerstörung Burgunds, Europas, ja vielleicht der ganzen Welt durch die Wilden Maschinen verhindern kann ... das heißt, solange sie lebt.

Und Florian, so erkennt Ash, befindet sich im Augenblick außerhalb der Sicherheit der einzigen Stadt, die noch immer den alles erobernden Westgotenlegionen trotzt ...

Dieser vierte und letzte Band vervollständigt die Übersetzung des kontroversen Sible-Hedingham-Manuskripts.

Lose Blätter, gefunden zwischen den Teilen Zwölf und Dreizehn von
ASH: DIE VERLORENE GESCHICHTE VON BURGUND (Ratcliff 2001),
British Library

Fehlt die vorherige E-Mail?

Nachricht	#350 (Anna Longman)
Betreff:	Ash
Datum:	15/12/00, 03.23 Uhr
Von:	Ngrant@ Adressformat gelöscht Andere Einzelheiten mit einem nicht rekonstruierbaren persönlichen Schlüssel kodiert

Anna,

ich weiß. Es scheint unglaublich, doch offenbar handelt es sich nichtsdestotrotz um die Wahrheit. Keine vorangegangene Untersuchung zeigt diesen Meeresgraben. Nicht bevor wir begonnen haben, uns hier draußen umzusehen.

Isobel hat einen der Techniker mit zu dem Treffen gebracht, von dem ich gerade komme, und der hat uns die heruntergeladenen Satellitenaufnahmen gezeigt. Es gibt nicht sonderlich viele; das tunesische Militär ist in solchen Dingen genauso sensibel wie jede andere Armee – aber was wir hier haben, ist unzweideutig.

Flaches Wasser. Keine Gräben unterhalb der 1000-Meter-Grenze.

Und trotzdem sind die ROVs genau in diesem Augenblick da unten, wenn ich das hier schreibe.

Mir gefällt das nicht, Anna. Der Mittlere Osten und das Mittelmeer sind viel zu genau erforscht, als dass man jetzt sagen könnte, das alles seien Fehlinterpretationen von Beweisen, Ergebnisse verzerrter Analysen oder gar Fälschungen.

Ich kann das nicht ernsthaft leugnen. Laut den erst kürzlich gemachten Satellitenaufnahmen und laut den Seekarten der britischen Admiralität war der Meeresboden, wo wir den Graben entdeckt haben, immer schon flach. Kein Schlick, kein Graben; nichts außer Felsen. Gott weiß, dass die Karten der Admiralität seit dem U-Boot-Krieg vor sechzig Jahren mehr als nur genau sind! Es ist kein geologisches Merkmal, das irgendjemand einfach so hätte übersehen können.

Ich habe bei Isobels Treffen vorgeschlagen, dass wir seismische Messungen vornehmen sollten: Vielleicht hat es hier vor kurzem ein Seebeben gegeben. Sie hat darauf geantwortet, dass sie genau das schon in den vergangenen zehn Tagen gemacht hat: Sie hat all ihre Beziehungen zu irgendwelchen Kollegen spielen lassen und sich die neuesten Satellitenaufnahmen und geologischen Daten besorgt.

Kein Erdbeben. Noch nicht einmal ein unterseeisches Zittern.

Ich werde Ihnen erneut schreiben, nachdem ich eine Zeit lang darüber nachgedacht habe. Es ist erst ein paar Stunden her, seit Isobel ihr Treffen einberufen hat; sie und ihr Kollege, ein Physiker, sitzen noch immer zusammen und werden wohl auch noch bis in die frühen Morgenstunden diskutieren.

Ich bin auf Deck gegangen. Ich habe in die schwarze Nacht hinausgeblickt und die feuchte Luft geschmeckt. Ich habe versucht, mich mit der Idee anzufreunden – mit hundert Ideen, die mir im Kopf herumspuken – nein: Was ich hier rede, ergibt keinen Sinn.

Eine Zeile von Florian geht mir nicht mehr aus dem Kopf. Übersetzungen von mittelalterlichem Latein können die Hölle sein – ist ›dn‹ ein Kürzel für ›dominus‹ oder ›domina‹; männlich oder weiblich? Oder heißt es tatsächlich ›dm‹ für ›deum‹? Der Zusammenhang ist entscheidend, ebenso wie das Erkennen der Handschrift; und selbst dann kann es für einen Satz zwei oder gar drei mögliche Übersetzungen geben, doch nur EINE davon entspricht dem, was der Autor geschrieben hat!

Ich ›kenne‹ die Handschrift von Fraxinus/Sible Hedingham: Ich kenne sie seit acht Jahren. Ich kann sie wirklich nicht anders lesen.

Was Florian sagt, IST: »Du hast einen Mythos gejagt. Ich habe ihn Wirklichkeit werden lassen.«

Pierce

Nachricht	#199 (Pierce Ratcliff)
Betreff:	Ash
Datum:	15/12/00, 05.14 Uhr
Von:	Longman@

Adressformat gelöscht
Andere Einzelheiten
verschlüsselt und
unwiederbringlich gelöscht

Pierce,

Physiker?
Ich habe gerade noch einmal Ihre Mails durchgesehen, und ja, Sie haben es früher schon einmal erwähnt. Ich habe es nur überlesen. Warum hat eine Archäologin wie Dr. Isobel Physiker bei sich? Ist das nur ein ›Freundschaftsbesuch‹, Pierce? Es sieht nicht danach aus.

Ich möchte nicht drängen, aber sie muss mir eine Mail schicken, um Ihre Worte zu bestätigen.

Ich will und kann mich in dieser Angelegenheit nicht mit dem Wort *einer* Person zufriedengeben – noch nicht einmal, wenn diese Person meine Mutter wäre.

Anna

Nachricht	#365 (Anna Longman)
Betreff:	Ash
Datum:	15/12/00, 06.05 Uhr
Von:	Ngrant@	Adressformat gelöscht
		Andere Einzelheiten
		mit einem nicht rekonstruierbaren
		Schlüssel kodiert

Anna,

die Physiker? Tami Inoshishi und James Howlett: Isobels Freunde, die eine eine Spezialistin für Künstliche Intelligenz, der andere für Theoretische Physik. Ich nehme an, sie sind quasi inoffiziell, auf ihre Bitten hierhergekommen. Sie haben sich angeboten, der Expedition zu helfen; vor allem wollen sie den Steingolem von der Ausgrabungsstätte wegholen und ihn eingehend untersuchen – Tests im CERN, das ganze Zeug eben.

Ich habe versucht, mit ihnen zu reden, aber sie sind erstaunlich abweisend. Oder vielleicht sind sie auch nur zu beschäftigt. Das Seltsame ist, dass Ms Inoshishi überhaupt nicht daran interessiert ist, dass es sich bei der machina rei militaris um einen primitiven ›Computer‹ handeln könnte, und Howlett ist nicht an den Golems interessiert, die wir bei der Landgrabung gefunden haben.

WORAN sie allerdings interessiert sind, sind meine Texte und die Forschungsergebnisse vom Meeresgrund.

Sie scheinen sehr am Konzept der sich verändernden Beweise interessiert zu sein.

Was ich beunruhigend finde, glaube ich, ist die Tatsache, dass sie mich ernst nehmen, wenn ich darüber spekuliere, dass der Charakter der del-Guiz- und Angelotti-Texte irgendeine Art von ›echter‹ Verwandlung durchgemacht haben könnte.

Reden Sie mit mir, Anna. Sie sind diejenige, die nicht hier ist, die nicht in all dem Enthusiasmus gefangen ist. Klinge ich verrückt in Ihren Ohren?

Pierce

Nachricht   #202 (Pierce Ratcliff)
Betreff: Ash
Datum: 15/12/00, 06.10 Uhr
Von: Longman@   Adressformat gelöscht
                                Andere Einzelheiten
                                verschlüsselt und
                                unwiederbringlich gelöscht

Pierce,

SIND Ms Inoshishi und Mr Howlett in offizieller Funktion dort? Es klingt, als seien sie nur Kollegen von Dr. Napier-Grant, die ihr einen Freundschaftsbesuch abstatten. Wird sie ihrer Universität demnächst Bericht erstatten? Was wird ›offiziell‹ geschehen?

Pierce, WIE denken Sie über all das? Mir dreht sich der Kopf.

Anna

Nachricht   #372 (Anna Longman)
Betreff: Ash
Datum: 15/12/00, 08.12 Uhr
Von: Ngrant@   Adressformat gelöscht
                                Andere Einzelheiten
                                mit einem nicht
                                rekonstruierbaren
                                Schlüssel kodiert

Anna,

ich denke gar nichts. Ich habe nicht annähernd genug Beweise, um überhaupt etwas zu denken.

Alles andere wäre nur unbegründete Spekulation.

13

Ich werde mich mit den Leuten hier an die Arbeit machen; sobald ich kann, werde ich mich wieder bei Ihnen melden.

Und ich werde weiter übersetzen.

Ich habe einen weiteren, einigermaßen vernünftig übersetzten Teil des Sible-Hedingham-Manuskripts; den schicke ich Ihnen als Anhang mit.

Ich muss einige der offensichtlichen Ungenauigkeiten im nächsten Textabschnitt auflösen. Ich habe das Gefühl, als könne ich nichts Definitives sagen, bevor nicht das ganze Sible-Hedingham-Manuskript übersetzt ist.

Pierce

Nachricht	#204 (Pierce Ratcliff)
Betreff:	Ash
Datum:	15/12/00, 22.38 Uhr
Von:	Longman@

Adressformat gelöscht
Andere Einzelheiten
verschlüsselt und
unwiederbringlich gelöscht

Genug mit der Scheiße, Pierce (verzeihen Sie meine Ausdrucksweise), genug Geschwafel, genug Gerede um den heißen Brei . . .

Sie haben Dr. Isobels Freunde da auf dem Schiff. Sie hält die Angelegenheit offenbar für wichtig genug, um sie hinzuzuziehen. Es gibt Karten, die die Stelle auf dem Meeresboden nicht zeigen, die Sie gefunden haben. Pierce . . . Was, glauben Sie, geschieht dort?

Schluss mit der akademischen Vorsicht. Sagen Sie es mir. Jetzt.

Anna

Nachricht	#376 (Anna Longman)	
Betreff:	Ash	
Datum:	15/12/00, 23.13 Uhr	
Von:	Ngrant@	Adressformat gelöscht
		Andere Einzelheiten mit einem
		nicht rekonstruierbaren
		Schlüssel kodiert

Anna,

ich bin gezwungen, eine ganze Reihe widersprüchlicher Fakten zu glauben.

– dass der Angelotti- und der del-Guiz-Text während der vergangenen fünfzig Jahre als ›Fiktion‹ klassifiziert waren – und doch, Anna, als ich sie vor ein paar Monaten durchgesehen habe, standen sie unter ›Spätmittelalterlicher Geschichte‹.

– dass es sich bei ›Fraxinus‹ um eine authentische Biographie von Ash aus dem 15. Jahrhundert handelt, die uns geholfen hat, Beweise für eine nachrömische Technologie in einer ›westgotischen‹ Siedlung zu finden sowie die Ruinen eines ›Karthago‹ auf dem Grund des Mittelmeers – und doch haben sechzig Jahre geologische Forschung nichts auf dem Meeresgrund entdeckt, was zu unseren Funden passen würde. Und es gab in letzter Zeit auch keine seismischen Aktivitäten, die so etwas hätten verursachen können.

– dass ein ›Kuriergolem‹ mit Gebrauchsspuren an den Fußsohlen von einem angesehenen Institut für Metallurgie als Fälschung aus der Zeit nach 1945 klassifiziert werden kann – und nun ist er auf einmal ein echtes Artefakt, dessen Bronzeteile vor fünf-, sechshundert Jahren gegossen worden sind.

Und das, weil ich den echten Bericht gelesen habe, Anna. Was sie hier vorlegen, ist keine Entschuldigung für einen Fehler.

Es gibt zwei Messreihen, die zwei Wochen auseinanderliegen und die vollkommen verschiedene Ergebnisse zeigen.

Der veränderte Status der ASH-Dokumente ist noch nicht alles . . .

Ich habe Mails an verschiedene Kuratoren geschickt: Verschiedene

Artefakte sind nicht länger in ihren Vitrinen. So ist ›Ashs Schaller‹ aus Rouen verschwunden, sowohl der Helm selbst ALS AUCH der Katalogeintrag.

Was fehlt, ist jedoch nicht halb so beunruhigend wie das, was hier ist.

Wissen Sie, Anna, langsam entwickele ich eine Theorie, einfach nur, weil es dort ›irgendetwas‹ gibt, das erklärt werden MUSS.

Ich will ehrlich zu Ihnen sein, Anna. Ich WEISS, dass die ASH-Dokumente echte, historische Dokumente gewesen sind, als ich sie studiert habe. Was auch immer ich über Fehler in der Neuklassifizierung gesagt haben mag, Sie werden sich erinnern, dass ich keine befriedigende Erklärung habe finden können. Ich glaube, ich habe fast schon aus schierer Verzweiflung an Vaughan Davies' Theorie geglaubt, nämlich dass es eine ›erste Geschichte‹ der Welt gegeben hat, die auf irgendeine Art ausgelöscht worden ist, und dass wir in einer ›zweiten Geschichte‹ leben, in der Bruchstücke der ersten überlebt haben. Dass Ashs Geschichte zuerst real war und nun . . ., wenn Sie so wollen, verblasst ist, dass sie zu einem Zyklus von Legenden verkommen ist.

So war ich vor Beginn der letzten zehn Tage zu einem Schluss gekommen: Da weder für Ashs Burgund noch für das Westgotenreich in Nordafrika irgendwelche unzweifelhaften Beweise sprachen, habe ich geglaubt . . . Nun, wie hätte ich Ihnen das sagen sollen? Ich habe allmählich geglaubt, dass sie WIRKLICH aus einer ›vorherigen Version‹ unserer Vergangenheit stammten, die im Laufe der Jahre immer irrealer wurde. Eine vorherige Geschichte, in der die in den Texten beschriebenen ›Wunder‹ wirklich stattgefunden haben. Eine andere Version, in der die Faris und die ›Wilden Maschinen‹ (oder was auch immer diese literarischen Metaphern repräsentieren mögen) irgendeine Veränderung der Geschichte ausgelöst haben. Oder um es wissenschaftlich zu sagen: eine vorherige Version der Geschichte, in der die möglichen subatomaren Stadien des Universums (willkürlich oder bewusst) kollabiert sind und eine andere Realität geschaffen haben – jene, in der wir nun leben.

Vaughan Davies' Theorie ist genau das: eine Theorie. Und doch müssen wir irgendwo die Wahrheit finden. Vergessen Sie nicht, dass er in seiner Jugend Bohr, Dirac und Heisenberg kannte, egal, was er jetzt sein mag. Wenn man den Biographen glauben darf, hat er mit ihnen auf deren Niveau debattiert. Er kannte allerdings nicht – und ich war mir dessen gar nicht bewusst, bis ich heute mit James Howlett gesprochen habe – die Arbeiten der nachfolgenden Generation von Quantenphysikern sowie die verschiedenen Versionen des anthropischen Prinzips.

Vielleicht habe ich schon zu viel von der mittelalterlichen Weltsicht übernommen: Ich möchte einen respektablen Physiker finden, der mir überhaupt zuhört, wenn ich ihn frage, ob das tiefste ›Unterbewusstsein‹ das Universum verändern kann . . . Ich finde das beunruhigend! Ich versuche, James zu folgen, wenn er vom Kopenhagener Modell spricht oder der Viele-Welten-Theorie . . . Allerdings fürchte ich, dass ich das noch weniger verstehe als der durchschnittlich interessierte Laie.

Aber auch er mit seinem vielfach verzweigten Multiversum als Folge jedes kollabierten Quantenmoments kann zwei Fragen nicht beantworten.

Erstens: Warum sollte es nur EINE große ›Fraktur der Geschichte‹ geben, wie Davies sie nennt? Die Mainstream-Quantentheorie verlangt nach einer kontinuierlichen Fraktur, wie Sie mir einmal geschrieben haben: ein Universum, in dem man gleichzeitig jede mögliche Handlung vollbringt, egal ob moralisch oder unmoralisch. Ein sich endlos verzweigender Baum alternativer Universen, der in jeder Sekunde neue Äste treibt.

Und selbst wenn dieser Punkt adäquat beantwortet wäre, selbst wenn wir wüssten, das eine große Neustrukturierung des Universums auf Quantenebene stattgefunden hätte, wie einige Versionen des anthropischen Quantenmodells verlangen – dass wir, indem wir unser Universum jetzt beobachten, in gewissem Sinne ›damals‹ einen Urknall geschaffen haben . . . Anna, warum sollten dann Beweise aus der Zeit vor der Fraktur übrig bleiben? Ein vorangegangenes Stadium des Universums ist NICHT EXISTENT, noch nicht einmal theoretisch!

James Howlett hat mir gerade über die Schulter geblickt und den Kopf geschüttelt; dann ist er wieder gegangen, um mit seinen Softwaremodellen mathematischer Realitäten zu kämpfen. Nein, ich wage zu behaupten, dass ich noch nicht einmal eine laienhafte Beschreibung dessen abgegeben habe, was er mir versucht hat zu erklären.

Vielleicht liegt das daran, dass ich Historiker bin: Trotz der Tatsache, dass wir nur die Gegenwart erfahren, hege ich die abergläubische Überzeugung, dass die Vergangenheit noch existiert – dass sie REAL war. Und doch kennen wir nur diesen einen realen Augenblick ... Was ich James Howlett gegenüber angeregt habe, ist Folgendes: Die verbliebenen widersprüchlichen Beweise, wie z. B. die Angelotti- und del-Guiz-Manuskripte, sind vielleicht Abweichungen von vorherigen Quantenstadien, die immer ›unmöglicher‹ werden – weniger ›real‹. Sie verwandeln sich von mittelalterlicher Geschichte zu Legenden, zu Fiktion. Sie verblassen zur Unmöglichkeit.

Dann haben Sie das Sible-Hedingham-Manuskript entdeckt, und Isobels Team hat die Ruinen von Karthago gefunden.

Ich war so sehr in die Übersetzungsarbeit vertieft – wenn ich nicht gerade vor den Monitoren der ROVs geklebt habe –, dass mir überhaupt nicht der Gedanke gekommen ist nachzudenken.

Nein, ich habe nicht nachdenken WOLLEN.

So war es bis heute, bis jetzt; bis James Howlett zu mir gesagt hat: »Ich denke, die wichtige Frage ist: Warum tauchen ausgerechnet jetzt diese Funde auf?«

Und sofort, ohne vorher darüber nachzudenken, habe ich ihn korrigiert: »Tauchen *wieder* auf.«

Falls es ein ›vorheriges Stadium‹ des Universums gegeben haben sollte, falls wir Teil einer ›zweiten Geschichte‹ sind – falls irgendetwas davon überhaupt möglich und nicht vollkommener Unsinn sein sollte –, dann kann dieses ›Verblassen der ersten Geschichte‹ nicht alles sein. Was wir gefunden haben – die Ruinen von Karthago auf dem Grund des Mittelmeers und die machina rei militaris: den Steingolem –, war das wirklich schon vor diesem Dezember ›hier‹?

Sehen Sie? Trotz Vaughan Davies vermag ich keine Theorie zu formulieren, die erklärt, warum die Beweise wieder ›zurückzukommen‹ scheinen?

Anna, wenn das der Wahrheit entspricht, dann verändern sich die Dinge immer noch.

Und wenn die Dinge sich immer noch verändern, dann ist dies keine ›tote Geschichte‹ . . . Es ist noch nicht vorbei . . .

Pierce

Teil Dreizehn

16. November –
23. November 1476

*Der Leere Stuhl**

* Sible-Hedingham-Manuskript, Teil Drei

Eins

Dichter Regen machte sie in dem Augenblick blind, als sie aus dem Wald ritten und auf Dijons Nordwesttor zugaloppierten.

Feuchtes Eis schlug Ash ins Gesicht, während sie die blasse Stute vorwärtstrieb. Der Himmel verfärbte sich von Grau zu Schwarz, und Graupel hatte sich unter den Regen gemischt.

»Bringt sie in die Stadt!«, bellte Ash heiser über den Lärm des aufkommenden Sturms hinweg. »*Sofort!* Bringt sie durch das verdammte Tor: *Los!*«

Sie drängte sich vor, ritt Knie an Knie mit Florian – Christus Viridianus! *Herzogin* Florian –, und der Rest der berittenen Löwenmänner folgte ihnen, das völlig durchnässte Banner knarrend im Wind über ihren Köpfen.

Plötzlich ertönte das Donnern von Hufen, die die durchnässte Erde hinter ihr auf der Straße jenseits der Brücke über den Graben aufwühlten. Ein Strom von Schlachtrössern mitsamt Reitern scharte sich um sie, alle in burgundischem Blau-Rot. *Das sind de la Marches Männer!*, erkannte Ash, deren Hand schon zum Heft ihres Schwertes gewandert war.

Sie sind rausgekommen, um uns zu eskortieren.

Geschützt von dieser gepanzerten Wand, donnerten sie zwischen den Pfaden, Gräben, Barrikaden und Gebäuden des Westgotenlagers zurück – durch das Chaos der in alle Richtungen flüchtenden Westgotentruppen; frischer nasser Schlamm spritzte unter den eisenbeschlagenen Hufen auf.

Kurz vor der schmalen Brücke wurden die Pferde langsamer und liefen durcheinander; Ash schlug enttäuscht auf den Sattelknauf. Zweihundert Berittene. Sie starrte auf ihre Rücken, fluchte laut, wendete den Wallach mit den Sporen, schaute in den dichten Regen, der nun das Westgotenlager, oder genauer, alles verbarg, was weiter als fünfzig Schritt entfernt war. Es sollte nicht länger als zehn Minuten dauern, um durch diesen Flaschenhals und durchs Tor zu kommen; doch die Warterei machte Ash so nervös, dass es ihr wie eine halbe Stunde vorkam.

Berittene westgotische Bogenschützen!, erwartete sie. *Sobald sie wieder Ordnung reingebracht haben . . . Nein, nicht bei diesem Wetter.*

Ihr lief ein Schauder über den Nacken.

Es werden Golems sein, mit Flammenwerfern; Griechisches Feuer wie bei Auxonne . . . Wir sind hier zusammengedrängt und werden brennen wie ein Wespennest.

Die Anspannung des Wartens bereitete ihr Bauchschmerzen. Dann bewegten sie sich endlich wieder . . . Männer riefen; Pferde trampelten: Alles hallte unter dem tiefen Bogentor der Stadt wider. Der Atem der Tiere stieg weiß in der nassen, kalten Luft auf. Ash wendete ihr Pferd und folgte Florians erschöpftem, lahmendem Wallach. Einen Augenblick lang wurde sie sich der Dunkelheit des Tordurchgangs bewusst; dann kamen sie wieder in regennasses Tageslicht, und Antonio Angelotti packte Ashs Pferd am Zaumzeug.

»Der Herzog ist tot!«, rief er ihr entgegen. Sein Gesicht war klatschnass. »Wir müssen *jetzt* die Seiten wechseln! Madonna, soll ich einen Boten zu den Karthagern schicken?«

»Keine Panik, Angeli!«

Der hohe, stahlverstärkte Ledersattel knarrte, als Ash sich zurücksetzte und ihr Gewicht verlagerte, um die Stute davon abzuhalten, über das nasse, glatte Pflaster zu tänzeln.

»Es gibt einen neuen Herzog . . . eine *Herzogin!*«, korrigierte sie sich selbst. »Es ist Florian. *Unsere* Florian!«

»*Florian?*«

Hinter Angelotti knurrte Robert Anselm: »Scheiße!«

Ash brachte ihre Stute wieder unter Kontrolle. All ihre Instinkte riefen ihr zu, ihre Männer zusammenzuholen, bis auf das Wichtigste alles Gepäck stehen und liegen zu lassen und die Stadt als Konsequenz aus diesem stümperhaften Machtwechsel zu verlassen.

Wie kann ich das tun? Sie schlug mit der Faust auf den Sattel-knauf. *Wie kann ich das tun?*

»Demoiselle-Hauptmann!« Olivier de la Marche ritt neben sie und beugte sich von seinem Schlachtross zu ihr hinüber, um sie am Arm zu packen: Stahlhandschuh gegen Polsterwams. »Kümmert Euch um die Verteidigung dieses Tores! Ich gebe Euch den Befehl über Jonvelle, Jussey und Lacombe. Bezieht Stellung vom Tor aus nördlich die Mauer entlang bis zum Wei-ßen Turm! Dann muss ich mit Euch sprechen!«

»Sieur . . .« Ash bekam es nicht rechtzeitig heraus. De la Mar-ches haselnussbrauner Hengst trabte bereits mit den anderen Soldaten im Schlepptau davon.

Der Armbrustschütze Jan-Jacob Clovet nahm Angelotti die Zügel der Stute ab, zuckte mit den Schultern und spie aus. »Der verdammte Hurensohn!«

»Sieht so aus, als würde man den Söldnern wieder den letz-ten Posten geben, hm? Oder will er uns damit vielleicht eine Ehre erweisen, indem er uns dahin stellt, wo sie am härtesten zuschlagen werden?«

»Gott bewahre uns vor der Gunst des Herzogs, Boss«, sagte Jan-Jacob Clovet leidenschaftlich. »*Jedes* Scheißherzogs. *Oder* jeder Herzog*in*. Bist du *sicher*, was den Doktor betrifft? Das kann sie doch nicht werden, oder?«

»O doch, das kann sie! Florian!«, bellte Ash.

De la Marches Unterhauptmann und seine Männer lenkten dampfende, mit Schabracken behängte Schlachtrösser zwi-schen Ash und Florian und drängten den weiblichen Arzt und ihr müdes Reittier hinaus aus dem zerbombten Häuserstreifen hinter der Mauer und hin zum herzoglichen Palast.

»*Florian!*«

Ash sah Floria del Guiz weißes Gesicht kurz zwischen den schweren Schulterpanzern der sie umgebenden Ritter auftau-chen. Dann schloss sich auch noch Olivier de la Marches Trupp dem Reiterzug an.

Scheiße! Keine Zeit!

Ash wendete die widerwillige Stute auf den Hinterbeinen und blickte wieder Richtung Tor.

»Angeli! Thomas! Schafft sie auf die Mauer! Rickard, du warnst Hauptmann Jonvelle ... Die Westgoten werden genau über diese Mauer hier kommen!«

Zwei

»*Warum* kommen sie nicht?«

Ash stand an einer Schießscharte des Torturms und blinzelte in den Regen hinein. Wasser prasselte auf die Mauern von Dijon. Das Mauerwerk des Turms strahlte Kälte aus.

Es war ein dichter, stürmischer Regen. Rinnsale liefen Ash über Schaller und Visier. Die Wärme ihres Atems und ihres Körpers machten die Rüstung trotz des beißend kalten Windes feucht.

»Noch ein paar Stunden, und es ist dunkel.« Robert Anselm drängte sich in die Schießscharte, und seine angerostete Rüstung schabte über Ashs Arm. »Scheiße, ich dachte schon, die ganze gottverfluchte Gotenarmee würde sich euch an die Fersen heften!«

»Das hätte sie auch tun sollen! Wäre ich an ihrer Stelle gewesen ... Eine bessere Chance werden sie nicht bekommen ...!«

Ash spürte das Donnern des sich schließenden Stadttors bis in ihre Knochen.

»Vielleicht ist es da draußen zu einer Meuterei gekommen! Vielleicht ist die Faris tot. *Ich* weiß es nicht!«

»Würdest du es denn ... wissen?«

Vorsichtig tastete Ash in jenem Teil ihres Geistes, den sie mit den Stimmen teilte.

Fast unhörbar waren da Stimmen – die *machina rei militaris*, Godfrey, die Wilden Maschinen? Zum ersten Mal in ihrem Leben konnte sie es nicht sagen. Und da war das Echo eines intensiven Drucks – sie spürte es unterschwellig in den Knochen –, der gleiche Druck, der sie gequält hatte, als der Hirsch gejagt und die Sonne am Herbsthimmel verdunkelt worden war. Stimmen, so schwach – oder schwächer – wie in jenem Augenblick der Vernichtung.

»Es hat . . . Verluste gegeben, glaube ich. Ich kann allerdings nicht sagen, an was oder an wem oder ob behebbar oder permanent . . . Ich kann es nicht sagen.« Voller Furcht und Enttäuschung fügte Ash hinzu: »Und das ausgerechnet jetzt, wo wir gerade damit zurechtgekommen sind, Godfrey zu hören, stimmt's, Roberto? Hey, vielleicht *ist* die Faris gestorben! Vielleicht laufen ihre Qa'id wie aufgescheuchte Hühner umher und versuchen, eine neue Befehlsstruktur aufzubauen. Vielleicht ist *das* der Grund, warum sie noch nicht angegriffen haben . . .«

»Das wird nicht mehr lange dauern.« Anselm schob sein Gesicht vor die Schießscharte und versuchte, irgendetwas jenseits der vom Regen verschleierten Mauern zu erkennen. »Ich habe einen Appell befohlen. Zwei unserer Offiziere werden noch immer vermisst: John Price und Euen Huw.«

»Scheiße . . .«

Ash spähte durch die Lücke zwischen den dicht verfugten Steinen. Ihr Atem formte graue Wölkchen vor ihrem Gesicht. Der Regen hämmerte förmlich gegen die Einfassung der Schießscharte, doch Ash zuckte nicht zurück.

»Price ist noch nicht einmal ein verdammter Reitersoldat . . . Auf jeden Fall wird niemand rausgehen und ihn suchen.« Ihre Stimme klang ausgesprochen schroff.

Anselm protestierte: »Mädchen . . .«

Ash fiel ihm ins Wort. »Das gefällt mir genauso wenig wie dir. Bevor wir nicht wissen, wie's aussieht, wird gar nichts passieren.

Der Herzog ist *tot*. Diese Stadt könnte jeden Augenblick von *innen* auseinanderfallen! Ich will ein Treffen mit de la Marche. Ich will Florian sehen! Anschließend werden wir dann vielleicht einen Mann zum Ausfalltor rausschicken.«

Grimmig und spöttisch erwiderte Anselm: »Wir haben nicht die geringste Ahnung, was die verdammten Schweinegoten im Schilde führen – *oder* die Burgunder. Das gefällt dir nicht ... und mir auch nicht.«

Das Platschen des Wassers gegen das Mauerwerk wurde immer lauter. Ash rückte näher an die Schießscharte heran, die Hände zu beiden Seiten gegen den kalten Stein gedrückt. Unten, am Fuß der Mauer, konnte sie auf der zerschossenen Erde nur ein paar Schritt weit sehen.

Sie rückte so weit es ging zur Seite, um Platz für Robert zu schaffen. Er spie aus; weißer Schleim verteilte sich auf dem steinernen Sims.

»Wenigstens geht dieses Scheißwetter auf ihr Pulver und überdehnt die Seile ihrer Katapulte ...«

Kaum hatte er das gesagt, ertönte ein schrilles Pfeifen und Brüllen; instinktiv zuckten alle im Turmzimmer zusammen. Ash sprang von der Schießscharte weg und stapfte mit scheppernder Rüstung zur Tür, um hinauszusehen. Ein dumpfer Schlag und ein Glühen im Regen, unten im zerstörten Teil der Stadt, jagten ihr einen Schauer über den Rücken.

»Die Golemmaschinen sind allerdings nicht vom Regen betroffen«, sagte sie, »genauso wenig wie das Griechische Feuer.«

Robert Anselm war am Fenster geblieben. Ash ging wieder zu ihm.

Er grunzte: »Ist Charlys Beerdigung schon im Gange?«

»Scheiße, wer sagt *uns* schon was?«

»Hast du irgendwas vom Doktor gehört?«

Ash löste den Blick von den grauen Haufen jenseits des Mauergrabens: zurückgelassene Sturmleitern, tote, aufgequollene Pferde und ein, zwei Leichen. Vermutlich Sklaven; nicht wert, zurückgeholt zu werden. Alles war einheitlich schlamm-grau, und alles war vollkommen regungslos.

»Roberto, was auch immer es bedeuten mag ... Sie *ist* die Herzogin.«

»Und ich bin der Scheißkönig von Karthago!«

»Ich habe die Wilden Maschinen gehört«, sagte Ash und blickte unverwandt zu Anselm. »In meiner Seele. Und ich habe sie gesehen ... Ich habe dort gestanden, als sie den Boden unter meinen Füßen zum Beben gebracht haben. Und ich habe Florians Gesicht gesehen, und ich habe sie *gehört*, Robert ... Sie haben versucht, ihr teuflisches Wunder zu wirken, und sie sind aufgehalten worden. Durch sie; durch unseren Florian. Weil sie das Wappentier Burgunds ... zu Koteletts verarbeitet hat.«

Auf Roberts Gesicht – oder dem Teil davon, der unter dem Schaller und der triefend nassen Kapuze sichtbar war – sah Ash zynischen Unglauben.

»Was das für die Burgunder bedeutet, weiß ich noch nicht. Aber ... Du warst nicht dabei, Robert.«

Anselm wandte den Kopf. Ash sah sein Profil, weil er wieder aus der Schießscharte blickte. Mit rauer Stimme protestierte er: »Ich weiß, dass ich verdammt nochmal nicht dabei war! Ich habe für dich *gebetet!* Ich und die Jungs; Paston und Faversham oben auf der Mauer ...«

Nachhaken oder nicht?, fragte sich Ash. *Ja. Ich muss wissen, wie schlimm es ist. Ich werde mich auf diesen Mann verlassen müssen.*

»Wärst du mitgekommen, hättest du gesehen, was passiert ist. Du hast dich gedrückt.«

Anselm riss den Kopf herum. Sein Gesicht war knallrot, und er stieß mit dem Finger gegen Ashs Brustplatte. »*Sag das ja nicht noch mal!*«

Ash wusste, dass die Soldaten an der Turmtür zu ihnen herüberblickten; sie winkte ihnen zu bleiben, wo sie waren.

»Robert, wo ist das Problem?« Sie entspannte sich, zog einen

Handschuh aus und wischte sich über das nasse Gesicht. »Von diesem hier mal abgesehen! Wir haben schon miesere Belagerungen durchgestanden. Neuss zum Beispiel. Zugegeben, *vor* der Mauer zu sein ist besser ...«

Mit Humor würde sich ein Mann wie Anselm nicht erweichen lassen. Sein Gesichtsausdruck verhärtete sich. Aus der Nähe konnte Ash die haselnussbraune Farbe seiner Augen erkennen und die Venen auf seiner Nase und seinen Wangen; Schaller und Schatten machten es unmöglich, seinen Gesichtsausdruck zu deuten.

Ash wartete.

Der Wind frischte wieder auf und ließ den Regen gegen die Mauer prasseln. Ash fühlte sich ans Meer erinnert, das unter den steinernen Fenstern des Hauses Leofric gegen die Klippen des Hafens von Karthago gebrandet war; sie war sich bewusst, dass hinter dieser Schießscharte hier eine ähnliche Leere auf sie wartete wie hinter dem Fenster ihres Gefängnisses in Afrika – leere Luft voller eiskalter grauer Strömungen. Gischt spritzte ihr auf die Wangen. Sie hob die linke Hand, die noch immer in einem Handschuh steckte – welcher bereits orangefarbene Rostflecken aufwies, obwohl er gerade erst poliert und eingefettet worden war –, und zog das Visier ein Stück herunter.

»Was ist los, Roberto?«

Anselm drückte sie noch tiefer in die Schießscharte hinein, als er Luft holte und laut seufzte. Er blickte in den Regen hinaus. Schließlich antwortete er in einem Ton, als akzeptiere er Ashs Recht, dies von ihm zu verlangen:

»Nach Auxonne wusste ich nicht, ob du noch lebst oder nicht. Niemand hatte gesehen oder gehört, dass man deine Leiche auf dem Schlachtfeld gefunden hatte. Ich habe damit gerechnet, deinen Kopf auf einer Lanze zu sehen. Denn wenn du tot gewesen *wärst*, hätten die Westgoten deine Leiche mit Sicherheit zur Schau gestellt!«

Seine Stimme wurde leiser, sie war für Ash kaum noch zu hören, geschweige denn von den Männern an der Tür.

»Und hätten sie dich gefangen genommen, hätten sie dich in Ketten vorgeführt ... Du hättest auch verwundet irgendwo in den Wäldern liegen können. Du hättest zum Sterben davonkriechen können. Niemand hätte dich dann gefunden.«

Er drehte sich zu ihr um und sah sie an. Der Regen ließ ihn unter dem hochgeklappten Visier die Augen zusammenkneifen.

»So war das, Mädchen. *Ich* dachte, man hätte dich in irgendein Massengrab geworfen, ohne zu erkennen, wer du bist. Diese Flammenwerfer ... Eine Menge Männer, die zurückgekommen sind, haben gesagt, alle Leichen seien verkohlt gewesen. Tony hat gesagt, du wärst vielleicht bei Auxonne gefangen genommen und nach Nordafrika verschifft worden, denn in Basel wären sie ja auch schon so an dir interessiert gewesen. Aber es wäre ihnen auch egal gewesen, wenn sie eine *Tote* mitgenommen hätten. Bei dem Gedanken an die Gelehrten-Magi wird mir ganz anders«, fügte Anselm hinzu und schauderte unbewusst.

Ash wartete und lauschte dem Prasseln des Regens.

»Drei Monate, und dann ...« Robert hielt den Blick unverwandt auf sie gerichtet. »Du *musstest* tot sein; alles andere war unmöglich ... und dann, vor drei Tagen, ein Armbrustbolzen aus dem Nichts ...«

»Du hast dich daran gewöhnt, die Kompanie zu führen.«

Roberts Hände schlugen rechts und links auf die Wand neben Ash und nagelten sie in der Schießscharte fest. Sie blickte auf seine stahlgepanzerten Arme und dann in sein Gesicht.

Speichel flog aus seinem Mund und spritzte auf Ashs Rüstung. »*Ich wollte nach Afrika gehen! Ich wollte nicht* in Dijon bleiben! Süßer Grüner Christus ... Was *glaubst* du eigentlich, was passiert ist, Mädchen? Der Scheiß-John de Vere hat mir erklärt, der Herzog schickt die halbe Kompanie nach Karthago, und er braucht einen Mann, dem er *hier* das Kommando überlassen kann ...«

Die Männer an der Tür rührten sich nervös. Robert Anselm senkte bewusst die Stimme wieder.

»Falls du irgendwo warst, tot oder lebendig, dann in Karthago! Nur hatte ich verdammt nochmal keine Wahl! Man hat mir befohlen, hierzubleiben! Und jetzt finde ich heraus, *dass* du dort warst, *lebend* ...«

Ash packte seine Handgelenke und zog sie sanft nach unten. Der Stahl seines Panzers war vom Regen glitschig und fühlte sich kalt in ihrer Hand an.

»Ich verstehe, warum Oxford es so gemacht hat. Er brauchte Angeli für die Geschütze. Du warst mein Stellvertreter; du hattest ohnehin schon das Kommando; es gab niemand anderen, den er hätte zurücklassen können. Robert, ich hätte tot sein können – oder wenn nicht tot, dann Gott weiß wo. Du hast richtig gehandelt, hierzubleiben.«

»Ich hätte mit ihm gehen sollen! Ich war sicher, dass du tot warst. Ich habe mich geirrt!« Robert Anselm schlug mit der Faust gegen die Einfassung der Schießscharte. Dann blickte er auf seinen zerkratzten Handschuh und bewegte gedankenverloren die Finger. »Hätte ich die Kompanie mitgenommen, Dijon wäre schon längst gefallen, aber ich sage dir, Mädchen: Ich hätte nach Karthago kommen sollen. Für dich.«

»Wenn du das getan hättest«, sagte Ash und wog ihre Gedanken im Geiste ab, »hätten wir vielleicht Haus Leofric eingenommen. Wir hätten dann deutlich mehr Männer und Geschütze gehabt. Vielleicht hätten wir den Steingolem zerstört; wir hätten die einzige Verbindung der Wilden Maschinen mit der Welt kappen können – den einzigen Weg, auf dem sie in der Lage sind, ihr Wunder zu wirken.«

Anselms Augen, klein unter den absurd langen Wimpern, zuckten.

»Aber andererseits«, Ash hob die Schultern, »wärst du nicht

hier gewesen, wäre Dijon vielleicht schon gefallen, bevor ihr die Küste erreicht hättet. Dann hätten sie den Herzog hingerichtet, und wir wissen, wofür die Wilden Maschinen die Faris brauchen. Dann hätten sie es schon vor drei Monaten getan!«

»Vielleicht auch nicht«, knurrte Anselm.

»Wir sind *hier . . . jetzt*. Was zählt da noch, was du getan hast oder nicht? Robert, nichts von dem, was du mir gerade gesagt hast, erklärt, warum du heute nicht beim Angriff auf die Faris mitgemacht hast. Nichts davon erklärt, warum du gekniffen hast. Und ich muss das wissen, denn ich bin von dir abhängig, ebenso wie eine Menge anderer Leute hier.«

Ash war ehrlich; sie zwang sich, ihre Furcht laut auszusprechen. Was sie auf Roberts Gesicht sah, als er sich abwandte, war keine Scham.

Er murmelte: »Du bist mit der Erwartung rausgegangen, getötet zu werden.«

»Ja. Wäre das passiert, ich hätte sie aber vorher umgebracht . . .«

So leise, dass Ash es fast überhörte, unterbrach sie Robert Anselm: »Ich konnte heute nicht mit dir rausreiten. Ich hätte es nicht ertragen, dich vor meinen Augen sterben zu sehen.«

Ash starrte ihn an.

»Nicht nach drei Monaten«, sagte er schmerzerfüllt. »Ich habe Messen für dich lesen lassen, Mädchen. Ich habe um dich getrauert. Ich habe ohne dich weitergemacht. Dann bist du zurückgekommen. Und *dann* hast du mich gebeten, mit dir rauszureiten und zuzusehen, wie du umgebracht wirst. Das war zu viel.«

Das Prasseln des Regens gegen die dicken Mauern wurde immer lauter. Wasser tropfte von den Deckenbalken.

Ich weiß, was ich sagen muss, dachte Ash. *Warum kann ich es dann nicht?*

»So«, sagte Anselm in rauem Tonfall, »das ist jetzt wohl der Punkt, wo du mich degradierst, hm? Du weißt, dass du mir im

Kampf nicht mehr vertrauen kannst. Du denkst, ich würde nur noch auf deinen Rücken aufpassen und meine Arbeit nicht mehr tun.«

Die Spannung in Ash erreichte einen kritischen Punkt. Sie bellte: »Was willst du von mir hören, Robert? Das alte Zeug? ›Wir können *alle* sterben, hier und jetzt, jederzeit; gewöhn dich dran‹? ›Das ist unser Beruf. Im Krieg stirbt man eben‹? Ich kenne dieses Lied nur allzu gut! Vor sechs Monaten habe ich es dir vorgesungen! Jetzt nicht!«

Robert Anselm neigte den Kopf und löste den Helmriemen, um ihn auszuziehen. Unter dem Helmpolster war sein kurz geschorener Kopf nass von Schweiß. Er atmete tief durch.

»Und jetzt?«

»Das tut weh«, sagte Ash. Sie drückte die nackten Knöchel gegen die Wand, rieb mit der Haut über den Stein, als könnte der körperliche Schmerz sie erleichtern. »Du willst mich nicht in Stücke gehackt sehen? *Ich* will weder dich noch Angeli oder die anderen auf die Mauer schicken. Ich habe diese Jungs durch ein Land hierhergebracht, dem nichts auf Erden gleicht! Ich will sie nicht bei einem Angriff aufs Westgotenlager verrecken lassen oder bei was auch immer de la Marche einfallen mag, wenn wir uns sehen. Ich will, dass wir uns in den Turm zurückziehen und da warten, bis das Bombardement vorüber ist ... *Allmählich habe ich Angst davor, dass Menschen verletzt werden könnten.*«

Es folgte eine lange Pause. Der Regen wurde immer noch lauter.

Robert Anselm stieß ein leises Schnaufen aus. »Dann sieht's wohl so aus, als würden wir beide in der Scheiße stecken!«

Als Ash ihn daraufhin verblüfft anstarrte, brach er in lautes Lachen aus.

»Mein Gott, Roberto ...!«

Das Schnaufen hatte sie überrascht. Eine Leere in ihrer Brust ließ sie schlucken und brach sich in einem Kichern

Bahn; schließlich lachte auch sie. Es war nicht zu leugnen: Irgendetwas ließ sie prusten, trieb ihr die Tränen in die Augen und machte es ihr unmöglich, ein vernünftiges Wort herauszubringen.

Schaudernd legte Robert Anselm Ash den Arm um die Schulter und schüttelte sie.

»Wir sind am Arsch«, sagte er heiter.

»Das ist nicht zum Lachen!«

»Wir sind zwei verdammte Idioten«, fügte er hinzu. Er nahm den Arm wieder zurück und straffte die Schultern; Stahlplatte schabte über Stahlplatte. Seine Augen leuchteten noch immer; sein Gesichtsausdruck war nüchtern. »Wir beide sollten uns von diesem Spiel verabschieden. Ich glaube allerdings nicht, dass uns die Schweinegoten die Chance dazu geben werden.«

»Scheiße, nein . . .« Ash leckte ein paar Blutstropfen von ihrem Knöchel. »Robert, ich *kann* das nicht mehr tun, wenn ich Angst habe, dass Menschen verletzt werden könnten.«

Robert stand auf der kleinen Stufe vor der Schießscharte und blickte auf Ash hinunter. »Nun, das werden wir herausfinden, hm? Wir werden herausfinden, wie gut wir wirklich sind, wenn es hart auf hart kommt . . . wenn es so weit ist, dass du dir keine Gedanken machen *darfst*.«

Ash roch feuchten Stahl, Roberts männlichen Schweiß, durchnässte Wolle und die Abfallgruben der Stadt weit unten. Regen wehte herein und spritzte als feine, kalte Gischt auf ihre Wangen. Als der Wind plötzlich wieder zunahm, drehten sie und Anselm sich gleichzeitig zur Schießscharte um.

»Hier hat niemand das Kommando. Das müssen sie doch wissen! *Warum* greift sie jetzt nicht an?«

In der folgenden Stunde sandte Ash einen Strom von Boten zum herzoglichen Palast, und einer nach dem anderen kamen sie zurück und erklärten, es sei unmöglich, zur neuen Herzogin durchzukommen, ebenso wie zu Sieur de la Marche oder Kammerherr Ternant. Stattdessen herrsche im Palast eine chaotische Horde aus Höflingen, Totengräbern, Zelebranten, Priestern und Edelleuten, und alle waren hin und her gerissen zwischen den Vorbereitungen für eine Krönung und denen für eine Beerdigung.

»Hauptmann Jonvelle hat mir etwas erzählt!«, fügte Rickard keuchend hinzu; völlig durchnässt stand er in der kalten Turmkammer.

Ash dachte darüber nach, ihn zu fragen, warum er angehalten hatte, um mit de la Marches Hauptleuten Gerüchte auszutauschen; dann sah sie jedoch sein strahlendes Gesicht und entschied sich anders.

»Sappeure. Die Schweinegoten graben noch immer Minen. Seine Männer können sie *hören!* Sie graben *noch immer!*«

»Ich hoffe, sie ersaufen«, knurrte Ash vor sich hin.

Sie verbrachte ihre Zeit damit, im Torturm zwischen den Bewaffneten auf und ab zu laufen, jederzeit bereit rauszugehen, falls die Mauern bedroht werden sollten. Hier und da wurde eine Lanze auf die Wehrgänge geschickt, um zu sehen und zu lauschen, ob sich irgendetwas jenseits des verheerenden Regens tat.

Vierzig Meilen südlich, diese Straße runter ... kalte Dunkelheit, vierundzwanzig Stunden am Tag. Angesichts dessen, was Burgunds Grenzen umgibt ... Ist es da ein Wunder, dass wir hier Scheißwetter haben?

»Boss ...« Thomas Tydder wurde von seinem Bruder Simon nach vorne gestoßen und blickte Ash unter seinem klatschnassen dunklen Haar an. Als er sprach, vibrierte der Wassertropfen, der an seiner Nase hing. »Boss, ist das wahr? Hat der heilige Godfrey uns verlassen?«

Ash winkte Tydders Lanzenführer, ihn in Ruhe zu lassen.

»Nicht verlassen«, antwortete sie mit fester Stimme. »Er

spricht für uns nun in der Gemeinschaft der Heiligen. Das weißt du doch, oder?«

Erleichtert und verlegen nickte der Junge.

An ihm vorbei sah Ash Robert Anselm; Robertos Gesichtsausdruck war teilnahmslos. Instinktiv suchte sie in ihrer Seele, so wie ein Mann im Mund nach einem gerade gezogenen Zahn sucht, der nur eine kleine Lücke hinterlassen hat.

Anselm trat näher und murmelte: »Hat er Recht?«

Das Donnern des Regens hatte Ashs Flüstern getarnt, wann immer sie laut zu Godfrey sprach, zum Steingolem oder sogar – Gott! – zu den Wilden Maschinen persönlich. Anselm wusste es jedoch.

»Noch immer nichts, was ich verstehen könnte«, antwortete sie knapp.

»Der Löwe und der Eber mögen uns beschützen«, knurrte Anselm. »Ist das gut oder schlecht?«

»Scheiße, wer weiß das schon, Robert?«

Der Frust des Wartens brannte förmlich in ihr. Sie hätte alles willkommen geheißen, selbst den erwarteten dumpfen Aufprall der Sturmleitern und die Flut der Westgoten über die Mauer. Sie stapfte zur offenen Tür des Turms.

Das Brüllen der Zündflammen und das Klirren der zerberstenden Tontöpfe hallte die Mauer entlang, und blau-gelbes Feuer breitete sich in Wellen ungehindert vom sturmflutartigen Regen über den Stein des Wehrgangs aus. Sämtliche mit Sand und Erde gefüllten Ledereimer auf den Mauern waren durchnässt und damit zu schwer, um sie zu heben.

Ash winkte ihren Männern, das Feuer in Ruhe zu lassen, und sie beobachtete, wie das zähflüssige Brandmittel nach und nach über den Rand der Brüstung und in die Stadt hinunterfloss. *Da unten ist sowieso nicht mehr viel übrig, was verbrennen könnte; einen Straßenbrand wird es wohl kaum geben.*

Gut vierzig Minuten, bevor, wie sie schätzte, das letzte Licht aus dem eisengrauen Himmel schwinden würde, erschienen zwei ungewöhnlich kräftig gebaute burgundische Soldaten in der Turmtür, einen deutlich schlankeren Mann zwischen sich.

»Boss!« Thomas Rochester kam mit ihnen herbeigerannt, stolperte in den dunklen Turm und bellte einen Bericht. »Euen ist wieder zurück!«

Alle Köpfe drehten sich zur Tür, und die Männer in Löwenlivree duckten sich unter die Sturmwände und neben die Schießscharten, um die kleine, drahtige Gestalt zu betrachten, die im Gewahrsam der Burgunder gekommen war.

»Das ist einer von uns, Sergeant.« Ein breites Grinsen erschien auf Ashs Gesicht. »Du verdammter Hurensohn ...«

Die Burgunder salutierten vorsichtig und gingen wieder in den Regen hinaus. Ash lachte erleichtert. Der Waliser war klitschnass, zitterte im eisigen Wind, aber er grinste so breit, dass er in dem Zwielicht geradezu strahlte.

»Hol irgendjemand diesem Deppen einen Mantel! Euen, komm rein!«

Ash wartete, während eine der Trossfrauen Euen Huw eine Schüssel lauwarme Suppe reichte.

»Du bist nass, Euen ... *richtig* nass.«

»Ich bin ja auch durch ein Wassertor reingekommen«, erwiderte er ernst, und Suppe lief ihm über das unrasierte Kinn. »Unten an den Mühlen. Bin durch den Graben geschwommen. So ein burgundischer Bastard hätte mir fast einen Pfeil reingejagt. Die Wachen da unten sind ziemlich gut.«

»Informationen«, sagte Ash.

Euen Huw seufzte, lehnte sich gegen die Wand und entspannte sich erleichtert. »Als wir auf dieser Jagd waren? Ich bin bis zum Gotenlager gekommen, bereit, ihren Boss auszuschalten; aber es war niemand mehr bei mir. Dann kamen die karthagischen Bastarde plötzlich alle wieder zurückgerannt; ich bin von meiner Lanze getrennt worden, und es hat mich den Rest des Tages gekostet, wieder aus dem Lager zu schleichen.«

Ash stellte sich den Mann vor, die verräterische Livree in ein

Bündel gestopft, wie er mit den Westgoten aß (und ohne Zweifel soff), mit Freien, Sklaven und Söldnern und dabei die Ohren nach Gerüchten und offiziellen Erklärungen aufhielt.

»Mein Gott! Gut. Erst einmal: Treffen sie Angriffsvorbereitungen?«

»Kann ich nicht sagen, Boss. Ich bin bei den Belagerungsmaschinen raus; was sie am Nordende des Lagers getrieben haben, weiß ich nicht.«

Ash runzelte die Stirn. »Lebt die Faris noch?«

»Oh, die lebt, Boss; die ist nur hingefallen, das ist alles.«

»Hingefallen?«

»Hat von Gottes Berührung einen Anfall bekommen*. Sie hat geschäumt! Sie sagen, sie sei wieder auf den Beinen, wenn auch ein wenig erschöpft.«

Ohne zu bemerken, dass sie dabei das Gesicht verzog, dachte Ash: *Scheiße! Wäre sie* gestorben, *hätten sich all unsere Probleme von selbst gelöst . . . !*

»Irgendjemand hat gesagt, sie hätte Befehl gegeben, wieder nach Karthago zurückzumarschieren, dann hat sie ihn wieder zurückgenommen«, fügte Euen hinzu.

Eine Hoffnung, von der Ash bis jetzt gar nicht gewusst hatte, dass sie sie gehegt hatte, schwand mit einem Mal dahin.

So viel zum Thema Rückkehr, um Haus Leofric davon zu überzeugen, den Steingolem zu zerstören.

Ash sagte nicht *Godfrey?* Die beunruhigend unverständlichen Worte in ihrem Kopf, die sie nun seit fünf Stunden hörte, erzeugten eine wachsende Spannung in ihr.

»Ihren Offizieren gefällt das überhaupt nicht.« Euens schwarze Augen funkelten. »Soweit ich gehört habe, hofft jeder einzelne ihrer Qa'id, genug Unterstützung zu haben, um sich selbst zum Oberkommandierenden zu machen.«

»Nun, ist das nicht ein nettes kleines Moralproblem?« Ashs

---

* ›Epileptischer Anfall‹ wäre wohl die bessere Übersetzung.

Spott sorgte dafür, dass Euen Huw laut lachte. »Ist das der Grund, warum sie nicht angegriffen haben?«

»Vielleicht werden sie es jetzt dabei bewenden lassen, uns auszuhungern, Boss.« Der Waliser blickte nachdenklich auf den leer gekratzten Boden seiner Schüssel und legte vorsichtig den Löffel hinein. »Oder sie jagen die Mauern in die Luft. Ich will dir mal was sagen, Boss. Fast hätte ich es nicht hierher zurückgeschafft. Abgesehen davon, dass ich ständig Mister Manders Jungs und Agnus Dei ausweichen musste ... die Schweinegoten haben überall um die Stadt herum die Wachen verstärkt.«

»Sie können die Stadt nicht vollständig abriegeln. Dafür ist sie viel zu groß.«

Euen Huw zuckte mit den Schultern. »Jack Price weiß vielleicht mehr, Boss. Ich habe ihn bei ihren Speerkämpfern gesehen. Er ist doch schon zurück, oder?«

»Noch nicht.« Ash verlagerte ihr Gewicht. Sie bemerkte Rickard mit zwei, drei Lanzenführern an der Turmtür; die Fragen waren von ihren Gesichtern abzulesen. »Deine Jungs sollen es sich bequem machen, Euen. Das war ein netter Trick, den ihr da abgezogen habt.« Sie wartete, bis er sich umgedreht hatte, bevor sie sagte: »Schön, dich wieder hierzuhaben ...«

»O ja.« Der Waliser hob die Arme und schloss alles, den prasselnden Regen, den verrußten Stein und die zerstörten Häuser in die Geste mit ein. Sarkastisch sagte er: »Ich kann mir keinen schöneren Ort vorstellen, Boss.«

»Jaja.« Ash grinste ihn an. »Du warst nie der Klügste.«

Langsam senkte sich Dunkelheit über die Stadt; der Regen prasselte weiter.

Aus dem Herzogpalast kam keine Nachricht.

Die Faris greift nicht an. Warum?

Was haben die Wilden Maschinen ihr angetan?

Schließlich kehrte Ash in den Kompanieturm zurück, wo ihre Pagen sie aus der Rüstung schälten und sie in einen tiefen Schlaf versank, ohne von Wildschweinen zu träumen. Kurz vor Sonnenaufgang war sie wieder auf den Beinen und voll gerüstet, stapfte durch die von Kerzen erhellte Dunkelheit in den Donner und Regen hinaus und ritt mit der nächsten Schicht Soldaten zu den Mauern.

Gut eine Stunde, nachdem offenbar der Morgen angebrochen war – der Regen war heller geworden –, ritten Ash und eine Eskorte durch die Straßen von Dijon wieder zurück. Auch im Licht des frühen Morgens konnte man nicht besser sehen. Der Regen klatschte auf die Pflastersteine, und weiter als zwanzig Schritt entfernt war alles in Dunst verborgen. Auf dem Weg zum herzoglichen Palast verirrten sie sich.

Ashs namenloses blassbraunes Schlachtross hob pikiert die Hufe aus einem Haufen Scheiße. Der Regen hatte die Jauchegruben zum Überquellen gebracht. Ash rümpfte die Nase wegen des beißenden Gestanks und lenkte ihr Pferd vorsichtig über einen dünnen Schleimfilm auf dem Kopfsteinpflaster.

Jan-Jacob Clovet hob einen triefnassen Arm. »Wir müssen da entlang, Boss! Ich erkenne die Taverne dort.«

Ash grinste den Armbrustschützen an, der als Mitglied jenes Teils der Kompanie, der in Dijon geblieben war, sicherlich jede Taverne und jeden Gasthof wie seine Westentasche kannte. »Reite voraus ...«

Nachdem sie endlich den herzoglichen Palast erreicht hatten, wurden sie weder zu Floria del Guiz noch zum Vizegrafen und Bürgermeister oder Olivier de la Marche vorgelassen. Burgundische Soldaten baten Ash verlegen, inmitten eines Haufens ziviler und militärischer Bittsteller zu warten; sie beschloss, die Männer nicht anzuschreien, denn schließlich befolgten sie nur Befehle von Leuten, die ihr nicht unähnlich waren.

Aber wenigstens sind *Menschen hier. Man hat weder die Waffen*

40

noch die Rüstungen, das Leinen oder die Möbel gestohlen und sie zu den Westgoten geschleppt. Ist das ein gutes Zeichen?

Zurück an der Stadtmauer, musste sie warten, bis eine Prozession ihrer Männer heruntergekommen war; sie hatten zwei Opfer des Griechischen Feuers dabei, die von Vater Faversham begleitet wurden.

Der Kaplan schlug die Kapuze zurück, enthüllte sein bärtiges, blasses Gesicht und blickte zu Ash hinunter. »Hauptmann, wird Florian bald wieder ins Hospital kommen? Wir brauchen sie!«

Daran habe ich noch nicht einmal gedacht.

Ash tat jeder einzelne Muskel weh; der Regen sickerte in ihre Rüstung, durchnässte ihr Polsterwams, und ein rostbrauner Film hatte sich auf ihren weißen Mailänder Harnisch gelegt. Sie schüttelte den Kopf und stieß mit einem Seufzer den Atem aus, um den Regen aus ihrem Gesicht zu blasen.

»Ich weiß es nicht, Vater«, antwortete sie. »Tut, was Ihr könnt.«

Während sie über die vom Regen rutschigen Stufen wieder zum Torturm hinaufstieg, dachte sie: *Das ist nicht der einzige Grund, warum ich mit Florian sprechen muss! Scheiße, was* geschieht *hier?*

Es ging auf die None zu, als ein Läufer Ash von einem Streifengang über jenen Teil der Stadtmauer holte, der das Nordwesttor und die beiden Nordtürme mit einschloss. Einen Augenblick lang blieb sie mit gesenktem Kopf im Regen stehen, während einer der burgundischen Priester ein Gebet an den heiligen Gregor* richtete. Als sie den Turm betrat, war sie für

---

* Es gibt zwei Heilige mit diesem Namen, deren Fest in den November fällt: Gregor *Thaumaturgus* (›der Wunderwirker‹), gest. 270 n. Chr., und Gregor von Tours, gest. 594 n. Chr. Beide Festtage fallen auf den 17. November. Daher *müssen* die in diesem Text beschriebenen Ereignisse innerhalb von 48 Stunden nach der ›Hirschjagd‹ stattgefunden haben.

kurze Zeit vom ständigen Platschen des Regens auf ihre Rüstung befreit. Sie stieg die stabilen Holzstufen zur obersten Wehrplattform hinauf, wo Anselm und seine Unterhauptleute an den Zinnen standen, die gelb-blauen Löwenlivreen vom Regen schwarz gefärbt.

»Der Sturm lässt nach!«, bellte Anselm über den Lärm des Windes hinweg.

»Sagst du!«

Als Ash vortrat, spürte sie tatsächlich, wie der Regen schwächer wurde. Sie stand neben Anselm und blickte zum Turm hinaus. Sie konnte inzwischen mehrere hundert Schritt der aufgewühlten Erde sehen bis hin zu den hölzernen Sturmwänden, welche die Sappeure der Westgoten schützten.

»Was zum Teufel ist *das* denn?«, verlangte sie zu wissen.

Ihr Sichtfeld veränderte sich weiter. Sie erkannte die grauen Haufen, die Westgotenzelte, fünfhundert Schritt nördlich der Stadtmauer, und das schimmernde graue Band jenseits davon war die Suzon.

Hinter Dijons Graben, hinter dem aufgewühlten Niemandsland zwischen Stadt und Feind, war irgendetwas neu. Ash kniff die Augen zusammen. Vor den Westgotenzelten und -verteidigungsanlagen – nass, roh und offensichtlich frisch aufgeworfen – erhoben sich große Erdwälle, welche die gesamte Nordseite von Dijon umspannten.

»Verdammte Scheiße . . .«, keuchte sie.

»Mist«, sagte Anselm ebenso überrascht. »Gräben?«

Männer bewegten sich, je mehr der Regen nachließ. Hunderte westgotischer Sklaven stiegen verdreckt und erschöpft aus den Gräben und sammelten sich auf den freien Plätzen des Lagers. Selbst aus dieser Entfernung konnte Ash erkennen, dass einige Männer von ihren Kameraden gestützt werden mussten.

Dann knieten alle nieder, als erwarteten sie einen priesterlichen Segen.

Deutlich sichtbar bewegten sich Banner mit Tierköpfen und Adlern zwischen den Zeltwänden. Arianische Priester mit ihren Imaginifern* zogen in einer Prozession über die verschlammten Lagerstraßen. Schrill hallten Cornicen** durch die Luft. Während Ash zuschaute, strömten Männer aus nassen, durchhängenden Zelten heraus und warteten ebenfalls auf den Segen. *Das ist mehr als nur eine Prozession!*, erkannte Ash. Sie entdeckte einen weiteren Imaginifer in Richtung der Westbrücke.

Der Lärm des Regens ließ langsam nach und erstarb schließlich. Ash starrte durch den dampfenden Atem der Erde in einen hellgrauen Himmel hinauf, über den die Wolken zogen. Dann blickte sie auf den Fluss, das Flusstal und das feindliche Lager – triefnass unter dem Nachmittagshimmel.

»Verdammte *Scheiße*...«

Ihr Blick kehrte wieder zu den Erdwällen zurück. Neben ihr knurrte Anselms Sergeant, um die Ordnung in der Eskorte zu wahren. Anselm beugte sich zwischen zwei Zinnen hindurch hinaus. Ash drehte sich um und starrte nach Osten. Sie versuchte, so viel vom feindlichen Lager zu erfassen, wie sie sehen konnte.

»Diese verdammte Hurentochter«, sagte Robert mit ausdrucksloser Stimme.

Drüben, am Westufer der Suzon, nahmen die Männer die Abdeckungen von den Kriegsmaschinen herunter; Ash sah, wie die Mannschaften die Winden drehten. Golem – bemannte Westgoten-Trebuchets schleuderten Felsbrocken in hohem Bogen – Ash konnte nicht sehen, wo sie landeten; aber vermutlich flogen gerade im Süden Steinsplitter über die Straße.

---

* Bei den römischen Legionen trug der Imaginifer ein Bild des Kaisers. Der Text impliziert, dass es sich in diesem Fall wohl um ein Bild des König-Kalifen handelte.

** Das ist seltsam! In den römischen Legionen bezeichnete man damit Bogenhornbläser. Vermutlich haben die Westgoten den römischen Terminus für ihre eigenen rituellen Musiker übernommen.

Im Osten verliefen Dutzende von palisaden-geschützten Gräben im Zickzack über das Land, im Westen das Gleiche. Ash starrte auf das riesige Grabenlabyrinth; einen nach dem anderen hatte man in den Schlamm gegraben, und sie erstreckten sich, so weit das Auge reichte.

»Selbst wenn sie die vergangenen achtundvierzig Stunden nur gegraben hätten . . .!« Anselm unterbrach sich selbst. »Das ist unmöglich!«

»Sklavenarbeit. Ihnen ist egal, wenn sie Hunderte von ihnen umbringen.« Ash schlug mit der flachen Hand auf den Stein. »Jonvelle hat sie graben gehört! Aber das waren keine Sappeure. Das war das hier. *Golem-Gräber*, Robert! Wenn sie alles benutzt haben . . .«

Erneut sah sie vor ihrem geistigen Auge den Marmor und die Bronze des Kuriergolems im Zelt der Faris: ihre teilnahmslosen steinernen Gesichter, ihre unermüdlichen steinernen Hände.

». . . wer weiß, wie viele Golems sie überhaupt haben! *So* haben sie das gemacht!«

Es gab keinen Durchbruch in den Erdwällen, keine Unterbrechung im Grabensystem, das nun von der Suzon bis weit nördlich der Stadtmauer verlief, vielleicht bis hin zur Ouche im Osten. Und sie hatten auch *dort* aus aneinandergeketteten Booten eine Sperre errichtet.

»Robert.« Ashs Stimme klang trocken; sie schluckte. »Robert, schick einen Läufer zu Angelotti und de la Marches *ingeniatores*. Frag sie, wie weit sich diese Wälle und Gräben erstrecken. Ich will wissen, ob sie auch den Osten und Süden auf diese Art versperrt haben.«

Anselm, der bis jetzt stur auf die westlichen Erdwälle am Kriegsmaschinenlager gestarrt hatte, lehnte sich zurück. »Soweit ich sehen kann, gibt es keinen Durchbruch. Herrgott! Sie müssen die Nächte durchgearbeitet haben . . .«

Ash sah es, als wäre sie dort gewesen: die gebeugten Rücken der Sklaven, die im Licht von Lampen mit Griechischem Feuer die nasse Erde aushoben. Und die steinernen Golems, die die Trebuchets und Flammenwerfer bemannten und Nachrichten herumtrugen – alle waren zum Graben abgestellt worden; steinerne Hände, gegen Schmerzen immun, Hände, die keine Ruhe brauchten.

Sie hatten die gesamte Stadt eingeschlossen.

Die Cornicen hallten schrill durch die feuchte Luft, und Ash hörte den Gesang eines Cantadors.

»Überall in diesen Anlagen laufen Patrouillen herum.« Robert Anselm hob einen plattengepanzerten Arm und deutete zu den Westgoten hinaus. »Verdammte Scheiße. Es sieht so aus, als liefe da 'ne ganze Legion herum.«

»Scheiß Grüner Christus!«

Selbst bei Neuss waren Männer durch die Reihen der Belagerer gekommen. Sie hatten Informationen gesammelt, Verrat und Gerüchte geschürt, Versorgungsdepots überfallen und Mordanschläge verübt oder es zumindest versucht. Das war immer so. Bei jeder Belagerung. Immer.

Das ist keine normale Belagerung.

An diesem Krieg ist gar nichts normal!

»Irgendjemanden da durchzubekommen wird scheißschwer«, sagte Ash; »ganz zu schweigen von irgendwelchen Ausfällen.«

Sie wandte sich von den Zinnen ab.

»Ich gehe wieder in den Palast zurück. Du, du und du: Ihr kommt mit mir. Roberto . . . Wir *müssen* mit Florian sprechen.«

Drei

Als der Regen nachließ, wurden Balken, die den Beschuss überlebt hatten, von einer Menschenkette aus dem Niemandsland über die Treppe auf die Mauer befördert, damit sie dort so gut es ging die Hurden verstärkten. Antonio Angelotti, den die Steinsplitter, welche nun ständig aus der Außenmauer gebrochen wurden, offenbar ebenso wenig kümmerten wie das Donnern der westgotischen Geschütze, hob die Hand zum Gruß und löste sich von seinen Männern, die Kanonen auf die Mauer schafften.

»Ich wünschte, ich wäre wieder ein *ingeniator* der Emire, Madonna!« Er wischte sich den nassen gelb-blauen Helmbusch seines Schützenschallers aus den Augen und lächelte Ash an. »Hast du gesehen, was sie da draußen gemacht haben? Dieses Können ...«

»Ich scheiß auf dein professionelles Lob!«

Die Aufregung in seinem Lächeln verschwand auch nicht, als ein Kalksteinbrocken nur knapp zehn Fuß unter der Brüstung gegen die Mauer schlug und den Wehrgang beben ließ.

»Bau uns mehr Mangonels und Arbalesten*!« Ash hob die Stimme, um den Lärm der Männer zu übertönen. »Hol Dickon – nein –, hol, wer auch immer jetzt der Schmiedemeister sein mag ...«

»Jean Bertran.«

»... Bertran. Ich will Bolzen und Wurfsteine. Ich will vermeiden, dass uns das Pulver zu früh ausgeht.«

»Ich werde mich darum kümmern, Madonna.«

»Du kommst mit mir.« Ash warf einen Blick in den aufklarenden Nachtmittagshimmel. Ihr fiel auf, wie rasch es kälter wurde, nun, da die Wolken sich verzogen. »Rochester, du übernimmst hier ... Solange die Westgoten nicht angreifen, will ich nichts hören! Und du behältst Jussey unter Kontrolle, Tom.«

»Jawoll, Boss!«

Inzwischen erfüllte ein ohrenbetäubendes Dauerbombar-

---

* »Mangonel«: Katapulte von unterschiedlicher Größe. »Arbaleste«: Belagerungsarmbrust, für gewöhnlich fest montiert.

dement die Luft; Felssplitter, so groß wie ein Pferdekadaver, flogen umher, und Eisenkugeln brannten zischend zwischen den Zinnen. Ash straffte die Schultern und stieg die glatten Stufen vom Wehrgang nach unten, Robert Anselm, Angelotti und ihr Bannerträger im Schlepptau. Einen Augenblick lang zögerte sie, bevor sie sich in den Sattel schwang, und ihr Blick wanderte über das desolate Niemandsland unmittelbar hinter der Mauer.

»Hier unten scheint es weit gefährlicher zu sein als auf den Scheißwehrgängen!«

Angelotti neigte den Kopf zur Seite, während er den Schaller auf die nassen gelben Locken setzte. »Ihre Kanoniere haben eine gute Ballistik für das Gebiet hier.«

»O Freude . . .«

Ash drückte der Stute sanft die Sporen in die Flanken, die daraufhin auf dem nassen Pflaster zur Seite rutschte, dann ließ Ash sie in Richtung der intakten Dächer der Stadt wenden. Giovanni Petro und zehn Bogenschützen – alles Männer, die nicht mit in Karthago gewesen waren – scharten sich um sie. Die Bogensehnen hatten sie zum Schutz vor der Nässe unter die Helme gestopft; die Hände lagen auf den Heften der Krummsäbel oder hielten einen Buckler zum Schutz, und immer wieder zuckten sie unwillkürlich zusammen, während sie über das Trümmerfeld marschierten. Die angeleinten Mastiffs Brifault und Bonniau wimmerten und drängten sich an die Beine der Stute.

Schweigend ritt Robert Anselm über den völlig durchnässten Untergrund. Er hätte einfach nur ein weiterer anonymer Soldat sein können, einer von de la Marches übrig gebliebenen Burgundern, wäre da nicht seine Livree gewesen. Ash konnte das, was sie von seinem Gesicht sah, nicht deuten. Angelotti blickte immer wieder nach oben und ließ seinen klapprigen Gaul hintreten, wo er wollte. Berechnete er das Können der feindlichen Kanoniere? Der Himmel wurde weiß, nass und klar, mit einem Hauch von Gelb am südwestlichen Horizont. Sie würden noch gut zwei Stunden Licht haben, bevor die Herbstsonne unterging.

Florian. Die Faris. Godfrey. John Price. Scheiße: Warum weiß ich nicht, was mit ihnen los ist?

Auch Fragen über einen weißhaarigen Arkebusier mittleren Alters in einer geborgten Löwenlivree hatten Ash keine Informationen gebracht. Falls Guillaume Arnisout bei der wilden Jagd gestern nach Dijon gelangt sein sollte, so bewahrte er Stillschweigen darüber.

Was habe ich denn erwartet? Loyalität? Er kannte mich als Kinderhure. Das reicht wohl kaum, um jemanden auf diese Seite der Mauer zu holen!

»Ob wir wohl reinkommen und zum Doktor vorgelassen werden?«, sinnierte Anselm.

»O ja. Sieh nur gut zu.«

Die Ruinen der Geschäfte, Werkstätten und Wohnhäuser hinter dem Tor waren verlassen. Arbeitstrupps aus Bürgern und burgundischen Soldaten hatten Wege zwischen den verbrannten und zerschossenen Häusern freigeräumt und sie sogar, falls nötig, vollständig abgerissen. So hatten sie ein Labyrinth in dem Ruinenfeld gebaut. Es gab keine Mauer, die mehr als mannshoch war.

»Ich will ein paar der Jungs hier unten haben. Sie sollen Barrikaden aus dem Zeug errichten. Falls die Schweinegoten das Nordwesttor durchbrechen sollten, könnten wir sie mit einer vernünftigen Stellung noch immer hier aufhalten.«

»Stimmt.« Anselm nickte.

Ash ritt im Schritttempo; sie wollte nicht riskieren, dass die Stute zu lahmen begann. *Wenn sie uns kriegen, kriegen sie uns.* Die Einschläge von Felsbrocken gut zweihundert Schritt entfernt ließen sie unwillkürlich zusammenzucken. Ein anderer dunkler Gegenstand flog durch die Luft: hoch, nah. Ash verspannte sich und wartete auf das Krachen des Einschlags – nichts, kein Ton.

Giovanni Petro verzog das schmale Gesicht. »Verdammte *Scheiße*, Boss!«

»Ja. Ich weiß.«

Die Eskorte verteilte sich sofort. Ash nickte vor sich hin. Kalter Wind schlug ihr ins Gesicht. Der Regen rann noch immer von den Trümmern um sie herum. Sie verlagerte ihr Gewicht, um die Stute an einem halben Haus vorbeizulenken. Dabei sah sie, dass sich vier Bogenschützen um irgendetwas auf dem Boden versammelt hatten – nein, um *zwei* Dinge, korrigierte sie sich selbst. Petro straffte die Schultern, als Ash vorwärts ritt, und zog die beiden Mastiffs an ihren schweren Halsbändern zurück.

»Das muss dieses Trebuchet-Geschoss gewesen sein, Boss«, grunzte der Italiener brüsk. »Keine Kugel, kein Felsbrocken, sondern eine Leiche. Sie ist in zwei Teilen aufgeprallt. Der Kopf liegt da drüben.«

Ash fragte mit fester Stimme: »Einer von uns?«

Sonst würden sie ihn sich wohl kaum so ansehen.

»Ich glaube, es ist John Price, Boss.«

Ash winkte Anselm und Angelotti, auf ihren Pferden zu bleiben, und stieg selbst ab. Sie ging um die Männer herum, die einen verstümmelten Torso und Beine aus den Trümmern holten.

Als sie an den beiden Armbrustschützen Guilhelm und Michael vorbeikam, lockerten sie den Griff um das, was sie trugen. Eine Masse rot-blauer Eingeweide fiel aus einem Loch in der Leiche. Körperflüssigkeit mischte sich mit dem Schmutzwasser.

Ohne Ash anzusehen, murmelte Guilhelm: »Seine Arme haben wir noch nicht gefunden, Boss. Die sind wohl irgendwo anders gelandet.«

»Schon gut. Vater Faversham wird ihm trotzdem eine christliche Beerdigung zuteil werden lassen.«

Hinter ihnen kniete eine Frau in abgeschnittenem Kittel

und Hose mit einem Kriegshut auf dem Kopf im Schlamm und weinte. Ihr Gesicht war rot und vom Weinen aufgequollen. Als sie den Kopf hob, erkannte Ash Margarete Schmidt.

Sie hielt einen abgetrennten Kopf in den Händen. Man sah, wer es war. John Price.

»Betrachte es einmal von der guten Seite«, sagte Ash mehr an Giovanni Petro als an die Kanonierin gerichtet. »Wenigstens war er tot, *bevor* sie ihn über die Mauer geschossen haben.«

Petro schnaufte. »Das ist wohl wahr. Gut, Schmidt . . . wickele den Kopf mit dem Rest von ihm in eine Decke.«

Die junge Frau hob den Blick. Ihre Augen füllten sich mit Tränen. »*Nein!*«

»Du verdammte kleine Fotze, sprich nicht mit mir wie . . . !«

»Es reicht.« Ash warf den Kopf herum. Widerwillig wich Petro zurück und kümmerte sich wieder um das Einsammeln von Prices Einzelteilen. Ash war sich bewusst, dass ihre berittenen Offiziere sie beobachteten. Sie sah, wie die Frau die Finger in die Wunde des abgeschlagenen Kopfes drückte. Getrocknetes Blut war auf ihrer Haut und ihrem Kittel.

Dann war er also noch nicht so lange tot, bevor sie ihn über die Mauer geschossen haben.

Sie rief zu Anselm zurück: »Wir müssen überprüfen, ob er gefoltert worden ist.« *Könnte er ihnen irgendetwas Lohnenswertes verraten haben?* Dann drehte sie sich wieder zu Margarete Schmidt um und sagte in sanftem Ton: »Leg ihn wieder hin.«

Der Blick der Frau wurde kalt. Wut oder Furcht verhärteten ihre Züge. »Das ist jemandes *Kopf*, um Himmels willen!«

»Ich weiß, was das ist.«

In vollem Mailänder Harnisch konnte man sich nicht so einfach hinhocken. Dennoch ließ sich Ash auf ein Knie neben der Frau nieder.

»Mach keine große Sache draus. Treib es nicht so weit, dass Petro dich den Vögten übergibt. Tu, was ich dir sage.«

»Nein . . .« Margarete Schmidt blickte in das blau und blutig geschlagene Gesicht des Kopfes, das jedoch noch immer als das des Engländers John Price zu erkennen war. Sie schien sich übergeben zu müssen. »Nein, du verstehst das nicht. Ich halte jemandes *Kopf*. Ich habe ihn über uns wegfliegen sehen ... Ich dachte, es wäre ein Felsbrocken ...«

Als Ash John Price das letzte Mal aufmerksam ins Gesicht geblickt hatte, hatte der Halbmond über einer Anhöhe an der Straße nach Auxonne gestanden. Verwittert, rot vom Saufen und voller fröhlichen Selbstbewusstseins. Das war überhaupt nicht mit dem Schlachterabfall in den Händen der Frau zu vergleichen.

Ash zwang sich zu einem sardonischen Ton und sagte: »Wenn dir das schon nicht gefällt, so versichere ich dir, dass dir Geraint ab Morgans Disziplinarmaßnahmen noch viel weniger gefallen werden.«

Die Tränen liefen der jungen Frau aus den Augen und zogen Spuren durch den Dreck auf ihrem Gesicht. »Was *tun* wir hier? Das ist Wahnsinn! Ihr alle ... Ihr lauft auf den Mauern herum und wartet nur darauf, dass sie wiederkommen, sodass ihr wieder gegen sie kämpfen könnt ... und jetzt haben sie uns hier *in der Falle* ...!« Sie blickte Ash in die Augen. »Du willst kämpfen. Ich habe es gesehen. Du *willst* es wirklich. Ich bin ... Das hier ist jemandes Kopf; das ist ein *Mensch!*«

Langsam stand Ash wieder auf. Hinter ihr hatten Petro und die anderen Schützen eine Schlafdecke entrollt; vier Mann hielten sie zwischen sich, und das Gewicht der menschlichen Einzelteile zog sie nach unten. Blut sickerte bereits durch den Stoff und tropfte auf die Erde.

»Er ist nicht verhört worden«, rief Angelotti. »Sie haben ihn nur umgebracht, Madonna. Er hat eine Speerwunde im Bauch.«

»Reitet weiter!«, rief Ash zurück. »Geht da hinten in Deckung!«

Angelotti gab seinem Pferd die Sporen. Anselm beugte sich aus dem Sattel und sagte irgendetwas zu Guilhelm, der daraufhin die Zügel von Ashs Stute nahm und wartete, während der Rest von Petros Männern weiterging. Ash drehte sich wieder zu Margarete Schmidt um.

Warum verschwende ich meine Zeit mit ihr? Mit einer halb bekloppten Kanonierin?

Ah, aber sie ist noch immer eine von uns...

Ash hob die Stimme, um sich über das Trappeln der Hufe hinweg verständlich zu machen. »Das ist nicht das erste Mal, dass du einen Menschen sterben siehst.«

Margarete blickte Ash mit einem Ausdruck an, den diese zuerst nicht einordnen konnte. Schließlich erkannte sie ihn: Das war tiefste Verachtung. *Eigentlich habe ich mich ja daran gewöhnt, diese Art von Gesichtsausdruck zu übersehen ... zumindest wenn er gegen mich gerichtet ist.*

»Ich habe in einem Hurenhaus gearbeitet!«, sagte die Frau verbittert. »Manchmal bin ich über irgendwen hinweggeklettert, dem man die Kehle durchgeschnitten hat, als er herein wollte. Das waren Straßenräuber, oder irgendjemand hatte einen Hass auf den armen Kerl. Sie haben sich aber nicht freiwillig gemeldet! Sie haben sich nicht freiwillig gemeldet, irgendjemanden umzubringen, den sie gar nicht *kennen!*«

Ash spürte, wie sich Schultern und Rücken verspannten; sie wurden stahlhart unter der stählernen Rüstung, als erwarte sie jeden Augenblick einen weiteren Geschosseinschlag in den zerstörten Straßen.

Mühsam beherrscht sagte sie: »Ich werde dich aus der Kompanieliste streichen. Aber zuerst wirst du John Prices Kopf nehmen und ihn zu deinem Sergeanten bringen. Dann kannst du tun, was immer du willst.«

»Ich werde *jetzt* gehen!«

»Nein. Das wirst du nicht. Zuerst wirst du tun, was ich dir gesagt habe.«

Vorsichtig legte Margarete Schmidt den abgeschlagenen Kopf vor sich auf die nasse Erde. Besitzergreifend ließ sie eine

Hand auf dem matten Haar. »Als ich dich in Basel das erste Mal gesehen habe, habe ich dich für einen Mann gehalten. Du *bist* ein Mann. Dir ist das alles scheißegal, stimmt's? Du weißt nicht, wie sich die Menschen in einer Stadt fühlen, die *keine* Soldaten sind ... Du weißt nicht, wovor die Frauen sich fürchten ... Du denkst an nichts anderes als an deine Kompanie. Wäre ich nicht in deiner Kompanie, du würdest keine zehn Minuten auf mich verschwenden oder auf das, was ich tue oder nicht! Das ist alles, was für dich zählt! Befehle!«

Ash rieb sich das Gesicht. Den Blick halb zum Himmel gerichtet, sagte sie: »Du hast Recht. Mir ist egal, was du tust. Tatsächlich ist es sogar so, dass du so schnell bei Mister Morgan wärst, dass deine Füße noch nicht einmal den Boden berühren würden, wäre da nicht die Tatsache, dass ich dich auf der Mauer in Löwenlivree habe kämpfen sehen ... und du bist neu dabei. Aber so wie es ist, wirst du tun, was ich dir sage. Denn wenn du es *nicht* tust, besteht die Chance, dass andere deinem Beispiel folgen.«

»Und ich habe Mutter Astrid für einen Tyrann gehalten!«

Das war melodramatisch, obwohl es, ehrlich betrachtet, sogar der Wahrheit entsprach, und wäre die Situation anders gewesen, Ash hätte vielleicht sogar gelächelt. »Es ist leicht, jemand anderen einen Tyrann zu nennen. Es ist allerdings weniger leicht, einen Haufen Bewaffneter unter Kontrolle zu halten.«

Die blonde Frau atmete rasselnd. »Du und deine verdammten *Soldaten!* Wir sitzen in dieser Stadt in der Falle! Es leben Familien hier. Hier sind Frauen, die sich nicht selbst verteidigen können. Hier sind Männer, die ihr Leben damit verbracht haben, sich ein Geschäft aufzubauen: *Die* können auch nicht kämpfen! Hier sind Priester!«

Ash blinzelte.

Margarete Schmidt hustete, wischte sich mit der Hand über den Mund und starrte angewidert auf John Prices Kopf, als dieser zur Seite und über das nasse Pflaster rollte.

Ein bläulicher Film lag auf den Augen.

Ash erinnerte sich an Prices fähige Hand, die sie ins Unterholz führte und ihr die Westgotenfeuer zeigte, und einen Augenblick lang verschlug es ihr den Atem. *Robert hatte Recht: Das ist so ein Augenblick, wenn es hart auf hart kommt.*

Eine Krähe flatterte herbei, landete drei Schritt von den beiden Frauen entfernt und hüpfte seitwärts zu dem abgeschlagenen Kopf.

Margarete Schmidt heulte wie ein kleines Kind. Vermutlich war sie nicht älter als sechzehn oder siebzehn, erkannte Ash plötzlich.

»Ich will raus hier! Ich wünschte, ich wäre nie hierhergekommen! Ich wünschte, ich hätte die Schwestern nie verlassen!« Tränen rannen Margarete über die Wangen. »Ich verstehe das nicht! Warum konnten wir nicht vorher raus? Nun werden wir nie von hier wegkommen! Wir werden hier *sterben!*«

Ash schnürte es die Kehle zu. Sie konnte nicht sprechen. Eine Sekunde lang drehte Furcht ihr den Magen um, und ihre Augen brannten. Ein rascher Blick verriet ihr, dass ihr Banner schon weit in Richtung der unbeschädigten Häuser vorgerückt war; selbst Guilhelm, der ihr Pferd hielt, war außer Hörweite.

»Wir werden nicht sterben.« *Hoffe ich.*

Die Tränen gruben sich durch den Dreck auf Margaretes Gesicht, und sie streckte die Hand nach dem Kopf aus. Dann zog sie ihre roten, nassen Finger schaudernd wieder zurück. »Du! Es ist *deine* Schuld, dass er tot ist!«

Ash trat nach der Krähe. Das Tier sprang flatternd zurück und landete wieder auf dem aufgerissenen Straßenpflaster; dann stakste es hin und her und beobachtete Ash ständig mit einem schwarzen Auge.

»Zu guter Letzt ist es das wohl«, sagte Ash und sah, wie die Frau sie mit offenem Mund anstarrte. »Nimm den Kopf, und bring ihn rüber. *Jeder* hat Angst. Jeder in Dijon. Wir sind hier drin einfach nur sicherer … deine Ladenbesitzer ebenso wie deine Bauern und auch die Priester.«

»Für wie lange?«

Zehn Minuten? Zehn Tage? Zehn Monate?

Vorsichtig antwortete Ash: »Wir haben für Wochen Verpflegung.«

Als die Frau den Kopf hängen ließ, dachte Ash überraschend: *Sie hat Recht. Ich habe das zu ihr gesagt … und ich hätte es auch zu Rickard gesagt, wenn er Furcht gezeigt hätte. Aber ich würde es zu keinem sagen, der nicht ein Schwert oder eine Armbrust zu gebrauchen imstande wäre. Es würde mich nicht kümmern. Zu was macht mich das?*

»Niemand *will* kämpfen.« Ash versuchte, das Gesicht der knienden Frau zu sehen. »Es ist einfach nur besser, jemanden mit einer Nahkampfwaffe anzugreifen, als von einer Kanone von der Mauer gepustet zu werden.« Und als Margarete Schmidt den Kopf hob, fügte sie hinzu: »Na gut: nicht *viel* besser.«

Die Frau hustete, ein Geräusch, das sowohl ein Lachen als auch ein Schluchzen hätte sein können. Dann hob sie John Prices abgeschlagenen Kopf auf und wickelte ihn in ihren knielangen Kittel.

»Zumindest ist das besser, als Männer für Geld zu ficken.« Margarete Schmidt löste den Blick von dem, was sie in ihrem Kittel trug, und trat ein Stück Ziegelstein nach der Krähe. Das Tier hüpfte ein paar Schritt zurück. »Aber nicht *viel* besser. Tut mir leid, Lady … Hauptmann Ash. Glaubst du, ich sollte besser die Kompanie verlassen?«

Ash war bestürzt. *Noch jemand, der glaubt, ich wüsste alle Antworten!*

Aber andererseits: Warum sollte sie das nicht glauben? Ich gebe mir ja auch alle Mühe, so zu klingen. Die ganze Zeit über.

»Ich werde … mit Petro sprechen. Wenn er sagt, dass du dem Standard entsprichst, kannst du bleiben.«

Ash beobachtete, wie die Frau den Kopf zaghaft in ihrem Kittel hielt und vorsichtig zu ihrer Lanze und ihrem Sergeanten blickte.

Was soll ich dir denn sagen? Dass du bei uns sicherer bist als als Zivilist, wenn die Westgoten Dijon überrennen? Dass sie dich einfach töten und nicht erst vergewaltigen und dann töten werden? Ja, das ist viel *besser.*

Warum bist du nicht bei Florian? Welcher verdammte Idiot hat dir eingeredet, Söldner zu werden?

»Gib das Petro«, sagte Ash. »Er ist nicht sauer auf dich. Er ist wütend, weil John Price ein Kumpel von ihm war.«

Als sie bis auf drei Straßen an den herzoglichen Palast herangekommen waren, verdunkelte der Abend bereits den Himmel. Vor lauter Menschen kamen sie kaum voran. Die Häusergiebel – die noch immer vom Regen trieften – waren mit schwarzem Samt verhängt. Die Wappen des Goldenen Vlieses* hingen an jedem Gebäude. Anselm und Angelotti ritten wie gewöhnlich vor Ashs Banner und bahnten sich einen Weg durch die Menge, wie ein Schwimmer, der die Wellen des Meeres teilt.

Eine durchnässte Stoffbahn, gut acht Ellen lang, flatterte über Ash hinweg und ließ Wasser auf ihren Harnisch tropfen. Samt, der einen – so dachte Ash – vermutlich hätte wärmen können. *Scheiße, was für eine Verschwendung! Was glauben die eigentlich, wie sie über den Winter kommen werden?*

Sollten die Goten allerdings über die Mauer kommen, wird es für diese Menschen keinen Winter geben.

Der Druck der Menge drängte Petro, Schmidt und den Rest der Eskorte gegen die Flanken von Ashs Stute. Sie beruhigte das Tier und ritt weiter. Ihr Blick wanderte über die Masse von Hüten und Schultern, während sie sich durch die Menschen

---

* Ein von Herzog Philip von Burgund gegründeter Ritterorden.

drängte, die die Straße verstopften. Vor ihnen las ein betriebsamer Haufen von Männern in Schwarz – Dutzende! – Listen vor und schob die Leute hierhin und dorthin.

Anselm beugte sich aus dem Sattel, um einen von ihnen anzusprechen. Der Mann schob sich an ihm vorbei, starrte auf den Azurblauen Löwen, machte eine Notiz auf seiner Schriftrolle und rief Ash zu: »Hinter Sieur de la Marche! Vergesst das nicht, Demoiselle!«

»Verdammter Mist.« Robert Anselm ließ Orgeuil einen Schritt zurückfallen, um neben Ash zu reiten. »Was jetzt? Wir kommen hier nicht durch.«

Fackeln wurden entzündet und brannten immer heller, je trockener es wurde. Die Straße hinunter war es bereits dunkel; nur am Himmel über den Dächern war noch ein Rest von Helligkeit zu sehen. Als sie an einer Kreuzung den Rand der Menge erreichten, sah Ash schwarz gewandete Fackelträger, die die Menschen zurückhielten.

Sie kniff die Augen zusammen. »Wir müssen zu Florian, und zwar dringender als diese verdammten Burgunder!«

Zwischen den Fackelreihen machten Kapläne und Kammerherren in Schwarz einen Weg aus Richtung des Palastes frei, sorgfältig darauf bedacht, die Straßenmitte freizuhalten. Tränen strömten den Menschen übers Gesicht. Ash blickte die Straße in die andere Richtung hinunter – *zur Kathedrale?*, dachte sie und versuchte, sich an den Sommer zu erinnern, als sie mit John de Vere und Godfrey hier entlanggeritten war.

Nichts außer einer Masse von Köpfen, Hüte, die zum Zeichen des Respekts gezogen wurden; eine Menge, so dicht, dass Ash alle Gedanken daran aufgab, zum Palast zu reiten oder auch nur einen Läufer dorthin zu schicken.

»Das ist die Beisetzung!«, erkannte sie. »Das hier ist Karls Beerdigung. Sie tragen den Herzog zu Grabe.«

Anselm wirkte seltsam unbeeindruckt. »Nun denn ... Und was jetzt?«

»Wo haben sie uns eingeordnet?« Ash klopfte mit dem Handschuh auf den Sattelknauf. »Hinter de la Marche ... Er war Karls Paladin. Hinter den Edelleuten, aber vor den restlichen Soldaten. Klingt das gut für dich, Robert?«

»O ja. Es klingt, als würden sie *nicht* tun, was die Faris mit ihren fränkischen Söldnern gemacht hat, nämlich sie an die Front schicken, wo sie in Stücke gehauen werden. *Falls* wir denn noch immer einen Kontrakt mit Burgund haben.«

Antonio Angelotti lenkte sein haselnussbraunes Pferd nach hinten und schüttelte den Kopf, als ihm Wasser von den Giebeln ins Gesicht fiel. Das Fackellicht verlieh dem Helldunkel seines Ikonengesichts einen silbernen Glanz.

»Unser Arzt wird auch bei der Beerdigung sein, wenn sie jetzt Herzogin ist, Madonna.«

»Oh, das hast du also auch schon rausgefunden, hm?« Ash lächelte zitternd. »Aber jetzt mal Schluss mit dem Gerede. Sie wollen also Karl beerdigen – fein. Ich bin sicher, ihm wäre es lieber, wenn sie Dijon vor den Klauen der Westgoten bewahren würden. Und sie wollen *Florian* krönen? Auch gut – aber sie sollten sich besser beeilen. Wir müssen langsam mal was planen. Wir müssen planen, was wir tun können.«

»Sollte es im Anschluss daran eine Krönung geben ...« Angelotti zuckte mit den Schultern.

»Wir müssen wissen«, sagte Ash, »wer jetzt wirklich das Kommando hat, denn wir haben Entscheidungen zu treffen. Es reicht eine einzige klitzekleine Veränderung, und diese Belagerung ist vorbei. Und ... was auch immer sonst geschehen mag, Florian muss überleben.«

Unten in den schmalen Straßen verblasste das letzte Tageslicht. Kirchenmänner und Bürger, Diener, Doctores, Sekretäre und Sergeanten kamen an Ash und ihren Männern vorbei, und Karls persönliche Bedienstete sowie seine *maîtres de requêtes* und *procureurs-généraux* waren auch dabei, ihre Livreen und schwarzen Gewänder glänzten hell im Fackellicht. Die verbliebenen Edelleute – die wenigen, die nicht bei der Armee im Norden dienten oder vor den Mauern verrotteten – folgten ihnen in langen schwarzen Gewändern und einem goldenen Leichentuch. Es wurde immer dunkler, und der Gestank der Pechfackeln wehte durch die Straßen. Der Sarg war von viel zu vielen Fackeln umgeben, sodass Ash ihn in dem grellen Licht nicht sehen konnte, als er an ihr vorüberkam. Geblendet erkannte sie einen der Äbte, der dem Sarg folgte, sowie zwei von Karls Bastardbrüdern; und dann, hinter den persönlichen Dienern des Herzogs und in rot-blauer Livree, kam de la Marche; er und seine edlen Gefährten ritten auf Pferden mit schwarzen Schabracken.

Ash gab ihrer Stute die Sporen und reihte sich entschlossen hinter de la Marche ein, während der Beerdigungszug weiter durch die Straßen von Dijon marschierte und dem verhängten Bleisarg in die Kathedrale folgte.* Dort stellte Ash sich nicht weit entfernt von den burgundischen Edelleuten neben eine Säule. Alle paar Minuten traten de la Marches Militärberater so unauffällig wie möglich an ihn heran und flüsterten ihm etwas zu: Nachrichten, so vermutete Ash, Nachrichten von der Mauer. Petro, den sie an der Tür postiert hatte, filterte Neuigkeiten von ihren eigenen Boten heraus: Der Nordwestabschnitt wurde immerhin noch nicht angegriffen.

Ash schwitzte, als die Priester ihre Hymnen sangen. Auf dem Sarg, den man auf eine vollständig in Schwarz drapierte Bahre gestellt hatte, standen das einbalsamierte Herz und die einbalsamierten Eingeweide in gesonderten Bleigefäßen. Vier große Kerzen brannten an den Ecken.

Die Gesänge dauerten bis nach der Vesper und sogar noch

---

* Tatsächlich wurde Karl der Kühne nach seinem Tod bei der Schlacht von Nancy nicht formell beerdigt. Was hier beschrieben wird, gleicht eher den Trauerfeiern für seinen Vater, Philip den Guten, welcher 1467, also neun Jahre vorher, starb.

bis nach der Komplet. Ash schwitzte auch noch während des Requiems, das um Mitternacht im Hauptschiff begann, welches mit schwarzen Stoffbahnen verhängt war. Tausendvierhundert Kerzen brannten dort, Bienenwachskerzen, deren Duft in dem abgeschlossenen Raum erstickend wirkte – Männer bohrten mit ihren Panzerstechern Löcher in die Fenster, um die unerträgliche Hitze hinauszulassen.

Zweimal schlief Ash kniend ein. Einmal wurde sie von Anselm taktvoll wieder wachgerüttelt, und sie nickte ihm dankbar zu und schluckte mit trockenem Mund, woraufhin ihr Angelotti unauffällig einen Kelch Wein reichte. Das zweite Mal hatte gerade ein weiterer Gottesdienst begonnen, als sie in Schlaf versank, ohne etwas dagegen tun zu können.

Als sie wieder aufwachte, lehnte sie an Angelotti. Sie trug noch immer ihre Plattenrüstung, und jeder Knochen tat ihr weh.

»Grüner Christus!«, murmelte sie vor sich hin.

Es ging in der immer lauter werdenden Hymne des Chores unter, die sie geweckt hatte, und schließlich vertrieb der Gesang auch den Rest Schlaf, der in der heißen Luft übrig geblieben war. In Priesterroben gewandete Männer bewegten sich in rituellen Mustern. Neben Ash stand Anselm respektvoll auf, griff nach unten und zog sie in die Höhe. Die Taubheit in Ashs Knien und Beinen wich brennendem Schmerz.

Der Bleisarg des Großen Herzogs des Westens wurde durch das Hauptschiff getragen: Karl, genannt der Kühne, Sohn von Philip, Enkel von Johann, Erbe von Burgund und Arles; vier grün gewandete Bischöfe und zweiundzwanzig Äbte trugen ihn in die Krypta.

Ein blasses Licht fiel auf die Fenster. Es war kein Kerzenlicht. Die Dämmerung: bleich, klar. Die Glocken der Stadt läuteten zur Prim, als der Chor in der Kathedrale endgültig verstummte.

Unauffällig bewegte Ash ihr schmerzendes Knie, dachte, *Grüner Christus, schlaf nie in Rüstung in der Kirche!*, und schaute sich nach ihrem Pagen mit dem Helm um.

»Madonna!« Angelotti deutete das Kirchenschiff hinunter. Ash drehte den Kopf und erstarrte.

Neben ihr runzelte Anselm die Stirn und schaute sich unsicher um.

Im schwachen Licht der Dämmerung und der wenigen noch nicht verloschenen Kerzen kam eine große, schlanke Frau zwischen den hohen Kathedralenpfeilern näher. Beamte und Höflinge hingen an ihren Fersen. Sie war nicht jung – vielleicht nicht mehr weit von den dreißig entfernt –, aber noch immer schön, wie Hofdamen es nun einmal sind. Der schwarze Brokat und Samt ihrer Robe betonten das Grün ihrer Augen und das Gold ihres Haares. Als sie in das hellhäutige Gesicht – ein wenig sommersprossig, aber sauber – hinter dem dünnsten aller Leinenschleier blickte, dachte Ash: *Sieht diese Frau nicht aus wie mein Gemahl Fernando?* Dann hielt sie die Luft an, starrte, hörte Anselm fluchen und erkannte: *Das ist Floria!*

Ihre Füße setzten sich in Bewegung, bevor sie es realisierte. Weder ganz wach noch sonderlich aufmerksam, ging Ash zur Spitze der Prozession. *Ich habe das vergangene Nacht geplant. Was zum Teufel habe ich sagen wollen?*

»Florian! Kümmere dich nicht um all das hier.« Sie machte eine weit ausholende Geste, welche die Kathedrale und den gesamten Hofstaat mit einschloss. »Ich berufe eine Offiziersversammlung ein. *Jetzt.* Wir können nicht länger warten!«

Grüne Augen unter blonden Augenbrauen und einem üppigen Kopfputz starrten Ash an. Einen Augenblick lang verspürte Ash eine unerwartete Verlegenheit, die sie verstummen ließ. Es fiel ihr so schwer, diese Frau zu betrachten und sich dabei den langbeinigen, verdreckten Arzt vorzustellen, der sich mit den Trossweibern besoff und auch trotz Kater verhältnismäßig sicher Wunden nähte.

In ebenso verlegenem Ton murmelte Floria del Guiz: »Ja. Du hast Recht...«, und starrte auf die Trauergemeinde, als wüsste sie nicht, was sie tun sollte.

Hinter ihr murmelte ein grün gewandeter Abt: »Nicht hier, Euer Gnaden!«

Schritte hallten laut durch das Kirchenschiff. Instinktiv, in Gegenwart so vieler Kirchenmänner und noch immer nicht ganz wach, legte Ash die Hand aufs Herz.

»So.« Sie starrte Florian weiter an. »Bist du jetzt die Herzogin? Bist du mehr als nur eine Marionette des Adels? Wir müssen darüber reden, wie wir dein Leben schützen können!«

Florian, in Frauenkleidern, erwiderte Ashs Blick und schwieg.

Leise wie Schneefall flüsterte Godfrey Maximilian in Ashs Geist mit klarer Stimme:

– Kind?

Vier

Ash hielt sich an Robert Anselms Schulter fest. Es war der Morgen des 18. November – tief in ihrem Inneren stand Ash noch immer unter Schock. Sie ignorierte Florians rasch gesprochene Worte zu den sie umgebenden Adeligen, war sich nur einer Erinnerung an Einfluss, Druck und Macht bewusst.

»Godfrey!«

Ein Beamter lehnte sich über Florians Schulter und flüsterte drängend auf sie ein.

»Außenverteidigung!« Einen Augenblick lang erinnerte sich Ash an Petro und seine Schützen, die sie umringten, die Gesichter nach außen gekehrt, die Waffen an dem heiligen Ort natürlich nicht gezückt, aber bereit. Sie legte die Hände vors Gesicht und flüsterte in ihre kalten Stahlhandschuhe:

»Godfrey . . . Bist du das wirklich?«

– Ash, meine Kleine . . .

Das war nichts im Vergleich zur Kraft seiner Stimme in ihrem Geist. Das hier war so leise wie der Wind in den kahlen

Ästen, so sanft wie Schnee, der auf anderen Schnee fällt. Sie nahm einen Geruch wahr – harzige Piniennadeln und die rauen, vollen Ausdünstungen von Ebern. In ihrem Geist sah sie aber keine Vision.

Was ist mit dir passiert?

Mit dem gleichen Gefühl, als würde sie aktiv etwas tun, *lauschte* sie. Sie lauschte so, wie sie immer gelauscht hatte, wenn sie die Stimme des Löwen, des Steingolems, der *machina rei militaris* gerufen hatte.

– Ash.

»Godfrey?« Sie zögerte; dann fragte sie erneut: »Godfrey?«

– Sehr schwach und ein wenig gebrochen, Kind, aber ja. Ich bin es.

»Grüner Christus, Godfrey, ich dachte, ich hätte dich verloren!«

– Du hast Stille gehört. Ich war nicht fort.

»Das ist ... Ich konnte es nicht unterscheiden!« Ash schüttelte den Kopf. Sie war sich bewusst, dass Männer sie umgaben, ihre eigenen und andere, und dass Florian laute, klare Instruktionen gab, kümmerte sich aber nicht darum.

– Jetzt hörst du mich ... Und du fürchtest, auch die Stimmen von Gottes Gefallenen zu hören.

»Ich glaube nicht, dass die Wilden Maschinen irgendetwas mit Gott zu tun haben!«

– Alles kommt zu uns durch Gottes Gnade.

So schwach – als wäre er weit weg von ihr, weiter weg, als dass man es in Entfernung hätte messen können. Die Fliesen unter Ashs rutschigen Sohlen wirkten körnig im Licht der Morgendämmerung. Zwischen ihren stahlgepanzerten Fingern hindurch sah sie sie funkeln.

Sie spürte eine Hand unter jedem Arm; Männer bewegten sich vorwärts; da war jemand – Florian – vor ihr; sie ging voraus. Wohin?

Draußen stach ihr die feuchte, kalte Luft in das bedeckte Gesicht.

»Kannst du die Wilden Maschinen hören?«, verlangte Ash zu wissen. »Ich habe sie nach der Hirschjagd gehört, und dann ... Sind sie dort? Godfrey, *sind sie dort?*«

– Ich bin verletzt worden und erhole mich nun. Ein großer Sturm wollte ausbrechen, und dann ... nichts. Dann kam die Verwirrung. Und nun bist du hier, Kind. Ich habe dich nach mir rufen gehört.

»Ja, ich habe dich ... gerufen.«

Godfreys Stimme, die die *machina rei militaris* war, sagte:

– Und ich habe dich weinen gehört.

Ash war vor zwei Nächten von stummem Weinen aufgewacht; stumm genug, dass es weder Rickard noch einen der anderen Pagen gestört hatte. Sie war aufgewacht und hatte es aus ihrem Gedächtnis verdrängt. Manchmal passierte so etwas auf einem Feldzug.

Ash stolperte, und die Hände rutschten von ihrem Gesicht; sofort legte sie sie wieder davor, nachdem sie kurz in den eiskalten frühen Morgen hinausgeschaut hatte; sie sah de la Marches herzogliche Garde, die große Kutsche der Herzogin, dann verlor sie sich wieder im Lauschen nach innen.

»Sind sie noch immer da?«, hakte sie nach. »Die Wilden Maschinen, Godfrey! *Sind sie noch immer da?*«

– Ich höre jetzt nichts. Aber ich habe auch nicht ihr Fortgehen gehört, Kind. Ich habe sie nicht sterben gehört.

Schweigen, aber keine Leere.

»Wir würden es *wissen*, wenn sie wirklich fort wären, nicht wahr? Oder ... beschädigt?«

Plötzlich fühlte Ash sich angespannt. Sie nahm die Hände vom Gesicht, atmete die kalte Luft ein, und Tränen traten ihr in die Augen, als sie sich den weißen Mauern des Palastes näherten. Anselm und Angelotti stützten sie noch immer unter den Armen. Ash wankte beim Gehen. Pagen folgten ihnen mit den Pferden. Nun, da der Himmel sich aufgeklärt hatte, wurde es sehr kalt.

»Nein. Woher hätte ich das wissen sollen? Warum? Scheiße, das wäre auch *zu* einfach gewesen ...«

– Ich höre nur ihr Schweigen.

Die sich auflösende Trauergemeinde in den Straßen von Dijon ignorierte Ash ebenso wie das abergläubische Murmeln ihrer Männer, die ihren Hauptmann dabei beobachteten, wie sie mit ihren Stimmen sprach – *aber nicht,* so sinnierte sie, *mit der Stimme, an die sie für gewöhnlich denken . . .* ›Heiliger Godfrey‹, *Himmel!* Sie ignorierte alles, ignorierte Anselm und Angelotti, die sie förmlich zum Palast trugen; stattdessen bot sie all ihre Kraft auf, um den schwachen Kontakt aufrechtzuerhalten.

»Sie haben versucht, ihr Wunder zu wirken. Ich habe es gefühlt, als der Herzog gestorben ist. Sie haben versucht, die Faris zu aktivieren. Es war noch nicht einmal auf mich gerichtet, und ich habe es gefühlt!« Vage war sie sich einer Reihe von Stufen bewusst, die sie hinaufstolperte. »Und ich habe ihre . . . ihre Wut gehört . . . *nach* dem Ende der Jagd. Wenn sie nicht beschädigt sind, nicht zerstört . . . Scheiße, soviel ich weiß, können sie es jederzeit wieder tun, sobald die Herzogin stirbt!«

– Herzogin?

Das Staunen in Ashs geteilter Seele war eindeutig menschlich – Godfrey wie er leibt und lebt.

– Margarete von York ist jetzt die Herzogin?

»Oh, die? Zur Hölle, nein. Sie hat sogar die Beisetzung ihres Gemahls versäumt!«

Ash klang höhnisch, auch in ihren eigenen Ohren. Eine Stuhlkante schlug gegen die Rückseite ihrer Beinröhren. Automatisch setzte sie sich hin. »Ich hatte gehofft, sie würde auftauchen – am besten mit zehntausend Mann hinter sich, um die Belagerung aufzuheben! Nein, die Witwe Margarete ist noch immer irgendwo im Norden. Florian ist die Herzogin.«

– Florian!

Irgendwo in der Nähe ertönte ein vertrautes aufgebrachtes Schnaufen.

»Godfrey, hast du die Faris seit der Jagd gehört? Ist sie vielleicht krank? Ist sie noch bei Verstand?«

– *Sie lebt, und sie ist genauso wie eh und je.* Als hätte Godfrey Maximilian vergessen, wie es war zu lachen. – *Sie wird nicht zu der* machina rei militaris *sprechen.*

»Versucht sie, mit den Wilden Maschinen zu reden?«

– *Nein. Die Großen Teufel schweigen ... Ich war entsetzt, stumm, taub ... Wie lange?*

Ash wurde sich allmählich bewusst, dass sie in einer hohen, mit Wandteppichen verkleideten Kammer saß. Da waren Burgunder, die laut redeten, und die Frau, die wie Florian aussah, versuchte, sie zu übertönen, als sie sagte: »Achtundvierzig Stunden? Vielleicht ein, zwei Stunden weniger?«

Ich weiß nicht, was ihr Schweigen bedeuten könnte.

Die Stimme in Ashs Kopf wurde nicht schwächer; sie verstummte plötzlich, als wäre sie von einer großen Schwäche befallen worden. Ash fühlte ihn noch immer, etwas Priesterliches; der heilige Godfrey erfüllte die sakralen Teile ihres Geistes.

Wenn ich sie dazu zwingen *könnte, mich zu hören ... die Wilden Maschinen ... Scheiße. Noch nicht. Ich muss nachdenken!*

Ash blinzelte mit den von Tränen erfüllten Augen und erkannte, dass sie aus den Fenstern des Tour Philippe le Bon schaute; Burgunds streitende Höflinge und Soldaten füllten den Raum hinter ihr mit Lärm.

Es war Morgen geworden in demselben Gebäude, wenn nicht sogar im selben Raum, in dem sie Karl von Burgund zum letzten Mal gesehen hatte. Diese untere Kammer besaß zumindest den gleichen Kalksteinkamin, wo ein Feuer gegen die bittere Kälte brannte. Die gleichen hellen Bodenbretter und mit Gobelins verhängten weiß getünchten Wände. Doch hier stand ein Eichenthron auf einer Empore, wo in der oberen Kammer ein Bett gewesen war.

Plötzlich verspürte Ash einen Schmerz, der die ganze Nacht

mit ihren Messen und Gebeten über nicht da gewesen war. *Scheiße*. Noch *ein Toter*.

Scheißkarthago!

Wut ließ sie wieder zu sich selbst finden; Wut, die irgendwo aus dem kalten Schweigen in ihrem Kopf stammte. *Sich in so was einzumischen ist nicht gut*. Dann kam die Hitze aus dem Kamin, und Ash wurde sich ihres Wamses bewusst und ihrer Hose, die vom Regen durchnässt und während des Schlafes wieder getrocknet waren, sowie ihrer Rüstung, deren polierte Oberfläche inzwischen von Rost überzogen war, und ihrer schmerzenden Knochen.

»Bist du in Ordnung?«, fragte Robert Anselm, der über ihr stand.

»Wie immer. Ich lebe noch. Wo ist Florian?« Ash packte Anselms gepanzerten Unterarm und zog sich in die Höhe. Der Raum geriet ins Wanken. »Scheiße.«

»Du brauchst was zu essen.« Anselm ging in den Raum hinein.

Das klare, kalte Licht brannte Ash in den verklebten Augen. Sie schaute aus einem Fenster des Tour Philippe le Bon. An dem Turm vorbei, der ihre Kompanie beherbergte, sah sie mit Eisen verkleidete Wagen bis zur Achse im Schlamm; sie schützten die Flammenwerfer, die den Vormarsch auf das Nordwesttor deckten.

»Ihr sollt daran ersticken.«

Anselm drückte Ash eine Brotkruste in die Hand. Der Geruch ließ ihr das Wasser im Mund zusammenlaufen und ihren Magen knurren. Mit den Zähnen riss sie ein Stück heraus und sagte kauend: »Danke.«

»*Du* bist wirklich nicht bei Verstand.« Ein Grinsen. »Was für ein Haufen Wichser. Entschuldige mich bitte. Ich muss mich mal etwas umtun.«

Anselm verließ sie und stürzte sich ins Gedränge der Höflinge. Eine raue weibliche Stimme ließ Ash den Kopf herumreißen.

»Zuerst ein *petit conseil**! Messire de la Marche. Messire Ternant. Bischof Johannes. Hauptmann Ash. Der Rest später! Alle
anderen *raus*!«

Florian: Das war der typische Tonfall, in dem sie irgendeinen Gehilfen anschrie, der ihr nicht schnell genug Verbands-
material brachte. Die große Frau in dem schwarzen Kleid richtete sich auf und stapfte weg von dem langen Tisch und durch
den Raum. Männer wichen vor ihr zurück und verneigten sich,
als sie vorüberging.

Eine männliche Stimme knurrte: »Ich protestiere!«

Ash erkannte den Vizegrafen und Bürgermeister Richard
Follo und dachte: *Aber er hat nicht ganz Unrecht. Ein Repräsentant
der Kaufleute sollte dabei sein,* und dann: *Wie stark kann Florian als
›Herzogin‹ überhaupt sein?*

Einer von de la Marches Beratern und zwei seiner Hauptleute begannen damit, die Menge aus der Tür zu scheuchen,
und das auf eine Art, wie es nur Gepanzerte mit Ungepanzerten tun können, ohne ein Schwert zu ziehen. Ein Haufen von
Offizieren, Sergeanten, Dienern, Kammerherren, Ärzten, Se-
kretären, Lehrern und niederen Hauptleuten wurde rasch
hinausbefördert.

»Ash . . .« Floria del Guiz blickte plötzlich durch den leerer
werdenden Raum und schüttelte den Kopf vor drei burgundischen Kammerherren, die versuchten – allerdings ohne Erfolg – die unvermittelt einsilbigen Robert Anselm und Antonio
Angelotti aus der Kammer zu treiben. Auf ihr Zeichen hin verneigten sich die Kammerherren in burgundischer Livree und
verließen den Raum. Keiner von ihnen blickte erst zu Olivier
de la Marche oder Philippe Ternant, um sich den Befehl bestätigen zu lassen.

Das ist . . . interessant.

Ein Diener verneigte sich, als er an Florian vorbeiging, ge-

* ›Kleiner Rat‹

folgt von anderen mit blendend weißen Leinentüchern für den Eichentisch und einem Dutzend Männern mit Silbergeschirr. Floria del Guiz drehte sich um und ging die verbliebenen Schritte auf Ash zu; dabei war offensichtlich, dass sie es nicht gewohnt war, sich in einem Kleid zu bewegen. Dann blieb sie mit ihren in Pantoffeln steckenden Zehen am Saum des schwarzen Samtunterrocks hängen. Ihre Füße verfingen sich in dem prächtigen Stoff, und sie stolperte.

»Pass auf!« Ash streckte die Hände aus und bewahrte Floria vor einem Sturz. Sie starrte in das so nahe, so vertraute Gesicht. Dann fiel ihr auf, dass sie keinen Wein im Atem der Frau roch.

»*Merde!*«, fluchte Florian leise. Ash sah, wie Florias Blick von den Männern um sie herum wegzuckte.

Ash ließ die Arme der großen Frau wieder los. Florians enger Ärmel verhakte sich an den Handschuhplatten, als sie ihr Gleichgewicht wiedergewann. Sie griff nach unten, um ihren Rock auszuschütteln, und enthüllte dabei ein Unterkleid aus mit Saphiren, Diamanten und Silberfäden verziertem Silberbrokat; dann rückte sie ihren Gürtel unter dem Bustier zurecht. Das schwarze Samtkleid war eng an Schultern, Armen und Körper. Der darunter liegende Brokat war v-förmig ausgeschnitten und entblößte Florians rosafarbenen Brustansatz. Als Arzt ließ Floria del Guiz stets die Schultern hängen; als Frau am trauernden Hof war sie in der Tat groß und aufrecht.

»Christus Viridianus, warum habe ich nicht so in meinem Brautkleid ausgesehen?«, bemerkte Ash ironisch. »Und du willst mir wirklich weismachen, Margarete Schmidt hätte dich abblitzen lassen?«

Der kurze Blick aus Florians Augen ließ Ash denken: *Das war übermütig. Mein Gott. Was sage ich da zu ihr?* Irgendetwas an Florian, die in Frauenkleidern vor ihr stand, machte sie nervös. *Vielleicht war es nicht so seltsam, sie sich mit Margarete Schmidt zusammen vorzustellen, als sie noch wie ein Mann ausgesehen hatte.*

Als hätte Ash nichts gesagt, verlangte Florian zu wissen: »In der Kathedrale ... Hört der Boss wieder ihre Stimmen?«

»Ich habe Godfrey gehört. Florian, ich glaube, er ist ... irgendwie verwundet worden. Und was die Wilden Maschinen betrifft ... bis jetzt nichts: nicht ein verdammtes Wort.«

»Warum nicht?«

»Als würde ich das wissen. Godfrey glaubt nicht, dass sie tot sind – falls man diesen Begriff überhaupt verwenden kann. Vielleicht sind sie beschädigt. Du bist die Herzogin. Warum sagst *du* es mir nicht?«

Floria schnaufte, ein Geräusch, so vertraut, als wäre sie noch immer der Kompaniearzt, als hocke sie noch immer in einem verdreckten Zelt auf irgendeinem Schlachtfeld und würde Stahl aus Fleisch rausschneiden.

»Himmel, Ash! Wenn *ich* es wüsste, wüsstest du es auch! Dass ich jetzt ›Herzogin‹ bin, macht keinen Unterschied.«

Sie hatte sich waschen können, bemerkte Ash: kein getrocknetes Blut unter den Fingernägeln.

»Wir müssen reden, ›Herzogin‹.« Ash blickte zu der großen Frau auf. Florians blondes Haar war unter den Kopfputz gesteckt, sodass ihre hohe weiße Stirn zu sehen war. Mit der linken Hand hielt sie inzwischen instinktiv ihr Überkleid vorn hoch, dessen Samt elegant um ihren Körper fiel.

Schwer zu glauben, dass das hier ein Feldscher ist. Ich könnte schwören, dass sie ihr ganzes Leben als Edelfräulein verbracht hat.

Ash fiel auf, dass die Frau sich vollkommen bewusst war, wie viele Leute sie beobachteten – wie viele Leute sie *beide* im Augenblick beobachteten.

Instinktiv kehrte Ash den anderen den Rücken zu, um ihren Gesichtsausdruck zu verbergen, und sah Florians Spiegelbild in den kalten Bleiglasfenstern. Eine langgliedrige Frau in Kleidern von höfischer Pracht, mit Valois-Juwelen an Hals und Handgelenken und einem Kopfputz samt Schleier; nur die dunklen Flecken um ihre Augen deuteten auf Verwirrung oder Erschöpfung hin. Und neben ihr, das Haar kurz geschoren, die Rüstung abgenutzt, stand eine Frau mit vernarbten Wangen und trüben Augen.

»Du musst es nur sagen«, erklärte Ash abrupt, »und ich bringe dich hier raus. Ich weiß zwar nicht wie, aber ich werde es tun.«

»Du weißt *nicht* wie.« Die Frau warf Ash ein spöttisches Grinsen zu, dass ganz und gar typisch Florian war, typisch Arzt; ein Grinsen, vertraut nach hundert gemeinsamen Monaten draußen im Feld.

»Es existiert kein militärisches Problem, für das es keine Lösung gibt!« Ash hielt inne. »Außer dem natürlich, das dich umbringt ...«

»Oh, *natürlich*. Die Wilden Maschinen ...«, begann Floria. Eine Frau durchquerte den leerer werdenden Raum und trat zwischen Ash und ihren Arzt; die schmalen Augen vor Wut zusammengekniffen, unterbrach sie die beiden, ohne zu zögern.

Jeanne Chalon sagte schrill: »Ich habe Backfleisch für die Beerdigung geordert, und was haben sie mir gebracht? Zwei Lammrücken, einen gekochten Kapaun, Kaldaunen, Schweinsdarm und drei Rebhühner – für eine Valois-Herzogin ist das *nicht* angemessen! Sag ihnen, sie sollen mehr und besseres Essen servieren!«

Ash nahm wieder Blickkontakt zu Roberto auf; sie riss den Kopf herum. Floria schwieg und versetzte ihrer Tante einen leichten Schubs in Richtung Tür.

»Die Dame hat Recht!« Olivier de la Marches Bariton hallte in der ganzen Kammer wider. »Bringt besseres Essen für die Herzogin.« Er winkte den Dienern.

Ash sah einen fast triumphierenden Ausdruck auf dem Gesicht der alten Frau, als sie davonstolzierte.

»Du hast sie hier reingelassen?«

»Sie war gut zu mir. Die letzten zwei Tage wenigstens. Sie ist die einzige Familie, die ich habe.«

»Nein«, widersprach Ash, »das ist sie nicht.«

»Ich wünschte, das hier wäre so einfach, wie ein Verwunde-
tenzelt zu organisieren, Ash. Im Zelt weiß ich, was ich *tue*. Hier
habe ich keine Ahnung. Ich weiß nur, was ich *bin*.«

Die Diener und Pagen waren fast damit fertig, den Tisch zu
decken: Der Duft von Weinsauce ließ Ash das Wasser im Mund
zusammenlaufen. Anselm und Angelotti blickten den Arzt mit
bewusst ausdruckslosen Gesichtern an.

Dann besann sich Florian, stieg rasch auf die Empore und
legte die Hand auf die Lehne des Eichenthrons. »Ich *weiß*, was
ich bin. Ich *weiß*, was ich tue.«

Ash hatte über dem toten Hirsch gestanden und Floria
sagen gehört: *Ich bewahre die Realität.* Für sie war das alles son-
nenklar – aber nicht für ihre beiden Offiziere und nicht für die
Burgunder.

»Wie?«, verlangte Robert Anselm zu wissen.

»Ich weiß nicht, *wie* ich das tue oder warum!« Erschöpft
erwiderte Florian seinen Blick. »Es ist eigentlich egal, wie ihr es
nennt! Außer, dass es so ist. Hier nennen sie es ›die Herzogin
sein‹. *Sie* halten mich für ihre Herzogin. Ash, wenn wir gehen,
wird diese Stadt fallen.« Sie hielt inne und korrigierte sich
dann: »Wenn *ich* gehe.«

»Bist du sicher?«, fragte Antonio Angelotti.

Florian hielt den Blick auf Ash gerichtet. »Muss ich *dir* wirklich die Sache mit der Moral erklären?« Ihre Finger schlossen
sich enger um die Thronlehne. »Ich will das nicht. Sieh es dir
doch nur einmal an! *Willkommen auf dem heißen Stuhl* . . .«*

Der Arzt schaute sich in der Kammer um. Ash sah sie zum
obersten Kammerherrn und Ratgeber blicken, zu de la Marche,
zum Bischof und zu den wieder verschwindenden Dienern.

»Würde ich nicht wissen, was ich bin, ich würde laufen. Du
kennst mich, Ash. Vielleicht laufe ich auch so noch.«

---

* Im lateinischen Original steht hier ›gefährliche Belagerung‹.

»Ja. Vielleicht wirst du das. Wenn auch nur zu einer Flasche.«

Florian nahm die Hand vom herzoglichen Thron und dem gewachsten Eichenholz, das sie mit dem sauberen Daumen gestreichelt hatte. Sie stieg wieder von der Empore herunter und stellte sich zwischen Anselm und Angelotti. Für Ash war klar, dass niemand sich ihnen würde nähern können, nicht, solange der Arzt den Wunsch verspürte, für sich zu sein; das, wenn überhaupt irgendetwas, brach die oberflächliche Spannung ihrer schlaflosen Erschöpfung und ließ sie wieder denken: *Diese Stadt lebt von geborgter Zeit ... und ein Mitglied meiner Kompanie ist hier gebunden ... Was soll ich tun?*

Verzweifelt schaute sich Ash in der hell erleuchteten Kammer um, blickte auf die noch immer versammelten Männer in prachtvollen Roben und Rüstungen und auf die Speisen, die man auf der von der Sonne gebleichten Tischdecke angerichtet hatte.

»Als ich den Hirsch erlegt habe ...« Florian blickte auf ihre geschrubbten Hände, als erwarte sie, dort Blut zu sehen. »Das hat Godfrey verletzt.«

Ash blickte ihr in die Augen und sah dort etwas, was Selbstvorwürfe hätten sein können. »Ich glaube, er erholt sich wieder.«

»Also hat das, was auch immer geschehen sein mag, auch die Wilden Maschinen beschädigt, sie vielleicht sogar zerstört.«

»Vielleicht. Aber ich würde mich nicht darauf verlassen. Ich habe sie nach dem Tod des Hirsches gehört.«

Robert Anselm grunzte. »Wenn wir wirklich viel, viel Glück haben, sind sie tatsächlich beschädigt worden ...«

Angelotti führte den Satz fort: »... falls das, was geschehen ist, als die Jagd ihr Wunder unterbrochen hat, sie überhaupt verletzt haben sollte, Madonna. Also: Wenn sie beschädigt *sind* ... könnten sie sich vielleicht schon morgen wieder erholt haben. Oder auch erst in fünfzig Jahren. Oder wir könnten ganz viel Glück haben, und es wird nie geschehen.«

Florian blickte Ash fragend an. Ash schüttelte den Kopf.

»Godfrey sagt, er höre Schweigen, keine Leere. Ich kann einfach nicht glauben, dass sie verschwunden sind. Vielleicht sind sie noch nicht einmal verletzt. Wer weiß schon, warum sie schweigen? Der einzig sichere Weg ist, so zu tun, als würde ich sie morgen wieder hören.«

Achtundvierzig Stunden Beerdigung, Schlafmangel und die schier überwältigenden Eindrücke des burgundischen Hofes, all das ließ Florian ungewöhnlich still wirken. Sie atmete tief durch, drehte die goldenen Ringe an ihren Fingern und blickte zu Ash. Ihr Gesichtsausdruck war der gleiche wie im Wald, als sie über und über mit dem Blut des Hirsches besudelt gewesen war und die Erkenntnis dessen, was ihr widerfahren war, sie hatte taumeln lassen.

»Hätten wir es gehört«, fragte sie, »wenn die Sonne in den vergangenen zwei Tagen jenseits der burgundischen Grenzen wieder aufgegangen wäre? Hinter Auxonne?«

»Oh, *Scheiße.*« Anselms angewidertes Bellen erschreckte die verbliebenen burgundischen Edelleute, die sich zum Kamin am anderen Ende der Kammer zurückgezogen hatten.

»Ja, das ist es. *Euen.* Scheiße! Euen Huw«, erklärte Ash Florian. »Er war draußen in ihrem Lager. Er hätte solche Gerüchte mit zurückgebracht. So etwas hätte sich innerhalb einer Viertelstunde im ganzen Gotenlager verbreitet!«

Ash zuckte mit den Schultern. Die Stahlplatten ihrer Rüstung knarrten, und Rost rieselte herunter.

»Ich bin dumm. Wäre *das* geschehen, es wäre den Goten egal, ob ich mithören kann oder nicht; sie hätten den Steingolem benutzt, um es der Faris zu sagen! Und Godfrey hätte es mir gesagt. Würde die Sonne wieder über der Christenheit scheinen, ich würde es wissen. Es ist dunkel. Und wenn es dunkel ist, dann sind die Wilden Maschinen noch immer bei uns.«

»Entweder das, und sie schweigen nur«, sagte Florian, »oder die Dunkelheit ist auch ohne sie immer da.«

»Du solltest besser hoffen, dass du Unrecht hast«, sagte Ash grimmig. »Ansonsten wird das nächste Jahr die reinste Hölle.«

»Also hat sich nichts verändert. Was auch immer du nicht von den Wilden Maschinen hörst.«

»Aber *warum* höre ich sie nicht?«

Angelotti zählte die Fakten an seinen von Pulver schwarzen Fingern mit überraschender Eleganz ab. »Kein Herzog. Vielleicht eine Herzogin. Noch immer dunkel. Kein Angriff auf die Mauern. Keine Drohungen der *Ferae Natura Machinae*. Sollte es da ein Muster geben, Madonna, so kann ich es nicht erkennen.«

Ash ignorierte die Menge und das Geklappere hinter sich.

»Sie werden Gründe für ihr Schweigen haben. Vielleicht wollen sie den Schaden verbergen. Woher sollen wir das wissen? Das ist es, was ich wirklich hasse«, sagte sie. »Entscheidungen treffen zu müssen, ohne ausreichend Informationen zu haben. Aber es kann ohnehin nie ausreichend Informationen geben, und Entscheidungen muss man so oder so treffen.«

Sie atmete tief durch.

»Wir müssen für Florians Sicherheit sorgen. Das kommt an erster Stelle. Burgund hin oder her, Herzogin oder keine Herzogin, egal, Florian ist das, was die Wilden Maschinen aufhält...« Sie unterbrach sich. »Es sei denn, die *Notwendigkeit* besteht nicht mehr...«

Mit langen, makellosen Fingern strich Florian ihr Kleid glatt. Das dünne Leinen ihres Schleiers verbarg nichts von ihrem Gesichtsausdruck; es hüllte ihn nur in eine Art Nebel, verlieh ihm dadurch aber paradoxerweise zugleich eine gewisse Klarheit.

»Draußen in der Wüste«, sagte sie.

»Was?«

»Du hast sie gezwungen, mit dir zu sprechen. Das hast du mir gesagt.«

Angelotti nickte. Robert Anselm verzog das Gesicht unbewusst zu einem Zähnefletschen.

»Mach das jetzt auch«, sagte Florian. »Finde es heraus. Ich muss es wissen. Tue ich das Gleiche, was Karl getan hat? Bin ich ein Hindernis? Bewahre ich die Wirklichkeit *gegen* alles?«

»Als ich es vor der Jagd versucht habe ... haben sie gelernt, mich von ihrem Wissen auszusperren.« Ash zögerte. »Aber sie haben noch immer mit mir *gesprochen*.«

Wenn ich darüber nachdenke, werde ich es nicht tun.

Eine Erinnerung flackerte in ihrem Geist auf: eine Erinnerung an Fürst-Emir Leofrics Gesicht, als sie die Worte der *machina rei militaris* in ihre Seele aufgenommen hatte, und an den bitterkalten Sand vor Karthago, in den sie mit dem Gesicht voran hineinfiel, als sie den Wilden Maschinen zum ersten Mal mehr als nur zugehört hatte. Als sie ihnen das Wissen abgerungen hatte, alles im Bruchteil einer Sekunde.

Innerlich bereitete sie sich vor. Es war mehr als nur eine passive Handlung, mehr als nur Platz für die Stimmen zu schaffen, die da kommen mochten; Ash verwandelte sich in eine Leere, die alles an sich heranzog, um sich wieder zu füllen.

Sie schloss die Augen, sperrte das Turmzimmer aus ihrer Wahrnehmung aus, Florian, Roberto, Angeli; sie richtete ihre Stimme auf das, was jenseits der *machina rei militaris* wartete, Hunderte von Meilen entfernt, in Karthago.

»Kommt schon, ihr verdammten Scheißer ...«

Und sie *lauschte*.

Ein schwaches Geräusch in der geteilten Einsamkeit ihrer Seele; nicht mehr als ein unfreiwilliges Flüstern überlagert von Godfreys Qual. Eine Stimme, aus vielen Stimmen gewebt, die sie nun zum ersten Mal hörte, seit der Hirsch in seinem Blut vor ihr gelegen hatte:

»PLANE, SOLANGE DU KANNST, KLEINES ERDENDING. WIR SIND NOCH NICHT NIEDERGEWORFEN.«

Die Wand der Kammer fühlte sich bitterkalt an und kühlte Ashs vernarbte Wange, als sie sich gegen das Mauerwerk lehnte.

»Lass mich das nehmen, Boss.«

Als sie sich bewegte, bemerkte sie Rickard neben sich, der ihr den Schaller aus den Fingern nahm. Mit einem Seufzen richtete sie sich auf und ließ ihn die Schnallen ihres Harnischs lösen und die rostverschmierten Schulterplatten abnehmen. Er stopfte sich die Platten unter den Arm. Verlegen öffnete er dann ihren Gürtel, nahm Schwert und Scheide und blickte sie besorgt an.

»Boss . . .«

Ash kehrte ihm den Rücken zu; sie konnte sich nun deutlich freier bewegen. Die Spiegelungen auf dem Fenster zeigten ihr die Kammer: Anselm, der ernst mit dem Rest der Löweneskorte sprach, die sich gerade zum Aufbruch anschickte, und Antonio Angelotti, der eine wunderschöne Hand auf Florians Arm gelegt hatte.

Ich hatte es vergessen. Schon nach zwei Tagen hatte ich es vergessen. Ich hatte vergessen, wie . . . wie sich ihre Stimmen anfühlen, wenn sie zu mir sprechen.

Ash streckte die Hand aus. Als ihre Finger das Glas berührten, spürte sie dessen Kälte durch das Leinen der Handschuhe hindurch.

Von hier aus, im Morgenlicht, sah sie Dijons Mauern und Türme von einem hohen Aussichtspunkt innerhalb der Stadt aus. Weiß getünchte Mauern hier, von Geschossen zertrümmertes Ziegelwerk dort; aus dem blau-grauen Feuerstein eines Turms bei den Mühlen quoll noch immer schwarzer Rauch. Die Stadt unter ihr war eine Masse roter Ziegeldächer. Im Süden, zwischen den Doppeltürmen Hunderter von Kirchen hindurch, sah sie die Suzon, die sich als weißes Band zwischen den bewaldeten, grauen Kalksteinhügeln hindurchschlängelte. Kein Vogel war am Himmel zu sehen. In der Ferne läuteten Kirchenglocken.

Nirgends sah sie eine Stelle – sei es an den Ufern des westlichen Flusses, am Boden jenseits des Grabens oder entlang der Straße zur Westbrücke –, die nicht durch frisch aufgeworfene Erdwälle blockiert war. Von hier oben wirkten die Gräben und Wälle der Westgoten so klein; die Pavesen und Sturmwände, die sie schützten, waren kaum zu sehen. Cornicen erklangen im feindlichen Lager.

Es war, als wäre da nun ein Abgrund in ihrem Geist, eine Kante, hinter der es steiler nach unten ging als von diesem Turm hinunter. Und in der Tiefe lauerten die Stimmen.

Robert Anselm, die Stimme rau von Schock und beißendem Humor, sagte: »Wir dürfen wohl annehmen, dass es *keine* guten Neuigkeiten gibt, hm?«

Das war das erste Mal, dass er mich mit den Wilden Maschinen hat sprechen sehen.

Scheiße, Robert, ich wünschte, du wärst nach Karthago gekommen!

»Da hast du wohl Recht . . .«

Was sie suchte, war die willkommene Taubheit des Handelns, ihre alte Fähigkeit, sich von ihren eigenen Gefühlen zu lösen. Doch das Beste, was sie entwickeln konnte, war ein Interesse an ihren zitternden Händen.

»Madonna.« Angelotti ergriff ihren Arm und zog sie mit überraschender Kraft hinter sich her. Sie stolperte über die Eichendielen am Kamin vorbei; als der italienische Kanonier sie auf einen Stuhl am Tisch setzte, erlangte sie ihr Gleichgewicht wieder. Dann trat er elegant einen Schritt zurück, um Florian die Hand zu reichen und der Herzogin von Burgund ebenfalls dabei zu helfen, Platz zu nehmen.

»Esst«, sagte er. »Und trinkt . . . Madonna Florian, da muss doch irgendwo Wein sein, oder?«

Mit zitternden Händen öffnete Ash ihre Handschuhe, ließ sie aufs Tischtuch fallen und griff nach einem der goldenen und mit Rubinen verzierten Pokale.

Sie bemerkte, dass sich auch die Burgunder setzten – es

waren nur noch wenige; die Kammer war weitgehend leer –, und die Diener beklagten sich über den Mangel an Zeremonie, aber Ash wollte einfach nur Wein auf ihrer Zunge spüren. Als das Fleisch serviert wurde, stürzte sie sich darauf, und es dauerte Minuten, bis sie bemerkte, dass sie die Fleischstücke nicht mit dem Speisemesser, sondern mit ihrem Panzerstecher aufspießte.

Ah, typisch Söldner, wie ihr sie euch vorstellt…

Der Geschmack von Zwiebeln, Ammern* und Erbsenpudding in ihrem Mund, das Gewicht in ihrem Bauch; dadurch wurde sie sich wieder ihrer selbst bewusst, ihrer Umgebung, der Wirklichkeit von Tischtuch, Rüstung und Wams. Sie rülpste.

Sie können mich nicht erreichen. Genauso wenig, wie sie es gekonnt haben, als ich vor der Jagd mit ihnen gesprochen habe. Sie können nur sprechen.

»Ich weiß nicht, ob sie beschädigt sind oder nicht.« Sie sprach zu Florian mit dem Mund voller Weizenbrei und spie aufs Tischtuch. »Woher sollte ich das auch wissen? Aber sie sind da.«

»O Gott.«

So ein frommer Ausdruck passt gar nicht zu Florian, dachte Ash. Sie legte den Löffel beiseite, holte mit dem Finger den letzten Rest Brei aus ihrer Schüssel, leckte ihn ab und blickte zu Floria del Guiz.

Florian sagte: »Das macht mich zu Karl von Valois.«

Grimmig und fröhlich zugleich erwiderte Ash: »Betrachte es mal von der guten Seite. Jetzt gibt es vierhundert Leute, die fest entschlossen sind, dich am Leben zu erhalten.« Sie blickte den Tisch hinunter zu Olivier de la Marche. »Oder sagen wir besser mehr als zweitausendfünfhundert.«

»Das ist kein Scherz!«

»Denk einfach nicht mehr darüber nach.« Ash verlieh ihrer Stimme einen sanfteren Tonfall. »Lass es. Denk darüber nach,

---

* Ein Singvogel, der in der damaligen Zeit als Delikatesse galt.

am Leben zu bleiben. Das ist normal: Das will jeder. Denk nicht darüber nach, was passiert, wenn du tot bist ...«

»Dann wirkt die Faris ihr Wunder. Die Wilden Maschinen werden sie dazu zwingen.« Florians Ton klang deutlich angespannt. »Burgund ist eine Ödnis. Aber andererseits ist das alles ...«

»Denk *nicht* darüber nach.«

Ash nahm Florians Hand in die schmutzigen Finger und verstärkte ihren Griff so weit, bis sie wusste, dass sie dem Arzt wehtun würde.

»Denk nicht darüber nach«, wiederholte sie. »Das kannst du dir nicht leisten. Frag Roberto. Frag Angeli. Wenn du darüber nachdenkst, wer und was alles von dir abhängt, wirst du nie ein ordentlicher Kommandeur werden; nie wirst du entscheidend für einen Angriff sein. Geh einfach davon aus, dass du überleben wirst, Florian. Geh einfach davon aus, dass uns scheißegal ist, was wir dafür tun müssen.«

Roberts geknurrte Zustimmung war ein Ausdruck tiefster Loyalität. In Angelottis raschem Blick wiederum lag mehr Wissen von Karthago – und auch von Burgund. Er wandte den lockigen Kopf und schaute kurz zu Olivier de la Marche, Philippe Ternant und dem Bischof.

»Ich frage mich, ob du in Burgund bleiben musst«, spekulierte Ash. »Ich frage mich, ob wir an dieser Belagerung teilnehmen müssen.«

Floria senkte die Stimme. »Ash, ob es dir nun gefällt oder nicht, ich *bin* das, was sie hier die Herzogin nennen.«

»Ja«, sagte Ash. »Ich weiß. Ich sehe nur nicht, wie wir da wieder rauskommen sollen.«

Das ist mein verdammter Arzt, über den wir hier reden!

Ash spürte, wie sich Florians Hand in der ihren bewegte, und sie ließ sie los. Auf der Haut waren rote Abdrücke zu sehen. Die Frau nahm ihre Hand wieder zurück und bewegte die Finger auf eine Art, die irgendwie nichts Weibliches an sich hatte.

Florians Blick wanderte zu dem großen Kaminfeuer, um das sich die Diener kümmerten. »Mein Gott, Ash, ich bin keine Herzogin!«

»Was du nicht sagst«, murmelte Robert Anselm, grinste und entblößte kurz seine gelben Zähne. »Du bist gerade mal ein Knochenflicker!«

Florians Stimme klang inzwischen wieder normaler als in der Kathedrale.

»Leck mich am Arsch, Anselm!«, knurrte die Herzogin.

»Mit Freuden. Aber ich dachte immer, du hättest keine Neigungen in diese Richtung, hm?«

»Ich habe mehr Fotzen als du, du englische Tunte! Das war schon immer so.«

»Er ist keine Tunte, Madonna.« Angelotti schob die Hand unter Anselms Tassetten. »Was für eine Schande!«

Robert Anselm ballte die Fäuste und tat so, als wolle er dem Kanonier den gepanzerten Ellbogen in den Magen rammen; dann setzte er sich wieder auf seinen Stuhl. »Mach nur weiter so, du italienischer Schwanzlutscher. Wird wohl Zeit, dass du mal einen *echten* Schwanz zu spüren bekommst!«

Mit leuchtenden Augen stützte Florian die Ellbogen auf den Tisch und bemerkte: »Ich weiß ja nicht … Er *ist* ein echter Schwanz, warum fühlt er sich dann nicht so an?«

Ash klappte den Mund auf, zuckte zusammen und starrte mit eingefrorenem Gesicht den Tisch hinunter zu den burgundischen Edelleuten; ihre Handteller waren nass von Schweiß.

Die Adeligen erwiderten ihren Blick verwirrt.

Ash gelang es, ihre Zähne in einem verzweifelten Lächeln zu entblößen.

Olivier de la Marche neigte amüsiert, aber höflich den Kopf.

Halte durch. Ihr Lächeln war wie festgefroren. Im Geiste ging sie den vulgären Austausch noch einmal durch. *Roberto hat auf Englisch angefangen – im Dialekt von Kent auch noch –, und sie ist seinem Beispiel gefolgt – Gott sei Dank!*

Ohne den Gesichtsausdruck zu verändern, bemerkte sie zwischen zusammengebissenen Zähnen hindurch: »Euch Bastarde kann man auch nirgendwohin mitnehmen!«

»Natürlich kannst du das.« Florians Schultern entspannten sich wieder. Sie streckte den Arm aus und berührte mit der Faust Anselms Arm und Angelottis Brustharnisch. »Zweimal sogar. Das zweite Mal zum Entschuldigen.«

Ash sah, wie sich ihre Gefährten entspannten, sah die stumme Bindung zwischen ihnen. Arzt, Kanonier und Kommandeur: Alles war genauso wie in den Kompaniezelten während der vergangenen fünf Jahre, nur dass Ash dieses Verhalten nun zum ersten Mal sah, seit sie vor achtundvierzig Stunden von Florian getrennt worden war.

Scheiße, das haben wir gebraucht. Aber alles andere verändert sich immer noch.

Sie griff nach dem Pokal und hob ihn in die Höhe, damit die Diener ihn nachfüllen konnten. Der warme Wein brannte sich ihre Kehle hinunter. »Gut! Gut, jetzt müssen wir planen, wie wir weiter vorgehen wollen. Florian, hast du irgendwelche von den Nachrichten bekommen, die ich gestern in den Palast geschickt habe?«

»Irgendwann ja.« Florian sprach mit jener Art von Belustigung, die jedwede Verlegenheit oder Panik verbergen konnte, welche der zur Herzogin gewordene Arzt empfinden mochte. »Nachdem sie an einem Dutzend Sekretäre vorbeigegangen sind.«

»Scheiße, was für eine tolle Art, ein Herzogtum zu führen!«

»Du kannst dich noch glücklich schätzen. De la Marche hat erzählt, dass die meisten Advokaten mit Margarete nach Norden gegangen sind. Vor Auxonne.«

Ash lehnte sich auf den Tisch. »Du hast den Azurblauen Löwen nicht verlassen. Noch nicht. Nicht bevor du es mir sagst.«

Ash vermochte Florians Gesichtsausdruck nicht zu deuten.

»Wir müssen wissen, welchen Status du hast. Wir müssen wissen, was ›Herzogin‹ wirklich bedeutet – für was Olivier de la Marche dich wirklich hält. Wenn irgendjemand die Kontrolle über die burgundischen Truppen in dieser Stadt ausübt, dann er, nicht du.«

Florian blickte zu Olivier de la Marche. Ash sah, wie der Burgunder das als Ruf interpretierte und sich erhob. Er ging zum Kopf des Tisches. Ash glaubte, eine gewisse Unsicherheit an ihm zu bemerken, als er Floria ansah, aber dann erschien ein strahlendes Lächeln auf de la Marches Gesicht.

»Himmel, seine Herzogin muss er ja mögen, aber ich habe nicht gewusst, dass *ich* so beliebt bin . . .« Verzweiflung stand Florian deutlich ins Gesicht geschrieben. »Boss! Du weißt, was wir . . . was die Kompanie in den vergangenen zwei Tagen getan und geleistet hat. Und du auch. Oben auf der Mauer. Vor und zurück entlang des Niemandslands hinter dem Nordwesttor. Die ganze Zeit über unter Beschuss.«

»O ja, das hatte ich schon ganz vergessen«, erwiderte Ash trocken. »Nicht dass wir eine Wahl gehabt hätten! Himmel, selbst Jussey und Jonvelle haben uns gute Rückendeckung gegeben . . .«

Olivier de la Marche näherte sich der Herzogin und verneigte sich steif vor ihr. Den Blick hielt er auf Ash gerichtet. »Wie hätten sie etwas anderes tun können?«

Es dauerte einen Augenblick, bis Ash das als rhetorische Frage erkannte, die mit offensichtlicher Ehrlichkeit gesprochen war. Fragend blickte sie ihn an.

»Ihr tragt das Schwert, welches das Blut des Hirsches vergossen hat«, erklärte Olivier de la Marche. »Jeder Mann in Dijon weiß das.«

»Ich trage das Schwert . . .?« Ash unterbrach sich selbst.

»Ich habe dein Schwert benutzt.« Florians zusammengepresste Lippen bewegten sich; es schien, als unterdrücke sie ein Grinsen.

»Du hast es dir von mir geschnappt, weil du keins hattest

83

und weil kein anderes da war!« Ash blickte wieder zu de la Marche. »Grüner Christus! Sie hat also mein Schwert benutzt. Und? Sie hätte genauso gut einen spitzen Stock nehmen können!«

De la Marche verzog das Gesicht; Falten zeigten sich um seine Augen, die Wetter und Lachen dort hineingegraben hatten. Irgendetwas überlagerte die Ehrlichkeit in seinem Gesichtsausdruck: vielleicht Freude darüber, dass Ash diesen offensichtlichen Vorteil nicht ausnutzen wollte.

»Und *wie auch immer*«, fügte Ash hinzu, »seitdem ist es gereinigt worden; falls nämlich nicht, können sich meine Pagen schon mal auf wunde Ärsche einrichten!«

Sie streckte die Hand aus. Von seinem Platz an der Wand sprang Rickard auf, eilte herbei und reichte Ash das Schwert. Ash packte die Scheide und zog die Klinge eine Elle weit heraus. Das graue Metall war farblos, abgesehen von silbernen Streifen, die vom Schärfen herrührten, das Ash nach der Jagd befohlen hatte. Nichts verunstaltete die rasiermesserscharfe Klinge.

»War es eigentlich wirklich das hier? Oder hatte ich mir zu dem Zeitpunkt noch deins geliehen, Robert?«

»Oh, das war schon dein Schwert, Madonna«, warf Angelotti ein. »Die Faris hatte es dir gerade zurückgeschickt. Ich schwöre, wir dachten schon, du wolltest es sogar mit ins Bett nehmen.«

»*Danke*, das reicht.« Ash schob das Schwert wieder in die Scheide. Rickard trat grinsend zurück.

De la Marche ignorierte sowohl die Anwesenheit als auch die Vertrautheit von Ashs Offizieren und sagte: »Die Tatsache bleibt bestehen, Demoiselle-Hauptmann: Euer Schwert hat das Blut des Hirsches vergossen. Glaubt Ihr, irgendjemand in der Stadt würde es geringer schätzen, nur weil es ein Werkzeug ist, dass Ihr sauber und einsatzbereit haltet? Geht auf die Straße hinaus. Neben ›Heldin von Karthago‹ werdet Ihr ›Blut des Hirsches‹ und ›Schwert des Herzogtums‹ hören. Für die Menschen von Burgund seid Ihr nicht mehr einfach nur ein Söldner.«

Ash unterdrückte ein Schnaufen, als sie Robert Anselms profanen Ausruf neben sich hörte.

»All diese Titel sind Zeichen von Gottes Gnade«, fuhr de la Marche unbeirrt fort. »Eine Standarte ist nur ein Stück Seide, Demoiselle-Hauptmann, aber Männer werden in Stücke gehackt, wenn sie sie halten, und sie sterben, um sie zu verteidigen. Die Herzogin ist unsere Standarte. Und ich glaube, Ihr seid drauf und dran, eines unserer Banner zu werden, ob es Euch nun gefällt oder nicht.«

Die Belustigung wich aus Ashs Gesicht. Sie hörte Anselms Schweigen, spürte Angelottis Blick – und die Aufmerksamkeit der Männer weiter unten am Tisch, wie auch jener, die gerade die Essensreste wegräumten.

»Nein«, sagte sie. »Das bin ich nicht. Das sind *wir* nicht.«

Der große Burgunder drehte sich um und verneigte sich formell vor Floria del Guiz. »Mit Eurer Erlaubnis, Euer Gnaden?«

Ebenso formell – und ebenso verlegen – nickte Florian.

Plötzlich überkam Ash die Erkenntnis. Nur mühsam behielt sie ihren Gesichtsausdruck bei.

Scheiße! Mit mir *wird er fertig . . . Ich mag ja eine Frau in Männerkleidern sein, aber ich bin Soldat. Er kann so tun, als wäre ich wirklich ein Mann. Florian . . . Er hat Floria als Florian gesehen. Und sie ist Zivilist. Und er weiß nicht, wie er sie behandeln soll. Er weiß nicht, wie er sie als Herzogin sehen soll.*

Und im Augenblick ist er der mächtigste Mann in Dijon.

»Demoiselle-Hauptmann, Eure Condotta ist mit meinem Herrn, dem Herzog, gestorben.« De la Marche hielt kurz inne. »Ihr habt vierhundert Mann. Ihr habt gesehen, was jetzt außerhalb dieser Stadt liegt – die neuen Gräben. Unter normalen Umständen würde ich Euch bitten, eine neue Condotta mit

Burgund zu unterzeichnen, und erwarten, dass Ihr Euch weigert.«

Rhetorisch bemerkte Anselm: »Ist immer wieder nett zu sehen, wie viel Vertrauen die Menschen in ihre Stadt haben!«

De la Marche blickte kurz zu Floria del Guiz und fuhr dann fort: »Die ›Heldin von Karthago‹ wird keinen Kontrakt bei den Karthagern bekommen. Eure *Männer* vielleicht, aber unter einem anderen Eurer *Centeniers**. Wie auch immer, sie haben sich anders entschieden. Ich bin der Kommandeur der Ritter des verstorbenen Herzogs: Ich weiß, was es heißt, wenn die Männer an ihren Befehlshaber glauben. Demoiselle Ash, das bedeutet eine große Verantwortung.«

»Da habt Ihr verdammt nochmal Recht!«

Erst als sich ein leichtes Lächeln auf de la Marches Gesicht zeigte, bemerkte Ash, dass sie laut gesprochen hatte.

»Demoiselle-Hauptmann, wir haben einen Nachfolger für meinen Herrn Karl: Ihre Gnaden, die Herzogin Floria. Euren Arzt. Angesichts dessen ...«

Robert Anselm fiel ihm harsch ins Wort. »Überspringen wir den Mist, ja?«

Ash warf ihm einen tadelnden Blick zu. *Scheiße. Wenn du das nächste Mal ›Böser Schläger‹ – ›Edler Kommandeur‹ spielen willst, könntest du mich dann vorher bitte warnen?*

Anselm sagte: »Wir stecken hier fest, weil die Schweinegoten Ash hassen. Die Jungs werden sie nicht als Hauptmann aufgeben, und jetzt ist unser Arzt auch noch die Herzogin – aber diese Stadt *wird* fallen, Messire de la Marche. Das ist nur eine Frage der Zeit. Falls Ihr glaubt, Ihr könntet unsere Dienste umsonst bekommen ... nun, dann solltet Ihr verdammt nochmal nachdenken!«

Seine Unhöflichkeit hallte von der weiß getünchten Decke.

---

* In der burgundischen Armee Karls des Kühnen bezeichnet *Centenier* einen Hauptmann mit einer Kompanie von hundert Soldaten.

Olivier de la Marches Gesichtsausdruck veränderte sich nicht. In sanftem Tonfall sagte er: »Eure verbleibende Condotta ist mit dem englischen Earl of Oxford, der inzwischen vielleicht schon tot ist. Ich habe Euch einen Vorschlag zu unterbreiten, Demoiselle-Hauptmann Ash.«

Ein rascher Blick zu Florian zeigte Ash nur, dass diese genauso verwirrt war wie sie selbst.

Entweder hat er im Vorfeld nicht mit ihr darüber gesprochen, oder achtundvierzig Stunden Chaos haben sie das einfach vergessen lassen. Scheiße, ich wünschte, ich wäre darauf vorbereitet!

Ash legte die Hände auf den Eichentisch und bewegte die verkrampften Finger. In jeder Kerbe, jeder Rille ihrer Handschuhe hatte sich inzwischen Rost gesammelt, und einen Augenblick lang folgte sie den Linien, bevor sie wieder zu dem Mann auf der anderen Seite des Tisches blickte.

»Und wie lautet dieser Vorschlag?«

Olivier de la Marche sagte: »Demoiselle Ash, ich möchte, dass Ihr meinen Platz als Oberkommandierender der burgundischen Armee einnehmt.«

Fünf

Das Schweigen zog sich in die Länge.

Weder Anselm noch Angelotti oder Florian sagten ein Wort. Der alte Kammerherr Ternant lehnte sich über den Tisch, um dem Bischof irgendetwas zuzuflüstern, aber zu leise, als dass man es über das Knistern des Kaminfeuers hinweg hätte hören können. Die burgundischen Diener waren wie erstarrt.

Ashs Stuhl knarrte, als sie auf die Füße sprang. Das Geräusch und ihre laute Stimme sorgten dafür, dass Diener und Wachen sie anstarrten.

»Ihr seid *verrückt!*«

Der große burgundische Edelmann lachte. Echte Freude war aus diesem Lachen herauszuhören. Dann stieß er ernst mit dem Finger nach Ashs Brust.

»Demoiselle, stellt Euch selbst mal folgende Fragen: Wer ist im Triumphzug mitten aus der Höhle des Löwen, der feindlichen Hauptstadt, Karthago gekommen? Wer hat sich ungeschlagen durch halb Europa gekämpft und uns unsere neue Herzogin gebracht? Wer ist wie durch ein Wunder gerade rechtzeitig an dem Tag erschienen, an dem Herzog Karl von Valois gestorben ist?«

»*Was?*« Ash schlug mit der flachen Hand auf den Tisch. Der Knall hallte durch den Raum. »Ihr wollt mich *verarschen!*«

»Und wer hat während der Jagd über unsere Herzogin gewacht, sie sicher ihrem Schicksal entgegengeführt und ihr eben jene Klinge in die Hand gelegt, mit der sie den Hirsch erlegt hat?«

»Verdammte *Scheiße!*«

Ash trat zwei Schritt vom Tisch zurück, wirbelte wieder herum und blickte den Burgunder an.

»Wir sind nicht ›im Triumphzug‹ aus Karthago gekommen! Wir haben uns zurückgezogen, so schnell wir *laufen* konnten! Wir haben es nur *knapp* von Marseille hierher geschafft, die Westgoten immer einen Schritt hinter uns ... Ich habe das Gefühl, als wären wir seit Basel durch ganz Europa gerannt! Und was das *Wann* unserer Ankunft hier betrifft ...« Sie schüttelte den Kopf. »Habt Ihr noch nie etwas von Zufall gehört? Und ich hätte gerne gesehen, wie Ihr versucht hättet, Florian vom Jagen abzuhalten! Grüner Christus auf dem Scheißeichenbaum!«

Olivier de la Marche bekreuzigte sich rasch. Das Morgenlicht schimmerte auf dem Rot, Blau und Gold des Wappens auf seiner Brust, eine makellose Livree, die seinen Brustharnisch ganz bedeckte.

»Gott macht sich nicht immer die Mühe, die Werkzeuge seines Willens darüber zu informieren, was sie sind, Demoiselle-Hauptmann. Warum sollte er? Ihr habt alles getan, was er will.«

Ash wusste nicht mehr, was sie sagen sollte, und starrte ihn nur mit offenem Mund an.

Angelotti murmelte: »Heilige Muttergottes...!«

»Und«, fügte der burgundische Kommandeur hinzu, »ohne Zweifel werdet Ihr fortfahren, seine Wünsche zu erfüllen.«

»Ihr seid der Oberbefehlshaber der Armee, de la Marche. Das seid Ihr schon seit Jahren. Die Männer haben Euch im Turnier und im Krieg gesehen... Selbst wenn ich dieser Idiotie zustimmen sollte, wird niemand *meinen* Befehlen als Generalhauptmann der burgundischen Armee folgen!«

»O doch, das werden sie!«

Nun drehte de la Marche sich um, ging ein paar Schritte mit hinter dem Rücken verschränkten Händen und kehrte dann wieder zum Tisch zurück, wo Florian saß. Sein Blick huschte über die Herzogin, beurteilte Ashs Unterhauptleute als nicht wichtig für die Diskussion und kam dann wieder auf Ash zur Ruhe.

»Das *werden* sie«, wiederholte de la Marche. »Demoiselle-Hauptmann, ich habe Euch den Grund dafür genannt. Ihr wart auf der Mauer. Geht auf die Straße, wenn Ihr mir nicht glaubt, und hört Euch an, zu was für eine Legende Ihr geworden seid! Wir glauben, dass Gott Euch gesandt hat, um uns unsere Herzogin zu bringen, wo anderenfalls alles nach dem Tod von Herzog Karl dem Untergang geweiht gewesen wäre. Die Menschen von Dijon glauben, dass Ihr für uns kämpfen werdet, gegen die Westgoten, die Ihr schon einmal geschlagen habt, und solange Ihr kämpft, wird diese Stadt nicht fallen.«

Philippe Ternant stand auf und ging zu ihnen. Mit einer Hand stützte er sich auf den Tisch, mit der anderen auf den Bischof. »Es ist wahr. Ich habe sie gehört.«

»Ihr strahlt nun so hell für Burgund«, fuhr de la Marche fort, »wie die Jungfrau Johanna für Frankreich gestrahlt hat. Es ist Euer Schicksal, die Jeanne d'Arc von Burgund zu werden. Das könnt Ihr nicht leugnen.«

O doch, das kann ich verdammt nochmal...

Als Ash sich von Olivier de la Marche abwandte, erhaschte sie zuerst den Blick eines der Diener in weißem Wams, dann den der Wache, neben der er stand. Nackte, schmerzvolle Hoffnung stand den beiden Männern ins Gesicht geschrieben, von Zynismus keine Spur.

»Hm.« Ash hob die Hände, als könne sie so die Worte des burgundischen Generalhauptmanns abwehren. »Ich nicht. Ich habe dieses Päckchen gesehen, und es tickt...«*

»Es ist Eure Pflicht...«

»Ich *habe* keine Pflicht! Ich bin ein *Söldner,* verflucht nochmal!«

Keuchend und frustriert funkelte Ash den Mann an.

»Ich habe nicht darum gebeten! Das ist doch alles Scheiße! Achthundert Mann, mehr habe ich nie befehligt...«

»Ihr hättet noch mich und meine Offiziere, Demoiselle.«

»Ich will sie aber nicht! Das wird nicht geschehen! Dijon bedeutet mir gar nichts! Und Burgund auch nicht!«

De la Marche brüllte so laut wie auf dem Schlachtfeld: »*Wir glauben an Euch, ob Euch das nun gefällt oder nicht!*«

»Nun, *ich* habe Euch aber nicht darum gebeten, verdammt!«

Ash schrie dem großen Mann atemlos ins Gesicht; dann verschlug es ihr die Stimme.

Plötzlich wieder ruhig geworden, sagte Olivier de la Marche: »Glaubt Ihr wirklich, ich *will* Euch als Generalhauptmann, Mädchen? Glaubt Ihr wirklich, ich will abtreten? Ich war Herzog Karls Mann länger, als Ihr lebt. Ich habe ihn eine Verord-

---

* Hier habe ich eine ungewöhnlich schwere Textpassage äußerst frei übersetzt.

nung nach der anderen schreiben und Burgunds Armee zur besten der Christenheit machen sehen … und nun liegt die Hälfte davon tot bei Auxonne; niemand weiß, wie es in Flandern steht, und innerhalb dieser Mauern stehen gerade mal zweitausend Mann. Es fällt mir schwer zu glauben, dass man jemand anderem als mir die Verteidigung der Stadt anvertrauen könnte. Und doch fällt es mir noch schwerer zu glauben, dass Gott Euch *nicht* geschickt hat. Ihr seid hier, jetzt, um unser Oriflamme* zu sein. Wie kann ich mich dem widersetzen? Gott *verlangt* Euren Dienst.«

Ash atmete schwer, doch ihre Stimme klang gelassen und zynisch. »Vielleicht tut er das. Aber er hat mich verdammt nochmal noch nicht bezahlt!«

»*Das ist kein Scherz!*«

»Nein. Das ist es nicht.« Als sie sich hinter Florians Stuhl wiederfand, hörte Ash auf, auf und ab zu laufen. Sie drehte sich um, um der blonden Frau die Hände auf die Schultern zu legen. »Das ist ganz und gar kein Scherz.«

»Dann …«

»Jetzt hört *Ihr* mir einmal zu.« Ash sprach leise. Sie wartete, bis der gepanzerte burgundische Adelige sich genötigt sah, das Bellen einzustellen und zuzuhören.

Ash sagte: »Burgund ist unwichtig; *Florian* ist, was zählt.«

Florian rührte sich unter ihren Händen.

Ash sagte: »Es ist nicht wichtig, ob wir Dijon verlassen, ihr Jungs massakriert werdet und Burgund von den Westgoten erobert wird. Nur dass Florian am Leben bleibt, ist von Bedeutung. Solange sie lebt, können die Wilden Maschinen nichts tun. Und wenn sie stirbt, ist auch Burgund unwichtig, denn keiner von uns wird mehr da sein: ihr nicht, ich nicht, nicht die Burgunder und auch nicht die Westgoten!«

»Demoiselle-Hauptmann …«

* Ursprünglich das heilige Banner von St. Denis.

»Ich kann es mir nicht leisten, den Helden für Euch zu spielen!«

»Demoiselle Ash . . . !«

»Hey. Es ist ja nicht so, als wäre ich die Einzige mit Charisma.« Ash grinste schief und brachte ihre Gefühle wieder ein wenig unter Kontrolle, während sie de la Marche betrachtete. »Seid Ihr nicht der Goldene Junge jedes Turniers? Und . . . oh, was ist mit Anthony de la Roche? Er ist charismatisch . . .«

»Er ist in Flandern«, antwortete de la Marche grimmig. »Ihr seid hier! Demoiselle, ich kann nicht glauben, dass Ihr Euch auf diese Art Gottes Willen widersetzen wollt!«

»Ihr hört mir nicht zu!«

Als sie kurz davor war zu brüllen – aus schierem Frust *Florian!* zu schreien –, hörte sie Robert Anselms Stimme hinter sich.

»Du denkst nicht nach, Mädchen.«

Er legte die kräftigen Hände auf die Stuhllehnen und wuchtete sich in die Höhe. Seine Rüstung klapperte. Unbewusst machte er eine Bewegung, die die Rüstung wieder zurechtrückte, und drehte sich zu Ash um.

Robert Anselm deutete mit dem Daumen auf die Fenster. »Du willst sichergehen, dass Florian am Leben bleibt? Mit dem Haufen da draußen? Was wäre besser, als das Kommando über die verdammte burgundische Armee zu haben?«

Ash starrte ihn an.

»Und Jesus weinte, Robert!«

»Er hat vielleicht auch Grund dazu, Madonna.«

Ash schlug mit der Faust in die Hand. »Nein!« Sie drehte sich wieder zu Olivier de la Marche um. »Ich werde Eure verdammte Armee nicht nehmen! Ich muss mir die Möglichkeit erhalten, Florian von hier wegzubringen.«

Sie beobachtete, wie de la Marches Nasenflügel sich bewegten, wie sie sich blähten, als er einatmete und herunterschluckte, was auch immer er hatte sagen wollen.

»Ihr seid nicht in Karthago gewesen«, sagte Ash in sanfterem Tonfall. »Ihr habt die Wilden Maschinen nie gesehen ...«

»*Sie ist unsere Herzogin!*«

»Das ist *unwichtig*, du Idiot!«

Antonio Angelotti stand auf und trat zwischen Ash und Olivier de la Marche. Ash wich einen Schritt zurück. Ihre Kehle fühlte sich rau an, und sie funkelte den burgundischen Edelmann wütend an.

Angelotti berührte das Heiligenmedaillon, das er am Handgelenk um seinen gerillten deutschen Handschuh trug, und blickte demonstrativ zu Ash, ob sie ihm gestattete, das Wort zu ergreifen.

Ash atmete schwer und nickte schließlich.

»Euer Gnaden«, Angelotti wandte sich an den Bischof hinter de la Marche, »muss die Herzogin auf burgundischem Gebiet bleiben?«

Der Bischof – ein rundgesichtiger, dunkelhäutiger Mann mit dem typischen Aussehen derer von Valois – wirkte verblüfft. »Nun, das ist purer Aberglaube.«

»Wäre es das?« Ash sprang Angelotti sofort zur Seite. Sie ignorierte de la Marches wütend gerunzelte Stirn. »Wirklich? Ich habe *gesehen*, wie jemand die Vision eines Heiligen in echtes Fleisch und Blut verwandelt hat. Und nun sagen alle, dieser jemand sei Eure Herzogin. Ihr habt vielleicht Nerven, mir zu sagen, die Frage meines Geschützmeisters sei purer Aberglaube!«

»Sie beweist zumindest, dass er nicht richtig nachgedacht hat.« Der Bischof ließ Philippe Ternants Ellbogen los, verschränkte die Finger und berührte damit seine geschürzten, feinen Lippen. »Wie hätte mein verstorbener Bruder Karl Krieg führen oder Diplomatie betreiben können, wenn es ihm unmöglich gewesen wäre, Burgund zu verlassen?«

»Nun ...« Ash bemerkte, dass ihr Gesicht sich warm anfühlte. »Ja. Gut. Jetzt, wo Ihr es erwähnt ...«

»Die *Jagd* muss auf burgundischem Boden stattfinden.« Der Bischof verneigte sich vor Florian. »Und innerhalb einer gewissen kurzen Zeitspanne. Falls unsere Herzogin – verzeiht, Euer Gnaden – jetzt außerhalb der Grenzen Burgunds sterben sollte, würde uns die Nachricht davon nicht rechtzeitig erreichen, selbst wenn die Stadt noch stehen sollte. Dann würde es auch keine neue Jagd geben und somit keinen neuen Herzog oder keine neue Herzogin, und . . .«

Er endete mit einem beredten Schulterzucken und einem Blick zur blassen Morgensonne hinter dem Glas.

»Also muss Dijon standhalten und die Herzogin mit der Stadt!« Olivier de la Marche atmete laut aus. »Für mich ist alles klar, Demoiselle Ash. Euer Arzt ist jetzt unsere Herzogin. Und es ist *Euer* Schicksal, das Oberkommando zu übernehmen, nicht meins. Ihr seid unsere Pucelle.«

»Das bin ich *nicht* . . .« Ashs Stimme drohte sich zu überschlagen. »Ich bin nicht euer gottverdammter Oberkommandierender!«

Große Enttäuschung grub Furchen in de la Marches Gesicht. Er funkelte Ash an, dann Florian – und wandte sich anschließend wieder von der Burgunderin ab und Ash zu. »Es ist wahr, dass unsere Herzogin Euer Arzt war. Heißt das, Ihr würdet ihr nicht folgen?«

»Noch hat sie nicht als Arzt bei mir aufgehört! Messire de la Marche, ich weiß, was Florian ist. Ich bin alles andere als überzeugt davon, dass sie das zur Herzogin macht. Und ich weiß, wie der Adel mit seinen Streitereien ist. Diese Stadt könnte jeden Augenblick fallen!« Ash stieß mit dem Finger nach ihm. »*Wie viele* Eurer Ritter und Edelleute glauben, dass Florian die Herzogin ist?«

Zum ersten Mal schien de la Marche ins Wanken zu geraten. Er antwortete nicht.

»Florian, schau mal aus dem Fenster.« Ash lächelte grimmig, ohne den Blick von de la Marche zu nehmen. »Das sollte dir helfen, dich zu konzentrieren. Und jetzt sag mir, *wer* hier das Kommando hat, jetzt, wo Karl tot ist.«

Als der Arzt wieder sprach, schwang eine rohe Ehrlichkeit in ihrer Stimme mit, und sie redete, als wären weder de la Marche noch der Bischof hier.

»Ich. Ich habe das Kommando.«

Ash warf erstaunt einen Blick über die Schulter.

»Ich dachte, es wäre anders. Ich dachte, ich wäre nur ein Symbol. Es ist aber nicht so.« Florias Gesichtsausdruck veränderte sich. »Es ist pure Ironie. Ich bin nach Padua und Salerno geflohen, als alles, wovor ich mich habe fürchten müssen, war, dass man mich wie die anderen adeligen Zuchtstuten verheiraten würde. Nun sitze ich in der Falle, aber weil ich der Erbe und Nachfolger von Karl von Bourgogne bin! Und das *bin* ich auch. Ich bin es, Ash. Diese Leute tun, was ich ihnen sage. Das ist beängstigend.«

Atemlos knurrte Ash: »Da hast du verdammt nochmal Recht!«

Als der Arzt sie daraufhin spöttisch anblickte, fügte sie hinzu:

»Florian, ich *kenne* dich. Du hast genauso wenig Ahnung, wie man ein Herzogtum führt, wie mein letzter Scheißhaufen! Woher solltest du das auch wissen? Aber wenn es heißt: ›Ja, Mylady, ja, Euer Gnaden ...‹«

»Ja«, sagte Florian.

Von einem Gefühl, dem sie nicht hätte freien Lauf lassen sollen, bewegt und auf subtile Art aus dem Gleichgewicht gebracht, murmelte Ash: »Süßer Herr Jesu Christ, Weib, ich glaube, du weißt wirklich nicht, wie weit du daneben liegst! Du hast keine Ahnung, wie es ist, deine Autorität *beweisen* zu müssen, Tag für Tag. Du hast einen Hirsch erlegt, und *das* macht dich zur Herzogin.«

»Die Jagd auf den Hirsch hat mich zu dem gemacht, was ich bin; aber *nichts* macht mich zur Herzogin!« Floria ballte die langen, starken Finger zu Fäusten. »Ich muss mich hier mitten in die politischen Spielchen anderer Leute drängen! Ich kann nur wissen, was andere Leute mir sagen. Ich brauche alle Hilfe, die ich bekommen kann. Menschen, denen ich vertrauen kann. Ash. Du bist eine von ihnen.«

Verlegen wand sich Ash in ihrer Rüstung; zum ersten Mal seit Tagen war es ihr in der überhitzten Kammer zu warm. Sie wandte sich von Florian und deren forderndem Gesichtsausdruck ab.

»Da bist du. Da ist die Kompanie. Da ist Messire de la Marche.« Ash schüttelte den Kopf. »Da ist Burgund. Da ist die Christenheit ... Ich bekomme das in meinem Kopf einfach nicht zusammen. *Alles* ... Alles, was ich weiß, ist, dass ich dich am Leben erhalten muss, und ich muss einen Punkt erreichen, an dem wir zurückschlagen können.« Nun blickte sie zu de la Marche. »Und Ihr wollt mich zu einer heiligen Kriegerjungfrau machen. Ich stamme nicht aus dem verdammten Domrémy*; ich komme aus Karthago! Ich bin als Sklavin geboren. Grüner Christus! Nehmt doch mal Vernunft an!«

»*Du* solltest Vernunft annehmen.« Florian stand elegant auf. Sie legte die Hand auf Ashs Schulterpanzer. »Ich stimme mit Roberto überein. Du hast es mir oft genug gesagt. Die Menschen gewinnen, wenn sie glauben, dass sie gewinnen können.«

»Ah, *Scheiße* ...«

Antonio Angelotti setzte sich wieder und sagte nachdenklich: »Du müsstest mit deinen Offizieren und Männern sprechen. Der Azurblaue Löwe sollte nicht in die Garde der Herzogin verwandelt werden ...«

Olivier de la Marche grunzte. Als Ash ihn daraufhin ansah, sagte der große Mann: »Ich entschuldige mich, Demoiselle-Hauptmann. Natürlich muss ein Kommandeur als Erstes mit seinen Männern reden. Wie rasch könnt Ihr das erledigen?«

---

* Geburtsort von Jeanne d'Arc.

»›Wie rasch‹?«

Auf den Gesichtern der anderen spiegelte sich nichts von Ashs Unglauben.

Sie blickte zuerst zu Florian. In deren Gesicht konnte sie nichts erkennen. In Philippe Ternants Zügen fand sich angespannte Sorge; das Gesicht des Bischofs wiederum war nicht zu deuten.

»Ihr seid nicht länger nur ein Söldnerhauptmann«, wiederholte Olivier de la Marche. »Jedenfalls nicht für uns. Wenn Ihr wolltet, Demoiselle, könntet Ihr um die Macht hier spielen. Das würde die Stadt spalten. Stattdessen *biete* ich Euch das Kommando *an*. Dann wäret Ihr mein Hauptmann und könntet Euch auf meine Autorität verlassen, wenn Ihr nicht im Dienst seid; die Verantwortung würde Euch gehören.«

Bei diesen letzten Worten zog er die Lippen hoch. Einen Augenblick lang sah er so aus, wie er als junger Held wohl ausgesehen hatte, der bei den Turnieren Burgunds angetreten war: sorglose Tapferkeit, die sich selbst nicht in Frage stellen musste, verbunden mit dem Bewusstsein, dass Treue einfach und Menschen kompliziert sind.

»Sollten wir nicht länger als zwei, drei Tage durchhalten«, fügte er hinzu, »werde ich die Schande mit Euch teilen, Demoiselle-Hauptmann. Wie ist das als Angebot?«

Ash erwiderte seinen Blick. Sie war sich durchaus bewusst, dass nicht nur Florian, sondern auch Robert und Angeli sie beobachteten; dass sich sowohl im Gesicht des Obersten Kammerherrn als auch des Bischof Hoffnung abzeichnete.

»Hm . . .« Sie wischte sich mit der Hand über die Nase. Angelotti saß mit dem Helm auf seinem Schoß einfach nur da und brachte den vom Regen durchnässten Helmbusch in Ordnung. Rasch warf er ihr einen Blick unter seinen goldenen Augenbrauen zu. Ash kannte ihn und Anselm lange genug, dass sie ihre Meinung nicht laut sagen musste.

»Ihr müsst es Euren Männern zumindest *sagen*«, sagte de

la Marche.»Sagt Ihnen, dass jeder Mann in Dijon das von Euch verlangt. Und meine Männer erwarten Eure Antwort *jetzt.*«

Himmel, muss ich das wirklich ernst nehmen?

Scheiße...

»Ihr würdet einen Söldnerhauptmann über die Edlen von Burgund stellen«, sagte Ash langsam. »Ich will mich nicht in irgendeinem Krieg *in* Dijon wiederfinden, solange die Westgoten noch da draußen sind!«

Olivier de la Marche nickte zustimmend. »Die schlimmste aller Welten, Demoiselle.«

»Was wollt Ihr gegen die Fraktionsbildung und die politischen Kämpfe tun?« Ash nickte in Richtung ihres Arztes. »Florian ist noch nicht einmal eine Valois. Es ist gut fünfzehn Jahre her, seit sie zum Adel gehört hat.«

Florian prustete, die Hand am Schleier, und murmelte etwas Unverständliches, aber in vertrautem zynischen Ton.

»Und dann«, sagte Ash, »werft Ihr mich auch noch in diesen Brei hinein.«

»Die Türken haben ihre Janitscharen*, nicht wahr? Wir sind nur Menschen«, sagte Olivier de la Marche, »und Ihr fragt den Falschen nach politischen Fraktionen, Demoiselle-Hauptmann. Ich bin Soldat, kein Politiker. Alle Politiker befinden sich im Norden; mein Herr, der Herzog, hat sie mit der Herzogin Margarete noch vor Auxonne dorthin geschickt. Gott und seine Heiligen mögen sie beschützen!«

»Aber Florian ...«, begann Ash.

»Ich werde Euch jetzt etwas sagen, Demoiselle-Hauptmann. Herzogin Floria kann sich all der Loyalität sicher sein, welche die Menschen meinem Herrn Karl entgegengebracht haben. Dies ist *Burgund.* Wir sind nur Menschen, und Menschen von Ehre neigen zu Streitigkeiten. Aber wir sind auch fromme Men-

---

* Sklavensoldaten, die oftmals hohe Ränge bekleideten.

schen. Wir erkennen eine Frau, die uns von Gott gesandt wurde. Sie *ist* die Herzogin.«

Nach einem kurzen Schweigen fügte er hinzu: »Und Ihr ... Gott hat uns auch *Euch* gesandt. Nun, Demoiselle Ash ... Was werdet Ihr tun?«

Fünf Stunden später kehrte Ash in blank polierter Rüstung und mit sauberer Löwenlivree zum Tour Philippe le Bon zurück. Köpfe hoben sich, als sie den Raum betrat und den Rest des Mittagsmahls unterbrach. Sie nickte kurz, ließ Anselm und Angelotti zum Tisch vorgehen und Rickard mit ihrem Schwert und Helm an der Wand Aufstellung nehmen. Dann marschierte sie zum Kopf des Tisches und setzte sich auf den freien Stuhl neben Floria del Guiz.

»*Und?*«, verlangte Florian flüsternd zu wissen.

»Hast du noch was von diesem Weizenbrei? Davon könnte ich schon noch was vertragen.« Ash hustete. »Und Met. Irgendetwas mit Honig darin. Meine Kehle ist vollkommen im Arsch von dem Gerede mit dem Haufen.«

»Ash!«

»Jajaja!« Ein rascher Blick verriet ihr, dass ein paar Dutzend von de la Marches Kommandeuren am Tisch saßen, sowie zwei Äbte beim Bischof, und alle starrten sie sie ebenso neugierig an wie die Diener. »Jetzt lass mich erst was *essen.*«

Florian grinste und winkte den Dienern. »Ich will den Boss doch nicht von ihrem Essen abhalten. Böse Dinge passieren, wenn man den Boss vom Essen abhält ...«

Als die Diener zum Tisch kamen, griff die Herzogin von Burgund mit ihren langfingrigen Händen zu und bediente sich und Ash. Ash warf einen Blick auf die Gesichter der Diener. *Ah, Scheiße! Sie hat sie. Ich habe das selbst schon gemacht ...*

Was sie sah, war keine Verachtung für solch unedles Benehmen, sondern Stolz auf die offene soldatische Art ihrer Herzogin.

Ash griff nach einem Teller, der nach Gewicht und Farbe aus purem Gold sein musste. Den edlen Luxus eines Stuhles nicht gewöhnt, verfing sie sich mit den gepanzerten Ellbogen an den Stuhllehnen. Sie schaufelte den Weizenbrei mit einem Metalllöffel in den Mund – ein seltsamer Geschmacksunterschied zum Essen mit einem Holzlöffel – und warf einen Blick den Tisch hinunter.

Anselm und Angelotti ignorierten sie; sie schnappten sich den letzten Rest Essen und stopften es sich mit der schnellen, sturen Entschlossenheit von Soldaten hinein; das goldblonde Haar des Kanoniers leuchtete neben Anselms kahl rasiertem Schädel, als sie sich beide gleichzeitig zurücklehnten und nach mehr Wein verlangten. Neben Angelotti widmete sich der alte Kammerherr Ternant statt dem Fleisch auf seinem Teller einer geflüsterten Konversation mit Olivier de la Marche, dabei hatte er den Blick auf Ash gerichtet. Hinter dem herzoglichen Champion sah Ash denselben Mann mittleren Alters in episkopalem Grün, der auch schon am Morgen anwesend gewesen war.

Unfähig, mit vollem Mund zu sprechen, wandte Ash sich zu Florian und hob fragend die Augenbrauen.

»Bischof Johann von Cambrai«, murmelte Floria mit ebenso vollem Mund. Sie schluckte. »Einer der Bastard-Halbbrüder des verstorbenen Herzogs. Er ist ein Mann nach meinem Herzen; für ihn kann es gar nicht genug Frauen auf der Welt geben!* Er ist ein weiterer Grund dafür, warum ich dich hier brauche. Du wirst später mit ihm zu tun bekommen, egal wie du dich entschieden hast. Ash, *was hat die Kompanie gesagt?*«

---

* Ich habe den Text hier angeglichen; im Original steht entweder ›Bischof Jean‹ oder ›Bischof Johann‹ von Cambrai. Für Florias Aussage scheint es einen unabhängigen Beweis zu geben: An der Beerdigung des Bischofs 1480 nahmen insgesamt 36 seiner unehelichen Kinder teil.

Ash musterte den Bischof: rundes Gesicht mit samtschwarzen Augen und weichem, mattschwarzem Haar um die Tonsur; nur die typische Valois-Nase kennzeichnete ihn als Kind Philips des Guten. Ash schüttelte den Kopf und deutete auf ihren blank polierten Halsschutz.

»Eine Minute noch.«

»Wann immer du willst, verdammt ... Wie sieht es im Krankenlager aus?«, verlangte Florian zu wissen. »Wie geht es Rostovnaja? Vitteleschi? Szechy?«

Alles, um den Augenblick hinauszuzögern. Ash hörte auf zu kauen, schluckte und rief sich die Lage im Krankenrevier ins Gedächtnis. »Blanche und Baldina leiten es jetzt zusammen mit Vater Faversham. Sieht ganz gut aus.«

»Was weißt du schon davon!«

»Wegen Ludmilla ... Ich habe mit Blanche gesprochen. Sie sagt, die Verbrennungen heilen nicht.«

»Das werden sie auch nicht, wenn das dumme Weib weiterhin darauf besteht, auf der Mauer Dienst zu tun!«

»Euer Gnaden«, unterbrach sie de la Marche.

Ash schaute den zur Herzogin gewordenen Arzt nicht an, sondern hielt den Blick auf die Männer am Tisch gerichtet. Ohne große Zeremonie hörten sie auf zu essen; die Offiziere blickten zu Olivier de la Marche.

Er knurrte: »Euer Gnaden, mit Eurer Erlaubnis ... Demoiselle-Hauptmann Ash, wie lautet Eure Entscheidung?«

Der Löffel klapperte, als Ash ihn auf den goldenen Teller fallen ließ. Einen Augenblick lang starrte sie auf das warm schimmernde Metall hinab. Dann hob sie den Kopf und sah alle schweigen und sie anschauen.

Plötzlich durchtränkte Schweiß ihr Polsterwams, als sie sich erhob.

»Sie haben abgestimmt.« Auch in ihren eigenen Ohren klang ihre Stimme dünn und heiser.

Das Schweigen hielt an.

»Alles läuft darauf hinaus, dass Florian am Leben bleiben muss. Ihr würdet dafür sterben. Und das würden wir auch, wenn auch aus anderen Gründen. Aber wir werden beide tun, was auch immer es uns kosten mag.«

Ein Gefühl von Übelkeit drehte ihr den Magen um. Sie stützte sich mit den Fäusten auf den Tisch, um nicht benommen wieder auf den Stuhl zu sinken.

»Und falls das bedeutet, dass ich Eure ›Pucelle‹ spiele, um die Moral zu heben, nun ... was auch immer es uns kosten mag.«

Alle Augen waren auf Ash gerichtet: die Männer von Burgund in ihren blau-roten Livreen mit dem kühnen Andreaskreuz. Männer, die sie kannte – Jussey, Lacombe –, und Männer, die sie, wenn überhaupt, höchstens einmal gesehen hatte. Ash war sich ihrer polierten Rüstung bewusst, ihrer strahlend sauberen Livree ... und ihres kurz geschorenen Haares und der Narben auf ihren Wangen.

Nein. Sie betrachtete die Gesichter der Mitte bis Ende zwanzig alten Männer, manche älter. *Es ist egal, wie ich aussehe ... Sie sehen, was sie sehen wollen.*

Sie blickte wieder zu de la Marche.

»Ich werde den Posten des Oberkommandierenden annehmen. Ihr werdet mein Stellvertreter sein. Ich bin dabei.«

Stimmen erhoben sich zu einem chaotischen Geplapper.

»Es gibt da allerdings zwei Bedingungen!« Ihre Stimme brach. Sie hustete, schaute sich im Raum um, blickte wieder zu de la Marche und begann noch einmal von vorne. »Zwei Bedingungen. Erstens: Ich werde diese Aufgabe übernehmen, bis Ihr jemand Besseren gefunden habt – wenn Anthony de la Roche aus Flandern kommt, gehört das Amt ihm. Ihr wollt einen Burgunder mit Charisma und Führungsqualitäten? Er ist Euer Mann. Zweitens: Ich bleibe nur so lange in Dijon, bis wir den Kampf zum Feind tragen können. Ich will entweder meine Schwester, die Faris, töten, weil sie der Kanal für die Macht der

Wilden Maschinen ist, oder aber die Wilden Maschinen selbst zerstören.«

Einen Augenblick lang war sie wie benommen von dem Wunsch, diese zerschundene, beengende Stadt zu verlassen. Selbst die Erinnerung an den furchtbaren Gewaltmarsch von Marseille hierher verblasste angesichts der Chance, hier rauszukommen.

»Und wenn wir Eure Herzogin – unseren Florian – *irgendwann* sicher hier rausbringen können, werden wir die Stadt verlassen und den Schweinegoten überlassen. Auf dieser Basis«, sagte sie, »und mit der Zustimmung des Azurblauen Löwen … bin ich hier.«

Die Stimmen teilten sich: auf der einen Seite Jubel, auf der anderen das laute Fluchen eines der Äbte. Überall am Tisch standen die Männer auf – die Robe des einen Abtes wirbelte durch die Luft, als er zur Tür stapfte –, aber die Männer in Rüstung drängten sich grinsend um Ash, redeten auf sie ein und jubelten.

De la Marche kam auf sie zu. Ash trat einen Schritt vom Tisch zurück. Der burgundische Ritter ergriff kraftvoll ihre Hand, und nur mit Mühe konnte Ash verhindern, dass sie zusammenzuckte.

»Willkommen, Demoiselle-Hauptmann!«

»Es ist mir ein Vergnügen«, murmelte Ash schwach. Ihre Knöchel drückten aufeinander. Als de la Marche ihre Hand wieder losließ, schob sie sie hinter den Rücken und rieb sich unauffällig die schmerzenden Finger.

»Generalhauptmann!«, korrigierten zwei Ritter de la Marche: ein Unbekannter mit Lockenkopf und der stämmige Hauptmann Lacombe, der gerade von seinem Dienst auf der Nordwestmauer zurückgekehrt war.

Generalhauptmann von Burgund … Scheiße.

Anstatt zu verschwinden, verstärkte sich Ashs Furcht noch; Übelkeit bereitete ihr Krämpfe. Sie blickte so teilnahmslos drein, wie sie konnte.

Weiter den Tisch hinunter zwinkerte Angelotti ihr zu; auch das beruhigte sie nicht.

Nun, jetzt ist es getan. Ich habe es gesagt.

Formelle Vorstellungen der Ritter verschwammen zu einem Gewirr von Namen. Ash stand auf und war von Männern umgeben, die meist gut einen Kopf größer waren als sie und lauthals auf sie einredeten. Als sie zurückschaute, sah sie den verbliebenen Abt und den Bischof, die Florian für sich in Anspruch nahmen.

Der Blick des gelockten Ritters folgte dem ihren. Er war vielleicht fünfundzwanzig, alt genug, um getötet zu werden und einer beliebigen Zahl von Männern das Töten in der Schlacht zu befehlen, aber als er Floria anblickte, war in seinem Gesicht nur Ehrfurcht zu sehen. In reumütigem Tonfall sagte er plötzlich: »Gleich zwei von Euch, von Gott gesegnet ... Ich bin froh, dass Ihr unser Kommandeur seid, Demoiselle-Hauptmann Ash. Ihr seid eine Kriegerin. Ihre Gnaden steht weit über uns ...«

Ash hob eine Augenbraue und blickte zu ihm hoch. »Und ich nicht?«

»Ich ... äh ... ich ...« Er errötete. »Das wollte ich nicht ...«

Als wäre er einer ihrer Lanzenführer, sagte Ash: »Ich denke, die Worte, nach denen du suchst, Soldat, heißen: ›Oh, Scheiße‹ ...«

Lacombe schnaufte und grinste seinen jüngeren Kameraden an. »Habe ich dir nicht gesagt, wie sie ist? Dies ist Sieur de Romont, Hauptmann Ash. Kümmert Euch nicht um ihn. Hier drin ist er der Depp, aber da draußen tritt er diesen Legionären jedes Mal in den Arsch, wenn sie über die Mauer kommen.«

»Oh, davon bin ich überzeugt«, sagte Ash trocken. Als sie Hauptmann Romonts zufriedenen und leicht verlegenen Blick bemerkte, dachte sie plötzlich an Florian im Lager vor Dijons Mauern: *Nenn es Charisma, wenn du willst ...*

Das erste Lächeln zuckte um ihre Mundwinkel.

Ich würde ja gerne sehen, wie de la Marche meinen Kommandostil kopiert.

Und dann, den Blick auf Lacombe, Romont und die anderen gerichtet: *Wenn ich hier versage ... Wenn ich der Aufgabe nicht gewachsen bin ... werdet ihr alle tot in den Straßen liegen. Und das bald.*

Sie drehte sich um, ging zum Tisch und legte die Hände auf die Stuhllehne; und als hätte sie den Befehl dazu gegeben, kehrten die *Centenier* der burgundischen Armee auf ihre Plätze zurück und warteten darauf, dass sie das Wort ergriff. Ash wiederum wartete, bis auch Florian sich gesetzt hatte.

»Ich bin kein Alleinunterhalter.« Ash beugte sich über die Stuhllehne und blickte die um den Tisch versammelten Gesichter der Reihe nach an. »Das war ich nie. Ich habe gute Offiziere. Ich erwarte von ihnen, dass sie ihre Meinung kundtun. In Wirklichkeit ...«, sie blickte zu Anselm und Angelotti, »... kann ich die Bastarde die meiste Zeit überhaupt nicht mehr zum Schweigen bringen!«

Es war nicht das Lachen, das ihr Herz wärmte, sondern die unmissverständliche Körpersprache der Männer, die ihr zuhörten. In ihren Gesichtern mischten sich Zynismus und Hoffnung: ›*Das sind die typischen Kommandeurssprüche.*‹ *Wir haben sie alle schon gehört,* gemischt mit ›*Wir stecken hier tief in der Scheiße. Bist du gut genug, um uns da wieder rauszuholen?*‹

Burgund mag ja anders sein, aber Soldaten sind Soldaten.

Gott sei Dank habe ich de la Marche.

»Also erwarte ich von euch, dass ihr mit mir redet, dass ihr mich über das Geschehen auf dem Laufenden haltet und dass ihr meine Worte an eure Männer weitergebt. Ich will uns nicht in den Arsch gekniffen sehen, nur weil irgendein Depp der Meinung war, mir nicht von einem Problem berichten zu müssen, oder weil er geglaubt hat, seine Jungs müssten nicht wissen, was ›die da oben‹ sich so erzählen. Ich muss euch wohl kaum sagen, dass alles am seidenen Faden hängt. Wir müssen also alles gut organisieren, und zwar schnell.«

Vielleicht zwei von den zwanzig blickten instinktiv erst einmal kurz zu Olivier de la Marche, nachdem Ash geendet hatte. Ash merkte sich die Gesichter, wenn auch nicht die Namen. *Zwei von zwanzig ist* verdammt *gut . . .*

»Alles klar. Auf geht's!«

Ash stand auf und ging auf und ab, hauptsächlich, um sie ihren frisch polierten Mailänder Harnisch sehen zu lassen, aber auch um aus dem Turmfenster zu den ameisengroßen Westgoten jenseits der Gräben zu blicken.

»Folgendes müssen wir in Erfahrung bringen: Warum zum Teufel haben sie uns drei Tage Zeit gegeben, das hier zu besprechen?«

Sechs

»Madonna?« Der Blick aus Angelottis ovalen Augen schloss alle ein, die am Tisch versammelt waren.

Ash erklärte kurz, »Mein *magister ingeniator*«, und winkte ihm zu reden.

»Die neuen, von Golems ausgehobenen Gräben sind mindestens ein Lot tief und ebenso breit. An einigen Stellen ist das System drei Reihen tief. Bei einem Angriff müsste man erst durch die Palisaden, Pavesen und Sturmwände durch, um die Gräben überqueren zu können. Die Westgoten hätten also in jedem Fall genügend Zeit, Alarm zu schlagen und ihre Truppen in Stellung zu bringen.«

Ash sah ein Nicken bei den burgundischen *Centeniers.*

Angelotti fügte hinzu: »Ich habe mit den burgundischen Ingenieuren gesprochen. Diese Gräben reichen eindeutig bis zur Ouche im Osten und noch darüber hinweg ans andere Ufer.« Elegant zuckte er mit den Schultern. »Wir können nirgends ausbrechen, Madonna! *Das* war ihnen drei Tage wert. Wenn ...«

Ash wollte ihn unterbrechen, doch jemand anderer kam ihr zuvor.

»Sind denn diese Gräben so verdammt wichtig, um Himmels willen?« Florian beugte sich vor, so wie sie es von Nordfrankreich bis Süditalien immer getan hatte, wenn sie sich mit Ashs Offizieren stritt.

»Sie verhindern, dass wir Ausfälle machen können.« Robert Anselm schlug mit der Faust auf den Tisch. »Aber das ist verrückt! Warum kümmert sie das überhaupt? Sie können diese Stadt *nehmen!* Jetzt! Sofort! Schaut doch nur einmal raus! Sie würden eine Menge Leute verlieren, aber sie würden es schaffen.«

Olivier de la Marche nickte kaum merklich.

»Diese Gräben *sind* wichtig.« Ash wartete, bis Florian ihre Aufmerksamkeit wieder auf sie richtete. »Gräben bedeuten Verteidigung – nicht Angriff. Florian, hinter ihnen stehen die Wilden Maschinen, die sie vorwärts treiben. Wir müssen herausfinden, warum sie achtundvierzig Stunden mit Graben verschwendet haben, anstatt anzugreifen.«

Jetzt nickte auch Florian, und Ash stieß mit dem Finger auf den Eichentisch, um ihre Worte zu betonen.

»*Warum* graben? *Warum* nicht angreifen? Ich kann es nur vermuten ... aber wenn ich Recht habe, haben wir ein wenig Zeit gewonnen.«

Auf Lacombes leicht gerötetem Gesicht zeichnete sich Hoffnung ab. Ash ließ ihren Blick über die anderen burgundischen Offiziere schweifen. »Die Faris hat die Angriffe auf die Mauer eingestellt. Sie lässt es bei Bombardierungen bewenden. Sie hat Gräben *um die ganze verdammte Stadt herum* ausheben lassen ...«

»Hört Ihr nicht ihre Befehle?«, unterbrach sie de la Marche.

»Hört Ihr sie nicht mit dem Steingolem sprechen, mit dem Ihr auch redet?«

»G... der heilige Godfrey hat mir berichtet, dass sie im Augenblick nicht mit ihm redet. Falls er Recht hat, hat sie die *machina rei militaris* nicht mehr benutzt, seit ich bei ihr im Lager war – bevor wir in die Stadt gekommen sind. Das bedeutet, sie hört Karthago nicht zu ... Und ich möchte darauf *wetten*, dass ich Recht habe. Den letzten Angriff, den sie vor dem Tod des Herzogs gegen das Nordwesttor geführt hat, muss sie ohne den Steingolem gemacht haben.«

»Es war verdammt knapp. Fast hätten sie das Tor gehabt!«, protestierte der ältliche Kammerherr Ternant. »War das die Tat einer Wahnsinnigen?«

»Klug war es jedenfalls nicht.« Als der stiernackige Lacombe und die anderen *Centeniers* sich ebenfalls meldeten, hob Ash die Stimme, um sie zu übertönen, und sprach weiter. »Sie hat einen Scheinangriff gegen den Mauerabschnitt geführt, auf dem wir stationiert waren, und als es so aussah, als würden wir ihn zurückschlagen, hat sie Griechisches Feuer auf ihre eigenen Leute regnen lassen. Oh, ich weiß, *warum* sie glaubte, van Manders Kompanie zu schicken würde funktionieren ... Sie glaubte, meine Jungs, die früher mit ihnen gekämpft hatten, würden dabei durchdrehen. Aber sie sind harte Bastarde; da braucht es schon mehr als das. Und dann glaubte sie, die Mauer frei zu bekommen, indem sie Griechisches Feuer auf uns und van Mander warf, sodass sie dann ihre Westgoten schicken und gewinnen könnte. Aber das war ein schlimmer Fehler. Sie hat ihre eigenen Söldner umgebracht. Es gibt jetzt keinen einzigen fränkischen Soldaten mehr in Dijon, der freiwillig zu den Westgoten gehen würde.«

In der Erinnerung stand sie wieder auf der Mauer; doch sie sah nicht die brennende Ludmilla Rostovnaja, die sich auf dem Boden wälzte, sondern das Gesicht von Bartolomey St. John, als sie ihm den Dolch ins Auge stieß und Blut den dicken

Samt seiner Brigantine durchtränkte. *Ich war dabei, als er sich die beim Waffenschmied bestellt hat. Und nun ist auch Dickon Stour tot.*

In das Schweigen hinein sagte Ash: »Die *machina rei militaris* hätte sie davor gewarnt, das zu tun ... Ich weiß das, weil sie *mich* davor gewarnt hätte, wäre ich je mit so einer Idee gekommen!«

Sie grinste. Den Gesichtern der Männer war nicht eindeutig zu entnehmen, ob sie sich nun wegen der mangelnden Göttlichkeit der Stimmen ihrer Pucelle sorgten oder ob Ashs militärischer Scharfsinn sie mehr beruhigte.

»Die Faris nutzt den Steingolem nicht. Und ich würde Geld darauf verwetten, dass sie es jetzt auch nicht tun *wird*. Sie weiß, dass alles, was sie berichtet, jeder taktische Rat, um den sie nachsucht ... dass wir es auch hören werden. Selbst Karthago schweigt. Sie kann von dort keine Befehle mehr einholen. Für den Augenblick ist sie auf sich allein gestellt.«

»Und?«, hakte Olivier de la Marche nach. »Was bedeutet das, Demoiselle-Hauptmann?«

Einen Augenblick lang erinnerte sich Ash an die Faris, ihr Profil hervorgehoben von den Lampen in ihrem Hauptquartier, die Hände im Schoß und die Haut an ihren Fingern angekaut.

»Sie ist wie erstarrt. *Ich* glaube, dass sie Angst davor hat, einen Fehler zu begehen. Sie weiß, dass der Steingolem belauscht wird. Und sie weiß von der Existenz der Wilden Maschinen. Das ist einfach. Sie kann nicht mehr so tun, als wären sie nicht da. Sie weiß, was sie ihr antun können – antun *könnten*.« Ash runzelte die Stirn. »Also kann sie nicht nach taktischen Ratschlägen fragen. Und sie hat viel zu viel Angst, es alleine zu versuchen.«

Leise sagte Bischof Johann: »Und besitzen sie noch ihre Macht, Demoiselle: diese *machina plena malis**, diese Wilden Maschinen?«

---

* ›Machina plena malis‹: ›Gerät des Bösen‹. Das ist ein Wortspiel im Text. Es heißt nicht nur ›Gerät‹ im Sinne von ›Maschine‹, sondern auch ›Trick‹ oder ›Falle‹.

Es folgte ein Schweigen, in dem nur das Knistern des Kaminfeuers zu hören war. Die burgundischen Offiziere drehten sich nacheinander um, um Ash anzusehen. Der grün gewandete Bischof von Cambrai legte die Finger auf das Kreuz auf seiner Brust.

»Ich höre sie.« Ash behielt die Gesichter der Männer im Auge. »Sie könnten beschädigt sein und deshalb lügen. Aber wir können es uns nicht leisten, darauf zu wetten. Und nachdem ich auf Wunsch Eurer Herzogin einmal mit ihnen gesprochen habe, beabsichtige ich nicht, es noch einmal zu tun, denn wie auch immer es funktionieren mag, es funktioniert in beide Richtungen: Egal, was die Wilden Maschinen mir sagen, die Westgoten werden davon erfahren. Sie müssen nur den Steingolem fragen, und er wird all meine Fragen wiederholen.« Sie nickte de la Marche zustimmend zu. »Je weniger die Wilden Maschinen wissen, desto besser. Je weniger Haus Leofric und der König-Kalif wissen, desto besser.«

Lacombes Freund Romont warf ein: »Weiß König-Kalif Gelimer von diesen ... diesen ›Wilden Maschinen‹?«

»O ja.« Ash grinste ihn schwach an. »Sie nennen das Licht über den Gräbern der König-Kalifen ›das Gesegnete Feuer‹. Arif Alderich hat mir das im Westgotenlager erzählt.« Ruhelos begann sie wieder auf und ab zu laufen und dachte laut nach. »Bis jetzt hat die Faris über die Wilden Maschinen Schweigen bewahrt, aber ... Wenn ich an ihrer Stelle wäre, hätte ich es wahrscheinlich nicht getan. Wenn die Westgoten ihr glaubten, würden sie vielleicht denken: ›Hey, wir haben ja noch viel mehr taktische Maschinen auf unserer Seite.‹ Das könnte ihre Moral noch heben!«

Anselm verzog das Gesicht. »Ja. Sie sind dumm genug dafür!«

»Als ich die Faris zum letzten Mal gesehen habe – während des Waffenstillstands –, hat sie mir gegenüber zugegeben, dass sie die Wilden Maschinen hört. Während die Jagd lief, hatte sie einen Anfall – ich glaube, sie scheißt sich vor Angst in die Hose. Inzwischen weiß sie, dass es einen Nachfolger für Herzog Karl gibt. *Sie* kann nicht sicher sein, ob die Wilden Maschinen beschädigt worden sind oder nicht. Sobald der Nachfolger des Herzogs stirbt – 'tschuldigung, Florian –, wird das Gleiche wieder geschehen. Sie wird ein Wunder wirken, im Auftrag der Wilden Maschinen. Die Faris wird benutzt werden ...«

Olivier de la Marche und Bischof Johann tauschten einen Blick aus: Es konnte so etwas Einfaches wie Furcht sein.

»Sie hat den Kopf in den Arsch gesteckt«, sagte Ash brutal, »und sie wartet darauf, dass sich das Problem von selbst löst. Das wird es aber nicht. Und es wäre eine gute Idee, wenn *wir* den Kopf *nicht* in unseren Arsch stecken würden!«

Ein weiterer der *Centeniers* meldete sich. Er sprach mit ausgeprägt nördlichem Akzent. »Falls sie die Absicht hat, Kälte, Hunger und Zeit die Belagerung entscheiden zu lassen, bleibt uns Zeit zu planen.«

Ash legte dem Mann die gepanzerte Hand auf die Schulter, als sie den Stuhl erreichte, auf dem er saß. »Selbst wenn das so ist, Hauptmann ... einer ihrer Qa'id könnte schon morgen das Kommando übernehmen. Dann wären wir im Arsch.«

De la Marche nickte.

Ash blickte ihm in die Augen, ging weiter, und die Bodenbretter knarrten unter ihren Stiefeln. Sie sagte: »Nehmen wir einmal an, die Faris hält sich weiter zurück – Karthagos Ärger über sie würde immer größer werden. *Sie* wollen immer noch Burgunds Kapitulation sehen. Sie wollen keinen noch längeren Winterfeldzug als den, in dem sie bereits stecken ... König-Kalif Gelimer hat das Sagen; Emir Leofric ist krank – ich weiß nicht, wie groß Sisnandus' Einfluss ist. Wie lange wird es dauern, bis Gelimer einen ...«, Ash hielt kurz inne und fuhr dann sardonisch fort, »... bis er einen ›konventionellen‹ General schickt, um die Faris zu ersetzen? Irgendwas zwischen zwei oder vier Wochen, schätze ich – vorausgesetzt, der neue Kommandeur ist nicht bereits aufgebrochen. Und *der* wird die Befehle befolgen und angreifen. Was«, fügte sie an de la Marche gewandt hinzu, »ist los?«

Olivier de la Marche zuckte unwillkürlich zusammen und wischte sich mit der Hand über den Mund. Als er sie wieder herunternahm, war nicht der Hauch eines Lächelns in seinem Gesicht zu sehen. »Ihr scheint die Situation ausgesprochen gut zu verstehen, Demoiselle-Hauptmann.«

Ash stemmte die Fäuste in die Hüfte. »Ja. Das ist meine Aufgabe.«

Irgendjemand am anderen Ende des Tisches lachte als Zeichen der Wertschätzung laut auf. Ash fühlte, wie sich das Gleichgewicht im Raum verlagerte, und zwar zu Ungunsten von jedem – auch von de la Marche –, der es wagen sollte, die Jungfrau von Burgund zu verunglimpfen.

»Falls ich Recht habe . . .«, ein weiterer Blick aus den Fenstern, ». . . dann sitzt sie jetzt hinter ihren Gräben und wartet darauf, dass wir verhungern. Sie werden ihr das nicht endlos durchgehen lassen. Es könnte fünfzehn Minuten oder auch vier Wochen dauern, bis hier wieder die Hölle losbricht.« Ihre Mundwinkel zuckten. »Falls wir denn überhaupt genug Nahrung für vier Wochen haben . . .«

Olivier de la Marches Gesichtsausdruck verriet, dass er in Gedanken die Vorratslage berechnete. Dann blickte er wieder zu Ash. »So. Sie hat erfahrene Qa'id da draußen. Die könnten sie beraten, und sie könnte ihr Selbstvertrauen zurückgewinnen. Sie *könnte* die *machina rei militaris* nutzen, um einen Plan zur Einnahme dieser Stadt zu entwerfen – obwohl sie das eigentlich gar nicht müsste.«

»O ja. Alles ist möglich. Ich habe gesagt, ich *glaube*, dass wir Zeit haben, aber nicht *viel* Zeit. Also gut . . .« Ash deutete zum Tisch. »Irgendwelche Vorschläge?«

»Wir könnten es ihrem *magister ingeniatores* gleichtun«, meldete sich Antonio Angelotti unerwartet.

Ash hielt inne und starrte ihn an. Sie vertrieb die plötzlich aufkeimende überwältigende Furcht aus ihren Gedanken, dass sie sich vielleicht übernommen hatte, dass vierhundert Mann – jetzt zweitausendfünfhundert Mann – unter ihrer Entscheidung würden leiden müssen. Sie reagierte auf die neue Atmosphäre im Raum. *Jetzt können wir Pläne schmieden.*

»Red weiter, Angeli.«

»Eine Mine«, sagte der italienische Kanonier. »Ich würde mir gerne mal den Boden im Nordostviertel der Stadt ansehen Dort könnten wir eine Mine unter der Mauer durchgraben, nach Westen zu dem durchnässten Untergrund am Ufer der Ouche, direkt unter ihr nördliches Lager. Auf diesem Weg könnten wir Madonna Florian rausbringen. Dann wäre die Herzogin in Sicherheit, selbst wenn Dijon fallen sollte. Und«, er blickte zu de la Marche, »Ihr könntet nach Norden und zurückschlagen.«

Olivier de la Marche blinzelte. »Eine Mine über solch eine Entfernung? Unter diesen Gräben hindurch und unter ihrem Lager? Und tief genug, um nicht gehört zu werden? Das würde ein unglaubliches Maß an Zeit und Holz kosten, Messire Angelotti.«

Robert Anselm murmelte: »Für mich hört sich das gut an ...«

»Nun gut: Das wäre dann *ein* Vorschlag.« Ash schnippte mit den Fingern. »Der Nächste. Du!«

Erschrocken platzte Hauptmann Romont heraus: »Schickt Männer mit Granaten und Pulver hinaus. Wir könnten ihre Vorratslager verbrennen!«

»Falls wir überhaupt dorthin gelangen könnten.« Ash blickte auf das helle Glas der Kammerfenster. »Von Godfrey wissen wir, dass drei Legionen im Norden liegen und gegen Brügge, Antwerpen und Gent kämpfen. Hier muss sie nur zwei

113

Legionen durchfüttern, und die sind noch nicht einmal vollständig. Und sie kann sich mit Nahrung und Griechischem Feuer über das Mittelmeer versorgen lassen ... was allerdings wiederum bedeutet, dass ihre Nachschublinien übermäßig lang sind.«

Anselm grunzte. »Lang genug, um ihnen Probleme zu bereiten?«

»Es ist möglich, dass *wir* darauf warten könnten, bis *sie* aufgeben müssen. Sie haben nicht damit gerechnet, nicht vom Land leben zu können, sobald sie hier sind. Ich glaube nicht, dass sie damit gerechnet haben, dass Iberien in Dunkelheit versinkt – all die Felder und Weiden dort. Aber auch wenn Iberien jetzt Unter der Buße liegt, haben sie immer noch Ägypten, und sie hatten zwanzig Jahre Vorbereitungszeit für ihren ›Kreuzzug‹.«

Einen Augenblick lang sah sie nicht nur die schwache Sonne hinter den Turmfenstern, sondern die gefrorene Schwärze von Lyon und Avignon sowie den Schnee in Karthago.

Die Hälfte der Christenheit, die bis jetzt nicht verhungert ist, wird nächstes Jahr verhungern. Es wird eine Hungersnot geben ... nur zu spät, um uns hier etwas zu nützen.

»Egal was wir an Sabotage durchführen können, es kommt uns zugute. Der Nächste!«

Einer der *Centeniers*, kaum mehr als ein Junge, grinste. »Wir haben ein paar Livreen erbeutet, Demoiselle-Hauptmann! Ich habe Männer, die tapfer genug sind zu versuchen, verkleidet durch die Gräben zu kommen. Den Feind zu sabotieren zeugt nicht von einem Mangel an Ritterlichkeit.«

Ash hielt sich gerade noch zurück, bevor sie sagte: *Aber per Trebuchet wieder zurückzukehren, ist alles andere als ›ritterlich‹.*

»Falls du Männer rausbekommen kannst«, erwiderte sie grimmig, »bestünde ihre Hauptaufgabe darin, meine Schwester umzubringen.«

114

Abscheu stand Bischof Johann deutlich ins Gesicht geschrieben. Er schwieg jedoch. Auch Philippe Ternant sagte kein Wort – nach der Mahlzeit und in der warmen Kammer schien der alte Mann eingeschlafen zu sein. Bei den Offizieren war weder Abscheu noch Interesse zu erkennen.

»Schaltet die Faris aus, und die Wilden Maschinen sind aufgehalten. Ich vermute, für die Westgotenarmee gilt dann das Gleiche. Gut, wir werden das in einer Minute in allen Einzelheiten diskutieren – wir sollten zwei oder vier Mann Gruppen rausschicken, die versuchen, sie zu meucheln; aber das wird nicht einfach sein. Die Schweinegoten lassen vierundzwanzig Stunden am Tag Patrouillen durch die Gräben ziehen ...«

»Aber wenn uns das gelingen würde«, rief de la Marche, »würde das ihr Wunder verhindern. Es würde ihre Legionen ins Chaos stürzen, Dijon wohlmöglich retten, uns Zeit für einen Ausbruch verschaffen oder der Armee im Norden, hierher zu marschieren!«

Ein anderer *Centenier*, dessen Name sich Ash nicht gemerkt hatte, sagte bissig: »*Wenn* wir wüssten, wo sie ist, Messire. Sie könnte sich in ihr Hauptquartier auf der abgelegenen Seite des Lagers zurückgezogen haben. Sie könnte sich in einer nahe gelegenen Stadt oder Festung aufhalten. Zugegeben, Spione könnten uns verraten, wo sie sich befindet – aber die müssten wir erst rekrutieren.«

»Gut.« Ash hörte auf, auf und ab zu laufen. Sie befand sich an einem Ende des Tischs und blickte zu den burgundischen Rittern. »Also gut: noch was?«

»Schickt Herolde aus.«

Die Stimme gehörte Florian. Ash sah die große Frau überrascht an.

»Schickt Herolde aus. Falls du Recht hast, Ash, weiß die Faris, das irgendetwas schrecklich schiefgegangen ist. Vielleicht will sie mit uns reden; verhandeln vielleicht.«

Ash glaubte eine gewisse Skepsis in de la Marches Gesicht zu erkennen, aber er sagte in sanftem Ton: »Es gibt die herzoglichen Herolde, Euer Gnaden. Sie stehen Euch zur Verfügung.«

»Noch etwas?«

Robert Anselm knurrte: »Wir könnten einen Massenangriff versuchen, wenn wir über diese verdammten Gräben kommen, Boss ... aber ich weiß ja noch nicht einmal, wie viele Soldaten es in der Stadt insgesamt gibt.«

Danke, Roberto.

»Ja, das ist ein wichtiger Punkt.« Ashs Umrundung des großen Tischs brachte sie wieder zu Florian und ihrem eigenen Stuhl zurück. Sie lehnte sich auf die hohe, massive Eichenlehne und blickte zu Olivier de la Marche. »Wäret Ihr so freundlich, uns einen Überblick zu verschaffen?«

»Demoiselle-Hauptmann.«

Olivier de la Marche griff zu den tintenverschmierten Listen auf dem Tisch, schaute aber nicht auf sie hinunter. Stattdessen hielt er den Blick auf Florian gerichtet. *Er schätzt sie ab*, dachte Ash plötzlich. Der Kontrast zwischen der verbannten burgundischen Edelfrau und dem Mann, dem er jahrelang in jede Schlacht gefolgt war – sei es im Feld oder am Hof –, musste überwältigend für den gestandenen Offizier sein. *Und Karl ist erst zwei Tage tot. Himmel, wie er ihn vermissen muss!*

Philippe Ternant öffnete seine Echsenaugen und sagte wach: »Wir sind nicht mehr so stark wie früher. Einst hätte ich Euch hundert Kammerherren mit mir als Oberstem Kammerherrn angeboten, Euer Gnaden; hundert Kapläne unter einem Obersten Kaplan ...«

Olivier de la Marche bedeutete dem alten Mann zu schweigen. In dem Blick, den die beiden austauschten, sah Ash, dass sie froh über diese Verzögerung, diese Pause waren.

Mit kaum merklicher Trauer in der Stimme fuhr de la Marche fort: »Bei Auxonne haben wir schwere Verluste erlitten.

116

Euer Gnaden, vor dieser Schlacht hätte ich Euch zweitausend Mann allein für Euren Haushalt anbieten können. Vierzig berittene Kammerherren fielen mit der Standarte bei Auxonne, und von insgesamt vierhundert Berittenen haben nur fünfzig überlebt.«

Die Atmosphäre am Tisch veränderte sich; den Gesichtern der Männer war deutlich anzusehen, dass alle sich noch lebhaft dran erinnerten. Ash fühlte sich nicht ausgeschlossen. *Sie haben mich beobachtet*, dachte sie, *am Nordwesttor und auch bei Auxonne.*

De la Marche sagte: »Ich selbst habe die Überlebenden von ehemals sechzehn Hundertschaften berittener Armbrustschützen und Leibinfanterie nach Dijon zurückgeführt. Wir sind noch dreihundert.«

Er hielt den Blick unverwandt auf Floria del Guiz gerichtet.

»Wir haben unsere Bombarden verloren, unsere Schlangen und unsere Mörser. Was das einfache Fußvolk betrifft, sind genau elfhundertundfünf gefallen . . .« Er blickte auf die schiefen Zeilen des Papiers, das er in Händen hielt. »Berittene Armbrustschützen fast dreitausend; Armbrustschützen zu Fuß tausend oder etwas weniger; Bogenschützen zu Fuß achthundert; Hellebardiere tausendfünfhundert oder mehr.«

Romont, Lacombe und drei der anderen Offiziere starrten auf den Tisch.

Florian schwieg. Ash sah, wie sich ihre Lippen bewegten. Diese Auflistung drehte auch ihr den Magen um, und sie erinnerte sich an den nassen Morgen, der in Griechischem Feuer verbrannt war. *Für einen Arzt*, dachte Ash, *muss es noch viel schlimmer sein, das zu hören; ein Arzt sieht stets nur die Ergebnisse solcher Listen, nie die Gemetzel, die sie entstehen lassen.*

»Euer Gnaden, ich kann Euch immer noch Eure *archier de corps* anbieten, aber sie haben nur noch einen Hauptmann, keine zwei, und es sind zwanzig Mann, keine vierzig. Sie sind Eure Leibwache; sie werden für Euch sterben. Was den Rest betrifft, so habe ich die Kompanien von Berghes, Loyecte und Saint-Seigne neu aufgebaut.« Er nickte zu seinen Centeniers. »Wenn es mir gelänge, zwanzig Kompanien in Dijon aufzustellen, würde ich uns als reich bezeichnen. Nur Ritter, Bogenschützen zu Fuß, Arkebusiere und Hellebardiere haben wir noch in genügender Stärke. Insgesamt aber nicht mehr als zweitausend Mann.«

»Der Löwe ist auf achtundvierzig Lanzen zusammengeschrumpft«, warf Robert Anselm ein. »Hauptsächlich einfaches Fußvolk, Bogenschützen und Arkebusiere. Ein paar Kanonen haben wir noch. Die leichten Geschütze der Kompanie sind noch immer in Karthago ... es sei denn, die Schweinegoten haben sie nach Norden verfrachtet und sie ihrem Artilleriepark vor der Mauer einverleibt.«

Angelotti sah ihn höhnisch an.

De la Marche sagte: »Wir haben genügend Kundschafter in den Türmen und auf der Mauer, die uns vor einem Angriff warnen. Wenn jeder Mann den Trompeten zu den Standarten folgt, können wir genügend Kompanien zum Einsatz bringen, um jeden Mauerabschnitt zu verteidigen – vielleicht auch gegen zwei Angriffe gleichzeitig.« Er öffnete den Mund, als wolle er dem noch was hinzufügen, schloss ihn dann aber wieder.

Es war schon schwer genug, das Tor gegen einen Angriff zu halten, und sie haben genügend Männer, um zwei, vielleicht sogar drei Angriffe gleichzeitig zu führen.

Und wir haben viel zu wenig Truppen für einen Ausbruchsversuch.

Ash stieß sich von der Lehne ab; dass sie dabei mit ihren schweren Panzerhandschuhen das wertvolle Eichenholz beschädigte, war ihr egal. Eine wilde Ruhelosigkeit hielt sie davon ab, sich hinzusetzen; stattdessen musste sie sich bewegen. »Ich will, dass die Kompanien rotieren. Niemand wird mehr als vierundzwanzig Stunden an ein und demselben Mauerabschnitt stationiert sein.«

Lacombe blickte sie stirnrunzelnd an, als sie an ihm vorüberkam. »Demoiselle, es wird heißen, damit wolltet Ihr nur Euren Männern – und meinen – die ständige Gefahr am Nordwesttor ersparen.«

»Sie können sagen, was sie wollen.« Ash hielt kurz inne. »Ich will nicht, dass die Schweinegoten wissen, gegen welche Franken sie stehen, und ich will nicht, dass sich irgendjemand an die Westgoteneinheit gewöhnt, der er gegenübersteht. Ich will keine Vertrautheit . . . Das ist der Punkt, an dem Männer bestochen werden, um die Ausfalltore zu öffnen. Also werden wir es auf meine Art machen. Klar?«

Lacombe nickte knapp. »Wir werden uns darum kümmern, Demoiselle-Hauptmann.«

»Das heißt ›Hauptmann‹. Oder ›Generalhauptmann‹.« Sie grinste. »Oder einfach nur ›Boss‹.«

Mit ausreichend Blickkontakt, um es wie einen Kampf des Willens aussehen zu lassen, sagte Lacombe – als hätte er es seit achtundvierzig Stunden nicht ständig fröhlich auf der Mauer gesagt: »Wir werden uns darum kümmern, Boss.«

Ashs seidenes Polsterwams unter der Rüstung war nass von Schweiß. Zweitausendfünfhundert Mann und die meilenlange Mauer, die sie bewachen mussten . . .!

»Gut.« Sie ging weiter bis zu de la Marches Stuhl. »Jetzt lasst uns weitermachen. Messire, als ich Vater Paston vor der Jagd zu Euch geschickt habe . . . Ich weiß, dass es einen Bericht aus Flandern gab.« Sie sprach lauter, um das interessierte Murmeln zu übertönen. »Zu diesem Zeitpunkt habe ich im Schlaf diktiert! Lasst Euren Schreiber oder meinen es vorlesen. Wir müssen wissen, wie die Chancen stehen, dass die Armeen aus dem Norden den Belagerungsring durchbrechen . . . und ich glaube, es war ein aktueller Bericht, hm?«

De la Marche runzelte die Stirn und wühlte durch die Papiere, die sich auf dem Tisch stapelten. Ein Klosterschreiber stand neben dem Bischof von Cambrai auf und durchsuchte weitere Papiere. Ash spürte Bewegung, trat einen Schritt zur Seite, und Rickard griff mit rotem Kopf an ihr vorbei und zog ein Dokument aus dem Stapel.

»Das ist Vater Pastons Handschrift, Boss«, erklärte er. »Soll ich es vorlesen?«

Instinktiv blickte er zu Ash, und Ash erteilte ihm ebenso instinktiv mit einem Nicken die Erlaubnis; erst hinterher sah Ash den amüsierten Gesichtsausdruck der Herzogin. Ihr fiel auf, dass die Centeniers nichts davon mitbekommen hatten.

Der Junge setzte sich an den Tisch, nahe einem hellen Sonnenfleck, und breitete die Papiere aus. Ash bewunderte die saubere Schrift ihres Schreibers.

»Ist das etwas, was Godfrey in der *machina rei militaris* gehört hat?« Florian schenkte sich selbst Wein nach, ohne sich die Mühe zu machen, einen Pagen zu rufen. De la Marche runzelte die Stirn, hin und her gerissen zwischen gesellschaftlicher Verlegenheit – *eine Herzogin sollte das nicht tun!* – und der Unfähigkeit, seinen Souverän zu kritisieren.

»Ja. Ein Westgotenbericht aus der Zeit, als die Faris noch die *machina rei militaris* benutzt hat.«

Florian klopfte mit dem Pokal auf den Tisch. »Aha. Sagt er uns auch was über Herzogin Margarete? Wie ihre Streitkräfte beschaffen sind, wo sie sich befinden und gegen wen sie kämpfen?«

Ash erinnerte sich daran, dass sie das in den frühen Morgenstunden diktiert hatte. Sie sagte: »Genau genommen heißt es jetzt: Margarete von York, Herzoginwitwe von Burgund.«

Werden wir Schwierigkeiten bekommen, weil Karls Tochter Maria die eigentliche Thronerbin wäre? Ash betrachtete die Gesichter der Burgunder. *Nein. Florian hat den Hirsch erlegt. Seht sie euch an: Sie sind unerschütterlich.*

Ash gab Rickard ein Zeichen. Der Junge fuhr mit dem Finger über das Papier und bewegte stumm die Lippen, bis er jenen

Teil erreichte, den er laut vorlesen wollte. »›Die Stadt Le Crotoy ist am heutigen Tag an uns gefallen, dem dreizehnten im Zeichen des Skorpion.‹«* In dem Wissen, dass die Hauptleute ihm aufmerksam zuhörten, wurde seine Stimme immer kräftiger. »›Ruhm und Ehre dem König-Kalifen unter der Hand des Einen Wahren Gottes, der sich daran erinnern wird, dass unser Vertrag mit dem fränkischen König Ludwig diesen zwingen wird, uns zu helfen. Da die burgundische Stadt Crotoy unweit der französischen Grenze liegt, haben wir ihn gebeten, sein Gebiet durchqueren zu dürfen und unsere Legionen zu versorgen, was er auch getan hat. Und so fielen wir über die Menschen in Crotoy her.‹«

»Der hinterlistige Scheißkerl!«, knurrte Ash. »Ludwig, meine ich.«

Olivier de la Marche räusperte sich. »Ich weiß, dass meine Herrin Margarete geplant hatte, Ludwig zu schreiben, denn sie ist sowohl die Schwester des englischen Königs als auch Herzogin von Burgund, und ihn zu bitten, ihr zu Hilfe zu kommen. Die Spinne hat schon lange beide Seiten im Englischen Krieg unterstützt. Die Chancen standen nicht schlecht, dass seine Loyalität inzwischen nicht mehr dem Anjou-Weib**, sondern York galt, also uns. Er hat sich König Edward, Margaretes Bruder, angenähert und zahlt ihm Tribut.«

»Er wird niemals eine Stärkung der anglo-burgundischen Macht an den französischen Grenzen fördern«, sagte Florian, und als alle sie daraufhin anstarrten, zuckte sie mit den Schultern und fügte hinzu: »Ich habe Messire Ternant und meinen

* Ca. 3. November? Falls es sich hier um das Sternzeichen ›Skorpion‹ handelt.
** Margarete von Anjou, Frau des englischen Königs Heinrich VI. König Ludwig XI. von Frankreich hat einige ihrer Versuche finanziert, die Krone für ihren Mann oder ihren Sohn zurückzuerobern. Im Jahre 1476 befand sich Margarete am französischen Hof, nachdem sie gegen ein hohes Lösegeld von England freigekauft worden war.

anderen Ratgebern durchaus zugehört. Ludwig betrachtet die Westgoten als nützliches Gegengewicht zu Burgund und England.«

»Und die Franzosen werden davon ausgehen, dass die Westgoten ihre Eroberungen halten.« Ash fügte hinzu: »Im Augenblick werden sie wegen der Dunkelheit vor Angst die Hosen voll haben – sie werden wissen, dass sie sich überall ausgebreitet hat, auch in Iberien, von wo die Goten ihr Korn beziehen. Ludwig hofft vermutlich, dass die Westgoten die Dunkelheit wieder vertreiben können!«

»Und können sie das?«, warf Rickard ein. Er errötete. »Verzeiht, Messire de la Marche ...«

»Rickard ist einer meiner jüngeren Offiziere, Messire«, erklärte Ash. »Bei meinen Offiziersversammlungen hat jeder Rederecht. Erst wenn alles gesagt ist, treffe ich eine Entscheidung.«

Floria wandte sich an den Jungen. »Rickard, ich glaube, wenn die Westgoten das Ewige Zwielicht beseitigen könnten, hätten sie das schon längst getan.«

Lacombe und ein paar andere – Berghes? Loyecte? – grunzten zustimmend.

»Lies weiter«, sagte Ash.

Rickard las, ohne zu zögern, weiter. »›Das fränkische Weib und ihre Streitkräfte haben sich nach Le Crotoy zurückfallen lassen, und es ist wahrscheinlich, dass sie von dort nach Brügge, Gent oder Antwerpen weitermarschieren wird. Aber Ihr müsst wissen, großer Kalif, dass sie in Gent aufgrund des Ärgers, den ihr ihr Kanzler beschert hat, gezwungen war, die Staaten dort aufzulösen.‹«*

»Wer ist dieser Kanzler?« Ash blickte zu Philippe Ternant.

---

* Gemeint ist der flämische Teil der Generalstaaten. Tatsächlich weisen diese Ereignisse Parallelen zu dem Geschehen im Jahre 1477 auf, nach dem Tod Karls des Kühnen.

»Hugonet mag ja geschickt darin sein, die Nordarmee zu finanzieren und zusammenzuhalten«, knurrte Olivier de la Marche, »aber selbst unter Kriegsbedingungen bezweifele ich, dass irgendjemand sich mit ihm abgeben will! Der Mann hat sich in Gent und Brügge unzählige politische Feinde geschaffen. Der Mann ist hart, Demoiselle. Falls Guillaume Hugonet die Herrin Margarete dazu bewogen hat, die Staaten aufzulösen, wird es überall in den Städten gären.«

»Ich vermute, Anthony de la Roche ist noch immer ihr militärischer Oberbefehlshaber, oder?«, spekulierte Ash.

Ein weiterer Centenier rief: »Er ist einer der Bastarde des Vaters unseres verstorbenen Herzogs. Wenn schon sonst nichts, so sollte er wenigstens loyal sein!«[*]

Ash tauschte einen Blick mit Florian aus. *Das sind nur professionelle Reibereien*, musste sie gar nicht erst sagen; dem Gesichtsausdruck der Herzogin war zu entnehmen, dass sie genauso dachte.

»Rickard?«

»›Das fränkische Weib verfügt noch immer über eine Armee, da sie ein frommer Anhänger ihrer ketzerischen Religion ist. Wisset, o großer Gelimer, dass sie nicht schwört, weder bei Gott noch bei den Heiligen; dass es heißt, sie feiere dreimal am Tag die Messe, egal wohin die Armee auch marschiert; dass sie Musikanten und einen Chor bei sich hat, welche die Messe singen. Sie reist, wie es einer Dame gebührt, und ist stets von Priestern umgeben. Mein Herz ist kalt, König-Kalif, wenn ich Euch sagen muss, wie viel Unterstützung sie im gemeinen Volk findet, das den Namen ihres Gemahls verehrt.‹«

---

[*] Anthony de la Roche geriet im Januar 1477 bei Nancy in Gefangenschaft, als Karl der Kühne erschlagen wurde. Aber anstatt Margarete treu zu bleiben, oder besser seiner Halbnichte Maria von Burgund, lief er in atemberaubender Geschwindigkeit zu Ludwig XI. über und behielt so seine Ländereien in dem eroberten Herzogtum.

»Das war vor 14 Tagen?«, murmelte Hauptmann Romont. »Ich frage mich, wie lange er sein Kommando noch gehabt hat, nachdem dieser Bericht in Karthago angekommen ist.«

Ash grinste den lockenköpfigen Ritter an und winkte Rickard fortzufahren. »›Das fränkische Weib hat gut achttausend Mann bei sich ...‹«

Irgendjemand am anderen Ende des Tisches stieß einen Pfiff aus. Ash blickte dorthin und sah grinsende Männer. *Achttausend! Na, das nenne ich eine beruhigende Zahl ...*

»›... alle in burgundischen Farben, zuerst unter dem Befehl von Philippe de Croy*, dem Herrn von Chimay, dann, nach dessen Tod, unter dem Kommando von Anthony, dem herzoglichen Bastard, Graf de la Roche. Dieser Mann, großer König-Kalif, ist ein angesehener Soldat. In der Schlacht hat er das herzogliche Banner befehligt, und oft hat er dem verstorbenen Herzog als Stellvertreter gedient. Er ist Margaretes Oberster Kammerherr, und die Männer sagen, sie hätte ihn ins Herz geschlossen, seit er auf dem Turnier zu Ehren ihrer Hochzeit mit seinem Halbbruder Karl ihre Farben trug und schwer verwundet worden ist ...‹«

»Oh, erspart mir das!« Florian seufzte.

Ash lächte leise. »Mir gefällt das. Der Mann geht jedem Gerücht nach.«

»Achttausend Mann«, wiederholte Olivier de la Marche.

Wieder ernst sagte Ash: »Ungefähr genauso viel, wie draußen vor den Mauern hocken. Bekommt sie nicht mehr? Rickard, wo ist das nächste Stück?«

Der Junge kramte vier weitere Seiten hervor, legte sie auf den Stapel und strich sie glatt. Er kniff die Augen zusammen.

---

* Tatsächlich geriet Philippe de Croy im Januar 1477 bei Nancy in Gefangenschaft, und nachdem man ihn gegen ein hohes Lösegeld freigekauft hatte, kehrte er treu zu Maria von Burgund und ihren Erben an Herzog Maximilians Hof zurück.

»›Ich habe gehört – unter dem Einen Wahren Gott nur für Euer Ohr, großer König-Kalif –, dass sie gezwungen war, persönlich von Stadt zu Stadt zu reiten, um neue Männer zu rekrutieren, von Den Haag nach Leiden, Delft und Gouda. Aber ich fürchte mich nicht, Euch mitzuteilen, dass ihr das gerade mal tausend Mann mehr eingebracht hat.* Gerüchte besagen, sie habe diese Städte ihre Glocken einschmelzen lassen, um neue Kanonen zu gießen. Unsere drei Legionen rücken nach Norden und Osten vor. Sie sind ihr jetzt dicht auf den Fersen, und über kurz oder lang werden sie siegreich sein und die Herzen Karthagos erfreuen.‹«

»Über kurz oder lang«, sagte Ash, »wird dieser Mann Latrinen ausheben. Himmel! Jetzt verstehe ich, warum die Faris im Norden und nicht hier sein wollte. Da oben geht es rund!«

»Wie ich sehe, verspürt Ihr beide, Demoiselle-Hauptmann, Ihr und die Faris, den Wunsch, einander auf dem Schlachtfeld gegenüberzutreten. Das zeugt von lobenswertem Feuer und Mut.« Olivier de la Marche streckte die fleischige Hand aus und klopfte Florian auf den Arm. »Wie auch immer, dieser Bericht erzählt uns von einem kleinen Sieg für sie, doch unsere gute Frau Margarete und Graf de la Roche führen eine Armee ... Das sind gute Neuigkeiten!«

»Das sind gute Neuigkeiten, die mehr als vierzehn Tage alt sind.« Ash trommelte mit den Fingern auf ihren Beinpanzer. »Es ist noch zu früh, um es mit Sicherheit sagen zu können, aber falls die Mère-Duchesse in den letzten vierzehn Tagen nicht besiegt worden ist ... könnten wir sie vielleicht bald hier im Süden sehen.«

Florian sagte in das optimistische Schweigen hinein:

»Fürst-Emir Leofric wird nirgends erwähnt. Und auch nicht die Faris oder die *machina rei militaris* selbst.«

---

* Im Winter 1476/77 hat Margarete angeblich viertausend Mann für ihren Gemahl in diesen Städten ausgehoben.

»Nein. Die Berichte in die andere Richtung – zur Faris – sind nichts sagend ... Ich weiß nicht, wer dieser ›Vetter‹ Sisnandus ist, der nach unserer Flucht und dem Erdbeben das Haus übernommen hat. Ich weiß nicht, ob Leofric ernsthafter verletzt ist, als ich zunächst gedacht habe.« Einen Augenblick lang vergaß sie die Centeniers der burgundischen Armee und starrte in eine unbestimmte Ferne. »Aber vergesst nicht: Es ist nichts geschehen, was den König-Kalifen dazu hätte veranlassen können, dem Steingolem zu misstrauen. Soweit es ihn betrifft, ist das alles ein Zeichen von Gottes Gnade! Falls die Maschine ihm noch immer sagt, ›Erobere Burgund‹, wird er genau das tun. Verdammt! Wir brauchen Margaretes Armee hier ... *jetzt!*«

Mit dem letzten Wort machte Ash ihrer Enttäuschung Luft. Laut knallend schlug sie mit der flachen Hand auf den Tisch. Rickard zuckte unwillkürlich zusammen und wischte sich über die Augen.

»Nehmen wir einmal an, dass Gott der Mère-Duchesse den Sieg über die Legionen im Norden schenkt.« Olivier de la Marche schob die belanglosen Papiere beiseite und legte eine Karte frei. »Es wird nicht leicht sein, ihre Männer weit weg von den reichen Städten zu versorgen, aber nehmen wir einmal an, Frau Margaretes Kommandeur hat Boote zur Verfügung, Demoiselle-Hauptmann. Flüsse werden sie schneller gen Süden bringen als jeder Gewaltmarsch. Über Burgund scheint noch immer die Sonne. Die Meuse und die Marne werden nicht zugefroren sein.« Er neigte den Kopf zu Florian. »Euer Gnaden, wenn sie im Norden gewinnen, *können* sie zu uns kommen. Gott schenke ihnen den Sieg!«

»Es wäre nett, wenn das möglichst bald geschähe«, bemerkte Ash mürrisch. De la Marche lachte leise. Ash fuhr fort: »Also gut: Wir reden darüber, wir stellen die Truppen entsprechend auf, wir warten auf Margarete, und wir werden versuchen, die Faris umzubringen, bevor Margarete hier eintrifft. Habe ich etwas ausgelassen?«

Schweigen.

Dann sagte Antonio Angelotti in trägem Ton: »Nur eine Sache, Boss. Könnten wir aufhören, uns im Tour Philippe zu beraten, zumindest bei Tageslicht? *Jede* westgotische Geschützmannschaft da draußen nimmt ihn als Markierung für Zielübungen!«

Die Centeniers lachten; ein Mann beugte sich über den Tisch, um mit einem anderen zu sprechen; zwei Ritter teilten sich einen Bierkrug, und Ash zog sich schmerzhaft der Magen zusammen.

Sei nicht dumm, Mädchen! . . . Von diesem Fenster aus ist es offensichtlich . . . Du siehst doch, dass sie sich nicht auf einen Angriff vorbereiten. Ich muss nicht am Tor sein . . .

Ich kann die Jungs hier noch nicht allein lassen.

Grüner Christus, werde ich jetzt meine ganze Zeit mit Reden *verbringen?*

»Ah, muss der Boss wieder auf was einschlagen?«, fragte Florian in bissigem Ton.

»Der Boss wird aber keine Gelegenheit dazu bekommen, nicht wahr?« Ash ließ ihren Blick weiter über die Centeniers schweifen, um sich ihre Gesichter zu merken: *Romont, Loyecte, Berghes – nein, der mit den dürren Beinen in deutscher Rüstung ist Berghes . . .* »Denn so etwas tut der Große Boss nicht. Der Große Boss macht andere Sachen, hm?«

»Du bist nicht der Große Boss«, erwiderte Florian brüsk. Sie hob die Stimme, um die Aufmerksamkeit der Anwesenden zu erregen. »Also. Der Herzog ist hier in Dijon geblieben. Das hat ihm auch nichts genutzt. Falls man einen langen Tunnel graben muss, grabt einen. Und fangt *jetzt* damit an.«

Instinktiv hielt Rickard das auf einem Blatt Papier fest.

Floria fügte hinzu: »Sie könnten uns jederzeit angreifen. Also schickt Herolde raus. Aber schickt . . . Waren das Sieur de Loyectes Männer? Ja. Schickt die auch.«

»Florian . . .«

127

De la Marche sagte: »Euer Gnaden . . .«

»Es ist meine Verantwortung.«

Der in eine Herzogin verwandelte Arzt hob die blasse Hand. Trotz der weißen Spitze, die den Handrücken bedeckte, blieb sie, was sie war: die Hand einer Frau, die im Freien lebte und mit scharfen Metallwerkzeugen arbeitete.

»Es ist meine Verantwortung«, wiederholte sie. »Auch wenn es nur heute so sein sollte, die endgültige Verantwortung habe *ich*.«

Ash starrte sie an. Einen Augenblick später verneigten sich sowohl Olivier de la Marche als auch Bischof Johann.

»Ich bin Arzt«, fügte Floria spöttisch hinzu. »Ich habe schon früher die Verantwortung für den Tod von Menschen getragen. Also schön. Schick deine Meuchelmörder aus.«

Trotz ihres selbstsicheren Tons bemerkte Ash eine gewisse Taubheit im Gesichtsausdruck der groß gewachsenen Frau.

»Wenn einem jemand unter den Händen wegstirbt, während man eine Arkebusenkugel aus seinem Bauch schneidet, das ist nicht dasselbe wie Männern zu befehlen, in den Tod zu gehen. Florian, ich hätte das sowieso angeordnet.«

»Entweder ist sie die Herzogin, oder sie ist es nicht«, sagte Philippe Ternant, ohne seine alten Augen zu öffnen. »Demoiselle Ash, Ihr dürft nur mit ihrer Erlaubnis handeln.«

Ash schluckte eine raue Bemerkung hinunter. *Florian kann das im Augenblick nicht gebrauchen.*

Florian rieb sich die Finger. »Ash, ich habe nie auch nur den geringsten Wunsch verspürt, Herzogin zu sein. Würde ich Gefallen an burgundischer Politik finden, ich wäre schon als junges Mädchen an den Hof gegangen.«

Ash sah Verzweiflung auf mehreren Gesichtern.

Entschlossen verkündete Florian: »Ich werde täglich in den Palast gehen, aber ich kann das Kompaniehospital nicht aus der Entfernung führen. Wohnen werde ich im Turm der Kompanie. Ohne Aufsicht ist Baldina nicht gut genug. Anschließend werde ich mit den Äbten über zusätzliche Hospize für die Zivilisten sprechen. Ash, ich werde auch das Erdgeschoss übernehmen. Die Männer können im Keller schlafen.«

So funktioniert das nicht! Diese Jungs hier wollen dich bei sich haben: Du bist ihre Herzogin . . .

Ash unterdrückte das Verlangen, ihren Arzt anzuschreien, und sagte: »Wäre es angesichts der Bombardierung nicht besser, die Verwundeten in den Keller zu verlegen?«

Floria nickte knapp.

»Gut, ich werde das regeln.«

In der Ferne ertönte ein Brüllen. Ash ging erst zu einem, dann zum nächsten Fenster und spähte hinaus. Sie sah einen Flammenschweif durch die Luft rasen.

»Ist das nicht nett? Das Bombardement zur None. Nach den Geschützmannschaften an der Südbrücke könnte man die Uhr stellen. Angeli, du hattest nicht ganz Unrecht, was diesen Turm hier betrifft. Es gibt keinen Grund, es ihnen *zu* leicht zu machen.«

Bei diesen Worten entspannte sich die Atmosphäre wieder ein wenig. *Aber ich will nicht ständig meine angeschlagene Position festigen müssen . . .* Als sie dem Blick von Florias grünen Augen begegnete, sah sie echte Panik hinter deren Entschlossenheit.

»Also gut, Jungs. Damit hätten wir dann einen Handlungsrahmen. Zehn Minuten Pause für Bier und Huren.« Sie grinste. »Dann treffen wir uns wieder hier und werden die Einzelheiten ausarbeiten.«

Der Rat tagte noch bis nach Sonnenuntergang und weit in den Abend hinein. Diener brachten süß riechende echte Wachskerzen herein, und Ash seufzte mitten in der Diskussion und dachte, *Das ist Luxus!*, als sie sich daran erinnerte, dass die Kompanie nur noch Talgkerzen in den Lagern hatte.

Rang bedeutet Privilegien. Ein zynisches Lächeln umspielte ihre Lippen; sie bemerkte Romonts unvorsichtigen, erstaunten Blick und fuhr fort, Goldteller über den Tisch zu schieben, welche die Position burgundischer Kompanien anzeigen sollten.

»Die Hälfte seiner Männer sind Kaufmannssöhne!«, donnerte Saint-Seigne, einer der Centeniers. »Ich werde meine Ritter nicht am selben Tor postieren wie Loyectes Männer!«

Ash konnte sich nur mit Mühe beherrschen und seufzte innerlich: *Verdammte Scheiße!*

»Das ist eine Versammlung der Erschöpften«, sagte Olivier de la Marche taktvoll. Er wandte sich an Florian. »Euer Gnaden, keiner von uns hat geschlafen. Es gibt viel zu tun, um sicherzustellen, dass wir so gut wie möglich vorbereitet sind. Die Hälfte von uns wird nun tagsüber schlafen, die andere Hälfte nachts.«

»Außer der Jungfrau von Burgund, die bis zur Matutin aufbleiben und zur Laudes aufstehen wird ...«, flüsterte Robert Anselm zu Ash.

»Ach, verpiss dich doch, Rosbif!«

Anselm kicherte fröhlich.

»Himmel, du brauchst *wirklich* Schlaf!« Ash stieß ihm den Ellbogen in die Rippen. »Florian ...«

»Geht noch nicht weg«, sagte der Arzt offen über den Lärm der aufstehenden und sich verneigenden Männer hinweg, die sich aus den herzoglichen Gemächern zurückzogen.

Der grün gewandete Bischof von Cambrai erhob sich ebenfalls. Aber anstatt zur Tür, ging Bischof Johann den Tisch hinunter zur Herzogin.

»Bischof Johann.« Florian stieß einen langen weißen Finger Richtung Ash. »Wegen morgen Abend ... Dies ist die Zeugin, die ich bei meiner Investitur sehen will.«

Er strahlte. »Madame chère Duchesse, natürlich.«

In dem Wissen, dass Anselm und Angelotti, die gerade mit der zurückgekehrten Eskorte sprachen, auf sie warteten, protestierte Ash: »Ich habe keine Zeit, schon wieder Stunden bei irgendeiner öffentlichen Zeremonie zu verbringen, Florian!«

Der Bischof erschrak. »Öffentlich? Das Volk muss das nicht sehen. Sie wissen, wer die *Duchesse* ist. Sie erkennen sie auf der Straße. Die herzogliche Krone zu nehmen ist eine Sache zwischen ihr und Gott.«

»Ich bin beschäftigt! Ich habe eine Schei... Ich habe eine Kompanie zu führen! Nein, eine Armee! Ich muss sämtliche Mannschaftslisten der burgundischen Kompanien durchsehen...!«

Florian packte sie mit aller Kraft am Arm. »Ash. Ich will einen Freund dort haben. Du brauchst mir nicht zu sagen, dass du das alles für einen Haufen Bockmist hältst.«

Erstaunt krächzte Ash: »Und du brauchst mir nicht zu sagen, dass du es für genau dasselbe hältst!«

Floria lächelte schmerzvoll und ignorierte den Gesichtsausdruck des Kirchenmannes. »Das ist nicht der Punkt. Erinnerst du dich, als du mit Karl gesprochen hast? Du wolltest wissen: ›Warum Burgund?‹. Das will ich auch. Ich bin die Herzogin, Ash. Ich will auch wissen, warum Burgund... und warum ich?«

Ash blinzelte. Schlaflosigkeit ließ sie schaudern. Sie verdrängte die Schwäche in jenen dunklen Teil ihres Geistes, wo sich all solche Dinge verloren. »Wird diese ›Nachtwache‹ uns verraten, warum Burgund?«

Florian blickte zwischen Ash und dem burgundischen Bischof hin und her. »Das wäre besser.«

Sieben

Ash schlief eine Stunde im Wachhaus der Kompanie, unten am Südtor, und eine weitere Stunde in der Waffenkammer, während die Schreiber Inventur machten. Den Rest der Nacht und des darauffolgenden Morgens verbrachte sie bei den Arkebusieren, den Bogenschützen, den Knappen und den Rittern. Sie verschaffte sich ein Bild von deren Moral, hörte sich die Berichte ihrer Offiziere an, und am Wichtigsten: Sie ließ sich sehen.

»Eine Pucelle?«, bemerkte ein nasenloser Veteran aus Herzog Philips Kriegszügen. »Das ist auch richtig so ... Gott hat den Franzosen eine geschickt; da ist es nur gerecht, dass er uns auch eine gibt!«

Wegen seiner schlechten Aussprache tat Ash, als würde sie ihn nicht verstehen. Sie grinste den Hellebardier einfach an. »Großvater, *dich* überrascht vermutlich nur, dass sich in Dijon noch eine Jungfrau finden lässt.«

Diese Aussage wurde immer und immer wiederholt und ausgeschmückt, noch bevor Ash die Kasernen wieder verließ, und sie folgte ihr den ganzen Weg bis zum Rathaus, wo man die Worte weniger mit Freude als vielmehr mit Entsetzen aufnahm. Zu diesem Zeitpunkt – ständig redete sie mit zwei, drei, vier Mann gleichzeitig – war Ash scheißegal, was Zivilisten dachten.

Zu Mittag befand sie sich wieder im Turm und ließ sich von ihren Pagen bis aufs Hemd ausziehen. Dann setzte sie sich auf ihr Bett, benommen genug, um langsam umzufallen und mit dem Gesicht nach unten liegen zu bleiben. Sie schlief, bevor ihr Kopf den Strohsack berührte.

Ash schlief den ganzen Nachmittag durch und erwachte vom Lärm ihrer Pagen, zweier Neunjähriger, die am Kamin hockten und ihre von Rost bedeckte Rüstung polierten. Der Geruch des Lederöls weckte sie. Blinzelnd hob sie den Kopf.

Ihr gegenüber, auf der anderen Seite des heißen Kamins, schlief Robert Anselm auf einem Pritschenbett; ein großer, unbeweglicher, stiller Haufen. Ash richtete sich auf die Ellbogen auf.

»Boss.« Rickard hockte sich neben ihr Bett. »Eine Nachricht von Hauptmann Angelotti: ›Du bist nicht unersetzlich. Die Kompanie kommt hervorragend zurecht. Geh wieder schlafen!‹«

Ash grunzte einen unverständlichen Protest; sie schlief schon wieder, bevor sie ihn deutlicher formulieren konnte. Als sie zum zweiten Mal aufwachte, schnitt einer der Pagen Brot am Kamin und knabberte an der Kruste. Nun lag Angelotti auf dem Pritschenbett. Er schlief auf dem Rücken, das Gesicht eines Engels, und er schnarchte wie ein Schwein in der Suhle.

Rickard blickte auf; er war gerade dabei, Ashs Schaller mit feinem weißen Sand zu polieren.

»Boss, eine Nachricht von Hauptmann Anselm und Messire de la Marche: ›Du bist nicht unersetzlich; die *Armee* kommt hervorragend zurecht...‹«

»Ach, Scheiße!«, lallte Ash verschlafen.

Sie träumte nicht: Es roch weder nach Eber, noch schmeckte sie den kalten Schnee; sie schlief einfach nur tief und fest. Godfrey, falls er denn da war, war viel zu tief in ihrem Unterbewusstsein vergraben, als dass er ihre Seele in diesem Zustand hätte berühren können.

Als der Schlaf sie schließlich wieder losließ, rollte sich Ash unter der warmen Leinendecke und den Pelzen auf die andere Seite. Durch das Fenster fielen die goldenen Strahlen des Sonnenuntergangs auf ihr Gesicht.

»Der Dok... die *Herzogin* hat eine Nachricht geschickt«, sagte Rickard, als er sah, dass Ash erwacht war. »Sie will dich in der Kapelle sehen.«

Ash traf genau in dem Augenblick im Badehaus der Mithraskapelle des Palastes ein, als Floria del Guiz die hölzerne Badewanne verließ und Diener sie in reinweißes Leinen hüllten. Wasser machte den Stoff feucht. Der Dampf in der Luft löste sich in der Kälte rasch auf.

»Das nennst du also ›sofort‹, hm?«, rief Florian.

Ash reichte Mantel und Hut ihrem Pagen, und als sie sich wieder umdrehte, war der Arzt, der zur Herzogin geworden war, in eine pelzbesetzte Samtrobe gehüllt. Ash ging über die Pflastersteine auf sie zu.

»Ich hatte zu tun. Ich musste mit Jonvelle, Jussey und dem Rest von Oliviers Centeniers reden.« Ash gähnte und hielt sich die Faust vor den Mund. Sie blickte zu Florian und beobachtete, wie die Frau den Dienern winkte zu gehen. »*Und* mit den geflohenen französischen und deutschen Rittern und ihren Männern. Alle sind wirklich sehr nett zu mir. Na ja, wir werden sehen, wie es wird, wenn ich ihnen Befehle erteile . . .«

»Komm das nächste Mal sofort her, wenn ich dich darum bitte.«

Floria klang harsch. Ash öffnete den Mund, um etwas zu erwidern. Die Frau fügte hinzu: »Ich *soll* eine Herzogin sein. Du führst mich bei diesen Leuten vor. *Falls* ich so etwas wie Autorität besitze, kann ich es mir nicht leisten, wenn irgendjemand sie untergräbt.«

»Hm.« Ash starrte sie an. Schließlich zuckte sie mit den Schultern, fuhr sich mit der Hand durch ihr kurz geschnittenes silbernes Haar und sagte: »Jaja. Gut. Das ist wohl nur fair.«

Kurz starrten die beiden Frauen einander an.

»Ich verstehe«, knurrte Ash.

»Ah, der Boss ist in seiner Eitelkeit verletzt.«

»Du bist . . .« Ash hielt inne. »Weißt du, was du mit den Wilden Maschinen auch tun magst . . . für mich oder die Kompanie wirst du nie eine Herzogin sein.«

Mit schelmischem Unterton erwiderte die ältere Frau: »Ich bin froh, das zu hören.«

»Aber ich kann noch immer keine Zeit auf das hier verschwenden. Falls es denn Verschwendung ist. Hast du schon mit diesem Bischof gesprochen?«

»Er will nichts sagen, bevor ich nicht diese Wache hinter mich gebracht habe.«

»Ach, Scheiße. Dann lass es uns tun. Wer braucht schon Schlaf!«

Die herzoglichen Dienerinnen kamen erneut hinter den Sackleinenvorhängen hervor, die ein Bad vom anderen trennten; eine brachte Wein, zwei andere Handtücher und frische Kleider. Geistesabwesend schaute Ash zu, wie sie die goldhaarige Frau abtrockneten. Sie selbst ging im Geist die Mannschaftslisten durch.

Floria drehte den Kopf, öffnete den Mund, als wolle sie etwas sagen, errötete und wandte sich wieder ab. Die Haut an Hals und Brustansatz war rosarot. Ash – die eher mit einer bissigen Bemerkung als mit Verlegenheit gerechnet hatte – spürte, wie sie selbst errötete, und kehrte den Frauen den Rücken zu.

Fühlt sie sich, wie ich mich gefühlt habe, wenn Fernando mich beobachtet hat?

Es war fünf Monate her, seit Ash ihren Mann zum letzten Mal berührt hatte. Ihre Finger erinnerten sich noch immer an die samtweiche Haut seines Schwanzes, an das Knistern, wenn sie ihm über den Leib gestrichen hatte, und an das Anspannen und Stoßen seines Hinterns, als er in sie gedrungen war. Fernando: der inzwischen tot sein konnte, dem Erdbeben in Karthago zum Opfer gefallen – oder falls nicht, hatte er sich vermutlich schon längst scheiden lassen. Für einen abtrünnigen Deutschen am Westgotenhof war es viel zu gefährlich, eine fränkische Frau zu haben ...

Und der Bruder der burgundischen Herzogin zu sein?, dachte Ash plötzlich. *Hmmm. Ich frage mich, ob er inzwischen nicht in noch viel größeren Schwierigkeiten steckt, falls er überhaupt noch lebt.*

»Lass uns voranmachen.« Florian erschien an Ashs Schulter. Sie sah, wie Ash überrascht zusammenzuckte, sagte aber nichts dazu. Ihre Haut war noch immer ein wenig rosa, aber das konnte genauso gut vom Trockenreiben stammen.

»Wie lange wird das dauern?«

»Bis morgen zur Prim.«

»Die ganze Nacht? Scheiße ...«

Sie hatten Florian in ein einfaches weißes Leinenkleid

gesteckt; darunter trug sie ebenso schlichtes Schafwollunterzeug. Eine Leinenhaube bedeckte ihr kurzes goldenes Haar. Als die Dienerinnen sich zurückzogen, blickte Floria über die Schulter, schnippte mit den Fingern und winkte, und das jüngste Mädchen kam mit einer pelzbesetzten blauen Samtrobe wieder zurück.

Ash beobachtete, wie Florian sich in das voluminöse Kleid hineinkämpfte. Dann winkte sie ihrem eigenen Pagen, ihr Hut und Feldmantel zu bringen – die Kälte der Steinwände durchdrang bereits die Luft, auch wenn es erst früh am Abend war. Sie lächelte sanft. »Wer braucht schon diese Wache? Du hast doch überhaupt keine Probleme, dich wie eine Herzogin zu benehmen ...«

Florian hielt inne – sie war gerade dabei, den Arm durch einen engen Ärmel zu zwängen – und starrte über die Schulter zu den sich zurückziehenden Dienerinnen. »Das ist nicht fair!«

Ash streckte die Hand aus, half Florian mit dem Ärmel und drehte sich zu dem Vorhang um, der den Eingang des Tunnels versperrte, welcher zur Kapelle führte. Ihren Pagen hinter sich lassend, ging sie dorthin und hob das grobe Tuch.

»Eine Herzogin hat den Vortritt, glaube ich ...«

Florian lachte nicht.

In Halterungen an den Wänden brannten Fackeln und erhellten den niedrigen Gang; ihr Qualm machte die Luft beißend. Instinktiv wanderten Ashs Finger zu Gürtel und Dolch. Dass sie schon seit einer Stunde aus der Rüstung und in zivilen Kleidern war, freute ihren Körper, aber es war kalt, und so schlang sie den Mantel um die Schulter, als sie hinter Florian den Tunnel betrat.

Plötzlich blieb Florian vor ihr stehen. Ohne sich umzudrehen, sagte die Herzogin: »Ich habe heute Nachmittag jemanden aus der Ratskammer hinausbefohlen.«

Ash ließ den Vorhang hinter sich wieder zufallen. Der Stoff sperrte jedes Geräusch aus und isolierte die beiden Frauen unter der niedrigen Granitdecke. Ash trat vor die bewegungslose Frau.

»Und sie sind gegangen.« Florian hob den Kopf. »Hätte ich es gewollt, ich hätte sie hinauswerfen lassen können.«

»Hättest du es gewollt, hättest du noch weit mehr tun können als das.«

Ash blickte nach vorne: Der Vorhang am Ende des Gangs rührte sich nicht. Noch keine Priester da.

»Das ist das Problem.« Florias Stimme wurde schwächer, gedämpft von dem uralten Gestein.

»Warte du nur«, sagte Ash nachdenklich, hakte sich bei dem Arzt unter, und beide gingen auf das andere Ende des Ganges zu. »Warte du nur, bis du *wirklich* jemanden rauswerfen willst. Dann fängst du nämlich an zu pfuschen ...«

»Willst du damit sagen, dass ich die Macht, die ich jetzt am Hals habe, unrechtmäßig gebraucht habe?« Florias Stimme besaß einen panischen Unterton.

»Jeder macht das mindestens einmal. Jeder Lanzenführer, jeder Centenier, jeder Edelmann.«

»Und was war dein Fehler?«, knurrte Floria.

»Meiner?« Ash zuckte mit den Schultern, ließ Florian stehen und ging lockeren Schrittes auf den Vorhang zu. »Oh, das muss ... das muss gewesen sein, als ich sechs meiner Männer einen anderen zum Krüppel habe schlagen lassen. Das war ... ich erinnere mich nicht mehr so recht ... in irgendeiner nordfranzösischen Stadt.«

Sie sah Florians Gesicht im Profil neben sich; die Fackeln warfen ein rotes Licht auf ihre Wangen. Ein mühsam beherrschter Schauder ging durch die ältere Frau.

»Was ist passiert?«

»Irgendein Bürger sagte: ›Hey, Mädchen, du kannst ja 'ne Hose tragen und 'nen Schwert schwingen, aber zum Pissen musst du dich immer noch hinhocken.‹ Er hielt das für sehr lustig. Ich dachte mir: Gut, ich habe hier sechs kräftige Jungs in

137

Kettenhemden, die ich bezahlt habe, und in meiner Livree ...
Sie haben ihm die Scheiße aus dem Leib geprügelt, ihm das
Gesicht und beide Knie zertrümmert.«

Florians Gesicht nahm einen verzweifelten Ausdruck an. Als
suche sie nach einer Entschuldigung, fragte sie: »Und wie lange hätte deine Autorität noch Bestand gehabt, wenn du ihm
das hättest durchgehen lassen?«

»Oh, ungefähr fünfzehn Minuten.« Ash hob eine Augenbraue. »Aber andererseits hätte ich ihn auch nicht gleich zum
Krüppel schlagen lassen müssen. *Und* ich hätte an dem Nachmittag in der Stadt nicht nach Ärger suchen müssen.«

Ihres eigenen Gesichtsausdrucks war Ash sich nicht bewusst:
Teils war es die Freude eines notorischen Schlägers, teils
Scham und Reue. »Ich war noch ziemlich jung. Vierzehn vielleicht. Florian, du wirst das schon packen. Wenn dir das erste
Mal fünfhundert Mann zujubeln und dann in den Kampf ziehen, weil *du* es ihnen befiehlst ... Dann hast du das Gefühl, du
kannst *alles* tun. Und manchmal ist das tatsächlich so.«

»Ich will gar nicht erst wissen, wie das ist.«

Ash streckte die Hand aus, um den zweiten Vorhang beiseite
zu ziehen.

»Sag mir das noch mal in sechs Monaten, falls wir dann
immer noch hier sind. Hast du erst einmal Geschmack daran
gefunden, gibt es kein Zurück mehr. Aber deswegen gleich
alles hinzuschmeißen, das ist es nicht wert.« Sie zog an dem
schweren Tuch. »Nach einer Weile, wenn du es zu oft gemacht
hast, hören die Leute auf, dir zuzuhören. Dann hast du nicht
mehr das Kommando. Du stehst dann einfach nur vorne ...«

Florian zog ihr Übergewand enger um die Schultern. »Findest du das nicht furchterregend? Du hast das Kommando
über eine *Armee!*«

Ein Grinsen huschte über Ashs Gesicht. »Frag Baldina bloß
nicht, wie meine Wäsche aussieht.«

Florian wandte sich ab, ohne etwas darauf zu erwidern.

Sie braucht eine ernsthafte Antwort, und ich habe viel zu viel Angst,
sie ihr zu geben.

Ash hob die Stimme. »Hey, komm schon! Gibt es denn keine Scheißpriester *in* dieser Kapelle? Wo ist dein verdammter Bischof?«

Eine missbilligende ältere weibliche Stimme sagte: »Er weiht die Kapelle, junge Demoiselle. Wollt *Ihr* ihm sagen, er solle sich beeilen?«

Ash betrat den Vorraum und erwartete eine Sekunde lang, Jeanne Chalon zu sehen; aber die Frau, die ihr gegenüberstand, sah ganz und gar nicht wie die Tante des adeligen Arztes aus. Nur die Stimme war ähnlich. Fackeln qualmten in der kalten Luft, und Ash kniff die Augen zusammen und blickte die fette, rundgesichtige Frau in Schleier und hochgezogenem Kittel und den Mann hinter ihr an, dessen Gesicht ihr irgendwie vertraut vorkam.

»Demoiselle.« Der ältere Mann schlug die Kapuze zurück. Sein kahler Schädel schimmerte rosa im Fackellicht. »Ich wage zu behaupten, dass Ihr Euch nicht an mich erinnern werdet. Aber Ihr erinnert Euch vielleicht an Jombert hier. Er ist ein guter Hund. Dies ist meine Frau Margarete. Ich bin Culariac, der Jäger des Herzogs.« Der Blick seiner wässrigen Augen wanderte zu Floria del Guiz. »Der Jäger der Herzogin, sollte ich wohl besser sagen. Verzeiht, Euer Gnaden.«

Eine kalte Nase drückte gegen Ashs Finger. Sie griff nach unten und kraulte den großen weißen Spürhund hinter den Ohren.

»Jombert!«, sagte sie. »Ich erinnere mich. Du warst es, der während des Waffenstillstands ins Westgotenlager gekommen ist und gefragt hat, ob die Jagd ausreiten dürfe.«

Der Mann lächelte breit. Seine Frau verzog noch immer das Gesicht. Ein paar Augenblicke später erkannte Ash diesen Blick. *Nun, ich werde nicht lernen, im Rock zu kämpfen, nur um ihr zu gefallen.*

139

»Wir sind als Eure Zeugen hier, Euer Gnaden«, fügte der alte Mann hinzu und verneigte sich erneut. Was auch immer an Selbstgefälligkeit im Gesicht des Mannes gewesen sein mochte, es verschwand, als der Hund sich von Ash löste, rasch an der Herzogin schnüffelte und dann wieder zu seinem Herrn tapste. Liebevoll blickte Culariac nach unten.

Auf was ist er mehr stolz?, fragte sich Ash. *Auf seinen Hund oder auf seine Position hier? Morgen Abend wird er jedenfalls auf beides trinken.*

Falls die Stadt bis dahin nicht eingenommen ist, heißt das.

»›Zeugen‹?«, erkundigte sie sich verspätet.

»Wir sollen lediglich bezeugen, dass Ihre Gnaden die ganze Nacht dort drin verbringt.« Die Frau deutete mit dem Daumen auf die andere Seite des Vorraums, wo ein Vorhang eine weitere Tür markierte. Mit Grün und Gold durchwirkt, schimmerte er im trüben Licht.

»Wir werden hier draußen bleiben«, sagte die Frau mit Namen Margarete. »Nein, macht Euch keine Sorgen, Euer Gnaden. Ich habe mir etwas zum Nähen mitgebracht. Culariac wird mich wecken, sollte ich einschlafen, und ich ihn.«

»Oh.« Florian blickte sie mit leeren Augen an. »Richtig.«

Eine schwache, kaum merkliche Vibration ging durch den Boden. Ash identifizierte es als Einschlag eines Trebuchetgeschosses, nicht weit weg vom Palast. Die alte Frau berührte die Brust und machte das Zeichen der Gehörnten.

Ash ging neben Florian zur anderen Tür und murmelte: »Wo zum Teufel haben sie *die* denn gefunden?«

»Sie sind durch das Los ausgewählt worden.« Auch Florian sprach leise.

»Gott, gib mir Kraft!«

»Das auch.«

»Dein verdammter Bischof sollte uns lieber ein paar Antworten geben.«

»Ja.«

»Du hast dir da einen ziemlich weltlichen Priester ausgesucht.«

»Warum sollte ich auch einen frommen wollen?«

Erschrocken über die Antwort zog Ash den mit gestickten Eichenblättern verzierten Vorhang beiseite. Die Granitverkleidung von Wänden und Decken wich natürlichem Kalkgestein. Der Boden des Ganges neigte sich ein wenig, sodass die beiden Frauen eine Reihe ungewöhnlich breiter und flacher Stufen hinunterstiegen. Ash sah, dass der Gang tatsächlich aus dem Fels gehauen war; die Meißelspuren waren noch deutlich zu sehen. Rauch waberte im Luftzug der Lüftungsschächte, die man durch den Stein getrieben hatte.

»Weiter unter der Erde wird es nicht mehr so kalt sein«, bemerkte Ash pragmatisch.

Florian hob den Rocksaum, der über den Kalkstein schleifte, und wickelte ihn beim Gehen um den Arm. »Mein Vater hat hier vor dem Ritterschlag gewacht. Ich erinnere mich daran, dass er mir davon erzählt hat, als ich noch sehr klein war. Aber das ist so ziemlich alles, woran ich mich von ihm erinnern kann.« Sie blickte zu der gewölbten Decke hinauf, als könne sie durch sie hindurch den uralten Palast darüber sehen. »Er war der Liebling von Herzog Philip ... bevor er Kaiser Friedrich die Treue geschworen hat.«

»Zur Hölle nochmal. Ich wusste doch, dass Fernando das irgendwoher haben musste.«

»Mein Vater hat in der Kathedrale von Köln geheiratet.« Florian drehte den Kopf und lächelte kurz, als sie Ashs Entsetzen sah. »Constanza hat uns irgendwann die Nachricht überbracht. Das ist ein weiterer Grund, warum ich nicht zu deiner Hochzeit gekommen bin.«

Ash blieb mit dem Fuß an einem unebenen Stein hängen und stolperte hinter Florian über die Schwelle. Eine Sekunde lang sah sie die winzige verrauchte Kammer nicht, die sie betraten, sondern die hoch aufragenden Säulen und gotischen

Bögen der Kathedrale, die Lichtstrahlen und Fernando, der die Hand nach ihr ausstreckte und sagte: *Ich rieche Pisse...*

Schlimmer als eine Hure!, dachte sie wütend. *Eine* Hure *hätte er nicht ausgelacht.*

Instinktiv machte Ash das Zeichen der Gehörnten, als sie bemerkte, dass Florian wie erstarrt vor ihr stand und nach oben blickte. Die Terrakottafliesen der Kapelle waren uneben, ausgetreten von den Menschen, die über Jahrhunderte hinweg zu dem eisernen Gitter gegangen waren, um dort das Blutopfer zu vollziehen. Ash schauderte. Der Raum maß kaum zwanzig Fuß im Quadrat. Ihre Platzangst wurde auch nicht durch das Fackellicht gemindert, das durch das Lüftungsgitter über ihnen hereinfiel.

»Meine Füße sind kalt«, flüsterte Florian.

»Wenn wir die ganze Nacht hier drin verbringen, werden nicht nur deine Füße frieren!« Nur mit Mühe gelang es Ash zu flüstern. Und als sie sich an das Licht, das matte Glühen gewöhnt hatte, fügte sie hinzu: »Grüner Christus!«

Die Wände waren von Mosaiken bedeckt, und kein Mosaiksteinchen war aus Glas, sondern jedes war ein wertvoller Edelstein, so geschliffen, dass er das wabernde Fackellicht reflektierte.

»Sieh dir das einmal an. Das ist das Lösegeld für einen König. Nein. Das ist noch mehr!«, murmelte Florian. »Kein Wunder, dass Ludwig eifersüchtig ist.«

»Scheiß auf das Lösegeld für einen König. Wenn das Zeug echt ist, könntest du damit ein Dutzend Legionen ausrüsten...« Ash ging näher an das Mosaik der Geburt des Grünen Christus heran. Seine kaiserlich-jüdische Mutter lag unter der Eiche halbtot von der Geburt ihres Sohnes; das Baby saugte an den Zitzen der Sau; der Adler in den Ästen der Eiche hob den Kopf und schickte sich gerade an loszufliegen, um – drei Tage später – Augustus und seine Legionen zu der richtigen Stelle im germanischen Wald zu führen. Und auf dem nächsten

Mosaik heilte Christus Viridianus seine Mutter mit den Blättern der Eiche.

»Das könnten Rubine sein.« Ash zuckte zusammen, als das Wachs der Kerze, die sie mitgenommen hatte, über ihren Handrücken rann. Sie hielt das Licht näher an die Wand und studierte die Steine, die eine Lache Geburtsblut darstellen sollten. Plötzlich wurde ihr übel. Mühsam fügte sie hinzu: »Könnten auch nur Granate sein.«

Florian ging rasch die Wände entlang und blickte kurz auf jedes Mosaik: Viridianus und seine Legion in Judäa, die sich nach den Perserkriegen dort niedergelassen hatte; Viridianus im Gespräch mit den Ältesten der Juden; Viridianus und seine Offiziere bei der Anbetung des Mithras. Dann folgten Augustus' Beerdigung, die Krönung seines wahren Sohnes und, im Hintergrund, der Adoptivsohn Tiberius und die Verschwörer; das Verlangen nach dem Eichenbaum, an dem sie Viridianus aufhängen sollten – mit gebrochenen Knochen und ohne Blut zu vergießen –, stand ihnen schon deutlich ins Gesicht geschrieben.

Florian erreichte die Stelle, wo Ash stand; das letzte Mosaik zeigte Konstantin, drei Jahrhunderte später, der das Reich zur Religion des Viridianus bekehrte, welchen die Juden nach wie vor nur für einen jüdischen Propheten hielten, doch den die Anhänger des Mithras schon seit langem gläubig als den Sohn der Nicht-Eroberten-Sonne erkannt hatten.

»Sieht nicht so aus, als hätte irgendjemand schon die Messe gehalten«, sagte Ash zweifelnd.

In der Mitte des Raums standen zwei Steinblöcke, um Bullen daran festzuketten. Zwischen ihnen befand sich ein Eisengitter im Boden, verklebt von den schwarzen Überresten alter Opfer. Darunter war nur formlose Dunkelheit. Die Eisenstangen waren nicht feucht.

Ash überprüfte das Eisentor, welches den schmalen Gang versperrte. Luft kam von oben. Die schweren Ketten des Schlosses klirrten kaum. Einen Augenblick lang starrte sie den steilen Gang hinauf, durch den man die Bullen in den kastenförmigen Raum brachte.

Als sie sich wieder umdrehte, sah sie ein Glitzern in Florians Augen – eindeutig Lachen. Ash, selbst kurz davor zu kichern, fragte: »Was? *Was*?«

»Sie bringen einen Bullen für die Messe«, sagte die ältere Frau und schnaufte; sie klang wieder ganz wie sie selbst. »Ich frage mich, was sie wohl mit einem Paar alter Kühe anfangen würden?«

»Florian!«

Ohne zu zögern, ging der Arzt zum einzigen noch verbliebenen Ausgang, einer kleinen Holztür in der Ecke des Raums. Sie öffnete sie. Licht flackerte in das dunkle Treppenhaus dahinter, als ein Lufthauch die Fackeln traf. Ein Blick über die Schulter, und Florian hob den Rock hoch und schob sich durch die Tür. Ash starrte ihr eine Minute lang hinterher und beobachtete, wie sich der von einer Haube bedeckte Kopf langsam die Wendeltreppe nach unten bewegte.

»Warte, verdammt nochmal!«

Die schmale, aus der Wand gehauene Treppe wand sich so eng, dass Ash sie in Rüstung nicht hätte hinabsteigen können. Der kalte Granit hinterließ nasse Flecken auf ihrem pelzbesetzten Wams. Von unten drang kein Licht herauf. Ash tastete sich in Florians Schlepptau vorwärts, fühlte das Holz eines Türriegels und stand plötzlich vor einem steilen Abgrund.

»Scheißeee . . .«

»Das ist alt. Die Arbeit von Mönchen.« Florian, neben Ash, starrte ebenfalls in den aus Ziegeln gemauerten Schacht hinunter. »Vielleicht hat Gottes Gnade sie davor bewahrt, da runterzufallen!«

Von oben, durch das Eisengitter der Opfergrube, fiel Fackellicht herunter. Es war so schwach, dass es kaum Bewegung in die Schatten an den Schachtwänden brachte. Tief unten glühten weitere Lichter – das gleichmäßigere, weniger rauchige Glühen vieler Kerzen.

Die Tür, durch die Ash gekommen war, öffnete sich fast unmittelbar an der Schachtkante. Jetzt, da ihre Augen sich an das Dämmerlicht gewöhnt hatten, sah sie eine Treppe, die nach unten führte. Steil. An der Wand entlang. Immer weiter hinunter ...

»Lass uns gehen.« Ash berührte Florians Arm und trat vorsichtig auf den winzigen Absatz, um dann den Fuß auf die erste Stufe zu setzen.

Eine kniehohe, mit einem Mosaik verzierte Wand war das einzige Hindernis zwischen Treppe und Abgrund – bei weitem nicht hoch genug, um beruhigend zu wirken: ein Ausrutscher, und es ging unaufhaltsam nach unten.

»So ein Scheiß!«, knurrte Florian. Ash blickte kurz zurück und sah das Gesicht des Arztes vor Schweiß glitzern. Sie selbst wagte kaum zu atmen.

»Halt dich an meinem Gürtel fest.«

»Nein. Ich komme schon zurecht.«

»Je schneller wir unten sind, desto besser.«

Ash roch Pech und Bienenwachs und spürte die Feuchtigkeit von Fels und Ziegeln. Sie atmete tief durch und machte sich mit einer Leichtigkeit auf den Weg die Stufen hinunter, als wären dies die Treppen zu den Wehrgängen einer Burg. Die Stufen waren schmal und ausgetreten. An der Ecke des Schachts machte die Treppe eine scharfe, rechtwinklige Kurve und führte weiter hinunter. Ashs Augen gewöhnten sich mehr und mehr an das Licht von unten; sie sah die Linien an der anderen Wand, das Glitzern der Mosaiken – sie sah die Treppe, die sie würden hinuntersteigen müssen. Ash blickte nicht in die schwarze Leere rechts von ihr. Runter und abbiegen. Runter und abbiegen. Runter – abbiegen.

»Es muss doch noch einen anderen Weg geben!«, knurrte Florian hinter ihr.

»Vielleicht nicht. Wer soll denn hier runtergehen, außer den Priestern?« Noch eine Biegung. Ash zog den Handschuh aus und ließ ihre Hand die raue Wand spüren, um die Orientierung zu behalten und sich der Anziehungskraft des Abgrunds zu widersetzen. »Das ist dann wohl die wichtigste Qualifikation für den Kaplan des Herzogs, Florian: Er darf nicht unter Höhenangst leiden!«

Ein weiteres gedämpftes Kichern von hinten: »Für den Kaplan der *Herzogin!*«

Ich wünschte, das wäre so einfach.

Das gelbe Glühen der Kerzen hüllte sie völlig ein. Ash spürte ihre Hitze, blickte nach oben und sah, dass ihr Licht den Blick auf das Mithras-Gitter versperrte. Sie war nur noch fünfzehn oder zwanzig Fuß über dem Boden. Die Marmorfliesen über ihr waren rot und schwarz . . . Nein. Es war Terrakotta, aber mit den Spuren der täglichen Messe oben am Steinaltar.

Die letzte Ecke. Die letzten Stufen. Die kleine Wand endete, und Ash betrat eine Kapelle am Boden des Schachtes; die Haut auf ihren Fingern war rau gescheuert. Ash zog den Handschuh wieder an und sagte: »Gott sei Dank!«

Florian stieß gegen sie, als sie voller Eile die letzten Stufen hinuntersprang. Sie wischte sich über das schweißnasse Gesicht. Ihr helles Haar glühte im Licht Dutzender Kerzen.

»Gott sei in der Tat gedankt«, sagte eine Stimme aus den Schatten hinter dem Altar; »aber bitte etwas frommer, wenn es Euch nichts ausmacht, Demoiselle.«

»Bischof Johann!«

»Euer Gnaden.« Er nickte Floria del Guiz zu.

Überrascht, weil ihre Knie so weich waren, ging Ash ein paar entschlossene Schritte durch die Kapelle am Grund des Opferschachtes. Nun, im Kerzenlicht, sah sie, dass die Kapelle in östlicher und westlicher Richtung breiter war als der Schacht. Unter einem gewölbten Ziegeldach befand sich auf einer Seite das Kirchengold, auf der anderen ein bemalter Schrein.

Wie lange, bis wir ihn fragen können: Warum Burgund? Und wie lange, bis er uns antworten wird?

Ein Novize in grün-weißer Soutane ging sich verbeugend am Bischof vorbei. Er trug eine brennende Wachskerze und verschwand die schmale Treppe hinauf. Ash roch den süßen Duft von Bienenwachs. Innerhalb einer Sekunde glitzerte der gesamte untere Teil des Schachtes. Steinmetze hatten den Kalkstein bearbeitet; Handwerker hatten Mosaiken des Baums gelegt, des Bullen, des Ebers, und um den marmornen Altarblock herum, dunkel von geronnenem Blut, wurde ein Feld vom Bild des oväugigen Grünen Christus eingenommen.

Florian zog die Leinenhaube vom Kopf, und fast gleichzeitig schlug Ash die Kapuze zurück und nahm den Hut ab. Sie unterdrückte ein Grinsen – *Wir beide haben uns viel zu lange wie Männer gekleidet!* – und spürte, wie ihr durchgefrorener Körper sich in der Hitze der Kerzen entspannte.

Neben ihr blickte Florian fragend zu dem burgundischen Bischof. »Feiern wir jetzt die Messe?«

»Nein.«

Die Stimme des kleinen, rundgesichtigen Mannes klang teilnahmslos.

»Nicht?« Ash bemerkte, dass sie die Schritte anderer Priester oder Novizen hören konnte. Das Geräusch kam von oben durch das Opfergitter, aber weder der Geruch noch die Laute eines Bullenkalbs.

»Man könnte mir vorwerfen, dass ich versucht habe, Burgund ganz alleine neu zu bevölkern«, sagte der Bischof von Cambrai. Seine kleinen schwarzen Augen glitzerten von etwas, das Belustigung hätte sein können. »Oder dass ich schönes Fleisch viel zu sehr liebe; aber eines bin ich sicherlich nicht, Madame chère Duchesse Floria: ein Heuchler. Während der Versammlung im Tour Philippe hatte ich die Gelegenheit, nicht nur Euren Hauptmann hier zu beobachten, sondern auch Euch. Ich muss nicht wiederholen, was Ihr gesagt habt. Ihr seid Eurem Glauben so weit entfremdet, dass ich glaube, es bedarf mehr als einer Nacht, um Euch wieder auf den Pfad Gottes zu führen.«

»Das stimmt wohl nicht, Eminenz«, sagte Ash glatt. »Der Arzt – die Herzogin – hat im Feld immer die Messe mit uns gefeiert, und im Hospital arbeitet sie mit Diakonen ...«

»Ich bin nicht die Inquisition.« Bischof Johann blickte zu Ash. »Ich erkenne einen Häretiker, wenn ich ihn sehe, und ich erkenne auch eine Frau, die grausame Umstände von Gott entfernt haben. Das ist Floria, Tochter, und das seid auch Ihr. Falls Ihr je einen Glauben besessen habt, so glaube ich, Ihr habt ihn in Karthago verloren.«

Ash presste eine Sekunde lang die Lippen aufeinander. »Lange *zuvor*.«

»Ja?« Der Bischof hob die schwarzen Augenbrauen. »Aber Ihr seid aus Karthago zurückgekehrt und habt von Maschinen und Geräten geredet, von einer Frau gezüchtet wie einer von Mithras Bullen ... und Ihr habt nichts gesagt über Gottes Hand bei alldem. ›Jungfrau von Burgund‹.«

Ash bewegte sich unter ihrem Mantel und rieb sich gedankenverloren mit der Faust über den Bauch.

Bischof Johann wandte sich wieder Florian zu. »Ich kann Euch nicht die Kommunion verweigern, solltet Ihr danach fragen, aber ich rate Euch ernsthaft, es nicht zu tun.«

Neben Ash stieß Floria del Guiz verzweifelt den Atem aus und verschränkte die Arme vor der Brust. Der Stoff ihres Kleides fiel wie gemeißelt in Falten um ihren Körper bis auf die unebenen Terrakottafliesen. Das warme Licht der Kerzen verlieh ihrem Haar einen goldenen Ton, das ihr nun, von der Haube befreit, bis auf die Schultern fiel. Auch ihr Profil wurde vom Licht betont, doch es nahm ihrer Hautfarbe nicht die Blässe oder ihrem Gesicht das ausgezehrte Aussehen.

»Also, was *tun* wir jetzt?«, fragte Floria bissig. »Sollen wir hier die ganze Nacht herumsitzen? Falls das alles ist, dann könnte ich Eurem Herzogtum mit etwas Schlaf nützlicher sein.«

Bischof Johann betrachtete sie eingehend. »Euer Gnaden, ich bin ein Mann der Kirche mit einer großen Familie hoffnungsvoller Bastarde, und wie ich das Fleisch kenne, werden noch viele folgen. Wie könnte *ich* den ersten Stein auf Euch werfen? Auch ohne Messe ist dies immer noch Eure Vigil.«

»Und das heißt?«

»Wenn sie zu Ende geht, werdet Ihr es wissen.« Der Bischof von Cambrai streckte die Hand aus und berührte zur Beruhigung den Altar. »Wie wir alle. Verzeiht mir, wenn ich Euch sage, dass Messire de la Marche so begierig wie ich darauf ist zu erfahren, was Ihr aus alledem machen werdet.«

»Darauf möchte ich wetten«, murmelte Ash. »Also gut, keine Messe. Aber was *tut* sie, Euer Eminenz?«

Die Kerzen flackerten, und Schatten huschten über die Mosaikwände. Der beißende Rauch brannte Ash im Rachen, und sie unterdrückte ein Husten.

»Sie wird die herzogliche Krone nehmen, so Gott will. Ich rate Euch, eine gewisse Zeit in Meditation zu verbringen.« Bischof Johann verneigte sich vor Florian.

Ash gab nach und machte ihren Hals mit einem abgehackten Husten frei. Dann wischte sie sich über die tränenden Augen und sagte: »Ich habe erwartet, dass das alles geplant ist, Euer Eminenz. Wollt Ihr uns etwa sagen, Florian kann tun, was sie will?«

»Mein Bruder Karl hat seine Nacht hier im Gebet verbracht, in voller Rüstung, vierzehn Stunden ohne Unterbrechung. Das hat mir verraten, was für eine Art Herzog wir bekommen werden. Ich erinnere mich daran, dass mein Vater mir erzählt hat, *er* hätte sich Wein mitgebracht und das Fleisch des Bullen gebraten.« Der kleine Mund mit geschürzten Lippen verzog sich zu einem Lächeln. »Er hat es zwar nie gesagt, aber ich vermute, dass ihm auch ein paar Frauen Gesellschaft geleistet haben. Eine Nacht allein in einer kalten Kapelle kann sehr lang werden.«

Ash grinste Karls Halbbruder, Philips Sohn, freundlich an.

»Ihr«, fügte er an Floria gewandt hinzu, »bringt eine Frau mit, eine, die sich wie ein Mann kleidet.«

Ashs Lächeln verschwand.

»Wie Ihr vermutet habt«, sagte Bischof Johann von Cambrai, »hat Eure Tante Jeanne Chalon mit mir gesprochen.«

»Und was hat sie gesagt?«

Echte Verzweiflung zeichnete sich auf dem Gesicht des Kirchenmannes ab, als er Florias scharfen Ton hörte. Ash – die genug Erfahrungen mit solchen Männern in solch machtvollen Positionen hatte – dachte: *Was hat die alte Kuh ihm erzählt? Vor zwei Minuten hieß es noch ›Madame chère Duchesse‹!*

Der Bischof antwortete direkt und ohne Verachtung in der Stimme. »Ist es wahr, dass Ihr eine weibliche Geliebte habt?«

»Ah.« Da war ein Lächeln auf Florians Gesicht, doch es hatte nichts mit Humor zu tun. »Lasst mich raten. Da ist eine alte adelige Jungfer – ihre Nichte wird zur Herzogin gemacht –, und da ist ein schrecklicher Skandal in der Familie. Also erzählt sie es Euch, bevor die Gerüchte sich verbreiten. Sie sagt Euch, sie *müsse* all das beichten; das sei ihre Pflicht.«

»Schützt eure Ärsche«, knurrte Ash und staunte über sich selbst, dass sie schon fast wie Robert Anselm sprach. »Mein Gott, die dumme Kuh! Du hast sie noch nicht hart genug geschlagen!«

Floria wandte den Blick nicht vom Bischof ab.

»Das ist mehr oder weniger korrekt«, gestand Johann. »Hätte sie der Familie gegenüber loyal sein sollen, anstatt mich zu warnen, dass Ihr Euch nicht nur wie ein Mann kleidet, sondern Euch in vielerlei Hinsicht auch wie einer benehmt?«

Es folgten ein paar Sekunden Schweigen. Florian starrte den Bischof weiter an. »Die formale Anklage lautete, sie sei eine Jüdin, die Christen behandelte.«

»›Sie‹?«

»Esther. Meine Frau.« Florian lächelte schief und sehr, sehr müde. »Meine weibliche Geliebte. Ihr könnt alles in den Aufzeichnungen des Leeren Stuhls finden.«

»Rom liegt allerdings unter der Dunkelheit, und die Reise dahin ist nicht zu schaffen«, warf Ash ein und drehte sich zu Florian um. »Sag also nichts, was du nicht sagen willst.«

»Oh, ich will es sagen.« Ein Feuer loderte in Florians Augen. »Lassen wir den Bischof hier wissen, was er bekommt. Denn ich *bin* die Herzogin.«

Ash glaubte zu sehen, dass der Bischof bei diesen Worten leicht zusammenzuckte.

»Esther und ich wurden Geliebte, als ich gerade mein Studium der Medizin in Padua beendete.« Wieder verschränkte Floria die Arme. »Sie hat mich nicht einen Augenblick lang für einen Mann gehalten. Als wir in Rom verhaftet wurden, hatte sie gerade ein Baby bekommen. Deshalb kamen wir nicht allzu gut zurecht.«

»Sie hatte ein *Baby*...?« Ash hielt inne und errötete.

»Irgendein Kerl hat sie mal gefickt«, erklärte der Arzt verächtlich. »Er war nicht ihr Liebhaber. Wir hatten Streit deswegen. Wir hatten aber noch mehr Streit wegen Joseph – dem Baby. Ich nehme an, ich war eifersüchtig. Sie hat ihm zu viel Zeit gewidmet. Zwei Monate lang saßen wir in unserer Zelle. Joseph starb an Lungenentzündung. Keiner von uns konnte ihn heilen. Am Tag danach haben sie Esther in Ketten rausgeführt und verbrannt. Und am Tag *danach* bekam ich die Nachricht, dass Tante Jeanne das Lösegeld für mich gezahlt hatte: *Ich* war frei. Solange ich Rom verließ. Der Abt dort sagte, männliche Sodomiten müssten sie verbrennen, aber wen kümmere es schon, was eine Frau tue? Solange ich keine Medizin mehr praktizierte.«

Florias Worte fielen in die kalte Luft in der Kapelle, vorgetragen mit einem gefühllosen Mut, den Ash kannte. *Wir alle tun das ... nach der Schlacht.*

»Seit meiner Rückkehr schleicht meine Tante um mich herum«, sagte Florian. »Bischof, hat sie Euch auch gesagt, was ich vergangenen August als Letztes getan habe, als ich zuletzt hier war? Dass ich sie geschlagen habe? Ich habe sie auf einer öffentlichen Straße zu Boden geschickt. Ich bin nicht überrascht, dass sie hinter meinem Rücken zu Euch gegangen ist. Aber hat sie Euch auch Folgendes gesagt? Hat sie Euch gesagt, dass sie auch Esthers Lösegeld hätte bezahlen können? Sie hat es einfach nicht gewollt.«

»Vielleicht . . .« Johann von Cambrai rang mit sich. Er starrte auf die Mosaiken. »Vielleicht hatte sie nicht genug Geld, um mehr als nur ihre Familie zu retten?«

»Esther *war* meine ›Familie‹!« Florians Stimme nahm einen tiefen Tonfall an. »Mein Vater war damals noch nicht tot. Sie hätte ihm schreiben können, falls sie Geld gebraucht hätte.«

»Und der Abt von Rom«, fuhr Johann fort, »wäre darauf erpicht gewesen, Juden zu verbrennen. Wenn ich mich recht an die Zeit entsinne, gab es damals die Brot-Unruhen. Alles einer Jüdin in die Schuhe zu schieben wäre hervorragend gewesen, um die Menge zufrieden zu stellen. Aber eine Burgunderin von adeliger Geburt zu verbrennen, die noch dazu nach wie vor eine adelige Familie besaß . . . Da wäre er wohl vorsichtiger gewesen. Egal, wie diese Familie sich zu der Zeit auch verhalten haben mag.«

Als Ash sein Gesicht sah, als sie sah, wie er Floria gleichzeitig die Hände entgegenstrecken und zurückweichen wollte, da verstand sie.

Er ist ein Mann, der Frauen jagt. Aber Florian kann er nicht jagen: Florian ist an Männern nicht interessiert. Ich bin nicht sicher, ob es Seiner Eminenz dem Bischof hier wirklich um Kirchenfragen geht.

Wie zur Bestätigung dieser Gedanken warf Johann von Cambrai Ash einen verschwörerischen Blick zu. Er dauerte nicht länger als eine Sekunde, aber er war ernst und eindeutig als Verführung gedacht, und er sagte ohne Worte: *Du und ich, wir sind nicht wie sie. Wir sind normal.*

Eingeschüchtert durch das reich geschmückte grüne Gewand, wandte Ash sich ab.

Godfrey hätte nie so etwas gesagt. Gewänder machen keinen Priester.

Ash schob einen Arm aus ihrem Mantel und legte ihn Florian um die Schulter. »Diese giftspritzende alte Kuh hat also wieder Unruhe gestiftet, und? Ich war dort: Florian hat den Hirsch erlegt. Sie ist die Herzogin. Wenn Jeanne Chalon das nicht gefällt, hat sie eben Pech gehabt.«

»Wenn sie es verbreitet . . .«, begann Florian.

»Ja und?«

»In der Kompanie, vergangenen Sommer . . .«

»Das waren Soldaten, und die kommen jetzt hervorragend mit dir zurecht.« Ash holte auch den anderen Arm hervor, legte ihn auf Florians andere Schulter und drehte die Frau zu sich herum. Sie sprach betont deutlich, um ihren Standpunkt klarzumachen. »Du musst das verstehen. Olivier de la Marche wird alles tun, was du ihm sagst. Gleiches gilt für seine Hauptleute. Und vor Dijon liegt eine Armee. Innerer Streit wäre im Augenblick Selbstmord, aber die Chancen stehen gut, dass es nicht dazu kommen wird. Die Menschen haben andere Dinge im Kopf. Und falls doch einige Ärger machen wollen ... dann steckst du sie ins Gefängnis oder lässt sie von den Stadtmauern hängen. Hier geht es nicht darum, dass du irgendjemandes Zustimmung brauchst. Du bist ihre Herzogin. Das bedeutet, du musst alle zusammenhalten und in die gleiche Richtung führen. Verstanden?«

Ob es nun an Ashs Tonfall lag oder an der Verwirrung im Gesicht des Bischofs, Florian lächelte nervös.

»In der burgundischen Armee gibt es Vögte«, fügte Ash hinzu, »und der Vizegraf-Bürgermeister hat seine Wachtmeister. Die sind nicht zum Spaß da. *Nutze* sie. Sollte es so weit kommen, kann man dafür sorgen, dass der Bischof sich ins Kloster im Nordostviertel ›zurückzieht‹.«

Bischof Johann trat näher. »Ihr müsst mich verstehen.«

Ash, unsicher, wie sehr sein veränderter Tonfall eine Reaktion auf die Erwähnung militärischer Macht war, wich einen Schritt zurück.

Der Bischof ergriff Florias Hände. »Madame chère Duchesse, wenn ich mir Eurer ... spirituellen Probleme bewusst bin, so bin ich mich mir auch meiner ... meiner eigenen Probleme bewusst. Was auch immer Ihr sein mögt, ich bin Euer kirchlicher Vater und Euer Diener in der Welt.«

Die prachtvollen Farben der Mosaiken hinter ihm glitzerten im sich bewegenden Licht. Als der Bischof neben Floria stand, erkannte Ash, dass er ein, zwei Zoll kleiner war als sie.

»Ihr seid unsere Herzogin.« Zur Betonung schüttelte er Florians Hände. »Gott schütze uns, Floria del Guiz, Ihr seid der Nachfolger meines Bruders. Wenn Gott Euch die herzogliche Krone nehmen lässt, so ist es an keinem von uns, Seinen Willen zu missachten.«

»Krone? Die *Krone* ist ohne Bedeutung. Was zählt schon ein Stück geschnitztes Horn?« Florian befreite ihre Hände und trat einen Schritt vor. Sie ballte die Faust und schlug sich damit auf die Brust. »Ich weiß, was ich bin, aber ich weiß nicht, *warum* ich bin, was ich bin! Kommt! Sagt es mir! Erwartet Ihr wirklich von mir, dass ich in eine Stadt zurückkehre, die ich seit meiner Kindheit nicht mehr gesehen habe, und das tue? Erwartet Ihr von mir, dass ich zu Fremden zurückkehre und das tue? Sagt mir, was hier vor sich geht!«

Ihre atemlose Stimme hallte dumpf von den Wänden wider; die Mosaiken schluckten fast jedes Geräusch. Nur ein Hauch stieg den aus Ziegeln gemauerten Schacht zum Gitter hinauf. Es war, als stünden sie am Grund eines tiefen, geräuschlosen Brunnens.

Als Johann von Cambrai nicht darauf antwortete, nahm die Stimme des Arztes einen eisigen Tonfall an.

»Ich habe nicht mehr an der Kommunion teilgenommen, seit ich den Leeren Stuhl verlassen habe, und ich beabsichtige nicht, jetzt wieder damit anzufangen. Heute Nacht wird es keine Messe geben. Ihr könnt Euren Messgehilfen sagen, dass sie nach Hause gehen und sich schlafen legen können.« Florian zuckte mit den Schultern. »Wenn Ihr eine Vigil wollt, sagt mir, warum die Herzöge von Burgund so sind, wie sie sind. Sagt mir, auf was ich mich da eingelassen habe. Ansonsten werde ich mich einfach in einer Ecke zusammenrollen und schlafen. Im Feld habe ich schon an schlimmeren Orten geschlafen; das kann Ash Euch bestätigen.«

»Ja, aber da warst du auch besoffen«, sagte Ash, ohne nachzudenken.

»Madame Duchesse!«, protestierte der Bischof.

Florian sagte etwas zu ihm. Ash kümmerte sich nicht darum. Das sich bewegende Licht auf dem Schrein erregte ihre Aufmerksamkeit, und als ihre Augen sich schließlich daran gewöhnt hatten, konnte sie auch die ausgemalten Reliefs erkennen.

Sie wandte sich vom Bischof und der Herzogin ab und ging geradewegs auf den Altar zu. Marmor, bemalt und vergoldet, glühte im Licht der Bienenwachskerzen.

»Christus Viridianus!«, platzte sie heraus. Und dann, als die beiden anderen sie erstaunt ansahen, deutete sie auf den Altar. »Das ist der Prophet Gundobad!«

»Ja.« Bischof Johann machte ein demütiges Gesicht. »Das ist er.«

Florian starrte ihn an. »Warum habt Ihr einen Schrein für einen Ketzer?«

»Der Schrein ist nicht Gundobad geweiht«, sagte der Bischof und trat vor. Er deutete auf die kleineren Figuren daneben. »Der Schrein ist Heito geweiht. Sieur Heito war Herzog Karls Vorfahre. Und er wird auch wohl der Eure gewesen sein, Euer Gnaden, wie nun offensichtlich ist.«

»Ich habe nicht damit gerechnet, ihn hier zu finden.« Ash streckte die Hand aus und berührte Gundobads marmorne

Sandale. »Florian, der Herzog wollte es mir sagen, bevor er gestorben ist. Ich schlage vor, dass du den Bischof jetzt danach fragst ... › *Warum Burgund?*‹«

Sie drehte sich um und sah so etwas wie Aufregung in Bischof Johanns müdem Gesicht. In sanftem Ton sagte er: »Die Herzogin hat Euch mitgebracht, Demoiselle, aber es ist ihre Entscheidung, wie sie ihre Vigil verbringen will. Vergesst das nicht, und respektiert es.«

»Oh, ich respektiere Florian.« Ash stemmte die Fäuste in die Hüfte. »Ich habe gesehen, wie sie sich vor dem Baderzelt die Seele aus dem Leib gekotzt hat und wieder reingegangen ist, um einem Mann einen Pfeil aus der Lunge zu ziehen ...«

Natürlich wäre es besser gewesen, wenn sie gar nicht erst gesoffen hätte.

»... Ich brauche keine Bande von Burgundern, die mir was über Florian erzählen!«

»Ruhe«, sagte Florian mit einem Hauch von Kälte in ihren Augen, der auch dort gewesen war, als sie am Ende der Jagd im Blut des Hirsches gebadet hatte. »Bischof ... Ihr habt mir erzählt, was Herzog Karl mit hierhergebracht hat. Ihr habt mir erzählt, was Herzog Philip mitgenommen hat. Ihr habt mich aber nicht gefragt, was *ich* mitgebracht habe.«

»Fragen«, sagte Bischof Johann. »Ihr kommt mit Fragen.«

»Ich auch«, murmelte Ash, und als der Bastard von Philippe le Bon sie anschaute, deutete sie mit dem Daumen auf den Schrein. »Wisst Ihr eigentlich, was Ihr hier habt?«

»Das ist Gundobad, Prophet der Karthager, im Augenblick seines Todes.«

»Gundobad der Wunderwirker«, sagte Ash mit fester Stimme. »Ich weiß über Gundobad Bescheid. Seit ich nach Süden gegangen bin, habe ich viel über Gundobad gelernt. Leofric und die Wilden Maschinen, zwischen ihnen ... Ich weiß, was wirklich vor siebenhundert Jahren geschehen ist. Gundobad hat das Land um Karthago in eine *Wüste* verwandelt. Er hat die

Flüsse austrocknen lassen. Wie zum Teufel ...« Ash sprach langsamer. »Wie zum Teufel ist es den päpstlichen Soldaten gelungen, ihn bei lebendigem Leibe zu verbrennen?«

Sie ignorierte Florians Schaudern – vielleicht war der älteren Frau einfach nur kalt.

»Eine interessante Frage«, sagte der Arzt mit ebenso fester Stimme.

»Er war der *Wunderwirker*«, wiederholte Ash. »Wenn er das Karthago, den Wilden Maschinen hat antun können, hätte er nicht einfach zu sterben brauchen, nur weil irgendein Priester es befahl!«

Mit einem Blick auf Floria del Guiz murmelte Bischof Johann: »Er hat Papst Leo* verflucht und den Leeren Stuhl geschaffen.«

Es gab Bilder an den Wänden der Kapelle, von denen eines den Tod Leos zeigte – geblendet, gejagt und bei lebendigem Leibe die Haut abgezogen –, doch Ash kannte die Geschichte gut genug, als dass sie sich die Bilder noch hätte ansehen müssen.

»Jeder Mensch, der halb Nordafrika in eine Wüste hat verwandeln können«, sagte Ash, »hätte nicht unter den Händen des Bischofs von Rom sterben müssen. Nicht, falls es nicht etwas gibt, was wir über Papst Leo nicht wissen! *Nein* ...«, korrigierte sie sich plötzlich, »... mit Leo hat das nichts zu tun, nicht wahr?« Und sie drehte sich wieder zu den Mosaiken um. »Wer ist dieser Heito?«

Schweigen folgte diesen Worten, unterbrochen nur vom Tropfen des Kondenswassers.

Florians Stimme klang hart und unmittelbar. »Ich habe erwartet, heute Nacht beten zu müssen. Als Mädchen habe ich gebetet. Ich war ... fromm. Und hätte es Antworten gegeben,

* Ist damit Leo III. gemeint? Damit wäre Gundobads Tod vor 816 n. Chr. anzusiedeln.

ich hätte erwartet, dass sie sich um Burgund drehen, um das, was mir da draußen auf der Jagd widerfahren ist.«

Floria seufzte.

»Als ich Karthago verlassen habe, habe ich geglaubt, wir hätten die Wüstendämonen hinter uns gelassen. Aber hier sind sie.« Sie deutete auf ein Detail im hinteren Teil des Schreins: Der Ketzer Gundobad predigt von einem Felsen in einer saftig grünen südländischen Landschaft, und im Hintergrund sind Pyramiden zu sehen.

»Florian . . .«

»Ich habe geglaubt, dass sie dich nicht mehr erreichen könnten, sobald wir hier sind.« Im Schatten der Kerzen wirkten Florians Augen wie dunkle Höhlen. »Ich habe dich weggehen sehen, erinnerst du dich? Ich habe gesehen, wie sie dich dazu *gezwungen* haben!«

»Als ich vor zwei Tagen zu ihnen gesprochen habe, konnten sie mich zu gar nichts mehr zwingen. Es geht hier nicht um mich«, sagte Ash. »*Ich* habe den Hirsch nicht erlegt. Das hast *du* getan. Jetzt will ich wissen, warum Burgund? Und die Antwort lautet: Gundobad, nicht wahr?«

Als Ash sich zu Bischof Johann umdrehte, sah dieser nicht sie, sondern weiter Florian an. Auf Florians Nicken hin begann er zu sprechen.

»Dies ist der Petersplatz«, erklärte er und berührte die entsprechenden Stellen auf dem Bild. »Hier, an der Kathedralentür, ist Karl der Große gekrönt worden. Er war ein Jahr tot, als seine Söhne und Papst Leo den karthagischen Propheten Gundobad vor Gericht gestellt und ihn der arianischen Häresie beschuldigt haben. Hier ist Gundobad in den päpstlichen Zellen mit seiner Frau Galsuinda und seiner Tochter Ingundis.«

»Er war *verheiratet*?«, platzte Ash heraus. »Scheiße. Darüber habe ich nie nachgedacht. Was ist mit ihnen geschehen?«

»Mit Galsuinda und Ingundis? Man hat sie zu Sklaven ge-

macht und vor dem Prozess wieder nach Karthago verschifft ...
Ich glaube, Leo hat sie benutzt, um dem König-Kalifen eine
Nachricht zu übermitteln.« Bischof Johann verschränkte die
Finger. »Auch glaube ich, dass es dem König-Kalifen jener Zeit
nicht leidgetan hat, solch einen Propheten loszuwerden; in
nur einem Jahr waren die Dunkelheit und die Wüste in sein
Reich gekommen.«

»Aber das stimmt nicht! Das war nicht in jenem Jahr!«
In ihrem Kopf hörte Ash noch einmal die Stimme der *machina
rei militaris*, als sie Gefangene in Karthago gewesen war, teilnahmslos, kalt, die ihr die wahre Geschichte erzählte. »Die
Dunkelheit kam erst mit dem ›Fluch des Rabbis‹, vierhundert
Jahre später. Damals haben die Wilden Maschinen die Sonne heruntergezogen; sie brauchten ihre Kraft, um durch
den Steingolem zu sprechen. Gundobad hat lange davor gewirkt!«

»Ist das so?« Bischof Johann nickte. »Wir erzählen es anders.
Geschichten aus längst vergangenen Zeiten werden immer
verwirrender. Die Erinnerung der Menschen ist sehr kurz-
lebig.«

*Die Erinnerung der Wilden Maschinen reicht weit länger zurück ...
und sie ist, verdammt noch mal, präziser.*

»Nichtsdestotrotz«, fügte Johann hinzu, »geschah es in
jenem Jahr, dass die Länder um Karthago nicht länger ein Garten waren und sich in eine Wüste verwandelten, und Gundobad floh nach Norden, um seine Ketzerei in den italienischen
Ländern zu predigen.«

»Wie viel davon ist wahr?«, verlangte Florian zu wissen. »Wie
viel davon ist nur Vermutung?«

»Wir wissen, dass Leo in dem Jahr gestorben ist, als Gundobad ihn verflucht hat. Wir wissen, dass seither kein Papst länger als drei Tage auf dem Stuhl des Petrus gelebt hat. Und das
große Reich Karls des Großen wurde in jenem Jahr von seinen
streitenden Söhnen zerstört, oder zumindest nicht lange da-

nach.* Die Christenheit verwandelte sich in einen Haufen streitender Herzöge und Grafen; einen Kaiser gab es nicht.«

»Und dieser Heito?«

»Mein ›Vorfahre‹?«, ergänzte Florian trocken. »Falls er wirklich zu Leos Zeiten gelebt hat, ist er heutzutage wohl der Vorfahre von halb Burgund!«

»Ja.«

Johann von Valois blickte drein, als stecke in dieser simplen Bestätigung bedeutendes Wissen.

»Und das ist der Grund, warum alle auf die Jagd gehen.« Ash fügte Faktum an Faktum. »Jeder *mit burgundischem Blut* . . . Florian, das ist eine andere Blutlinie. Das ist nicht Gundobads Kind. Es sind Heitos Nachfahren. Heitos Kinder.« Sie drehte sich zum Bischof um. »Habe ich Recht?«

»Die in den letzten vier Generationen die legitimen Söhne aus dem Haus Valois waren«, bestätigte der Bischof, »aber wir – als Züchter von Vieh und Pferden – haben immer schon gewusst, dass bestimmte Merkmale eine Generation überspringen oder sich in einer Nebenlinie niederschlagen können. Als wir noch das Königreich Arles bildeten, war es nichts Ungewöhnliches, dass ein Bauer König wurde, nachdem er den Hirsch erlegt hatte. Seit den Zeiten meines Urgroßvaters sind wir selbstzufrieden geworden. Gott ermahnt uns zur Demut, Euer Gnaden.«

»Nicht *so* verdammt demütig!«, schnaufte Ash im selben Augenblick, als Floria del Guiz sich lauthals beschwerte: »Meine Eltern waren von Adel! Beide!«

»Bitte verzeiht mir, Euer Gnaden.«

---

* Damit steht das Datum nahezu fest! Sind diese Referenzen akkurat, reden wir vom Jahr 816, zwei Jahre nach dem Tod Karls des Großen. Aber auch wenn die Auflösung des Reiches bereits im Jahr nach Leos Tod begann, so datieren die meisten Historiker dessen Ende doch auf das Jahr 846, auf die Unterzeichnung des Vertrags von Verdun.

»Oh, ich scheiße auf Eure Entschuldigungen!« Florians Stimme ging eine halbe Oktave hinunter und nahm einen Tonfall an, der im Lager ein rasches Aufräumen des Baderzeltes bewirkt hätte. »Ich habe *keine* Ahnung, was hier vor sich geht. Sagt es mir!«

»Heito.« Johann legte die Hand auf den Fuß der in Stein gemeißelten Figur und blickte zu ihr hinauf. »Er war ein niederer Ritter in Karls Gefolge; einer von Karls Söhnen hat ihn nach dem Tod des Kaisers in seinen Dienst genommen. Nach der Verhandlung wurde er mit Gundobads Bewachung beauftragt. Er war dabei, als Gundobad den Heiligen Vater verflucht hat. Und er war dabei, als Gundobad mit einem Wunder versucht hat, die Flammen seines Scheiterhaufens zu löschen.«

Der Bischof warf einen Blick zu Ash.

»Er hatte die Neuigkeiten aus Nordafrika gehört«, fügte er in beiläufigerem Ton hinzu. »Es fiel ihm nicht allzu schwer zu erkennen, dass Gundobad mehr wollte, als nur auf wundersame Weise zu entkommen; es war klar, dass er auch die Christenheit in eine Wüste verwandeln wollte. Und das hätte Gundobad auch getan, wäre da nicht Heito der Gesegnete gewesen.«

»Und der hat *was* getan?«, hakte Florian nach.

»Er hat gebetet.«

Ash starrte zu dem Basrelief hinauf und fragte sich, ob Heito wirklich so gestelzt fromm ausgesehen hatte. *Tatsächlich*, dachte sie, *hat er sich vermutlich in die Hose geschissen und aus lauter Panik gebetet. Aber es hat funktioniert. Irgendetwas hat funktioniert . . . denn Gundobad ist gestorben.*

»Heito hat gebetet«, sagte der Bischof. »Alle Menschen besitzen zumindest etwas von Gottes Gnade. Wir, die wir Priester sind, sind mit ein wenig mehr geboren . . . mit sehr wenig mehr. Wenn Gott es uns gewährt, reicht es gerade einmal für winzige Wunder.«

Plötzlich erinnerte sich Ash an Godfreys Gesicht und zuckte zusammen. Sie konnte sich einfach nicht dazu durchringen, zur *machina rei militaris* zu sprechen, sie zu fragen – wie sie plötzlich wollte –, *Wie denkst du* jetzt *über Gottes Gnade?*

»Heito besaß Gottes Gnade im Überfluss, auch wenn er als einfacher Ritter keinen Grund hatte, das zu wissen, bis er sich seiner Prüfung stellen musste.«

Schweigend standen sie beieinander und betrachteten den Reliefschrein.

»Heito hat seinen Söhnen erzählt, als man das Feuer an Gundobads Scheiterhaufen legte, hätte er den Ketzer um Flucht beten hören und um Rache an allen, die er ›Petrus’ Ketzer‹ nannte, in ganz Europa. Und als Gundobad betete, *sind* die Flammen verloschen. Nun begann auch Heito zu beten. Er bat Gott, er möge der Christenheit gnädig sein, die Zerstörung von ihr abwenden und ihm helfen, den Scheiterhaufen wieder zu entzünden. Und wie Heito seinen Söhnen erzählte, *fühlte* er in diesem Augenblick Gottes Gnade in sich wirken.«

Florians Hände wanderten zum Mund. Im Kerzenlicht war es schwer zu erkennen, aber ihre Haut wirkte blass.

»Heito steckte den Scheiterhaufen wieder in Brand. Gundobad starb. Die Christenheit ist nicht verwüstet worden ... Heito war Zeuge beim Tod des Heiligen Vaters nicht lange danach und beim Tod seines Nachfolgers. Er betete darum, dass der Fluch des Leeren Stuhls aufgehoben werde möge, aber wie sein Sohn Carlobad uns in seiner *Histoire* berichtet, spürte Heito seinen eigenen Mangel an Kraft. Er besaß nicht mehr die Gnade, es zu tun, und auch nicht sein Sohn nach ihm; so verheiratete Heito seinen Sohn mit der frommsten aller Frauen.«

»Und dann?«, bohrte Ash spöttisch nach. Sie ergriff Florians Arm, hakte ihn bei sich unter und spürte, dass der Arzt leicht wankte. »Nein, ich kann es mir denken. Sie alle haben heilige Frauen geheiratet, nicht wahr? Heitos sämtliche Söhne ...«

»Sein Enkel, Airmanareiks, war der Erste, der den Hirsch gejagt hat. Ihr müsst verstehen, dass Burgund damals voller Wunder war, und Erscheinungen des Wappentiers waren wie in jedem anderen Land der Christenheit normal. Erst sehr viel später sagte man dazu: Gott bürdet seinem treuesten Diener die größte Last auf. Wir hatten uns genug von seiner Gnade verdient, sodass unsere Gebete erhört wurden. Ohne unsere Bürde hätten wir vermutlich vergessen, was wir Ihm schulden.«

»›Bürde‹ ... Ha!«, sagte Ash zynisch. »Ihr könnt euch das nicht aussuchen. Wenn ihr aufhört, Wunder zu wirken, hört ihr auf, Wunder zu wirken. Ende der Geschichte. Obwohl Vater Paston und Vater Faversham es verzweifelt versucht haben: Seit wir die Grenze überschritten haben, haben sie kein Wunder mehr zustande gebracht! Und hattest du nicht Schwierigkeiten mit den Verwundeten, als wir nach Basel zum ersten Mal hierhergekommen sind, Florian?«

Florian nickte gedankenverloren. »Ich dachte, es läge am Fieber, an den feuchten Uferwiesen ...«

»Wir hatten gehofft, eines Tages stark genug zu sein, um den Fluch aufzuheben und wieder einen Heiligen Vater den Stuhl Petri besteigen zu sehen«, fuhr der Bischof fort. »Diese Gunst ist uns nicht gewährt worden. Wir haben jedoch fortgeführt, was Heito begonnen hat. Weder Burgund noch die Christenheit sind in eine Ödnis verwandelt worden«, sagte Bischof Johann. »Wir sind von Franken regiert worden, von Deutschen und von unseren eigenen Herzögen; aber immer haben wir uns die heiligsten Frauen als Braut gesucht, und stets war derjenige der Herr von Burgund, der den Hirsch erlegt hat. Die Christenheit war in Sicherheit. Wir haben den Preis dafür bezahlt.«

Ash ignorierte die letzten Worte, blickte auf Florias Hand in der ihren und drehte die Frau zu sich herum.

»Das ist es. Das *ist* es!« Sie atmete tief durch. »Heito wusste, was Gundobad Karthago angetan hatte. Er wusste, dass Gundobad lebende Kinder hatte. *Davor* hatte er Angst. Dass Burgund in eine Ödnis verwandelt werden würde!«

»Und er beschloss, eine Blutlinie zu zeugen, die keine Wunder wirken konnte – ja, die das Wunderwirken unmöglich macht.«

Florians Finger schlossen sich um Ashs, drückten ihr fast das Blut ab. »Sie wussten nichts über die Wilden Maschinen. Sie hatten einfach nur Angst vor einem weiteren Gundobad.«

»Nun, im Augenblick ist sie genau vor diesen Toren! Unsere Faris. Ein neuer Gundobad. Wann immer die Wilden Maschinen sie handeln lassen wollen ...«

»Nur dass sie es nicht kann ... wegen mir.«

»Zuerst Karl, jetzt du.« Ash konnte sich ein Lächeln nicht verkneifen. »Himmel, und ich dachte schon, *ich* wäre gut darin, in Fettnäpfchen zu treten!«

»Ich habe nicht darum gebeten!«

Florians Stimme hallte von den Schachtwänden wider. Rasch erstarb das dumpfe Echo. Der Wind von oben ließ die Kerzen flackern und brachte einen Geruch herunter, der entfernt an einen Schlachthof erinnerte: altes Blut, alter Urin und Dung. Furcht, Tod und Opfer.

Das Schweigen vertiefte sich. Sie wussten nicht, wie viel von der Nacht bereits vorüber war, ob man in der Stadt die Laudes sang, die Matutin oder die Prim.

»Es war Herzog Karls Traum«, sagte der Bischof, »das Mittlere Königreich in Europa zurückzugewinnen, beizeiten ein neuer Karl der Große zu werden, ein neuer Kaiser aller Menschen. Wie sonst hätte er uns davon abhalten können, unsere Zeit mit kleinen Streitereien zu verschwenden? Wie sonst wäre es ihm möglich gewesen, die Christenheit gegen ihre Feinde zu vereinen? Ein Karl der Große mit Heitos Gnade. Mein Bruder war ein Mann, der das hätte sein können ... aber es war ihm nicht gegeben. Hätte er seinen Blick gen Süden gerichtet, wären wir jetzt vielleicht nicht in solchen Schwierigkeiten. Doch jetzt seid Ihr die Herzogin.«

»Oh, das weiß ich«, sagte Florian gedankenverloren. Sie rieb mit den Knöcheln über Heitos steinernes Schienbein. »Und jetzt sagt mir etwas. Sagt mir, warum über Burgund die Sonne scheint?«

Acht

»Was?« Ash schaute sich in der schattigen Kapelle verwirrt um.

»Draußen. Bei Tage. Warum gibt es Licht? Warum ist es nicht *dunkel*?«

»Ich verstehe nicht«, sagte Ash.

Florian schlug die Faust in die Hand. »Du hast es mir erzählt. Die Wilden Maschinen ziehen die Sonne herunter. Das ist *real*. Also ... warum ist es hier nicht dunkel? Warum scheint die Sonne in Burgund? In den Ländern um uns herum herrscht überall Finsternis.«

Ash öffnete den Mund, um dem zu widersprechen, schloss ihn jedoch wieder. Die in Falten gelegte Stirn verriet Bischof Johanns Verwirrung. Der Wind aus dem Opferschacht brachte den Geruch von kaltem Stein und Fäulnis herunter, tief ins Innere der Erde.

»Fühlt es sich ... ›echt‹ an?«, fragte Ash. »Das Sonnenlicht, meine ich.«

»Würde mir das überhaupt auffallen?«

»Beim Hirsch hast du es ja auch gewusst!«

Florian runzelte die Stirn. »Was auch immer in meinem Blut sein mag, auf der Jagd habe ich es zum ersten Mal benutzt. Ich habe etwas getan. Aber danach ... nein. Ich *tue* gar nichts.«

»Nach der Jagd hattet Ihr ja auch nichts zu tun«, sagte Bischof Johann. »Es ist nicht, was Ihr *tut*, sondern was Ihr *seid*. Ihr müsst nur leben, und damit seid Ihr der Wächter.«

»Ich kann es nicht sagen«, erwiderte Florian. »Ich fühle gar nichts.«

Schweiß sammelte sich in Ashs Handtellern. *Was wissen wir sonst noch nicht?*

»Vielleicht liegt es an den Menschen, die hier um Licht beten. Der Bischof hat gesagt, alle Menschen besäßen einen Teil der Gnade ...« Sie begann auf und ab zu gehen, blieb kurz stehen und drehte sich ruckartig um. »Nein, *das* funktioniert nicht, weil ich garantieren kann, dass die Menschen in Frankreich und den Kantonen auch scheißhart gebetet haben! Und auf dem Weg hierher war es überall stockfinster. Falls Gottes Gnade Wunder durch Gebete wirkt, hätten wir auch über Marseille und Avignon die Sonne gesehen!«

»Ich bin nicht länger fromm.« Floria lächelte schmerzvoll. »Während ich im heiligen Bad lag, habe ich nachgedacht. Ich weiß, was ich tue: Ich bewahre das Weltliche. Das hat auch Herzog Karl getan. Ich habe mich nur gefragt, warum es im Hospital so schlecht stand. Seit ich hierhergekommen bin, sind mir die Leute unter den Händen weggestorben. Menschen, von denen ich erwartet hatte, dass sie überleben. Die betenden Priester haben Karl auch nichts genutzt! Das hier ist die echte Welt.«

Der Bischof murmelte: »Gott bürdet seinem treuesten Diener die größte Last auf. Wir können seine Gabe nicht ohne seine Strafe empfangen.«

Florian schlug erneut die Faust in die Hand. »Warum also gibt es hier *Licht*?« Sie blickte an ihrem Kleid hinunter auf ihre nackten Hände. »Und warum ist bei Auxonne ein Wunder geschehen?«

Eine Sekunde lang stand Ash wieder auf dem Feld, in der vom Regen aufgeweichten Erde, während Flammenstrahlen den Männern die Haut vom Gesicht brannten. Gedankenverloren wischte sie sich mit der Hand über den Mund. Die Erinnerung an den Gestank war noch sehr lebendig.

Und Ash erinnerte sich auch an die Priester auf ihren Knien, und an den Schnee, der gekommen war, nachdem sich die Windrichtung geändert hatte. »Ich habe de Vere gesagt, er solle den Herzog bitten, dass er seine Priester beten lässt – um Schnee, sodass der Feind nichts mehr sehen konnte, und um Wind, sodass ihre Pfeile das Ziel nicht mehr erreichten.«

Florias Augen leuchteten, und sie packte Ash am Arm. »Zuerst habe ich geglaubt, der Herzog müsse verwundet worden sein. Geschwächt. Aber de la Marche hat mir gesagt, das Wunder sei geschehen, bevor er verwundet worden ist.« Verwirrt drehte sich Floria zum Bischof um. »Hätten diese Priester nicht umsonst beten müssen? Oder gibt es – ich weiß nicht – ein schwaches Glied in der Blutlinie?«

»Wir sind nur Menschen«, sagte Bischof Johann in sanftem Ton. »Ein Jahrhundert nach dem anderen haben wir die herzögliche Blutlinie genährt, aber wir sind nur Menschen. Unvollkommene Menschen. Diese Dinge dürfen nur ein- oder zweimal in einer Generation geschehen. Würden wir uns *alle* der Gnade verweigern, wie sollte Gott uns dann den Hirsch schicken?«

»Der Hirsch«, sagte Florian. »Natürlich: der Hirsch.«

»Florian wird nicht perfekt sein«, warf Ash plötzlich ein. »Das *kann* sie gar nicht. Ich war in Karthago. Dort herrschen zweihundert Jahre Inzucht.« Der Gesichtsausdruck des Bischofs ließ sie fast lachen. »Das kostete es die Wilden Maschinen, um die Faris zu erschaffen. Zweihundert Jahre wissenschaftlich berechnete Zucht von Menschen. Inzest! Und was habt ihr in Burgund getan?«

»Jedenfalls haben wir keine Inzucht getrieben!«, keuchte Bischof Johann. »Das verstößt sowohl gegen die Gesetze Gottes als auch gegen die der Menschen!«

Ein raues, heiseres Lachen platzte aus Ash heraus, bevor sie es verhindern konnte. Sie grinste dem Bischof ins kreidebleiche Gesicht. Dann schnaubte sie, ganz der Söldner: »Das habt ihr nun davon, dass ihr Gottes Geboten gefolgt seid! Ihr habt es ja gerade selbst gesagt. *Burgund besitzt eine Blutlinie.* Nun, dann hätte Burgund das auch ordentlich durchziehen sollen! Dynastische Ehen, ritterliche Liebe und auch ein wenig Ehebruch ... Scheiße. So *züchtet* man gar nichts. Ihr Jungs braucht einen Leofric hier!«

Ein wenig ironisch sagte Florian: »Vergiss nicht, dass ich Erfolg gehabt habe. Ich habe den Hirsch real werden lassen.« Ihre Stimme klang unerwartet ruhig, ihr Blick wirkte abgelenkt, und sie ging zum Schrein des heiligen Heito. Mit dem Rücken zu Ash sagte sie: »Wenn die Herzöge sich beweisen müssen ... so habe ich das getan. Denn hätte ich es nicht getan, die Wilden Maschinen hätten während der Jagd ihr Wunder gewirkt.«

»Oh. Ja.« Ash hustete ein wenig verlegen wegen ihres Ausbruchs. »Nun ... ja ... das stimmt wohl.«

»... bis ich sterbe.« Es war kaum ein Flüstern. Florian drehte sich wieder zu den beiden anderen um. »Ich verstehe es immer noch nicht. Ich lebe. Was geschieht, wenn es *real* ist, dass die *Ferae Natura Machinae* die Sonne herunterziehen ...«

»Oh, das muss es sein.« Ash klang spöttisch. »Die Wilden Maschinen wirken keine Wunder – könnten sie das, bräuchten sie die Faris nicht! Und Burgund wäre schon vor sechshundert Jahren verbrannt worden.«

Florian zuckte auf eine Art mit den Schultern, die zu jemandem in einem Hofkleid einfach nicht passte. »Damit müssen wir Recht haben, sonst wären wir schon längst tot. Aber Ash ...\ wir dürften die Sonne nicht sehen.«

Einen Augenblick lang hallten die Stimmen der Novizen von oben herunter, als die eisenverstärkte Tür geöffnet und wieder geschlossen wurde. Bischof Johann von Cambrai rief ihnen durch den nun widerhallenden Schacht hinauf zu, sie sollten wieder gehen.

Von den kleineren Kerzen waren nur noch Wachspfützen übrig; die großen hatten sich eingebrannt, und Wachs umgab die Flammen wie gelbe Laternen. Ash wehte ein kalter Windzug in den Nacken. Sie kratzte sich mit dem Finger unter dem Pelzkragen.

»Es ist sinnlos, dass ich es noch einmal versuche ... Ich werde sie kein zweites Mal überraschen.«

»Nein. Das weiß ich.« Florian raffte wieder ihr Kleid hoch und schlang den Stoff um den Leib, als würde sie das trösten. »Aber ich habe Recht, nicht wahr? Bischof, Ihr könnt das nicht beantworten. Es gibt noch immer etwas, das wir nicht wissen!«

»Das muss Eurem *grand conseil* vorgetragen werden«, sagte Johann von Cambrai. »Oder vielleicht zuerst dem *petit conseil,* Euer Gnaden. Vielleicht kann ein anderer das beantworten. Falls nicht, so gehe ich davon aus, dass Gott seinen Willen tun wird, und wenn es ihm gefällt, uns zu segnen, so können wir ihm nur für sein Licht danken.«

Ein wenig befremdet über Johanns offenbar erschütterte Frömmigkeit bemerkte Ash: »Godfrey sagt, dass Gott nicht trickst.«

Florian wandte sich vom Bischof ab, und Ash sah ihr Gesicht. Ihre Augen stachen hervor, hatten dunkle Ränder und wirkten zutiefst erschöpft und angespannt. Als sie sich wieder dem Bischof zuwandte, hielt dieser einen sorgfältig bearbeiteten Stirnreif in der Hand, zusammengesetzt aus verschiedenen Stücken Hirschhorn.

»Ihr hattet Fragen. Sie sind beantwortet worden«, sagte er. »Dies ist Eure Vigil. Werdet Ihr die Krone nehmen?«

Ash sah, wie Florian in Panik geriet. Die glitzernden Wände schienen im schwachen gelben Licht der Kerzen immer näher zusammenzurücken; die Ziegeldecke über ihnen schwitzte Salpeter, und die Fliesen unter ihren Füßen rochen nach altem Blut. Nichts hier unten erinnerte Ash an den filigranen, luftigen weißen Palast oben. Dieser Ort hier war ein Haufen Erde, bereit, sich um sie zu schließen.

Schließlich sagte Florian: »Warum muss ich? Ich brauche sie nicht, um zu tun, was ich tue. Diese ganze Sache ... *Ich brauche das nicht!*«

Sie wich einen Schritt zurück.

»*Du* hast das nicht gebraucht«, sagte Ash grimmig. »*Ich* habe das nicht gebraucht. Aber du hast etwas verstanden, Florian ... *Entscheide dich.* Willst du weglaufen, oder bist du eine Herzogin? So oder so, du wirst dich jetzt verpflichten, oder ich trete dir so in den Arsch, dass du denkst, dich hätte der Blitz getroffen!«

»Was geht dich das überhaupt an?«, sagte Florian ein wenig schmollend. Das war ein Ton, den Ash nicht kannte, auch wenn sie vermutete, dass Jeanne Chalon ihn vor fünfzehn Jahren recht häufig gehört hatte.

Ash erwiderte: »Keiner von uns schuldet Burgund irgendwas. Was du bist, könntest du genauso gut in London oder Kiew sein, wenn wir dorthin gelangen könnten. Aber ich sage dir jetzt, wenn du hierbleibst, dann solltest du dich besser damit abfinden, Herzogin zu sein. Ich als Kommandeur der Armee werde nämlich das Leben keines einzigen Mannes an der Front aufs Spiel setzen, wenn du es nicht wirklich ernst meinst.«

Bischof Johann sagte leise: »Nun wissen wir, warum Gott Euch hierhergeführt hat, Demoiselle.«

Ash ignorierte ihn.

Florian murmelte: »Wir ... Der Löwe hat eingewilligt, Dijon zu verteidigen.«

»Ach, Scheiße! Sobald ich einen Weg hier raus finde – weiß der Teufel wie –, werden sie im selben Augenblick laufen, wenn ich sage: Los! Sie geben einen Scheiß auf das prachtvolle Burgund, und sie kümmern sich nun wirklich einen Dreck darum, an der Seite von Messire de la Marche zu kämpfen. Ein paar von uns sind hier gestorben, doch niemand fühlt sich diesem Ort *verbunden* ...«

»Sollte ich mich denn nicht mit ihm verbunden fühlen, wenn ich mich krönen lasse?«

»Und tust du das?«

»Das tue ich.«

Ash starrte Floria an. In ihrem Gesichtsausdruck war nicht viel zu erkennen. Dann, als käme eine Flut, war plötzlich alles da: Zweifel, Furcht, Angst, sich verpflichtet zu haben, Angst, nicht die Wahrheit gesagt zu haben, sondern das, was von einem verlangt wurde. Tränen traten Floria in die Augen, liefen ihr über die Lider und zogen silberne Streifen über ihre Wangen.

»Ich will das nicht tun! Ich will das nicht sein!«

»Jaja, red nur.«

Ein Hauch des alten Florian: spöttische Düsterheit. »Du und die Jungfrau von Burgund.«

»Unsere Jungs werden nicht für irgendeine Herzogin kämpfen«, sagte Ash, »aber sie werden für dich kämpfen, denn wir lassen die unseren nicht im Stich. Du bist der Arzt, du bist mit nach Karthago gegangen; sie werden wie die Besessenen kämpfen, um dich am Leben zu erhalten, so wie sie für mich, Roberto oder jeden anderen kämpfen würden. Aber uns ist vollkommen egal, ob wir nun gegen Goten kämpfen, um die Herzogin am Leben zu erhalten, oder gegen Burgunder, um dich hier rauszubekommen. Die *Burgunder* müssen wissen, dass du ihre Herzogin bist. Hast du das jetzt verstanden?«

»Und was willst *du* tun?«

Ash wollte sich nicht ablenken lassen. Rasch sagte sie: »Ich? Ich werde tun, was immer ich tun muss. Im Augenblick muss ich wissen, was *du* tun wirst. Sie werden wissen, wenn du es nicht ernst meinst!«

Florian trat ein Stück beiseite. Sie ging über den kalten Fußboden der Kapelle, als wäre er heiß. Vor lauter Unentschlossenheit zuckte sie am ganzen Körper.

»Dies ist ein Ort, wo man seine Sünden beichten kann«, bemerkte sie plötzlich.

Der Bischof sagte vom im Schatten liegenden Altar her: »Nun, ja ... aber unter vier Augen ...«

»Das hängt davon ab, bei wem man beichten will.«

Floria ging wieder zurück und ergriff Ashs Hände. Ash staunte, wie kalt die Haut der älteren Frau war – *Fast als stünde sie unter Schock*, dachte sie –, und dann konzentrierte sie sich auf das, was Florian sagte:

»Wenn es drauf ankommt, bin ich ein Feigling. Ich kann Menschen aus der Schlachtreihe ziehen. Ich kann sie auch verletzen, wenn ich muss. Ich kann sie aufschneiden. Aber verlang nicht von mir, mich zu irgendetwas anderem zu verpflichten.«

Ash setzte zum Reden an. Sie wollte sagen: *Jeder hat Angst; kämpfe dagegen an,* doch Florian kam ihr zuvor.

»Lass mich dir etwas sagen.«

Anstatt mit einem beiläufigen *Sicher!* zu antworten, hielt Ash inne und schaute Florian an. *Sie will mir irgendetwas sagen, was ich nicht hören will,* erkannte sie, nickte dann aber. »Sprich.«

»Das ist sehr hart für mich.«

Bischof Johann hustete künstlich, um auf sich aufmerksam zu machen. Ash sah, wie Florians Blick zu ihm zuckte und dann wieder zurück. Es war unklar, ob sie die Gegenwart des Mannes akzeptierte oder ob sie einfach nur so weit war, dass es sie nicht mehr kümmerte.

»Ich schäme mich für eine einzige Sache in meinem Leben«, sagte Florian. »Und zwar wegen dir.«

»Wegen *mir?*« Ash bemerkte, dass ihr Mund wie ausgetrocknet war.

»Ich habe mich in dich verliebt vor … hm … drei Jahren?«

Ash sagte in das darauf folgende Schweigen hinein:

»Das nennst du Feigheit? Dass du es mir nicht gesagt hast?«

»Das? Nein.« Ein Schimmern im Licht: noch mehr Tränen auf Florians Wange. Dass sie offen weinte, war ihr egal. Ihr Ton änderte sich jedoch nicht, er blieb ernst. »Zuerst habe ich dich begehrt. Dann wusste ich, dass ich dich lieben könnte. Ich spreche von echter Liebe, der Art von Liebe, die schmerzt. Und ich habe sie abgetötet.«

»Was?«

»Oh, das kann man.« Florias Augen schimmerten im sich bewegenden Licht. »Ich konnte nicht *wissen,* dass du mich nicht wolltest. Esther hat auch gesagt, sie hätte mich nicht gewollt. Und dann hat sie es doch getan. Also hättest du … aber ich habe dich beobachtet. Ich habe dein Leben beobachtet. Du wirst *sterben.* Früher oder später. Du wirst eines Tages ohne Gesicht, Glieder oder mit eingeschlagenem Schädel vom Feld kommen, und was hätte ich dann tun sollen?«

Der Bischof legte die langen Finger um sein Brustkreuz. Ash sah, wie sich die Haut an seinen Knöcheln weiß verfärbte.

»Also habe ich die Liebe getötet und dich zu meinem Freund gemacht, weil ich ein Feigling bin, Ash. Du hättest Ärger bedeutet, und ich will keinen Ärger. Nicht mehr. Ich kann das nicht mehr ertragen. Davon hatte ich schon genug.«

Leidenschaftslos fragte Ash: »Kann man Liebe töten?«

»Das fragst *du* ausgerechnet *mich*?« Leidenschaftlich schüttelte Florian den Kopf. Ihre Stimme explodierte förmlich in den dunklen Katakomben. »Ich wollte nicht einfach nur einen guten Fick! Ich wusste, dass ich mich verlieben konnte. Ich habe es abgetötet. Und das nicht nur, weil du jung sterben wirst, sondern weil du niemanden dich *berühren* lässt. Deinen Körper vielleicht, aber nicht *dich*. Du bist unberührbar. Ich habe einfach nicht den Mut gefunden, diese Liebe wachsen zu lassen – nicht, nachdem mir das klar geworden war!«

Als Ash über ihre eigene linkische Verlegenheit und den Wunsch hinausblickte, nie etwas von alledem gehört zu haben, sah sie, wie viel Schaden die Frau sich selbst zugefügt hatte.

»Florian . . .«

Und sie erkannte, dass es sich bei dem, was sie da auf Florians bleichem Gesicht sah, nicht nur um Scham und Wut handelte.

»Wie kommt es dann, dass du mir immer wieder davon erzählst?«, verlangte sie in ruhigem Ton zu wissen. »Wie kommt es, dass du es mir ständig unter die Nase reibst? Und dann sagst du mir, alles sei in Ordnung, du würdest mich nicht wollen, und weichst wieder zurück. Und dann erzählst du es mir erneut. Wie kommt es, dass du mich nicht in Ruhe lassen kannst?«

»Weil ich dich einfach nicht in Ruhe lassen kann«, echote Floria.

Ash hätte alles dafür gegeben, aus diesem verstaubten,

feuchten, glitzernden Ort voller Geschichte ans Tageslicht fliehen zu können. Sie wollte es einfach hinter sich lassen – alles.

Kann ich mich von allem lösen? Ist das schlecht?

»Warum hoffen wir Menschen?«, sagte Florian. »Das habe ich nie verstanden.«

Sie versuchte, nichts zu sagen, was als Zustimmung hätte aufgefasst werden können, und so schüttelte Ash nur den Kopf.

»Es wäre nicht gut gewesen«, sagte sie dann nach kurzem Zögern. »Hättest du es mir vor drei Jahren gesagt, ich hätte dich rausgeschmissen – und vermutlich nach einem Priester geschrien. Jetzt glaube ich, ich würde alles dafür geben, wenn ich dich begehren könnte. Aber dieser Wunsch beruht zur Hälfte auf Schuldgefühlen, weil ich Godfrey nie habe geben können, was er gebraucht hat. Und ich begehre Fernando immer noch mehr als euch beide zusammen.«

Ash hob den Blick. Bis jetzt war sie sich gar nicht bewusst gewesen, dass sie den Kopf gesenkt hatte und auf das Mosaik des Großen Mithrasbullen blickte, der aus einem Dutzend Wunden blutete.

»Du weißt…« Schweiß schimmerte auf Florians Stirn. Mit einer raschen Bewegung wischte sie sich mit der Hand übers Gesicht und strich die feuchten Haare zurück. »Du weißt wirklich, wie man was zu Ende bringt. Scheiße. Stimmt's? Das war…«

Brutal.

»Das war *ich*«, sagte Ash. »Ich werde mein dreißigstes Lebensjahr *nicht* erreichen. Ich *will* dich nicht ficken. Ich liebe dich so sehr, wie ich überhaupt jemanden lieben kann. Ich will dich nicht verletzen. Aber im Augenblick muss ich vor allem wissen, was du tun wirst, denn ich muss hier die Befehle geben, verdammt nochmal, also *hilf* mir!«

Florian hob die Hand und berührte Ashs Wange mit den Fingern. Kurz, leicht, und der Ausdruck auf ihrem Gesicht glich fast jener Schüchternheit, wie Kinder sie haben, kurz bevor sie vor Schmerz aufschreien. Sie schauderte.

»Es gefällt mir nicht, keine Antworten zu bekommen!«

»Mir auch nicht.«

»Wenigstens weißt *du*, wie man eine Armee führt. *Ich* habe vom Regieren allerdings keine Ahnung.«

»Da kann ich dir auch nicht helfen.«

Florian ließ die Hand wieder sinken.

»Warte nicht auf irgendeine dramatische Entscheidung.« Wieder zitterte Floria. »Ich bin hier aufgewachsen und erzogen worden. Ich weiß, dass ich mich verpflichten *sollte*. Ich werde alles tun, was ich kann – aber weißt du was? Ich gehöre auch zu deiner Scheißkompanie, erinnerst du dich? Behandele mich nicht, als wäre das nicht so! Die einzigen Menschen, die mich kümmern, sind wir. Sollte es einen sicheren Weg für uns alle hier raus geben, *dann werde ich ihn nehmen*. Ich bin jetzt anders. Ich sollte bleiben. Ich weiß, dass ich in Bezug auf die Wilden Maschinen nicht alles verstehe. Was Besseres wirst du nicht bekommen.«

Ash öffnete ihren Mantel, zog ihn aus und warf ihn der älteren Frau über die Schulter.

Florian blickte ihr ins Gesicht. »Ich kann nur tun, was ich tun kann. Ich kann nicht dein Liebhaber sein. Und ... ich kann auch nicht dein Boss sein.«

Ash blinzelte überrascht. Nach einer langen Minute nickte sie zustimmend. »Scheiße, du wirfst mir wirklich kein Seil zu ... Dann nehme ich an, wir werden wohl einfach zurechtkommen müssen, hm?«

Ash streckte die Hand aus und versetzte Florian einen leichten Schubs an der Schulter. Die Frau lächelte, das Gesicht noch immer feucht, und tat so, als würde sie einem Schlag ausweichen. Aus zusammengekniffenen Augen blickte Ash in die unsichtbare Dunkelheit der Nacht hinaus.

Bischof Johann von Cambrai räusperte sich. »Madame, die Krone?«

Die große Frau streckte die Hand aus, nahm ihm den Hornreif ab und ließ ihn sorglos an den langen Fingern baumeln.

»Scheiß auf die Warterei bis zum Morgengrauen, und scheiß auf die Zeugen«, sagte Ash. »Bischof Johann, Ihr müsst ihnen sagen, sie sollen den Mund halten oder uns eine Hintertür hier raus zeigen. Falls ihr mich und Florian diese Nacht noch brauchen solltet, werdet Ihr uns im Turm bei Roberto, Angeli und den Jungs finden.«

Die Nachricht traf vier Tage später ein.

Schwarze Schatten sprangen die mit Feuerstein eingelegten Wände der Garderobe* hinauf, sanken hinunter und wuchsen dann wieder, als die Kerze durch einen Windzug von unten fast zum Verlöschen gebracht wurde. Der Wind ließ den hängenden Stoff links und rechts von Ash rascheln. Sie raffte Gewand und Rock und fluchte.

Hinter dem schweren Vorhang fragte Rickard: »Boss, bist du beschäftigt?«

»*Christus Viridianus!*«

Das wachs- und weinbefleckte Kleid glitt aus ihren gefrorenen Fingern, rutschte ihr über die Hüfte und auf den Holzfußboden. Der kalte Nachtwind traf Ashs Rücken. Ihr Fleisch fühlte sich im Vergleich dazu glühend heiß an. Sie brüllte: »Nein, ich bin nicht *beschäftigt*. Wie kommst du auf die Idee? Ich sitze hier nur mit raushängendem Arsch und scheiße in die Ecke. Warum also sollte ich nicht den ganzen verdammten Rat der Burgunder reinbitten? Jesus Christus hoch am Baum, *ich verschwende hier Zeit* ... Bist du sicher, dass du nichts *anderes* für mich zu tun findest, solange ich hier drin bin?«

Es folgte ein Geräusch, dass sie als krächzendes Kichern eines heranwachsenden Mannes identifiziert hätte, mal hoch,

---

* Gemeint ist der Waschraum.

mal tief, hätte sie sich nicht so aufmerksam um ihr Bedürfnis gekümmert.

»Der Dok… die Herzogin … Florian will dich sehen, Boss.«

»Dann sag der Hochwohldurchlauchtigsten Herzogin, sie soll kommen und mir den Arsch …« Ash hielt inne und fing die Kerze auf, die sie gerade mit dem Ellbogen umgestoßen hatte. Ein großer schwarzer Schatten sprang die Wand hoch, und der Docht flackerte und qualmte. Heißes Wachs lief Ash über den Handrücken.

»So ein Dreck!«, knurrte sie. »Hab ich dich, du kleiner Bastard!« Dann stellte sie die Kerze wieder aufrecht hin und betrachtete sie. Die schwere Bienenwachskerze war bis zur nächsten Markierung heruntergebrannt, bevor Ash sie umgestoßen hatte: Es war nach Matutin und noch eine Stunde bis zur Laudes.*

»Rickard, weißt du *genau*, wie spät es ist?«

»Der Doktor sagt, eine Botschaft ist gekommen. Sie wollen sie oben im Palast sehen. Und sie will, dass du mitkommst.«

»Das war wohl zu erwarten, verdammt nochmal«, murmelte Ash vor sich hin. Sie streckte die Hand nach der Kiste mit den frischen Leinenstreifen aus.

»Messire de la Marche hat die Botschaft.«

»Gottverdammtedreckskackige Scheiße!«

»Alles in Ordnung, Boss?«

»Ich glaube, ich habe mein Löwenabzeichen verloren. Es ist mir vom Kleid gefallen.« Ash zog Überkleid und Hosenrock wieder hoch und spähte nach unten durch das Loch in eine schwarze Leere. Sie trat mit einer Vorsicht beiseite, wie sie das Wissen um einen zweihundert Fuß tiefen Abgrund unter den Füßen mit sich bringt. Zweihundert Fuß mit Exkrementen verdreckter Turmmauer, unsichtbar in der Nacht draußen: Auf keinen Fall wollte man daran entlang bis zum Niemandsland vor den Mauern von Dijon hinunterfallen.

---

* Ungefähr 2.00 Uhr nachts.

»Komm und mach mir die verdammten Knöpfe zu!«, sagte Ash, und als der Junge daraufhin den Vorhang aufwarf, flackerte die Kerze erneut. Gelbes Licht beleuchtete den Jungen, der noch immer sein Kettenhemd trug, um Himmels willen, sowie seinen Schützenschaller mit einem recht armseligen gelben Helmbusch.

»Willst du irgendwohin?«, erkundigte sich Ash bei Rickards Hinterkopf; der Junge hatte sich vorgebeugt, um ihr mit geübten Fingern zur Hand zu gehen. Der sichtbare Teil seines Nackens färbte sich rot.

»Ich war gerade dabei, Margie ein paar Schusstechniken zu zeigen ...«

Im Dunkeln? und *Ich wette, das ist nicht alles, was du ihr zeigst!,* waren die beiden Bemerkungen, die Ash als Erstes in den Sinn kamen. Im Falle von Anselm oder Angelotti hätte sie das auch laut ausgesprochen – abgesehen von der Tatsache, dass Angelotti jemandem mit Namen ›Margie‹ nie etwas zeigen würde.

Angesichts von Rickards Verlegenheit fragte Ash jedoch nur: »›Margie‹?«

»Margarete Schmidt. Margarete die Armbrustschützin. Die, die früher Schwester im Konvent war.«

Er wandte den Kopf. Seine Augen leuchteten, und sein Gesicht war im Kerzenlicht noch immer rot. Ash winkte ihm, ihr den Schwertgürtel um die Hüfte zu schnallen, während sie selbst die Kerze hielt, um ihm Licht zu geben. *Sie gehört also noch immer zur Kompanie, hm? Ich frage mich, ob Florian davon weiß?*

»Kannst du jetzt die Berichte schreiben, noch vor der Versammlung morgen?«

»Das meiste habe ich schon erledigt, Boss.«

»Ich wette, inzwischen tut es dir leid, dass du bei den Mönchen Lesen und Schreiben gelernt hast!«, bemerkte Ash gedankenverloren, gab Rickard die Kerze und rückte Gürtel, Börse und Schwert gerade. »Also gut, mach die Berichte fertig, und bring sie zu mir in den Tour Philippe le Bon. Das geht schneller.«

Ash zögerte einen Augenblick lang, als sie ein unidentifizierbares Geräusch hörte; dann erkannte sie, dass es sich um Regen handelte, der gegen die Mauer unter ihr prasselte. Der Ammoniakgestank im Raum wurde immer stärker. Allerdings fühlte Ash sich davon nicht belästigt, sie ignorierte ihn vielmehr. Eine Bö wehte Regen herein und bewegte die schweren Vorhänge.

»Na, toll. Das nächste Mal kriege ich also auch noch einen nassen Arsch.« Ash seufzte. »Rickard, hol einen der Pagen. Ich brauche meine Stelzschuhe* und einen dicken Mantel. Ich nehme an, Florian ist im Hospital. Gut. Sag den Wachen Bescheid – wer auch immer gerade Dienst hat –, dass ich sechs Mann für eine Eskorte zum Palast benötige.« Sie zögerte, als sie ein Kratzen und Wimmern aus dem Raum hinter dem Vorhang hörte. »Und hol den Hundeführer . . . Ich nehme auch Brifault und Bonniau mit.«

»Rechnest du mit einem Angriff in den Straßen?« Rickard schirmte die Kerzenflamme mit der Hand ab und riss kurz die Augen auf.

»Nein. Es ist nur noch keiner Gassi mit den Mädels gegangen.« Ash grinste ihn an. »Mach dich ans Schreiben, Junge. Und vergiss nicht . . . Wenn Vater Faversham Recht hat, wirst du gar nicht erst ins Fegefeuer kommen, nachdem du das ein ganzes Leben lang gemacht hast!«

»*Danke*, Boss . . .«

Ash wäre ihm beinahe in die Hacken getreten, als sie die Garderobe verließen, um nicht plötzlich ohne Kerzenlicht dazustehen. Der Hauptkamin gab noch immer etwas Licht in den Raum im Obergeschoss des Kompanieturms ab, sodass Ash die Pagen sehen konnte, die zusammengerollt davor

---

* Hohe Holzplattformen, die man sich an die Schuhe band, um durch Schlamm gehen zu können.

schliefen. Rickard nahm die Kerze mit zu seinem Bett, um damit arbeiten zu können, und trat auf dem Weg dorthin einem Pagen in die Seite. Ash reckte sich in dem trüben Licht; sie spürte sämtliche Knochen.

Viridianus! Wann habe ich das letzte Mal eine Nacht durchgeschlafen? Einfach nur eine Nacht ohne das scheiß Griechische Feuer oder Papierkram ... Mehr will ich ja gar nicht ...

Zwei in Decken gewickelte Pagen kamen und kleideten Ash für den dunklen, regnerischen Ritt durch die verschlammten Straßen zum herzoglichen Palast an. Leise trotteten die beiden Mastiffs, Brifault und Bonniau, an ihre Seite.

Ash fand Florian im ersten Stock, in dem Seitenschiff, das die Halle verlängerte, wo sie sich im rauchigen Licht einer Talgkerze um einen Verwundeten kümmerte. Der Mann hatte die Hose um den Hals gewickelt; von der Hüfte abwärts war er nackt. Der Geruch von altem Urin hing an Mauerwerk und Fleisch.

»So, de la Marche will dich also sehen, hm?« Ash blickte dem Arzt über die Schulter.

»Ich mach das nur gerade fertig.« Florians lange, schmutzige Finger zogen an einem Schnitt über dem Knie des Soldaten. Der Mann schnappte nach Luft. Blut, schwarz im schwachen Licht, und tief darunter etwas Helles ... Knochen?

»Halt ihn fest«, sagte Florian über die Schulter des Mannes hinweg zu einem zweiten Söldner, der dort kniete. Der zweite Mann schlang die Arme fest um den Verwundeten und machte ihn so bewegungsunfähig. Ash hockte sich hin, während Florian die Wunde mit Wein auswusch.

»De la Marche ...«, der Arzt schaute in die Wunde und spülte sie nochmal durch, »... wird warten müssen. Ich bin gleich fertig.«

Das Gesicht des Soldaten schimmerte im Kerzenlicht; Schweiß bedeckte seine Haut. Er fluchte unablässig, knurrte *Scheiße! Scheiße! Scheiße!* mit seinem nach Bier stinkenden Mund, und dann grinste er den Arzt schließlich an.

»Danke, Doktor.«

»Oh … jederzeit!« Florian stand auf und wischte sich die Hände am Wams ab. Sie blickte auf Baldina und zwei Diakone hinunter und fügte hinzu: »Lasst die Wunde unverbunden. Sorgt nur dafür, dass nichts reinkommt. *Näht* sie auf keinen Fall! Ich gebe einen Scheiß auf Galens ›lobenswerten Eiter‹!* Die unbedeckten Wunden, die ich in Alexandria gesehen habe, haben nicht gestunken und sind verfault wie fränkische Wunden. Ich werde sie in vier Tagen verbinden. Alles klar? Gut. Lass uns gehen.«

Die Bleiglasfenster des Tour Philippe le Bon schützten zuverlässig vor dem Regen, aber eiskalter Wind fand seinen Weg zwischen Glas und Rahmen hindurch und ließ Ashs Gesicht frieren, als sie durch ihr Spiegelbild hindurch in die Dunkelheit hinausblickte.

»Ich kann nichts sehen – gar nichts«, berichtete sie. »Nein … wartet … Sie haben das gesamte Ostufer der Ouche mit Griechischem Feuer beleuchtet. Da ist irgendwas los. Das ist seltsam.«

Sie trat vom Fenster zurück und blinzelte zum Schutz vor der Helligkeit von zwei Dutzend Kerzen. Die Tür öffnete sich, und Olivier de la Marche betrat den Raum.

Florian verlangte zu wissen: »Was gibt es?«

»Neuigkeiten, Euer Gnaden.« Der große Mann in klappernder Plattenrüstung blieb stehen. Sein Gesicht war zwar unter dem hochgeklappten Visier nicht deutlich zu erkennen, aber Ash hatte den Eindruck, als wäre er ungewöhnlich angespannt.

»Graben sie noch mehr?«

---

* *»Pus bonum et laudabile«*: Ein Missverständnis von Galens Schriften, das zwischen dem Niedergang der römischen Militärmedizin und der Renaissance in Europa Tausende von Leben gekostet haben muss.

»Nein, Euer Gnaden.« De la Marche verschränkte die Hände über dem Knauf seines Schwertes. »Es gibt Neuigkeiten aus dem Norden – aus Antwerpen.«

Im selben Augenblick, als Ash »Verstärkungen!« rief, verlangte Florian zu wissen: »Wie sind sie hierhergelangt?«

Ash errötete. »Ich habe nicht nachgedacht. Das ist eine verdammt gute Frage. Wie sind diese Neuigkeiten *da* durchgekommen? Spione?«

Der burgundische Offizier schüttelte den Kopf. Das Fackellicht spiegelte sich auf seiner polierten Rüstung und blendete Ash. De la Marche antwortete: »Nein. Kein Spion. Diese Nachricht hat man durchgelassen. Ein Westgotenherold hat unseren Kurier zum Tor eskortiert.«

Florian wirkte verwirrt. Ash drehte sich der Magen um.

»Dann sollten wir ihn uns wohl besser anhören, hm?«, sagte Ash. Sie besann sich und blickte auf der Suche nach Bestätigung zu Florian. Die Herzogin nickte.

»Das sind keine guten Neuigkeiten, nicht wahr?«, sagte Florian plötzlich.

»Nein: *Gute* Neuigkeiten würden sie nicht durchlassen. Die einzige Frage ist: Wie schlecht sind sie?«

Auf de la Marches Ruf hin brachten zwei burgundische Soldaten einen dritten Mann und verließen dann wieder den Raum. Ash konnte ihren Gesichtsausdruck nicht deuten. Sie hatte die Fäuste geballt.

Der Mann blinzelte Floria del Guiz an. Er hielt die Arme um den Leib geschlungen und drückte ein Bündel eng an sich.

De la Marche ging hinter den Kurier und legte ihm die Hand auf die Schulter. Keine Rüstung, bemerkte Ash: Der Mann trug nur eine zerrissene Livree sowie eine Tunika voller getrocknetem Blut und Erbrochenem. Von dem Wappen war nur noch das rote Andreaskreuz Burgunds zu erkennen.

»Sag deine Botschaft«, forderte ihn Olivier de la Marche auf.

Der Mann schwieg. Er besaß eine feine, blassgelbe Haut und

dunkles Haar. Erschöpfung, Hunger oder beides ließen ihn abgehärmt aussehen.

»Die Westgoten haben dich also hergebracht, ja?«, machte Florian den Anfang. Sie wartete einen Augenblick lang. In der nächtlichen Stille ging sie zur Empore und setzte sich auf den herzoglichen Thron. »Wie lautet dein Name?«

Ash ließ Olivier de la Marche sagen: »Antworte der Herzogin, Junge.«

Verglichen mit de la Marches gut fünfzig Jahren, war der Mann wirklich noch ein Junge, erkannte Ash; und dieser Junge hob den Kopf und blickte zuerst zu der Frau auf dem herzoglichen Thron, dann zu der Frau in Rüstung, alles ohne das geringste Interesse.

Scheiße!, dachte Ash. *O Scheiße*...

»Muss ich, Messire? Ich will das nicht. Niemand sollte so etwas tun müssen. Sie haben mich *zurückgeschickt*; ich habe *nicht* darum gebeten...« Seine Stimme klang heiser; seinem Akzent nach handelte es sich um einen flämischen Bauern.

»Was haben sie dir befohlen, das du uns erzählen sollst?« Florian beugte sich vor.

»Ich war in der Schlacht?« Der fragende Tonfall war irgendwie seltsam. »Vor zwei Tagen? Vielleicht zwei Wochen?«

Der gequälte Blick, den er de la Marche zuwarf, so erkannte Ash, hatte nichts damit zu tun, dass er seine Botschaft nicht Frauen überbringen wollte. Das war ihm offenbar scheißegal.

»Sie sind alle tot«, sagte er schlicht. »Ich weiß nicht, was auf dem Schlachtfeld geschehen ist. Wir haben verloren. Ich habe Gaucelm und Arnaud sterben sehen. Meine ganze Lanze ist gefallen. Unsere Linie ist im Dunkeln zusammengebrochen, aber sie haben uns nicht umgebracht. Kaum ging die Sonne auf, da haben sie uns zusammengetrieben... Da war ein Kordon...«

Als Ash sah, dass Florian etwas sagen wollte, hob sie die Hand, um sie zurückzuhalten.

Der burgundische Soldat drückte sein Bündel noch fester an die Brust – der Mantel, in den es eingewickelt war, bestand noch nicht einmal aus Wolle, sondern aus Sackleinen, wie Ash sah; dann betrachtete der Mann die sauberen Wände des Tour Philippe le Bon und die Schlammspur, die seine verdreckten Stiefel über den sauberen Eichenfußboden gezogen hatten.

»Alles ist im Arsch!«, sagte er. »Die Armee im Norden. Sie haben uns zusammengetrieben – Tross, Soldaten, Offiziere. Sie haben uns nach Antwerpen gebracht ...«

Ash verzog das Gesicht. »Die Goten haben Antwerpen eingenommen? Scheiße!«

Florian winkte ihr zu schweigen. Sie beugte sich vor und sah den Mann an. »Und?«

»... sie haben uns alle auf Schiffe gebracht.«

Schweigen breitete sich in dem Turmzimmer aus. Verwirrt schaute Ash zu de la Marche.

Wimmernd fuhr der Mann fort: »Niemand wusste, was geschehen würde. Sie haben mich da rausgeschleppt ... Ich hatte so eine Scheißangst ...« Er zögerte. Dann berichtete er weiter: »Ich habe gesehen, wie sie alle anderen mit Speerstößen zusammengetrieben haben. Alle haben sie an Bord der Schiffe gehen lassen, die im Hafen lagen. Und ich meine alle ... Soldaten, Huren, Köche, die Scheißoffiziere ... alle. Ich wusste nicht, warum das geschah. Ich wusste nicht, warum sie mich zurückbehalten haben.«

»Um dich hierherzubringen«, sagte Ash mehr zu sich selbst, aber der Mann warf ihr einen angewiderten Blick zu. Das überraschte sie. Offensichtlich sah er in ihr nicht die Jungfrau von Burgund.

»Was weißt *du* schon!« Er schüttelte den Kopf. »Eine verdammte Frau, die Soldat spielt.« Er blickte zu de la Marche. »Ist die andere wirklich die Herzogin?«

De la Marche nickte. Auffälligerweise verzichtete er darauf, den Mann zu tadeln.

Der Mann sagte: »Dann haben sie die Schiffe vom Ufer weggestoßen. Keine Mannschaft. Sie haben sie einfach in die Hafenbucht von Antwerpen treiben lassen. Und dann war da ein scheißallmächtiges ›*Wusch!*‹« Er machte eine entsprechende Geste. Und das erste Schiff brach in Flammen aus. Es wollte einfach nicht mehr aufhören zu brennen. Immer weiter schossen sie Griechisches Feuer auf die Schiffe, und als unsere Männer versuchten zu schwimmen, haben sie sie als Übungsziele für die Armbrustschützen benutzt. Überall am Kai waren Fackeln. Niemand hat überlebt. Das ganze Wasser hat gebrannt. Dieses Zeug ist einfach geschwommen. Leichen schwammen ... brennend.«

De la Marche wischte sich mit der Hand übers Gesicht.

»Die meisten von uns sind vor Antwerpen gestorben«, fuhr der Mann fort. »Ich weiß nicht, wie viele von uns nach der Schlacht noch übrig waren. Jedenfalls waren es genug, um sechs, sieben Schiffe vollzupacken. Und nun ist da niemand mehr. Sie haben mich mit dem hier hergeschickt.«

Er streckte die Hände mit dem Stoffbündel aus. Es war so dunkel und steif wie der Rest seiner Kleider, aber es war nicht sein Mantel – wie Ash nun erkannte –, sondern tatsächlich ein Sack.

»Zeig es mir.« Florian sprach laut.

Der Mann hockte sich hin und zupfte mit seinen kaputten, schmutzigen Fingern am Knoten, der den Sack zusammenhielt. De la Marche griff über ihn hinweg und schnitt die Kordel mit dem Dolch entzwei. Der Mann packte die beiden unteren Enden des Sacks und hob ihn hoch. Ein großes, schweres Ding rollte auf die Eichenbohlen.

Ash schluckte bei dem Gestank. *Verdammt, ich hätte das erkennen müssen. Fäulnis.* Fragend blickte sie zu de la Marche.

Der junge Soldat streckte die Hand aus, hob das weiß-blaue Ding hoch und stellte es mit der Vorderseite zu Florian auf den Boden.

Seine Stimme klang vollkommen ruhig. »Dies ist Messire Anthony de la Roches Kopf.«

Ash sah, dass die Augen des abgeschlagenen Kopfes mit einem Film überzogen und eingefallen waren – wie die eines toten Fisches –, und der dunkle Bart und die Haare hätten von jeder Farbe sein können, bevor sie mit Blut durchtränkt worden waren.

»Ist er das?«, fragte Ash de la Marche.

Er nickte. »Ja. Ich kenne ihn. Ich kenne ihn sogar sehr gut. Demoiselle Florian, falls Ihr Euch die anderen ersparen möchtet ...«

»Ich bin Arzt. Macht weiter.«

Der Soldat holte einen zweiten und dann einen dritten abgeschlagenen Kopf aus seinem Sack. Diese beiden behandelte er mit einer Mischung aus Verwirrtheit und Vorsicht, als könnten sie noch immer seine Berührung spüren. Beide Köpfe gehörten Frauen, und beide waren blond gewesen. Es war nicht klar, ob die Flecken auf ihrer Haut von Schlägen oder vom Verfall herrührten. Langes Haar, verdreckt von Blut, Schlamm und Sperma fiel schlaff auf den Boden.

Ash starrte die wächserne Haut an. Obwohl der Tod schon vor längerer Zeit eingetreten war, war der Kopf der älteren der beiden Frauen deutlich zu erkennen. *Im August habe ich sie das letzte Mal gesehen; das war hier am Hof.*

So viel hing davon ab: Ash ertappte sich dabei, wie sie versuchte, eine andere Frau zu sehen, eine Adelige, eine Bäuerin, die man nur getötet hatte, um falsche Furcht und Schrecken zu verbreiten. Aber die Gesichtszüge waren viel zu leicht zu erkennen. Auch mit eingefallenen, farblosen Augen war das dieselbe Frau, die Ash wütend John de Vere, den Earl of Oxford, hatte schelten sehen; das war Karls Frau, die fromme Königin von Brügge.

Der Soldat sagte: »Mère-Duchesse Margarete und ihre Tochter Maria.«

An dem zweiten Kopf konnte Ash nichts erkennen, außer dass die Frau jünger gewesen war. Als sie den Blick hob, sah sie, wie Olivier de la Marche Tränen über die Wangen liefen. *Dann ist das also Maria von Burgund.*

Der Mann fuhr fort: »Ich habe gesehen, wie man sie auf dem Kai von Antwerpen getötet hat. Zuerst haben sie sie vergewaltigt. Ich habe die Mère-Duchesse beten hören. Sie rief Christus und die Heiligen an, doch die Heiligen hatten kein Erbarmen. Sie haben sie noch lange genug am Leben gelassen, dass sie das Mädchen hat sterben sehen können.«

Schweigen breitete sich in dem kalten Raum aus. Der süße Geruch der Fäulnis erfüllte die Luft. Leise prasselte der Regen gegen die geschlossenen Fensterläden.

»Sie sind weniger als eine Woche tot«, sagte Ash, richtete sich auf und stellte überrascht fest, dass ihre Stimme krächzend klang. »Damit muss die Schlacht ungefähr zum selben Zeitpunkt stattgefunden haben, als Herzog Karl gestorben ist – vielleicht ein, zwei Tage vorher.«

Florian saß einfach nur da und schüttelte den Kopf. Dann setzte sie sich plötzlich wieder auf und straffte die Schultern. »Ihr werdet niemanden mit diesem Mann reden lassen«, sagte sie zu Olivier de la Marche. »Er soll in mein Hospital im Kompanieturm gebracht werden. Er braucht ein Bad, Ruhe und Gott weiß was noch.«

Ash sagte trocken: »Um die Gerüchte würde ich mir keine Sorgen machen. Der Löwe weiß sowieso alles, auch das, was du ihn nicht wissen lassen willst. Auch das hier wirst du nicht lange verheimlichen können.«

»Das können wir wirklich nicht«, pflichtete ihr de la Marche bei. »Euer Gnaden, ich bin nicht sicher, ob Euch klar ist . . .«

»Ich kann hören!«, sagte Florian. »Und ich bin nicht dumm! Es gibt jetzt keine Armee im Norden mehr. Es lebt niemand mehr, der außerhalb von Dijon eine Streitmacht aufstellen könnte. Habe ich Recht?«

Ash kehrte dem kauernden Mann, dem burgundischen Offizier und der Herzogin den Rücken zu. Ihr Blick wanderte zu den Fensterläden, und sie stellte sich die Nachtluft und das jubelnde Westgotenlager hinter den Mauern vor.

Sie sagte: »Das ist richtig. Wir haben keine Armee mehr im Norden, die hierherkommen könnte. Jetzt sind wir auf uns allein gestellt.«

Lose Seiten, gefunden zwischen den Teilen Dreizehn und Vierzehn von ASH: Die Verlorene Geschichte von Burgund (Ratcliff 2001), British Library

Nachricht   #377 (Anna Longman)
Betreff: Ash
Datum: 16/12/00, 06.11 Uhr
Von: Ngrant@   Adressformat gelöscht
                                 Andere Einzelheiten
                                 mit einem nicht
                                 rekonstruierbaren
                                 persönlichen Schlüssel
                                 kodiert

Anna,

so viele seismographische Ohren lauschen, so viele Satelliten werden abgehört – modernste Technologie – und dann die politische Instabilität des Nahen Ostens: Ich bezweifele, dass hier ein Spatz tot umfallen könnte, ohne dass die entsprechenden Behörden es bemerken.

Auf jeden Fall würde nichts, was den Grund des Mittelmeers betrifft, unbemerkt bleiben; also, wenn es keine Aufzeichnungen gibt . . .

. . . tut mir leid, warten Sie, Isobel braucht das.

Ich stecke zu tief in der Übersetzung, um Ihnen mehr zu sagen. Ich MUSS fertig werden.

Pierce

Fehlt die vorherige Nachricht?

Nachricht   #378 (Anna Longman)
Betreff: Ash
Datum: 16/12/00, 06.28 Uhr
Von: Ngrant@   Adressformat gelöscht
                                Andere Einzelheiten
                                mit einem nicht
                                rekonstruierbaren
                                persönlichen Schlüssel
                                kodiert

Anna,

nein, Sie haben Recht. Auch ich muss mal eine Pause machen. Mein
Verstand gibt langsam auf; ich kann nur noch Müll übersetzen.

Ich werde noch immer von dem Wissen gejagt, dass eine vielleicht
vollständig andere Version der Übersetzung existieren wird, wenn ich
den zweiten Entwurf bearbeite – eine Geschichte, die in allen Einzelheiten anders ist, aber ebenso gründlich wie eine wörtliche Übersetzung aus dem Lateinischen.

Ich nehme an, was ich damit sagen will, ist Folgendes: Ich muss
hier Entscheidungen treffen, was die Interpretation des Textes betrifft,
und ich bin nicht immer glücklich mit diesen Entscheidungen. Ich
wünschte, mir bliebe noch mehr Zeit bis zur Publikation.

Ich werde Ihnen den nächsten Teil der Übersetzung schicken,
sobald ich die Rohfassung fertig habe. Ich muss das in der richtigen
Reihenfolge »komplettieren« . . . Gegen Ende gibt es ganze Abschnit-
te, die man auf die unterschiedlichste Art und Weise interpretieren
könnte! Für welche Interpretation ich mich entscheide, wird davon
abhängen, was vorher war.

Aus diesem und anderen Gründen werde ich die Übersetzung
außer Isobel niemandem hier zeigen. Trotzdem habe ich ganz allge-
mein mit James Howlett darüber gesprochen. Ich weiß wirklich nicht,

was ich von ihm halten soll. Er redet unbekümmert über »Realitätsverschiebungen« und »Quantenblasen«. Er hat sich auf die Sache mit dem Sonnenlicht in Burgund förmlich »gestürzt«, aber falls er eine Erklärung dafür hat, so verstehe ich sie zumindest nicht! Ich hatte keine Ahnung, dass ich als Historiker auch Mathematiker sein muss oder dass ich eine Grundausbildung in Quantenmechanik brauchen würde!

Denken Sie mal darüber nach, Anna: Ich erkenne allmählich, dass wir die Ersten sein werden, die das hier publizieren, doch das ist erst der ANFANG dessen, was andere Spezialisten mit diesem Material machen werden.

Pierce

Teil Vierzehn

15. Dezember –
25. Dezember 1476

*»Tesmoign mon sang manuel cy mis«**

---

* Französisch: »Bezeuge, wie meiner Hände Blut hierher gelangt.« Eine Variante des üblicheren »Bezeuge, wie meine *seign manuel* (Unterschrift) hierher gelangt«, auf Verträgen und anderen Dokumenten? Sible-Hedingham-Manuskript, Teil Vier.

Eins

Das unablässige Wolfsgeheul hallte durch das Flusstal.

»Jetzt sind sie schon so kühn, bei Tageslicht hierherzukommen«, bemerkte der große Waliser Geraint ab Morgan. Sein Atem bildete weiße Wölkchen vor seinem Mund, während er neben Ash über die kalte, trockene Straße ritt. »Diese kleinen pelzigen Bastarde.«

»Rickard hat schon drei Wolfsfelle.« Ashs Lächeln verblasste. *Und er hat noch weit mehr Wölfe mit seiner Schleuder getötet.*

Drei Wochen, und die großen Feuer im Westgotenlager brannten immer noch, Tag und Nacht. Die Burgunder konnten von der Mauer herunter ihre Wärme sehen, konnten die Legionäre beobachten, die geschäftig um sie herumwuselten. *Drei Wochen seit der Nachricht aus Antwerpen*, dachte Ash; *jetzt ist der 15. Dezember, und die Scheiß-Westgoten können es sich leisten, Wölfe in ihrem Lager plündern zu lassen.*

Und ich habe mich zum Oberkommandierenden machen lassen. Generalhauptmann; Jungfrau von Burgund; Schwert der Herzogin.

Herzogin Florian. Gott stehe ihr bei.

»Ich muss *wahnsinnig* sein!«, knurrte Ash vor sich hin. Geraint blickte zu ihr hinunter. Sie fragte: »Bringen die da draußen noch immer Nachschub den Fluss hinauf?«

Die Schärfe des Windes ließ sie beide Schleim schlucken. Es war kalt genug, um selbst Schnodder zum Frieren zu bringen.

»O ja, Boss. Das ganze Eis ist voll mit Gotenschlitten. Die Kanoniere des Löwen haben allerdings ein paar von den Mangonels ausgeschaltet.«

Ash sah sich verriegelten und verrammelten Türen unter den überhängenden oberen Stockwerken gegenüber. Niemand brüllte eine Warnung, niemand entleerte Nachttöpfe auf das Pflaster, und keine Kinder spielten im Schlamm auf der

Straße. Gestern und heute waren Berichte über zufrierende Brunnen eingetroffen.

Und auch ein Teil von Ash war zu Eis erstarrt, seit sie Margarete von Burgunds abgeschlagenen Kopf in Händen gehalten hatte. *Sie werden nicht kommen, niemand wird jetzt noch kommen, in ganz Burgund steht niemand mehr unter Waffen außer hier!*

Und ich habe den Befehl über diese Männer.

Dieses Wissen machte Ash selbst den Aufenthalt im Palast, wo noch Kaminfeuer brannten, unerträglich; es war einfach nur eine unendliche Folge von Versammlungen, Diskussionen und Papierkram. Eine gestohlene Stunde mit dem Azurblauen Löwen brachte wieder eine willkommene Vertrautheit in Ashs Leben, auch wenn es in diesem besonderen Fall nichts sonderlich Angenehmes zu sehen oder zu hören gab.

»Deine Strafliste wird mir viel zu lang«, sagte Ash, und ihre Stimme klang hohl in der eiskalten Luft.

»Sie haben Türen zu Feuerholz verarbeitet, die dämlichen Bastarde«, erklärte Geraint, allerdings war er nicht wütend. »Ich habe ihnen gesagt, sie sollten sie sich aus verlassenen Gebäuden holen, aber niemand will seinen Arsch bis zum Nordosttor schleppen. Also haben sie sie von hier genommen.«

Hinter den beiden erklang das Zischen von Rickards Schleuder, und der junge Mann fluchte. »Daneben!«

»Eine Ratte?«, fragte Ash.

»Eine Katze.« Rickard rollte den Lederriemen wieder zusammen; seine nackten Finger waren blau vor Kälte. »An einer Katze ist verdammt viel dran.«

Erneut ertönte das rhythmische Hämmern einer westgotischen Kriegsmaschine aus Richtung von Dijons Nordwesttor.

»Das wird ihnen nichts nützen.« Steinhagel ärgerte mehr, als dass er schadete; die Menschen blieben einfach in den Häusern . . . was sie allerdings ohnehin getan hätten, denn es mangelte an Kerzen und Nahrung. Alle noch vorhandenen Rationen gingen an die Soldaten.

Überall gab es nur Diät aus Pferdefleisch und Wasser.

Ein schwarzer Gegenstand erschien am Rand von Ashs Blickfeld. Sie und Geraint zuckten instinktiv zusammen. Das ferne Donnern der Belagerungsgeschütze machte alle wachsam; Griechisches Feuer flog brüllend in hohem Bogen durch die Luft, und Trebuchetgeschosse rasten stumm herunter, sodass die Straße vor ihnen ohne Vorwarnung plötzlich explodierte.

Rickard löste sich aus der Eskorte der Vögte, rannte voraus und beugte sich über etwas Kleines auf dem Pflaster. Dann stand er wieder auf und hielt das Ding in Händen.

»Ein Spatz!«, rief er.

Besser als noch ein Spion oder Herold, den sie in Stücken rüberschicken.

Rickard gesellte sich wieder zu ihnen. Ash berührte den kleinen gefiederten Leib – er war so kalt wie die Wände von Dijons Palast – und blickte auf. Der Vogel wies keinerlei Verletzungen auf. Offenbar war er einfach erfroren vom Himmel gefallen.

»Selbst für dich reicht der wohl kaum für 'ne Mahlzeit«, sagte sie, und Rickard grinste. Ash winkte der Eskorte weiterzumarschieren. Ihre Stiefel rutschten bei jedem Schritt über das gefrorene Pflaster – hier zu reiten war viel zu gefährlich –, und sie wischte sich jedes Mal die Tränen aus den Augen, wenn sie um eine Ecke bogen und ihr der Wind ins Gesicht schlug.

Das willkürliche Bombardement der Westgoten hielt an. Der Hall der Geräusche trug bei diesem Wetter weit: Ash hätte genauso gut im Nordwestviertel der Stadt sein können, anstatt hier, nahe der Südbrücke.

»Sie greifen die Tore nicht an«, sagte Geraint.

»Das müssen sie auch nicht.« *Sie können uns einfach ihr Lager beobachten lassen – dort ist es immer warm, es gibt immer genug zu essen. Wenn das kein Bluff ist, fühlen sie sich geradezu wohl.*

Eiszapfen hingen von den Giebeln, brachen dann und wann

ab und fielen auf die Straße. Ein Teil des Eises war jedoch seit fünfzehn Tagen unverändert, seit das Wetter sich so verschlechtert hatte. Und das Eis ließ die Zugseile von Mangonels und Trebuchets reißen.

Sie greifen nicht an; aber sie fallen auch nicht auseinander. Und meutern tun sie auch nicht. Ich nehme an – Ash beschleunigte ihren Schritt und achtete dabei sorgfältig darauf, sich ihre Gedanken nicht ansehen zu lassen – *Ich nehme an, das heißt, dass die Faris wieder bei Verstand ist. Also . . .*

Was wird sie nun tun? Was wird irgendwer tun? Was kann ich tun?

Die Häuserwände strahlten Kälte aus. Instinktiv ließ Ash ihren Blick hin und her wandern, bereit, ab Morgans Männer Leichen untersuchen zu lassen: Inzwischen fand man jede Nacht zwei, drei Leute erfroren in den Straßen. Auf den Mauern froren Soldaten auf ihren Posten fest. Einen Mann hatte man erfroren auf seinem Pferd entdeckt. Der Boden war hart wie Marmor, sodass man die Toten nicht bestatten konnte.

»Boss«, sagte Geraint ab Morgan.

»Ist das die Stelle?« Ash trat vor und durch eine Fachwerkwand hindurch, in der sich bis vor kurzem noch eine Tür befunden hatte. Der alte Eichentürrahmen war zusammen mit der Tür selbst und auch den Stützbalken entfernt worden. Die Hausfront sackte bereits durch.

Im Inneren kauerten sechs Frauen und fünf Kinder auf altem, dreckigem Streu. Vier erwachsene Männer standen zitternd auf und traten Ash entgegen. Der größte von ihnen starrte sprachlos auf ihre Livree. Sein Gesicht verriet mehr Unverständnis als Erkennen.

»Die Männer, die das getan haben, sind bestraft worden«, sagte Ash und hielt inne. Im Licht, das durch die Tür hereinfiel, sah sie den schon lange erkalteten Kamin. Hier drin war es nicht wärmer als auf der winterlichen Straße. »Ich werde euch Feuerholz schicken.«

»Essen.« Eine der Frauen mit einem Kind im Arm hob den Blick. Ihre Augen waren groß, die Wangenknochen stachen vor, und ihre Haut war schneeweiß. »Schick uns was zu essen, du hochwohlgeborene Kuh!«

Eine andere Frau packte die Wütende verzweifelt am Arm. Die erste Frau schüttelte die Hand ab und funkelte Ash über den Kopf des Kindes hinweg an.

»Ihr dreckigen Soldaten bekommt alle Nahrung. Ich habe meinen Vetter Ranulf aus Auxonne hier und die Mädchen und das Baby ... Wie soll ich sie ernähren?« All ihre Wut schwand binnen eines Augenblicks dahin, und sie schien förmlich zu schrumpfen, als die Vögte den Raum betraten und sich um Ash herum postierten. Sie legte den Arm über das Kind. »Ich habe das nicht so gemeint! Was soll ich denn tun? Ich habe ihnen mein Heim angeboten, und nun verhungern sie hier! Wie soll ich ihnen noch in die Augen schauen? Mein Mann ist tot. Er ist gestorben, als er für *Euch* gekämpft hat!«

Nicht für mich, für euch, dachte Ash. Aber das ist wohl nicht der richtige Zeitpunkt, das zu korrigieren.

Wäre ich noch immer der Boss eines Söldnerhaufens, ich würde wohl inzwischen nach einer Möglichkeit suchen, die Stadt zu verkaufen. Zur Hölle nochmal: Noch vor drei Wochen ...

»Ich werde euch etwas zu essen schicken.« Ash drehte sich so schnell um, dass sie mit Geraint ab Morgan zusammenstieß. Sie drängte sich an ihm vorbei ins Freie, und ihre Stiefel knirschten auf dem gefrorenen Schlamm.

»*Woher*, Boss? Den Männern wird das nicht gefallen.« Geraint kratzte sich unter dem Mantel, den er über der Rüstung trug. »Wir sind schon auf halben Rationen und haben nur noch die Pferde. Wir können nicht jede Flüchtlingsfamilie hier durchfüttern.« Und offensichtlich enttäuscht, weil sie schwieg, fügte er hinzu: »Warum, glaubst du wohl, lässt die Westgotenhexe keine Zivilisten aus der Stadt, Boss? Sie wissen, unter was für einen Druck uns das setzt!«

»Henri Brant hat mir berichtet, dass das Pferdefleisch langsam zur Neige geht.« Ash blickte weder zu Geraint noch zu Rickard zurück. »Also können wir es uns jetzt auch nicht mehr leisten, die Wachhunde zu füttern. Wenn meine Mastiffs geschlachtet werden, schick einen davon zu diesem Haus hier.«

»Aber Brifault, Bonniau . . .!«, protestierte Rickard.

Ash unterbrach ihn. »An einem Hund ist viel dran.«

Es war während der letzten paar Wochen über sie gekommen: Sie hatte um die Männer geweint, die während des Bombardements auf den Mauern verletzt oder getötet worden waren. Zu ihrer Überraschung hatten de la Marche und Anselm und sogar Geraint ab Morgan sie verstanden; niemand hatte deswegen an ihrer Autorität gezweifelt. Während sie nun über die eiskalte Straße ging, spürte sie, wie eine Träne über ihre Wange rann. Sie schüttelte den Kopf und schnaubte in bitterer Belustigung über sich selbst. *Wer weint um ein Tier?*

Leise, wie immer, murmelte sie vor sich hin: »Godfrey, hast du sie gehört?«

– Nichts. Noch immer nichts. Noch nicht einmal, um zu fragen, ob du mit mir sprichst – mit der machina rei militaris.

Alles, was er weiß, wissen sie auch. Ich kann Godfrey noch nicht einmal fragen, wie ich mich als Generalhauptmann verhalten soll.

»Stellt doppelte Wachen an den Lagerhäusern auf«, sagte Ash, als Geraint ab Morgan neben sie trat. »Wenn du einen dabei erwischst, wie er Bestechungsgelder entgegennimmt, zieh ihm die Haut ab.«

Es gab Dinge, die sie als Generalhauptmann von Burgund wusste und die sie lieber nicht wissen wollte. *Wir haben noch für wie lange Nahrung? Drei Wochen? Zwei? Irgendwie müssen wir die Initiative ergreifen!*

Aber ich weiß nicht wie.

»Vielleicht«, sagte sie zu leise für Geraint, Rickard oder ihre

Stimmen, »vielleicht sollte ich diese Arbeit lieber nicht tun, sie einem anderen übertragen.«

Eis knirschte unter ihren Stiefeln, als sie einen offenen Platz betraten. Wieder trieb ihr der Wind die Tränen in die Augen. Aus dem gefrorenen Springbrunnen in der Mitte des Platzes quoll Eis.

»Wir werden zu den Mühlen gehen«, verkündete Ash. »Ich will die Wache an den Mühlbächen inspizieren, jetzt, wo sie gefroren sind. Tiere sind auf diesem Weg schon rausgekommen; ich will nicht, dass das auch Menschen gelingt. Geraint, du und die Vögte, ihr kümmert euch um meine Befehle; Rickard, du kommst mit mir und Petro.«

Giovanni Petros Bogenschützen, die wieder Eskortendienst hatten, knurrten vor sich hin. Ash wusste, dass sie die offene Südwestmauer von Dijon mit dem warmen Wachraum der Vögte im Kompanieturm verglichen. Ein leichtes Grinsen bewegte ihre gefrorenen Gesichtsmuskeln.

Als Ash das Labyrinth von Gassen betrat, die vom Platz wegführten, hörte sie Petro hinter sich sagen: »Roll das verdammte Banner ein, bevor wir zur Mauer kommen!«, und ein Soldat senkte den verräterischen Löwen mit dem rasch aufgenähten Andreaskreuz.

Ash kreuzte eine Gasse zu ihrer Linken.

Irgendetwas, das sich rasch bewegte, gab ihr einen Stoß über die Straße.

Schnelle Schritte schreckten sie auf. Männer hielten sie unter den Armen, unter den Kniekehlen, trugen sie. Ihre Rüstung klapperte. Die Welt drehte sich um sie herum.

»Was...?«

»*Sie ist nicht tot!*«

»Bringt sie in Sicherheit! Los, los, los!«

Ein anschwellender Schmerz traf Ash wie ein Schlag. Ihr

schlaffer, stahlummantelter Körper zitterte im Griff der Männer. Ash spürte nicht, wo sie verletzt war. Ein Keuchen, noch ein Keuchen – sie versuchte, Luft in ihre Lungen zu bekommen.

»Legt sie ab!«

»Ich bin in Ordnung...« Sie hustete. Kaum hörte sie ihre eigene Stimme. Sie war sich bewusst, dass sie gestützt wurde, sie roch Exkremente, sah trübes Licht, Treppen, brennende Fackeln und dann einen Raum in natürlichem Tageslicht.

»Ich *lebe*. Ich ... bekomme nur keine Luft mehr ...«

Sie hustete erneut, schlug mit den gepanzerten Armen auf den Kürass und versuchte dann, den Arm um die Brust zu legen. Gestützt von Petro und Rickard, lehnte sie irgendwo, blickte auf und sah Robert Anselm und Olivier de la Marche.

»*Scheiße.*« Sie versuchte, sich aufzurappeln. Schmerz schoss durch ihren ganzen Körper. »Ich bin *in Ordnung*. Hat jemand mich fallen sehen? Roberto?«

»Es machen bereits Gerüchte die Runde ...«

Ash unterbrach ihn. »Du und Olivier, geht wieder raus! Sie werden merken, dass es nicht schlecht um mich bestellt sein kann, wenn ihr euch draußen sehen lasst.«

»Ja, Pucelle.« De la Marche nickte und wandte sich mit einer Gruppe burgundischer Ritter ab. Licht fiel durch die Rundbogenfenster herein und zeigte Ash besorgte Gesichter. Der erste Stock des Kompanieturms. Florians Hospital.

»Was ist passiert?«, verlangte Anselm zu wissen.

»Scheiße, wenn ich das wüsste ... Petro? Wen hat's erwischt?«

»Nur dich, Boss.« Der Sergeant der Bogenschützen veränderte seinen Griff und half ihr auf. Irgendetwas stach sie. Ash blickte auf ihre linke Hand. Das leinene Innenzeug ihres Handschuhs triefte von rotem Blut. Dank der Kälte spürte sie keinen Schmerz.

»Hast du es nicht gehört, Boss?«, fragte Giovanni Petro. Als Ash ihn verständnislos ansah, fügte er hinzu: »Ein Trebuchettreffer. Er hat den ganzen Westflügel vom Palast des Vizegrafen in Schutt und Asche gelegt. Splitter sind durch die Gasse geflogen und haben dich erwischt.«

»Trebuchet...«

»Ein scheißgroßer Kalksteinbrocken.«

»Himmel nochmal!«, fluchte Ash.

Von hinten wurde sie geschoben, als sie versuchte, das Gleichgewicht zurückzuerlangen, und schließlich wankte sie zwar, stand aber. Erneut durchfuhr ein stechender Schmerz ihren Leib. Ash legte die blutigen Finger auf den Kürass. Die Pagen zogen ihr den Schaller aus. Sie drehte den Kopf und sah Florian.

Halb Herzogin, halb Arzt, dachte Ash benommen. Florian trug einen golddurchwirkten Kittel und darüber ein besticktes Gewand, das von einem Gürtel zusammengehalten wurde, an dem ein Dolch und Kräutersäckchen hingen. Die prachtvolle Kleidung war acht Handspannen vom Saum aufwärts schwarz von Dreck. Unter dem Kittel sah Ash Wams und Hose.

Florian trug allerdings weder Haube noch Kopfputz. Stattdessen zierte eine schimmernde weiße Krone ihre Stirn und ihr strohblondes Haar.

»Wir wollen erstmal deine Rüstung ausziehen.« Geschäftsmäßig und brüsk griff Floria del Guiz unter Ashs linken Arm und nickte Rickard zu. Der junge Mann öffnete mit Hilfe zweier Pagen rasch die Schnallen und nahm Ash die Schulterplatten ab. Benommen blickte sie auf seinen Hinterkopf, während er die Schnallen an der rechten Seite ihres Brustpanzers löste, ihr Diechlinge und Tassetten abnahm und den Rest des Hüftschutzes entfernte.

»Gut...« Rickard klappte den Brustpanzer auf und nahm das klappernde Metall in einem Rutsch herunter. Ash geriet wieder ins Wanken, als die kalte Luft sie traf. Nur noch in Polsterwams und Hose und mit Arm- und Beinschienen bekleidet, kam sie sich geradezu nackt vor. Ihre Zähne klapperten.

»*Verdammte* Scheiße!«

Mit dem Brustpanzer in der Hand fragte Rickard: »Boss, bist du in Ordnung? Geht es dir gut?«

Seine Stimme kippte um; zum ersten Mal seit Wochen gab er wieder hohe Töne von sich.

»Scheiße ... Mir geht's gut. Gut!« Ash hob die Arme. Ihre Hände zitterten. Der kleine Page mit dem Bürstenhaarschnitt öffnete die Knöpfe ihres Polsterwamses. »Wo hat es mich erwischt?«

Rickard legte die Rüstung klappernd ab und starrte Ash an. »Genau auf der Brust, Boss.«

Florian versperrte Ash die Sicht, als sie vorsichtig begann, das verschwitzte, dreckige Polsterwams zu öffnen.

»Rickard, es geht mir gut, und auch für den Rest von euch: Ich bin in Ordnung. Jetzt verpisst euch, ja? Florian, wie sieht der Schaden aus?«

Robert Anselm stand noch immer in der Tür. »Boss ...«

»Welchen Teil von dem ›Verpisst euch‹ hast du nicht verstanden?«, fragte Ash bissig, und nachdem der Engländer verschwunden war, knurrte sie: »Scheiße, das tut *weh*!«

Floria riss Ash das Wams auf, schob links eine Hand hinein und tastete mit bemerkenswert sanften Fingern unmittelbar unter der Brust über die Rippen. Ash hatte kein Hemd unter dem Wams getragen, und nun schrumpelte ihre Haut in der bitterkalten Luft und unter Florias kalten tastenden Fingern.

»Immer mit der Ruhe!« Ash zuckte erneut und grinste zitternd. »Hey. Es ist ja nicht so, als hätten sie auf mich gezielt!«

»Es ist ja nicht so, als wäre das von Bedeutung«, ahmte Floria sie spöttisch nach. Sie betrachtete Ashs Seite, und es schien, als wolle sie den Kopf in Ashs Wams stecken. Florias Atem dampfte in der kalten Luft. Ash spürte ihn warm auf ihrer Haut, und kurz versteifte sie sich.

»Habt Ihr nichts Besseres zu tun, als Euch in Hospitälern rumzutreiben, Euer Gnaden?«

Als sie das sagte, bemerkte sie, dass Floria von Frauen begleitet wurde, die nicht zur Kompanie gehörten. Die Zofen der Herzogin und Jeanne Chalon schnauften und blickten drein, als würden sie Ash zustimmen.

»Nein. Ich habe Patienten hier. Und ich habe Patienten oben in St. Stefan und zwei weiteren Klosterspitälern . . .« Florian grinste. »Ich hatte Blanche hier die Verantwortung übergeben; du hast Glück, dass ich da bin.«

»Oh, sicher, ich . . . Scheiße! Lass das!«

»Ich untersuche deine Rippen.«

Als Ash hinunterblickte, sah sie ihr offenes Wams, ihre nackte Brust und einen roten Fleck, so groß wie ein Speiseteller, unmittelbar unter der linken Brust. Sie bewegte sich ein wenig und spürte unterschiedliche Schmerzen in Hüfte, Achsel, Brust und – so erkannte sie nun – am Halsansatz.

»Das wird sich schön bunt verfärben«, bemerkte sie.

Floria richtete sich auf, setzte sich auf eine Truhe mit Medikamenten, die ihr als Bank diente (Tische und Stühle waren längst zu Feuerholz verarbeitet) und tippte sich mit den schmutzigen Fingern nachdenklich auf die Zähne. »Deine Lunge ist in Ordnung. Du könntest dir allerdings eine Rippe gebrochen haben.«

»Das ist kein Wunder, Boss!« Rickard stand auf. Er trug noch immer Jacke, Livree und einen pelzbesetzten Mantel. Die Kapuze hatte er nur ein Stück zurückgeschoben, obwohl er sich jetzt im Turm und nicht weit vom letzten verbliebenen Kaminfeuer befand. »Sieh dir das einmal an.«

Er hob Ashs Kürass an den Schultern hoch und schob die behandschuhten Finger durch den gehärteten Stahl. An der Seite war der Stahl wie Eis durchschlagen. Auf Ashs Zeichen hin drehte er den Panzer um, und dort, auf Höhe ihrer Rippen, hatte sich das weiche Eisen nach außen gewölbt.

Unbewusst wanderten Ashs Finger zu ihrem Leib und berührten die geschwollene Haut.

»Aufgebrochen! Verdammt! Mein Brustpanzer! Zwei Schichten Stahl einfach aufgebrochen!«

Das Licht des winterlich blauen Himmels draußen spiegelte sich auf dem Stahl. Langsam zog Ash die Handschuhe aus, um ihr Wams wieder zuzuziehen. Florian nahm Ashs linke Hand und suchte nach Steinsplittern. Zischend stieß Ash die Luft aus, als sie den Mailänder Harnisch in Rickards Händen sah. »*Das* kann der Waffenschmied nicht mehr ausbeulen«, bemerkte sie. »Süßer Grüner Christus auf dem Baum, was ein Glück! Heiliger Sankt Georg.«

»Vergiss die Soldatenheiligen«, bemerkte Floria schroff. »Versuch es lieber mit dem heiligen Judas! Tilde, ich brauche einen Umschlag aus Haselholz und Johanniskrautbrei. Wasch diese Hand in Wein. Verbunden werden muss sie nicht.«

Floria reagierte belustigt, als die Zofe einen Hofknicks machte.

Jeanne Chalon blickte zu Ash und schnaufte erneut missbilligend.

»Nichte-Herzogin«, sagte sie betont, »vergesst nicht, dass Ihr zur None zum Rat gerufen seid.«

»Tante, ich denke, Ihr werdet erkennen, dass *ich sie* gerufen habe.«

Jeanne Chalon errötete. »Natürlich, Madame.«

»Natürlich, Madame«, murmelte Rickard wie ein spöttisches Echo.

Floria blickte zu ihm und runzelte die Stirn. »Du musst das restliche Metall noch von ihr runternehmen. Tilde, wo ist der Brei für den Umschlag?«

Auf einem Strohsack, der noch am Kamin lag, setzte sich ein Mann auf. Ash erkannte Euen Huw. Er war unglaublich schmutzig und ausgemergelt, und aus seinem kurz geschnittenen Haar ragten Fäden, wo Floria die Haut genäht hatte. Der dürre Waliser grinste Ash dümmlich an.

»Hey. Lass sie nicht in dir rumstochern, Boss. Die hat Metzgerhände. Ich schwöre, sie arbeitet für die Schweinegoten!«

»Leg du dich lieber wieder hin, Euen, sonst zieh ich dir noch ein paar Fäden durch deinen walisischen Dickschädel!«

Er lächelte Florian an. Als er sich wieder auf seinen Strohsack fallen ließ, murmelte er: »Endlich hab ich mal einen ruhigen Job erwischt. Das kommt davon, wenn man einen cleveren Boss hat, wisst ihr? Hat unseren Arzt sogar zur Herzogin krönen lassen. Und unser Boss hat 'ne Armee. Selbst die Drecksgoten werden sich geschlagen geben, wenn sie das hören.«

Ich wünschte, du hättest Recht, dachte Ash. Sie sah, dass Florian das Gleiche dachte.

Ash streckte Rickard und den Pagen die Arme entgegen, die sie daraufhin von den Armpanzern befreiten. Dann ließ sie das Polsterwams unter Schmerzen bis zur Hüfte hinunter und zuckte unwillkürlich zusammen, als Florian ihren Rücken untersuchte.

Der weibliche Arzt richtete sich wieder auf. »Auf was auch immer du gelandet sein magst, als es dich umgehauen hat, die Rüstung hat dich gerettet. Hast du ein Hemd, das ich zerschneiden kann? Ich werde einen straffen Verband um die Rippen legen. Du wirst steif sein; es wird wehtun, aber du wirst leben.«

»Danke für dein Mitgefühl . . .« Ash knirschte mit den Zähnen, als der Brei auf ihre Haut aufgetragen wurde. »Rickard, bring mein Zeug in die Waffenkammer. Sag ihnen, der Boss braucht einen neuen Brustpanzer. Alles, was sie dafür benötigen, können sie sich aus den Armeelagern holen. Aber ich brauche ihn gestern!«

»Jawoll, Boss!«

Das Licht im Raum fiel durch ein paar geöffnete Fenster. Die anderen Fensterläden waren geschlossen. Im Feuer erhitzte Ziegel, die man unter die Decken gelegt hatte, wärmten die eiskalte Luft kaum. Männer auf Strohsäcken bewegten sich unruhig; irgendjemand stöhnte ununterbrochen, und ein anderer Mann murmelte ständig vor sich hin. Einige der Verwundeten wiesen purpurne genähte Wunden auf, die jedoch nicht verbunden waren, andere Männer blutige Bandagen. Nur ein paar Männer würfelten miteinander, reinigten ihr Zeug oder unterhielten sich miteinander. Die meisten kauerten einfach nur auf ihren Lagerstätten.

Ash kniff die Augen zusammen. »Seit gestern hat sich die Verwundetenzahl hier drin verdoppelt. Die Mauern sind jedoch nicht angegriffen worden. Liegt das am Bombardement?«

Floria blickte kurz auf. »Lass mich mal nachrechnen. Hier habe ich vierundzwanzig Verwundete. Drei davon werden sterben, weil ich gegen den Schock oder die Blutungen nichts tun kann; die Wunde eines Mannes stinkt bereits, und die eines anderen ist vergiftet. Die gebrochenen Schultern, Rippen und Handgelenke dürften wieder verheilen. Wie es mit dem eingedrückten Brustbein weitergehen wird, kann ich noch nicht sagen. Baldina hat einen Pfeil aus einem von Loyecetes Männern rausgeholt; ich habe ihn nicht von hier verlegen wollen. Wir haben zehn Fälle von Verbrennungen – Griechisches Feuer. Sie werden aber überleben.«

Florian berichtete all das, ohne auf die Listen zu schauen, die in einer Truhe in der Ecke lagen.

»Es sind mehr als vierundzwanzig Mann hier drin«, bemerkte Ash.

»Weitere zwanzig haben Fieber«, erklärte Florian. Ihr Gesichtsausdruck, während sie Ashs halbnackten Körper studierte, war betont professionell. Sie ignorierte Ashs Zischen, als der Brei die Haut berührte.

»Die Ruhr«, erläuterte sie und legte mit geübten Fingern den Verband an. »Ash, ich sage ihnen, sie sollen die Leichen so weit wie möglich von den Brunnen entfernt begraben. Der

Boden ist steinhart. Ich sage ihnen, sie sollen für Abflussgräben sorgen, am Abfallhaufen hinter der Schmiede.* Sie scheißen, wohin sie wollen. In den Klöstern habe ich auch zivile Fälle von Ruhr. Jeden Tag werden es mehr. Wenn die sich erstmal richtig ausgebreitet hat . . .«

»Wie steht es um die Vorräte?«

»Frische Kräuter haben wir ohnehin nicht, und auch die Vorräte der Klöster eingerechnet, sind uns einige der wichtigsten Kräuter bereits ausgegangen. Baldina und die Mädchen verteilen Kamille, um die Leute zu beruhigen, und Majoran gegen Verstauchungen. Das wär's dann aber auch schon.« Ihr Blick zuckte zu Ashs Gesicht hoch. »Alles andere habe ich nicht mehr. Wir machen Verbände. Wir nähen.« Sie lächelte müde. »Meine Leute waschen die Wunden mit Burgunds edelsten Weinen aus. Das ist die beste Verwendung, die es dafür gibt.«

Ash zog das Wams wieder an, erneut unter Schmerzen. Rickard legte ihr die Brigantine an, die einer der Pagen gebracht hatte.

»Ich muss los. Für den Fall, dass sie mich tatsächlich für tot halten. Wegen der Moral, weißt du?«

Florian ließ ihren Blick über die Strohsäcke schweifen und richtete ihre Aufmerksamkeit auf einen Mann mit einem tiefen Schnitt am Kiefer. »Ich habe meine Runde noch nicht beendet. Ich sehe dich dann im Palast. Bei Sonnenuntergang.«

»Jawoll, *Sire* . . .« Lächelnd machte Ash ein paar Schritte. Sie zitterte noch immer, hielt aber das Gleichgewicht.

Im Erdgeschoss war die Luft voller Dampf von der Aaronstabstärke. Ash wurde von einer feuchten Wärme empfangen.

---

* Im poströmischen Europa datiert der Brauch, die Toten möglichst weit von den Lebenden zu begraben und Latrinen auszuheben, vom Anfang des 15. Jahrhunderts.

Frauen mit wunden Händen, die Kittel hochgekrempelt und in die Gürtel gesteckt, waren an den Waschzubern beschäftigt, brüllten Befehle oder riefen einander lüsterne Kommentare zu. Ash war gerade hinter Blanche und Baldina am Fuß der Treppe, als Antonio Angelotti erschien. Er hielt ein vergilbtes Hemd in die Höhe und beschwerte sich auf Italienisch.

»Madonna«, unterbrach er sich selbst, um Ash zu begrüßen. Sein Gesichtsausdruck veränderte sich, als er ihre verletzte linke Hand bemerkte. »Jussey will dich bei den Mühlen sehen.«

»Ja, da wollte ich gerade hin. Du kommst mit mir ...«

»Boss«, sagte eine weibliche Stimme.

Ash blieb stehen. Blanche legte den Arm um die Schulter ihrer Tochter, und die beiden steckten die Köpfe mit den blond gefärbten Haaren zusammen. Baldinas Kittel war vorne nur lose zusammengebunden.

Darunter wölbte sich ein schwangerer Bauch. *Vor Auxonne ist noch nichts davon zu sehen gewesen. Aber sie muss schon im Frühling schwanger geworden sein – ist vermutlich bei Neuss passiert.*

»Du solltest besser essen«, sagte Ash automatisch. »Frag mal Hildegard. Sag ihr, ich hätte dich geschickt.«

Baldina legte in einer uralten Geste die Hände auf den Bauch. Das winterliche Sonnenlicht drang durch den Dampf und ließ sie erstrahlen. Und Angelottis Ikonengesicht und die gelben Löckchen ließen Ash bissig denken: *Habe ich euch zwei nicht irgendwo schon mal auf einem Kirchenfresko gesehen?*

»Hast du einen Vater für das Kind?«, fügte Ash hinzu.

Baldina grinste schief. »Na, was glaubst du wohl, Boss?«

»Nun, dann bedien dich in der Kompaniekasse: ein Drittel Anteil extra.«

Nicht dass das im Moment viel zählen würde.

Die jüngere Frau nickte. Ihre Mutter sagte ein wenig verlegen: »Leg deine Hand drauf, Boss. Das bringt Glück.«

»Das bringt ...« Ash hob die silbernen Augenbrauen. Sie

legte die nicht verbundene Hand flach auf Baldinas Bauch und fühlte die Wärme des Leibs durch Kittel, Hemd und Handschuh hindurch.

In Ashs Erinnerung sagte ein karthagischer Arzt: *Das Tor zum Leib ist verdorben; sie wird nie wieder ein Kind austragen.* Ein Schmerz, der seinen Ursprung in allem hätte haben können – vergebene Chancen vielleicht –, fuhr durch sie hindurch und trieb ihr die Tränen in die Augen.

»Dann also Glück. Wann wirst du niederkommen?«

»Ungefähr zum Fest unseres Herrn. Wir werden ihn nach dem heiligen Godfrey benennen, sollte es ein Junge werden.« Baldina drehte den Kopf, als irgendjemand anderer brüllte: »Also *gut!* Kommen! Danke, Boss!«

Ash lächelte, als sie ihre Eskorte sich an der Türe versammeln sah. Sie durchquerte den großen Raum, und Angelotti reihte sich neben ihr ein.

»Nun, einer Sache bin ich mir ziemlich sicher«, sagte sie in einem Versuch, lustig zu klingen. »*Deins* ist es sicher nicht!«

Angelotti lächelte gelassen, was gar nicht zu seinem vulgären Italienisch passte. »Nicht, solange Jungs mit hübschen Ärschen keine Kinder kriegen können.«

Als sie fast die Tür erreicht hatten und kalter Wind von draußen den Dampf durcheinander wirbelte, berührte Angelotti Ash am Arm. »Betrachte uns nicht als Freunde, Madonna. Wir sind nicht deine Freunde. Wir sind Männer und Frauen, die dir gehorchen. Gleiches gilt für die Burgunder. So etwas tun Freunde nicht.«

Ash blickte ihn überrascht an. Gedankenverloren nickte sie.

Angelotti fügte hinzu: »Auch wenn das, was ich sage, nur die halbe Wahrheit sein sollte, so ist es doch nicht gänzlich falsch. Männer, die dir die Verantwortung übertragen haben, sie zu führen, sind nicht deine Freunde; sie erwarten mehr von dir ... ›Löwin‹.«

»Nun . . . Soll das eine Warnung sein?«, fragte Ash ein wenig zynisch, und: »Hauptleute der Kanoniere gehen überallhin. Die Westgoten würden dich für ihre Kriegsmaschinen anstellen, und deine Geschützmannschaften würden sie nicht gegen diese Mauern schicken. Ihr seid viel zu teuer, um euch einfach so abschlachten zu lassen. Darf ich damit rechnen, dass mir gesagt wird, wenn du gehst, oder werde ich in den nächsten Tagen aufwachen und feststellen, dass ihr mit euren Leuten, du und Jussey, still und heimlich verschwunden seid?«

Einen Augenblick lang schloss Angelotti die ovalen Augen und gestattete Ash einen Blick auf sein glattes, perfektes Gesicht. Dann öffnete er die Augen wieder. »So einfach ist das nicht, Madonna. Das Fieber breitet sich immer mehr aus, und der Hunger ist schon hier. Eher früher als später wirst du uns den Angriff befehlen – und wir werden es tun.«

Vier Tage später, in der Waffenkammer der Kompanie, blickte Ash an sich hinunter auf einen neuen Brustpanzer mit allem, was dazu gehörte; nur die neuen, sauberen gelbbraunen Lederriemen verrieten, dass der Panzer nicht zu ihrem ursprünglichen Mailänder Harnisch gehörte.

»Eine scheißgeile Arbeit . . .« Sie führte die Arme zusammen und bewegte sich, wie jemand, der eine Waffe in präzisem Bogen schwingt. Nirgends blieb sie hängen, und nichts zwickte.

»Das ist nicht *meine* Arbeit, Boss.« Jean Bertran, über sechs Fuß groß und rußgeschwärzt, warf ihr einen zaghaften und zugleich zynischen Blick zu. »Ich habe ihn entworfen, wie Meister Dickon es mich gelehrt hat. Dann habe ich die Aufgabe an die herzogliche Rüstungsschmiede weitergegeben. Die Jungs hier haben die Schnallen gemacht.«

»Sag ihnen, das ist verdammt brillant . . .«

»*Boss!*«, bellte eine Stimme. »Boss! Komm schnell!«

Ash zuckte zusammen und drehte sich um; die Rippen taten ihr noch immer weh. Willem Verhaechts Zweiter Mann, Adriaen Campin, stolperte über das eisverkrustete Pflaster in die Schmiede.

»Boss, du solltest besser kommen!«

»Ein Angriff?« Ash schaute sich wild um. »Rickard, mein Schwert! Wo greifen sie diesmal an?«

Der große Flame schüttelte den Kopf, das Gesicht rot unter seinem Kriegshut. »Das Nordosttor, Boss. Ich weiß nicht, *was* es ist! Vielleicht ist es gar kein Angriff. Irgendjemand kommt rein!«

»*Rein?*« Ash starrte ihn an.

»Rein!«

»Verdammte *Scheiße!*«

Rickard eilte aus der hinteren Ecke der Waffenkammer herbei, Schwert und Gürtel über der Schulter, Ashs Livree in den Händen. Innerhalb von ein paar hektischen Sekunden versuchte Ash gleichzeitig, Fragen der Lanzenführer zu beantworten, die hinter Campin hereindrängten, und auf Robert Anselm zu reagieren – sowie Herzogin Florian –, welche den Soldaten auf den Fersen folgten.

»Diese verdammte Hurentochter!«, bellte sie.

Stille breitete sich in der Waffenkammer aus, nur das Zischen der Kohlen in der Schmiede war zu hören.

»Verdoppelt die Wachen auf den Mauern«, befahl Ash rasch. »Das könnte ein Ablenkungsmanöver sein. Roberto, du und zwanzig Mann, ihr kommt mit mir zum Nordosttor. Florian . . .«

Der Arzt drückte Baldina ein Kräutersäckchen in die Hand. »Ich komme auch mit.«

»Nein, das wirst du verdammt nochmal nicht! Den gottverfluchten Westgoten würde nichts mehr gefallen, als die burgundische Herzogin unter Feuer zu nehmen. Ich werde dich von einer Eskorte in den Palast zurückbringen lassen.«

»Hast du mich nicht verstanden? Leck mich«, murmelte Floria del Guiz, und ihre Augen leuchteten. Sie grinste Ash an. »Es gibt so etwas wie Moral. Wenn ich die Herzogin bin, dann habe ich auch keine Angst, hier über die Mauern zu gehen!«

»Aber du bist keine normale Herzogin ... Oh, Scheiße, wir haben keine Zeit dafür!«

Rickard hob Ashs Livree in die Höhe. Ash duckte sich und schob sich von unten durch den Stoff, die gepanzerten Arme zuerst. Ein, zwei atemlose Augenblicke später umschloss die Livree ihren Körper. Dann schlang Rickard den Schwertgürtel um ihre Hüfte und zog ihn fest. Ash rückte das Heft des Einhänders dorthin, wo sie es haben wollte, schnappte sich ihren Mantel, schlug die Kapuze nach vorne und marschierte aus dem Raum.

Wieder war es zu kalt, um ohne Gefahr für die Pferde zu reiten. Der Marsch zur Nordostseite von Dijon kostete sie vielleicht eine halbe Stunde. Auf den Mauern sahen sie nur Soldaten und in den Straßen burgundische Patrouillen. Nicht ein Hund bellte, nicht eine Kuh muhte; kein Vogel flog am strahlend blauen Himmel, die Taubenschläge waren leer. Der Winterwind trieb Ash die Tränen in die Augen und sog ihr die Luft aus den Lungen.

Keuchend von der Kletterpartie die Treppe über dem Wachhaus hinauf, gesellte sie sich zu Olivier de la Marche und zwanzig weiteren burgundischen Adeligen auf der Mauer. Der große Burgunder beschattete seine Augen mit dem Handschuh und spähte nach Nordost.

»Und?«, verlangte Ash zu wissen.

Willem Verhaecht rannte vom Wehrgang an ihre Seite. Er deutete nach vorne. »Da hinten, Boss.«

Neben Ash brach Streit aus. De la Marche hatte Florian bemerkt, und die Herzogin weigerte sich, seinen leidenschaftlichen Protesten wegen ihrer Anwesenheit zuzuhören. Ash ignorierte die beiden.

»Was zum Teufel ist das?«, fragte sie.

Rickard bahnte sich einen Weg durch die Männer in Löwen-livree, bis er Ash erreichte. Er trug ihren zweitbesten Schaller unter dem Arm. Ash nahm ihn nachdenklich entgegen. Bar-häuptig stand sie im eisigen Wind, eine Frau mit Narben und fedrigem silbernen Haar, das inzwischen wieder lang genug war, um ihre Ohren zu bedecken.

Ash blickte zum Hauptmann der Schützen und dann unauf-fällig zu Floria. »Wie weit kommt ihr mit der Armbrust von hier aus?«

Ludmilla Rostovnaja lächelte; die Brandverletzungen in ihrem Gesicht waren noch immer nicht ganz ausgeheilt. »Ungefähr vierhundert Meter, Boss.«

»Und wie weit entfernt sind ihre Linien von hier?«

»Ungefähr vierhundertundeinen Meter!«

»Gut. Falls irgendjemand sich auch nur einen Meter näher heranwagen sollte, will ich ihn durchlöchert sehen. Sofort. Und passt auf diese verdammten Kriegsmaschinen auf.«

»Jawoll, Boss!«

Die westgotischen Zelte strahlten weiß unter dem winter-klaren Himmel. Rauch stieß kerzengerade aus den grasbe-deckten Hütten auf, die diesen Mauerabschnitt umgaben. Von den Pferdekoppeln war ein Wiehern zu hören. Ash versuchte, Kriegsmaschinen auszumachen, konnte auf diese Entfernung jedoch nichts erkennen. Fünfhundert Meter entfernt rannten Leute ... und da bewegte sich noch etwas anderes zwischen den Zelten, nordöstlich die Straße hinunter, die am Fluss ent-langführte. Pferde? Banner? Bewaffnete oder unbewaffnete Männer?

Rickard blinzelte und rieb sich die tränenden Augen. »Ich kann die Livree nicht erkennen, Boss.«

»Nein ... *Ja.* Ja, ich kann es.« Ash packte Robert Anselms Arm, der neben ihr stand, und der breitschultrige Mann, der zum Schutz vor der Kälte den Mantel eng um die Schulter geschlungen hatte, grinste unter seinem hochgeklappten Visier. »Süßer Christus, Robert«, sagte Ash, »ist es das, was ich zu sehen glaube?«

Ihr Stellvertreter klang zum ersten Mal seit Wochen fröhlich. »Wirst du alt, Mädchen? Bist du kurzsichtig?«

»Das ist ein verdammter roter Halbmond!« Ash sprach laut. Der Lärm der burgundischen Ritter erstarb. Ash deutete nach vorne. »Das sind die *Türken!*«

»Die verdammten Teufelskerle!«, rief Floria del Guiz – zum Glück im Jargon der Söldnerlager. Jeanne Chalon schürzte die Lippen zum Zeichen, wie sehr sie einen derart leidenschaftlichen Ausbruch missbilligte. Olivier de la Marche schluckte.

Eine ordentliche Reiterkolonne trottete durch die westgotischen Reihen hindurch. Auf diese Entfernung und im winterlichen Dunst konnte Ash nur weiße Banner mit dem roten Halbmond sowie Reiter in rehbraunen Mänteln und weißen Helmen erkennen. Vor dem Himmel hoben sich keine Speerspitzen ab; es handelte sich also nicht um Lanzenreiter. Die Kolonne wand sich aus dem Westgotenlager in das zerschossene Niemandsland zwischen Belagerern und Stadt. Die Pferde suchten sich einen Weg über den gefrorenen Schlamm. Hundert, zweihundert, fünfhundert Mann . . .

»Was *tun* die? Ich glaube es einfach nicht!« Ash fluchte erneut. Sie warf die Arme um Ludmilla Rostovnaja und Willem Verhaecht und drückte sie an sich. »Gut gesehen! Was *zum Teufel* tun die da?«

»Falls sie vorhaben, uns anzugreifen, ist das schlicht dumm«, sagte Olivier de la Marche. Er riss sich zusammen und drehte sich zu Floria del Guiz um. »Wie Ihr seht, Euer Gnaden, haben wir Geschütze auf den Mauern postiert.«

Floria setzte ihren Ich-kann-das-eine-Ende-einer-Arkebuse-vom-anderen-unterscheiden-Blick auf. Ash hatte ihn im vergangenen Monat häufiger gesehen.

»Nicht schießen«, sagte Floria.

Das war unmissverständlich ein Befehl. Einen Augenblick später sagte de la Marche: »Nein, Euer Gnaden.«

Ash grinste vor sich hin. Leise sagte sie zu Florian: »Wenn ich bedenke, dass ich mal geglaubt habe, es würde dir schwerfallen, die Herzogin zu spielen ...«

»Ich bin Arzt. Ich bin es gewöhnt, Leuten zu sagen, was sie tun sollen und was nicht.« Floria legte die Hände auf die Brüstung und blickte zu den näher kommenden Reitern hinaus. »Selbst wenn ich nicht weiß, was das Beste für sie ist.«

»Besonders dann.«

Ash setzte den Helm auf, und als sie den Riemen festgezogen hatte, waren die türkischen Reiter nahe genug herangekommen, sodass sie Rundschilde und Reflexbögen sehen konnte; und ihre Helme waren nicht weiß, sondern einfach mit Tüchern bedeckt, die bis in den Nacken hingen.

»Das sind in der Tat Türken«, sagte Olivier de la Marche laut genug für die eisige Stille. »Ich erkenne sie. Das ist die Elitetruppe des Sultans; das sind Janitscharen.«

Die Mischung aus Respekt und Ehrfurcht auf den Gesichtern ihrer Männer und der Burgunder verriet Ash, dass sie de la Marches Meinung teilten.

»Gut. Sie sind also richtig heiß. Aber was tun sie ausgerechnet *hier*? Warum reiten sie zu dieser Stadt?« Entmutigt beugte sich Ash zwischen zwei Zinnen hindurch. Eine große Zahl von Soldaten – dem Adler nach die VI Leptis Parva – sammelte sich an den Erdwällen, unternahm aber ansonsten nichts. Sie schauten nur zu.

»Falls sie die Absicht haben, in die Stadt zu kommen ...« De la Marches Stimme verhallte.

Ash ertappte sich dabei, wie sie die Pferde der Janitscharen nicht als Schlachtrösser, sondern als Essen auf Hufen betrachtete. Türkische Packpferde waren nirgends zu sehen. »Falls sie die Absicht haben, in die Stadt zu kommen, warum schlachten die Westgoten sie dann nicht ab?«

»Genau, Demoiselle-Hauptmann.«

»Sie werden nie fünfhundert Türken hier reinlassen, um die Verteidigung zu verstärken. Was zum Teufel soll das?«

Robert Anselm schnaufte.

Ash blickte ihn scharf an. Der große Mann wischte sich mit dem Handgelenk über die Nase und schluckte ein weiteres schnaufendes Lachen hinunter. Dann bemerkte er Ashs Blick und brach in schallendes Gelächter aus.

»Da siehst du, was das soll. Schau es dir an, Mädchen! Das ist der reinste Wahnsinn ... Also, wer steckt dahinter?«

Da die Spitze der Kolonne nur noch hundert Meter von Dijons Nordosttor entfernt war, konnte man europäische Reiter zwischen der türkischen Reiterei erkennen. Es waren nicht viele, wie Ash sah, kaum fünfzig Mann. Erneut wischte sie sich über die tränenden Augen und starrte in den Wind.

Eine große rotgelbe Standarte flatterte über den Europäern, daneben ein persönliches Banner. Der Wind wehte das Tuch nach vorne, und einen Augenblick später war die Seide weit genug entrollt, sodass alle es sehen konnten. Rufe ertönten auf der Mauer. Jubel hallte den Wehrgang hinauf und hinunter.

Ash blinzelte in Richtung des gelben Banners. Ein blauer Eber, flankiert von weißen Sternen.

»*Heilige Scheiße!*«

Es war nicht nötig, weil der Name des Mannes schon überall auf der Mauer geschrien wurde, aber Robert Anselm nannte ihn trotzdem.

»John de Vere«, sagte er, »der dreizehnte Earl of Oxford.«

Zwei

Es folgte ein kurzer lauter Streit zwischen den Burgundern und Oxford; die Tore von Dijon öffneten sich gerade lange genug, dass die fünfhundert Mann hindurchreiten konnten; Ash stürmte die Treppe von der Mauer hinunter.

Ihre Männer drängten sich am Fuß der Stufen. Ash war nur knapp vor Robert Anselm und Olivier de la Marche.

»Ein Oxford!«, bellte Robert Anselm glücklich den Schlachtruf der de Vere. *»Ein Oxford!«*

Die Menge ergoss sich genau in dem Augenblick von der Stadtmauer, als das mächtige Tor sich wieder schloss. Eisenstangen schwangen mit lautem Knall wieder an ihren Platz. Ein Gewicht knallte Ash in den Rücken: Sie rutschte über die Pflastersteine und hielt sich an der Person fest, die in sie hineingefallen war – Floria fluchte, ihre Füße hatten sich im juwelenbesetzten Rock verfangen.

»Ist er es wirklich? Er *ist* es! Der Mann ist verrückt!«, rief Floria.

»Sag mir was, das ich noch nicht weiß!«

Eine große, geordnete Menge von Osmanen – mindestens fünfhundert – stellte sich im Viereck auf dem einstigen Marktplatz hinter dem Tor auf. Der eisige Wind ließ die Pferdeschweife flattern. Es handelte sich größtenteils um Stuten, wie Ash auf den ersten Blick sah, und ihre bewaffneten Reiter saßen vollkommen still auf ihren gefärbten Ledersätteln, kein Rufen, kein Brüllen, niemand stieg ab.

Ein kräftiger grauer Wallach galoppierte aus der Masse der Türken, vier Pferde hinterher. Das gelb-blaue Banner flatterte in der Hand des ersten Reiters.

Der gepanzerte Bannerträger ritt ohne Helm; sein lockiges Haar flatterte im Wind, und er grinste breit: Viscount Beaumont. De Veres drei Brüder folgten ihm, und hinter Dickon, Tom und George kam John de Vere selbst.

Der Earl of Oxford sprang aus dem Sattel und warf die Zügel seines Schlachtrosses irgendjemandem zu – Thomas Rochester, wie Ash sah. Mit seiner schlachterprobten, harten Stimme bellte er: »Madam Captain Ash!«

»Mylord Oxford ... uff!«

Der englische Earl warf die Arme um sie, drückte sie an sich und presste ihr die Luft aus den Lungen. Ash blieb nur eine Sekunde Zeit, um zu denken, dass sie von Glück sagen konnte, eine Plattenrüstung und nicht nur ein Kettenhemd zu tragen. Ihre Rippen taten höllisch weh. Sie schnappte nach Luft. John de Vere, der sie noch immer in den Armen hielt, brach in Tränen aus. »Madam, Gott schütze Euch. Finde ich Euch bei bester Gesundheit?«

»Mir geht's wunderbar«, flüsterte Ash. »Und jetzt ... lasst ... los ...«

Ash sah, dass inzwischen alle Engländer in Tränen ausgebrochen waren, sich umschauten und aufgeregt plapperten. Beaumont zerquetschte Olivier de la Marche die Hand. Dickon de Vere umarmte Robert Anselm. Thomas und George redeten laut auf die burgundischen Edelleute ein. Die berittenen Janitscharen schauten sich das Spektakel an; sie wirkten interessiert, wenn auch teilnahmslos.

John de Vere wischte sich unbefangen übers Gesicht. Seit Ash ihn zum letzten Mal gesehen hatte, war er blass geworden. Bis zum Knie war er mit Winterschlamm bedeckt. Was den Rest betraf – die Fäuste in die Hüfte gestemmt, musterte ihn Ash von Kopf bis Fuß –, so trug der englische Earl einen abgenutzten Harnisch, und seine blassblauen Augen tränten im Wind; alles in allem hatte er sich so wenig verändert, dass Ashs Herz einen Sprung machte.

»Mein Gott«, sagte sie, »bin ich froh, Euch zu sehen!«

»Madam, Euer Gesichtsausdruck allein ist schon Gold wert!«

Der Earl klatschte in die Hände, teils aus Zufriedenheit, teils weil ihm schlicht kalt war. Er schaute in die Menge. Ash folgte seinem Blick. Sie sah, dass es einige Sekunden dauerte, bis er erkannte, wen er da anstarrte.

»Bei Gottes Eiern! Dann ist es also wahr? Euer Arzt ist Karls Erbe? Euer Florian ist jetzt die Herzogin von Burgund?«

»So wahr ich hier stehe.« Ashs Gesicht schmerzte, so breit lächelte sie. Rücksichtsvoll fügte sie hinzu: »Mylord.«

»Gebt mir Eure Hand«, sagte er, »und nichts mehr mit ›Mylord‹.«

Ash zog den Handschuh aus und ergriff de Veres Hand; nun war sie selbst fast zu Tränen gerührt. »Wenn ich so darüber nachdenke … Ich nehme an, Ihr habt die Ehre, der einzige Engländer zu sein, der je den regierenden Fürsten von Burgund beschäftigt hat … Schließlich steht sie noch immer auf meiner Musterrolle, und ich bin Euch nach wie vor verpflichtet.«

»Umso mehr Grund für Euch, auf meine Rückkehr zu vertrauen.«

Floria del Guiz trat aus der Menge, die der Herzogin von Burgund den Weg frei machte. Elegant ließ sich der Earl of Oxford auf ein Knie nieder. Seine Brüder taten es ihm nach, ebenso wie Viscount Beaumont. Gemeinsam knieten sie vor ihr und dem burgundischen Adel.

»Gott sei mit Euch, Madam Doktor«, sagte John de Vere, den das Knien nicht im Mindesten zu schmerzen schien. »Man hat Euch eine härtere Aufgabe anvertraut, als jeder Mann sich wünschen würde.«

Ash öffnete den Mund, um etwas zu sagen, zögerte dann jedoch und schloss ihn wieder. Sie verschränkte die Hände hinter dem Rücken und zwang sich zu warten, bis Floria zuerst gesprochen hatte. *Herzogin Florian*, ermahnte sie sich selbst.

Florias plötzliches Lächeln war überwältigend. »Wir müssen reden, Mylord Oxford. Sind das all Eure Männer, oder sind da noch mehr?«

»Das sind alle«, antwortete de Vere und stand wieder auf.

Ash sah, wie er automatisch zu den türkischen Reitern in ihrer sauberen, disziplinierten Formation zurückblickte.

»Bedauerlicherweise spreche ich ihre Sprache kaum, Mistress Florian.« Der Earl of Oxford deutete auf einen Soldaten mit mächtigem Schnurrbart und spitzem Helm. »Dies ist mein einziger Dolmetscher. Er stammt aus der Walachei und gehört zu den Vojniki. Habt Ihr jemanden hier, der Türkisch spricht?«

Ash blickte zu Floria, bevor sie antwortete: »Ich kann es jedenfalls nicht, Mylord; aber es würde mich nicht überraschen ... Robert«, sie winkte Anselm herbei, »haben wir jemanden, der Türkisch spricht?«

»Ich spreche es.« Anselm verneigte sich unbeholfen vor dem Earl und deutete nach hinten zu dem italienischen Kanonier, der sich zu Ludmilla Rostovnaja und ihren Schützen gesellt hatte. »Und auch Angelotti. Wir haben 67/68 in der Morea* gekämpft. Irgendein verdammter Florentiner hat mir ins Bein geschossen, und ich habe Angelotti aus der Adria gefischt. Seitdem war ich nicht mehr auf dem Meer.« Er atmete tief durch; noch immer blickte er unsicher zum Earl of Oxford. »Ja. Ich spreche ihre Sprache.«

»Gut«, erklärte de Vere gedankenverloren. »Ich will nicht von einem Mann abhängig sein, der jederzeit getötet werden könnte.«

Sein Blick war weiterhin auf Floria del Guiz in ihrer weiblichen Kleidung fixiert. Ash sah, wie er verwundert den Kopf schüttelte.

Dann verlor Ash die Geduld und verlangte zu wissen: »Werdet Ihr uns sagen, was hier vor sich geht, Mylord?«

»Das sollte ich der Herzogin von Burgund erzählen.« Belustigt verzog de Vere das Gesicht. »Aber ich wage zu behaupten, dass sie Euch zuhören lassen wird, Madam.«

---

* Eine Landschaft in Griechenland, wo die Türken gegen die Venezianer gekämpft haben.

Floria del Guiz, umgeben von Zofen, burgundischen Adeligen und Thomas Rochesters Lanze, die sich selbst zu ihrer Leibwache erklärt hatte, grinste Ash breit an. »Keine Chance!«

»Oh, das wird sie schon. Sie wird schon.« Ash strahlte John de Vere an. Sie streckte die Hände ein wenig aus. »Darf ich Euch den Generalhauptmann der burgundischen Armee vorstellen – die Jungfrau von Dijon?«

Der Earl of Oxford blickte sie mehrere Sekunden lang wohlwollend an. Dann warf er den Kopf zurück und stieß ein schallendes Lachen aus. Beaumont und die de-Vere-Brüder stimmten ein. Was Ash in de Veres Gesicht sah, als dieser die offensichtliche Missbilligung von de la Marche und den Burgundern bemerkte, war pure Freude.

Er schlug ihr fest auf den Arm. »Soso. So erfüllt Ihr also Eure Condotta mit mir, Madam.«

»Nun, da Ihr zurück seid, stehe ich Euch voll und ganz zur Verfügung, Mylord.«

»Natürlich tut Ihr das.« Seine blassblauen Augen glühten belustigt. »Natürlich. Als Engländer, Madam, bin ich mehr als glücklich, die Heiligen Jungfrauen Ausländern zu überlassen. Das ist weitaus sicherer.« Nüchterner fügte er hinzu: »Welche Neuigkeiten habt Ihr in letzter Zeit von außerhalb der Mauern gehört?«

Floria antwortete grimmig: »Seit drei Wochen gar keine mehr.«

Robert Anselm fügte hinzu: »Die Westgoten nehmen die Mauer nicht, aber sie haben die Stadt gründlicher abgeriegelt als einen Gänsearsch, Mylord.«

»Ihr habt überhaupt keine Nachrichten bekommen?«

Ash blinzelte im strahlenden Licht des Winternachmittags. »Sie haben uns ungefähr zur gleichen Zeit von der Außenwelt abgeschnitten, als sie die Angriffe auf die Mauern eingestellt haben. Seitdem haben wir weder Spione hinausbekommen, noch sind Kuriere hereingelangt.«

Als sie die Angriffe erwähnte, sah sie, wie de Veres Gesichtsausdruck sich veränderte, aber er schwieg.

Robert Anselm sagte zynisch: »Wir haben aufgehört, Leute rauszuschicken, als sie in mehreren Säcken per Trebuchet wieder zurückgekehrt sind. Der Letzte war ein Franzmann mit Namen Armand de Lannoy.« Er schüttelte den Kopf. »Er ernährt jetzt schon seit Wochen die Krähen. Keine Ahnung, warum er es für so verdammt wichtig gehalten hat rauszukommen.«

»Diese Frage kann ich Euch nicht beantworten, Meister Anselm«, sagte der Earl of Oxford. Nachdem auch der letzte Überschwang abgeklungen war, bemerkte Ash eine gewisse Anspannung in seiner Stimme. »Euer Gnaden, es ist wohl besser, wenn ich es Euch und Euren Ratgebern gleichzeitig sage.«

Ash kam dem zuvor, was ihr Arzt vielleicht gesagt hätte. »Wie zum *Teufel*, Mylord, seid Ihr hier reingekommen?« Ihr fiel auf, dass sie beim Reden mit den Händen fuchtelte – ähnlich wie der Engländer –, und sie ließ sie wieder sinken. »Seid Ihr von Karthago nach Konstantinopel gesegelt? Habt Ihr den Sultan gesprochen? Sind das all Eure Truppen? Was ist geschehen?«

»Alles zu seiner Zeit, Madam, und in Gegenwart der Herzogin.« John de Vere blickte kurz von dem Frauen-Arzt in ihrem schmutzigen juwelenbesetzten Kleid zur weißen Wintersonne.

»Offensichtlich«, sagte er, »seid Ihr die Herzogin von Burgund, so wie Karl vor Euch Herzog war. Sagt mir, Euer Gnaden, seid Ihr … Ihr *müsst* sein, was Karl war. Ansonsten würden wir keine Sonne am Himmel über uns sehen.«

Floria legte die schmutzigen Hände auf die Brust. Ein weißes Brustkreuz hing dort an einer goldenen Kette, nichts Prachtvolles, aber aus dem gleichen Hirschhorn geschnitzt wie die herzogliche Krone. Ihre Knöchel wurden weiß; nicht eine Sekunde lang begegnete sie dem Blick der burgundischen Adeligen um sie herum.

»Sie ist Karls Nachfolger«, sagte Olivier de la Marche im Tonfall eines Mannes, der ein Naturgesetz erklärt – wie die Flut oder das Ab- und Zunehmen des Mondes.

»Oh, sie ist die Herzogin; das ist wohl wahr.« Ash spürte die Schmerzen in ihren Rippen und das Gewicht ihrer Rüstung und verlagerte ihr Gewicht von einem Fuß auf den anderen. *Sie ist jetzt das, was die Wilden Maschinen zerstören müssen.* »Ich werde Euch etwas sagen, was ich *weiß*, Mylord Oxford: Die Faris weiß es. Sie sitzt da draußen in diesem Lager – seit fünf Wochen inzwischen –, und sie weiß, dass Florian der Mensch ist, den sie töten muss. Und sie tut einen verdammten Scheiß dafür.«

John de Vere hob die blonden Augenbrauen und ließ seinen Blick über die zerschossenen Häuser und verlassenen Straßen von Dijon schweifen.

Ash zuckte mit den Schultern. »Oh, sie lässt Hunger und Krankheit für sich arbeiten, aber die Angriffe hat sie fast völlig eingestellt. Ich würde meine halbe Kriegskasse dafür geben, wenn ich wüsste, was ihre Offiziere gerade sagen, und die andere Hälfte, wenn ich wüsste, was sie im Augenblick denkt.«

Der Earl of Oxford sagte: »Ich glaube, dass kann ich Euch auch sagen, Captain Ash.«

Das Geräusch weit entfernter Belagerungsgeschütze hallte aus Richtung Westen durch die Luft. Schwach zitterte der Boden unter Ashs Füßen.

Fangt Eure Türken von der Mauer weg. Wir werden einen Kriegsrat abhalten«, sagte Florian knapp. »*Drinnen.*«

Als der Hof die Privatgemächer der Herzogin betrat, wurden der Earl of Oxford und seine Brüder wieder von burgundischen Edelleuten bedrängt, diesmal von anderen; Grüße wurden ausgetauscht und Fragen gerufen. Die Hauptleute der Janitscharen folgten Oxford mit höflich staunenden Gesichtern.

Jeder der Türken trug das Gleiche, wie Ash erstaunt bemerkte: eine gelbbraune Robe mit langen, hängenden Ärmeln über einem Kettenhemd; an der Hüfte ein Krummschwert, Bogen und Schild und einen Helm mit einem weißen Tuch darum, das hinten den Hals bedeckte. Diese Uniformität und ihre durchweg bärtigen Gesichter vermittelten Ash das Gefühl, mit zwanzig Exemplaren desselben Mannes im Raum zu sein und nicht mit zwanzig verschiedenen. Der Kontrast zu ihrer eigenen Eskorte, Thomas Rochesters Lanze, war krass: Kriegshüte über Kapuzen, die Rüstung ein Sammelsurium aus Kette, Stoff und gestohlenen Plattenteilen, und jeder Mann trug eine nach eigenem Geschmack gefärbte Hose.

»Wir werden die nie durchfüttern können«, sagte Floria, die neben Ash ging. Sie blickte Ash in die Augen. »Ich habe mit Henri Brant und dem Kastellan von Dijon geredet. Wir können nicht alle Leute ernähren.«

»Betrachte es mal so: Fünfhundert Schlachtrösser bedeuten zweihundertfünfzig Tonnen Fleisch.«

»Gütiger Gott, Mädchen! Werden sie das mitmachen?«

»Die Türken? Niemals, würde ich sagen. Lass uns keinen Ärger provozieren«, antwortete Ash nachdenklich. »Finden wir erst mal raus, was sie hergeführt hat.«

Die verglasten Fenster der herzoglichen Gemächer hielten den eiskalten Wind größtenteils draußen, doch er heulte durch die Kamine – ein hohles Geräusch unter den rauen Stimmen. Hier schmückten noch immer Seidenvorhänge das Bett, und es gab sowohl Stühle als auch Truhen, und im Kamin brannte ein großes Feuer.

Florian blickte Jeanne Chalon herausfordernd an. »Gewürzter Wein, Tante.«

»Ja, Nichte-Herzogin, natürlich. Sofort! Falls es noch welchen in der Küche gibt.«

»Wenn die diebischen Bastarde nicht irgendwo ein Fass in Sicherheit gebracht haben«, bemerkte die Herzogin von Burgund, »dann können wir uns den Westgoten genauso gut direkt ergeben . . .«

Sie schnaufte. Floria ließ sie allein, ging durch den Raum, und die Männer reihten sich, ohne nachzudenken, neben ihr ein. Ash biss sich auf die Lippe. Sie schüttelte den Kopf, lachte über sich selbst und folgte dem Arzt zum Feuer.

Floria rief zu ihren Pagen: »Stellt Stühle um den Kamin herum auf. Wir müssen beim Reden ja nicht frieren.«

Atem sammelte sich weiß in der Luft. Trotz des Feuers war es so kalt, dass Ash die Zähne schmerzten. Sie schob sich durch die anderen und stellte sich mit dem Rücken vor den steinernen Kamin, genau unter eine Christusfigur, umgeben von aufwendig ausgearbeitetem Blattwerk.

Floria setzte sich auf einen Eichenstuhl, den zwei Pagen näher ans warme Feuer gestellt hatten. Die burgundischen Ritter, Edelleute und Bischöfe drehten sich zu ihr um, verfielen in Schweigen und beobachteten ihre verdreckte, aber selbstbewusste Herzogin.

Der Earl of Oxford sagte: »Darf ich vorschlagen, dass Ihr die Kammer ein wenig räumen lasst, Euer Gnaden? Wir werden schneller vorankommen, wenn nicht allzu viel debattiert wird.«

Floria rasselte eine Reihe von Namen herunter. Innerhalb weniger Minuten waren bis auf ein Dutzend Höflinge alle verschwunden – und das erstaunlich gut gelaunt und vorausahnend, wie Ash bemerkte –, und der gewürzte Wein wurde gebracht. Die Herzogin blickte den englischen Earl über den Rand ihres Pokals hinweg an.

»Erzählt«, forderte sie ihn auf.

»Alles, Euer Gnaden? Es ist schon über drei Monate her, seit wir gemeinsam am Strand von Karthago standen.«

Floria rief: *»Gott gebe mir Stärke, und wenn nicht das, so doch Geduld!«*

John de Vere stieß ein bellendes Lachen aus. Ohne um herzogliche Erlaubnis zu ersuchen, ließ er sich auf einen Stuhl nahe den brennenden Holzscheiten sinken. In der Hitze begann er nach Schweiß und Pferd zu riechen. Ash, die ihn, seine Brüder und Beaumont beobachtete, fühlte sich einen Augenblick lang daran erinnert, wie es in der heißen Augustsonne gewesen war, als sie gemeinsam auf dem Feld vor Dijon gegessen hatten. Trotz der Gegenwart Olivier de la Marches und des türkischen Kommandeurs empfand sie eine willkommene Vertrautheit.

»Beginnt mit ihm, Mister de Vere.« Floria del Guiz neigte den Pokal leicht in Richtung des Janitscharenoffiziers.

»Beginnt damit, uns zu erklären, warum Ihr hier drin seid und nicht tot«, stellte Ash klar. »Ihr habt gerade ein ganzes Bataillon hier reingebracht!«

Der Earl of Oxford streckte die Stiefel in Richtung Feuer aus. »Ihr wollt, dass ich am Schluss beginne. Na gut. Ich bin hier und lebe, weil ich diesen Mann und seine Reiterei bei mir habe. Natürlich können fünfhundert Mann es nicht mit sechstausend eingegrabenen Westgoten aufnehmen. Aber … Ich habe die Faris wahrheitsgetreu darüber informiert, dass der osmanische* Sultan Mehmet, Zweiter dieses Namens, sich selbst als im Krieg mit dem Westgotischen Reich betrachten würde, sollten diese Männer hier sterben.«

Es folgte ein kurzes Schweigen. Nur noch das Knistern des Kaminfeuers und das Rauschen des Windes im Schornstein waren zu hören.

Dann fügte John de Vere hinzu: »Sie wusste, dass ich die Wahrheit sage. Ihre Spione müssen sie inzwischen über den Truppenaufmarsch an der Westgrenze des türkischen Reiches informiert haben.«

Ash stieß einen leisen Pfiff aus. »Na ja, ein Mann wie er kann sich solche Drohungen leisten.«**

---

* Von Osman Bey, dem Gründer des türkischen Reiches.
** Mehmet II. (1451–1481) war jener türkische Herrscher, der Konstantinopel eroberte, das Herz des christlichen oströmischen Reiches.

»Das ist keine Drohung.«

»Christus und all seinen Heiligen sei Dank dafür!« Ash verlagerte ihr Gewicht, als ein Schmerz durch ihre Rippen fuhr. »Mal sehen, ob ich das verstanden habe: Ihr seid also gerade aus Dalmatien oder von wo auch immer nach Burgund geritten ...«

»Fünfhundert Mann reichen aus, um von niemandem belästigt zu werden«, sagte der Earl of Oxford in sanftem Tonfall, »während sie gleichzeitig auch keine unmittelbare Bedrohung für die Armee des König-Kalifen darstellen.«

»... und dann seid ihr nach Dijon geritten und habt gesagt: ›Lasst mich mit frischen Truppen in die belagerte Stadt‹, und sie haben gesagt: ›Oh. Fein ...‹«

Dickon de Vere errötete und sagte erregt: »Wir haben unser Leben riskiert, und Ihr habt nur Spott für uns übrig!«

»Sei still, Junge!« Der Earl of Oxford sprach mit fester Stimme. Er lächelte Ash an. »Du musstest keine so lange Belagerung ertragen. Lass Generalhauptmann Ash Fragen stellen, wie sie will.«

Die Unterbrechung hatte Ash die Luft aus den Segeln genommen. Sie sagte: »Diese Türken sind keine frischen Truppen. Sie sind Geiseln.«

Der osmanische Kommandeur sagte in unbeholfenem Deutsch*: »Ich kenne dieses Wort nicht.«

---

* An dieser Stelle vermittelt das Sible-Hedingham-Manuskript einen Eindruck von der schier unglaublich großen Vielfalt der gesprochenen Sprachen. Am burgundischen Hof wurde im Süden für gewöhnlich Französisch gesprochen und im Norden Flämisch. Ashs Kompanie sprach wohl Englisch (in verschiedenen Variationen), Italienisch, Deutsch, Französisch (in zwei Dialekten) und ihren eigenen Lagerjargon sowie vermutlich noch einen Mischmasch aus Griechisch, Latein und ›Gotisch‹. Ich vermute, dass der Türke hier Deutsch spricht, weil das die Sprache des am weitesten westlich gelegenen Landes ist, das er je erreicht hat. Ich habe versucht, die entsprechenden Textstellen zu interpretieren, anstatt es jedes Mal darzulegen, wie es das Sible-Hedingham-Manuskript tut.

Ash blickte ihn überrascht an. Er war von heller Hautfarbe; vermutlich ein Christ von Geburt.

»Das heißt, wenn sie uns angreifen, wenn ihr sterbt, dann werden diese Männer da draußen, ...«, sie deutete auf das Fenster, »... die Westgoten, auch sterben. Solange ihr in Dijon seid, bedeutet jeder Angriff auf die Stadt einen Angriff auf den Sultan.«

Sein Bart teilte sich und enthüllte ein Lächeln. »Die Frau Bey* Bescheid weiß! Ja. Wir sind die Neuen Soldaten**. Wir sind gekommen zu beschützen in Mehmets und Gundobad sein Name. Unsere Leben sind unser Schild.«

»Dies ist Basi Bajezet«, platzte Dickon de Vere heraus. »Er kommandiert ihre *Orta****.«

»Sagt Oberst Bajezet, dass er uns willkommen ist«, murmelte Ash. Der Vojniki hinter dem osmanischen Offizier flüsterte ihm die Übersetzung ins Ohr. Der bärtige Mann lächelte.

Floria meldete sich wieder. »Wird es funktionieren?«

»Für den Augenblick, ja, Mistress Florian – Euer Gnaden, pardon.« John de Vere richtete sich in seinem Stuhl auf. Der Geruch von angesengtem Leder stieg von den Stiefeln auf, die er nah ans Feuer gehalten hatte. Er griff nach dem Pokal mit Wein, den ihm ein Page reichte, und trank. Es war ihm nicht anzusehen, wie viele Tage er im Sattel verbracht hatte oder wie viele Meilen er geritten sein könnte.

»Warum?«, fragte Floria.

»Mit Eurer Erlaubnis, Euer Gnaden.« Der Earl of Oxford winkte seinem Vojniki-Dolmetscher, flüsterte ihm etwas ins Ohr, und der Vojniki und sein Kommandeur verneigten sich und verließen den Raum.

---

* Türkisch für ›Kommandeur‹.

** ›Yeni ceri‹, ›Janitscharen‹, wörtlich: ›Neue Soldaten‹.

*** ›Regiment‹. Der Text ist hier nicht ganz genau. Eine *Orta* wäre nicht nur von einem einfachen Basi kommandiert worden, sondern von einem Corbasi oder einem Oberst vielleicht. (Wörtlich: ›Oberster Suppenmacher‹.)

Unvermittelt sagte John de Vere: »Inzwischen ist es bis zur Hagia Sophia dunkel, bis zum Goldenen Horn.«

»Die Sonne?« Floria drehte den Kopf zum Fenster; die Wintersonne hinter dem Glas ...

»Keine Sonne, Euer Gnaden. In Konstantinopel ist es genauso dunkel wie in Köln und Mailand.« Der Earl rieb sich das Gesicht. »Das war ein Glück für mich. Nachdem ich Euch verlassen hatte, sind wir nach Istanbul* gesegelt und von dort über Land weiter nach Edirne. Innerhalb weniger Wochen hat man mich zum Sultan gelassen. Mittels eines Dolmetschers habe ich ihm erzählt, was ich in Karthago gesehen und gehört habe. Ich habe ihm gesagt, dass Burgund – Gott allein weiß warum – alles ist, was noch zwischen uns und der Dunkelheit steht. Zum Beweis dafür habe ich angeführt, er solle sich selbst davon überzeugen, dass die Sonne noch immer über Burgund scheint.«

George de Vere fügte zögernd hinzu: »Seine Spione haben es ihm bestätigt.«

Oxford nickte. Er beugte sich zur Herzogin hinüber. »Sultan Mehmet wird von zwei Dingen angetrieben, Mistress Florian: Er fürchtet die Dunkelheit, die sich von Afrika ausbreitet, und er sehnt sich danach, das Westgotenreich und dessen christliche Vasallen zu erobern, wie er Byzanz erobert hat. Ich habe ihm gesagt, Burgund müsse standhalten. Ich weiß nicht, ob er mir glaubt, aber er ist zumindest willens, wenigstens *etwas* dafür zu tun. Sollten sich die Westgoten als zu stark erweisen, um sie jetzt herauszufordern, hat er nur ein Regiment Janitscharen verloren, um es zu beweisen.«

Floria machte ein Gesicht, als hätte sie einen sauren Geschmack im Mund. »Und wenn die Westgoten Dijon *nicht* einnehmen ... dann habe ich eine türkische Armee vor meiner Tür und bin zwischen Hammer und Amboss gefangen.«

* Wörtlich: ›Die Stadt‹; Bezeichnung Konstantinopels nach der Eroberung.

Vor einem Monat hätte sie noch ›wir‹ gesagt, nicht ›ich‹. Ash nippte an ihrem Wein: Er wurde auch durch die Gewürze nicht besser, die irgendeine Küchenhilfe darunter gemischt hatte.

»Wie viel Zeit hat er Euch gegeben?«, fragte sie John de Vere.

»Zwei Monate. Dann zieht er Oberst Bajezet wieder ab.« Der Earl blickte nachdenklich ins Feuer. »Wäre ich am Hof des englischen Lancaster-Königs und ein verrückter Osmanen-Earl würde zu mir kommen und mich um Truppen bitten, dann weiß ich nicht, ob ich ihm welche für so lange Zeit leihen würde!«

Ash trank und beobachtete das Licht auf der Weinoberfläche. In dem Gemach roch es nach Männerschweiß und Holzasche. Ash wusste nicht, ob ihre Rippen mehr schmerzen würden, wenn sie sich setzte oder wenn sie stehen blieb. Eine Hand berührte ihre Schulter. Sie zuckte unwillkürlich zusammen, als der Brustpanzer in ihr Fleisch gedrückt wurde.

Floria del Guiz sagte: »Ash, haben wir noch zwei Monate?«

Ash hob den Blick; sie hatte gar nicht bemerkt, dass die Frau aufgestanden und zu ihr gekommen war. Florias Gesicht unter der Hirschhornkrone war dasselbe wie eh und je, nur dass die unfreiwillige Verantwortung zusätzliche Falten hineingegraben hatte. Und unbekannte Fähigkeiten. Sie und Floria: Gemeinsam waren sie die unwiderstehliche Kraft, die ein unbewegliches Ding losrütteln konnte. Die Herzogin lockerte ihren Griff.

»Wenn die Belagerung nicht forciert wird? Ich bezweifele es.« Ash löste sich von Floria und ging durch den Raum zu einem der Fenster. Hinter dem Glas strahlte der burgundische Himmel in blassem Blau. Es war selbst für Schnee zu kalt. Ash berührte das zugefrorene Glas.

»Aber um die Belagerung geht es nicht, jetzt nicht mehr. Abgesehen von der Tatsache, dass sie dich hier hält ... Ich habe um Schnee gebetet«, sagte sie. »Regen, Schnee, Nebel, egal. Irgendwas, das die Sicht beeinträchtigt! Ich hätte dich und ein halbes Dutzend Jungs sofort über die Mauer gebracht und weg von hier. Aber es bleibt klar. Selbst das Scheiß-Mondlicht ... Und jeder, den wir rausschicken, wird entweder getötet oder kommt nicht zurück.«

Sie drehte sich wieder zu den anderen um: De la Marche war ernst, Oxford runzelte die Stirn, und Floria wirkte besorgt.

»Es geht nicht um die Armee da draußen! Es geht nicht um die Türken – tut mir leid, Mylord de Vere. Es geht um die Herzogin von Burgund und die Tatsache, dass wir nicht hier raus und an einen sicheren Ort können. Das ist alles, worum es geht, und ich würde Dijon den Westgoten in diesem Augenblick zum Plündern überlassen – mit Freuden! –, wenn ich eine Chance sehen würde, dich in dem Chaos rauszubringen. Ich kann es aber nicht riskieren. Ein verirrter Pfeil, und alles ist vorbei.«

Was der Earl of Oxford aus diesen Worten heraushörte, das wusste Ash, war nicht dasselbe, was Floria del Guiz hörte – oder was Oxford hören würde, nachdem man ihn über die Hirschjagd aufgeklärt hatte. Olivier de la Marche kaute auf seiner Unterlippe. Der Arzt verzog das Gesicht.

»Haben wir zwei Monate?«, wiederholte Floria. »Und ich meine das nicht nur in Bezug auf Nahrung. Bevor die Faris ...«

»Ich weiß es nicht! Ich weiß noch nicht einmal, ob wir noch zwei Tage oder zwei Stunden haben!«

Der Earl of Oxford blickte von einer Frau zur anderen: von der Söldnerin in Plattenrüstung mit schimmerndem kurz geschnittenen Haar zum Arzt, der zur Herzogin geworden war und sich in Frauenkleidung offensichtlich unwohl fühlte. Er fuhr sich mit der Hand durch sein sandfarbenes Haar.

»Es gibt hier etwas, das ich nicht verstehe«, gestand er. »Bevor Ihr Euch selbst erklärt, Madam, lasst mich meine Geschichte beenden. Ihr hier in der Stadt habt nicht das Geringste darüber gehört, was im Lager der Faris vor sich geht, korrekt?«

»Was die Nachrichtenlage betrifft ...« Ash entspannte ihre Fäuste und kehrte wieder zum warmen Kamin zurück. »Wir haben tatsächlich nichts gehört. Ich kann allerdings Vermutungen anstellen. Die Faris wird aufgeregte Botschaften aus Karthago bekommen haben: *Warum zum Teufel hast du mit dem Krieg aufgehört? Das kannst du doch nicht tun! Mach weiter!* Habe ich Recht? Und diese Botschaften müssen von Kurieren überbracht worden sein. Wenn *ich* jetzt schon zu viel Angst habe ...« Ash grinste gnadenlos. »Sie wird nicht mit dem Steingolem reden. Sie weiß, was sonst noch zuhört, wenn sie es tut.« Sie schnaufte. »Und ich wette, ihre Offiziere haben Botschaften nach Karthago zurückgeschickt! Sie müssen glauben, dass sie verrückt geworden ist.«

»Seid Ihr sicher, dass sie das nicht wirklich ist?«

»Offen gesagt? Nein.« Ash drehte sich zum Earl of Oxford um. »Das ist natürlich alles nur Spekulation. Was *wisst* Ihr?«

»Ich weiß«, antwortete der Earl, »dass meine Männer und ich eine Woche Vorsprung vor zwei westgotischen Legionen haben, die nordwärts nach Dijon marschieren.«

»Scheiße!« Ash starrte ihn an. »Frische Truppen aus Afrika? Er hat keine! Hat er sie aus Ägypten abgezogen? Oder vielleicht aus Karthago selbst?«

»Sultan Mehmet verfügt über ein weites Netz von Spionen.« Vorsichtig stellte John de Vere seinen Pokal auf dem Boden ab. »Ich vertraue seinen Informationen. Die Festungen auf dem Sinai sind noch immer bemannt. Was *Karthago* betrifft ... Mit diesen Legionen reitet König-Kalif Gelimer. Er hat persönlich das Kommando übernommen und will die Faris zurück nach Karthago schicken.«

Ash war wie vor den Kopf geschlagen. »Gelimer kommt *hierher*?«

»Er muss in Burgund ein Exempel statuieren.«

»Aber *Gelimer*?«

Der Earl of Oxford beugte sich auf seinem Stuhl vor und stieß mit dem Finger zur Betonung in die Luft. »Und er ist nicht allein, Madam. Laut den Spionen des Sultans hat er Repräsentanten von zwei seiner Vasallenstaaten bei sich. Einer davon ist Friedrich von Habsburg, der ehemalige Heilige Römische Kaiser. Diese Information habe ich bestätigt gefunden; wir haben seine Länder auf dem Weg hierher durchquert. Bei dem anderen soll es sich um einen Gesandten Ludwigs von Frankreich handeln.«

Der von der Reise verdreckte englische Earl hielt kurz inne. Olivier de la Marche nickte heftig, beugte sich zu Kammerherr Ternant hinüber und flüsterte ihm etwas ins Ohr.

»König-Kalif Gelimer muss Dijon einnehmen«, verkündete John de Vere schlicht. »Und – verzeiht, Madam Florian – er muss den Herzog oder die Herzogin töten. Ihr seid das Herz des Widerstands gegen ihn, und Burgund ist das letzte Land, das zwischen ihm und der vollständigen Eroberung Europas steht. Das ist auch der Grund dafür, warum der Mann hierherkommen und es selbst erledigen muss, wenn sein weiblicher General es nicht für ihn tun will.«

Olivier de la Marche bat Floria mit einem Blick um Sprecherlaubnis. Sie nickte. »Und falls er scheitern sollte, Mylord Oxford?«, fragte er.

John de Vere kniff die Augen zusammen, und die Falten um sie herum vertieften sich. Er lächelte, aber ohne jede Freundlichkeit, der Gesichtsausdruck eines Wolfs.

»Frankreich hat einen Friedensvertrag mit dem König-Kalifen unterzeichnet.« De Vere streckte Ash die offene Hand entgegen. »Ihr habt doch Euren französischen Ritter erwähnt, der so begierig darauf war, aus Dijon zu fliehen. Er wird versucht haben, Ludwig zu erreichen und ihn über das bevorstehende Scheitern der Belagerung zu informieren. Frankreich ist von diesem Krieg so gut wie unberührt geblieben. Sicher, da ist die Dunkelheit, aber Maine, Anjou, Aquitanien und die Normandie ... all diese Länder könnten nun, da sie glauben, Gelimer sei schwach geworden, ihre Streitkräfte mobilisieren.«

»Und die nördlichen Länder Deutschlands...!« Ash ignorierte de la Marches stechenden Blick; sie rechnete gerade die Armeen durch, ohne die burgundischen Truppen, die Herzogin und die Wilden Maschinen in ihre Überlegungen einzubeziehen. »Friedrich hat diesen Sommer so schnell kapituliert, dass die Hälfte seiner Armeen nie in den Kampf gezogen ist! Süßer Christus, die Westgoten stehen allein da!«

John de Vere hielt seinen Blick weiter auf Floria gerichtet. »Euer Gnaden, Dörfler und Leibeigene aus Frankreich und Deutschland strömen über die Grenze nach Burgund. Außerhalb Eurer Grenzen gibt es nur Dunkelheit und Kälte – ein Winter, wie ihn die Menschheit noch nie gesehen hat. Mehr brauchen Ludwig und Friedrich nicht, um den König-Kalifen anzugreifen; ihnen reicht, dass Ihr eigenes Volk bei Euch Schutz gesucht hat.«

»Flüchtlinge.« Floria zuckte zusammen und zog den pelzbesetzten Mantel enger um die Schultern. »Da draußen. Gütiger Gott. Wie muss es erst jenseits der Grenze aussehen, wenn das hier besser ist? Aber ich weiß nichts über diese Flüchtlinge.«

»Ihr müsst auch nichts über sie wissen, Euer Gnaden, solange sie der Spinne als Entschuldigung reichen.«

»Und dann ist da der Sultan.« Ash ignorierte die Wut des Arztes und blickte de Vere mit wachsender Freude an. »Die wartenden Armeen der Türken ... Gelimer *muss* Burgund erobern. Wenn er hier nicht gewinnt, und zwar rasch, dann werden Frankreich und Deutschland Europa zwischen sich aufteilen, und die Türken werden sich innerhalb eines Monats Karthago nehmen.«

»Süßer Christus, Ash!« Floria stand auf. »Hör auf, so verdammt *erfreut* darüber zu klingen!«

»Vielleicht wird England ebenfalls eingreifen...« Ash unterbrach sich. Sie blickte auf ihre Hände hinunter und dann wieder zu Floria. »Ich genieße die Vorstellung, dass dieser Hurensohn in Schwierigkeiten steckt.«

»*Er* steckt in Schwierigkeiten? Was ist mit *uns*?«

Ash brach in schallendes Gelächter aus und konnte auch nicht damit aufhören, als sie Ternants entsetzt-wütenden Gesichtsausdruck sah. Floria lachte ebenfalls laut. Sie setzte sich wieder auf den herzoglichen Stuhl, die Beine unter dem Rock gespreizt wie ein Mann, und ihre strahlenden Augen hatten dieselbe Farbe wie ihre goldenen Augenbrauen unter der Hornkrone angenommen.

»Keine Ernte«, sagte Floria. »Kein Vieh. Kein Unterstand. Diese Bastarde haben das Land da draußen in eine Wüste verwandelt. Wenn die Menschen *in* dieses Land strömen, muss jenseits davon die Hölle herrschen...«

Ihre freudige Erregung ebbte ab. »Und wir wissen noch nicht einmal, warum wir die Sonne haben ... bei allem, was recht ist, dürften auch wir sie nicht sehen.«

Florias Gesichtsausdruck war angespannt, zweideutig – nagte die unbeantwortete Frage ebenfalls an ihr?

Olivier de la Marche hob die Hand, um de Veres Aufmerksamkeit zu erregen. »Ihr sagt, bis Konstantinopel herrsche Dunkelheit, Mylord, korrekt? Das kann der König-Kalif nicht beabsichtigt haben. Niemals würde er die Türken so offen provozieren.«

Philippe Ternant fügte hinzu: »Wenn nur die von ihnen eroberten Länder unter die Buße fallen würden, müsste in Konstantinopel noch alles beim Alten sein. Dann sind also nicht die Westgoten dafür verantwortlich. Mylord Oxford, wir müssen das Wissen unserer Herzogin über die Großen Teufel mit Euch teilen.«

»Ich weiß bereits einiges darüber.« In de Veres Gesicht

zeigte sich keinerlei Regung. Ash glaubte zu sehen, dass er sich an einen Strand außerhalb von Karthago erinnerte und an ein silbernes Glühen im Süden. »Nur bin ich unsicher, was genau die Rolle der Herzogin bei alldem ist.«

»Das wird die Herzogin Euch später erklären.« Ash blickte kurz zu Florian, als wartete sie auf ein Nicken des Arztes, bevor sie fortfuhr: »Meine Herren, mir scheint, Gelimer ist in seine eigene Falle geraten. Vor drei Monaten habe ich in Karthago gestanden, als er die Krone genommen hat, und ich habe gehört, wie er den Westgotenfürsten und allen anderen versprochen hat, dass er Burgund als Exempel zerschmettern wird ... Er *muss* das jetzt tun. Ihm sitzen die eigenen Emire im Nacken; Ludwig und Friedrich rücken ihm auf den Pelz, und der Sultan wartet nur noch auf den richtigen Zeitpunkt, um von Osten zuzuschlagen.« Einen Augenblick lang zeigte sich ein Lächeln auf ihrem Gesicht. »Ich könnte wetten, dass er sich vor Angst in die Hose geschissen hat, als die ersten Berichte darüber kamen, dass die Faris die Belagerungsbemühungen zurückgefahren, ja fast eingestellt hat.«

Floria richtete sich auf ihrem Stuhl auf. »Ash, was du damit sagen willst, ist wohl, dass er uns töten muss. Mich, um genauer zu sein. Und das so schnell wie möglich.«

Klar, nicht durch das Fensterglas gedämpft, hallte eine einzelne Glocke durch die gefrorene Luft. Das Töpferfeld, erkannte Ash; neue Leichen wurden dort gestapelt, wo man auf Tauwetter wartete, damit sie beerdigt werden konnten. Aus dem Süden der Stadt hallten die Einschläge von Felsbrocken und Kanonenkugeln wider. Die Dächer und Mauern zwischen dem Palast und der Armee draußen schienen kein allzu großes Hindernis darzustellen.

Ash nickte langsam.

»Christus auf dem Baum!«, rief Floria, ohne das Entsetzen ihrer Burgunder wahrzunehmen. »Und du tust so, als wären das *gute* Neuigkeiten!«

Ihr Kopf flog herum, als John de Vere laut auflachte. Der Engländer begegnete ihrem fragenden Blick, schüttelte den Kopf und streckte Ash einladend die Hand entgegen.

»Madam, ich glaube, Ihr habt's!«

»Das *sind* gute Neuigkeiten!« Ash ging zu Floria und ergriff die Hände der Frau. Lebhaft und freudig sagte sie: »Das sind die besten Neuigkeiten, die wir bekommen können. Florian, *die Herzogin von Burgund muss überleben*. Du weißt, dass nur das zählt, ob es dir nun gefällt oder nicht. Ich habe fünf Wochen damit verbracht, einen sicheren Weg aus Dijon rauszufinden, um dich irgendwo anders hinzubringen ... nach Frankreich vielleicht oder nach England, wen kümmert das schon? Irgendwohin, nur weg von hier, wo jeder verdammte westgotische Bauer mit einer Arkebuse eine Bedrohung darstellt. Und jedes Mal, wenn ich jemanden über die Mauer bekommen habe, kommt derjenige tot wieder zurück.«

De Vere nickte zustimmend; ein paar Burgunder verzogen grimmig das Gesicht.

»Ich war nicht in der Lage, hier auszubrechen«, sagte Ash, die Floria noch immer in die Augen blickte. »Es gibt nichts, was wir tun könnten. Das ist ja das Demoralisierende. Wir können nichts tun, außer darauf warten, ob die Faris sich nun entschließt anzugreifen oder nicht. Nun gut ... Jetzt trifft jemand anderer für sie die Entscheidung.«

»Und zwar jemand, der nicht nur vor der Mauer sitzen bleiben und warten wird«, bemerkte die Herzogin. Sie verstärkte den Griff um Ashs Hände. »Himmel, Ash! Was wird geschehen, wenn Gelimer hier ankommt und sie es wirklich versuchen?«

»Wir werden durchhalten.«

Ash antwortete so schnell auf Florias Frage, dass sie sie förmlich ausradierte. In den Augen von de la Marche und Ternant war vorsichtiger Enthusiasmus zu erkennen.

»Wir werden standhalten«, wiederholte Ash. »Denn je länger uns das gelingt, je länger Dijon nicht erobert wird, desto schwächer sieht Gelimer aus. Tag für Tag für Tag. *Er* hat uns zur öffentlichen Probe seiner Stärke gemacht. Je schwächer er aussieht, desto größer ist die Chance, dass Ludwig oder Friedrich ihre Verträge brechen und ihn ohne Vorwarnung angreifen, beziehungsweise dass der Sultan eine Invasion beschließt. Wenn das geschieht – wenn es sich zu einem Dreifrontenkrieg entwickelt –, dann bieten sich uns wieder Möglichkeiten. Wir könnten endlich hier raus. Wir könnten dich verstecken.«

»Wir könnten Euch an einen ausländischen Hof bringen«, warf der Earl of Oxford ein.

Ash ließ Florias Hände los und griff nach dem Kreuz auf der Brust der Frau, spürte die Kälte des Horns.

»Sollte es so weit kommen«, sagte sie in sanftem Tonfall, »dass sie dich außerhalb Dijons töten, gleichzeitig aber mit einem ausgewachsenen Krieg beschäftigt sind, können die Burgunder eine weitere Jagd veranstalten. Es ist egal, wer der Herzog oder die Herzogin ist, solange es eine gibt – irgendjemanden, der die Faris aufhalten kann.«

Ash erkannte, dass Olivier de la Marche das als hohen Preis für militärischen Realismus betrachtete. Florian schnaufte.

»Du hattest schon immer merkwürdige Prioritäten! *Ich* will leben. Aber du hast Recht: Sie könnten jagen«, sagte sie, »und es würde jemanden geben, der die Wilden Maschinen aufhält.«

Ich hätte dich lieber lebendig.

Es traf Ash direkt unter dem Brustbein: ein Schmerz, so stark wie der von gebrochenen Rippen. Sie starrte die Frau an: ungepflegt, sorglos – in fünf Wochen hatte sie sich nicht ein Mal geweigert, die entsetzliche Verantwortung für das Herzogtum zu übernehmen. *Und in den ganzen fünf Wochen habe ich dich nicht ein einziges Mal betrunken gesehen.*

Ruhig sagte Ash: »Wir haben eine *Chance*. Andere Feinde für die Westgoten bedeuten andere Verbündete für uns. Die Faris kann auf dem Schlachtfeld genauso leicht sterben wie jeder x-beliebige Bauer. Falls die Westgotenarmee von jemand anderem besiegt wird, schlagen wir zurück, ziehen nach Süden, zerstören Karthago, zerstören die *machina rei militaris* – zerstören die Wilden Maschinen.«

»Wir jagen sie in die Luft!«, rief Floria. »Und wenn wir dafür alles Pulver der Christenheit verbrauchen sollten!«

»Im Augenblick müssen wir nur eines tun: Wir müssen Dijon halten.« Ash grinste Floria an, grinste alle an. Zynismus, schwarzer Humor, Verzweiflung und Aufregung: All das war klar und deutlich in ihrem vernarbten Gesicht zu sehen.

»Wir müssen Dijon halten«, wiederholte sie. »Nur noch ein wenig länger. Wir müssen es gegen Gelimer und all seine Legionen halten. Das ist ein Nervenkrieg. Wir müssen nur lange genug standhalten.«

Drei

Fünf Tage später marschierten die Legionen des König-Kalifen von Süden her auf Dijon zu.

Die Fackeln und Feuer der Westgoten umgaben die Stadt wie ein geschlossener Flammenring. Ash stand auf dem Wehrgang des Kompanieturms und spähte in die bitterkalte und klare Nacht hinaus. Drei Tage nach Vollmond erhellte der Mond jeden Meter Erde bis zu den feindlichen Gräben und Barrikaden, jede Zeltspitze, jeden Adler und jede Standarte ...

Wo sie schlafen, warm und satt ... oder zumindest haben sie was gegessen.

... und jede einzelne Patrouille.

Ash ging nach unten, um sich ein paar Stunden Schlaf zwischen den verschiedenen Besprechungen mit ihren burgundischen Kommandotrupps zu gönnen, und bei Sonnenaufgang stand sie wieder auf dem Dach.

Rickard kam herauf, brachte ihr aus Nesseln gebrautes Dünnbier – Henris gegenwärtiger Weinersatz – und setzte sich zu ihr. Er hatte sich Robert Anselms Mantel übergeworfen und versuchte, sich nicht anmerken zu lassen, wie sehr seine Zähne klapperten.

»Sollen sie nur kommen, stimmt's nicht, Boss?«

Ash zog ihren mit Kaninchenfell abgesetzten Mantel enger um die Schultern. Der Hunger machte sich als dumpfer Schmerz in ihrem Magen bemerkbar. »Stimmt. Lass sie den schlimmsten Fehler begehen, den sie jemals begangen haben.«

Mit der Dämmerung kam ein tödlicher Frost. Eine einsame Glocke läutete die Terz* ein.

»Dort.« Rickard schob einen Arm aus dem Mantel hinaus, um nach vorne deuten zu können.

Ashs Atem erzeugte Nebel. Die Haut auf ihrem Gesicht war taub. Sie spähte vom Turm in das klare, kalte Licht, das aus Osten kam. Dann ließ sie ihren Blick über das westgotische Lager schweifen. Sie sah Männer sich um die Zelte bewegen, Grashütten, Feuergruben und Gräben, bis sie dorthin blickte, wohin Rickard deutete.

»Sie sind früh dran«, bemerkte sie. »Mylord Oxford hat sie unterschätzt.«

Lasst uns zu Gott beten, dass das sein einziger Fehler war.

Männer liefen im kalten Morgen umher. Westgotische Sklavensoldaten strömten aus Mannschaftszelten; die Sonne spiegelte sich auf den Schuppenpanzern der Kataphrakten, und Speerspitzen funkelten. Das harte Bellen von Kriegshörnern

---

* 9.00 Uhr

und Fanfaren hallte über die kalte Erde. Ash beschattete ihre Augen zum Schutz vor der harten, weißen Wintersonne und fragte sich, ob irgendwo in dieser wimmelnden Masse gerade die Faris aufwachte und Befehle erteilte ... oder war sie allein?

Innerhalb nur weniger Minuten hatten sich die Westgoten nach Legionen im Quadrat formiert, die Adler der XIV Utica und der VI Leptis Parva weit außerhalb der Schussweite von den Mauern Dijons an der Straße entlang. Der Wind wehte das Geräusch weit entfernter Hörner heran. Ash beobachtete die Südstraße, wo sich Marschkolonnen drängten. Licht fing sich in schwarzen Standarten und Adlern und darunter in den Helmbüschen Hunderter von Soldaten; und vor ihnen allen fuhr in einem bronzegepanzerten Zeremonialstreitwagen der König-Kalif.

Ash nickte vor sich hin und sah, wie ein schwarzes Banner mit einem silbernen Fallgatter darauf in Sichtweite kam. Erinnerungen an die einstürzenden Mauern Karthagos keimten in ihr auf, und ihr drehte sich der Magen um.

»Da hast du es, Rickard. Da ist die Garde des König-Kalifen. Und die Legio III Caralis ... Die andere kann ich nicht erkennen ...« Ash legte dem Jungen den Arm um die Schulter. »Und das dort ist Gelimers persönliches Banner ... und dort das der Faris. Gut. Jetzt warten wir, bis der Topf überkocht.«

Zwei Stunden später war Ash in der Haupthalle und schlief im Sitzen ein.

Eine Eichentruhe war noch übrig geblieben; man hatte sie neben den großen Kamin an die Wand gestellt. Ash saß in voller Rüstung darauf und hörte sich die burgundischen Centeniers der Reihe nach an und anschließend ihre eigenen Lanzenführer und deren Männer. Willem Verhaecht und Thomas Rochester, Euen Huw und Henri Brant, Ludmilla Rostovnaja und Blanche und Baldina. Sie löste Probleme. Wenn ihr Verstand unter Erschöpfung litt, übernahmen Instinkt und Erfahrung.

Sie schlief ein, während sie an der Kaminecke lehnte, aufrecht, in voller Rüstung, mitten in der Besprechung. Schwach hörte sie Rüstungsplatten über Stein kratzen; das reichte, um sie aufzuwecken. Das Feuer glühte und wärmte die eine Seite ihres Gesichts.

Wie aus weiter Ferne war sie sich der lakonischen Stimmen erschöpfter Männer bewusst, die ihre Ausrüstung auf die Strohsäcke warfen und sich dann ebenfalls fallen ließen, in der Hoffnung, trotz Hunger schlafen zu können. Und Anselms Stimme, der vom Hof heraufbellte: Er hielt eine Nahkampfübung ab. Ein Teil von Ash ging noch immer Angelottis und Jusseys Berechnungen der verbliebenen Munition durch: Bolzen, Pfeile, Arkebusen- und Kanonenkugeln.

Auch wenn sie vom Schlaf nahezu gelähmt war, ein Teil von ihr war noch immer aufmerksam.

Ihr blieb ein Augenblick, um zu erkennen: *Das liegt daran, weil ich nicht träumen will. Ich will Godfrey nicht hören; es ist einfach zu hart, wenn ich mit ihm rede. Denn die Westgoten können den Steingolem nach meinen Worten fragen. Und die Wilden Maschinen werden es ebenfalls hören, auch wenn sie selbst schweigen . . .* Dann fiel sie in Schlaf wie in einen tiefen, dunklen Brunnen. Einen Herzschlag später wurde sie von Händen an der Schulter geschüttelt, und sie bewegte den vom Schlaf verklebten Mund und blickte in das Gesicht von Robert Anselm.

»Was . . . ?«

»Ich habe gesagt, du hättest es sehen sollen!«

Der Sonnenstrahl, der durch die Schießscharte hereinfiel, war ein gutes Stück weiter über den Boden gewandert. Ash blinzelte und sagte mit trockenem Mund: »Gib mir einen *Bericht*, Robert.« Sie streckte die Hand aus, als Rickard ihr eine Schüssel mit Wasser reichte.

»Unterhändler sind aus dem Gotenlager gekommen.« Robert Anselm hockte sich vor die Truhe, auf der Ash saß. »Du hättest es sehen sollen! Sechs Scheißkuriergolems, jeder mit einem Banner. Ein verdammter *Zwergen*trommler. Und dazwischen eine arme Sau mit weißer Fahne, die zum Nordwesttor marschierte und betete, dass unsere Jungs keine nervösen Abzugsfinger haben. Der Kerl hat lauthals nach Verhandlungen gebrüllt.«

»Wer war es?«

»Herr Entbehrlich«, antwortete Robert Anselm mit einem wölfischen und zugleich mitleidigen Lächeln. »Was hast du denn geglaubt, Mädchen? Gelimer persönlich? Niemals. Sie haben Agnus geschickt.«

Ash kicherte überrascht. »Ja, ich kann mir gut vorstellen, wie sich das Lamm in die Hose gepisst hat. Erinnere mich daran, dem Mann ein Angebot zu unterbreiten, sobald die Lage sich ändert. Sag ihm, wenn er bei Florian anheuert, werde ich ihm nicht all die Scheißjobs geben! Wann war das? Warum wollen sie überhaupt verhandeln? Wie ist das Ergebnis?«

»Das ist gut eine Stunde her.« Robert Anselms haselnussbraune Augen schimmerten unter seinem Schaller. »Das Ergebnis ist, dass Doktor Florian hinausgehen und mit ihnen reden will.«

»*Du bist wohl von allen guten Geistern verlassen!*«

Die burgundischen Ritter und Edelleute in Florias Gemach funkelten Ash an; sie ignorierte sie ebenso wie Olivier de la Marches unauffälligen, erleichterten und zustimmenden Gesichtsausdruck.

»Irgendjemand muss es ihr ja sagen«, murmelte der Stellvertreter der Herzogin.

»Wenn du auch nur einen Fuß jenseits dieser Mauern setzt, ist mir scheißegal, ob dir fünfhundert Türken hinterherschleichen, dann bist du nämlich *tot!* Hast du mich nicht verstanden?«

Floria del Guiz hielt die Krone in den Händen, drehte sie und folgte mit den Fingern den Strukturen des geschnitzten Hirschhorns. Dann blickte sie zu Ash.

»Reiß dich zusammen«, warnte sie.

»Zusammenreißen? Reiß *du* dich zusammen, verdammt nochmal!« Ash ballte die Fäuste. »Hör mir zu, Florian: Die Wilden Maschinen müssen dich töten, und das wissen sie. Wenn Gelimer noch immer die taktischen Ratschläge des Steingolems einholt, werden sie ihm genau das gesagt haben. Aber auch falls nicht, muss er dich *immer noch* töten ... Du bist Burgund. Wenn er dich tötet, hört der Krieg im Norden auf, der Rest der Christenheit sagt, ›Ja, Boss‹, und die Türken bieten ihm einen Friedensvertrag an!«

Sie war sich bewusst, dass de la Marche und der Rat im Hintergrund zustimmend nickten. John de Vere sprach leise mit einem seiner Brüder.

»Weißt du, was ich an Gelimers Stelle tun würde?«, fuhr Ash in sanftem Ton fort. »Sobald ich dich im Freien vor der Mauer hätte, würde ich mit allen Geschützen und Kriegsmaschinen das Feuer eröffnen und dich von der Landkarte tilgen. Dich und jeden anderen, der zu den Verhandlungen will. Mir wäre egal, wenn dabei auch meine Jungs draufgehen würden. Dann würde ich mich beim Sultan dafür entschuldigen, dass ich seine Türken getötet habe – ›ein Unfall‹. Denn wenn du *nicht mehr da bist* und Europa fest in westgotischer Hand, stehen die Chancen zwei zu eins, dass Mehmet beschließt, es sei noch nicht an der Zeit für einen Krieg. Ich sage dir, wenn du da rausgehst, bist du tot. Und dann wird nichts mehr die Wilden Maschinen aufhalten – *gar nichts.*«

Der bewölkte Himmel schimmerte blassgrau durch das Fensterglas. Sich bewegende Wolkenbänke gaben den Blick auf die weiße Sonnenscheibe frei, die kaum kräftiger schien als der Vollmond. Floria del Guiz drehte noch immer die Hirschhornkrone in ihren starken, schmutzigen Fingern. Sie war von Erschöpfung gezeichnet; ihre Augen sahen aus, als hätte man sie mit Ruß beschmiert.

»Und jetzt hörst du mir mal zu«, sagte sie. »Ich habe mit diesem Rat gesprochen und mit Lord Oxford, und jetzt werde ich dir etwas sagen: Wir haben nichts mehr zu essen. In unseren Mauern gehen Krankheiten um: die Ruhr, vielleicht auch die Pest. Wir haben eine ganze Stadt voller verhungernder Menschen. Ich werde mit den Westgoten verhandeln. Ich werde mit ihnen über den Abzug der Zivilisten verhandeln.«

Ash deutete mit dem Daumen auf die Welt jenseits des Fensters. »Damit sie da draußen mit den anderen Flüchtlingen verhungern können?«

»Ich bin keine Herzogin, ich bin Arzt!«, knurrte Floria. »Ich habe nicht um diese Krone gebeten, aber jetzt habe ich sie nun mal. Also muss ich etwas tun. Die Hospitäler sind voll. Der Abt von St. Stefan war vor zwei Stunden hier; er war in Tränen aufgelöst. Wir haben nicht genug Priester, um für die Kranken zu beten. Ich habe einen Eid abgelegt, Ash! Vor allem: *Füge niemandem ein Leid zu.* Ich werde die Zivilisten aus dieser Belagerung rausschicken, bevor hier eine Epidemie ausbricht.«

»Ich bezweifele es. Es kann Gelimer doch nur freuen, wenn wir an Krankheiten verrecken.«

»Scheiße!«, fluchte Floria, schwang herum und begann auf und ab zu laufen, wobei sie immer wieder den Saum ihres Kleides aus dem Weg trat: eine große, schmutzige Vogelscheuche von einer Frau, dünner als damals, als sie durch den wilden Wald geritten waren. Sie verzog das Gesicht und senkte die goldenen Augenbrauen. »Du hast Recht. Natürlich hast du Recht. Ash, es *muss* einen Weg geben, wie wir das machen können. Solange es Verhandlungen gibt, werden sie uns zumindest nicht angreifen. Dadurch gewinnen wir Zeit, und deshalb müssen wir uns darauf einlassen.«

»Wir könnten das vielleicht, *du* aber nicht. *Du* hast den Hirsch erlegt, erinnerst du dich?«

Ash ließ ihren Blick durch den Raum schweifen und entdeckte Richard Faversham unter ihren eigenen Männern. Das Gesicht des englischen Kaplans war eingefallen, und seine Augen brannten. Er nickte.

Floria sagte:»Aber Gelimer hat klipp und klar erklärt, dass es ohne meine Anwesenheit keine Verhandlungen geben wird.«

John de Vere meldete sich zu Wort:»Nehmt an diesen Verhandlungen teil, Euer Gnaden, aber stellt sicher, dass König-Kalif Gelimer ebenfalls anwesend ist. Dann können sie weder ihre Wurfmaschinen noch ihre Geschütze einsetzen.«

»Ich würde mich nicht drauf verlassen. Wäre ich an seiner Stelle, würde ich hingehen, dann die Beine in die Hand nehmen und die Artillerie den Rest erledigen lassen.« Ash griff auf der Suche nach Trost nach ihrem Schwert. »In einem Punkt hat Florian allerdings Recht: Wir *brauchen* die Verzögerung. Sobald sie einen ernsthaften Angriff unternehmen, werden sie sehen, wie wenig Männer und Munition wir haben. Also gut ...«

Floria zuckte mit den Schultern. »Ich werde schon einen Weg finden, Ash. Vergiss den Hirsch. Wo könnten wir diese Verhandlungen abhalten?«

»Auf einer Brücke?«, bot John de Vere an. »Sind alle Brücken eingerissen? Das wäre neutrales Gebiet.«

»Nein!«, knurrte Olivier de la Marche. »Nein!«

»Das ist Wahnsinn, Mylord!«, schrie Philippe Ternant. »Wir wissen, zu welcher Art von Verrat es auf Brücken kommen kann. Der Großvater des verstorbenen Herzogs, Herzog Johann*, wurde während eines Waffenstillstands von diesen

---

* Johann der Furchtlose, gest. 1419.

Hurensöhnen, den Franzosen, auf einer Brücke schmählich verraten und erschlagen. Sie haben ihm die rechte Hand abgeschlagen! Eine wahrhaft üble Tat!«

»Aha.« De Vere hob die blassen Augenbrauen. Ruhig sagte er: »Dann also keine Brücke.«

Ash verwandelte ihr Lachen in ein Husten. »Wo dann? Nicht im Freien jedenfalls. Selbst wenn Gelimer dort wäre, wäre es viel zu einfach für sie, einen ihrer Flammenwerfer zu laden und Griechisches Feuer auf uns herabregnen zu lassen, bevor wir wieder in die Stadt gelangen könnten.«

Es folgte ein längeres Schweigen, in dessen Verlauf das Feuer knisternd niederbrannte. Ein kalter Windzug wehte durch den Kamin herein.

Robert Anselm lachte. Ash blickte zu ihm hinüber.

»Spuck's aus. Hast du etwas zu sagen?«

Anselm blickte zuerst zu ihr, dann zu de Vere und stand schließlich auf. Er sagte: »Du willst doch was, das nicht im Freien ist, stimmt's, Boss?«

Oberst Bajezet sagte irgendetwas zu seinem Dolmetscher. Bevor der Vojniki es übersetzen konnte, nickte Robert Anselm.

»Ja, deine Jungs haben das in der Morea ein paar Mal gemacht. Sie haben ein winziges Fort draußen im Niemandsland gebaut, in dem sich beide Seiten treffen konnten. Falls da irgendjemand einen Kampf begonnen hätte, wären alle draufgegangen.« Anselm zog die Schultern hoch. »Das wird allerdings nicht funktionieren, Basi. Sie könnten uns noch immer auf dem Weg dahin oder wieder zurück erwischen.«

Der Türke hob die Hände. »Plan, was?«

»Trefft euch mit ihnen unter Tage. In einer Mine.«

»In einer ...« Ash hielt inne. Robert Anselm blickte ihr in die Augen. Er roch weder nach Wein noch nach dem fermentierten Dreck, den Henri Brants Köche aus Schweineresten zusammengebraut hatten. Er stand hocherhobenen Hauptes da.

Ash dachte: *Liegt das an de Vere, seinem alten Lancaster-Boss?* *Oder hat er schlussendlich beschlossen, mir Dampf zu machen? Wie* *auch immer... Was kümmert mich das?*

Ja. Es kümmert mich. Es wäre mir lieber, wenn er es für mich tun *würde.*

Schließlich bin ich es, die ihm die Verantwortung für das Leben *anderer anvertraut.*

»Eine Mine«, wiederholte sie. »Du denkst also, wir sollten uns in einem Tunnel mit den Westgoten treffen.«

Diesmal war es John de Vere, der lachte, und sein Bruder Dickon mit ihm. Viscount Beaumont sagte fröhlich und auf Englisch: »Und ich nehme an, wir sollen sie erst mal bitten, so lange zu warten, bis wir einen gegraben haben, hm, Meister Anselm?«

Anselm legte die Hand auf den Schwertknauf. Er blickte zu Ash. Sie nickte.

»Gelimer würde den Einsatz der Artillerie nicht riskieren. Einen Tunnel zum Einsturz zu bringen...« Anselm schlug mit der flachen Hand aufs Bein, um seine Worte zu betonen. »Dann wären alle tot. Wenn man einen Kampf in einem Tunnel beginnt, ist ein Blutbad die Folge. Alle sterben; niemand kann sicher sein, dass er das überlebt – einschließlich Gelimer. Nehmt dann noch die Türken des Oberst mit runter, und ich wette, dass das den Ausschlag zu unseren Gunsten geben wird.«

Sofort brach eine Diskussion los. Ash beobachtete Robert Anselm und schwieg. Er wiederum blickte zu ihr und nicht zu John de Vere. Langsam nickte sie.

»Aber nicht Florian. Ich, de la Marche, jeder – aber nicht Florian. Oder...« Sie strahlte. »Nicht beim ersten Mal. Zumindest werden wir das Gelimer sagen. Den Wievielten haben wir jetzt? Den Dreiundzwanzigsten? Wir können das noch drei, vier Tage hinauszögern. Das bedeutet noch mehr Zeit für uns ... wenn wir ihn davon überzeugen können, dass Florian rauskommen wird, sobald wir die Verhandlungen angeleiert haben . . .«

Florian fiel ihr ins Wort. »Wärst *du* das da draußen, du würdest angreifen, um die Verhandlungen zu beschleunigen.«

»Gelimer wird das ohnehin tun. Wir werden Leute verlieren.« Ashs grimmiger Gesichtsausdruck wich einem Erstaunen, als sie zu Robert Anselm zurückblickte. »Eine Mine. Das wird *nicht* funktionieren, Roberto. Wir haben keine Zeit, eine Mine von der Mauer aus zu graben.«

»Das müssen wir auch nicht. Ich weiß, wo eine der ihren ist; da haben wir eine Gegenmine angelegt. Unter dem Weißen Turm. Erinnerst du dich, Mädchen? Das ist die, die Angelotti mit einem Bären freigeräumt hat.«

De la Marche nickte entsetzt; der Earl of Oxford spie seinen verwässerten Wein in den Pokal; Floria schrie ausgelassen. »Das hast du mir ja nie erzählt! Ein *Bär?*«

»Das war zwei oder drei Tage nach der Jagd.« Ash verzog das Gesicht. »Bevor wir Geschmack an Bärenfleisch gefunden haben. In Karls Menagerie war noch ein Bär übrig.«

Robert Anselm griff es auf. »Angelottis Jungs haben die Westgoten Richtung Mauer graben hören. Die Schweinegoten unterminierten die Mauer und präparierten den Tunnel mit Holz. Sie waren kurz davor, das Ganze anzuzünden und zum Einsturz zu bringen und mit ihr die Mauer. Angelottis Ingenieure haben eine Gegenmine gegraben, und eines Tages sind wir auf ihren Tunnel gestoßen. In der darauffolgenden Nacht, als sie drin waren, haben die Kanoniere den Bären aus der Menagerie geholt.«

Ash runzelte die Stirn und versuchte, sich zu erinnern. »Es war nicht nur der Bär, stimmt's . . .?«

»Sie haben auch ein paar Bienenstöcke aus dem Garten der Abtei geholt. Dann haben sie den Bären in den Tunnel runtergelassen«, sagte Robert Anselm, »und anschließend die Bienenstöcke hinterhergeworfen, bevor sie den Eingang auf unserer Seite ganz schnell wieder geschlossen haben.«

Floria verzog das Gesicht. Offensichtlich stellte sie sich Männer, Dunkelheit, Bienen und einen von Stichen wahnsinnigen Bären vor. »Gütiger Gott!«

Ihr Ausruf ging im Gelächter der Männer unter.

»Wir haben sie am anderen Ende rauskommen sehen, und zwar verdammt schnell!«, beichtete Anselm. »*Und* den Bären. *Und* die Bienen. Sie haben ihr Ende verschlossen und waren seitdem nicht mehr unten! Die könnten wir wieder aufmachen. Natürlich müssten wir erst einmal die Leichen wegräumen.«

Das Gelächter im Raum besaß einen rauen, schwarzen Unterton. Ash sah, wie angewidert Floria angesichts dieser Grausamkeit war. Sie hörte auf zu lachen.

Florian blickte auf die Hornkrone in ihren Händen.

»Es ist einen Versuch wert. Wir müssen sie weiter reden lassen. Ich will keinen weiteren Angriff auf die Mauern erleben. Wir müssen allerdings einen Köder auslegen. Wir werden ihnen sagen, dass die Herzogin dort sein *wird* . . . *Nein.*« Floria wiederholte: »Nein. Das ist meine Entscheidung. Sagt Agnus Dei, ja, ich werde mich mit Gelimer treffen.«

Achtundvierzig Stunden später, am Tag der Geburt des Herrn, trafen sich die Herzogin von Burgund und der Earl of Oxford zusammen mit ihrem Generalhauptmann, den Janitscharen und der Söldnergarde der Herzogin zu Verhandlungen mit König-Kalif Gelimer und seinen Offizieren und Verbündeten.

Der Tunnel stank nach altem Schweiß, Blut, feuchter Erde und Urin. Die Luft war voller fauler Dämpfe, sodass die Laternen nur mit niedriger Flamme brannten.

Ash legte die Hand an den Schaft des Kriegshammers, den

sie sich in den Gürtel gesteckt hatte. Für Hellebarden oder Speere war es hier zu eng; Nahkampfwaffen waren angesagt. Ash warf einen Blick auf die Seitenwände der Mine. In den letzten zwei Tagen hatte man sie eilig erweitert und verstärkt; die Decke war knapp achtzehn Zoll hoch.

Angelotti, der bei einem der westgotischen Ingenieure und Jussey stand, nickte Ash bestätigend zu. »Der Weg ist frei, Boss.«

»Wenn mir was auf den Kopf fällt, reiß ich dir den Arsch auf . . .«, sagte Ash geistesabwesend. Sie winkte Robert Anselm, er solle seine Laterne hochhalten, als sie Stimmen vom anderen Ende der erweiterten Mine hörte. Kalte Luft jagte ihr einen Schauder über den Rücken.

Ich nehme an, da Florian bei uns ist, müssen wir uns zumindest nicht vor kleinen Wundern fürchten.

Scheiße. Sie brauchen ihre Priester nicht. Sie müssen nur einen ihrer Golemgräber reinschicken, und die Decke stürzt ein und begräbt uns unter tausend Tonnen Erde . . .

Ash biss sich auf die Lippe. Ihr lagen die Worte im Mund: *Position der westgotischen Truppen, Standort des westgotischen Kommandos?*

Aber sie wird es nicht wissen. Alles, was Kuriere von hier nach Karthago bringen, ist, wenn er ankommt, nicht mehr aktuell. Wenn die Faris dem Steingolem keinen Bericht erstattet, kann er auch keine taktischen Ratschläge für das Lager hier geben. Es würde mir nichts nützen, mit Godfrey zu sprechen.

Ich will es einfach nur.

»Ist er da?«, fragte Robert Anselm leise.

Das Geröll, das den Minenboden bedeckte, knirschte unter ihren Füßen. Ash kniff in dem schwachen Licht die Augen zusammen. Die Stimmen vor ihr erstarben.

Ein blasses, kaltes blaues Licht begann vor ihnen zu glühen. Westgotische Sklaven enthüllten Kugeln mit Griechischem Feuer, nicht größer als Ashs Faust. Zuerst sah sie fedriges weißes Haar und vertraute Gesichter von Menschen, die zu beiden Seiten des Ganges knieten. Dann, zwischen den beiden Reihen von Sklaven, entdeckte sie Männer in Kettenhemden und prachtvollen Roben. Und in ihrer Mitte war einer mit pelzbesetztem Mantel und golddurchwirktem, geflochtenem Bart: König-Kalif Gelimer. Er wirkte angespannt, aber wachsam.

»Also gut«, sagte Ash. »Holt den Rest. Er ist hier.«

Keine Banner – die niedrige Decke gestattete das nicht –, aber alle Bewaffneten trugen Livreen, scharf umrissen in dem kalten Licht. Gelimers Fallgatter. Der Metallkopf der Faris. Ein weißes Zahnrad auf schwarzem Grund. Ein zweiköpfiger schwarzer Adler auf Gold. Die französischen Lilien mit blauen und weißen Streifen.

Der schwarze Doppeladler. Ash ließ ihren Blick über die Gesichter schweifen und fand sofort Friedrich von Habsburg.

Der Heilige Römische Kaiser hatte nur einen Mann bei sich, den Ash sehen konnte: einen großen deutschen Ritter in Kettenrüstung und mit einem Streitkolben. Ein trockenes Lächeln erschien auf Friedrichs Lippen, als er sie sah. Ungeachtet dessen, dass sein Reich nun erobert war, sah er noch genauso aus wie damals bei Neuss.

»In persona? Der verdammte Hurensohn …« Ash trat zur Seite, als de Veres Türken hinter ihr herankamen. Die Janitscharen postierten sich an den Wänden. Dort standen sie je drei Reihen tief, als Floria del Guiz vortrat, umringt von zwanzig Mann des Azurblauen Löwen in Kettenhemden und offenen Schallern. Burgunder flankierten den Trupp.

Ellbogen an Ellbogen folgten Oberst Bajezet mit seinem Dolmetscher und John de Vere. Einen Augenblick lang erinnerte sich Ash lebhaft an Herzog Karl, wie er bei Auxonne von einem Reiterkeil der Westgoten niedergestreckt worden war und wie Blut aus seiner Rüstung sickerte. Sie spürte, wie sie zu schwitzen begann. Ihre Handteller juckten.

Sie tat, was sie immer in solchen Situationen tat, verwan-

delte Angst in Konzentration: Sie schaute sich in dem unnatürlichen Licht um und merkte sich, welche Männer mit Schwertern bewaffnet waren (die sie in dem Gedränge hier unten nur
mit Mühe würden zücken können) und welche Streitkolben
und Hämmer trugen; welche von Gelimers Fürst-Emiren Rüstung und Helm trugen ... alle ... und welche offensichtliche
Ziele waren.

Einer der burgundischen Ritter hinter ihr fluchte leise. Ash
blickte ihn fragend an, als die Gruppe stehen blieb.

»Das ist Charles d'Amboise*«, erklärte der Burgunder Lacombe und deutete auf die französischen Livreen, »der Gou-
verneur der Champagne, und der Speichellecker neben ihm
ist die Ratte, die Herzog Karls Freundschaft verraten hat: Philippe de Commines.«

Der große burgundische Ritter war kurz davor, verächtlich
auszuspucken. Ash nickte anerkennend, wie sie es auch bei
ihren Männern getan hätte, und sagte: »Pass auf ihn auf: Sag
mir, wenn er sich rührt.«

Ash trat vor Floria zwischen die schweigenden Janitscharen.

»Wir sind hier, um mit dem König-Kalifen zu reden.« Ihre
Stimme hallte dumpf in dem engen Raum wider. »Nicht mit
der Hälfte aller Fürsten Frankreichs und Deutschlands! Dem
haben wir nicht zugestimmt. Wir ziehen uns zurück.«

*Ich erhoffe wohl zu viel, um damit durchzukommen: eine Verhand-
lung nach der anderen, und das über Tage ...*

Der französische Ritter verneigte sich und drängte sich
neben den kleinen, dunklen Mann, den Ash von einem früheren Besuch an Herzog Karls Hof als de Commines erkannte. In
geschliffenem Ton sagte er: »Ich bin d'Amboise. Mein Herr

---

* Ein treuer Diener Ludwigs XI., der im Herbst 1476 von diesem ausge-
schickt wurde, um die Herzogin Jolande von Savoyen aus politischen
Gründen zu entführen.

Ludwig hat mich geschickt, dem König-Kalifen zu dienen. Ich bin hier, um Ihre Gnaden die Herzogin mit den Vorteilen der *Pax Carthaginiensis* vertraut zu machen. Gleiches gilt für den Herrn von Habsburg, den edlen Friedrich.«

Charles d'Amboise blickte Ash offen und freundlich an. Ash antwortete mit einem Grinsen.

»Ihr seid als Ludwigs *Spion* hier«, sagte sie, »und wie ›mein Herr von Habsburg‹ seid Ihr hier, um zu sehen, wie Burgund sich gegen den König-Kalifen stellt. Wäre ich an Stelle des König-Kalifen, würde ich in diesem Fall auf meinen Rücken achten . . .«

Ash grinste auch noch, als d'Amboise offensichtlich nervös wurde. *Jedes Jota Uneinigkeit, das wir säen können, kommt uns zugute!*

Sechs Türken hatten sich vor Ash und Floria postiert. Für mehr war in der Mine nicht Platz genug. Ash blickte an den Kettenpanzern und Umhängen der Janitscharen vorbei – Männer, die daran gewohnt waren, als menschliche Schutzschilde zu dienen – und sah Gelimers bärtiges Gesicht im Licht des Griechischen Feuers.

Er zeigte keinerlei Gefühlsregung. Auf keinen Fall Wut oder Unsicherheit. Er wirkte sowohl älter als auch militärischer als das letzte Mal, als Ash ihn in Karthago gesehen hatte. Falten hatten sich in die Haut um seinen Mund gegraben, und er trug ein langes, mit Platten verstärktes Kettenhemd unter seinem Mantel.

Hartes Licht und kalte Dunkelheit hinter ihm: Die Mine war nicht so viel anders als der dunkle Palast in Karthago mit dem Großen Mund Gottes über ihr und den Fliesen, die in dem Erdbeben auseinandergerissen waren. Den Mann wiederzusehen versetzte Ash einen Schock. Sie hatte kein Bild in ihrer Erinnerung von Gelimer, der von seinem Thron floh – stattdessen erinnerte sie sich plötzlich an den toten Körper Godfrey Maximilians. Unter der Rüstung lief ihr ein Schauder über den Rücken.

»Wo ist die Herzogin von Burgund?« Gelimers Tenor klang dumpf in dem niedrigen Tunnel.

Über Ashs Schulter hinweg antwortete Floria: »Ihr steht ihr gegenüber.«

Lange blieben die Augen des König-Kalifen auf Ash gerichtet. Dann ließ er seinen Blick zu der Frau mit der Hornkrone wandern. »Das Kriegsglück verlangt, dass ich Euch töten muss. Ich bin kein grausamer Mann. Übergebt mir Burgund, und ich werde Eure Bauern und das Stadtvolk verschonen. Nur Ihr werdet sterben, Herzogin. Für Euer Volk.«

Floria lachte. Ash sah, wie Gelimer erschrak. Das war kein sittsames Lachen; das war das Lachen, das Ash schon oft im Baderzelt gehört hatte, wenn Floria zwei, drei Flaschen Wein getrunken hatte: laut, angenehm, wild.

»Ich soll Euch Burgund *übergeben*? Nachdem wir so lange Widerstand geleistet haben? Macht, dass Ihr hier wegkommt«, sagte Floria fröhlich. »Ich bin der Arzt einer Söldnerkompanie. Ich weiß, was mit belagerten Städten geschieht, wenn der Feind zum Plündern kommt. Das Volk ist hier drin sicherer, bis wir einen Friedensvertrag unterzeichnet haben.«

Gelimers Blick wanderte wieder zu Ash und von ihr zu den burgundischen Fürsten. »Und von dieser – *Frau* – lasst ihr euch führen?«

Er erhielt keine Antwort, aber nicht – so sah Ash, als sie sich kurz umdrehte – aus Unsicherheit oder Zweifel. Unerbittliche Gesichter betrachteten den König-Kalifen mit Verachtung.

»Sie ist weise und tapfer«, sagte John de Vere mit beißender Höflichkeit. »Sirs, was habt Ihr mit der Herzogin zu bereden?«

Ash ernannte sich selbst zum unhöflichen Söldner-Generalhauptmann dieses edlen ausländischen Earls und sagte laut: »Wenn das sein bestes Angebot ist, *hat* er nichts mit der Herzogin zu bereden! Das ist nicht ernst gemeint. Lasst uns von hier verschwinden.«

De Vere ließ sie kurz seine Belustigung sehen.

»Pfeift Eure Löwin zurück«, forderte der König-Kalif verächtlich von de Vere. Ash sah, wie sein Blick von dem englischen Earl zu den Burgundern huschte und dabei auch über sie, den türkischen Kommandeur und Floria del Guiz.

Er sucht nach dem, der den Oberbefehl hat, erkannte Ash.

Er denkt: Nicht der Engländer, nicht in Burgund. Die burgundischen Edelleute? Welcher? Oder Olivier de la Marche in der Stadt?

Und dann sah sie, wie der Blick von Gelimers kleinen Augen zu d'Amboise und Commines zuckte und von den Franzosen zu Friedrich von Habsburg. Nur den Bruchteil einer Sekunde lang hatte er die Kontrolle verloren.

Gott segne dich, John de Vere! Alles, was du gesagt hast, war richtig. Er ist hier, weil er Burgund haben muss *und weil er glaubt, dass er in ihrer Gegenwart keine Angst vor uns zeigen darf.*

Ash lächelte in sich hinein, drehte den Kopf und grinste Florian beruhigend an. Als sie der Frau ins Ohr flüsterte, berührten ihre Lippen das weiche Haar unter der Hirschhornkrone.

»Gelimer hätte besser daran getan, einfach reinzuhauen, anstatt es auf Verhandlungen ankommen zu lassen … aber er hat es nicht getan, und jetzt beobachten sie ihn wie Falken, um zu sehen, was er als Nächstes tun wird.«

»Können wir ihn dazu bringen weiterzureden, Ash?«

Ein Blick auf Gelimer und seinen verschlossenen Gesichtsausdruck unter dem goldenen Helm, den er trug, rief lebhafte Erinnerungen in Ash wach: Erinnerungen an den Mann, wie er durch das Schneetreiben in der Wüste geritten war, mit seinem Sohn – seinem Sohn –; sie hatte den Namen des Jungen vergessen. *Schneit es immer noch in Karthago?*

Ash traf ein schnelles und brutales Urteil. »Er hätte keine Probleme, wenn es hier nur um Armeen gehen würde. Vielleicht hat er sich vor drei Monaten nur auf einen Posten geredet, den er in Wirklichkeit gar nicht halten kann … Müsste er seinen Generälen und Legionen nur sagen, was zu tun ist, könnte er das hier gewinnen. Aber da ist die Dunkelheit und die Kälte. Ich weiß nicht, wie viel er weiß. Er wird zögern, wenn wir ihm auch nur den Hauch einer Chance dazu geben.«

»Red weiter«, murmelte Floria. »Lass uns das so lange treiben, wie es geht.«

Der westgotische König-Kalif lauschte einem Mann, der an seiner Schulter sprach; was Ash sagte, schien er nicht zu hören. Er nickte einmal. Die Luft, die durch die vielen Menschen in der Mine immer wärmer wurde, erschwerte Ash das Atmen. Die knienden Sklaven mit den Griechischen Feuerkugeln in den Eisenkäfigen wirkten vom Licht wie ausgebleicht: blonde Augenbrauen und Wimpern in wettergegerbten Gesichtern.

Auf der Seite des König-Kalifen teilte sich die Masse der Bewaffneten, um andere aus dem Hintergrund vorzulassen. Zuerst konnte Ash die Gesichter inmitten all der strahlenden Wappen, der glitzernden Kettenhemden, Schwertknäufe und Helme nicht erkennen.

Griechisches Feuer spiegelte sich auf einem Wasserfall von Haar, das aussah wie Asche, dem in diesem Licht der silberne Glanz genommen war. Erneut blickte Ash der Faris ins Gesicht.

»Faris.« Ash nickte zur Begrüßung.

Die Frau antwortete nicht. Die dunklen Augen in ihrem makellosen Gesicht betrachteten Ash, als wäre sie nicht da. Ash runzelte die Stirn. Sie wollte gerade etwas dazu bemerken, als ihr auffiel, dass König-Kalif Gelimer zwar seinem Berater zuhörte, sie aber gleichzeitig mit grenzenloser Begeisterung beobachtete.

Verwirrt gab sich Ash mit einem weiteren Nicken zufrieden – welches die Faris erneut ignorierte. Gepanzert und in eine schwarze Livree gehüllt, trug die Westgotin einen Dolch im Gürtel; ein Schwert sah Ash nicht.

Warum beobachtet Gelimer mich ? Er sollte die Herzogin beobachten.

Ist das irgendein Ablenkungsmanöver, um einen Mordanschlag auf Floria zu versuchen ?

Misstrauisch sog Ash die Luft ein und schnüffelte nach einer brennenden Zündschnur; vielleicht verbargen sich Arkebusen in Gelimers dicht gedrängtem Gefolge. Eine Bewegung erregte ihre Aufmerksamkeit und ließ sie nach ihrem Schwert greifen. Sie hielt inne.

Zwei westgotische Priester drängten sich hinter der Faris durch die Menge. Sie stützten einen großen, dünnen, kahlköpfigen Emir an den Ellbogen, einen Mann mit zerzaustem weißen Haar und dem Gesichtsausdruck einer erschrockenen Eule. Hinter dem Emir stolperte ein pummeliger italienischer Arzt – Ash erkannte Annibale Valzacchi. *Und der Emir ist Leofric.*

»Grüner Christus...!« Ash bemerkte erst, dass sie Florias Arm drückte, als die Frau zusammenzuckte.

»Das ist der Fürst-Emir, der dich als Gefangene gehalten hat? Der, dem der Steingolem gehört?«

»Ja. Du hast Leofric in Karthago nie gesehen, stimmt's? Das ist er.« Ash wandte den Blick nicht von Leofrics Gesicht, sie beobachtete den alten Mann aus vielleicht fünf Schritt Entfernung. »Das ist er.«

Nicht nur meine Schwester, sondern das hier.

Schmerz breitete sich tief in ihrem Magen aus. Treppen, Zellen, Blut; die schmerzhaften Untersuchungen: All das war so lebendig in ihrer Erinnerung, als wäre es gerade erst geschehen. Ash schluckte den Schmerz hinunter, um ihn sich nicht anmerken zu lassen.

Leofric trug das prachtvolle pelzbesetzte Gewand eines westgotischen Fürsten, darüber ein Kettenhemd. Er schien die Priester nicht zu bemerken, die ihn an den Armen hielten, und er blickte Ash verwirrt an.

»Seid gegrüßt, Mylord.« Ashs Mund war wie ausgetrocknet.

John de Vere flüsterte ihr ermutigend ins Ohr: »Madam, ja, redet. Das verschafft uns Zeit.«

Zwei Sklavinnen standen hinter Fürst-Emir Leofric; eine war ein Kind, die andere eine fette Frau. Ash konnte keine von beiden genau erkennen. Das Kind hielt irgendetwas vor der Brust, das in eine blutige Leinenrobe gewickelt war, und zitterte. Die erwachsene Frau sabberte.

In dem grellen weißen Licht richtete sich Leofrics Blick auf Ash. Sein Gesicht zerknitterte. In das Schweigen hinein heulte er: »Teufel! Große Teufel! Die Großen Teufel werden uns alle töten!«

Vier

Die Janitscharen vor Ash rührten sich nicht, aber sie waren wachsam. Florian wirkte erstaunt; de Vere zeigte es zwar nicht, doch es schien ihm ähnlich zu ergehen. Ash blickte von Leofric zum König-Kalifen. Der westgotische Herrscher zeigte sich nicht im Mindesten überrascht.

»Das Oberhaupt des Hauses Leofric ist krank«, sagte Gelimer. »Wäre er er selbst, er würde sich für diese Unhöflichkeit entschuldigen.«

»*Fragt sie!*« Leofric wirbelte flehentlich zu Gelimer herum, und die beiden Priester packten seine Arme fester. »Mein Herr Kalif, ich bin nicht verrückt! Fragt sie. Ash hört sie auch. Sie ist auch eine meiner Töchter. Ash hört sie genauso wie diese da . . .«

»Nein.« Die Faris fiel ihm ins Wort. »Ich kann die *machina rei militaris* nicht länger hören. Ich bin ihr gegenüber taub.«

Ash starrte sie an.

Die Westgotin mied ihren Blick.

Ash dachte: *Sie lügt!*

»Du hast gesagt, sie würde nicht mit dem Steingolem reden ...«, flüsterte Floria reumütig.

»Aber nicht, weil sie es nicht kann.« Ash beobachtete, wie Gelimer zusammenzuckte und zu den ausländischen Gesandten blickte.

Friedrich von Habsburg lächelte ein wenig; das war das hochmütige, berechnende Lächeln, das Ash von Neuss her kannte; dann schaute er zu ihr und hob leicht die Augenbrauen.

»Zurück zum Geschäft, meine Herren.« Gelimer blickte zu Floria. »Hexenweib von Burgund ...«

Fürst-Emir Leofric unterbrach ihn gedankenverloren: »Wo habe ich mich geirrt?«

Floria, die so aussah, als hätte sie Gelimer gerade eine würdevolle, herzogliche Antwort geben wollen, hielt inne, bevor sie überhaupt begonnen hatte. Die Herzogin stemmte die Hände in die Hüfte – auch wenn ihr das in der Enge schwer fiel – und starrte den Westgotenfürsten an. »›Geirrt‹?«

Ash spähte zwischen den Schultern der türkischen Janitscharen hindurch die Mine hinunter; das blau-weiße Licht des Griechischen Feuers machte es ihr seltsamerweise schwerer, sich auf Leofrics Gesicht zu konzentrieren. Irgendetwas an der Form seines Mundes ließ sie schaudern: Erwachsene Männer, die noch bei Verstand sind, haben nicht solch einen Gesichtsausdruck. Ash erinnerte sich an Karthago und wurde plötzlich von vollkommen entgegengesetzten Gefühlen überwältigt: Hass und Mitleid.

Er ist nicht gesund. Irgendetwas ist mit ihm geschehen, seit ich dort gewesen bin. Er ist ganz und gar nicht gesund ...

Ash verdrängte ihre Gefühle und konzentrierte sich auf den Tunnel, die Bewaffneten, die Stimmen und die sich bewegenden Hände und Füße.

Leofric blickte auf die Kindersklavin vor ihm. Er befreite einen Arm aus dem Griff der Priester, griff nach unten und nahm dem Kind eine weiß-braun gefärbte Ratte ab. Er hielt sie dann hoch und starrte in deren rubinrote Augen. »Ich frage mich selbst immer wieder: *Wo habe ich mich geirrt?*«

Das Kind – eindeutig Violante, nur größer, dünner – streckte die Hände nach dem Tier aus. Ash erkannte die Ratte, die sich in der Luft wand, mit dem Schwanz schlug und die spitze Schnauze nach unten reckte, um dem Kind die Finger zu lecken.

Ash fühlte sich beobachtet. Sie drehte den Kopf und sah, dass Gelimer sie wieder beobachtete.

»O Scheiße ...«, keuchte Ash.

Gelimer gab ein Signal. Die beiden Priester stellten sich wieder um Leofric. Valzacchi zog die Hand des Emirs herunter und wich dabei vor dem Tier zurück.

Der weißhaarige Mann blickte ins Leere und gab die Ratte gedankenverloren an sein Sklavenmädchen. »Mein Herr Kalif, die Gefahr ...«

»Ihr schiebt diesen Wahnsinn als Entschuldigung für Verrat vor!«, sagte der König-Kalif in so schnellem karthagischen Latein, dass Ash davon ausging, außer den Westgoten könnten nur sie und de Vere ihn verstehen. »Wenn ich Euch töten muss, um Euch zum Schweigen zu bringen, dann werde ich das tun.«

»Ich bin nicht verrückt«, erwiderte Leofric in derselben Sprache. Ash sah, dass Friedrich von Habsburg verwirrt wirkte, ebenso wie d'Amboise; der andere Franzose, Commines, lächelte vor sich hin.

Ash blickte zu de Vere. Der englische Earl nickte. Sie wartete, bis sie sicher war, dass er die französische und deutsche Delegation beobachtete; dann schnallte sie ihren Helm los. *Zeit, ein wenig im Topf zu rühren.* Sie zog den Schaller, schüttelte das kurze Haar und blickte zu den Westgoten.

»Mein Gott, sie *sind* Zwillinge!«, rief Charles d'Amboise. »Eine burgundische Söldnerin und ein westgotischer General? Ihre Stimmen, ihre Gesichter ... Was ist das?«

»Es sind Schwestern, soweit ich gehört habe«, sagte de Commines und blickte zum König-Kalifen. »Mein Herr Gelimer, Seine Majestät, der König von Frankreich, wird ebenfalls fragen, warum Ihr Eure Generäle in diesem Krieg auf beiden Seiten kämpfen lasst! Falls es denn ein Krieg *ist* und nicht irgendeine gegen Frankreich gerichtete Verschwörung!«

»Das Weib Ash ist eine Ausgestoßene«, erklärte Gelimer abschätzig.

»*Ist sie das?*« Charles d'Amboises Schrei ließ das Sklavenmädchen vor ihm zusammenzucken und die gescheckte Ratte an die Brust drücken. Er bellte den König-Kalifen an: »*Ist* sie das? Was soll ich meinem Herrn Ludwig sagen? Dass Ihr und Burgund euch verschworen habt und dass Ihr diesen Witz von einem Krieg auf beiden Seiten kämpft? Dass Burgund, Frankreichs uralter Feind, Euch zum Verbündeten hat? Und schlimmer noch ...« Der französische Edelmann riss die Hand hoch und deutete auf John de Vere. »*... die Engländer sind auch noch daran beteiligt!*«

Ash stieß einen Freudenschrei aus. Er ging im Bellen John de Veres und im Echo von Rochesters Lanze unter. Rochester selbst wischte sich die Tränen aus den Augen.

Gelimer strich sich mit der Hand über den geflochtenen Bart.

Nachdem der Applaus, die Buhrufe und das »Gott soll den französischen Wichser verrotten lassen!« verklungen waren, sagte der König-Kalif in gemessenem Ton: »Wir lassen unsere Legionen nicht aufmarschieren, um die Stadt eines Verbündeten in Schutt und Asche zu legen, mein Herr d'Amboise.«

Alarmiert von Gelimers Tonfall, bellte Fürst-Emir Leofric plötzlich mit lauter Stimme. »Ihr müsst sie fragen! Ash! Ash!«

Erde rieselte zwischen den Planken hindurch, mit denen

die Decke gesichert war, und fiel ihm ins Gesicht. Unwillkürlich zuckte er zusammen und sprang mit einem Schrei zurück. Keuchend richtete er seinen Blick wieder auf Ash.

»Sag es meinem Herrn, dem König-Kalifen! *Sag es ihm.* Der Stein der Wüste besitzt eine Seele! Große Stimmen sprechen, sprechen durch meinen Steingolem, und *sie* hat sie gehört, und *du* hast sie gehört ...« Leofrics Stimme verlor an Tiefe. Ein trauriger Ausdruck legte sich auf sein Gesicht. »Wie kann so ein armseliger Krieg dich davon abhalten, über solch eine Gefahr zu berichten?«

»Ich ...« Ash hielt inne. Florias Schulter drückte gegen die ihre, und de Vere hatte vorsichtshalber eine Hand auf seinen Streitkolben gelegt.

»Sag es ihm!«, schrie Leofric. »Meine Tochter betrügt mich, also bitte ich dich ... Ich *flehe* dich an ...« Er riss sich von den Priestern los, stand einen Augenblick einfach nur da und starrte Ash an. »Das Reich ist verraten worden. Schon bald werden wir alle sterben, jeder Mann, jede Frau, jeder Westgote und jeder Burgunder ... *Sag meinem Herrn, dem Kalifen, was du hörst!*«

Ash wurde sich wieder Leofrics intensiven Blicks bewusst. Sie wandte sich von ihm ab, ließ ihren Blick über die westgotische Delegation schweifen, die ausländischen Gesandten; einen Augenblick lang war sie unentschlossen.

Ein kaum hörbares Zischen kam aus den Kugeln mit Griechischem Feuer. Violante, die die Ratte an sich drückte, schaute mit unergründlichem Blick zu Ash auf. Die erwachsene Sklavin zupfte dem Mädchen an der Tunika, sabberte ohne Unterlass und wimmerte wie ein Hund.

»Also gut.« Ash hakte die Finger in den Gürtel, nur wenige Zoll von Hammer und Dolch entfernt. Mit einem Gefühl großer Erleichterung sagte sie: »Er mag ja wahnsinnig sein, aber er ist nicht verrückt. Hört auf ihn. Er sagt die Wahrheit.«

Gelimer runzelte die Stirn.

»Es gibt da . . .« Ash zögerte und wählte ihre Worte mit Bedacht. »Es gibt die großen Pyramiden-Golems in der Wüste südlich von Karthago. Ihr habt sie gesehen, als wir dorthin geritten sind, mein Herr Kalif.«

Gelimers Lippen zuckten, rote Striche in seinem schwarzen Bart, und er strich sich mit der Hand über den Mund. »Das sind Monumente unserer heiligen Toten. Gott hat sie nun mit kaltem Feuer gesegnet.«

»Ihr habt sie gesehen. Sie sind aus Flussschlick und Stein gefertigt. Stein. Wie der Steingolem.«

Er schüttelte den Kopf. »Unsinn.«

»Nein, das ist kein Unsinn. Euer Emir Leofric hat Recht. Ich habe sie gehört. Es sind ihre Stimmen, die durch den Steingolem sprechen. Es war ihr Rat, der Euch hierhergeführt hat. Und glaubt mir: Euer Reich ist ihnen scheißegal!« Mit einem seltsamen Gefühl der Erleichterung nickte sie dem weißhaarigen Westgotenfürsten zu. »Emir Leofric ist nicht verrückt. Dort draußen lauern Teufel – oder zumindest sind es Teufel, soweit es uns betrifft. Und sie werden nicht eher ruhen, bis die ganze Welt so kalt und tot ist wie jene jenseits von Burgund.«

Ash hatte ohnehin nur wenig Hoffnung gehabt, den Kalifen zu überzeugen, und nun sah sie ihm an, dass es ihr tatsächlich nicht gelungen war. Nichtsdestotrotz fühlte sie sich erleichtert: Sie war in der Lage gewesen, es laut auszusprechen. Von ihrer Position hinter den Janitscharen aus beobachtete sie Gelimer, der den Blick nicht von ihr nehmen konnte.

»Was ist das Wahrscheinlichere?«, fragte er. »Dass dieses Gerede über Teufel wahr ist, wenn wir einen so offensichtlichen Beweis von Gottes Gnade haben? Oder dass Haus Leofric gegen den Thron intrigiert? Und sein Sklaven-General hat sich auf seinen Befehl hin dieser Intrige angeschlossen. Und jetzt du. Hauptmann Ash, du hättest an meinem Hof sterben und seziert werden sollen, um uns Wissen zu bringen. Und so wirst du auch sterben, wenn wir Dijon eingenommen haben.«

»Wenn«, erwiderte Ash trocken.

Florian mischte sich wieder ein. »Mein Herr Kalif, sie sagt die Wahrheit. Es gibt Golems in der Wüste, und Ihr seid von ihnen zum Narren gehalten worden.«

»Nein. Nicht ich. Ich bin nicht der Narr.«

Gelimer winkte. Der größere der beiden Priester, die Leofric festhielten, ließ den Emir los und drängte sich durch die Goten zu der erwachsenen Sklavin neben Violante. Die Frau zuckte vor dem Priester zurück und begann laut zu schluchzen und zu weinen. Der Priester zog sie an ihrem eisernen Halsring nach vorne.

»Meine Herren von Frankreich und dem Heiligen Römischen Reich«, sagte der König-Kalif, »Ihr habt gesehen, dass Fürst Leofric krank ist. Und Ihr seht, dass seine Sklaventochter, unser General, sich ebenfalls keiner guten Gesundheit erfreut. Und jetzt hört ihr aus dem Mund des Söldner-Generalhauptmanns von Burgund die Worte einer Wahnsinnigen. Und das hier ist der Grund dafür, meine Herren«, er deutete auf die Sklavin, »diese Frau. Ich brachte sie hierher, damit Ihr sie sehen und Euch selbst ein Urteil bilden könnt. Dies ist Adelize. Sie ist die Mutter dieser beiden jungen Frauen.«

Der Priester schlug die Sklavin. Die Frau hörte auf zu weinen. Stille breitete sich im Tunnel aus. Ash hörte nur das Zischen der Lampen. Thomas Rochester neben ihr packte sie an der Schulter.

»Wenn das das Muttertier ist«, sagte Gelimer, »wen wundert es dann, wenn die Welpen wahnsinnig sind?«

Ash starrte die schwachsinnige Frau an. Die Umrisse ihres Gesichts unter all dem Fett waren durchaus dem der Faris ähnlich, die teilnahmslos neben ihr stand; es besaß eine Übelkeit erregende Vertrautheit, die in Ash keinerlei Empfindung hervorrief. Eine alte Frau, fünfzig oder sechzig Jahre alt. Das bleiche Haar war grau, von Farbe keine Spur.

Ash öffnete den Mund, um etwas zu sagen, konnte es aber nicht; sie hatte keine Stimme mehr.

»Mit solch einem Muttertier, was könnt Ihr dann von den Welpen erwarten?«, wiederholte Gelimer rhetorisch. »Nur Unsinn, wie dieses Gerede über die Großen Teufel.«

»Eure Faris, Euer Oberkommandierender im Feld, leidet sie ebenfalls unter Wahnsinn?«, fragte de Commines in scharfem Ton.

»Die Kreuzzüge unseres Reiches waren nie von einem Kommandeur abhängig«, antwortete der König-Kalif gelassen.

John de Vere zog die blonden Augenbrauen zusammen; offenbar zweifelte er an dieser Gelassenheit. »Madam, er hält es für wert, den Kommandeur zu diskreditieren, der Europa für ihn erobert hat, um Leofric und Euch in Misskredit zu bringen.«

Ash schwieg. Sie starrte Adelize an, die Frau, die nun geräuschlos weinte; Tränen rannen ihr über die Wangen. *Zweihundert Jahre Inzest. Süßer Christus und all seine Heiligen. Ist das, was ich ...*

Die Faris legte der Frau die Hand aufs Haar und streichelte sie sanft. Ihr Gesicht blieb teilnahmslos.

»Nachdem das geklärt ist«, sagte König-Kalif Gelimer schroff, »können wir uns wohl wieder unseren Geschäften mit Burgund zuwenden.«

Ash hörte nicht, was Floria sagte. Sie drehte den Kopf zur Seite, schmeckte Galle in ihrem Mund, spie in die Hand und ließ es auf den Boden fallen. Tränen sammelten sich in ihren Augen. Sie blinzelte, um sie zurückzuhalten, damit niemand sie weinen sah.

»... ein Gesandter«, sagte der König-Kalif gerade.

»Ein Gesandter?«

»Er sagt, er wolle einen zu uns schicken«, flüsterte Floria. Ihr Gesichtsausdruck verriet, dass sie ihr Mitgefühl für später aufhob; in dieser Sekunde war sie vollkommen wachsam, ganz

Herzogin. »Ich werde es ihm erlauben. Der Mann ist vermutlich ein Spion, aber es dient der Verzögerung.« Sie hob die Stimme, sodass die Goten sie hören konnten. »Wenn er akzeptabel ist, werden wir ihn nehmen.«

Gelimer strich sich wieder über den Bart; das darin eingeflochtene Gold funkelte. In sanftem Ton sagte er: »Ihr werdet ihn durchaus akzeptabel finden, Herzogin von Burgund. Er ist Euer Bruder.«

Ash hörte nicht hin. Die Bewaffneten vor ihr gerieten in Bewegung, als sich jemand durch sie hindurchdrängte. Ihr Blick glitt an dem Mann vorbei. Sie schaute zurück und dachte plötzlich: *Ich kenne dieses Gesicht!* Sie fragte sich, welcher von Gelimers Franken das wohl sein mochte ... vielleicht ein Söldner, den sie in Italien getroffen hatte, oder irgendein iberischer Kaufmann? Und den Bruchteil einer Sekunde später fiel das Licht voll auf sein Gesicht, und sie sah, dass es sich um Fernando del Guiz handelte. Er hatte kurz geschnittenes Haar und trug die hochgeschlossene Robe eines Priesters.

Ein Priester?

Wie kann er ein Priester sein? Er ist mein Mann!

Als Ash ihn zum letzten Mal gesehen hatte, war er ein junger Mann mit schulterlangem blonden Haar gewesen, wie ein westgotischer Ritter in Kettenhemd und pelzbesetzte Robe gekleidet. Jetzt war er unbewaffnet – noch nicht einmal ein Dolch! –, und er trug ein langes Priestergewand, das an der Hüfte von einem Gürtel gehalten wurde; es war zwar hochgeschlossen, doch so eng, dass es seine Brust und seine breiten Schultern umso mehr betonte. Irgendetwas an seiner blank polierten Sauberkeit und seinem leuchtend gelben Haar weckte in Ash das Verlangen, zu ihm zu gehen und ihr Gesicht in seinem Nacken zu vergraben, seinen männlichen Duft zu riechen.

Das sich bewegende Licht der Kugellampen warf genug Schatten, um ihren Gesichtsausdruck zu verbergen. Verblüfft spürte sie, wie ihre Wangen sich erwärmten.

»Fernando«, sagte sie laut.

Sich plötzlich ihrer kurz geschorenen Haare und ihres durch die Belagerung schmuddeligen Aussehens bewusst, wandte sie sich von ihm ab, als er sich zu ihr umdrehte. Er trug kein Brustkreuz, sondern ein Medaillon mit dem Gesicht eines Mannes darauf, aus dessen Mund Blätter wuchsen. *Dann ist er also ein arianischer Priester. Christus Viridianus! Was zum Teufel...?*

Wütend über sich selbst hob Ash erneut den Blick. Irgendjemand hatte ihm die Haare über den Ohren zur Tonsur eines Novizen geschnitten. Er wirkte ein wenig amüsiert.

»Abt Muthari muss wirklich Nachwuchsprobleme haben«, bemerkte Ash. »Aber ich hätte mir denken können, dass du in einen Rock schlüpfen würdest, sobald du einen siehst.«

Von ihren Soldaten kam ein zustimmendes Raunen. Ash hörte, wie Robert Anselm ihre Bemerkung für Bajezets Männer übersetzte; ihr Lachen kam wenige Augenblicke später.

Typisch: Ash, das Plappermaul, dachte sie und starrte Fernando weiter an. Sie wusste, dass alles, was sie sagte, nur Zeitschinderei war, während sie ihn anstarrte und dachte: *Hat er wirklich die priesterlichen Gelübde abgelegt?*, und: *Kennen die Arianer das Zölibat?*

Ein warmer Schauder lief über ihre Haut, lockerte die Muskeln in ihren Beinen, und sie wusste, dass ihre Pupillen geweitet sein mussten.

»Das ist mein Botschafter«, sagte der König-Kalif.

Fernando del Guiz verneigte sich.

Ash starrte ihn an.

»Scheiße«, sagte sie. »Scheiße. Fröhliche Weihnachten.«

Gelimer ignorierte Ash. Er sprach zu Floria, und sein Blick wanderte zwischen ihr und den anderen Burgundern hin und her. »Ihr könnt hinter Eure Mauern sehen; Ihr seid nicht blind. Ich habe drei volle Legionen vor Dijon. Es ist offensichtlich, dass Ihr nicht standhalten könnt. Gebt Dijon auf. Die Höflichkeit – auch im Krieg – verlangt von mir, Euch diese eine

Chance zu geben, aber keine weitere. Lasst mich durch meinen Gesandten Eure Antwort wissen – morgen, am Fest des heiligen Stephanus.«

Fünf

»Blockiert die verdammte Mine wieder!«, befahl Ash. »Zuerst Fässer mit Felsbrocken und dann Erde. Ich will keinen Angriff hierdurch sehen. Bewegung!«

»Jawohl, Hauptmann!« Einer der burgundischen Kommandeure marschierte zu seinen Männern zurück, die in den Ruinen der zerstörten Häuser saßen, und sagte ihnen mit knappen Worten, was zu tun war.

Floria sagte: »Einer von euch – Thomas Rochester – soll de la Marche sagen, dass ich bei Ash bin. Ruft den Rat zusammen.«

»Ich gehe«, meldete sich John de Vere freiwillig. »Euer Gnaden, ich bin begierig darauf, die Worte des König-Kalifen mit Messire de la Marche zu diskutieren. Soll ich ihn zu Euch bringen?«

Auf Florias Nicken hin erteilte der englische Earl seinem Dolmetscher einen Befehl und marschierte an der Spitze der Janitscharen los.

Das Rumpeln von mit Steinen gefüllten Fässern, die über das Pflaster gerollt wurden, übertönte ihre Schritte. Die Straßen rochen verbrannt. Der eisige Wind wehte jedoch nicht den Holzrauch von Küchenfeuern heran, sondern den metallischen Gestank von Griechischem Feuer. Ash blickte von den Männern in Panzerwesten und Kriegshüten, die Säcke voller Dreck zum Mineneingang schleppten, zu Floria, die gerade die Hornkrone absetzte und mit den Fingern durch das männlich kurz geschnittene goldene Haar fuhr – es war so kurz wie das ihres Bruders.

»Lass uns gehen«, sagte Ash. »Es wäre eine Schande, wenn ein Mangonelgeschoss dich ausgerechnet jetzt in tausend Stücke reißen und auf dem Pflaster verteilen würde.«

»Du glaubst also nicht, dass sie sich an den Waffenstillstand halten werden?«

»Nicht, wenn wir ihnen eine günstige Gelegenheit verschaffen!« Ash blickte von Floria zu Fernando del Guiz. Er stand mitten zwischen den Söldnern des Azurblauen Löwen. Jeder, der ihn von Neuss, Genua oder Basel her kannte, wusste sofort, dass er einen Abtrünnigen vor sich hatte.

»Sorge dafür, dass man ihn nicht sofort erkennt.« Ash sprach mit einem von Rochesters Sergeanten. »Gib ihm deinen Kapuzenmantel.«

Sie beobachtete, wie der Sergeant Fernando del Guiz den Mantel umlegte und festband und ihm dann die Kapuze über den Kopf zog. Plötzlich sehnte sie sich schmerzlich danach, selbst diejenige zu sein, die das tat. *Er ist mein Mann. Ich habe bei diesem Mann gelegen. Ich hätte sein Kind haben können.*

Aber ich habe aufhört, ihn zu wollen, noch bevor ich Karthago verlassen habe. Er ist ein schwacher Mann. Er hat nichts außer seinem guten Aussehen!

»Nimm ihn mit«, sagte Ash. »Floria wird ohnehin im Turmhospital sein.«

Die Söldner um Fernando del Guiz herum entspannten sich kaum. Das wäre anders gewesen, wenn er nach wie vor die Rüstung eines Ritters getragen hätte, dachte Ash. Ash las ihren Männern den Gedanken von den Gesichtern ab: *Das ist nur ein Priester.*

»Für die von euch, die es noch nicht wissen sollten«, Ash hob ihre Stimme ein wenig, »dieser Mann war einst ein Ritter am Hof des Heiligen Römischen Kaisers Friedrich. Lasst ihn nicht in die Nähe eines Schwertes. Also gut: Los jetzt.«

Mit einem Hauch von Selbstzufriedenheit in der Stimme protestierte Fernando: »Ich bin Gesandter und christlicher Priester. Du musst keine Angst vor mir haben, Ash.«

»*Angst?* Vor *dir?*«

Ash starrte ihn einen Augenblick lang an, schnaufte und wandte sich wieder ab.

Floria murmelte: »Gelimer kennt mich nicht sehr gut, oder? In diesem Fall ist Blut viel dünner als Wasser.«

Ash gelang es, einen Hauch von Zynismus in ihre Stimme zu legen. »Fernando hat Gelimer vermutlich erzählt, du seiest seine liebende Schwester und er könne dich überzeugen, nackt und Rad schlagend aus Dijons Nordtor zu kommen und die Kapitulation zu unterzeichnen ...«

»Oder dass er dein liebender Ehemann ist. Lass uns gehen«, sagte die Herzogin.

Als sie das zerstörte Viertel unmittelbar hinter dem Stadttor betraten, konnte Ash nicht anders, als nach oben zu blicken. Nur Fernando schaute verwirrt zu den Soldaten, dann in den Himmel und schließlich wieder zu Ash.

»Oh, ich vertraue darauf, dass Gelimer den Waffenstillstand einhält ...«, bemerkte Ash mit unverhohlenem Sarkasmus.

Ash nahm ihre vertraute Position wieder ein: umgeben von einer Schar Bewaffneter. Zwischen Banner und Eskorte und sorgfältig darauf bedacht, nur dorthin zu treten, wo man einen Pfad zwischen den Trümmern frei geräumt hatte, konnte Ash dem deutschen Ex-Ritter nur wenig Aufmerksamkeit schenken. Ihr blieb so gut wie keine Zeit für den Gedanken, *Das ist mein Ehemann!*, und sie war froh darüber. Die Kälte war durchdringend. In der Mine, unter der Erde, war es wärmer gewesen als in den eiskalten offenen Straßen von Dijon unter dem leeren Winterhimmel. Ash schlug beim Gehen die Hände gegeneinander, sodass ihre Plattenhandschuhe klapperten. Die Schatten der Häusergiebel fielen nach Norden, und die Glocke der Abtei läutete zur Terz. Ein rascher Blick nach oben beruhigte sie: Die Männer des Azurblauen Löwen und die Burgunder bemannten die Mauer und hielten die Belagerer unter Beobachtung.

Als sie die Straßen im Süden der Stadt erreichten, warf Florian Ash einen seltsamen Blick zu und winkte den Wachen nachzurücken, während sie ihren Schritt beschleunigte. Dadurch gingen Ash und Fernando plötzlich Seite an Seite.

Sollen sie ruhig zuhören, dachte Ash.

»Nun«, sagte sie. »Wenigstens bist du noch immer der Bruder der Herzogin. Von *mir* hast du dich ja wohl scheiden lassen.«

Das kam nicht so spöttisch heraus, wie sie beabsichtigt hatte; andererseits hatte ihre Stimme auch nicht gezittert.

Fernando del Guiz, der gut einen Kopf größer war, blickte mit seinen grünen Augen zu ihr hinunter. Sie spürte förmlich die Kraft seines Körpers, und sie wusste, dass ein Großteil seiner Anziehungskraft darin bestand, dass er sich dessen nicht bewusst war, dass es für ihn nichts Besonderes war, gut genährt, sauber und stark zu sein.

Ich dachte, ich wäre darüber hinweg! Seit Karthago! O Scheiße...

»Zum Schluss war es gar keine Scheidung.« Fernando klang ein wenig entschuldigend. Er senkte die Stimme und ließ den Blick über die sie umgebenden Söldner schweifen. »Abt Mutharis Doctores haben die Ehe für ungültig erklärt, da sie zwischen einem freien Mann von edler Geburt und einer Sklavin geschlossen worden war. Sie haben sie annulliert.«

»Aha. Wie passend. So hat sie dich also nicht vom Priestertum abhalten können.« Ash konnte einen neugierigen Unterton in ihrer Stimme nicht vermeiden. Wie sie über die Annullierung denken sollte, das wusste sie noch nicht. *Ich werde später darüber nachdenken, wenn ich viel Zeit dazu habe.*

Fernando del Guiz schwieg. Er blickte nur zu Ash hinunter und dann wieder weg.

»Jesus, Fernando, was *ist* das?«

»Das hier?«

Ash stieß mit dem Finger auf Fernandos Brust, unmittelbar unter das Medaillon aus Eichenholz, das Christus am Baum darstellte, und dachte: *Das war ein Fehler. Ich will ihn noch immer berühren. Wie verdammt offensichtlich soll ich das denn noch machen?* Dann grunzte sie: »Das da. Das Priesterzeug, in dem du steckst. Du willst mir doch nicht allen Ernstes erzählen, dass du die Gelübde abgelegt hast!«

»Das habe ich.« Wieder blickte Fernando zu ihr hinunter. »Die ersten Gelübde habe ich in Karthago abgelegt. Abt Muthari hat mich die zweiten ablegen lassen, als er die Kathedrale von Marseille neu geweiht hat. Gott hat mich akzeptiert, Ash.«

»Der arianische Gott.«

Fernando zuckte mit den Schultern. »Das ist doch alles dasselbe, oder? Es ist egal, welchen Namen du ihm gibst.«

»Himmel!« Beeindruckt von diesem gelassenen Umgang mit elfhundert Jahren Schisma, konnte Ash nicht anders als lächeln. »*Warum*, Fernando? Sag mir jetzt nicht, Gott hätte dich gerufen. Dann hätte er nämlich wirklich im Bodensatz gesucht.«

Als sie nach oben schaute, um sich Fernandos Blick zu stellen, wirkte er verlegen und entschlossen zugleich.

»Ich kam auf die Idee, nachdem du in Karthago mit mir gesprochen hast. Du hattest Recht. Ich trug noch immer Wappen und Rüstung des König-Kalifen: Warum hätte er da auf mich hören sollen, wenn ich ihm sage, wir sollten diesen Krieg nicht kämpfen? Also habe ich mir das hier überlegt. Das ist die einzige Möglichkeit, wie ich das Schwert aufgeben kann, und die Menschen hören immer noch auf mich.«

Ash blickte ihn weiter an, lange genug, damit ihre Konzentration einen Herzschlag lang nachließ und sie mit dem Fuß an einem zerbrochenen Ziegel hängen blieb. Mit dem Gleichgewichtssinn eines Schwertkämpfers fing sie den Sturz ab und sagte: »*Deswegen* hast du dich der Kirche angeschlossen?«

Die Lippen stur zusammengepresst, sah Fernando einen

Augenblick lang aus wie ein kleiner Junge. »Ich will nicht ignoriert werden wie ein Bauer oder eine Frau! Wenn ich schon kein Ritter mehr sein kann, muss ich etwas sein, dass sie respektieren! Ich bin noch immer del Guiz. Ich bin noch immer von edler Geburt. Ich habe nur meine Gelübde als *peregrinatus christi* abgelegt.«

Tränen sammelten sich in Ashs Augen. Sie blickte in den Wind und blinzelte. Einen Augenblick lang war sie wieder im Palast in Karthago und hörte einen Nazir sagen: *Lasst ihn durch; er ist nur ein peregrinatus christi*, und sie sah Godfreys faltiges bärtiges Gesicht in der Masse der fremden Soldaten.

Ich brauche ihn hier, jetzt, und nicht als Stimme in meinem Kopf!

»Du wirst nie ein Priester sein«, sagte sie harsch. »Du bist ein verdammter Heuchler.«

»Nein.«

Die Eskorte marschierte durch das Tor und auf den Hof vor dem Kompanieturm. Eine kalte Windbö wehte durch das offene Tor und erschreckte die wenigen verbliebenen Pferde. Über den Lärm der Schmiede hinweg bellte Anselm seinen Männern Befehle zu. Floria wurde sofort von einem Dutzend Höflingen bedrängt.

»Du bist also kein Heuchler.« Ash wischte sich die vom Wind herausgelockten Tränen aus den Augen. »Jaja.«

»Ich habe nie viel gebetet; das war die Arbeit der Priester. Ich bin ein Ritter.« Der große, goldhaarige Mann blieb stehen. Er sprach leise inmitten des Lärms der Männer. »Ich *war* einer. Jetzt bin ich ein Priester. Vielleicht hat Gott mich sehen lassen, wie verdammt verrückt dieses ganze Kämpfen ist! Ich weiß nur, dass ich ein verräterischer fränkischer Ritter war, ohne Lehnsherr, dem niemand zugehört hat ... und jetzt töte ich niemanden mehr, und es könnte mir vielleicht gelingen, Gelimers Edelleute dazu zu bringen, mir zuzuhören, wenn ich ihnen sage, dass dieser Krieg falsch ist. Wenn du das Heuchelei nennst ... auch gut.«

»Ach, Scheiße.«

Irgendetwas an Ashs Tonfall überraschte Fernando. Er warf ihr einen Blick zu.

»Nichts«, knurrte Ash. Sie war schlecht gelaunt.

Die Trennung mag mir zwar nicht gefallen haben, aber zumindest war so lange alles klar. Dass du ein verlogener kleiner lügnerischer Haufen Scheiße bist, hat mir auch nicht gefallen ... aber wenigstens wusste ich, woran ich bei dir war.

Ich hasse es, dass du mich dazu zwingst, wieder darüber nachzudenken, wieder zu fühlen ...

»Nichts«, wiederholte Ash.

Hätte er ihr eine aalglatte Antwort gegeben, Ash wäre sofort weggegangen. Doch Fernando del Guiz blickte in männlicher Verlegenheit auf den Boden hinunter und trat mit den Fersen in die Erde.

Ash seufzte. »Warum musstest du zurückkommen und etwas tun, das ich respektieren kann?«

Eine Menschenmenge blockierte die Stufen zum Turmeingang. Ash hörte, wie Floria ihre raue Stimme hob. Ein Blick, und sie fand Anselm; ohne dass sie etwas hätte sagen müssen, erteilte er entsprechende Befehle. Männer in Kompanielivree scheuchten die burgundischen Höflinge vom Eingang weg.

Ohne zu Fernando zu blicken, sagte Ash: »Du irrst dich, und das weißt du. In Bezug auf den Krieg. Und sollte es tatsächlich einen besseren Weg geben, als in den Krieg zu ziehen, so haben wir den Zeitpunkt dafür schon *lange* verpasst. Aber ich nehme an, du hattest zumindest den Schneid, deine Männlichkeit an die Front zu lassen ...«

Fernando hustete oder lachte – Ash war sich nicht sicher. »Hier geht es um die arianische Priesterschaft, nicht um Unsere Gute Frau des Blutigen Halbmonds!«

Einer der türkischen Soldaten blickte herüber, stieß seinen Kameraden mit dem Ellbogen an und flüsterte ihm etwas zu. Ash unterdrückte ein Grinsen.

»Die Göttin Astarte ist hier im Augenblick sehr beliebt; also lass uns die theologischen Streitereien auf ein Minimum beschränken, ja?«

Fernando lächelte warm. »Und du nennst mich Heuchler.«

»Ich bin keine Heuchlerin«, widersprach Ash und drehte sich um, um in den Turm zu gehen, nachdem die Menge sich aufgelöst hatte. »Ich bin eine Ketzerin, die an gleiches Recht für alle glaubt … Ich glaube, ihr *alle* sprecht durch eure Ärsche …«

»Und das von der Frau, die der Löwe gezeichnet hat?« Fernando strich Ash mit der behandschuhten Hand über die vernarbte Wange. Sie ließ die Berührung zu, noch bevor es ihr wirklich bewusst war.

»Das war damals«, sagte sie. »Jetzt ist jetzt.«

Vor sich hörte Ash lautes männliches Lachen. Sie sprang die Stufen zur Tür hinauf und ging mit ihrer Eskorte hinein, mitten ins Chaos im Erdgeschoss.

»*Boss!*« Henri Brant warf ihr ein so breites Lächeln zu, dass die Lücke zwischen seinen Zähnen deutlich zu erkennen war. Er schlug einem Mann auf die Schulter, der in der Halle herumbrüllte: Richard Faversham in grünem Gewand, den Bart ungestutzt und das Gesicht knallrot.

Einen Augenblick lang vergaß Ash die anderen um sich herum und schaute sich mit großen Augen in der Halle um. Ein wildes Feuer flackerte im Kamin. Söldner, verdreckt und heruntergekommen, die gerade dienstfrei hatten, drängten sich darum und schöpften eine Flüssigkeit aus einem großen Kessel. Decken- und Stützbalken waren mit langen Efeuranken verziert. Baldina schlug auf ein Tamburin; der blinde und lahme Carracci saß neben ihr und spielte Blockflöte im Duett mit Antonio Angelotti. Es gab keine mit gelbem Leinen gedeckten Tische, doch Männer und Frauen saßen mit ihren Holzschüsseln und Bechern dort, wo diese Tische hätten sein müssen. Ash roch frisch gekochtes Essen.

»Fröhliche Weihnachten!«, rief Henri Brant, und sein warmer Atem schlug Ash ins Gesicht. Was auch immer die Männer trinken mochten – da es keine Schweine mehr zum Füttern gab, handelte es sich vermutlich um vergorene Futterrüben –, es besaß eine beachtliche Wirkung.

»Gott segne dich!« Richard Faversham beugte sich hinunter und gab Ash den Friedenskuss. »Christus sei mit dir!«

»Und mit dir«, knurrte Ash. Sie ignorierte Florias Kichern. Nachdem sie sich umgeschaut hatte, grinste sie Henri Brant an. »Ich nehme an, du servierst zweimal, damit die Jungs draußen auch noch was bekommen, hm?«

»Wenn nicht, würden sie auch meine Eier kochen!« Der Verwalter schlug die Kettenhaube zurück und entblößte sein wolliges Haar; er schwitzte entweder von dem Gedränge oder vom Feuer. »Wir konnten nicht viel horten. Meister Anselm hielt es genauso wie ich für richtig, besser jetzt zu essen und später zu verhungern, als Weihnachten nicht zu feiern. Gleiches gilt für Vater Faversham!«

Ash musterte den großen, schwarzbärtigen Engländer.

»Gut gemacht!« Sie schüttelte den beiden Männern die Hand. »Gott weiß, dass wir eine Ablenkung von der Scheiße gebrauchen können, in der wir stecken!«

Ungeschützt schaute sie sich abermals um und traf plötzlich auf Fernandos Blick, dessen Gesicht unter der Kapuze verborgen war. Mit seltsamem Gesichtsausdruck beobachtete er die Soldaten und ihre Feier. *Das ist keine Verachtung*, vermutete Ash. *Mitgefühl? Nein. Nicht Fernando.*

»Wir werden uns gleich beratschlagen. Die Burgunder dürften jeden Augenblick hier sein. Ich werde zur Messe wieder herunterkommen. Henri, könntest du Roberto zu mir schicken? Und Angeli. Ich bin oben.«

Auch das Obergeschoss des Turmes war in Ashs Abwesenheit geschmückt worden. Grüner Efeu hing von den Fensterbögen vor den ockerfarbenen Wänden herunter. Man hatte eine einzelne Grüne Kerze entzündet, deren Geruch den Raum erfüllte. Rickard, der die Pagen beaufsichtigte, drehte sich um, als Ash den Raum betrat: Offensichtlich war er stolz auf das Immergrün, das Kaminfeuer und auf das Essen, das sie gerade vorbereiteten. Dann erstarrte er, als er Fernando del Guiz unter der Kapuze erkannte.

»Die Herzogin wird diesen Raum hier bekommen, um sich mit ihrem Bruder zu unterhalten«, sagte Ash formell. »Rickard, wir erwarten de la Marche. Könntest du das mit den Männern an der Tür klären und die Jungen hier rausschaffen?«

»Boss.« Rickard blickte zweimal auf die Robe unter dem Mantel, dann stapfte er an Fernando del Guiz vorbei. Seine Augen funkelten, und er hatte die Hand auf den Schwertknauf gelegt. Als er mit den Pagen hinausging, bemerkte Ash, dass er inzwischen fast so groß war wie der ehemalige deutsche Ritter. Er war kein Junge mehr. Ein Junker, ein junger Mann . . . all das in nur einem halben Jahr.

»Gütiger Gott!« Floria schüttelte den Kopf und sagte nichts weiter. Sie ging näher zum Kamin, öffnete ihren Mantel und streckte die Hände den Flammen entgegen. Ash sah, dass sie ein pelzbesetztes Kleid über Wams und Hose eines Mannes trug.

Fernando del Guiz schlug die Kapuze zurück. Fragend blickte er zur Herzogin. »Schwester. Du gibst eine seltsame Herzogin ab.«

»Oh, glaubst du das?« Florias Blick wurde wärmer. »Und du bist kein seltsamer Priester?«

Ash platzte heraus: »Warum zum Teufel haben sie ausgerechnet *dich* ausgesucht, hierherzukommen? Weil Priester sakrosankt sind? De la Marche würde nur allzu gerne einen Verräter von den Mauern hängen. Das würde die Stimmung drastisch heben!«

Fernando sprach weiter mit Floria. »Ich hatte keine Wahl.

Ich bin mit Abt Muthari aus Karthago gekommen. Der König-Kalif hat mich an seinen Hof schleppen lassen, kaum dass er erfahren hatte, wer die neue Herzogin von Burgund ist. Sie haben mich verhört – nicht dass ich ihm sonderlich viel hätte sagen können, nicht wahr, Floria?«

»Nein.« Floria drehte sich wieder zum Feuer um. »Ich erinnere mich daran, dich einmal gesehen zu haben, als ich ungefähr zehn war. Es war das einzige Mal, dass ich auf den deutschen Gütern meines Vaters war. Du bist in jenem Jahr geboren worden.«

»Mutter ist immer von Tante Jeanne besucht worden – lebt sie noch? –, und dann haben sie über dich geflüstert.«

Er zog das Gesicht in Falten. Ash glaubte, trotz der Umstände so etwas wie Entspannung an ihm zu bemerken. Er schien mit sich und seinem Dasein zufrieden zu sein.

Fernando fügte hinzu: »Ich dachte, du wärst mit einem Mann weggelaufen. Dass du weggerannt bist, um ein Mann zu *sein*, das habe ich nicht gewusst!«

»Ich bin ›weggerannt‹, um Arzt zu werden!«, knurrte Floria.

»Und jetzt bist du die Herzogin von Burgund.« Er blickte zu Ash. »Dann kam heraus, dass man dich zum Hauptmann der burgundischen Armee hier ernannt hat, und ich war doppelt nützlich.«

Ash bellte: »Das muss ja mal eine angenehme Veränderung gewesen sein!«

»Außer dass ich ihm über dich noch weniger sagen konnte ... ›Sie ist Soldat; ich habe sie geheiratet; sie vertraut mir nicht‹. Ich konnte ihm sagen, dass du ein guter Soldat bist – was ich ja nicht bin, wie du weißt. Inzwischen ist ihnen beides klar.«

Sein müder Gesichtsausdruck verwirrte Ash. Sie wandte den Blick von ihm ab. Einen Augenblick lang verspürte sie den Wunsch, ihm etwas zu essen und zu trinken zu geben ... den Wunsch, die blonden Stoppeln auf seiner Wange zu berühren.

Absichtlich brutal sagte sie: »Nein. Das bist du nicht. Lassen die Schweinegoten dich immer noch Guizburg behalten?«

»Priester besitzen keine Ländereien. Ich habe das meiste von dem verloren, was ich einst besessen habe. Aber da ich Florias Bruder bin, gelte ich noch immer als nützlich. Und solange ich nützlich bin, kann ich reden ... Das ist ein hoffnungsloser Krieg, für beide Seiten ...«

»Christus auf dem Baum, ich brauche was zu trinken!« Ash drehte sich um, begann auf und ab zu gehen und schlug die Hände zusammen, um das Blut wieder zum Fließen zu bringen. »Und wo zum Teufel bleibt de la Marche? Lasst uns diesen ›Gesandten‹-Scheiß hinter uns bringen!«

Es waren keine Pagen da, die Rationen hätten verteilen können. Den Geräuschen nach zu urteilen, befanden sich sämtliche Trosskinder in der Halle unten – Kreischen und Schreie hallten ungedämpft das Treppenhaus herauf, da keine Vorhänge mehr vor der Tür hingen. Kalter Wind fand einen Weg zwischen den Fensterläden hindurch.

Florian hockte am Feuer und hielt den Mantel auseinander, um die Hitze einzufangen: ein typischer Soldatentrick, der ihr wohl nach einem Dutzend Wintern mit der Kompanie in Fleisch und Blut übergegangen war. Fernando del Guiz verschränkte die Arme vor der Brust, beobachtete die beiden Frauen und lächelte schief.

Ash marschierte zur Treppe und rief: »Rickard!«

Es dauerte länger, als Ash gewöhnt war, bis Rickard keuchend die Treppe heraufkam und fragte: »Ja, Boss?«

»Wo zum Teufel bleiben de la Marche, Oxford und die Zivilisten?«

»Ich weiß es nicht, Boss. Es ist auch keine Nachricht angekommen.«

»Was machst du gerade?«

Rickards Gesicht war rot angelaufen. »Wir machen einen Mummenschanz, Boss. Kommst du runter?«

»Oxford hat noch nichts von sich hören lassen?«

»Hauptmann Anselm hat gerade noch einen Mann zum Palast geschickt.«

»Zur Hölle nochmal. Was *machen* die?« Ash blickte über die Schulter zurück. »Da unten ist es ein verdammtes Stück wärmer als hier, stimmt's? Und es gibt was zu essen. Also gut: Wir werden unten auf die Herren von Burgund und England warten! Und besorg mir was zu trinken, bevor du dich zum Trottel machst.«

»Jawoll, Boss!«

Als Ash die letzte Stufe erreichte, erhob sich plötzlich Lärm: Der hatte jedoch nichts mit ihr oder, wie sie zuerst vermutete, Fernando del Guiz zu tun, es war vielmehr ein Choral, gebellt von zweihundert kräftigen Männerstimmen:

»Des Ebers Kopf in der Hand ich trage,
Mit Girlanden schön und Rosmarin,
Ich bete, dass ihr singen möget,
Qui estis in convivio.
Caput apri defero,
Reddens laudes domino.«

Floria stellte sich neben Ash an die Wand. Die Soldaten rührten sich, als sie ihren Kommandeur bemerkten. Ash winkte ihnen weiterzusingen. Floria murmelte: »Den Kopf des Ebers könnten wir jetzt brauchen ...«

»Ich glaube, wir haben noch nicht einmal Rosmarin, um ihn damit zu kochen!« Ash spürte, wie man ihr eine Holzschüssel mitsamt Löffel in die Hand drückte, rief einem der Pagen ›Danke‹ zu und bemerkte, dass sie Schulter an Schulter mit Fernando del Guiz an der Wand lehnte.

Sie musste nach oben schauen, um ihm in die Augen zu blicken.

Das schrille Geräusch von Carraccis Flöte übertönte die

Stimmen der Männer und Frauen. Angelotti spielte die Melodie. Es war viel zu laut, um sich zu unterhalten.

Ich hatte vergessen, wie groß er ist. Und so jung.

Da es keine Tische gab, worauf man die Speisen hätte anrichten können, liefen die Trossfrauen durch die Halle und verteilten Eintopf. Ash streckte die Hand mit der Schüssel aus. Sie ließ sich von der allgemeinen Fröhlichkeit anstecken. Dann schaufelte sie sich den heißen Eintopf in den Mund. Der Choral neigte sich laut dem Ende zu.

»Der Mummenschanz!«, rief irgendjemand. »Lasst den Mummenschanz beginnen!«

Der Jubel ließ das Dach erbeben.

Neben Ash musterte Fernando del Guiz, der wieder die Kapuze übergezogen hatte, den Inhalt seiner Schüssel und begann dann vorsichtig zu essen. Sein Aussehen war anonym, priesterlich; er erregte keinerlei Aufmerksamkeit bei den Soldaten. Ash hielt ihren Blick auf die Männer gerichtet, die in der Mitte der Halle Platz machten.

Kein Mistelzweig hing an den Deckenbalken. Irgendjemand hatte allerdings eine alte Hose aufgehängt – vermutlich, um wenigstens etwas Farbe in den Raum zu bringen –, und die besoffenen John Burren und Adriaen Campin taten so, als würden sie sich darunter küssen. Ash verfolgte die Jubelrufe und das Grölen – nicht alle Männer nahmen daran teil. Sie blickte zu den Wachen an der großen Tür: noch immer kein Kurier, keine Nachricht.

Was hat sie aufgehalten?

Fernando del Guiz kaute auf einem Stück Knorpel und schluckte. Auf der anderen Seite von Ash hatte Floria zu essen aufgehört, um sich angeregt mit Baldina zu unterhalten. Die Soldaten um sie herum beobachteten die Hallenmitte.

In dem Gesicht des jungen del Guiz war eine gewisse Erleichterung zu erkennen, als er den Kopf drehte und zu Ash hinunterschaute. Er nickte vor sich hin. »Könnten wir mal unter vier Augen sprechen?«

»Wenn ich dich in irgendeine Ecke mitnehme, wird uns jedermann beobachten. Lass uns hier reden.«

Zu ihrer eigenen Überraschung klang sie keineswegs böswillig.

Fernando aß noch einen Löffel von dem Eintopf, verzog das Gesicht, klopfte dem Mann vor sich auf die Schulter und gab ihm die Schüssel. Als er sich wieder zu Ash umdrehte, wirkte sein Gesichtsausdruck ausgezehrt, schief und unsicher. »Ich bin gekommen, um Frieden mit dir zu schließen.«

Ash starrte ihn einen langen Augenblick an. »Ich habe mir noch nicht einmal die Mühe gemacht herauszufinden, ob du noch lebst oder nicht. Nach Karthago. Ich nehme an, es war leichter zu glauben, dass ich mich um Wichtigeres kümmern müsse.«

Fernando musterte Ashs Gesicht. »Vielleicht.«

Bevor sie etwas darauf erwidern konnte, wurde Ash von einem lauten Jubelschrei unterbrochen. Zwischen den Männern und Frauen an den Wänden hindurch wand sich die Prozession der Mummenschanzteilnehmer in die Halle. Die Wände hallten von trunkenen Rufen und rhythmischem Klatschen wider.

»Was ist das?«, rief Fernando.

Zwei große Soldaten vor ihm drehten sich zu ihm um und machten: »Schschsch!«

»Das ist der Mummenschanz«, erklärte Ash gerade laut genug, dass er sie verstehen konnte.

Die Spitze der Prozession erreichte den freien Raum in der Mitte. Ash erkannte Adriaen Campin. Der große Flame hatte sich eine Pferdedecke umgelegt und trug ein Halfter um den Kopf. Stoffschleifen flatterten an seinen Knien und Fußgelenken. Campin ließ die Decke von den Schultern gleiten, stemmte die Fäuste in die Hüfte und bellte:

»Ich bin das geliebte Pferd, das mit St. Georg reitet,
Draußen ist es scheißekalt, also sind wir drin bereit!
Gebt uns Raum, zu spielen unser Stück,
Und mit Gottes Gnad wir werden geh'n zurück!«

Ash legte die Hände vors Gesicht, als die Soldaten in Jubel ausbrachen und das Pferd zu tanzen begann. Neben sich hörte sie Floria wimmern. Fernando del Guiz bebte vor Vergnügen.

»Ich bin es nicht gewöhnt, das an Weihnachten zu sehen«, sagte er. »In Guizburg haben wir das immer am Dreikönigstag aufgeführt ... Habe ich Recht, wenn ich annehme, dass du glaubst, die Stadt wird nicht so lange durchhalten?«

»Wirst du das Gelimer erzählen?«

Er grinste jungenhaft. »Gelimer wird das nicht gefallen. Der König-Kalif hofft, dass ihr euch selbst die Kehlen durchschneidet, nicht dass ihr feiert.«

Ash wandte sich von Campins Pferdetanz ab. Sie glaubte, ein, zwei Mann um sie herum hätten den Namen des König-Kalifen aufgeschnappt. Warnend schüttelte sie den Kopf in Richtung Fernando. Die Wärme in der Halle trug seinen Geruch zu ihr heran: männlicher Schweiß und sein ganz besonderer eigener Duft.

Obszöne, brutale und von schwarzem Humor durchsetzte Kommentare hallten zu Ash herüber. Einige der Männer erkannten den blonden Mann neben ihr offenbar als ihren ehemaligen Feudalherren. Ihre Kommentare wurden so leise, dass sie sie nicht mehr hören konnte.

Warum versuche ich, seine Gefühle zu schonen?

»Du wirst es mir erzählen müssen«, sagte Ash impulsiv. »Fernando, wie bist du zum Priester geworden?«

Als Antwort streckte er den Arm aus und zog den Ärmel ein Stück hoch. Auf seinem rechten Handgelenk befand sich eine verhältnismäßig frische Narbe, noch immer rot und geschwollen, aber für den geübten Blick weitgehend verheilt.

»Ich habe Abt Muthari aus dem Palast geschleppt, als er in sich zusammengefallen ist«, erklärte er.

»Ich hätte ihn drin gelassen!«

»*Ich* habe aber nach einem Patron gesucht, einem Fürsprecher«, bemerkte Fernando säuerlich. »Ich hatte gerade erst für dich gesprochen, erinnerst du dich? Ich wusste, dass Gelimer mich schneller fallen lassen würde, als ein Hund scheißen kann. Ich hätte jeden mit Juwelen um den Hals und in edler Robe aus den Trümmern gezogen – zufällig war es eben Muthari.«

»Und er war dumm genug, dich die Gelübde ablegen zu lassen?«

»Du weißt nicht, wie es zu der Zeit in Karthago war.« Der Mann runzelte die Stirn und blickte in eine unbestimmte Ferne. »Zuerst haben sie den König-Kalifen für tot gehalten, und das Reich drohte sich aufzuspalten – dann hieß es, er lebe und es sei ein Wunder gewesen. Anschließend tauchten dann die unheimlichen Lichter in der Wüste auf – bei diesen Gräbern, weißt du noch? Und *das* war angeblich ein Fluch …«

Da er in Gedanken so weit weg war, schwieg Ash, um seine Erinnerungen nicht zu stören.

»Ich halte sie immer noch dafür«, sagte Fernando einen Augenblick später. »Ich ritt zu ihnen hinaus, als wir Emir Leofric zurückgeholt haben. Dort waren Sklaven, Schafe und Ziegen, und sie … sie waren tot. Sie waren wie Wachs geschmolzen; sie waren *in* den Toren der Gräber – halb in, halb außerhalb der Bronze. Und das Licht … Vorhänge aus Licht am Himmel. Jetzt nennen sie es das Feuer von Gottes Segen.«*

---

* Diese Beschreibung ähnelt verführerisch einigen angeblichen Ergebnissen militärischer Experimente mit elektromagnetischen Wellen. Bei dem ›Vorhang aus Licht‹ handelt es sich vermutlich um aufgeladene Partikel, wie im Falle des Polarlichts.

Ash sah es mit Fernandos Augen: die bemalten Wände der Pyramiden, wo sie in die Stille der Wilden Maschinen hinausgeritten war ... Ash spürte, wie sich ihr die Nackenhaare sträubten.

Fernando zuckte in der engen Robe mit den Schultern; mit einer Hand umfasste er das Eichenmedaillon. »*Ich* nenne sie Dschinn.«

»Es sind weder Dschinni noch Teufel. Es sind Wilde Maschinen.« Ash deutete zum Himmel hinter den Bogenfenstern. »Sie saugen das Licht aus der Welt. Ich möchte nicht wissen, wie sie sind, wenn man ihnen nahe ist.«

»Und ich *werde* gar nicht darüber nachdenken.« Fernando zuckte mit den Schultern.

»Ah, das ist mein Gemahl ... *Ex*-Gemahl«, korrigierte sich Ash.

Ob Adriaen Campin nun seinen Tanz beendet hatte oder ob das Pferd einfach umgefallen war, das war nicht klar. Auf jeden Fall schleppte ihn ein halbes Dutzend Männer weg. Baldina und ein paar andere Frauen verteilten frische Bodenstreu, und Ash sah, wie Henri Brant auf den freien Raum in der Mitte zuging. Er trug eine körperlange Seidenrobe, die einmal leuchtend rot gewesen war, bevor man sie mit Wagenschmiere schwarz gefärbt hatte. Auf seinen weißen Locken saß ein Metallreif, aus dem Dornen ragten, in der Schmiede kalt gehämmert. Man hatte noch weitere Halfter ausgeschlachtet, um aus den Gebissen eine Halskette zu machen.

Das hat Anselm gut gemacht, dachte Ash, suchte nach ihrem Stellvertreter in der Menge, fand ihn aber nicht. *Genau das haben wir gebraucht.*

Mit einem gehörigen Maß an Autorität hob Henri Brant die Hände, um Stille zu gebieten, und deklamierte:

»Ich bin Englands wahrer König,
Und kühn erschein ich hier,

zu suchen meinen Sohn, um den ich fürchte ...
Ist Prinz Georg hier?«

Einer der englischen Langbogenschützen bellte: »Bist du ein *Lancaster*- oder ein *York*-König?«

Henri Brant deutete mit dem Daumen über die Schulter zu dem Mann, der den heiligen Georg spielte. »Was glaubst *du*?«

»Das ist Anselm!«, rief Floria und stellte sich auf die Zehenspitzen, um besser sehen zu können. Strahlend drehte sie sich zu Ash um. »Das ist Roberto!«

»Dann nehme ich an, dass es sich wohl um einen Lancaster-König handelt ...«

Der Teil der Kompanie, der nicht aus England stammte, machte eine Menge Lärm; es machte ihnen sichtlich Spaß, die Engländer aufzuziehen. Ash war hin und her gerissen zwischen lautem Mitlachen und der schlichten Zufriedenheit, ihre gut gelaunten Leute zu beobachten – und Fernandos aufmerksamen Gesichtsausdruck.

»Halb hatte ich damit gerechnet, dass du mir einen Kontrakt mit dem König-Kalifen anbieten würdest«, sagte sie.

»Nein. So dumm bin ich nicht.« Dann berührte Fernando del Guiz sie am Arm und deutete zu den Spielern; sein Gesicht leuchtete vor Vergnügen. Ashs Herz machte einen Sprung. Sie war wie verzaubert von seiner Eleganz, seinen breiten Schultern und dem Gedanken, dass – hätte ihm der Krieg nicht übel mitgespielt – er weiterhin Turniere hätte gewinnen können. Vielleicht hätte er dann eine bayerische Prinzessin geheiratet, Kinder mit ihr gehabt und wäre nie tiefer in sich gegangen als unbedingt nötig; auf jeden Fall hätte er nie die Priestergelübde abgelegt.

»Was willst du wirklich von mir?«, fragte Ash.

Ein Jubelschrei erstickte ihre Worte. Sie blickte zu Robert Anselm, der mit der Lanze in der Hand den freien Raum in der Mitte betrat.

»Mein Gott. Solch eine Rüstung wirst du nie wieder sehen!«, rief Floria.

Ihr Bruder riss den Mund auf. »Bei Gott, nein, das werden wir nicht!«

An Anselms Schultern hatte man mehr Platten, Rüsthaken und dergleichen montiert, als ein Mann normalerweise hätte tragen können. Er schepperte bei jedem Schritt. Der Beinharnisch war sein eigener, doch der deutsche Kürass war offensichtlich für einen wesentlich größeren Mann gefertigt worden – Ash vermutete, dass Roberto ihn sich von einem der burgundischen Kommandeure geliehen hatte. Die gerillte Brustplatte fing das Licht aus den Fenstern auf und schimmerte silbern, wo sie nicht von einer weiß-maulbeerfarbenen Livree bedeckt war. An der Lanze, die Robert trug, hing eine weiße Fahne – ein Unterrock –, und darauf war eine rote Rose gemalt.

Anselm schob das Schallervisier nach oben und entblößte sein grinsendes stoppeliges Gesicht. Er kratzte mit dem Lanzenschaft über den Boden und machte eine weit ausholende Geste mit der freien Hand.

»Ich bin Prinz Georg, ein würd'ger Ritter,
der für Englands Recht sein Blut vergießen wird!«

Er stieß die Faust in die Luft, forderte damit zu Jubel auf, und als dieser kam, legte er die Hand dorthin, wo sein Ohr gewesen wäre, hätte er keinen Helm getragen. »Ich kann euch nicht *hören!* Lauter!«

Der Lärm ließ die Wände des Turms erbeben. Ash spürte ihn durch ihren ganzen Körper. Anselm fuhr fort:

»Kein Ritter ist so tapfer wie ich …
und wer mir widerspricht, den tret ich in den Arsch!«

Fernando del Guiz stöhnte leise. »Ich kann mich nicht daran erinnern, an Friedrichs Hof solch einen Mummenschanz gesehen zu haben!«

»Nur bei Söldnern wirst du wahre Klasse finden ...«

Sein Gesicht hatte noch immer etwas Jungenhaftes an sich, wenn er lachte. Anstrengungen hatten Falten in sein Gesicht gegraben, die in Karthago noch nicht da gewesen waren. *Drei Monate,* dachte Ash. *So kurz. Die Sonne stand damals in der Jungfrau und ist jetzt gerade mal im Einhorn. So eine kurze Zeit.*

Sie sah, wie Fernando sich versteifte, als man mit einem wilden Schrei die Ankunft eines neuen Spielers begrüßte.

Euen Huw stapfte unbeholfen vorwärts; er trug ein Kettenhemd und darüber das Unterkleid einer Frau. Das gelbe Leinen flatterte um seine Knie. Die Soldaten kreischten vor Vergnügen; eine der Frauen – Blanche, glaubte Ash – stieß einen schrillen Pfiff aus. Ash verzog das Gesicht. Sie war verwirrt und konnte sich das Lachen gerade so verkneifen. Erst als der Waliser sich einen erbeuteten Westgotenhelm mit einem schwarzen Stofffetzen darum auf den Kopf setzte, erkannte sie, was mit dem Kleid parodiert werden sollte.

Euen Huw tat so, als würde er in die Mitte schleichen. Er hielt einen karthagischen Speer in den Händen und deklamierte:

»Ich bin der Sarazenen Held,
Komme von Karthago nach Burgund.
Prinz Georg werd ich töten, und ist er weg,
Dann werd ich alle töten, schön der Reihe nach.«

»Das wird dich verdammt viel Zeit kosten!«, rief irgendjemand.

»Das schaff ich schon«, protestierte Euen Huw. »Pass nur auf.«

»Pass du nur auf, dass du dich nicht wieder an einem Schaf vergreifst!«

»Das habe ich gehört, Burren!«

Ash blickte Fernando nicht in die Augen. Auf ihrer anderen Seite machte Floria del Guiz ein lautes, rüdes Geräusch und begann zu keuchen. Ash schlang die Arme um den Brustharnisch, unter dem noch immer ihre Rippen schmerzten, und blickte angemessen hauptmännisch und unbeeindruckt drein.

»Du wirst ihnen verzeihen müssen, dass sie so aktuell sind«, sagte sie und schaffte es tatsächlich, ein ernstes Gesicht zu bewahren, wenn auch mit Mühe.

Euen Huw schnappte sich einen Holzbecher von einem der Schützen, leerte ihn und wirbelte wieder zu Robert Anselm herum.

»Ich fordere Euch, Prinz Georg der Tapfere,
Ich sage, Ihr seid ein Erzlump.
Für jedes meiner Worte stehe ich . . .
Denn Ihr tragt ein hölzern Schwert!«

»Und außerdem bist du englischer Dreck«, fügte der walisische Lanzenführer hinzu.

Robert Anselm hob die Lanze mit dem improvisierten Banner und nahm Haltung an.

»Bei meiner rechten Hand und dieser Klinge,
Werd in Euer Grab auf Erden ich Euch schicken . . .«

»Autsch«, sagte Floria in feierlichem Ernst.

Antonio Angelotti erschien neben ihr und murmelte: »Ich habe es ihm gesagt. *Terza rima* habe ich ihm angeboten . . .«

Ash sah, wie der blonde Kanonier Floria am Arm packte, so wie er es bei jedem Soldaten getan hätte, auch bei ihrem Arzt, doch nicht bei der Herzogin von Burgund. Ash lächelte, und als sie sich wieder umdrehte, sah sie so etwas wie Wehmut auf Fernandos Gesicht.

Anselm senkte die Lanze und richtete sie auf Euen Huws Brust; der Waliser wich instinktiv einen Schritt zurück. Anselm verkündete:

>»Ich werde Eure Seele zu Gott dort oben schicken,
So macht Euch bereit, zu fliehen oder den Tod zu finden!«

Ash sah, wie Lanze und Speer beiseite geworfen wurden und beide Männer Übungsschwerter aus Walbein zogen. Das Geschrei der Zuschauer erreichte einen neuen Höhepunkt, als der Kampf begann; die Hälfte der englischen Bogenschützen sang »Vorwärts, St. Georg!« und trampelte mit den Füßen auf dem Steinfußboden.

»Seht euch das an!« Ash deutete nach vorne. »Sie konnten wohl einfach nicht widerstehen!«

In der Mitte der Halle hatten Robert Anselm und Euen Huw ihren übertriebenen, gespielten Schlagabtausch eingestellt und umkreisten nun einander. Während Ash sprach, sprang Anselm nach vorne und schlug zu. Der Waliser parierte, wirbelte herum und schlug ebenfalls; Anselm blockte …

»Sie mussten einen echten Kampf draus machen.« Florian seufzte lächelnd. Das Geschrei der Soldaten wurde sogar noch lauter, als sie sahen, dass aus dem Schaukampf ein ernster Wettstreit wurde. »Ich nehme an, sie machen irgendwann mit dem Mummenschanz weiter … Komm schon, Euen! Zeig ihnen, wie gut wir dich zusammengenäht haben!«

Unter all dem Gegröle und dem Knallen der aufeinanderschlagenden Walbeinschwerter sagte Fernando del Guiz: »Und? Herrscht wieder Frieden zwischen uns, Ash?«

Ash blickte zu ihm auf. Er hatte die Kapuze tief ins Gesicht gezogen, und scheinbar machte es ihm nichts aus, in einem Raum voller Feinde zu sein. *Aber ich kenne ihn. Er hat Angst.*

»Seit Neuss ist viel Zeit vergangen«, sagte sie. »Geheiratet, getrennt, allen Besitz verloren, Ehe annulliert. Und weit weg von Karthago. Warum hast du für mich gesprochen? Bei der Krönung ... Warum?«

Fernando del Guiz murmelte: »Du hast wohl geglaubt, ich würde dein Gesicht wiedererkennen. Das habe ich aber nicht. Ich hatte es sieben Jahre lang vergessen. Mir ist nie der Gedanke gekommen, dass die Frau in Rüstung bei Neuss die sein könnte, die ich in Genua ... gesehen habe.«

»Ist das eine Antwort? Ist das eine *Entschuldigung?*«

Die Sonnenstrahlen, die durch die schmalen Fenster hereinfielen, warfen ein silbernes Licht auf die Köpfe der Menge. Es spiegelte sich auf Euen Huw und Robert Anselm, die sich auf dem frischen Streu in der Mitte der Halle ein wildes Duell lieferten. Das Gegröle war inzwischen so laut, dass es den Efeu unter der Decke zum Zittern brachte. Ash spürte die Kälte bis in die Knochen, und sie blickte auf ihre blutleeren weißen Hände.

»*Ist* das eine Entschuldigung?«, wiederholte sie.

»Ja.«

In der Mitte der Halle trieb Robert Anselm Euen Huw mit einer Serie perfekt ausgeführter Schläge zurück, die so hart und schnell kamen wie die eines Mannes beim Holzfällen. Walbein traf auf Metall. Die englischen Bogenschützen waren vom Schreien heiser.

»Fernando, warum bist du hierhergekommen?«

»Es muss einen Waffenstillstand geben. Und dann Frieden.« Fernando del Guiz blickte auf seine leeren Hände und anschließend wieder zu Ash. »Hier sterben viel zu viele Menschen, Ash. Dijon wird ausradiert werden ... und du auch.«

Zwei gegensätzliche Gefühle erfüllten Ash. *Er ist so jung!*, dachte sie, und gleichzeitig: *Er hat Recht. Die militärische Logik ist für mich nichts anderes wie für jeden anderen auch. Solange Gelimer*

nicht mehr Angst vor den Türken hat, als ich glaube, wird diese Belage-
rung in einem Massaker enden . . . und zwar bald.

»Christus auf einem Fels!«, rief er. »Gib doch einmal in deinem Leben nach! Gelimer hat mir versprochen, dass er dich
am Leben lassen und nicht Emir Leofric übergeben wird. Er
wird dich nur für ein paar Jahre ins Gefängnis werfen . . .«

Er hob die Stimme. Ash fühlte, wie Floria und Angelotti an
ihr vorbei zu dem ehemaligen deutschen Ritter blickten.

»Soll mich das beeindrucken?«, fragte sie.

Robert Anselm machte eine Finte und schlug Euen Huw das
Walbeinschwert aus der Hand. Der laute Schrei »Sankt Georg!«
ließ den Raum erbeben, hallte von den Wänden wider und ver-
schluckte alles, was Ash hätte sagen können.

Entwaffnet starrte der Sarazenenritter plötzlich an Robert
Anselm vorbei und schrie: »Hinter dir!«

Unvorsichtigerweise warf Robert Anselm einen Blick über
die Schulter. Euen Huw schob einen Fuß zwischen die Beine
seines Gegenübers.

»Mein Gott!«, rief Fernando mitfühlend.

Euen Huw trat zur Seite, als Robert Anselm nach vorne fiel,
nahm dann Anselms Schwert und versetzte ihm einen kräftigen Schlag auf den Helm. Dann richtete er sich keuchend und
mit hochrotem Gesicht wieder auf. »Hab ich dich, du englischer Bastard!«

Ash biss sich auf die Lippe, sah, wie Robert Anselm sich dramatisch auf dem Boden wand und erkannte, *Seine Gesichtsfarbe*
ist in Ordnung. Er kann sich noch bewegen . . ., dass Euen Huw ihn
gegen die Innenseite seines Oberschenkels getreten hatte; die
beiden hatten das geplant. Sie applaudierte. Neben ihr
klatschten auch Fernando und seine Schwester, und Angelotti
lachte so laut, dass ihm die Tränen über die Wangen liefen.

»Vorbei!«, rief Henri Brant und sprang mit wehender könig-
licher Robe und schiefer Krone vor. »Alles ist vorbei!«

»Ist denn hier kein Arzt, zu retten meinen Sohn,
Und Prinz Georgs tödlich' Wund' zu heilen?«

Ein erwartungsvolles Raunen ging durch die Menge. Ash sah,
dass keiner ihrer Männer aß, trank oder die Spieler anfeuerte.
Sie blickte nicht zu Fernando. Die Pause zog sich in die Länge.
In der Gruppe der Spieler am Kamin schien ein Streit im Gange zu sein.

»*Nein*...« Rickard löste sich von den anderen Spielern und
trat vor. Anhand seines überlangen Gewandes und des Sacks
mit Schmiedewerkzeug, den er trug, erkannte Ash, welche
Rolle er spielen musste; doch der junge Mann hielt nicht an,
überquerte den freien Raum und hielt direkt auf Ash zu. Die
Menge teilte sich vor ihm.

Er erreichte Ash und verneigte sich mit jungenhafter Ungeschicklichkeit zuerst vor ihr und dann vor der Herzogin.

»Ich besitze nicht die Weisheit, um den Edlen Doktor zu
spielen«, stotterte er, »aber es gibt hier jemanden, der es kann.
Messire Florian, bitte!«

»Was?« Floria blickte ihn verwirrt an.

»Spielt den Edlen Doktor in unserem Mummenschanz!«,
wiederholte Rickard. »Bitte!«

»Mach es!«, rief einer der Soldaten.

»Ja, komm schon, Doc!« Der Schrei stammte von John Burren und den Bogenschützen neben ihm.

Robert Anselm, platt und tot auf dem Bodenstreu, hob den
Kopf. »Prinz Georg stirbt hier! Irgendein Arsch sollte besser
mal 'nen Arzt holen! Voran! Befehl vom Boss!«

»Jawoll, *Sir*, Boss«, sagte Floria del Guiz düster. Die große Frau
zögerte, dann knöpfte sie rasch ihr Wams auf und – mit Hilfe
eines Knappen – kämpfte sich in das überlange Gewand des
Edlen Doktors. Nachdem sie es endlich übergestülpt hatte, war
ihr Haar zerzaust, ihre Augen leuchteten, und sie zischte: »Ash,
dafür kriege ich dich noch!« Dann trat sie vor.

Rickard warf ihr den Sack mit Werkzeug zu, und sie fing ihn auf. Eines holte sie heraus, während sie in die Mitte der Halle ging. Nachdenklich stellte sie den Fuß auf Anselms Brust und stützte den Arm aufs Knie.

»*Uff!*«

»Ich bin der Doktor ...«

»Scheiße«, sagte Floria. »Lasst mich nachdenken. Geht gleich weiter ...«

»Mein *Gott*, sie ist wie Vater!« Fernando musterte seine Halbschwester; dann lächelte er Ash zu. »Es ist eine Schande, dass der alte Bastard tot ist. Es hätte ihm gefallen, zwei Söhne zu haben.«

»Fick dich, Fernando«, sagte Ash in freundschaftlichem Ton. »Du weißt, dass ich ihr Leben erhalten werde, oder? *Das* kannst du Gelimer sagen.«

In der Mitte der Halle benutzte Floria einen Bolzenschneider, um die Tassetten von Anselms Rüstung zur Seite zu heben. Vorsichtig stocherte sie dann mit dem Bolzenschneider an seinem Unterleib herum. »Dieser Mann ist tot!«

»Das ist er schon seit Jahren!«, rief Baldina.

»So tot wie ein Türnagel«, wiederholte die Arzt-Herzogin. »Oh, Scheiße ... Nein, sagt es mir nicht ... Ich habe es gleich ...«

Ash hakte sich bei Fernando unter dessen Mantel unter. Sie spürte seine Robe und dann die Gewichtsverlagerung, als er sich zu ihr herüberlehnte und seine Hand auf die ihre legte. Seine Wärme übertrug sich auf ihren Körper. Sie verstärkte den Griff um seinen Arm.

In der Halle nahm Floria den Fuß von Anselms Brustpanzer und setzte ihn auf seinen Hosenlatz. Wilde, mitfühlende Schreie ließen den Turm erbeben. Floria deklamierte:

»Der Doktor bin ich, ich heile jede Krankheit,
Die Pocken und den Tripper, das Schniefen und das
    Schnäuzen!
Ich flicke eure Knochen,
Ich flicke eure Schädel,
Ich vermag einen Mann aufstehen zu lassen,
    mag er auch tot sein.«

»Darauf möchte ich wetten!«, rief Willem Verhaecht in ehrlicher Bewunderung.

Floria legte den Bolzenschneider über die Schulter. »Ich weiß nicht, worüber du dich sorgst, Willem. Deiner ist doch schon vor Jahren abgefallen!«

»Verdammt, ich *wusste*, dass ich irgendwas in Gent vergessen habe!«

Ash schüttelte grinsend den Kopf. Drüben am Herd wurden die letzten Kessel geleert und die Töpfe ausgekratzt. Die Frauen wischten sich die Hände an ihren Schürzen ab, standen mit nackten Armen da, schwitzten und applaudierten.

Das war weniger als eine halbe Ration. Und das war Roberts Weihnachtsfestmahl. Wir stecken wirklich in der Scheiße.

Fernando sagte plötzlich: »Gelimer wird dir ein Angebot machen. Er hat mir aufgetragen, dir Folgendes zu sagen – auch wenn *ich* es nicht glaube: Falls Dijon kapitulieren sollte, wird er die Stadtbewohner in Ruhe lassen, obwohl er eine Garnison wird einrichten müssen. Und was meine Schwester betrifft ... Der König-Kalif wird die Herzogin von Burgund zur Frau nehmen.«

»Er wird *was*?«

Antonio Angelotti, der schamlos gelauscht hatte, warf erschrocken ein: »Gütiger Gott! Das ist ja nett, Madonna. Die Kaufleute werden uns sofort unter Druck setzen aufzugeben. Zwischen ihnen und uns herrscht ohnehin schon Spannung.«

»Zur *Frau*?«, sagte Ash.

»Das ist sein Fehler.« Fernando funkelte den italienischen Geschützmeister kurz an und wandte sich dann wieder an Ash. »Friedrichs Männer sagen bereits, Gelimer sei schwach, sonst wäre er schon längst hier einmarschiert. Das Angebot wird nichts bringen ...«, er zuckte mit den Schultern, »... aber man hat mir aufgetragen, es euch zu unterbreiten.«

»Oh, Christus. Ich freue mich schon drauf, *das* de la Marche zu erzählen.« Ash erinnerte sich wieder und blickte zur Tür. Nur Wachen dort ... und die hatten die Köpfe gedreht und beobachteten die Herzogin und Sankt Georg.

Florias Stimme ertönte wieder:

»Auf mein Wort hin, meinen Befehl,
Soll der tote Sankt Georg sich erheben.
Durch meinen Geist und zu eurem Gewinn,
Werd ich ihn wieder leben lassen.
Nun vor aller Menschen Augen
Heb das Haupt: Steh auf! Steh auf!«

Robert Anselm sprang auf die Füße und verneigte sich elegant. Eine seiner Schulterplatten löste sich und fiel scheppernd zu Boden. Euen Huw, Henri Brant und Adriaen Campin sprangen vor: Der Sarazenenritter, der König und das Pferd hielten sich an den Händen.

Floria del Guiz ergriff Anselms und Euens Hand und rief Rickard herbei. Ash sah, wie die Herzogin ihrem Knappen etwas ins Ohr flüsterte. Rickard nickte, holte tief Luft und schrie:

»Prinz Georg lebt,
An dieser Zwölften Nacht der Weihnacht.
Nun zahlt uns unseren Lohn,
Und wir wünschen euch eine gute Nacht.«

Inmitten des wilden Applauses ging ein Hagel von kleinen Münzen und alten Stiefeln auf den Boden um die Spieler nieder. Sie verneigten sich.

Die Soldaten drängten näher heran, um Floria und den anderen auf die Schulter zu klopfen. Irgendjemand holte Efeuranken von den Deckenbalken und wand sie um den Arzt der Kompanie, den Verwalter, den zweiten Hauptmann, den Lanzenführer und den Knappen. Ash, den Blick auf Florias Gesicht gerichtet, kam sich plötzlich verloren vor. *Selbst wenn wir es schaffen, jetzt ist alles anders.*

Irgendjemand stieß einen Jubelruf aus, und Florians helles Haar erschien über den Köpfen der Menge, als Euen Huw und Robert Anselm sie in die Höhe hoben. Ash wartete, anstatt selbst hinzugehen und zu gratulieren. Sie blickte zu Fernando del Guiz auf. Er wirkte nervöser als noch ein paar Minuten zuvor.

»Ein *Priester* . . .« Ash schüttelte den Kopf und lächelte – allerdings weniger giftig, als sie erwartet hatte. »Schon irgendwelche Wunder gewirkt?«

»Nein. Ich habe erst die ersten Gelübde abgelegt, die des Zölibats. Ein Wunder kann erst geschehen, wenn ich weiß, ob ich die Gnade besitze.« Nach einer scheinbar unendlich langen Pause fügte er hinzu: »Ash . . . Das ist eine andere Priesterschaft. Wenn du das Zölibat nicht brauchst, um Gnade zu erlangen, musst du auch nicht danach leben. Wenn du einen hohen Rang erreicht hast, darfst du heiraten. Muthari ist auch verheiratet. Ich habe sie gesehen: Sie ist eine Nubierin.«

»Schön für ihn«, sagte Ash ironisch. Mit einer gewissen distanzierten Überraschung bemerkte sie, dass ihr Mund ausgetrocknet war. Sorgenvolle Kälte breitete sich in ihrem Magen aus. *Was versucht er, mir zu sagen?*

»Was versuchst du, mir zu sagen, Fernando?«

Ein Lächeln zeigte sich auf seinem Gesicht. Für Ash war

offensichtlich, dass er es zurückgehalten hatte, dass ihn irgendetwas davon abgehalten hatte, darüber nachzudenken, dass er sich als nicht gerade vertrauenswürdiger Gesandter in einer belagerten Stadt befand, und es gestattete ihm auch nicht, sich um die Bombardierung zu sorgen, um einen Bruch des Waffenstillstands oder sonst irgendetwas von dem, was Ash nun schon seit drei Monaten bedrückte.

»Da gibt es etwas, das ich dir sagen sollte«, erklärte er.

»Ja?«

Mehrere Sekunden lang sagte er gar nichts. Ash betrachtete sein Gesicht. Erneut wollte sie seine Lippen berühren, sein Kinn und seine schön geschwungene Stirn, und das nicht nur wegen der Wärme, die sich dann in ihrem Körper ausbreiten würde, sondern auch aus purer Zärtlichkeit.

»Sprich weiter«, half sie nach.

»Also gut. Ich habe einfach nie erwartet ...« Er ließ seinen Blick über die ausgelassene Menge schweifen und schaute dann wieder zu Ash. Er besaß eine Ausstrahlung von unterdrückter Energie, von Helligkeit.

»Ich habe einfach nie erwartet, dass ich mich verlieben würde«, sagte er ernst. Seine Stimme überschlug sich fast wie die eines weit jüngeren Mannes. »Oder, falls doch, habe ich mit der Tochter eines Edelmannes gerechnet, mit einer ordentlichen Mitgift, die meine Mutter für mich ausgesucht hätte; oder vielleicht der Frau eines Grafen ... Ich habe nie damit gerechnet, dass es jemand sein würde, der seinen Lebensunterhalt als Soldat verdient, Ash ... jemand mit silbernem Haar, braunen Augen, die nie Kleider trägt, nur Rüstung ...«

Ash verschlug es den Atem. Ihre Brust schmerzte, als sie Fernando in die Augen starrte. Sein Gesicht war verklärt; an der Ernsthaftigkeit seiner Worte konnte kein Zweifel bestehen.

»Ich ...« Ihre eigene Stimme war ein Krächzen.

»Meine Güter werde ich jetzt nicht mehr zurückbekommen.

Ich werde nur noch ein Priester sein, der auf Almosen ange-
wiesen ist. Selbst wenn ich später heiraten dürfte . . . Sie wird
mich nie auch nur ansehen, oder? Eine Frau wie sie?«

»Vielleicht doch.« Ash schaute ihm in die Augen. Ihre Finger kribbelten; ihre Hände schwitzten. Sie spürte, wie ihre
Muskeln immer schwächer wurden; welch unglaubliche Überraschung; sie konnte nur denken: *Warum habe ich nie bemerkt,
dass ich genau das wollte?*

»Vielleicht doch«, wiederholte Ash. Sie wagte es nicht, seine Hand zu ergreifen. »Ich weiß nicht, was ich dir sagen soll,
Fernando. Du hast mich nicht heiraten wollen; du bist dazu gezwungen worden. Ich wollte dich haben, aber ich wollte nicht *dich.* Aber, ich weiß nicht, du bist zurückgekommen
und hast das getan . . .«, sie deutete auf das Priestergewand,
». . . und ich kann es respektieren, auch wenn ich glaube, dass
du keine Chance hast, irgendjemanden damit zu überzeugen.«

Ich kann es respektieren, wiederholte sie stumm für sich selbst.
Ein Gefühl von Leichtigkeit ging durch ihren Körper.

»Fernando, in derselben Minute, in der ich dich angesehen
habe, da hinten, habe ich gedacht, dass du dich verändert hast.
Ich weiß es nicht. Auch wenn ein arianischer Priester heiraten
darf, ich kann es rechtlich nicht. Aber . . . wenn du es noch einmal versuchen willst . . . ja. Ich will.«

Sie war so aufgeregt, dass ihr schwindelig wurde. So dauerte
es mehrere Sekunden, bis sie bemerkte, dass Fernando sie entsetzt anstarrte.

»Was? *Was?*«

»Oh, Scheiße!«, sagte er unglücklich. »Ich habe alles falsch
gemacht, nicht wahr?«

»Was meinst du damit?«

Völlig verwirrt und verloren konnte sie nur zusehen, wie er
von einem Fuß auf den anderen trat, zur Decke hinaufstarrte
und laut ausatmete.

»O Gott, ich habe alles falsch erklärt! Ich habe nicht *dich* gemeint.«

»Was willst du damit sagen, du hättest nicht *mich* gemeint?«

»Ich habe ›silbernes Haar‹ gesagt, ›braune Augen‹...« Er schlug die Faust in die Hand. »Oh, Scheiße, es tut mir so leid!«

Vollkommen ruhig sagte Ash: »Du meinst nicht mich. Du meinst sie.«

Fernando nickte stumm.

Eine Hitzewelle ging durch Ashs Körper. Sie drückte die Hände flach gegen die Wand hinter sich, um das Gleichgewicht zu bewahren. Ihre Wangen wurden knallrot. Brennende Verlegenheit wischte alles andere davon, selbst den stechenden Schmerz unter ihrer Brust. Ihre Muskeln verspannten sich, um sie in Bewegung zu setzen, raus aus der Halle, die Treppe hinauf... *Wohin? Um mich vom Dach zu stürzen?*

»Oh, mein Gott!«, sagte Fernando del Guiz in schmerzerfülltem Ton. »Ich habe nicht nachgedacht. Ich meine sie – die Faris. Ich wollte dir davon erzählen. Ash, ich wollte dich nie glauben machen...«

»Nein.«

»Ash...«

»Kümmere dich nicht darum«, sagte sie wild. »Kümmere dich einen Scheißdreck darum. Scheiße, verdammte!« Unbewusst hatte sie die Hand zur Faust geballt und drückte sie auf ihren Solarplexus. »Oh, Scheiße, Fernando! Was hat sie denn? Sie ist keine deiner ordentlichen Frauen, sie ist auch Soldat! Wir gleichen einander wie ein Ei dem anderen.«

Sie unterbrach sich, erinnerte sich an ihr abgeschnittenes Haar und die alten, blassen Narben in ihrem Gesicht. Sie konnte Fernando nicht in die Augen sehen. Ein kurzer Blick verriet ihr, dass er genauso rot sein musste wie sie.

»Wir sind ein und dieselbe!«

»Nein, das seid ihr nicht. Ich weiß nicht, wo genau der

Unterschied liegt«, murmelte er unterwürfig, »aber es gibt ihn.«

»Oh, du weißt es nicht?« Ash hob die Stimme. »Nein? Wirklich nicht? Oh, ich werde dir sagen, wo der Unterschied liegt, Fernando. Ihr hat nie jemand das Gesicht aufgeschnitten. Sie war nie arm. Sie ist von einem Fürst-Emir adoptiert worden. Sie war nie eine Hure, die sich schon mit zehn Jahren hat ficken lassen müssen! Das ist der Unterschied. Sie ist nicht besudelt, nicht wahr?«

Ash starrte Fernando eine lange Minute in die Augen.

»Ich hätte dich lieben können«, sagte sie leise. »Ich glaube nicht, dass mir das bis jetzt klar gewesen ist, und ich wünschte, ich hätte es dich nie wissen lassen.«

»Ash, es tut mir so leid.«

Ash flüchtete sich in Arroganz, schluckte die Tränen hinunter und sagte: »Und . . . Hast du sie schon gefickt?«

Sein weißer Hals färbte sich dort, wo der hohe Kragen seines Gewandes ihn nicht verbarg, knallrot.

»Nein?«

»Sie ist dem König-Kalifen entgegengeritten, um ihn nach Dijon zu eskortieren. Auf dem Rückweg hat sie mich als Beichtvater zu sich gerufen.« Er schluckte. »Sie wollte wissen, warum ich nun Priester statt Ritter bin . . .«

»Aber hast du sie gefickt?«

»Nein.« Einen Augenblick lang wirkte er wütend, dann verknallt, dann entschuldigend. »Wie könnte ich auch? Wenn ich einen Rang in der Kirche erreicht habe, wo ich heiraten darf . . .«

»Du lebst in einer beschissenen Traumwelt!«

»Ich liebe sie!«

»Du liebst nur einen Traum«, spie Ash. »Für was hältst du sie? Für irgendeine Frau auf einem weißen Pferd, die Männer in die Schlacht führt und nicht tötet? Glaubst du, sie ist genauso gut, wie sie schön ist?«

»Ash . . .«

»Sie ist eine von uns, Fernando. Sie ist einer jener Menschen, die das Töten anderer Menschen organisieren. Das bin ich, das warst du, und das ist sie auch. Herrgott! Kannst du denn nur mit deinem Schwanz denken?«

»Es tut mir leid.« Äußerst verlegen breitete er die Hände aus. »Ich habe alles falsch gemacht. Ich habe nicht dran gedacht, dass du dich angesprochen fühlen könntest. Ich dachte, du wüsstest, dass ich . . .«

Ash ließ das Schweigen zwischen ihnen wachsen.

»Du dachtest, ich wüsste, dass du mich nie wieder berühren würdest, selbst wenn dein Leben davon abhängen würde.«

»Nein! Ich meine . . .« Hilflos blickte Fernando zu Boden. »Ich kann es nicht erklären. Ich habe dich gesehen. Ich habe auch sie schon vorher gesehen. Diesmal war es . . . anders.«

»Ach . . . verpiss dich!«

Ash fühlte sich gedemütigt; ihr war heiß und kalt zugleich, und sie starrte in die Ferne. Sie sah weder die feiernden Männer vor sich noch die Fenster oder den kalten, dunklen Himmel dahinter.

Jetzt weiß ich, was die Leute damit meinen, wenn sie sagen, sie wünschten, die Erde würde sich auftun und sie verschlucken.

Leise, aber bestimmt erklang Fernandos Stimme neben ihr.

»Es hat nichts mit dir zu tun. An dir ist nichts *falsch*. Ich habe dich gehasst . . . aber dann habe ich dir zugehört . . . Ash, wärst du nicht gewesen, wäre ich jetzt kein Priester! Bis jetzt habe ich nicht gewusst, wie *leid* es mir tut, dass ich dich verletzt habe. Ich liebe sie, und für dich empfinde ich wie für . . . für eine Schwester vielleicht. Oder eine Freundin.«

Spöttisch und mit Tränen in der Stimme sagte Ash: »Bleib bei ›Freundin‹ . . . Lass das mit der Schwester lieber da raus. Deine Schwester will mich weit mehr berühren als du!«

Er blinzelte.

»Vergiss es«, sagte Ash. »Vergiss es einfach. Vergiss die ganze Sache. Ich will nichts mehr davon hören.«

»Gut.«

Einen Augenblick später fragte Ash: »Weiß sie es?«

»Nein.«

»Du betest sie also aus der Ferne an, wie die Troubadoure sagen.«

Bei ihrem Sarkasmus errötete Fernando erneut. »Das ist vielleicht auch besser so. Ich bin nicht gut in solchen Sachen. Ich wollte mich einfach bei dir entschuldigen und dir erzählen, wie ich für sie empfinde. Ash, ich habe dich nie verletzen wollen.«

»Das ist dir diesmal aber verdammt nochmal besser gelungen als all die Male, in denen du es versucht hast.«

»Ich weiß. Was soll ich sagen?«

»Was soll irgendwer sagen?« Ash seufzte. »Am besten nichts... Das macht man doch so, nicht wahr? Wenn du irgendetwas tun willst, Fernando, sag einfach nichts mehr. Einverstanden?«

»Einverstanden.«

Ash wandte sich von ihm ab und beobachtete ihre Männer. Eine willkommene Taubheit vertrieb ihren Schmerz, ihre Wut und ihren verletzten Stolz, und nur Erleichterung blieb zurück. *Es tut zu weh, ersetzt zu werden, als dass man sich darüber den Kopf zerbrechen sollte.*

Ein paar Augenblicke später schmerzte ihr Kiefer, weil sie krampfhaft versuchte, die Tränen zurückzuhalten.

»Es ist nicht mehr so leicht, wie es einmal war«, sagte sie.

»Was?«

»Egal.«

Bevor sie etwas unternehmen konnte, um ihre Stimme wieder unter Kontrolle zu bekommen, wurde es unruhig an der Tür.

Ash sah, dass sie sich öffnete. Kalte Luft drang in die schweißtreibende Wärme der Halle. Sie hörte Stiefel und Waffenklirren und hob die Hand, um ihre Augen zu beschatten.

De Vere, sein Bruder Dickon, zwanzig Türken, Olivier de la Marche und ein paar burgundische Kommandeure betraten den Raum. Jonvelle blieb unvermittelt stehen und starrte Ash an; sein Gesicht war kreidebleich.

»Ich habe es euch gesagt!«, brüllte John de Vere.

Alle starrten Ash an – Oxfords Bruder mit großen Augen. Selbst die Janitscharen wirkten ausnahmsweise interessiert. Ash stemmte eine Faust in die Hüfte und riss sich zusammen.

»Was ist? Habe ich vergessen, mich anzuziehen?«

Der burgundische Centenier Jonvelle schluckte. »*Hé Dieux!** Sie *ist* es. Es *ist* der Generalhauptmann.«

Ash fixierte ihn und den englischen Earl mit befehlsgewohntem Blick. »Würde mir vielleicht mal jemand sagen, was hier vor sich geht...?«

Der Burgunder starrte, als wolle er jede Einzelheit aufnehmen: eine Frau, die sich in einem Mailänder Harnisch wie zu Hause fühlte, mit schmutzigweißem, kurz geschnittenem Haar und Rußflecken auf ihren vernarbten Wangen; sie war noch immer ein wenig rot.

»Du bist hier«, sagte Jonvelle.

Ash kehrte Fernando del Guiz den Rücken zu und verschränkte die Arme vor der Brust. »Um euch das zu sagen, habe ich euch ja die ganze Zeit Nachrichten geschickt, verdammt nochmal! Also gut... Wo *sollte* ich sein?«

»Das zu fragen ist Euer gutes Recht«, sagte John de Vere. »Ihr müsst Meister Jonvelle entschuldigen. Er sieht Generalhauptmann Ash hier ... und das tun wir alle. Aber wie es scheint, hat man Generalhauptmann Ash vor einer Stunde eine Sklaveneskorte vom Westgotenlager gegeben und sie durch das Nordosttor nach Dijon hereingelassen. Dort ist sie jetzt.«

---

* »Bei Gott!«

Ash starrte den englischen Earl an. »Das ist sie verdammt noch mal nicht!«

»Wir haben sie vor noch nicht einmal zehn Minuten im Torhaus verlassen«, sagte John de Vere. »Madam ... es ist Eure Schwester. Die Faris. Sie sagt, sie wolle sich Euch ergeben.«

Lose Blätter, gefunden zwischen den Teilen Fünfzehn und Sechzehn von ASH: Die Verlorene Geschichte von Burgund (Ratcliff 2001), British Library

Nachricht	#381 (Anna Longman)
Betreff:	Ash
Datum:	16/12/00, 07.47 Uhr
Von:	Ngrant@

Adressformat gelöscht
Andere Einzelheiten
mit einem nicht
rekonstruierbaren
persönlichen Schlüssel
kodiert

Anna,

welch eine Veränderung, wieder auf Englisch zu schreiben! Ich werde eine Datei mit dem nächsten Teil des Sible-Hedingham-Manuskripts anhängen, den ich übersetzt habe.

Morgen werde ich eine Übersetzungspause einlegen. Korrektur: heute Morgen.

Ich habe endlich die beiden metallurgischen Gutachten zu dem ›Kuriergolem‹ von der Ausgrabungsstätte an Land verglichen. Einer von Isobels Studenten ist mir beim Frühstück zur Hand gegangen. Nun, es ist durchaus möglich, dass diese Berichte sich auf zwei ›verschiedene‹ archäologische Artefakte beziehen, die aus irgendeinem Grund im Labor verwechselt worden sind. Falls es sich nämlich um zwei Berichte über ein und dasselbe Artefakt handeln sollte, widersprechen sie sich völlig in nahezu jedem Aspekt, vom Inhalt an Pflanzenmaterial bis hin zur Hintergrundstrahlung.

Entweder hat das Institut bei einem der beiden Berichte einen großen Fehler gemacht – was, wie ich Ihnen zugestehen muss, die Schlussfolgerung jedes vernünftig denkenden Menschen ist –, oder diese Berichte beschreiben ›einen Prozess im Artefakt selbst‹, der zwischen dem ersten Bericht im November und dem zweiten zwei Wochen später stattgefunden haben muss.

Aber wie kann ein Artefakt im November ›neu‹ sein (nach 1945) und im Dezember ›alt‹ (400–500 Jahre)?

Anna, falls hier ein Prozess im Gange sein sollte, egal, was für einer, und egal, ob ich mich in der einen oder anderen Einzelheit irre . . . was werden wir dann sonst noch zu sehen bekommen?

Ich habe Isobel überzeugt, Colonel (geschwärzt) zu kontaktieren und ihn darum zu bitten, uns einen Militärhubschrauber zur Verfügung zu stellen. Sie hat mir gerade erzählt, dass er zugestimmt hat. Eine ehemalige russische Mil-8 wird mich in zwei Stunden, kurz vor Sonnenaufgang, auf einem Flugfeld in Tunis erwarten. Und Isobel leiht mir einen ihrer Studenten.

Der Helikopterpilot wird das Gebiet südlich von Tunis bis hin zum Atlasgebirge überfliegen. Wir haben Videogeräte dabei.

In der Archäologie können Luftaufnahmen von allergrößter Bedeutung sein. Bei niedrig einfallendem Licht werfen selbst die kleinsten Unebenheiten Schatten und enthüllen so den ›Bodenplan‹ längst verlassener Siedlungen.

Auch wenn eine vorherige geophysikalische Untersuchung des Areals, an dem ich interessiert bin, keine verwertbaren Ergebnisse geliefert hat, glaube ich, dass es heute anders sein wird. Wenn auch nur, weil Isobel und ich dank des Fraxinus-Manuskripts jetzt eine Idee haben, wo wir suchen müssen.

Falls es dort irgendwelche Überreste gibt – falls es JETZT dort irgendwelche Überreste gibt –, dann werden das Teile der Pyramidenstrukturen sein, die Fraxinus die ›Wilden Maschinen‹ nennt; und dann will ich die Beweise katalogisiert haben.

Entweder durch Zufall oder aus Absicht sind wir zu dem geworden, was wir sind. Aber da die Geschichte kein westgotisches ›Reich‹ in dem Sinne, in dem es die Texte beschreiben, kennt, sei es nun im Mittelalter oder zu jeder anderen Zeit, dann bleibt mir nur eine Schlussfolgerung übrig . . . Nun, WAS für eine Schlussfolgerung? Dass ›beide‹ Seiten in diesem Konflikt verändert worden sind? Ausradiert? Und das in unserer Geschichte, der Geschichte nach der Fraktur, irgendetwas davon übrig geblieben ist, ein Palimpsest dessen, was vorher gewesen ist?

Und doch ... Das Sible-Hedingham-Manuskript könnte unentdeckt in Hedingham Castle gelegen haben, wie Ihr William Davies suggeriert. Bei dem Kuriergolem könnte es sich um ein bisher unentdecktes Artefakt handeln. Aber WAS soll ich aus der Fundstätte am Meeresgrund schließen, wo die jetzigen Untersuchungen sämtlichen Aufzeichnungen der Admiralität und Satellitenfotos widersprechen?

Falls wir Karthago entdeckt haben sollten, was werden wir dann noch alles in der Wüste im Süden finden?

Nach dem Hubschrauberflug werde ich mich sofort wieder bei Ihnen melden.

Pierce

Nachricht   #211 (Pierce Ratcliff)
Betreff: Ash
Datum: 16/12/00, 08.58 Uhr
Von: Longman@   Adressformat gelöscht
                                Andere Einzelheiten
                                verschlüsselt und nicht
                                rekonstruierbar gelöscht

Pierce,

ihr Leute nehmt das ernst.
Lassen Sie mich mit Dr. Isobel reden.

Anna

Nachricht   #216 (Pierce Ratcliff)
Betreff: Ash
Datum: 16/12/00, 09.50 Uhr
Von: Longman@   Adressformat gelöscht
                                Andere Einzelheiten
                                verschlüsselt und nicht
                                rekonstruierbar gelöscht

Pierce,

entschuldigen Sie meine Ungeduld. Was ist auf dem Flug passiert?
Sind Sie wieder zurück?

Ich habe gerade von Jonathan gehört: Auch wenn sie sich des
Ausmaßes Ihrer Entdeckungen nicht bewusst ist, will die Filmgesell-
schaft so schnell wie möglich mit Aufnahmen an der Ausgrabungsstätte beginnen – wenn möglich noch vor den Weihnachtsferien. Was
wird Dr. Isobel dazu sagen?

HABEN SIE IRGENDETWAS IN DER WÜSTE GEFUNDEN?

Anna

△▽△

Nachricht   #383 (Anna Longman)
Betreff: Ash
Datum: 16/12/00, 10.20 Uhr
Von: Ngrant@   Adressformat gelöscht
                                Andere Einzelheiten
                                mit einem nicht
                                rekonstruierbaren
                                persönlichen Schlüssel
                                kodiert

Ms Longman,

ich hoffe, es macht Ihnen nichts aus, wenn ich zu diesem Zeitpunkt etwas hinzufüge.

Ich halte es nicht für ratsam, wenn Außenstehende bereits jetzt mit Filmaufnahmen hier beginnen. Vielleicht nach Weihnachten? Nach Neujahr? Ich bringe die Videoaufzeichnungen der Expedition allerdings ständig auf dem neuesten Stand.

Bitte, nennen Sie mich Isobel.

I. Napier-Grant

Nachricht	#218 (ING)	
Betreff:	Ash	
Datum:	16/12/00, 10.32 Uhr	
Von:	Longman@	Adressformat gelöscht
		Andere Einzelheiten
		verschlüsselt und nicht
		rekonstruierbar gelöscht

Liebe Isobel,

hat Pierce Ihnen schon erzählt, dass der Herausgeber der zweiten Ausgabe von ASH, Vaughan Davies, wieder aufgetaucht ist, nachdem man ihn sechzig Jahre lang für tot gehalten hat?

Können Sie bestätigen, was Pierce mir über den Status Ihrer Ausgrabungsstätte am Meeresgrund vor Tunis erzählt hat?

Besteht da ein Zusammenhang zu Ihrer Zurückhaltung, fremde Filmteams zuzulassen? Oder steht Pierce einfach nur unter Stress?

Anna

Nachricht   #385 (Anna Longman)
Betreff: Ash
Datum: 16/12/00, 11.03 Uhr
Von: Ngrant@   Adressformat gelöscht
                                    Andere Einzelheiten
                                    mit einem nicht
                                    rekonstruierbaren
                                    persönlichen Schlüssel
                                    kodiert

Anna,

nach einem flüchtigen Blick auf die Dateien widerspreche ich im Wesentlichen nicht dem, was Pierce Ihnen geschrieben hat.

Das wird Ihre letzte Frage vielleicht beantworten.

Was mich selbst betrifft ... Ich bin überwältigt. Hat Pierce nicht irgendwann einmal im Scherz gesagt, dass er und ich Ihnen eines Tages die Ratcliff-Napier-Grant-Theorie der Wissenschaftlichen Wunder schicken würden? Worüber Tami Inoshishi und Jamie Howlett gerade spekulieren, ist vermutlich nicht mehr weit entfernt davon.

Falls meine Kollegen aus der Theoretischen Physik Recht haben sollten, dann ist es das tiefste Unterbewusstsein – das Bewusstsein der Spezies, wenn Sie so wollen –, welches das Universum ERSCHAFFT. Stellen Sie sich einen konstanten Prozess vor, in dem die Wellenfront der Möglichkeiten (zufälliges, ungeordnetes Chaos) binnen jeden Augenblicks in sich zusammenfällt und aus den Möglichkeiten, die sein KÖNNTEN, die eine wird, die IST. Kurz gesagt, ein Prozess, in dem das Mögliche ständig zum Realen wird. Das ist die Zeit: So erfahren wir das Universum. Und, so erklärt Tami mit bemerkenswertem Selbstbewusstsein, die Ursache, warum die Wellenfront des ›Möglichen‹ in eine stabile ›Gegenwart‹ zusammenfällt, in den Augenblick, den wir als ›Jetzt‹ bezeichnen, liegt in der WAHRNEHMUNG des Ganzen begründet, im Bewusstsein der Spezies (gemeint ist hier eine aktive, keine passive Perzeption).

Und mit Pierces übersetzten Manuskripten im Hinterkopf habe ich Tami und James gegenüber heute Morgen scherzhaft erwähnt, dass diese mögliche Fähigkeit, die Wellenfront zum Einsturz zu bringen, genetisch begründet sein könnte. Tami hat darauf ernsthaft erwidert, dass es noch nicht einmal schwer sei, sich das vorzustellen. Es wäre nur einer der größeren möglichen Evolutionssprünge, ein stabiles Universum zu haben, wo Wirkung auf Ursache folgt, ein Universum, in dem das, was Sie gestern getan haben, gute Chancen hat, auch heute noch gültig zu sein.

Das sei jedoch keine bewusste Fähigkeit, sagte er. All das würde auf einer subatomaren Ebene geschehen, einer Ebene, die so instinktmäßig sei wie die Photosynthese einer Pflanze oder der Herzschlag eines Menschen.

Ich wünschte, Pierce wäre hier auf dem Schiff, aber ich werde bis zur Rückkehr des Hubschraubers warten müssen, bevor ich ihn fragen kann ... Ich frage mich, ob man spekulieren könnte, dass die Realität weit flexibler war, bevor die Menschen eine Intelligenz entwickelten, dass sie sich nicht auf eine Möglichkeit der unendlichen Möglichkeiten beschränken ließ, in denen das Universum existieren kann. Ich würde ihn gerne fragen, ob man so nicht erklären könnte, dass jede menschliche Kultur eine prähistorische Mythologie besitzt, eine legendäre Vergangenheit VOR der eigentlichen Geschichte.

Soweit ich weiß ... und das ist der Grund, warum ich so zurückhaltend bin, was ein Buch oder gar einen Film betrifft; ich denke ernsthaft darüber nach, diese Grabung der interdisziplinären Forschung zu öffnen und Theoretiker ALLER Wissenschaften einfliegen zu lassen ... Soweit ich weiß, besitzt jedwedes Leben die eingeschränkte Fähigkeit, eine willkürliche Möglichkeit in vorhersehbare Realität zu verwandeln. Pflanzen, Delfine, Vögel: Alle versuchen, die Umwelt zu ihren Gunsten zu beeinflussen. Die grundlegendste Form davon MUSS die Wahrnehmung der subatomaren Bausteine der Realität sein, im Augenblick des ›Jetzt‹, wo sie weder instabil noch willkürlich sind, sondern einem Muster folgen.

Ich bin Archäologin, keine Physikerin, und ich höre Tami und James staunend und mit offenem Mund zu. Bevor er heute Morgen aufgebrochen ist, hat Pierce zu mir gesagt, das klinge ganz nach der Ratcliff-Napier-Grant-Theorie der Wissenschaftlichen Wunder. Sie müssen nur behaupten, dass die genetische Fähigkeit existiert, BEWUSST die möglichen Stadien des Universums zur Realität kollabieren zu lassen ... Wäre das kein ›Wunder‹? Das setzt natürlich voraus, das solch eine Fähigkeit mit genügend genetischen Defekten einhergeht, dass sie nur äußerst selten die Empfängnis oder gar die Geburt überlebt. Und dann schaue ich mir Pierces Übersetzungen an und denke nach: Da haben wir den Rabbi und Hildico und die Faris und (so nimmt man an) den westgotischen ›Propheten Gundobad‹, den wir in dieser, unserer Geschichte nicht identifizieren können, weil er in dieser Geschichte nicht existiert.

Ich habe mein ganzes Erwachsenenleben in dem Bewusstsein verbracht, dass nur sehr, sehr wenig echte Beweise aus unserer Vergangenheit übrig geblieben sind und dass man äußerst vorsichtig mit der Interpretation seiner Entdeckungen sein muss. Wären Sie nicht in London – wären Sie hier vor der Küste von Nordafrika mit einer UNMÖGLICHEN Fundstätte tausend Fuß unter Ihnen –, dann würden Sie vielleicht verstehen, warum ich die Spekulationen über eine Fraktur, einen Riss oder Bruch in der Geschichte nicht einfach so vom Tisch wischen kann.

Ich will damit aber auch nicht sagen, dass ich dieser Theorie Glauben schenke.

Und dann sind da natürlich noch die praktischen Konsequenzen. Ich hatte gehofft, noch bis nach Weihnachten mit einer öffentlichen Erklärung warten zu können, aber wie ich sehe, werde ich meine Meinung dahingehend ändern müssen.

I. Napier-Grant

Nachricht   #219 (ING)
Betreff: Ash
Datum: 16/12/00, 11.36 Uhr
Von: Longman@   Adressformat gelöscht
                                Andere Einzelheiten
                                verschlüsselt und nicht
                                rekonstruierbar gelöscht

Isobel,

Sie haben Pierce einen Assistenten geliehen und ihm einen Helikopter
besorgt. Sie müssen ihm doch irgendwas glauben.

Anna

▲▼▲

Nachricht   #388 (Anna Longman)
Betreff: Ash
Datum: 16/12/00, 15.15 Uhr
Von: Ngrant@   Adressformat gelöscht
                                Andere Einzelheiten
                                mit einem nicht
                                rekonstruierbaren
                                persönlichen Schlüssel
                                kodiert

Pierce hat sich über Funk gemeldet. Hier eine Niederschrift des rele-
vanten Teils der Nachricht.

I. Napier-Grant

»Wir sind wieder gelandet. In Tunis. Wenn ich keinen Jeep mieten oder
ein verdammtes Kamel kaufen kann, bin ich bereit, zu Fuß in die

316

Wüste zu gehen. Ein Sonnenuntergang ist genauso gut wie die Morgendämmerung.«

Nachricht   #390 (Anna Longman)
Betreff: Ash
Datum: 16/12/00, 18.15 Uhr
Von: Ngrant@   Adressformat gelöscht
                              Andere Einzelheiten
                              verschlüsselt und nicht
                              rekonstruierbar gelöscht

Anna,
nichts.

Pierce

Nachricht   #221 (Pierce Ratcliff)
Betreff: Ash
Datum: 16/12/00, 18.36 Uhr
Von: Longman@   Adressformat gelöscht
                              Andere Einzelheiten
                              verschlüsselt und nicht
                              rekonstruierbar gelöscht

Pierce,

was meinen Sie mit NICHTS?

Anna

Adressformat gelöscht
Andere Einzelheiten
verschlüsselt und
nicht rekonstruierbar
gelöscht

Anna,

ich meine den Alltag, nehme ich an, das Weltliche. Nichts, worüber
man sich aufregen müsste. Nein, es gibt nichts in der Wüste südlich
von hier. Isobel hat, indem ich einen Militärhubschrauber benutzen
konnte, ihre Beziehungen so ziemlich ausgereizt. Er hat mich – nachdem der Luftraum wieder freigegeben worden war – zwischen hier
und dem Atlasgebirge mehrmals hin und hergeflogen.

Natürlich könnte irgendetwas unter Wohnvierteln oder Industriean-
lagen vergraben sein – wer weiß? Auf jeden Fall waren keine Archäo-
logen griffbereit, als man die Gebäude errichtet hat. Falls es dort Überreste alter Kulturen gegeben haben sollte, so sind sie verschwunden,
zerstört. Oder wahrscheinlicher ist wohl, dass es dort nie etwas gab,
dass es sich bei den ›Beweisen‹ des Manuskripts um reinen Symbo-
lismus handelt und bei den metallurgischen Berichten schlicht um
einen menschlichen Fehler.

Was, haben Sie erwartet, sollte ich für Sie finden, Anna? Eine glü-
hende Pyramide?

Tut mir leid.

Ich muss gestehen, dass ich zumindest auf ETWAS gehofft hatte.
Ein paar Kämme auf der Erde, sichtbar bei Sonnenaufgang bzw. Sonnenuntergang. Es war doch nicht zu viel verlangt, dass ein ›Schatten‹
wieder zurückkommen würde, oder? Einfach nur, um uns wissen zu
lassen, dass die ›Wilden Maschinen‹ nicht das waren, was sie offensichtlich sind: eine mittelalterliche literarische Fantasie. Ein Stilmittel.

Isobels Team archiviert meine Aufzeichnung, aber natürlich hat die Grabungsstätte an Land im Moment nicht ihre Priorität. Unterwasserruinen, ›das Gotische Karthago‹, das ist das Wichtige.

Mit Ihrem Buch-zum-Film-Deal geht's voran. Machen Sie sich keine Sorgen.

Pierce

Nachricht	#222 (Pierce Ratcliff)	
Betreff:	Ash	
Datum:	16/12/00, 20.45 Uhr	
Von:	Longman@	Adressformat gelöscht Andere Einzelheiten verschlüsselt und nicht rekonstruierbar gelöscht

Pierce,

scheiß auf den ›Buch-zum-Film-Deal‹. Was ist mit Ihnen? Sind Sie in Ordnung?

Ich weiß, ich habe nur wenig getan, aber ich habe persönlich mit der Davies-Familie gesprochen; auch ich habe mich in das Ganze reinziehen lassen.

Ich kann mir nicht vorstellen, wie Sie oder Dr. Isobel sich im Augenblick fühlen, aber sofern es mich betrifft, ist das nicht einfach nur ein weiteres Buch. Wenn ich Ihnen irgendwie helfen kann, werde ich das tun. Sie wissen, dass ich das auch so meine.

Anna

Nachricht   #392 (Anna Longman)
Betreff: Ash
Datum: 16/12/00, 20.57 Uhr
Von: Ngrant@   Adressformat gelöscht
                                Andere Einzelheiten
                                verschlüsselt und
                                nicht rekonstruierbar
                                gelöscht

Anna,

ich weiß. Danke.

Ja, ich nehme an, es ist schwer, sich vorzustellen, wie Tami Inoshishi und James Howlett knietief in den Imagedateien dieses Projekts stecken und wie sie wie Maschinengewehre auf die anderen Teammitglieder einreden. Ich muss gestehen, dass ich mich ein wenig vor den Kopf gestoßen fühle, weil im Augenblick niemand Zeit für einen einfachen Historiker hat. Ich nehme an, meine Zeit kommt mit den textbasierten Beweisen.

Neben der riesigen Enttäuschung ist das alles jedoch nicht wirklich von Bedeutung. Ich war so SICHER, dass wir Überreste der ›Wilden Maschinen‹ finden würden oder zumindest die Stelle, an der sie gestanden haben. Nachdem wir die ›machina rei militaris‹ zur Untersuchung heraufgeholt haben – und ich nehme an, dass wird Monate, wenn nicht gar Jahre dauern –, werden wir wohl einige Fragen beantworten können. Aber ich fürchte, wie im Falle von Isobels Golem, werden wir nicht in Erfahrung bringen können, wie sie funktioniert hat.

E pur si muove: Und sie bewegt sich doch, wie Galileo unter deutlich anderen Umständen gesagt hat.

Aber akademische Scherze beiseite: Ich bin im Augenblick recht verbittert. Ich war so sicher. Wissen Sie . . . Ist die Prämisse erst einmal akzeptiert, ist nichts mehr unlogisch. In meinem ersten Entwurf des ›Nachworts‹ steht es ebenfalls, und ich werde es Sie lesen lassen. Das Nachwort basiert auf Fraxinus und der Entdeckung des ›Lehmläufers‹, bevor wir das Sible-Hedingham-Manuskript gefunden haben. Es ist also noch nicht redigiert.

NACHWORT zur 3. Ausgabe von ASH: DIE VERLORENE GESCHICH-TE VON BURGUND

(Auszug) (iii) THEOLOGIE UND TECHNOLOGIE: DIE IMPLIKATIONEN VON ›FRAXINUS ME FECIT‹

. . . der mittelalterliche Geist hinter dem ›Fraxinus‹-Manuskript formuliert seine Beschreibung der verschiedenen karthagischen Maschinen mit Hilfe quasireligiöser, quasimythologischer Termine, wenn er beispielsweise davon spricht, wie Godfrey Maximilians ›Seele‹ im Steingolem ›gefangen‹ wird. Wir, die wir den Vorteil genießen, das Vokabular des 20. Jahrhunderts in Bezug auf Künstliche Intelligenz zu besitzen, würden es wohl eher als Neuralmuster seiner Persönlichkeit beschreiben, das im Augenblick eines großen physischen oder mentalen Traumas in die *machina rei militaris* ›upgeloaded‹ wurde, beziehungsweise einen Abdruck davon. Man könnte spekulieren, dass Ashs Nähe zu Godfrey im Augenblick seines Todes in einem noch nicht bestimmten kausalen Zusammenhang zu diesem einmaligen Ereignis steht, zumal sie allem Anschein nach eine genetische Verbindung zur *machina rei militaris* besaß.

Gleichermaßen werden auch die autonomen ›Wilden Maschinen‹ in spirituellen und theologischen Termini beschrieben. Nichtsdestotrotz ist es möglich, eine andere Übersetzung anzufertigen, die deutlich anders ist als die dramatisierte, mit der ich an den Text herangegangen bin. Man könnte ›Fraxinus‹ wörtlich übersetzen, aber mit einem Vokabular, das es im Jahre 1476 noch nicht gab. Dies ist ein entsprechend korrigierter Auszug von Ashs ›Download‹ in Karthago:

Die Wilden Maschinen kennen ihren eigenen Ursprung nicht; er ist in ihren primitiven Erinnerungen verloren gegangen. Sie vermuten, es seien Menschen gewesen, die vor zehntausend Jahren religiöse

Gebilde gebaut haben und dabei zufällig ›Felsen geordnet haben‹ –
sie haben geordnete, pyramidenförmige Gebilde aus Lehmziegeln
und Stein (Silizium) errichtet. Strukturen (aus Silizium), die groß
genug sind, um die spirituelle Energie (elektromagnetische Energie)
der Sonne zu absorbieren. Aus dieser ursprünglichen Ordnung und
Struktur erwuchs ein spontaner Geist (eine sich selbst bewusste
Intelligenz). Die ersten primitiven Funken der (elektromagnetischen)
Kraft begannen, sich zu organisieren (zu fest verdrahteten Netzwer-
ken) und schufen so die ferae natura machinae (auf Silizium basie-
rende ›Maschinen‹intelligenz).

Vor fünftausend Jahren wurden diese primitiven Geister (Proto-
Intelligenzen) sich ihrer selbst bewusst. Danach begannen sie, sich
zielgerichtet zu entwickeln. Die Wilden Maschinen manipulierten
die Energien der spirituellen Welt (sogen die elektromagnetische
Energie der Sonne auf), bis hin zu dem Punkt, wo das (sichtbare)
Licht in ihrer unmittelbaren Umgebung blockiert wurde. Als sie
strukturierter, organisierter und machtvoller wurden, wuchs auch
ihre Fähigkeit, Kraft aus der nächsten und größten Energiequelle
am Himmel zu ziehen (Solarenergie aufzunehmen und zu lagern),
und sie wurden effizienter: In der Folge davon breitete sich die Dunkelheit aus. Es (die nordafrikanische Küste) wurde ein Land von
Stein und Zwielicht (Solarenergie-›Schatten‹): gewaltige Monumente und Pyramiden unter einem ewigen Sternenhimmel.

(Die Maschinen-Intelligenzen) wussten von der Existenz der
Menschen und Tiere; sie registrierten ihre schwachen kleinen See-
len (neuroelektrische Felder). Bis zum Erscheinen des Propheten
Gundobad waren sie jedoch nicht in der Lage, eine Verbindung zu
diesen Wesen aufzubauen. Nach Gundobads Tod gelang es den
›Wilden Maschinen‹ erst mit der Entwicklung des Steingolems (taktischen Computers), durch Leofrics Familie eine verlässliche Verbindung aufzubauen, über die sie mit der Menschheit kommunizieren konnten, anstatt auf Wunderwirker zurückgreifen zu müssen
(menschliche Geister, die in der Lage waren, bewusst das Quanten-
stadium in einem begrenzten Raum zu verändern). Sie verbargen

sich hinter der Stimme des (taktischen Computers), übermittelten ihre Gedanken (in den Datenbestand) und manipulierten Leofrics Vorfahren, sodass diese mit einem Zuchtprogramm begannen.

Der westgotische Heilige, der Prophet Gundobad, dessen <u>Reliquienes</u> (überlebendes DNS-Material) in der *machina rei militaris* Verwendung fanden und aus dessen Blutlinie schließlich Ash und die Faris hervorgingen, war einer jener sehr, sehr seltenen Menschen (wie unser Herr, der Grüne Christus – erste Geschichte), welche die Macht besitzen, Wunder zu wirken (als Individuum das Gewebe der Realität zu verändern). Was die geheime Zucht (Gentechnik) hervorbringen sollte, war nicht jemand, der über große Entfernungen mit dem Steingolem reden konnte (der von weitem auf neuro-elektrischem – oder neuro-chemischem? – Wege vom taktischen Computer downloaden konnte) – auch wenn es notwendig war (durch den Computer zu kommunizieren), da dieser die einzige Verbindung der Wilden Maschinen zur Menschheit darstellte. Was die Wilden Maschinen zu züchten versuchten, war ein weiterer Wunderwirker. Ein Gundobad. Einer, der unter ihrer Kontrolle stand und Befehlen (gewaltigen elektromagnetischen Impulsen) folgen würde, um schlussendlich ihr böses Wunder (die bewusste Veränderung des Gewebes der wahrscheinlichen Realität) zu wirken.

***

(Auszug) (vi): GENETIK UND WUNDER: DIE ZUCHT VON SCHRÖDINGERS KATZE
(Überarbeiteter Abschnitt nach der Entdeckung des Sible-Hedingham-Manuskripts)

... in dieser vergangenen Geschichte, die wir verloren haben, hat sich die Fähigkeit, die Wellenfront bewusst, absichtlich zum Kollabieren zu bringen, spontan manifestiert. In dieser ersten Geschichte ist es trotz der katastrophalen genetischen Links möglich, dass ein winziges bewusstes Talent gezüchtet worden sein könnte, das stark genug war, um effektiv zu sein – daher die echten kleinen Wunder der Priester, daher die Blutlinie, aus der das Haus Leofric die Faris und Ash züchtete.

Umgekehrt könnte die Fähigkeit, das ›Wundersame‹ zu verhindern, die Wellenfront nur in die wahrscheinlichste aller Realitäten kollabieren zu lassen, ebenso durch spontane Mutation entstehen: daher die herzogliche Blutlinie von Burgund.

Aber was geschah, *nachdem* sich alles verändert hatte? . . .

Ich bin jetzt nicht mehr sicher, warum ich so überzeugt davon war, dass noch Spuren der Wilden Maschinen überlebt haben müssen, und das nach solch einer Fraktur in der Geschichte des Universums, wie wir sie hier sehen. Auszuschließen ist allerdings Folgendes, nehme ich an . . .

Hätte es kein ›schwarzes Wunder‹ gegeben, dürften wir keine Spuren einer Fraktur in der Geschichte sehen. Aber wenn die Wilden Maschinen die Faris dazu gezwungen haben, solch eine Fraktur zu verursachen und das Universum zu verändern, warum findet sich dann kein Überbleibsel, warum hat nichts überlebt?

Wenn man schon die Menschheit auslöschen will, will man vermutlich anschließend noch da sein, um die Vorteile zu genießen!

Was also ist GESCHEHEN?

Pierce

△▽△

Nachricht	#223 (Pierce Ratcliff)	
Betreff:	Ash	
Datum:	17/12/00, 03.10 Uhr	
Von:	Longman@	Adressformat gelöscht
		Andere Einzelheiten
		verschlüsselt und nicht
		rekonstruierbar gelöscht

Pierce,

tut mir leid, ich sollte nicht in den frühen Morgenstunden mailen, ich kann nicht mehr vernünftig denken . . . aber . . .

Falls die karthagische Ausgrabungsstätte und der Kuriergolem das sind, was Sie sagen, dann meinen Sie nicht

›Was IST geschehen?‹

Sie meinen: ›Was geschieht NOCH IMMER?‹

Was wird passieren, wenn Sie NOCH EINMAL über die Wüste fliegen, in, sagen wir, einem Monat? Was werden Sie DANN sehen?

Anna

Teil Fünfzehn

25. Dezember –
26. Dezember 1476

*»Ex Africa semper aliquid novi«**

---

* »Immer etwas Neues aus Afrika« (eine gebräuchlichere Variante des »Semper aliquid novi Africam adferre« von Plinius dem Älteren). Sible-Hedingham-Manuskript, Teil Fünf.

Eins

Ash spürte den Wind, der durch die Tür des Kompanieturms hereindrang. Er wehte an einer Gruppe von Rittern vorbei: scharf, feucht und bitterkalt. Verwirrung wich Klarheit, und das mit einer Geschwindigkeit, die sie verblüffte. *Töte sie, und die Wilden Maschinen können nichts tun. Für die nächsten zwanzig Jahre. Minimum.*

Sie sagte: »Wir müssen sie sofort exekutieren.«

Der Earl of Oxford nickte nüchtern. »Ja, Madam. Das werden wir.«

Ash sah, wie Jonvelle an ihr vorbeiblickte, und drehte den Kopf.

Floria kam auf sie zu und zog sich Efeuranken von der Schulter; Robert Anselm war dicht hinter ihr. Der Burgunder Jonvelle verneigte sich vor der Herzogin.

»Was ist?«, verlangte Floria zu wissen.

Ash schaute sich rasch nach Fernando del Guiz um: Er war knapp einen Schritt von ihr entfernt, vollkommene Überraschung lag auf seinem Gesicht. Angelotti stand neben dem deutschen Priester, eine Hand auf dem Panzerstecher in seinem Gürtel.

»Die Faris ist hier«, sagte Ash schlicht.

»*Hier?*«

»Jep.«

»Hier in *Dijon*?«

»Ja!« Alle hörten zu, aber dagegen konnte Ash jetzt auch nichts tun. Die Soldaten der Kompanie bildeten einen engen Kreis um sie herum. Euen Huw streifte sein ›Sarazenengewand‹ ab und schob sich neben Angelotti; Rickard stand mit offenem Mund unmittelbar neben Ash.

»Sagt es ihr, Mylord«, wandte sie sich an John de Vere.

»Euer Gnaden, Berichte besagen, dass sich eine Gruppe unbewaffneter Westgotensklaven dem Nordosttor genähert hat, während wir gerade vom Treffen mit dem König-Kalifen zurückgekehrt sind. Die Wachen haben nicht auf sie geschossen, und das wollten sie auch gar nicht, als sie – wie sie glaubten – sahen, dass Generalhauptmann Ash in ihrer Begleitung wieder in die Stadt zurückkehrte.« Oxford nickte in Richtung Ash. »Die Westgotin hat sich die Haare abgeschnitten und ihr Gesicht mit Dreck eingerieben. Das reichte aus, dass man sie reingelassen hat. Alle anderen, außer einem halben Dutzend Sklaven, sind wieder ins Gotenlager zurückgekehrt. Die Frau hat sich dann hingesetzt und verlangt, mit der Herzogin von Burgund zu sprechen, und mit Ash, der sie sich – so sagte sie – ergeben wolle.«

»Die ist nicht mehr ganz bei Verstand.« Floria blinzelte. »Ist das wahr?«

»Ich sehe keinen Grund, warum ich Jonvelles Männern misstrauen sollte. Außerdem habe ich sie inzwischen gesehen. Es ist der Westgotengeneral.«

»Sie muss getötet werden«, sagte Ash. »Hol mir jemand meine Axt, und lasst uns zum Nordosttor gehen.«

»Ash . . .«

Überrascht hörte Ash so etwas wie Zögern in Florias Stimme. Jonvelle straffte die Schultern; offensichtlich war er bereit, die Befehle der Herzogin vorbehaltlos entgegenzunehmen.

»Darüber gibt es nichts zu *diskutieren*. Wir werden das hier nicht verpfuschen«, sagte Ash in sanftem Ton. »Verdammt nochmal, Mädchen. Du hast den Hirsch erlegt. Sie ist meine Blutsverwandte, aber ich weiß, dass ich sie töten muss, *jetzt*. Sie ist das Werkzeug, durch das die Wilden Maschinen ihr böses Wunder wirken wollen. Und in der Sekunde, in der sie dich töten, wird genau das geschehen: Durch sie werden sie handeln – und wir sind tot. Wir alle. Als wären wir nie da gewesen.« Ash beobachtete Florias Gesicht. »Es wird so sein wie jenseits der Grenze. Nur Dunkelheit und Kälte.«

»Ich bin nur gekommen, um sicherzugehen, dass nicht Ihr es seid, Captain Ash«, sagte John de Vere brüsk. »Aber ich hätte die Aufgabe wohl selbst erledigen sollen.«

Jonvelle hustete. »Nein, Sieur, das hättet Ihr nicht. Meine Männer hätten Euch nicht gehorcht. Wir stehen unter dem Kommando von Burgund, nicht von England. Ihre Gnaden muss den Befehl erteilen.«

»Nun, dann lasse Gottes Gnade es uns jetzt tun!« De Vere hatte sich bereits umgedreht und gab den Janitscharen Befehle, als Floria ihn unterbrach:

»Wartet.«

»Herrgott, Florian!«, brüllte Ash entsetzt. »Was meinst du mit ›Wartet‹?«

»Ich werde keine Hinrichtung befehlen! Ich habe einen Eid geschworen, niemandem ein Leid zuzufügen! Ich habe den Großteil meines Erwachsenenlebens damit verbracht, Leute zusammenzuflicken, nicht sie umzubringen!« Floria packte Ash am Arm. »Warte einfach. Denk nach. *Denk* darüber nach. Ja: Ich habe den Hirsch erlegt. Solange ich die Herzogin von Burgund bin, stellt sie keine Gefahr dar.«

Der Earl of Oxford sagte: »Euer Gnaden, es ist die ungeschminkte Wahrheit, aber in den Straßen der Stadt sterben Männer und Frauen im Feuer der Belagerungsmaschinen, und falls wir Euch durch einen dummen Zufall verlieren sollten und die Faris lebt noch, verlieren wir *alles.*«

»Du warst mit mir in Karthago«, drängte Ash. »Du hast die Wilden Maschinen gesehen. Du hast gesehen, was sie mir dort haben antun können. Florian, in Christi Namen, habe ich dich je bei etwas Wichtigem angelogen? Du *weißt*, was hier auf dem Spiel steht!«

»Ich werde es nicht tun!«

»Darüber hättest du nachdenken sollen, bevor du den Hirsch getötet hast«, sagte Ash wütend. »Eine Hinrichtung ist niemals leicht. Es ist übel, richtig übel. Eine Hinrichtung ist eine Sauerei und meist ungerecht. Falls es dir dann leichter fällt, weil du deine Hände nicht mit Blut besudeln willst, werden ich, Lord Oxford und Oberst Bajezet mit seinen fünfhundert Türken jetzt zum Nordosttor gehen und die Sache erledigen, egal was Jonvelle hier sagt.«

Floria ballte die Fäuste. »Nein. Das wäre zu leicht.«

Was sie auch an Schmerz empfinden mochte – wegen Floria, wegen der Faris, ja sogar wegen sich selbst –, Ash schob ihn auf die gleiche Art beiseite, wie sie die Tränen in ihren Augen zurückhielt. Sie legte die Hand auf die Florias. Die Frau trug noch immer das lange Gewand des Edlen Doktors; vereinzelt hatten sich Efeublätter in ihren Haaren verfangen, und ihre Wangen waren rot von der Hitze in der Halle.

»Florian«, sagte Ash. »Ich werde keine Zeit verschwenden.«

Robert Anselm nickte; den Gesichtern der Lanzenführer war deutlich anzusehen, dass sie ebenfalls zustimmten. Sie mochten für ihren Arzt Sympathie empfinden, doch wenn es darum ging zu handeln, war das nicht mehr wichtig.

Angelotti sagte leise zu Floria: »Es ist nie leicht, Dottore. Nach einer Schlacht gibt es immer Männer, die man nicht mehr retten kann.«

»Süßer *Christus,* aber ich hasse Soldaten!«

Kaum hatte Floria das schmerzerfüllt und angewidert ausgerufen, stolperte ein Soldat in Jonvelles Livree durch die Tür und zwischen den Wachen hindurch. Ash kniff die Augen zusammen, um sein verschwitztes, verstörtes Gesicht unter dem Kriegshut besser sehen zu können. Sofort winkte sie den Mann näher heran; dann machte sie ein Zeichen des Respekts Jonvelle gegenüber.

»Ja, Sergeant?«, sagte Jonvelle.

»Ein westgotischer Herold steht vor dem Nordosttor! Er trägt die Parlamentärsfahne«, keuchte der Mann, wischte sich mit dem Mantelsaum über die Nase und atmete tief durch. »Er kommt vom König-Kalifen. Er sagt, Ihr hättet seinen General hier, und er verlangt ihre Freilassung. Er hat gut sechshundert unserer Flüchtlinge zwischen den Linien zusammentreiben lassen. Er sagt, wenn Ihr den General nicht gehen lasst, wird er sie bis auf den letzten Mann töten; Frauen und Kinder sind auch dabei.«

Die Flüchtlinge und ihre Bewacher standen in dem aufgewühlten Niemandsland unter den Mauern von Dijon zwischen Nordosttor und Fluss.

Ash trug keine Livree, anhand deren man sie hätte identifizieren können. Sie hatte den Bart angelegt und das Visier gerade weit genug hochgeklappt, um zwischen den beiden Metallteilen hindurchsehen zu können. Sie lehnte sich mit der Schulter an die Zinnen des Wehrgangs über dem Torhaus und spähte nach unten, wohl wissend, dass sie selbst kaum zu sehen war.

Hinter ihr läutete die Glocke der Abtei zur Sext. Die Mittagssonne warf ein blasses Licht. Der Haufen von Frauen und Männern, die ziellos auf der kalten Erde standen, wirkte aus ihrer Perspektive klein. Ein Mann schlug die Hände zum Schutz vor dem kalten Wind zusammen. Sonst bewegte sich niemand. Atem stieg in weißen Wolken empor. Die meisten von ihnen standen in zerfetzten Kleidern zusammen und drängten sich aneinander, um wenigstens etwas Wärme zu finden; die meisten schienen barfuß zu sein.

»Gütiger Gott«, sagte Jonvelle neben Ash. Er deutete nach vorne. »Ich kenne diesen Mann. Das ist Messire Huguet. Ihm gehören sämtliche Mühlen zwischen hier und Auxonne – oder zumindest war das früher so. Und seine Familie: seine Frau und sein Kind. Und da ist Sœur Irmengard aus unserem Hospiz in St. Herlaine.«

»Ihr würdet besser daran tun, nicht darüber nachzudenken«, riet ihm Ash.

Es war nicht der Dreck, der sie bewegte, oder die anderen Anzeichen ihres elenden Lebens, es waren ihre Gesichter. In den leeren Gesichtern, wie nur großes Leid sie hervorrufen kann, fand sich noch immer ein Hauch von Staunen; eine Unfähigkeit zu verstehen, wie es zu dieser Not hatte kommen können, ganz zu schweigen davon, warum es ausgerechnet ihnen widerfahren war.

»Meint es der König-Kalif ernst, Hauptmann?«, fragte Jonvelle.

»Ich sehe keinen Grund, warum er es nicht ernst meinen sollte. Roberto hat mir erzählt, im Oktober hätten sie mehrere hundert Flüchtlinge in Sichtweite der Mauern gekreuzigt, als sie versucht haben, die Stadt zu einer raschen Kapitulation zu bewegen.«

Jonvelles Gesicht nahm einen harten Ausdruck an. »Ich war im Hospiz«, beichtete er, »nach Auxonne. Es gab Geschichten über Massaker. Im Krieg handeln Ritter bisweilen ohne Ehre.«

»Ja ... Da erzählt Ihr mir nichts Neues, Jonvelle.« Ash blickte nach Nordosten zu den Gräben und Befestigungen des Westgotenlagers; sie sah die hölzernen Sturmwände, hinter denen sich die Mangonels und Arbalesten verbargen. »Sie werden noch nicht einmal Kriegsmaschinen brauchen. Auf diese Entfernung reichen Langbögen und Armbrüste.«

»Christus schütze uns.«

»Oh, *uns* wird es gut gehen«, murmelte Ash und zählte gedankenverloren die Köpfe. Sechshundert kam der wirklichen Zahl ziemlich nahe; vielleicht waren es sogar ein wenig mehr. »Um *sie* solltet Ihr Euch Sorgen machen ... Hauptmann Jonvelle, bringt so viele Arkebusiere und Armbrustschützen wie möglich hier rauf. Lasst es so aussehen, als würden wir unsere Streitkräfte hier konzentrieren. Dann postiert ein paar Einheiten am Ausfalltor.«

»Ihr werdet nur wenige halb verhungerte Frauen und Kinder

zu diesem Tor bekommen«, sagte der Burgunder, »geschweige denn durch es hindurch.«

»Wenn es so sein soll, dann soll es eben so sein. In der Zwischenzeit...« Ash ging ein paar Schritte den Wehrgang zu ihrer eigenen weißen Fahne hinunter, beugte sich zwischen zwei Zinnen hindurch und rief: »He, ihr da unten!«

Zwei steinerne Kuriergolems standen ein paar Schritt vom Fuß der Mauer entfernt. Vor ihnen, unter seinem gold-schwarz bestickten weißen Banner, starrte Agnus Dei nach oben. Ein Dutzend seiner Söldner begleiteten ihn, dazu noch ein paar weitere in roter Livree, die Ash zunächst nicht erkannte, bis sie Onorata Rodiani neben dem italienischen Condottiere sah.

»Hey, Lamm.«

»Hey, Ash.«

»Mistress Rodiani.«

»Generalhauptmann Ash.«

»Dann geben sie euch also immer noch die Scheißjobs, hm?«

Onorata Rodianis Gesichtsausdruck war auf diese Entfernung nicht zu deuten. Ihre Stimme klang jedoch angespannt. »Gelimer, der Boss, hat eigentlich Eure eigenen Männer schicken wollen, Mynheer van Mander. Ich habe ihn davon überzeugt, dass das nicht in seinem Interesse liegt. Sind wir hier im Geschäft?«

»Ich weiß nicht. Ich muss das noch mit meinem Boss bereden.« Ash stützte die plattengepanzerten Arme auf das Mauerwerk. »Euer Mann meint es ernst, nicht wahr?«

Agnus Dei klappte das Visier nach oben, und eine schwarze Haarsträhne entkam dem Helm. Sein roter Mund bildete einen sich bewegenden Strich in seinem schwarzen Bart. Klar hallte seine Stimme zu Ash herauf:

»Der König-Kalif hat uns den Befehl gegeben, hier seine Entschlossenheit zu demonstrieren. Einer dieser Golems wird rübergehen und eine der Bauersfrauen oder -kinder in Stücke reißen, sobald ich es ihm befehle. Madonna Ash, ich wünschte, wir könnten das vermeiden; ich habe wirklich keine Lust dazu. Aber wir stehen hier, wo mein Herr uns sehen kann.«

Als er die Hand hob, spiegelte sich das trübe Licht auf seinem gerillten Panzerhandschuh.

Die sandsteinfarbene Gestalt des Golems trottete auf die Flüchtlinge zu. Selbst von der Mauer aus vermochte Ash zu sehen, wie tief seine Fußspuren waren, sodass sie sich das Gewicht seiner Gliedmaßen vorstellen konnte. Frauen schrien, pressten sich gegen die gotischen Speerkämpfer und zogen ihre Kinder so weit es ging aus dem Gedränge zurück; ein, zwei Männer schickten sich an vorzugehen, die meisten kämpften sich jedoch nach hinten.

Der Golem streckte mit geschmeidiger Präzision den Arm aus, und seine bronzenen Gelenke funkelten. Seine Hand aus Metall und Stein ging an der Schulter eines Speerkämpfers vorbei – Ash konnte nicht sehen, ob der Soldat reagierte – und schloss sich um irgendetwas. Der Arm wurde ebenso geschmeidig wieder zurückgezogen. Eine Frau von ungefähr fünfzig Jahren trat, kratzte und kreischte, während sie unaufhaltsam aus der Menge herausgezogen wurde. Zwei kleine Kinder wurden ebenfalls durch die Reihe der Speerkämpfer gezerrt, weil sie der Frau an den Beinen hingen.

Ein lautes *Schnapp!* hallte durch die Winterluft.

Die Frau sackte in sich zusammen und hing seltsam verrenkt von der Hand des Golems herunter; Arm und Schulter standen nicht mehr im richtigen Winkel zueinander. Die Kinder fielen zu Boden und schrien aus vollem Hals. Einer der Speerkämpfer trat sie wieder zu den anderen Flüchtlingen zurück. Ash murmelte: »Danke!«; sie wusste, dass die Kinder erst einmal in Sicherheit waren.

Sie beugte sich zwischen den Zinnen hindurch und bellte: »Ihr müsst nicht...!«

Der Golem hob den Kopf nicht. Allein in seiner eng umgrenzten Welt, in der Fleisch nicht wichtiger war als jeder andere Stoff auch, drehte er die halb bewusstlose Frau herum, bis sie sich mit dem Gesicht Richtung Nordosttor befand. Ihre Knöchel unter dem langen Kittel waren braun von Schlamm und gelb von Scheiße.

Bronzene Gelenke bewegten sich und funkelten. Während die Frau mit den zerschundenen Fingern der gesunden Hand die steinernen Arme zu fassen versuchte, griff der Golem nach unten und schloss die mächtige Hand um beide Beine. Ein lauter Schrei zerriss den Morgen. Ash sah Steinfinger, die bis zum zweiten Knöchel in Fleisch vergraben waren.

Der Golem hob die Frau mit beiden Händen hoch. Er packte sie an Hals und Knöcheln.

Dann wrang er ihren Körper wie frisch gewaschene Wäsche.

Alle Geräusche verstummten. Rosafarbene Eingeweide glitten heraus und dampften in der kalten Luft. Der Golem ließ das verdrehte Fleisch wieder los. In Gedanken listete Ash den gebrochenen Rücken, die Hüfte, den aufgebrochenen Brustkorb und den gebrochenen Hals auf ... *Sei nicht dumm: Du kannst es von hier oben nicht riechen!*

Sie blinzelte und wandte sich ab.

In der kalten Luft, die ihre Augen tränen ließ, konnte sie erkennen, dass Agnus Deis Blick auf den gefrorenen Dunst über der Ouze fixiert war.

»Mein Gott.« Ash atmete laut aus. »Scheiße. Wie lange wird es denn noch dauern, bis ich endlich eine Antwort habe?«

Onorata Rodiani rief, von dem Geschehen scheinbar unberührt, herauf: »Ihr habt so lange Zeit, wie ihr wollt. *Sie...*« Sie deutete auf die Flüchtlinge. »... haben nur so lange, bis unser Boss Gelimer die Geduld verliert. Ihr habt die Frau, die bis heute der erste General des Reiches war und seine Truppen in der Christenheit befehligt hat. Wie lange? Ich kann nur raten, Generalhauptmann Ash; aber vermutlich könnt Ihr das besser.«

»Gut.« Ash richtete sich auf und legte die Hände flach auf

die Brüstung. »Ich mache mich jetzt auf den Weg. Ihr könnt eurem Herrn sagen, dass wir die Botschaft erhalten haben.«

Floria del Guiz sagte: »Wenn ich sie töte, werden sechshundert Menschen sterben.«

Ash folgte der Herzogin von Burgund durch den Kreuzgang von St. Stephan – sechs Straßen hinter dem Nordosttor –, den Jonvelles Männer für sicher genug erklärt hatten, um die Faris hier unter Bewachung zu halten.

»Wenn du sie nicht tötest, werden *alle* sterben.«

»Ich bin noch nicht tot«, knurrte Florian, als die große Gruppe Bewaffneter die Hauptgebäude betrat. »*Falls* ich getötet werden sollte, könnte das auch unter Umständen geschehen, unter denen die Burgunder wieder auf die Jagd gehen können . . . Ich denke an die sechshundert Menschen da draußen. Sie sind diejenigen, bei deren Tod ich werde zusehen müssen.«

»Es gibt keinen Grund für dich, dabei *zuzusehen*«, bemerkte Ash pragmatisch. Sie sah den Ausdruck auf Florians Gesicht, seufzte und wurde langsamer. »Aber du wirst es tun. Jeder glaubt beim ersten Mal, es tun zu müssen. Vertrau mir: Du wärst besser beraten, von der Mauer fernzubleiben.«

An Ashs Schulter sagte Jonvelle: »Und das von Euch, Generalhauptmann, die ihr einen Ausfall plant, um sie zu retten?«

Verlegen blickte Ash zu ihren eigenen Männern und ein paar Burgundern zurück, um sich zu vergewissern, dass sie ihnen ins Refektorium folgten.

»Es ist einen Versuch wert«, murmelte sie. »Fragt mal die armen Bastarde da draußen.«

Der Kreuzgang hinter ihr hallte von den schweren Schritten der Soldaten auf dem gefrorenen Boden wider. Selbst zur Mittagszeit fand sich noch Frost auf jenen Steinen, die im Schatten einer Säule lagen. Das große, weiß getünchte Refektorium war dank der Hitze aus der Küche deutlich wärmer. Ash ignorierte die Mönche, die im Hintergrund herumhuschten, sowie die Geräusche aus den Dormitorien, wo man inzwischen die Kranken untergebracht hatte.

»Schau mal, Florian, ich will es mal so sagen . . . Willst du jetzt die Hinrichtung der Faris befehlen, was die Burgunder glücklich machen würde, oder willst du zusehen, wie ich, Oxford und die Kompanie von der Armee getötet werden, wenn wir versuchen, zu ihr zu gelangen?«

Florian machte ein Geräusch, als würde sie ausspucken, und warf Ash einen deprimierten und verächtlichen Blick zu. »Du meinst das ernst, nicht wahr?«

Der vertriebene englische Earl schaute sie fragend an, doch was er sagte, war: »Madam, ich stimme dem ebenfalls zu.«

Eine Frau erhob sich in dem überfüllten Refektorium.

Winterliches Sonnenlicht reflektierte von den weißen Wänden. Es beleuchtete die Staubflocken – und das abgeschnittene silberne Haar der Frau. Eine Frau, umringt von Westgotensklaven in kurzen Tuniken; eine Frau in europäischem Wams und Hose, die offensichtlich nicht für sie gemacht worden waren, sie waren viel zu groß. Das abgeschnittene Haar betonte ihre Wangen. Auch der auf der Haut verteilte Dreck vermochte nicht den Eindruck von Narben zu erwecken. Sie trug weder Rüstung noch ein Schwert.

Über die verbliebenen Tische und Bänke hinweg schaute Ash auf die Faris.

Bei der Kindersklavin zur Linken der Faris handelte es sich um Violante, die in der Kälte zitterte. Eine grauhaarige, fette Frau saß auf dem Boden und versteckte sich halb unter dem langen Tisch: Adelize.

Floria del Guiz ging an Ash vorbei und stellte sich zwischen die beiden Schwestern.

»Sei vernünftig«, sagte sie. »Wir müssen sie zurückschicken, um Leben zu retten. Sofort! Solange ich lebe, stellt sie keine Gefahr dar.«

Ash funkelte die Frau an, die ihr den Weg versperrte. Sie lockerte das Schwert in der Scheide. »Es mag deiner Aufmerksamkeit ja entgangen sein, aber hier wird Krieg geführt. Solange du lebst, ja; aber das könnte nicht mehr allzu lange dauern.«

Floria verzog mürrisch den Mund und wedelte abschätzig mit der Hand. Als sie wieder sprach, klang ihre Stimme nicht flehentlich, sondern verächtlich:

»Um Christi willen, Ash! Auch wenn du die Menschen dort draußen nicht retten willst, es gibt noch einen anderen Grund, sie ein paar Stunden am Leben zu lassen ... Denk einmal über Folgendes nach: *Bis heute war sie der Oberkommandierende der Westgotenarmee!*«

»Scheiße.« Ash blickte von der Faris zu Floria. »Du hast also *doch* aufgepasst, während du den Kompaniearzt gespielt hast.«

Die Herzogin, zerzaust und seltsam würdevoll, wiederholte: »Der westgotische Kommandeur. Denk mal darüber nach, wie viel sie über die Belagerung weiß. Sie weiß, was geschehen ist, *nachdem* sie aufgehört hat, dem Steingolem Bericht zu erstatten! Und der letzte Bericht ist *Wochen* her! Sie kann uns erzählen, wie es *jetzt* da draußen aussieht!«

»Aber die *Wilden Maschinen* ...«

»Ash, du wirst mit ihr reden müssen. Frag sie aus. Dann werden wir sie wieder zu Gelimer schicken. Und wir werden beten«, sagte Floria, »dass er vorher kein Massaker veranstaltet.«

Der Strom der Soldaten, die hinter ihnen in das Refektorium fluteten, ebbte langsam ab. Ash bemerkte, wie die Soldaten sich verteilten: ihre Einheiten und die Burgunder. Jonvelle redete drängend auf den gerade eingetroffenen Olivier de la Marche ein. Sie blickte zu Robert Anselm und hob warnend die Hand. *Noch nicht.*

»Weißt du, was du da riskierst?«

Floria hob die Augenbrauen. Einen Augenblick lang sah sie wie ihr jüngerer Halbbruder aus. »Ich weiß, dass ich da draußen das Leben von sechshundert Menschen riskiere, wenn König-Kalif Gelimer beschließt, sie schon in den nächsten Minuten und nicht erst in ein paar Stunden zu töten.«

»Das habe ich nicht gemeint.«

»Nein, aber es ist trotzdem wahr.«

«*Scheiße.*« Ash schaute sich um.

Sie bemerkte Antonio Angelotti an der Tür des Refektoriums: Der Geschützmeister redete aufgeregt mit Oberst Bajezet. Neben den burgundischen Soldaten, die die Westgoten umringten, war noch eine Frau in Grün anwesend – Sœur-Maitresse Simeon –, die verärgert versuchte, Adelize unter dem Tisch hervorzulocken.

Die fette, sabbernde, weißhaarige Frau weinte und schlug die Hände der Nonne beiseite.

Neben Ash versuchte Fernando del Guiz seinen Ekel zu verbergen. Ash wandte den Blick von ihm ab und wusste, dass sie errötete.

»Verdammter Scheißchristus!«, rief sie verbittert und stemmte die Fäuste in die Hüfte. »Wir haben gleich die ganze verfluchte *Stadt* hier drin. Roberto! Sperr diesen Raum ab!«

Anselm blickte nicht zur Herzogin, um ihre Erlaubnis zu bekommen. Jonvelle setzte sich in Bewegung, um ihm den Weg zu versperren, blieb bei Florias scharfem Befehl aber stehen: »Es kommt niemand mehr hier rein – es sei denn, es ist der Abt!«

»Das ist der reinste Jahrmarkt«, seufzte John de Vere. »Captain, einen feindlichen Kommandeur in den Händen zu haben ist nicht zu verachten. Das könnte die Wende für die Belagerung bedeuten. Und auch wenn die Angelegenheit nicht nur jene in Dijon betrifft, wir haben Männer hier, die wir befehligen und deren Leben wir nicht sinnlos aufs Spiel setzen dürfen.«

Fernando del Guiz verschränkte die Arme vor der Brust und schaute sich verwirrt im Raum um. Er schüttelte den Kopf und lachte mit einem Gesichtsausdruck, der eindeutig sagte: *Was können wir sonst tun?* »Wenn ich jetzt das Gesicht des König-Kalifen sehen könnte . . .«

Ash erteilte einen Befehl. Zwei von Jonvelles Männern eskortierten Fernando hinaus. Ohne Protest folgte er ihnen.

Ash drehte sich wieder zur Faris um.

»*Warum?*«, fragte sie.

Das Licht, das durch die Fenster hereinfiel, leuchtete direkt auf das Gesicht der Faris. Erst jetzt fiel Ash auf, wie ausgezehrt die Gotin wirkte: Ihre Haut besaß eine üble Farbe; ihre Augen waren blutunterlaufen, und mit der linken Hand tastete sie unablässig nach etwas an ihrer Hüfte. Es war ein Spiegelbild von Ashs eigener Geste: die Hand, die das Schwert sucht. Als sie schließlich sprach, klang ihre Stimme ruhig, und sie benutzte jene Version des Karthagischen, die man in Armeelagern meistens hörte.

»Vergesst nicht, dass ich die Jagd zugelassen habe.«

»Was?« Floria stellte sich neben Ash und starrte die Westgotin an. »Das habe ich nicht mitbekommen.«

»Sie erinnert mich daran, dass sie die Jagd hat ausreiten lassen«, erklärte Ash. »Wäre sie nicht gewesen, würde es jetzt keine Herzogin geben.«

Als Ash daraufhin kurz zu Floria blickte, wusste sie, dass sie sich beide gleichermaßen amüsierten.

»Es ist wahr«, sagte Ash. »Das hat sie getan.«

Die Faris schluckte. Jetzt klang ihre Stimme angespannt. »Sag das deiner Burgunderin. Sie schuldet mir das hier.«

»›Das hier‹?«

Die Westgotin wechselte in die Sprache von Südburgund, die sie jedoch nur mit deutlichem Akzent sprechen konnte. »Zuflucht. Asyl. Ich habe die Befehle gegeben; ich habe meine Kommandeure zurückgehalten, sodass ihr in den Wilden Wald habt reiten können.«

Die Faris fühlte sich in ihrer europäischen Kleidung offensichtlich unwohl, vor allem in dem kurzen Wams, das sie ständig unbewusst nach unten zog. In den fünf Wochen, seit sie und Ash im Westgotenlager einander gegenübergesessen hatten, schien sie jünger geworden zu sein – oder vielleicht, so sinnierte Ash, lag das daran, dass sie keine Rüstung trug und keine Soldaten um sich hatte; so wirkte sie deutlich jünger.

»Das war vor mehr als einem Monat«, erwiderte Ash grimmig. »In der Zeit hättest du nach Karthago zurückkehren und die *machina rei militaris* zerstören können. Nun, *das* wäre nützlich gewesen.«

Ein Hauch von Furcht huschte über das Gesicht der Westgotin.

»Wärst *du* nach Karthago zurückgekehrt? Wärst *du* wieder in die Nähe der Wilden Maschinen gegangen?« Sie erwiderte Ashs Blick. Von Schlafmangel waren ihre Augen rot und aufgequollen, und Ash hatte Zeit zu denken: *Sehe ich auch so aus?*, bevor die Faris hinzufügte: »Ich wäre gegangen. Aber ich konnte nicht. Ich konnte ihnen nicht näher kommen, nicht solange sie hier sind ...«, sie berührte ihre Schläfe, »nicht wenn sie mich ... mich gegen meinen Willen benutzen können. Du hörst sie auch.«

»Nein.«

»Ich glaube dir nicht!« Ihre Stimme wurde zu einem Krächzen.

Adelize begann zu heulen und zu brüllen.

Die Faris hielt inne und streichelte der Frau zärtlich über den Kopf. Violante warf ihr einen verächtlichen Blick zu, kniete nieder und nahm die Frau in die dünnen Arme.

»Keine Angst haben«, sagte Violante im Karthagisch der Sklaven, das Ash kaum verstand. »Adelize; keine Angst haben.«

Die Frau Adelize schob Violante sanft zurück und streichelte über die Tunika des Mädchens – nein, nicht über die Tunika, wie Ash sah. Sie streichelte über den kleinen Leib, der sich unter dem Stoff zu Violantes Kragen hinaufwand.

Ash beobachtete, wie die gescheckte Ratte die Finger ihrer Mutter leckte.

Adelize streichelte das Tier. Sie stotterte: »Armes ... Armes! Keine Angst ... ruhig, ruhig ... keine Angst haben.«

»Ich habe mit meinem Vater Leofric gesprochen.« Die Faris hörte nicht auf, Adelize über den Kopf zu streicheln.

»Er kann sprechen?«, fragte Ash spöttisch.

»Er und ich, wir haben versucht, König-Kalif Gelimer davon zu überzeugen, den Steingolem zu zerstören. Er wird es nicht tun. Gelimer glaubt nichts, was mein Vater sagt. Er sagt, all das Gerede über die Wilden Maschinen sei nur ein politischer Trick des Hauses Leofric – auf jeden Fall nichts, weshalb er handeln würde.«

»Zum Teufel nochmal!«, sagte Ash und kam damit sowohl Florian als auch John de Vere zuvor. »Du hast zwei Legionen da draußen. Was hat dich davon abgehalten, Gelimer einfach umzubringen, nach Karthago zurückzugehen und den Steingolem in Stücke zu hauen? *Was?*«

Ihre Wut verschwand mit dem verwirrten Gesichtsausdruck der Frau.

Sie hat den Steingolem zwanzig Jahre lang gehört; solange sie zurückdenken kann, war er ihr Ratgeber im Kampf, und alles, was sie in ihrem Leben getan hat, hat sie für den König-Kalifen getan. Nein, an der Spitze einer bewaffneten Rebellion in die Heimat zurückzukehren, darüber würde sie noch nicht einmal nachdenken ...

»Ich weiß, dass wir betrogen worden sind«, sagte die Faris, »und meine Männer werden sterben, egal, ob ich nun gewinne oder nicht. Ich habe versucht, ihr Leben zu retten. Erstens, indem ich auf Angriffe verzichtet und die Belagerungsarbeit den Maschinen überlassen habe, und zweitens, indem ich die Herzogin von Burgund am Leben gelassen habe, sodass sie sich den Dämonen aus dem Süden in den Weg stellen kann. Du hättest das Gleiche getan, Schwester.«

»Ich bin nicht deine verdammte Schwester, um Christi willen! Wir kennen einander kaum.«

»Du bist meine Schwester. Wir sind beide Krieger.« Die Faris hörte auf, Adelize über den Kopf zu streicheln. »Vergiss wenigstens nicht, dass das hier unsere Mutter ist.«

Ash riss die Hände in die Höhe. Sie drehte sich zu Floria um. »Sprich *du* mit ihr!«

Ash sah, dass Robert Anselm sie anblickte, dass er und Angelotti – unbewusst – von ihr zu der Faris starrten und von der Faris wieder zu ihr. John de Vere murmelte irgendetwas zu Bajezet; der Türke deutete auf die Faris.

Die Herzogin fragte: »Warum bist du hier in Dijon?«

»Ich bitte um Asyl«, wiederholte die Westgotin.

»Warum ausgerechnet jetzt?«

Olivier de la Marche trat vor, gefolgt von Jonvelle, um seine Herzogin notfalls verteidigen zu können. Jonvelle beantwortete Florians Frage. »Euer Gnaden, um die Stadt zu infiltrieren und einen Anschlag auf Euch zu verüben, nehme ich an. Ich bin in dieser Sache mit Eurer Jungfrau Ash einer Meinung. Sie wird Euch keine nützlichen Informationen geben. Lasst sie sofort hinrichten.«

Die Faris zeigte zum ersten Mal einen Hauch von bissigem Humor, der dem Ashs nicht ganz unähnlich war, und sagte: »Emir-Herzogin, um Eure Frage zu beantworten: Ich bin jetzt hierhergekommen, weil der König-Kalif in eben dieser Stunde meine Verhaftung und Hinrichtung angeordnet hat.«

»Aha.« Ash nickte zufrieden.

»An meiner statt hat er Sancho Lebrija zum Oberkommandierenden ernannt«, sagte die Faris.

Ash erinnerte sich an den humorlosen, brutalen Vetter von Asturio Lebrija, ein Mann, der jeden Befehl des König-Kalifen, ohne zu fragen, ausführen würde. »Wann hat Lebrija das Kommando übernommen?«

»Vor gut einer Stunde.« Die Faris zuckte mit den Schultern. »Emir Gelimer hat während unserer Verhandlungen deutlich gemacht, dass er mich für verdorben und verrückt hält. Nachdem er das vor seinen Verbündeten gesagt hat, wie hätte er mich dann noch als Kommandeur behalten können? Er betrachtet mich als Teil dessen, was er als eine Verschwörung des Hauses Leofric deutet. Auf diese Art wollte er mich loswerden.«

»*Natürlich*«, sagte Ash.

»Ich wusste, dass man mich innerhalb der nächsten Stunde hinrichten würde. Ich habe das Treffen ein wenig vor den anderen verlassen, meine Sklaven zu mir gerufen, mir diese erbeuteten Kleidungsstücke übergestreift und den Sklaven befohlen, ›Ash‹ zum Stadttor von Dijon zu eskortieren. Und sie haben mich reingelassen.«

Die Faris strich sich über das frisch geschnittene Haar.

»Emir Gelimer hat meinem Vater befohlen, alle Sklaven unserer Blutlinie zu töten und zu sezieren: Adelize, Violante, die anderen hier, und auch mich. Und ich glaube, mein Vater Leofric wird diesem Befehl Folge leisten. Wenn er denkt, damit könne er den König-Kalifen davon überzeugen, dass er über die Wilden Maschinen die Wahrheit sagt, wird er es ohne zu zögern tun. Er wird es tun . . .«

Ash selbst hörte es nicht, aber sie wusste, dass die Männer im Refektorium von Dijons Abtei die Westgotin mit ihrer Stimme sprechen hörten, der Stimme ihres Generalhauptmanns; nur der Akzent unterschied sie voneinander. Sie starrte ins Gesicht ihres Zwillings und vergaß in diesem einen Augenblick des Erkennens alles andere: die Geiseln, die Wilden Maschinen . . .

»Du hast mir vertraut«, sagte die Faris in drängendem Ton. »Du hast mir genug vertraut, dass du mir gesagt hast, Herzog Karl liege im Sterben – als du vor der Jagd in mein Lager gekommen bist, um Verhandlungen mit mir zu führen. Da war dieses Vertrauen zwischen uns, obwohl du, deiner Logik folgend, mich eigentlich hättest töten müssen. Ich hege kaum Hoffnung, dass du mich auch jetzt nicht töten wirst. Aber bei Gelimer habe ich *überhaupt keine* Hoffnung mehr.«

Sie seufzte und bewegte den Kopf, als hätte sie noch immer

diesen Wasserfall von Haaren; instinktiv wanderte ihre Hand nach oben. Ihr Blick ging zur Herzogin von Burgund.

»Ich war eine Närrin«, sagte die Faris. »Auch hier gibt es keine Hoffnung. Damit Ihr sicher seid, muss ich sterben.«

Floria runzelte die Stirn und kaute an ihren Fingernägeln. »Wilde Maschinen hin oder her, Gelimer muss mich allein schon aus ganz anderen Gründen töten. Dieser Krieg wird jetzt nicht aufhören. Er kennt die Folgen seiner Taten nicht; aber das ist auch nicht wichtig. Wenn du tot wärst . . .«

»Wenn *ich* tot wäre«, sagte die Faris in sanftem Ton, »würde das für eine Generation und mehr das Ende des Einflusses der Wilden Maschinen bedeuten. Bevor sie einen anderen wie mich züchten könnten. Vielleicht sogar für länger. Es wird Zeit brauchen und einen neuen König-Kalifen, der dem Steingolem wieder vertraut.«

»Aber es wird wieder geschehen«, sagte Floria.

Olivier de la Marche trat vor und sagte: »Demoiselle Duchesse, sich darum zu kümmern, das ist die Aufgabe unserer Söhne und Enkel. Und aus diesem Grunde bedenkt bitte Folgendes: Burgund muss überleben. Wir *müssen!* Wenn dieser Tag kommt, wird ansonsten niemand mehr da sein, der sich den Dämonen aus dem Süden entgegenstellen könnte. Ohne Herzog oder Herzogin, die sie daran hindern, können sie alles tun, was sie wollen. Wenn Burgund nicht mehr ist, können sie ihr Schwarzes Wunder wirken, und dann wird es so sein, als hätten wir niemals gegen sie gekämpft.«

Ash blickte in das wettergegerbte Gesicht des Turnierhelden und Gardehauptmanns. Der burgundische Soldat nickte knapp.

»Ich kenne die Macht der burgundischen Herzöge, Demoiselle-Hauptmann. Warum sollte es die Dämonen aus dem Süden kümmern, wenn wir jetzt ihren Wunderwirker töten? Sie können einen neuen züchten, sei es in zwanzig oder in hundert Jahren. Wenn Burgund zerstört wird, dann steht ihnen in zwanzig oder in hundert Jahren nichts mehr im Wege. Und der Winter *wird* über die Welt kommen.«

Unruhe an der Tür ließ Floria den Kopf wenden. Ash sah den Abt von St. Stephan mit ein paar Mönchen den Raum betreten. Olivier de la Marche fing ihn ab und beruhigte den leise vor sich hin fluchenden Kirchenmann. Die Mönche, die im Refektorium arbeiteten, begaben sich außer Sichtweite.

»Wie lange?«, verlangte Floria zu wissen.

»Es ist jetzt eine Viertelstunde her, seit ich auf der Mauer war.« Ash kniff die Augen zum Schutz vor dem Licht zusammen, das durch die Fenster fiel. »Vielleicht ein wenig länger.«

Floria verschränkte die Finger und legte sie an die Lippen. Sie starrte die Faris an. Unvermittelt ließ sie die Hände wieder sinken und erklärte: »Wenn ich dich jetzt am Leben lasse, werden sechshundert Menschen vor den Mauern im Dreck sterben. Aber wenn ich dich an Gelimer übergebe, werden noch Tausende in diesem Krieg ums Leben kommen.«

Ash sah John de Vere nicken – ebenso wie Olivier de la Marche.

Unerbittlich fuhr Floria fort: »Wenn ich dich töte, können die Wilden Maschinen dich nicht mehr benutzen, um ihr Wunder zu wirken; aber das wird den Krieg nicht beenden – oder das Sterben. Der Krieg wird weitergehen, egal ob du nun tot bist oder nicht. Und wir werden verlieren. Wenn ich dich andererseits leben lasse, bedeutet dein Wissen als Kommandeur ihrer Armeen, dass wir weiterkämpfen können. Und Burgund muss überleben, oder nichts wird die Wilden Maschinen aufhalten, wenn sie das *nächste* Mal ein Kind aus Gundobads Linie züchten. Habe ich das richtig verstanden, Ash?«

Die Stimme der Herzogin klang scharf. Ash lächelte fast. »Soweit ich sehen kann, hast du nichts vergessen.«

»Und das ist die Wahl, vor der ich stehe.«

»Und ich auch.«

»Nein. Nein, nicht diesmal.« Floria ließ ihren Blick über Anselm, Angelotti und die anderen Männer der Kompanie schweifen, hin zu Olivier de la Marche und den versammelten burgundischen Offizieren und Edelleuten.

»Du hast es selbst gesagt: Ich habe den Hirsch erlegt. Es ist meine Entscheidung.«

»Nicht, wenn ich anders entscheide.«

Die Worte waren da, bevor Ash sie hinunterschlucken konnte. Angewidert schüttelte Ash den Kopf. *Ja, das ist wahr, aber das war nicht die richtige Zeit, um sie daran zu erinnern.*

Oh, Scheiße.

Ash wusste nicht, wie sie dem Abgrund ausweichen sollte, der sich unter ihren Füßen auftat. In das Schweigen hinein, das ihren Worten gefolgt war, protestierte sie: »Meinetwegen kannst du zweihundert Jahre lang reden, wie du willst – aber du vergisst das Heute. Ein verirrter Pfeil, ein Felsbrocken von einer Mangonel, ein Spion oder ein Meuchelmörder, den Gelimer irgendwie in die Stadt einschleust ... und im selben Augenblick werden die Wilden Maschinen ihr ›Wunder‹ wirken. Mir ist egal, was meine Schwester ...«, Ash verwendete das Wort absichtlich und betont, »... *was* meine Schwester über die Stellungen der Westgoten und ihre Pläne weiß.«

Ash hielt den Blick fest auf Floria gerichtet und ignorierte den Rest im Raum: Anselm, der Angelotti besorgt etwas zuflüsterte, die teilnahmslosen Türken und die Burgunder in ihren vom Kampf zerschlissenen Rüstungen, die jedoch nach wie vor prächtiger waren als alle anderen der Christenheit.

»Florian, um Christi willen, siehst du das denn nicht? Ich will keine Kluft zwischen uns entstehen lassen, aber sie an Gelimer zurückzugeben ist einfach lächerlich.« Ash verzog das Gesicht. »Und sie leben zu lassen, hier ... das Risiko ist viel zu groß für dich.«

»Von mir geht keinerlei Risiko aus«, unterbrach sie die Faris mit ruhigem Ton und erneut mit jenem Hauch von Humor, den Ash als ihren eigenen erkannte. »Das Risiko stammt nicht von mir. Du vergisst etwas, Schwester. Wenn die Herzogin von Burgund stirbt, dann werde ich ... an die Wilden Maschinen verloren gehen. Wenn ich zu einem ... einem Kanal für sie werde, für ihre Macht ...« Die Westgotin suchte nach den passenden Worten. »Ich denke, ich werde von ihnen ... hinweggespült werden. Und Ash, ich will noch mehr als du, dass sie lebt!«

Das zeigte Wirkung bei den Burgundern; Ash sah es in ihren Gesichtern. Sie schauderte bei der Erinnerung an die uralten Stimmen in ihrem Geist, die das Gefühl zu leben einfach so davongeschwemmt hatten, wie ein Blatt in einem reißenden Fluss ... davongeschwemmt und ertränkt.

»Ich sage ja nicht, dass du sie meucheln willst«, bemerkte Ash trocken. »Süßer Grüner Christus auf dem Baum, du würdest uns verdammt nochmal weniger Ärger machen, wenn du draußen bei deiner Armee geblieben wärst!«

Ash fiel der klagende Unterton in ihrer eigenen Stimme auf, doch sie konnte nichts dagegen tun. Ein Lachen breitete sich im Raum aus.

»Ich höre die Uhr zur halben Stunde schlagen«, sagte Robert Anselm erleichtert, während er über die Schulter zur Tür zurückblickte, als erwarte er jeden Augenblick einen von Jonvelles Männern von der Mauer. »Wir brauchen eine Entscheidung.«

Floria verschränkte wieder die schmutzigen Finger; ihre Knöchel stachen weiß hervor. »Als Kompaniearzt habe ich schon genug harte Entscheidungen getroffen.«

Jetzt wäre der richtige Zeitpunkt, solange sie noch immer glaubt, ihr bliebe Zeit, sich zu entscheiden.

Ash hielt die Hand fern vom Schwert. Sie sah einen Ausdruck von Sorge auf Angelottis Gesicht. Dann erkannte sie, dass sie sich bewegt hatte: den Körper ins Gleichgewicht gebracht, die Füße ein Stück auseinander – jeder Söldner hätte das sofort als Kampfhaltung erkannt. *Jeder Söldner außer*

Florian, fügte sie im Geiste hinzu. Die goldhaarige Frau runzelte die Stirn.

Es stehen genug von de la Marches Leuten zwischen mir und der Faris, dass ich nicht mit Sicherheit davon ausgehen kann durchzukommen. Aber ich bin jetzt ihr Oberbefehlshaber, also . . .

Robert Anselm trat an ihre Seite. Ash hielt ihre Aufmerksamkeit weiter nach vorne gerichtet, war sich aber bewusst, dass die Männer im Raum sich unterhielten und die Burgunder ständig zwischen Herzogin und Generalhauptmann hin- und herblickten.

»Treib es nicht zu weit«, knurrte Anselm. »Wenn du es drauf anlegst, werden sie ihr, nicht dir folgen.«

»Wenn ich *sie* ausschalte . . .« Namen erregen die Aufmerksamkeit dessen, dem sie gehören; Ash sagte nicht *die Faris,* ». . . ist es egal. Dann ist es geschehen.«

Robert Anselm gelang es, einen gleichmütigen Gesichtsausdruck zu bewahren, während er die Herzogin, die burgundischen Soldaten, die Westgotin und die silberhaarigen Sklaven um sie herum beobachtete. Er sagte: »Wenn du versuchst, sie umzubringen, wirst du hier und jetzt einen Bürgerkrieg provozieren.«

Ash funkelte ihn an: ein breitschultriger Mann, der noch immer den viel zu großen deutschen Brustharnisch trug, den er sich von irgendwem geborgt hatte. Ungerührt erwiderte Anselm ihren Blick.

»Dann sitzt Florian in der Scheiße«, sagte er, »und Burgund auch. Fang einen Bürgerkrieg in Dijon an, und Burgund ist hier und jetzt am Ende, Mädchen. Die Schweinegoten werden Hackfleisch aus uns machen: Danke und gute Nacht. Und diese verdammten Dinger werden in zwanzig Jahren ein neues Monster züchten, nur dass dann niemand mehr da sein wird, um sie aufzuhalten.«

Seine Worte rissen Ashs Aufmerksamkeit von der Faris los. Sie sah, was zu sehen sie sich geweigert hatte, und dachte: *Nein, nichts wird mehr übrig sein: keine Blutlinie von Burgund. Es wird zu einem Massaker kommen wie in Auxonne und Antwerpen. Dann haben die Wilden Maschinen automatisch gewonnen, denn wann immer sie es versuchen werden, niemand wird sie mehr aufhalten können.*

»Oh, du verdammter Hurensohn ...«, keuchte sie.

Ash rieb sich die Augen, die vom weißen Licht, das durch die Fenster hereinfiel, schmerzten. Erst als ihre Muskeln sich entspannten, erkannte sie überrascht, dass sie überhaupt angespannt gewesen war. Sie verzog das Gesicht. *Weshalb bin ich so glücklich?*

Die Antwort kam sofort.

Jetzt muss ich diese Entscheidung nicht mehr treffen.

Sie war von sich selbst angeekelt. Verärgert schüttelte sie den Kopf. Der Ekel war jedoch nicht so groß wie die Erleichterung. Ihr Verstand maulte, fand keinen Fehler in Robert Anselms Erklärung und sagte ihr: *Du kannst diese Entscheidung nicht treffen; das muss Florian tun, und du kannst dich auch nicht mit ihr anlegen, ohne alles zu verlieren ...*

»Oh, halt's Maul!«, knurrte Ash vor sich hin. Sie blickte in Robert Anselms erstauntes Gesicht. »Nicht du. Ja. Du hast Recht. Ich wünschte, es wäre anders.«

Und ich wünschte, ich wüsste, ob ich das auch so meine.

Ash winkte zu Florian. »Du bist dran.«

Die Frau zog die goldenen Augenbrauen zusammen, und ihr war deutlich anzusehen, dass sie Ashs moralische Feigheit durchschaute. Ash wandte den Blick ab.

Stattdessen schaute sie nun zu ihrem Zwilling. Die Faris stand noch immer neben dem Tisch. Mit einem Finger fuhr die Gotin unablässig die Maserung der Tischplatte entlang. Ansonsten bewegte sie sich nicht. Auch schaute sie nicht zur Herzogin.

Könnte ich genauso wie sie hierhergekommen sein?

Ash vermied es, Violante oder Adelize anzusehen.

Floria wischte sich mit der Hand übers Gesicht, eine Geste, die Ash schon hundert Mal im Baderzelt gesehen hatte. Die

Herzogin stieß einen lauten Seufzer aus. Sie suchte bei niemandem Hilfe, Bestätigung oder Trost.

»Ich habe Patienten im Hospiz hier«, sagte Floria. »Ich werde bei ihnen sein.« Sie winkte Olivier de la Marche zu sich. »Ihr und Ash, ihr werdet die Faris verhören. Wir werden zur None wieder zusammenkommen und besprechen, was ihr habt in Erfahrung bringen können.«

Ein erleichtertes Seufzen. Ash hatte nicht sehen können, von welchem der Männer es stammte: John de Vere, Bajezet, de la Marche, Anselm.

Die Faris ließ sich auf die Holzbank neben Violante sinken. Ihre Haut wurde so blass, dass man sie für eine Frau mit einer tödlichen Krankheit hätte halten können, und ihre großen Augen schimmerten dunkel.

»Und falls ich nicht im Hospiz sein sollte, bin ich im Lagerhaus; man wollte mit mir über die Nahrungsvorräte reden«, sagte Floria del Guiz gefühllos. »Sollte es Nachrichten von der Mauer geben, holt mich.«

Zwei

Kurz nachdem die Abteiglocke zur None geläutet hatte, wurde es gnädigerweise dunkel.

Der kurze Wintertag neigte sich seinem Ende zu. Ash streckte ein Bein aus, als sie sich mit dem Rücken gegen den Kamin im Kompanieturm lehnte. Grüner Efeu hing noch immer vom Mauerwerk herab. Die Rückseite ihrer Hüfte war heiß und schmerzte. *Es ist noch immer der Tag der Geburt Christi*, dachte sie benommen.

Das Weihnachtsmassaker.

Blanche, das gelbe Haar matt unter der verdreckten Haube,

wischte sich mit den inzwischen abgemagerten Händen über den Kittel. »Wir haben kein Gänseschmalz mehr im Hospital, aber viel zu viele Verbrennungen durch Griechisches Feuer.«

Ash ballte die Fäuste hinter dem Rücken. Unter dem Verband ging ein schmerzhafter Stich durch das rohe Fleisch. Als man die Rüstung von ihrem Körper geschält hatte, hatte sie tiefe Kerben ins hölzerne Heft ihres Dolches gebissen.

»Wie viele sind dienstunfähig?«

»Du kennst die Männer«, knurrte Blanche. »Sie sagen alle, dass sie morgen wieder kämpfen werden. Ich würde allerdings behaupten, dass mindestens sechs von ihnen auch nächste Woche noch im Bett liegen werden – falls die Mauern dann noch stehen sollten!«

Ash wusste, dass die Schroffheit der Frau nicht gegen sie gerichtet war. Ein Teil davon entsprang echter Sorge und Zuneigung für die Verwundeten. Der Rest waren Selbstvorwürfe, auch angesichts des Materialmangels.

Ash wollte irgendetwas Tröstendes sagen; ihr fiel jedoch nichts ein, was nicht herablassend geklungen hätte.

»Schick jeden hier runter, der gehen kann. Ich werde zu den Jungs sprechen.«

Blanche humpelte davon. Ash bemerkte den Respekt, mit dem die Soldaten ihr den Weg frei machten: einer Frau mittleren Alters mit schlechten Zähnen, die vor Hunger immer dünner geworden war und der jeder von ihnen zu einer anderen Zeit nur ein paar Münzen gezahlt hätte, um sie zu ficken. Mit einem Gefühl der Traurigkeit dachte Ash: *Ich hätte dieses Talent schon vorher in ihr erkennen müssen und es nicht Floria überlassen dürfen, es herauszufinden.*

Angelotti kam zum Feuer, als Blanche ging, und fragte: »Wie viele Zivilisten haben wir gerettet?«

»Wir sind gar nicht erst über das Niemandsland vor dem Ausfalltor hinausgekommen. Sie haben den Boden mit Griechischem Feuer durchtränkt. Du warst oben auf der Mauer. Was ist passiert?«

Der Kanonier mit dem engelsgleichen, von Pulver geschwärzten Gesicht zuckte mit den schmalen Schultern. »Die Golems haben die Leute in Stücke gerissen. Sie haben nicht weit von unserem Tor begonnen und sind wie Hütehunde durch die Menge gegangen. Die Männer und Frauen, die bis zum Rand des Lagers gelaufen sind, hat man mit Bögen niedergestreckt. Einen Golem haben wir mit Kanonen in Stücke geschossen; das Ding ist fünf Minuten lang immer näher an die Mauer rangekommen – das war einfach. Den Rest haben wir mit Bögen und Arkebusen unter Feuer genommen, aber ohne Erfolg ...«

»Die Verbrennungen sind schlimm«, sagte Ash in sein Schweigen hinein. »Digorie und Richard Faversham sind oben und beten, haben aber, glaube ich, noch keine Antwort bekommen. Keine winzigen Wunder, Angeli. Kein Brot, keine Fische und keine Heilung. Auf der Seite von Burgund zu kämpfen bringt so seine Probleme mit sich.«

Der Italiener legte die Hand auf sein Barbara-Medaillon. »Es hätte mehr als nur ein kleines Wunder gebraucht, vielleicht sogar das Eingreifen aller Heiligen. Da draußen liegen sechshundert Tote.«

Sechshundert Männer, Frauen und Kinder, auseinander gerissen wie die Fasane, die Henri Brant gekocht hatte, als es noch Fasane gab, lagen auf der kalten, schwarzen Erde zwischen Stadtmauer und Westgotenlager.

Und was wird Gelimer jetzt tun?

»De la Marche verhört noch immer die Faris. Ich habe ihn allein weitermachen lassen.« Ash zuckte erneut zusammen, als sie das Gewicht auf ihr verbranntes Bein verlagerte. »Lass uns alle hier zusammenrufen, Angeli. Ich werde zu ihnen reden, bevor ich mich mit den Centeniers bespreche. Sorg dafür, dass jeder versteht, was hier vor sich geht. Dann werde ich ihnen sagen, was wir nun tun werden.«

In einer Ecke der Halle spielte Carracci eine Tonfolge auf der Flöte, hielt dann inne und spielte sie erneut. Einer der Pagen berührte ihn am Arm, und er hörte auf. Der Gestank der Talgkerzen erfüllte den Raum. Wegen der geschlossenen Fensterläden und des schwachen Lichts konnte Ash nur knapp den hinteren Teil der Halle sehen. Immer mehr Männer kamen herein, setzten sich auf ihre Bündel auf den Boden und redeten leise miteinander. Soldaten; Männer, Frauen und Kinder aus dem Tross; einige Gesichter – Euen Huw, Geraint ab Morgan, Ludmilla Rostovnaja – waren von dem misslungenen Rettungsversuch noch immer rußverschmiert.

Die Lanzen kamen herein, setzten sich und beobachteten Ash. Die Gespräche verstummten, und erwartungsvolles Schweigen senkte sich über den Raum.

»Worüber wir nachdenken müssen«, sagte Ash, »sind langfristige Lösungen.«

Sie sprach nicht laut. Das musste sie auch gar nicht. Außer ihrer Stimme waren nur die Tropfen geschmolzenen Eises zu hören, die durch den Kamin ins Feuer fielen und sich zischend in Dampf verwandelten. Die Gesichter der Männer und Frauen waren allesamt auf sie gerichtet.

»Wir haben viel zu oft ausschließlich an uns und zu kurzfristig gedacht.« Ash löste sich von der Wand und ging zwischen den Reihen der Männer hindurch. Köpfe wurden in ihre Richtung gedreht, und Blicke folgten ihr durch die verrauchte Halle. Ash verschränkte die Arme und ging absichtlich langsam, um die Schmerzen von ihren Verbrennungen zu verbergen. »Das ist auch keine Überraschung; schließlich haben wir oft genug einen Tritt in den Arsch bekommen. Wir haben unsere eigenen Schlachten schlagen müssen, ohne allzu viel vorausdenken zu können. Aber ich denke, nun ist die Zeit, damit anzufangen – wenn auch nur, weil wir nicht wissen, ob wir, soweit es Gelimer betrifft, immer noch einen Waffenstillstand haben oder nicht.«

Ash bemerkte Robert Anselm und Dickon de Vere an der Tür. Sie nickte ihnen zu, aber weder sagte sie etwas noch unterbrach sie ihren Gedankengang. Sie ging weiter, eine Frau in Rüstung, zwischen den sitzenden Männern hindurch, die die Köpfe hoben, um sie anzusehen.

»Wir haben uns darauf konzentriert, den Herzog oder die Herzogin von Burgund am Leben zu erhalten, denn es ist Burgund, das sich den großen Dämonen aus dem Süden entgegenstellt; es ist Burgund, das sie davon abhält, ihren Wunderwirker einzusetzen, um die Welt zu vernichten. Und nun haben wir diesen Wunderwirker genau hier, in Dijon.«

Sie klang keineswegs dramatisch; sie hätte genauso gut in ihrem Zelt sein und laut denken können. Ein Baby schrie und wurde wieder zum Schweigen gebracht. Ash legte Carracci die Hand auf die Schulter, als sie an ihm vorüberging.

»Somit müsste es eigentlich ganz einfach sein. Wir töten die Faris. Dann ist egal, ob Burgund fällt, denn sie ist tot, und die Wilden Maschinen haben ihren... ihren Kanal verloren«, sagte Ash und verwendete damit den Begriff, den auch die Westgotin gebraucht hatte. »Ihr Kanal für das, was auch immer sie tun werden: vermutlich die Sonne endgültig verlöschen lassen und die Welt so gründlich vernichten, als hätte sie niemals existiert. Nur dass es *nicht* so einfach ist.«

»Weil sie deine Schwester ist?«, meldete sich Margarete Schmidt zu Wort.

»Sie ist nur durch Blut meine Schwester, sonst nicht.« Ash grinste, änderte ihren Tonfall und sagte: »Die einzigen nahen Verwandten, die ich habe, seid ihr... Gott stehe mir bei!«

Ein anerkennendes Lachen folgte diesen Worten.

»Es ist nicht einfach.« Ash brachte den Lärm wieder zum Verstummen. »Wir denken nicht voraus. Falls die Faris tot ist, der Krieg aber dennoch verloren geht, werden die Westgoten Burgund von einem Meer zum anderen dem Erdboden gleichmachen – das müssen sie –, wenn auch nur, um Sultan Mehmets Armee, mit der er Byzanz erobert hat, von Karthago fern zu halten.«

»Verdammt richtig«, knurrte Robert Anselm.

»Und wenn Burgund weg ist, wenn die Blutlinie der Herzöge von Burgund nicht länger existiert, dann ist es egal, ob es die Wilden Maschinen tausend Jahre kostet, eine neue Faris zu züchten – sobald sie es tun, ist die Welt verloren. Ausgelöscht, verändert, im selben Augenblick, in dem sie Erfolg haben. Und alles, was wir hier getan haben, wird nicht mehr sein – als wären wir nie geboren worden.«

Jene Männer, die in der Abtei dabei gewesen waren, hatten offensichtlich miteinander geredet; Ashs Worte riefen nur wenig Überraschung hervor.

»Und deshalb müssen wir diesen Krieg gewinnen«, fügte Ash hinzu.

Sie konnte sich ein Lächeln nicht verkneifen. Hier und da wurde es beantwortet: Geraint ab Morgan, Pieter Tyrell.

»Klingt einfach, stimmt's?«

»Das ist Scheiße!«, bemerkte eine anonyme Stimme aus dem schlecht beleuchteten Raum.

»Glaubt Ihr, der Krieg ginge nur die Burgunder was an?« Ash drehte sich in Richtung der Stimme um und fand John Burren. »Auch ihr habt hier was zu verlieren. Ihr alle habt Heimatländer; das haben alle Söldner. Ihr seid Engländer, Waliser, Italiener, Deutsche. Nun, die Westgoten haben die meisten dieser Länder auseinandergenommen, John Burren, und sie werden auch den Kanal überqueren.«

Dickon de Vere öffnete den Mund, um etwas darauf zu erwidern, doch Robert Anselm stieß dem Jungen den Ellbogen in die Rippen. Der jüngste de Vere schloss überraschend würdevoll wieder den Mund.

»Wenn Burgund vom Angesicht der Welt gefegt wird, ist jeder von uns, der auf diesem Feldzug gefallen ist, umsonst gestorben. Wir werden also Folgendes tun.« Ash erreichte wie-

der die Mitte der Halle, die Arme noch immer vor der Brust verschränkt. Sie ließ ihren Blick über die Männer schweifen. »Wir
werden zurückschlagen. Als ich de la Marche verlassen habe,
hatte er fünf Schreiber bei sich, die alles mitschreiben sollten,
was die Faris erzählt. Wir werden den Krieg zu den Westgoten
tragen. Und wir müssen als *Erste* handeln – bevor der Haufen da
draußen uns überrollt!«

Sie blickte zu den rauchgeschwärzten Deckenbalken hinauf,
hielt kurz inne und fuhr dann fort:

»Wir kennen jetzt ihre Schwächen. So. Zuerst müssen wir
den Belagerungsring durchbrechen – zugegeben, das ist der
schwierige Teil. Wir müssen unsere Herzogin Florian aus Dijon
raus und weg von hier bringen.« Ash lächelte, als ein zustimmendes Raunen durch ihre Männer ging. »Anschließend werden wir Seite an Seite mit den Verbündeten kämpfen, die wir
dann haben. Und wir werden Verbündete haben, denn Gelimer sieht jede Stunde schwächer aus. Wir werden die Türken
und die Franzosen auf unserer Seite haben – Minimum.«

Zustimmendes Nicken. Ash schlug mit der Faust in die
Hand und fuhr kurz und knapp fort:

»Wir können die Faris töten, aber das wäre nur eine vorübergehende Maßnahme – von dort, wo sie herkommt, werden im
Laufe der Zeit noch mehr kommen. Den Steingolem können
wir nicht erreichen – sie werden uns Karthago kein zweites Mal
überfallen lassen! Also ist das Einzige, was wir tun können, den
Krieg zu den Wilden Maschinen zu tragen. Wir müssen hier
gewinnen und dann in Afrika weiterkämpfen. Wenn es sein
muss, müssen wir dem Sultan sogar das Westgotenreich überlassen! Wir müssen den Krieg nach Süden tragen, und wir müssen die Wilden Maschinen zerstören.«

Ash hielt einen Augenblick lang inne, um ihre Worte wirken
zu lassen. Dann suchte sie im Zwielicht Angelotti und die anderen Kanoniere und nickte ihnen zu.

»Wenn wir erst einmal durch die Leute durch sind, die sie

umgeben, können die Wilden Maschinen nicht *kämpfen*. Sie sind *Felsbrocken*. Sie können nichts anderes tun, als zur Faris und dem Steingolem zu sprechen. Ich wage zu behaupten, dass Meister Angelotti und so viele Pulverschiffe und Bombarden, wie wir auftreiben können, in der Lage sind, sie binnen kürzester Zeit in einen verwirrten Haufen Geröll zu verwandeln.« Ash nickte als Antwort auf Angelottis breites, strahlendes Grinsen. »Das ist also unser Ziel: Nordafrika. Und wir werden darauf hinarbeiten, im Frühling dort zu sein.«

Jene, die in Karthago gewesen waren, hatten mit Sicherheit mit ihren Kameraden gesprochen, die in Dijon die Stellung gehalten hatten. Ash schaute sich um und betrachtete die Gesichter. Sie sah Entschlossenheit, erwartungsvolle Anspannung und Vertrauen.

»Es gibt keine andere Möglichkeit«, sagte sie. »Es wird nicht leicht, auch nicht mit dem, was wir jetzt wissen. Wenn einige von euch nach England oder weiter nach Norden, raus aus der Dunkelheit, wollen, nachdem wir die Belagerung durchbrochen haben, werde ich sie nicht aufhalten: Ihr könnt mit eurem Sold in der Tasche gehen. Was wir vorhaben, ist gefährlich; bei dem Versuch, den Krieg nach Nordafrika zu tragen, werden viele von uns sterben.«

Sie hob die Hand und brachte damit diejenigen zum Schweigen, die sofort etwas darauf erwidern wollten.

»Ich appelliere nicht an euren Stolz. Vergesst es. Ich sage nur, dass dies hier genauso gefährlich ist wie die anderen Kriege, in denen wir gefochten haben; nur jene, die gehen wollen, sollen es *jetzt* tun.«

Sie konnte bereits ein paar identifizieren, die dafür in Frage kamen: eine Hand voll italienischer Kanoniere, vielleicht Geraint ab Morgan. Nachdenklich nickte sie vor sich hin, als sie hörte, wie der eine oder andere ironische Kommentar gemurmelt wurde. Dreihundertfünfzig kampffähige Soldaten betrachteten sie ängstlich und nüchtern zugleich.

»Nun, wann werden wir den drei Legionen in den Arsch treten?« Der englische Armbrustschütze John Burren deutete mit dem Daumen auf die Wand; offensichtlich wollte er damit in Richtung der westgotischen Legionen hinter der Mauer von Dijon weisen.

Bevor Ash ihm antwortete, nickte sie zum Zeichen, dass die Versammlung beendet war. »Also gut. Jungs, bringt eure Ausrüstung in Ordnung. Sprecht mit euren Offizieren. Morgen früh gibt es als Erstes eine Offiziersversammlung.«

Sie drehte sich wieder zu dem englischen Armbrustschützen um.

»›Wann‹?«, wiederholte sie und grinste John Burren an. »Hoffentlich bevor Gelimer beschließt, dass wir keinen Waffenstillstand mehr haben, und drei verdammte Legionen über die Scheißmauer kommen!«

Ash besuchte die burgundischen Kommandeure in ihren Quartieren, ging von Tür zu Tür, von Kaserne zu Palast. Überall führte sie im trüben Nachmittagslicht des Weihnachtstages nahezu das gleiche Gespräch. Wo es möglich war, sprach sie auch mit den burgundischen Soldaten, die würden kämpfen müssen. Sie legte Meilen auf den gepflasterten Straßen von Dijon zurück und wechselte jede Stunde die Eskorte.

Die dünne Wolkendecke löste sich auf, und die Sterne kamen zum Vorschein. Das Einzige, was sich nicht veränderte, war die Schlange vor dem Armenhaus. Tausende standen dort in der Kälte und warteten auf ein wenig Brot und Nesselbier.

Die sieben Sterne am Himmel strahlten frostig hell: Der Pflug war deutlich über den Turmspitzen der Abtei von St. Stephan zu sehen.

Ash ließ ihre Eskorte vor dem zweistöckigen, rot gedeckten

Gebäude auf dem Abteigelände zurück, das dem Abt als Wohnhaus diente. Sie ging hinein, vorbei an Wachen und Mönchen, die sich ihr aufgrund ihrer Autorität nicht in den Weg stellten.

Der Klang einer karthagischen Flöte hallte die enge Treppe herunter. Ash nahm ihren Helm ab und schüttelte das kurze Haar. Ihr Blick, der durch ihre Gedanken getrübt gewesen war, schärfte sich wieder, als sie ihre Aufmerksamkeit den anderen zuwandte. Mit abgekauten Fingernägeln kratzte sie sich am Kopf und zuckte mit den Schultern, um ihre Rüstung wieder zurechtzurücken. Nachdem das erledigt war, senkte sie den Kopf und stieg die schmale, niedrige Treppe ins Obergeschoss hinauf.

»Madame ... Hauptmann«, korrigierte sich ein großer, schlanker Mönch. »Ihr habt den Herrn Abt gerade verpasst. Er war noch vor einem Augenblick hier und hat mit der verrückten fremden Frau gebetet.«

»Der Abt ist ein wohltätiger Mann.« Ash ging ohne zu zögern weiter. »Ihr braucht nicht mit hineinzugehen. Es wird nur ein paar Minuten dauern.«

Sie duckte sich unter dem niedrigen Eichensturz hindurch, betrat den Raum und ignorierte den halbherzigen Protest des Mönches. Der Boden war uneben; die verzogenen Bretter knarrten. Als Ash sich wieder aufrichtete, sah sie blassgoldene Lichtstrahlen aus einer Laterne, dazwischen weißen Stuck, keine Möbel und einen Haufen Decken neben einem vieleckigen Fenster.

Violante und die Faris saßen beieinander auf dem Boden neben der Laterne. Sie wandten den Kopf, als Ash den Raum betrat.

Die Decken bewegten sich, als die Bretter unter Ashs Füßen knarrten. Verschwitztes dunkelgraues Haar kam zum Vorschein: Adelize setzte sich auf und rieb sich die Augen.

»Ich habe nicht gewusst, dass du hier bist.« Ash starrte die Faris an.

»Euer Abt hat den männlichen Sklaven einen anderen Raum zugewiesen. Ich bin hier bei den Frauen.«

Das Flötenspiel begann erneut, während die Faris sprach; offenbar stammte es aus einem anderen Teil des Hauses. Ash blickte zu Violante, dann zu Adelize und wieder zurück zu der Frau, die nun – mit kurzem Haar und in irgendjemandes viel zu großem Schweizer Wams und Hose – mehr denn je wie ihr Zwilling wirkte.

»Man kann in der Tat eine gewisse Familienähnlichkeit feststellen«, sagte Ash. Ihr Mund war wie ausgetrocknet.

Sie konnte den Blick nicht von der verrückten Frau abwenden. Adelize hatte sich in mehrere Wolldecken eingewickelt, schaukelte hin und her und summte vor sich hin. Dann begann sie, sich mit der Faust aufs Knie zu schlagen. Es dauerte einen Augenblick, bis Ash erkannte, dass sie im Takt der Flötenmusik schlug.

»Scheiße«, sagte Ash. »Sie ist der Grund, warum sie so viele von uns getötet haben, nicht wahr? Sie glaubten, dass wir so enden würden. Scheiße. Hast du dich je gefragt, ob es das ist, was dich erwartet, wenn du älter bist?«

Das Kind Violante sagte etwas, aber so schnell, dass Ash es nicht verstehen konnte.

»Sie kann dich nicht verstehen, aber ihr gefällt der Klang deiner Stimme nicht«, erklärte die Faris.

Als hätten die Stimmen sie gestört, hörte Adelize auf, hin und her zu schaukeln, und hielt sich den Bauch; gleichzeitig begann sie zu wimmern und zu jaulen. Immer wieder sagte sie ein Wort. Ash verstand das Karthagisch der Sklaven kaum, doch schließlich hatte sie es herausgefunden. »Schmerz! Schmerz!«

»Was ist los mit ihr? Ist sie verletzt?«

Violante sagte erneut etwas. Die Faris nickte.

»Sie sagt, Adelize hat Hunger. Sie sagt, Adelize hat nie Hunger gekannt. In den Geburtskammern hat man sich um sie gekümmert. Sie kennt den Schmerz eines leeren Magens nicht.«

Ash trat vor. Das Klappern ihrer Rüstung, das sie selbst schon lange nicht mehr hörte, hallte laut durch den Raum. Die ältere Frau rappelte sich auf, wich zurück und verlor dabei ihre Decken.

»Warte . . .« Ash blieb stehen. In bewusst beruhigendem Ton sagte sie: »Ich bin nicht hier, um dir wehzutun, Adelize. Adelize, ich bin nicht hier, um irgendjemandem wehzutun.«

»Mag nicht!« Violante legte der Frau die Decken wieder um. Gedankenverloren hob Adelize ihr Kleid hoch, kratzte sich den hängenden Bauch unter ihrer Tunika und zupfte an ihrem grauen Schamhaar. Ein Netz aus weißen Linien, Schwangerschaftsstreifen, lag auf ihrer Hüfte, ihrem Bauch und ihrer Brust. Violante zog die Decken glatt und murmelte irgendetwas auf Karthagisch.

»Sie sagt, Adelize hat Angst, wenn viele Leute da sind, und noch dazu in Kriegszeug.« Die Faris stand auf. »Das Kind hat Recht. Adelize wird nur wenig andere Männer gesehen haben, außer jenen, die mein Vater Leofric zu ihr geschickt hat, um sich mit ihr zu paaren, und nur selten mehrere Menschen auf einem Haufen.«

Ash starrte Adelize in dem schwachen Licht an. *Sehe ich ihr ähnlich?* Die Frau besaß ein breites Kinn, und ihre Augen waren in dem aufgedunsenen Fleisch versunken; sie konnte alles Mögliche sein, vierzig oder sechzig. Oder sogar noch älter. Ihre weichen Gesichtszüge hatten etwas Naives an sich.

Mitleid überkam Ash, Mitleid, vermischt mit Ekel.

»Christus!«, rief Ash. »Sie ist geistig zurückgeblieben*. Das ist offensichtlich.«

Adelizes Decken bewegten sich. Einen Augenblick lang sah Ash im Laternenlicht, wie sich etwas zwischen den Falten bewegte. Nun ergab auch der schwache Geruch im Raum einen Sinn. Eine Ratte. Violante sagte erneut etwas Unverständliches.

---

* Im Original steht ›von Gott berührt‹ und ›Gottes Narr‹.

»Was?«

Die Faris bückte sich nach einer Decke und schlang sie um die Schultern. Ihr Atem bildete weiße Wölkchen in der Luft. »Sie sagt, du sollst Respekt vor ihrer Mutter zeigen.«

»*Ihrer* Mutter?«

»Violante ist deine leibliche Schwester. Und deine Nichte«, fügte die Faris hinzu und lächelte über Ashs Verwirrung. »Mein Vater Leofric hat unseren Bruder wieder mit unserer Mutter gekreuzt. Violante ist eines der Kinder aus dieser Verbindung. Auch zwei der Jungen habe ich mitgebracht.«

»Oh, um Christi willen! *Warum?*«, platzte Ash heraus.

Die Westgotin ignorierte ihren Ausbruch. Ash hatte Zeit zu denken: *Man sollte meinen, dass es mir leicht fällt, ihren Gesichtsausdruck zu deuten, zumal es sich ja um* mein *Gesicht handelt.* Dann fragte die Faris: »Warum bist du hier?«

»Was?«

»Warum bist du hierhergekommen?«, verlangte die Faris zu wissen. Irgendwann in den vergangenen Stunden hatte sie Hände und Gesicht gewaschen; ihre Haut wirkte blass im flackernden Licht der Laterne. Dunkle Augen, glatte Haut und glattes Haar, das kaum die Ohren bedeckte. Ihr Stimme klang heiser von den vielen Erklärungen, die sie hatte abgeben müssen. »Warum? Werde ich jetzt hingerichtet? Oder habe ich noch bis morgen Zeit? Bist du gekommen, um mir zu berichten, was Eure Herzogin Florian befohlen hat?«

»Nein«, antwortete Ash, schüttelte gedankenverloren den Kopf und ignorierte den harten Unterton in der Stimme der Faris. »Ich bin gekommen, um meine Mutter zu sehen.«

Das war nicht, was sie hatte sagen wollen – oder genauer: Das war nicht, was sie vor anderen hatte sagen wollen. Ihre Hände waren kalt vor Schock. Sie zog die Handschuhe aus und hängte sie über das Heft ihres Schwertes. Dann durchquerte sie den Raum und hockte sich vor Adelize. Das Chape ihrer Schwertscheide kratzte über den Boden.

»Sie weiß nicht, wer ich bin«, sagte sie.

»Mich kennt sie auch nicht«, sagte die Faris. »Hast du erwartet, dass sie dich als ihre Tochter erkennt?«

Ash antwortete der Faris nicht sofort. Sie hockte nah genug vor Adelize, um den Urin- und Milchgestank der alten Frau zu riechen. Als die schwachsinnige Frau den Arm aus der Decke riss, sprang Ash instinktiv auf und griff nach ihrem Dolch.

Adelize streckte die Hand aus. Sie streichelte Ashs verdreckte Stiefel. Dann hob sie den Blick. »Nicht Angst haben. *Nicht* Angst haben.«

»Oh, Jesus.« Ash wischte sich mit der Hand übers Gesicht; sie war feucht, als sie sie wieder herunternahm.

Eine der Ratten, eine mit lockigem Fell, rannte an Adelize hinauf. Vor lauter Freude vergaß die Frau alles um sich herum und tätschelte das Tier mit fetten Fingern. Die Ratte leckte sie.

»Ja.« Ash wandte sich verwirrt ab. Sie trat einen Schritt zurück und fand sich plötzlich neben der Faris wieder. »Ja, ich habe geglaubt, dass sie mich erkennen würde. Wenn ich ihre Tochter bin, *sollte* sie mich erkennen. Und ich sollte fühlen, dass sie meine Mutter ist.«

Sehr, sehr vorsichtig ergriff die Faris Ashs Hand mit den kalten Fingern, die den ihren glichen.

»Christus! Fast freue ich mich, dass ich unfruchtbar bin.« Ash warf einen Blick zur Faris; das Bild verschwamm vor ihren Augen. »Fast.«

Eine weitere Ratte – das gefleckte Fell matt in diesem Licht; dennoch war Ash sicher, dass es sich um Leckfinger handelte – huschte Adelizes Arm zur Schulter hinauf. Die Frau neigte den Kopf und kicherte leise, als die Schnurrhaare der Ratte sie im Gesicht kitzelten. Ash schenkte sie keine Aufmerksamkeit mehr.

»*Weiß* sie überhaupt, dass sie Kinder bekommen hat?«

Die Faris blickte beleidigt drein. »Sie weiß es. Sie vermisst sie. Sie mag kleine, warme Dinge. Ich glaube allerdings, dass sie nicht weiß, dass Babys wachsen. Da ihre schon kurz nach der Geburt an Ammen gegeben wurden, weiß sie nicht, dass sie sich verändern und zu Frauen und Männern werden.«

Verdutzt fragte Ash: »Ammen?«

»Würde sie die Kinder stillen, würde das die Empfängnis verhüten. Sie hat achtzehn Kindern das Leben geschenkt«, erklärte die Faris. »Violante war ihr vorletztes. Violante hört den Steingolem nicht.«

»Aber du«, sagte Ash in scharfem Ton.

»Ja. Noch immer.« Die Westgotin seufzte. »Außer mir war keines von Adelizes Kindern ein ... ein Erfolg. Und außer dir natürlich.« Sie runzelte die Stirn, und Ash dachte: *Sehe ich auch so aus, wenn ich die Stirn runzele? Älter?* Die Faris fuhr fort: »Unser Vater Leofric fragt sich nun, wie viele er zu früh ausgesondert hat. Jetzt hat er alle aus Leovigilds Stammbaum behalten, auch die, die Adelize diesen Frühling geboren hat. Wir haben zwei lebende Brüder und eine Schwester.«

Ash bemerkte, dass sie die Hand der Faris so fest umklammert hielt, dass es schmerzen musste. Verlegen blickte sie auf die verzogenen Bodenbretter hinab. Sie atmete flach und schnell, und ihre Brust brannte.

»Verdammte Scheiße, ich kann das einfach nicht glauben.« Sie blickte der Faris ins Gesicht und dachte: *Sie ist neunzehn oder zwanzig, genauso alt wie ich,* und sie fragte sich, warum die Westgotin ihr plötzlich so jung erschien.

»Es muss nicht zwanzig Jahre dauern, bis eine neue Faris geboren wird«, spekulierte Ash. Ihre Stimme klang flach in dem kalten Raum. »Wenn Leofric nicht so verrückt wie ein Märzhase wäre und wenn Gelimer auch nur die Hälfte über die Wilden Maschinen glauben würde ... Wenn sie sich mal ansehen würden, was sie haben, hätten sie vielleicht schon in ein paar Monaten noch jemanden wie dich: vielleicht nächsten Frühling oder Sommer.«

Die Faris sagte: »Ich werde dir sagen, was mein Herr, der

Kalif Gelimer, tun würde, wenn er den Worten über die Wilden Maschinen Glauben schenken würde. Er würde sie für irgendeine Art überlegenen Steingolem halten. Er würde sie für weise Stimmen des Krieges halten, die ihm helfen, das Reich auf alle zivilisierten Länder auszudehnen. Und er würde nach einer Möglichkeit suchen, mehr Steingolems zu bauen und mehr von meiner Art zu züchten, damit er nicht nur einen General und eine *machina rei militaris* hat, sondern dutzende.«

»Süßer Christus.«

Die Hand der Faris fühlte sich warm und glitschig an. Ash lockerte ihren Griff. Den Blick noch immer auf Adelize gerichtet, fragte sie: »*Könnte* Haus Leofric noch einen Steingolem bauen?«

»Es ist nicht *unmöglich*. Mit der Zeit.« Die Faris zuckte mit den Schultern. »Wenn mein Vater Leofric überlebt.«

»Oh, Jesus«, sagte Ash und spürte, wie die kalte Luft ihre Fingerspitzen frieren ließ. Draußen vor dem Fenster leuchteten die Sterne, und sie nahm den Geruch von ungewaschenen Körpern wahr, gedämpft von der Kälte. »Den Türken wird das nicht gefallen, ebenso wenig wie sonst irgendjemandem. Eine Maschine, um mit den großen Kriegsdämonen des Südens zu reden – sie würden nicht ruhen, bis sie selbst eine hätten. Gleiches gilt für die Franzosen, die Engländer, die Russen ...«

Die Faris beobachtete Adelize und sagte geistesabwesend: »Oder wenn unser Wissen verloren ginge und Leofric tot wäre, wenn das Haus zerstört würde, sodass nur der eine Steingolem übrig wäre ... wir würden ihn nicht behalten dürfen.«

»Sie würden nicht eher ruhen, bis sie Afrika, Karthago, erobert und den Golem zerstört hätten.«

»Aber Gelimer glaubt nichts von alledem. Er hält das alles für irgendeine politische Intrige des Hauses Leofric.« Die Faris schauderte unter ihrer Decke. Dann fuhr sie fort: »Und ich habe mit dem Schicksal des westgotischen Reiches nichts mehr zu tun, nicht wahr? Ich habe nichts mehr zu tun, außer hier rumzusitzen und mich zu fragen, ob man mich am nächsten Morgen töten wird.«

»Das denke ich nicht. Was du de la Marche erzählst, ist viel zu nützlich.«

Das klang schon falsch, als sie es aussprach. Ash wandte den Blick von Adelize ab und gestattete sich zu erkennen: *Ich befinde mich im selben Raum wie diese Frau. Sie ist unbewaffnet. Ich habe ein Schwert, und ich habe einen Dolch. Wenn ihr Tod ein* fait accompli *wäre, würde Florian ihn einfach hinnehmen müssen. Vermutlich würde es dann nicht zu einem Bürgerkrieg kommen.*

Sie erwartete schmerzhafte Unentschlossenheit.

Töte sie . . . Vor den Augen ihrer Mutter und ihrer Schwester? Meiner Schwester? Sie ist meine Schwester . . . Was auch immer sie sein mag, sie ist immer noch von meinem Blut.

Was Ash empfand, war Entspannung.

Mit rauem Humor sagte sie: »Süßer Grüner Christus! Hast du nicht schon genug Sorgen, dass du dir auch noch den Kopf darüber zerbrechen musst, ob deine Schwester dich umbringt oder nicht? Faris, das werde ich nicht tun. Im Augenblick kann ich das auch gar nicht. Aber ich weiß, dass ich es eigentlich tun *sollte*.«

Einen Augenblick lang legte sie die Hand wieder aufs Gesicht, dann schaute sie die Westgotin an.

»Es ist Florian, weißt du? Die Gefahr, in der Florian schwebt. Ich kann das nicht so weitergehen lassen.« Die Worte klebten ihr auf der Zunge; Müdigkeit ließ sie über die Silben stolpern. Sie ertappte sich dabei, wie sie wie ein Engländer aufgeregt mit den Armen wedelte. »*Kannst du sie draußen halten?*«

»Die Wilden Maschinen?«

»Halte sie draußen. Hör ihnen nicht zu.«

Der Ausdruck auf dem Gesicht der Faris, das im Licht der Lampen nur schwach zu erkennen war, schwankte zwischen Furcht und Verwirrung. »Ich . . . *fühle* sie. Ich habe dem König-Kalifen gesagt, ich würde den Steingolem nicht mehr hören, und das tue ich wirklich nicht; ich habe seit fünf Wochen kein Wort mehr mit ihm gesprochen. Aber ich fühle ihn. Und durch ihn die *Machinae Ferae* . . . Da ist dieses Gefühl von . . .«

»Druck«, sagte Ash. »Als würde irgendjemand Druck auf dich ausüben.«

»Du konntest ihnen nicht widerstehen, als sie in Karthago durch den Steingolem zu dir gesprochen haben«, sagte die Faris leise. »Und ihre Macht wächst; ihre Dunkelheit dehnt sich aus, und sie werden mich erreichen, hier. Sie werden mich benutzen, um . . .«

»Wenn Florian stirbt.« Ash hockte sich wieder hin. Vorsichtig streckte sie die Hand aus und berührte Adelizes grau-weißes Haar. Die Frau versteifte sich. Ash begann mit sanften Streichelbewegungen. »Es ist Florian. Ich darf nicht zulassen, dass du weiter eine Gefahr für sie bist. Wenn du lebst und die Wilden Maschinen dich benutzen . . .«

»Während wir euch belagert haben, habe ich versucht, die Verbindung zur *machina rei militaris* zu kappen«, sagte die Faris. »Ich habe einen Sklavenpriester benutzt, der niemandem etwas hätte sagen können, da ihm keiner geglaubt hätte. Er hat gebetet, doch die Stimme der Maschine ist bei mir geblieben.«

»Das habe ich auch gemacht.« Ash hörte auf, Adelizes mattes Haar zu streicheln. »Das habe ich auch gemacht! Und bei mir hat es auch nicht funktioniert!«

Erstauntes Lachen: Ash hielt die Hände der Faris; beide lachten sie, und Adelize schaute sich um und blickte von einer zu anderen, von Ash zur Faris und wieder zurück.

»Die Gleichen!«, krähte sie triumphierend. Sie deutete von einem Gesicht zum anderen. »Die Gleichen!«

Ash biss sich instinktiv auf die Zunge. Es tat weh. Sie schmeckte Blut im Mund. Sie dachte: *Bitte sag, dass du mich erkennst.*

Die fette Frau streckte die Hand aus und streichelte der Faris übers Gesicht. Dann bewegte sie die Finger in Richtung

Ash. Ash drehte sich der Magen um. Die weichen, fetten Finger berührten ihre Haut, streichelten ihre Wange, zögerten an den Narben und zogen sich wieder zurück.

»Die Gleichen?«, sagte Adelize fragend.

Ashs Augen füllten sich mit Tränen, doch sie rannen nicht über ihre Wangen. Sanft berührte sie Adelizes Hand und stand auf.

»Es könnten durchaus noch mehr wie du gezüchtet worden sein«, sagte Ash, »aber wenn du zurückgegangen wärst und den Steingolem zerstört hättest . . . Es gibt nur eine *machina rei militaris*. Das hätte dich von den Wilden Maschinen abgeschnitten. Das hätte *sie* abgeschnitten. Sie hätten auf einen neuen Gundobad oder Radonik warten müssen, der ihnen eine neue Maschine baut. Das ist weit schwerer als die Rattenzucht.«

»Einige Männer wären mir vielleicht gefolgt: die, die ich in Iberien geführt habe und die mich seit Jahren kennen. Die meisten aber nicht. Und Karthago ist gut auf den Fall vorbereitet, dass einer seiner siegreichen Generäle wieder zurückkehrt, um den König-Kalifen zu stürzen.«

»Du hättest es zumindest versuchen können!« Ash grinste vor sich hin und schüttelte dann reumütig den Kopf. »Also gut. Ich verstehe, was du mir sagen willst. Aber wenn du den Steingolem zerstört hättest, müsste ich mir jetzt nicht den Kopf darüber zerbrechen, ob ich meine Schwester töten sollte oder nicht.«

»Nicht töten!«, rief Adelize wild.

Ash blickte überrascht nach unten. Violante kniete neben Adelize und flüsterte ihr offensichtlich eine Übersetzung zu. Die zurückgebliebene Frau schaute nach oben und deutete mit dem Finger zuerst auf Ash, dann auf die Faris. »Nicht töten!«, wiederholte sie.

Ash spürte einen körperlichen Schmerz. *Mit meinem Herzen stimmt irgendetwas nicht*, dachte sie. Sie drückte die Faust auf ihre Brust, als könne sie das irgendwie erleichtern. Wieder spürte sie den stechenden Schmerz.

Ash streckte die Hand aus und zerzauste Violantes Haar. Das Kind zuckte vor ihr zurück. Sie berührte Adelizes Hand. Stolpernd drehte sie sich um und verließ den Raum. Sie duckte sich unter dem Türsturz durch und schritt an dem dünnen Mönch vorbei. Schweigend sammelte sie draußen ihre Eskorte ein, und sie sagte kein Wort, bis sie den Palast und die Gemächer der Herzogin erreichten.

»Ich bin hier, um Florian zu sehen.«

Die Knopfaugen der Jeanne Chalon spähten um die reich geschnitzte Eichentür herum. »Sie fühlt sich nicht gut. Ihr könnt sie jetzt nicht sehen.«

»Doch, das kann ich.« Ash lehnte sich mit einem plattengepanzerten Arm gegen die Tür. »Wollt Ihr versuchen, mich aufzuhalten?«

Eine der Hofdamen, Tilde, blickte um Jeannes Schulter herum. »Sie fühlt sich wirklich nicht gut, Demoiselle-Hauptmann. Wir haben auch Messire de la Marche bitten müssen, morgen wiederzukommen.«

»Sie fühlt sich nicht gut?« Ash sammelte ihre Gedanken. Höflich verlangte sie zu wissen: »*Was stimmt nicht mit ihr?*«

Verlegen blickte Tilde zu Jeanne Chalon. »Generalhauptmann ...«

»Ich habe gefragt, was nicht mit ihr stimmt? Unter welcher Krankheit leidet sie? ... Ach, vergesst es.« Ash bahnte sich einen Weg an den beiden Frauen vorbei. Sie ignorierte die anderen Diener und Hofdamen, drängte sich zwischen ihnen durch und ließ sie sich mit ihrer Eskorte streiten. Sie stapfte zum herzoglichen Bett und warf die Vorhänge auf.

Der Gestank von Schnaps ließ sie husten.

Die Herzogin Florian, von Kopf bis Fuß wie ein Mann gekleidet, lag mit dem Gesicht nach unten auf dem Bett. Ihr Mund stand offen, und Speichel rann auf das feine Leinen. Sie atmete puren Alkohol. Als Ash auf sie hinunterblickte, begann Florian röchelnd zu schnarchen.

»Sie war heute Nachmittag auf der Mauer, nicht wahr?«

Jeanne Chalons Gesicht erschien neben Ash. »Ich habe ihr gesagt, sie solle es nicht tun. Ich habe ihr gesagt, es stünde einer Frau nicht an, sich das anzusehen, wovon Gott selbst den Blick abwendet. Aber sie wollte nicht auf mich hören. Floria hat nie auf mich gehört.«

»Ich bin froh, das zu hören.« Ash beugte sich vor und zog zärtlich den Wolfspelz über Florians Beine. »Außer in diesem Fall. Seit wann hat sie sich um den Verstand gesoffen?«

»Seit Sonnenaufgang.«

Seit dem Massaker an den Geiseln.

»Nun, sie wird es nicht wieder tun.« Ash kniff die Lippen zusammen. »Wir haben schlicht nicht mehr genug zu saufen. Also gut. Wenn sie aufwacht, schickt nach mir. Wenn nicht ... stört sie nicht.«

Nachdenklich machte sich Ash auf den Weg hinaus aus dem Palast. Sie war sich Ludmilla Rostovnajas Eskorte bewusst, die miteinander plapperte; sie spürte den Schmerz in ihren Beinen und das Pochen in ihrer verbrannten Hüfte. Müdigkeit machte sie leicht benommen. Erst als sie in die bitterkalte Nacht hinaustrat, war sie wieder hellwach.

Der Pflug war unter den Himmelspol gesunken. Nur noch ein paar Stunden, und der Weihnachtstag war vorüber, und das Fest des heiligen Stephan würde beginnen.

Ein wildes blaues Licht erhellte den Nachthimmel; es bewegte sich mit hoher Geschwindigkeit.

»Deckung!«

Ein Geschoss mit Griechischem Feuer zischte in hohem Bogen durch die Luft, landete auf dem Platz und sandte ein Inferno über die Pflastersteine. Ein Mann rannte in dem geisterhaft blauen Licht hinaus und harkte brennendes Reet aus dem Dach eines Nebengebäudes.

Scheiße! Ist es das? Gelimer hat seinen General verloren, und er hat versucht, den Waffenstillstand einzuhalten ...

Ein weiteres Geschoss flog in hohem Bogen über sie hinweg und verschwand Richtung Stadtmauer.

»Alle Mann in Deckung!«, befahl Ash und trat ins Torhaus des Palastes zurück. Noch ein Schuss – Stein, nicht Feuer – ließ den Boden unter ihren Füßen erzittern.

»Die verdammten Dreckskerle!« Rostovnaja zischte irgendetwas Bissiges über die Zielgenauigkeit der Westgoten; ihre Männer stimmten ihr knurrend zu. »Und das zum Christfest! Boss, ich dachte, wir hätten einen Waffenstillstand, bis Herr Fernando morgen wieder zu ihnen zurückkehrt.«

Ash schärfte ihr Gehör, betete, dass die Geräusche in der eiskalten Nachtluft möglichst weit trugen, aber sie hörte gar nichts mehr: keinen Einschlag aus anderen Stadtvierteln.

Westgotische Kriegsmaschinen, Stellung und Munitionsbestand, Befehle an Angriffstruppen! Ash formulierte den Gedanken in ihrem Kopf, sprach ihn jedoch nicht laut aus und schüttelte den Kopf.

Selbst wenn ich mit dem Steingolem sprechen könnte, wäre es sinnlos, ihn zu fragen. Er erhält nur noch Berichte per Kurier von hier, und die sind, wenn sie eintreffen, zwei, drei Wochen alt.

Wenigstens kann Gelimer ihn auch nicht als taktischen Ratgeber gegen uns einsetzen. Selbst wenn die Wilden Maschinen ihn benutzen können, er kann es nicht. Und Godfrey würde ihn hören. Eine kleine Gnade...

Benommen hielt sie in ihrem Gedankengang inne.

»Hauptmann?«, sagte Ludmilla Rostovnaja in einem Ton, als hätte sie das Gleiche schon ein paarmal wiederholt.

»Was?«

Ash hörte keine Bombardierung mehr. Diese willkürlichen Schüsse waren also nicht die Eröffnung eines Totalangriffs gewesen. Vermutlich hatten sich nur ein paar gelangweilte Mannschaften den Frust von der Seele geballert, wahrscheinlich Gelimers fränkische Söldner. Der Waffenstillstand hatte also offensichtlich noch Bestand.

»Gehen wir wieder zum Turm zurück?« Die Russin spähte in die von Griechischem Feuer erhellte Nacht hinaus. Kein weiterer Einschlag ließ den Boden beben. »Hauptmann? Was ist?«

Wie betäubt sagte Ash:

»Ich ... Ich habe gerade etwas realisiert. Ich weiß nicht, warum mir das nicht schon früher aufgefallen ist.«

Drei

Der gestreifte Frischling schnüffelte im Schnee herum und wedelte wie wild mit dem dünnen Stummelschwanz. Ash beobachtete, wie das Tier mit der Nase die Eiskruste vom Schnee herunterholte. Schwarzer Mulch wurde aufgewirbelt. Das Tier grunzte zufrieden und suchte sich die Eicheln heraus.

Ein Mann mit eichelfarbenem Bart schlug die Kapuze zurück und drehte sich um, um Ash anzusehen.

– *Ash.*

»Godfrey.«

Erschöpfung trug sie am Rand des Schlafes entlang. Es fiel ihr nicht schwer, sich der Tatsache bewusst zu sein, dass sie auf ihrem Kastenbett neben dem Kamin lag, während die Pagen und Knappen hin und her eilten und sie immer wieder kurz in Schlaf versank, und gleichzeitig zu wissen, dass sie laut mit der Stimme in ihrem Kopf sprach.

Der Traum hatte ihr sein Bild gebracht, klar und deutlich: ein großer Mann mit breiter Brust und nackten Füßen unter dem Saum seines grünen Gewandes. In seinem verfilzten Bart zeigten sich die ersten grauen Haare, und er hatte tiefe Falten um seinen Mund und seine Augen herum. Ein von Wind und Wetter gegerbtes Gesicht; Augen, die im Winter wie im Sommer zum Schutz vor dem Licht zusammengekniffen wurden.

»Als ich dich zum ersten Mal getroffen habe, warst du nicht älter als ich jetzt«, sagte Ash leise. »Christus! Ich fühle mich, als wäre ich schon hundert.«

– Und du siehst auch so aus. Ich würde glatt mein Geld darauf verwetten.

Ash unterdrückte ein Lachen. »Godfrey, du hast einfach keinen Respekt.«

– Vor einem verwahrlosten Bastard von Söldner? Natürlich nicht.

Der Traum-Godfrey hockte sich in den Schnee und schien das Eis zu ignorieren, das sich am Saum seines Gewandes festsetzte. Eine Hand steckte er bis zum Handgelenk in den Schnee, um sich abzustützen. Sein Atem färbte sich weiß in der kalten Luft. Ash beobachtete, wie Godfrey den Kopf vornüberneigte – Schultern unten, Hintern hoch, bis er fast umzufallen drohte –, um dem drei Wochen alten Frischling zwischen die Beine gucken zu können.

»Godfrey, was zum Teufel machst du da?«

Die Traumgestalt antwortete: »Ich versuche herauszufinden, ob er ein Eber oder eine Sau ist. Säue haben das bessere Naturell.«

»Godfrey, ich kann einfach nicht glauben, dass du deine Kindheit im Schwarzwald damit verbracht hast, Wildschweinen in den Arsch zu schauen!«

»Er ist eine Sau.« Der Schnee bewegte sich, und der Kopf des Wildschweins tauchte auf, als es sich Godfrey näherte.

Ash sah deutlich die goldbraunen Augen unter den unglaublich langen strohfarbenen Wimpern, die misstrauisch die Welt beäugten. Eine nicht messbare Zeit lang sprach der Traum-Godfrey leise mit der Sau. Ash trieb weiter am Rand des Schlafes dahin. Schließlich sah sie, wie Godfrey vorsichtig die Hand ausstreckte.

Die Sau begann wieder, im Schnee zu wühlen. Der Mann kratzte sie an jener Stelle hinter den Ohren, wo sich kein dickes, raues Winterfell fand, nur weiche Haare über grauer

Haut. Das Tier hob die Nase. Es schnaubte: ein erstaunlich leises, hohes Quieken. Godfrey verstärkte den Druck und grub die Finger in die heiße Haut.

Mit einem weichen Plumps ließ sich der weibliche Frischling seitwärts in den Schnee fallen. Zufrieden grunzte die junge Sau und wedelte mit dem Schwanz, während der Mann sie weiter kraulte.

»Godfrey, allmählich glaube ich, du bist wie unser Herr von einer Wildsau gesäugt worden!«

Ohne die Hand von dem Frischling zu nehmen, blickte Godfrey Maximilian wieder zu ihr hinüber. »Gesegnet seist du, Kind. Ich habe mein ganzes Leben lang Gottes wilde Tiere gerettet.«

Wie im Bart, so waren auch im kurz geschnittenen Haar des Priesters weiße Strähnen zu sehen. Mit der freien Hand griff er nach dem Kreuz auf seiner Brust: große, fähige, vernarbte Hände. Die Hände eines Arbeiters. Seine Augen waren so dunkel wie die der Sau, und Ash konnte jede Einzelheit seines Gesichtes deutlich sehen, als wären sie nur ein paar Monate voneinander getrennt gewesen, und er stünde plötzlich wieder vor ihr.

»Man glaubt, man würde sich ewig an ein Gesicht erinnern«, flüsterte Ash, »doch es ist immer das Erste, was verschwindet.«

– *Man glaubt immer, man hätte Zeit.*

»Man versucht, es in seinem Kopf wieder in Ordnung zu bringen . . .« Ash rührte sich auf ihrer Matratze. Wie Wasser, das im Sand versickert, löste sich der klare, deutliche Traum von Godfrey auf. Ash versuchte, ihn irgendwie festzuhalten, doch er entglitt ihr mehr und mehr.

– *Ash?*

»Godfrey?«

– *Ich weiß nicht, wie lange es her ist, seit wir zum letzten Mal miteinander gesprochen haben.*

»Ein paar Tage.« Ash drehte sich auf den Rücken und legte

den Arm über die Augen. Sie hörte Rickards Stimme. Er erklärte irgendjemandem, dass der Generalhauptmann sie im Augenblick nicht empfangen könne; sie sollten noch eine Stunde warten.

»Es ist der Weihnachtsabend«, sagte sie, »oder die ersten Stunden vom Fest des heiligen Stephanus; ich habe die Glocken noch nicht zur Matutin läuten hören. Ich hatte Angst, mit dir zu sprechen, für den Fall, dass die Wilden Maschinen ...«, sie unterbrach sich selbst. »Godfrey, hörst du sie noch? Wo sind sie?«

In dem Teil von ihr, den sie mit der *machina rei militaris* teilte, fühlte sie eine tröstende Wärme, die sie mit Godfrey in Verbindung brachte. Sie hörte keine andere Stimme außer der seinen, noch nicht einmal das weit entfernte Murmeln in der Sprache aus Gundobads Zeit.

»Wo sind sie?«

– *Die Hölle schweigt.*

»Die Hölle! Verdammt nochmal! Ich will wissen, was die Wilden Maschinen tun. Godfrey, sprich mit mir!«

– *Bitte, mein Kind?*

Eine leichte Belustigung lag in seinem Ton.

– *Wie lange du auch immer sagst, dass es her sein mag – einen Monat oder mehr – so lange hat keine menschliche Seele mehr mit dem Steingolem gesprochen. Zuerst bekümmerte das die Großen Teufel. Dann wurden sie wütend. Mit ihrer Wut haben sie mich taub gemacht, Kind; sie haben mich gezwungen, ihre Wut durch mich hindurchfließen zu lassen. Ich habe geglaubt, du hättest es gehört, aber vielleicht war es die Faris, gegen die sie ihren Zorn gerichtet haben. Und dann haben sie geschwiegen.*

»Bei Gott, haben sie das?«

Ash reckte sich. Sie war noch immer voll angekleidet, für den Fall, dass in der Nacht Alarm gegeben wurde. Sie öffnete die Augen und sah die Deckenbalken im schwachen Licht des armseligen Kaminfeuers.

»Sie werden die Faris noch nicht aufgegeben haben. Sie warten nur auf den geeigneten Augenblick. Godfrey, hat wirklich niemand den Steingolem benutzt? Noch nicht einmal der König-Kalif?«

Godfreys Stimme in ihrer Seele war voller Lachen.

– Die Sklaven des Kalifen Gelimer sprechen zu ihm – wie ein Mensch spricht, nicht wie die Faris. Sie stellen ihm taktische Fragen. Wenn du mich etwas fragst, Kind, wird Gelimer daraus schließen, was du fürchtest. Er hat Angst vor diesem Kreuzzug, Kind; er läuft ihm aus dem Ruder. Dieser Krieg ist wie ein Schlachtross, das Gelimer nicht kontrollieren kann. Ich wünschte, ich könnte in meinem Herzen Gottes Güte für ihn finden, anstatt mich über seine Not zu freuen. Ich bin nicht sicher, ob er überhaupt versteht, was der Steingolem zu ihm sagt.

»Ich hoffe, du hast Recht, Godfrey. Worüber freust du dich eigentlich so?«

– Ich habe dich vermisst, Ash.

Ash hatte einen Kloß im Hals.

Godfreys Stimme war voller Vertrauen und aufgeregter Erwartung.

– Du hast geschworen, mich nach Hause zu bringen, mich aus dieser Hölle zu erretten. Kind, ich weiß, dass du jetzt nicht mit mir reden würdest, wenn du dir nicht irgendwas überlegt hättest, um das zu tun. Du bist gekommen, um mich jetzt aus dieser Hölle zu befreien, nicht wahr?

Ash setzte sich mühsam auf. Sie winkte Rickard weg zur Tür, die im Zwielicht nicht zu sehen war. Dann zog sie Decken und Felle um ihre Schultern und rutschte vorwärts, bis ihre Füße fast in der Asche des Kaminfeuers waren.

»Ich habe eine Menge Dinge geschworen«, sagte Ash in hartem Ton. »Als du bei dem Erdbeben gestorben bist, habe ich geschworen, ich würde die Wilden Maschinen dafür zur Verantwortung ziehen. Und du hast im Krönungssaal geschworen, immer bei mir zu bleiben; das hat dich aber nicht davon abgehalten zu sterben. Wir alle machen Versprechungen, die wir nicht halten können.«

– *Ash?*

»Wenigstens habe ich nie geschworen, deine Leiche zu holen, um sie anständig beerdigen zu können. Wenigstens *wusste* ich, dass das unmöglich war.«

– Als ich versucht habe, dir zur Flucht aus Leofrics Haus zu verhelfen, bevor ich Fernando del Guiz gefunden hatte, damit er mit dir ausreitet, habe ich geschworen, dass du niemals allein sein wirst. Erinnerst du dich? Dieses Versprechen habe ich gehalten. Und ich werde es auch weiter halten, Kind. Du hörst mich, und du wirst mich immer hören. Ich werde dich nie verlassen. Dessen kannst du sicher sein.

Der Schmerz in Ashs Hals breitete sich aus. Sie rieb sich mit dem Handrücken über die Augen. Dann, mithilfe einer mentalen Anstrengung, trennte sie sich vom Schmerz.

Heiße Tränen flossen aus ihren Augen und ließen das Bild der roten Glut im Kamin verschwimmen. Erstaunt darüber, wie leer und luftlos sich ihre Brust anfühlte, ballte Ash die Fäuste und grub die Fingernägel in die Handteller. Die Tränen rannen schneller, und sie atmete nur noch stoßweise.

– *Ash?*

»Ich kann dich nicht retten. Ich weiß nicht wie!«

Schweigen herrschte in ihrem Geist.

– Ich kann dir nur einmal im Leben ein gebrochenes Versprechen vergeben.

In ihrem Kopf hallte Godfrey Maximilians Stimme.

– Erinnerst du dich daran, dass ich dir einmal gesagt habe, die Kirche zu verlassen, um mit dir umherzuziehen, sei jeden Schmerz wert gewesen, den ich seitdem erlitten habe? Nun bin ich nur noch Seele, nicht mehr Leib, und ich liebe dich noch immer. Ash, du bist das wert.

»Das habe ich nicht verdient!«

– Das ist nicht der Grund . . . Auch wenn du immer ehrlich, gut und warmherzig zu mir gewesen bist, so ist das nicht der Grund dafür, dass ich die liebe. Ich liebe dich, weil du die bist, die du bist. Lange bevor ich dich als Frau geliebt habe, habe ich deine Seele geliebt.

»Um Christi willen, sei still!«

– Ich habe es dir gesagt. Ich bereue nichts, außer dass ich noch immer nicht dein volles Vertrauen habe.

»Oh, aber das hast du.« Ash bedeckte das Gesicht mit den Händen und legte den Kopf in der feuchtwarmen Dunkelheit auf die Knie. »Ich vertraue dir. Wenn ich dich bitte, etwas zu tun, vertraue ich darauf, dass du es tust. Das macht es ja so hart ... Das macht es unmöglich, dich zu fragen.«

– Um was könntest du mich denn bitten, was ich nicht tun würde?

Ein reumütiger, verletzbarer Unterton schlich sich in seine Stimme.

– Nicht dass ich jetzt noch viel tun könnte, Kind. Nicht so, wie ich bin. Aber frag, und wenn ich kann, werde ich es tun.

So sehr Ash sich auch bemühte, es zu unterdrücken, sie schluchzte laut. Entsetzt presste sie die Hände auf den Mund, um das Geräusch zu ersticken.

»Du ... verstehst ... noch nicht ...«

»Boss?«

Ash öffnete die Augen und sah Rickard neben sich hocken; er sah bestürzt aus. Tränen waren ihr die Wangen hinuntergelaufen. Ihre Augen waren heiß. Als sie Rickard antworten wollte, kam kein Ton über ihre Lippen; ihr Hals war wie zugeschnürt.

»Willst du etwas?«, fragte Rickard. Er schaute sich hilflos um. »Was?«

»Bleib an der Tür. Niemand ...« Sie hatte das Gefühl, als wäre ihre Zunge angeschwollen. »*Niemand* soll hereinkommen, bis ich es sage. Mir ist egal wer.«

»Vertrau mir, Boss.« Der schwarzhaarige Jüngling richtete sich auf.

Er trug eine Rüstung, die ihm nicht gehörte – das Panzerhemd eines Verwundeten –, und ein Schwert klapperte an seiner Seite. Es waren die Augen, die den Unterschied ausmachten. Er sah müde aus und viel älter als in Neuss.

»Danke, Rickard.«

»Ruf mich einfach«, sagte er in wildem Ton. »Wenn du etwas brauchst, ruf mich einfach. Boss, kann ich nicht ...«

»Nein!« Sie kramte in ihrer Börse, holte ein schmutziges Taschentuch heraus und wischte sich damit übers Gesicht. »Nein. Es ist meine Entscheidung. Ich werde dich schon rufen, wenn was ist.«

»Sprichst du mit dem heiligen Godfrey?«

Noch immer rannen ihr Tränen aus den Augen, und sie konnte nichts dagegen tun. *Warum?*, dachte sie verwirrt. *Warum kann ich nicht zu weinen aufhören? Das bin ich nicht. Ich weine nie!*

»Geh weg, Rickard.«

Sie zerknüllte das Taschentuch und drückte es sich auf die Augen.

– Ich schwöre dir, Kind, es gibt nichts, was ich nicht für dich täte.

Godfrey Maximilians Stimme in ihrem Kopf klang drängend und vollkommen offen und ernst. Zu offen: Ash drückte das Taschentuch noch fester auf die Augen. Dann war sie wieder in der Lage, sich aufrecht hinzusetzen und in die grauer werdende Glut zu starren.

»Ja, und du hast mich um Hilfe gebeten. Erinnerst du dich? Ich kann sie dir nicht geben. Godfrey, ich *werde* dich um etwas bitten. Wenn es dir lieber ist, kannst du auch sagen, dass ich es dir befehle.«

– Weinst du? Ash, meine Kleine, was ist los?

»Hör einfach zu, Godfrey. Hör einfach zu.«

Sie atmete tief ein, doch der Atem blieb ihr in der Kehle stecken und drohte zu einem Schluchzen zu werden. Ash zerrte an ihrem Taschentuch herum, bis sie ihre Stimme wieder unter Kontrolle hatte.

»Du bist jetzt die *machina rei militaris* – oder zumindest ein Teil davon.«

– Wie die Falten und Schlussfäden in einem Stück Stoff, denke ich ... und ich habe viel Zeit gehabt, um darüber nachzudenken. Ash, warum dieser Kummer?

»Erinnerst du dich daran, was ich zu dir gesagt habe, als wir bei Karthago in die Wüste hinausgeritten sind?«

– *Nicht an etwas Besonderes...*

Sie schauderte beim Atmen und fiel Godfrey ins Wort. »Wir haben gescherzt. Ich habe dich um ein Wunder gebeten, ein winziges Wunder... ›Bete, dass der Steingolem zusammenbricht‹... und noch um etwas anderes, ich erinnere mich nicht mehr. Und seit damals habe ich an nichts anderes mehr gedacht als an die Faris, wie ich sie töten kann, um die Wilden Maschinen aufzuhalten.«

– *Sie spricht nicht mit den Wilden Maschinen, auch wenn ich glaube, dass sie sie hören kann.*

»Die Faris ist nicht wichtig.« Ash öffnete die Augen wieder; bis dahin war ihr gar nicht bewusst gewesen, dass sie Zuflucht im Dunkeln gesucht hatte. Sie streckte die Hand aus, nahm ein Stück Holz und beugte sich vor, um es tief in die Glut zu schieben. »Sie *müsste* getötet werden, damit wir auf der sicheren Seite sind, aber ich kann es nicht tun. Sie werden sie hier vermutlich hinrichten. Das ist aber auch nicht wichtig. Die Wilden Maschinen können Leofrics Familie dazu überreden, eine neue Faris zu züchten, falls sie nicht schon längst damit angefangen haben. Was wichtig ist, ist der Steingolem.«

Godfrey Maximilian machte keinerlei Geräusch in ihrem Kopf, aber sie konnte ihn warten fühlen; sie konnte fühlen, wie er ihre Worte in sich aufnahm.

»Wir müssen die Wilden Maschinen zerstören. Mit militärischen Mitteln bräuchten wir dazu gut ein Jahr. Dieses Jahr haben wir aber nicht. Und wir könnten meine Schwester töten«, sagte Ash und bemerkte, wie ihre Stimme wieder zu zittern begann. »Aber... aber das würde uns kaum Zeit verschaffen, und Burgund könnte bis dahin schon lange in eine Ödnis verwandelt worden sein.«

– *Sag mir nichts! Wenn die Großen Teufel zuhören...*

»*Du* hörst zu, Godfrey. Der Steingolem ist der Schlüssel.

Durch ihn sprechen sie mit Leofric und dessen Familie. Durch ihn sprechen sie zu meiner Schwester. Er ist der Kanal, den sie benutzen werden, wenn sie sich die Kraft der Sonne holen.«

– *Ja.*

Godfrey Maximilian klang leicht verwirrt, aber nicht zurückhaltend. Ashs Hände zitterten. Sie wischte sich die von Holzasche verdreckten Finger an der Hose ab und hörte ihre eigene Stimme in ruhigem, autoritärem Ton weitersprechen.

»Ein Grund, warum ich nicht weiter über den Steingolem nachgedacht habe, ist, dass er sich in Karthago befindet, hinter Gelimers Armeen. Beim ersten Überfall sind wir gescheitert, und ich habe geglaubt, dass wir nie wieder zu ihm durchdringen könnten. Ich habe nicht richtig nachgedacht.«

Ein Astloch in dem brennenden Holz flackerte hell auf. Das Feuer zischte. Ash zuckte zurück, und jeder ihrer Muskeln vom Rückgrat bis in die Zehen verkrampfte sich. Wieder rieb sie sich mit den Händen übers Gesicht.

»Godfrey, der Steingolem kann nicht angegriffen werden. Ich muss ihn aber auch gar nicht erreichen. Das muss keiner von uns. Du bist bereits da. Du bist ein *Teil* von ihm.«

– *Ash* ...

Ich werde mir ihn als körperloses Etwas vorstellen. Als unruhigen Geist. Nicht als Mann, den ich als Bruder und Vater zugleich geliebt habe, solange ich denken kann.

»Wirke ein letztes winziges Wunder«, sagte Ash. »Vernichte den Steingolem. Unterbrich die Verbindung zwischen ihm und meiner Schwester. Ruf das Wetter zu Hilfe. Beschwöre *Blitze* herab, bis er nur noch nutzloser Sand und Glas ist!«

An jenem Ort in ihrer Seele, den sie mit Godfrey teilte, herrschte vollkommene Stille. Nicht lange, nur ein paar Herzschläge ... Sie spürte, wie ihr Puls sie zittern ließ.

– *Oh, Ash* ...

Schmerz lag in Godfreys Stimme. Ash schnürte es die Brust zusammen. Sie rieb mit der Faust darüber. Der Schmerz ging nicht weg. Mit fester Stimme sagte sie laut: »Du bist ein Priester. Du *kannst* um einen Blitz beten.«

– *Selbstmord ist eine Sünde.*

»Deshalb befehle ich dir ja, es zu tun, anstatt dich darum zu bitten.« Als sie wieder zu schluchzen drohte, schluckte sie es herunter, und was herauskam, war fast ein Lachen. »Ich wusste, dass du das sagen würdest. Ich denke über diese Dinge nach. Ich will dich nicht der Verdammnis überantworten. Als mir die Idee gekommen ist, wusste ich, dass es nur auf Befehl eines anderen geschehen konnte. Und es ist *mein* Befehl; deshalb trage ich auch die Verantwortung.«

Ein kalter Luftzug wehte an Ash vorbei in Richtung Kamin. Sie kuschelte sich tiefer in ihre Felle. Von der Tür her war ein metallisches Kratzen zu hören: Rickards Schwert, das an der Wand entlangschabte. Von unten hörte Ash Stimmen.

In ihrem Kopf herrschte Stille.

»Ich nehme an, der andere Grund, warum es mir bis jetzt nicht eingefallen ist«, sagte Ash leise, »ist, dass ich sofort gewusst habe, was es zu bedeuten hatte. Ich kenne dich. Du bist in Karthago draufgegangen, weil du nochmal zurückgegangen bist, um Annibale Valzacchi zu retten. Um Himmels willen, das hier ist wichtiger als das Leben eines Mannes!«

– *Ja. Wichtiger als das Leben eines Mannes.*

»Ich meinte nicht *dein* . . .«, Ash unterbrach sich. »Ich . . . Ja. Das habe ich gemeint. Das wird die Wilden Maschinen vollständig von der Welt abschneiden. Sie könnten die Faris nicht benutzen, und sie wären nicht einmal mehr in der Lage, mit den Westgoten zu sprechen. Sie wären stumm, machtlos, bis irgendjemand eine neue Maschine baut. Das könnte Jahrhunderte dauern. Also ja, es ist wichtiger als ein Leben, aber wenn es *dein* . . .«

Ein Windstoß ließ die Fensterläden klappern. Schwach drang das Sternenlicht durch die Risse im Holz. Das und das orangefarbene Glühen des Kaminfeuers erhellte die vertraute

Einrichtung des Kommandoraums: Rüstungsständer, Kriegskasse, Zusatzausrüstung. Die Einsamkeit nagte an Ash wie der nächtliche Frost.

»Ich musste schon Menschen an Orte befehlen, von denen ich wusste, dass sie dort sterben würden«, sagte sie mit fester Stimme. »Bis jetzt ist mir nie klar gewesen, wie sehr ich das schon immer gehasst habe. Dich *einmal* zu verlieren war schon schlimm genug.«

– Ich weiß nicht, ob das möglich ist. Aber ich werde um Gottes Gnade beten und es versuchen.

»Godfrey ...«

In dem Bereich, den Ash mit ihm teilte, fühlte sie eine Flut von Verwirrung, Furcht und Mut; und ein Entsetzen, das er nicht vor ihr verbergen konnte, genauso wie eine feste Entschlossenheit.

– Du wirst mich nicht verlassen.

»Nein.«

– Gott segne dich. Wenn er dich so sehr liebt wie ich, wird er dir nach alldem hier ein Leben ohne großen Kummer schenken. Jetzt ...

»Godfrey, noch nicht!«

– Wirst du es doch noch zu meiner Sünde machen? Wenn ich warte, werde ich meinen Mut verlieren. Ich muss *es jetzt tun, solange ich noch kann.*

Was Ash sagen wollte, war: *Zur Hölle damit! Mir ist egal, was geschieht. Ich werde schon einen Weg finden, um dich zu retten und wieder zu einem Menschen zu machen. Was kümmert mich die Welt? Du bist Godfrey!*

Das Feuer ließ ihren Blick verschwimmen. Wieder rannen ihr Tränen über die Wangen.

– Was kann ich dir von dem geben, was ich bin? Nur das: dass ich es tun kann. *Ich kann diese Verantwortung auf mich nehmen.*

»Ruf den Blitz herbei«, sagte sie. »Tu es jetzt.«

Ihre Stimme klang flach in der stillen, bitterkalten Luft. Ash blieb nur ein Augenblick, um sich die Tränen aus den Augen zu wischen und zu denken: *Wir beide werden wie verdammte Idioten dastehen, wenn sich herausstellt, dass alles umsonst gewesen sein sollte . . .*

Im Zentrum ihrer Seele sprach Godfrey Maximilian.

– Durch Deine Gnade und kraft der Liebe, die ich stets für Deine Geschöpfe empfunden habe, flehe ich Dich an, o Herr, erhöre mich und mein Gebet.

Es war die gleiche Stimme, die Ash schon hundertmal zur Laudes, Vesper oder Matutin gehört hatte; sie hatte sie im Lager und auf dem Feld gehört, wo Männer zu ihrem Klang in den Tod marschiert waren. Und es war dieselbe Stimme, die sie als Kind in den Schlaf begleitet hatte, nach St. Herlaine, als jedwede Dunkelheit noch die Macht besessen hatte, sie wach zu halten und bis Sonnenaufgang zittern zu lassen.

»Ich bin hier«, sagte sie. »Godfrey, ich bin hier.«

Seine Stimme in ihrem Geist klang unsicher; sie fühlte, wie die Furcht ihn übermannte. Er betete weiter:

– Auch wenn ich sterbe, so werde ich leben. Ich werde bei Dir sein, o Herr, bei Dir und Deinen Heiligen. Dies ist mein fester Glaube, den ich hier und jetzt verkünde. O Gott, mein Herr, den keine Rüstung aufzuhalten vermag, Du bist stärker als jedes Schwert . . . Schicke das Feuer hinab!

»Godfrey! *Godfrey!*«

Ash erinnerte sich noch an Molinella: an ein Kind, das von einem Kirchturm aus eine Schlacht beobachtete, und wie eine Übelkeit erregende Explosion alle Erinnerung an den Einschlag auslöschte. Der Turm hatte später neu errichtet werden müssen. Erneut schmeckte sie den Ziegelstaub in ihrem Mund und roch die Gänseblümchen. Schmerz breitete sich in ihrer Hand aus. Sie riss sie zurück – vor dem Feuer, dem brennenden Holz im Kamin des Kompanieturms. Das hier war nicht Italien, und es herrschte auch kein Sommer; das hier war Burgund zur Wintersonnenwende.

Ash legte die Hand aufs Bett, um sich in die Höhe zu stemmen, und bemerkte, dass sie auf dem Gesicht lag, dass sie sich vollgepisst hatte und dass Blut aus ihrer aufgebissenen Lippe rann.

»Godfrey...«

Blut tropfte auf die Matratze und befleckte die Leinendecke über dem Stroh. Ashs Arme begannen zu zittern. Ihre Muskeln wollten ihr Gewicht nicht tragen. Zitternd fiel sie wieder aufs Gesicht. Das Reiben von Stoff auf Stoff war unerträglich laut in dem Turmzimmer, wo es keine Explosion gegeben hatte. Ihre Ohren schmerzten, und ihr ganzer Körper zitterte von einem Einschlag, der hier nie stattgefunden hatte.

»Godfrey!«

»Boss!« Stiefel hallten über den Fußboden. Ash spürte Rickards Hände an ihren Schultern, als er sie auf den Rücken drehte.

»Ich bin in Ordnung.« Ash setzte sich auf. Sie zitterte am ganzen Körper. Der Junge hatte schon gesehen, was in einer Schlacht geschehen konnte, und so schämte sich Ash jetzt auch nicht, dass er sie so sah. Benommen schaute sie sich um. »Godfrey...«

»Was ist passiert?«, verlangte Rickard zu wissen. »Boss?«

»Ich habe ihn *sterben* gefühlt.« Auch ihre Stimme zitterte. »Es ist getan; jetzt ist es getan. Ich habe es ihn tun lassen. Oh, Jesus. Ich habe es ihn tun lassen.«

Ein großer Schmerz breitete sich in ihrer Brust aus. Ihre Hände wollten einfach nicht zu zittern aufhören, obwohl sie sie zu Fäusten ballte. Sie spürte, wie sie das Gesicht verzog. Ein Schluchzen kämpfte sich zwischen ihren zusammengebissenen Zähnen hindurch.

Sie bemerkte nicht, wie Rickard in Panik zur Tür rannte und irgendjemand reinkam; erst als ein Mann sie hart anpackte, wurde sie sich dessen bewusst. Weinend, stinkend, nicht ganz bei sich... Sie konnte nichts sagen, nur noch lauter schluchzen. Der Mann legte den Arm um sie und drückte sie fest an sich. Sie wiederum hielt sich an ihm fest.

»Komm schon, Mädchen! *Antworte* mir! Was ist passiert?«

»Nicht . . .«

»*Sofort*«, hakte die Stimme nach. Eine Stimme, die das Befehlen gewöhnt war. Robert Anselm.

»Ich bin in Ordnung.« Noch immer ließ jeder Atemzug sie zittern. Sie schob ihn von sich fort und ergriff seine Hände. »Es gibt nichts, was du tun könntest.«

Während sie sich wieder beruhigte, blickte Robert Anselm sie scharf an. Er trug keine Rüstung, sondern nur ein fleckiges Wams, das um seinen Bierbauch von einem Gürtel gehalten wurde. Offensichtlich hatte er versucht, sich ein paar Stunden Schlaf zu gönnen. Das Licht des Feuers beleuchtete grotesk seinen kahl rasierten Kopf und seine Ohren und zauberte tiefe Schatten unter seine Augen.

»Was soll dieses ›Godfrey‹? Was ist mit Godfrey passiert?«, knurrte er.

»Er ist tot«, antwortete Ash. Ihre Augen schimmerten. Sie drückte Anselms Hände. »Christus, ihn zweimal zu verlieren . . . Jesus!«

Anselm sagte etwas, aber sie hörte nicht hin. An der Tür drängten sich weitere Männer: Rickard, ihre Offiziere. Ash ignorierte sie und kniff die Augen zu.

Vorsichtig tastete sie sich in jenen Teil von sich selbst vor, den sie seit Molinella mit ihrer Stimme geteilt hatte.

»Godfrey?«

Nichts.

Tränen sammelten sich in ihren Augen. Sie spürte, wie sie über ihr Gesicht rannen, heiß in der eiskalten Luft. Der Schmerz in ihrem Hals nahm zu.

»Zweitausend Mann in Verteidigungsstellungen bei einer Belagerung; drei Legionen im Angriff: Optionen?«

Nichts.

»Komm schon, du Bastard. Ich weiß, dass du da bist. Sprich mit mir!«

Kein Gefühl von Druck. Keine Stimmen, die in der Sprache aus der Zeit Gundobads murmelten, und kein ohrenbetäubender Zorn, der Mauern und Paläste zum Einsturz brachte. Da waren keine Wilden Maschinen. Nur das Gefühl leerer Stille.

Zum ersten Mal in ihrem Erwachsenenleben war Ash ohne Stimmen.

Ein egoistischer Teil ihres Geistes bemerkte: *Ich habe verloren, was mich einmalig gemacht hat*; sie lächelte zitternd, weil sie sich vor sich selbst ekelte und weil sie begriff.

Ash öffnete die Augen, beugte sich hinunter und zog ihr langes Gewand hoch, um ihre verdreckte Kleidung zu verbergen. Dann richtete sie sich auf und drehte sich zu den Offizieren um, die in den Raum drängten: Angelotti, Geraint, Euen, Thomas Rochester, Ludmilla sowie noch ein Dutzend andere. Was ihnen nun gegenüberstand, war eine junge Frau, die geschickt in ihrem Beruf war, Krieg zu führen, weiter nichts.

Sie sagte: »Der Steingolem ist zerstört, zu einem Haufen Schlacke geschmolzen.«

Schweigen senkte sich über den Raum. Die Männer blickten einander an. Sie waren noch viel zu erstaunt über diese Neuigkeit, als dass sie so etwas wie Freude, Erleichterung oder Triumph hätten empfinden können.

»Godfrey hat es getan«, erklärte Ash. »Er hat darum gebetet, das ein Blitz Haus Leofric verheeren möge. Ich habe gefühlt, wie er eingeschlagen ist. Ich ... Er ist bei dem Angriff gestorben. Aber der Steingolem ist nicht mehr. Die Wilden Maschinen sind vollkommen von der Welt abgeschnitten. Wir sind in Sicherheit.«

Vier

»Natürlich«, sagte Robert Anselm spöttisch, »bezieht sich dieses ›in Sicherheit‹ auf das Wunder der Wilden Maschinen. Vor den drei westgotischen Legionen, die da vor Dijon hocken, sind wir keineswegs sicher!«

Inzwischen war gut eine Stunde im Obergeschoss des Kompanieturms vergangen, und noch immer trafen jede Minute Lanzenführer ein, außerdem einige burgundische Ritter und Centeniers. Auch Henri Brant und Wat Rodway waren dabei und verteilten einen selbst gebrannten Schnaps, der bestenfalls nach Erde schmeckte, aber in Mund, Hals und Bauch brannte und diese wärmte. Das ausgelassene Feiern sprang auf die Männer unten über: Ash hörte sie deutlich brüllen.

»Der Waffenstillstand hält noch immer. Ich habe es euch ja gesagt. Wir werden jetzt die Initiative ergreifen, und wir werden nicht eher stehen bleiben, bis wir in Karthago sind.«

Diese Worte waren hauptsächlich für die Öffentlichkeit bestimmt: für Jussey, Lacombe, Loyecte und de la Marche. Ash hatte sich gesäubert, trug nun eine geborgte Hose, trank mit ihren Männern und empfand gar nichts.

Die Feier wurde noch ausgelassener. Der Lärmpegel stieg. Mit hochroten Köpfen schrien sich Euen Huw und Geraint ab Morgan fröhlich auf Walisisch an. Angelotti und die Hälfte seiner Geschützmeister drängten sich näher ans Feuer, die Lederkrüge randvoll. Irgendjemand rief nach Carracci und seiner Flöte. Baldina und Ludmilla Rostovnaja veranstalteten ein Wettsaufen.

Für sie ist Godfrey bereits vor drei Monaten gestorben.

Ash berührte Robert Anselm am Arm. »Ich bin oben in St. Stephan.«

Anselm runzelte die Stirn, nickte aber; er feierte gerade mit zwei Frauen aus dem Tross.

Als sie aus dem Turm trat, fing Ash unkontrolliert an zu zittern. Sie zog einen Kapuzenmantel über ihr Gewand und ging mit gesenktem Kopf und hochgezogenen Schultern so schnell, dass ihre Eskorte – die sich im Wachraum ein wenig aufgewärmt hatte – leise fluchte. Schwarzes Eis bedeckte das Straßenpflaster. Viermal wäre Ash fast gestürzt, bevor sie die Abtei erreichte.

Hinter den gotischen Fenstern leuchtete warmes gelbes Licht. Als Ash das Kloster betrat, läuteten die Glocken zur Laudes. Die Soldaten drängten mit ihr hinein. Ash fiel im hinteren Teil der Kirche auf die Knie; dann zogen die Mönche ein, um die Messe zu singen.

Du hast gesagt, ich wäre eine Heidin, sagte sie im Geiste zu dem toten Godfrey Maximilian. *Du hattest Recht. Das hier bedeutet mir gar nichts.*

Sie ertappte sich dabei, wie sie auf eine Antwort wartete.

Nach der Messe ging sie zum Haus des Abtes.

»Es gibt keinen Grund, ihn in seinem Gebet zu stören«, sagte sie zu einem Diakon, der keineswegs so aussah, als wolle er das tun. »Ich weiß, wo ich hinmuss. Falls ihr noch etwas zu essen im Armenhaus haben solltet, meine Männer wären euch dankbar dafür.«

»Das ist für die Armen. Ihr Soldaten bekommt doch eh die besten Rationen.«

Einer von Ludmilla Rostovnajas Männern murmelte: »Weil wir sie am Leben erhalten!«; doch ein Blick von Ash brachte ihn zum Schweigen.

»Es wird nur ein paar Minuten dauern.«

Während Ash die Stufen hinaufstieg, fragte sie sich nicht, warum sie gekommen war. Doch kaum hatte der wachhabende Mönch ihr eine Laterne gegeben und sie den Raum betreten und der Faris ins Gesicht geleuchtet, da wusste sie es.

Die Faris stand am Fenster. Hinter ihr wanderten die Sterne des Nordhimmels über das Firmament. Im goldenen Licht wirkte ihr Gesicht müde, abgehärmt, aber erleichtert.

Violante und Adelize schliefen noch nicht. Das Kind schien die alte Frau zu trösten, als hätte diese wieder einen Anfall gehabt. Die gesprenkelte Ratte huschte zu einem Haufen Decken und stellte sich auf die Hinterbeine. Ihre Schnurrhaare zuckten, als sie die kalte Luft schnüffelte, die mit Ash hereingedrungen war.

Ash schloss die Tür hinter sich.

Die Taubheit in ihrem Geist fühlte sich kälter an als der Winter draußen.

»Meine Stimme ist weg. Es gibt keine *machina rei militaris* mehr. Es war, als hätte es eine Explosion in meinem Geist gegeben ...« Die Faris durchquerte den Raum. Die Bretter knarrten unter ihren Füßen. Ihr Schritt war unsicher. »Auch du hast es gehört.«

»Ich habe den Befehl dazu gegeben.«

Die Westgotin verzog das Gesicht. Sie legte die Hand an den Kopf. Ash beobachtete, wie sie allmählich begriff.

»Dein Beichtvater. Dein Vater Maximilian.«

Ash senkte den Blick. Sie trat ein paar Schritte näher an ihre Mutter heran, die in den Decken saß. Sie berührte sie nicht, sondern hockte sich einfach hin und streckte die Finger nach der gesprenkelten Ratte aus. Wieder stellte sich das Tier auf die Hinterbeine und leckte Ash zweimal über die Finger.

»Hey, Leckfinger. Du weißt, wer die Jungs sind, hm? Eier so groß wie Haselnüsse.« Ashs Tonfall veränderte sich. »Ich habe meinen Freund verloren.«

Die Faris kniete sich auf die Decken neben sie hin und legte den Arm um Violante. Das Kind zitterte. »Ich dachte, ich würde sterben. Dann ... Stille. Diese gesegnete, gesegnete Stille.«

Die braun-weiße Ratte streckte den Körper, um an Adelize zu schnüffeln. Die blickte furchtsam von der Ratte zu ihrer Tochter, der Faris.

»Ich glaube, ich habe ihr Angst gemacht.« Die Faris blickte Ash in die Augen. »Es ist vorbei, nicht wahr?«

»Ja. Oh, der Krieg ist nicht vorbei.« Ash deutete mit dem Kopf auf den Nachthimmel jenseits des Fensters. »Morgen schon könnten wir tot sein. Aber sofern niemand einen neuen Steingolem baut, bevor die Armeen der Christenheit Karthago erreicht haben, ist es vorbei. Die Wilden Maschinen können dich zu nichts mehr benutzen. Sie können dich nicht mehr erreichen.«

Die Faris legte den Kopf in die Hände. Kurz geschnittenes silbernes Haar fiel über ihre Augenbrauen. Mit gedämpfter Stimme sagte sie: »Mir ist egal, wie es getan worden ist. Es tut mir leid um deinen Freund. Ich kannte nur seine Stimme. Aber es ist mir egal, wie es getan worden ist. Ich danke Gott dafür.«

Sie richtete sich auf. Ihre vertrauten Gesichtszüge waren im Lampenlicht verschwommen von Tränen, die so unpassend auf diesem Gesicht wirkten wie Wasser auf einer Messerklinge.

Ich musste diejenige sein, die dir diese Nachricht überbringt, erkannte Ash.

Ich musste dir klarmachen, dass Florian nun keinen Grund mehr hat, dich töten zu lassen, im Gegenteil: Er hat allen Grund, dich am Leben zu erhalten.

»Du bist in Sicherheit«, sagte Ash, und an Adelize und Violante gewandt, wiederholte sie: »Ihr seid in Sicherheit.«

Das Kind starrte sie verständnislos an, während Adelize beruhigt die Ratte hochhob und streichelte.

»Nun. Ich sage ›in Sicherheit‹. Abgesehen davon, dass der Krieg weitergeht.« Ash grinste schief.

»Abgesehen davon«, echote die Faris. Sie lächelte. »Es ist vorbei. Mein Gott. Ich weiß immer noch nicht, was du mit meinem Gesicht machst.«

»Bei mir sieht es besser aus.«

Die Westgotin lachte überrascht.

Eine kalte, sehr, sehr nüchterne und vielschichtige Stimme

in Ashs Kopf sagte: »DAS GESICHT IST NICHTS. DIE ZUCHT IST ALLES.«

Ash rief instinktiv, »Scheiße!«, und erstarrte.

Übelkeit breitete sich in ihrem Magen aus, und benommen sagte sie: »*Nein . . .*«

»DAS GEHEIMNIS DER ZUCHT IST ALLES.«

»*Nein!*« Ihr Protest war ein Kreischen.

»EINIGE HABEN DIE QUALITÄT, DIE WIR BENÖTIGEN, ANDERE NICHT.«

»Godfrey!«

Nichts.

In dem Teil ihres Geistes, den sie teilte, dem Teil, der taub gewesen war, außer für die Wilden Maschinen . . . Es war wie ein fernes Donnern, zuerst kaum hörbar, doch nun überdeutlich.

» . . . EINIGE NICHT. UND MANCHE HABEN MEHR.«

»Er hat es nicht getan. Nein. Nein: Ich habe es *gefühlt*. Ich habe gefühlt, wie die Maschine gestorben ist. Er hat sie nicht *ganz* zerstört . . .«

Ash spürte, dass die Faris sie am Arm schüttelte. Die Westgotin starrte sie besorgt an.

»Was sagst du da?«, verlangte die Faris zu wissen. »Mit wem redest du?«

Die Stimmen der Wilden Maschinen sprachen in Ashs Kopf.

»MIT DER FARIS HÄTTEN WIR ES NICHT TUN KÖNNEN . . .«

» . . . SIE BRAUCHTE DIE *MACHINA REI MILITARIS* . . .«

»JETZT VERSCHWUNDEN. WEG!«

»ABER MIT DIR . . .«

» . . . AH, MIT DIR!«

» . . . WIR HABEN ES GEWUSST, SEIT DU ZU UNS GEKOMMEN BIST.«

»HAST ZU DER *MACHINA* GESPROCHEN, ALS DU UNTER UNS WARST.«

»HAST NACH IHR GERUFEN IN DER WÜSTE DES SÜDENS, ALS WIR DICH SCHON FAST HABEN BERÜHREN KÖNNEN . . .!«

»...HAST DIE DIREKTE VERBINDUNG ZU UNS AUFGE-BAUT...«

»...MIT DIR BRAUCHEN WIR KEINE *MACHINA REI MILITA-RIS.*«

»WIR BRAUCHEN NUR DEN TOD DERJENIGEN, DURCH DE-REN ADERN DAS HERZOGLICHE BLUT FLIESST!«

Ash schrie: »Kannst du sie hören?«

»Sie hören?«, wiederholte die Faris.

»Die Maschinen! Die Scheißmaschinen! Kannst du sie *hören...?*«

»...UNS. WIR, DIE WIR DICH MIT DEM GOLEMCOMPUTER HABEN SPRECHEN HÖREN, ALS DU ZWISCHEN UNS HIN-DURCHGERITTEN BIST, IM SÜDEN...«

»...DIE ZU *UNS* GESPROCHEN HAT.«

»DAMALS HABEN WIR DICH NICHT GEBRAUCHT.«

»WIR HATTEN UNSER ANDERES KIND.«

»ABER WIR WUSSTEN, DASS WIR ... DICH ERREICHEN KONNTEN, WENN SIE VERSAGT.«

»...MIT DIR SPRECHEN...«

»DICH ZWINGEN, WIE WIR SIE HÄTTEN ZWINGEN KÖN-NEN...«

»SOBALD UNSERE ARMEEN DIE HERZOGIN FLORIA GE-TÖTET HABEN, KÖNNEN WIR DEN LETZTEN SCHRITT TUN.«

Taub und angewidert begann Ash laut zu wiederholen, was in ihrem Kopf dröhnte:

»Dann werden wir die Wirklichkeit verändern, sodass die Menschheit nicht mehr existiert, sodass sie seit zehntausend Jahren niemals existiert *hat*. Es wird immer nur den Geist der Maschine gegeben haben, die ganze Geschichte hindurch, ver-gangene wie zukünftige...«

Die Faris unterbrach sie. »Wovon redest du?«

Ash kniete auf einem Haufen Decken in einem unbeheizten Raum in den frühen Morgenstunden. Sie musterte das Gesicht der Frau, die neben ihr kniete. Es war das gleiche Gesicht, der gleiche Körper. Aber nicht der gleiche Geist.

Ash starrte die Faris an. »Du hörst das nicht.«

»SIE BRAUCHTE DEN GOLEMCOMPUTER. DEINE SCHWESTER HÖRT UNSERE STIMMEN NICHT LÄNGER.«

Mit trockenen Lippen sagte Ash: »Aber ich tue es.«

»Du tust was?«, verlangte die Faris zu wissen. Ein schriller Unterton hatte sich in ihre Stimme geschlichen; es war, als wolle sie absichtlich nicht verstehen. Sie setzte sich auf die Fersen zurück, weg von Ash.

Ash begann zu zittern. Die Winterkälte drang in sie hinein bis auf die Knochen. Violante starrte sie an. Adelize streckte vorsichtig die Hand aus, als hätte der Tonfall ihrer Tochter sie beunruhigt, und berührte Ashs Arm.

Ash ignorierte sie.

»Ich höre noch immer die Wilden Maschinen. Ohne den Steingolem«, sagte sie. Plötzlich überkam sie die Erkenntnis. »Godfrey. Er hat es umsonst getan. Er ist für nichts gestorben. Und ich habe ihm gesagt, er solle es tun.«

»DEINE GEBURT: NUR GLÜCK ...«

»... EIN GLÜCKSFALL; EINE LAUNE DES SCHICKSALS ...«

»DU KANNST NICHTS TUN AUSSER DEM HIER. ABER DAS IST GENUG.«

Die vielfachen unmenschlichen Stimmen flüsterten in ihrem Geist:

»ASH. *DU* BIST DAS ERFOLGREICHE EXPERIMENT, NICHT DEINE SCHWESTER.«

Lose Blätter, gefunden zwischen den Teilen Fünfzehn und Sechzehn von ASH: Die Verlorene Geschichte von Burgund (Ratcliff 2001), British Library

Nachricht   #423 (Anna Longman)
Betreff: Ash
Datum: 20/12/00, 17.44 Uhr
Von: Ngrant@   Adressformat gelöscht
                                   Andere Einzelheiten
                                   mit einem nicht
                                   rekonstruierbaren
                                   persönlichen Schlüssel
                                   kodiert

Anna,

siebenundfünfzig Stunden an einem Stück. Ich habe zweimal geschlafen: einmal zwei Stunden und einmal drei. Ich glaube, ich werde das letzte Stück (wenn auch nur als Entwurf) in einem Rutsch schaffen. Dann werden wir sehen, was wir haben. Ich werde Ihnen das ganze Ding schicken, sobald ich am Ende angelangt bin.

Mein Gott. Die arme Ash.

Ich bin tatsächlich aufgewacht und habe laut geschrien: DELENDA EST CARTHAGO! ›Karthago muss zerstört werden‹.

Ich dachte, es sei die Kälte gewesen, die mich aufgeweckt hat – die Nächte hier sind trotz Heizung bitterkalt –, aber nein, es waren die Worte, die ich einfach nicht mehr aus dem Kopf bekommen kann.

Ich denke immer wieder an Vaughan Davies' Metapher von der menschlichen Existenz, die in der Vergangenheit aufgeschnappt und durchgeschüttelt worden ist . . . als wäre alles ein Puzzle, dessen Einzelteile wieder zueinander finden, nur neu geordnet. Wenn wir ›Delenda est Carthago‹ finden, wie Florus es einem römischen Senator in den Mund gelegt hat; wenn wir jetzt bei Plinius lesen, dass Cato ›. . . cum clamaret omni senatu Carthaginem delendum‹ (›dass er bei jeder Senatsversammlung wetterte, Karthago müsse zerstört werden‹.), dann . . . Wo war es zuvor?

Hier, bei Ash. Ash, die nicht länger existiert, außer in dem, das ich inzwischen die Erste Geschichte nennen muss. Eine Geschichte, die mit späteren ›Daten‹ überschrieben worden ist wie eine Computerdatei: unserer ›zweiten‹ Geschichte.

Auch wenn Datenfragmente in UNSERER Geschichte, UNSERER Vergangenheit übrig geblieben sind, so habe ich sie doch selbst verblassen sehen. Ash ist zu einem Mythos geworden, einer Legende, einer Fiktion.

Trotzdem höre ich sie beim Lesen mit mir sprechen.

Schieben Sie das auf den Mangel an Schlaf. Wenn ich schon anfange, auf Latein zu träumen, ist das wohl keine Überraschung. Ich esse, schlafe und atme das Sible-Hedingham-Manuskript. Es ist – davon bin ich überzeugt –, es IST unsere ›vorherige‹ Geschichte.

Tami Inoshishi und James Howlett sind zu einer neuen Fragestunde gekommen. Ich bezweifele, dass sie meinem Gerede viel Sinn haben entnehmen können. Soweit ich sagen kann, scheinen sie vollkommen glücklich mit der Theorie zu sein, dass zu irgendeiner Zeit eine genetische Mutation existiert hat, welche in der Lage war, die möglichen Stadien des Universums bewusst in sich zusammenfallen zu lassen und auf diese Weise etwas zu schaffen, was nicht dem Durchschnitt entsprach, kurz gesagt: ein ›Wunder‹. Eine nicht-newtonsche Veränderung der Realität.

Sie haben keinerlei Schwierigkeiten mit der theoretischen Vorstellung, dass eine massive Veränderung dieser Art stattfinden könnte und dass als Folge dieser Veränderung auch die genetische Mutation aus der Realität verschwindet.

Weshalb Tami immer wieder auf mich einhämmert – in ihrer typischen, durch nichts aufzuhaltenden Art –, ist die Tatsache, dass die Beweise verschwinden (das Angelotti-Manuskript) und zugleich wieder auftauchen (Karthago).

Ich habe ihr meine Theorie erklärt: dass SOWOHL die ›Wilden Maschinen‹ ALS AUCH Burgund ausgelöscht worden sein müssen. Das ist die einzige Theorie, die erklären kann, warum wir selbst nicht nonexistent sind und die Welt der Spielplatz der Siliziumintelligenzen; und warum wir in unserer Geschichte kein Westgotenreich haben. Warum die arabischen und afrikanischen Kulturen nach der Veränderung ›eingefügt‹ zu sein scheinen, und zwar dort, wo vormals das Westgotenreich war.

Wir sind daran gewöhnt, dass die Geschichte uns nur insoweit beeinflusst, dass vergangene Handlungen uns beeinflussen. Die Geschichte selbst kann immer wieder neu interpretiert werden; sie verändert sich aber nicht. DIESE Geschichte beeinflusst uns jedoch noch heute. Wir verändern uns – jetzt. Ich verstehe nicht warum.

Die Dinge VERÄNDERN sich. Das ist es auch, was Tami so beunruhigt. Die ROVs sind tausend Meter unten und räumen mit Druckreinigern Schutt beiseite. Und Karthago ist dort. Jetzt. Wieder.

In diesem Zusammenhang hat Tami mich anhand meiner letzten Übersetzung aus dem Sible-Hedingham-Manuskript vor ein weiteres verwirrendes Problem gestellt – nämlich dass laut Manuskript der Steingolem zerstört worden ist. Und doch haben wir den Steingolem hier. Wir haben ihn ›intakt‹ gefunden, hier in Karthago.

Falls das Sible-Hedingham-Manuskript sich in diesem Punkt irren sollte, erschüttert das mein ganzes Vertrauen in den Text! Was könnte sonst noch falsch sein?

Kann es sich wirklich um einen Fehler im Dokument handeln? Oder ist das da unten ein anderer Steingolem, also: Hatte König-Kalif Gelimer bereits ein Programm, um weitere Golems dieser Art zu produzieren? War Haus Leofric fortschrittlich genug, um noch einen zu erschaffen – mehr als einen? Oder ist das hier einfach nur ein Stück höllisch schwer zu lesendes mittelalterliches Latein, das ich schlicht falsch übersetzt habe? Oder gibt es eine Erklärung dafür im verbliebenen Teil des Sible-Hedingham-Manuskriptes?

Ich werde jetzt erst einmal ein paar Stunden schlafen und dann mit der Übersetzung weitermachen.

Pierce

Nachricht   #234 (Pierce Ratcliff)
Betreff: Ash
Datum: 20/12/00, 23.22 Uhr
Von: Longman@   Adressformat gelöscht
                                Andere Einzelheiten
                                verschlüsselt und
                                unwiederbringlich
                                gelöscht

Pierce,

schicken Sie mir, was Sie haben. Ich werde es in den Weihnachtsferien durchsehen.

Später werde ich wieder zu William Davies fahren, um ihn zu besuchen.

Er hat mich angerufen, um mir zu sagen, dass er einen Teil des Sible-Hedingham-Manuskriptes seinem Bruder vorgelesen habe. Er hat mir erzählt, dass er sich nach dem Krieg viel mit Traumata beschäftigt hat; er hat sich als Teil seiner chirurgischen Praxis dafür interessiert.

Er ›glaubt‹, dass Vaughan darauf reagiere, selbst wenn er es auf Latein hört. Das Problem ist nur, dass William ausschließlich medizinisches Latein beherrscht. Mittelalterliches Latein ist mit dem keiner anderen Epoche zu vergleichen. Er bezweifelt, dass er es korrekt wiedergibt ... Pierce, im Wesentlichen will er wissen, ob er Zugang zur englischen Übersetzung haben kann.

Ich weiß, wie Sie über Geheimhaltung denken. William würde sich daran halten. Darf ich das?

Anna

Adressformat gelöscht
Andere Einzelheiten
verschlüsselt und
unwiederbringlich
zerstört

Anna,

Isobels Team holt den Steingolem rauf.

Ich dachte, es würde Monate dauern, aber er scheint verdammt schnell gehoben werden zu können, wenn es auch so aussieht, als würde die tunesische Regierung uns die Gelegenheit versauen.

Der Himmel ist voller Helikopter, und das Militär hat ein Patrouillenboot in Position gebracht. An der Landausgrabungsstätte sind eine Menge Vereinbarungen mit einheimischen Stellen zwecks Verpflegung und dergleichen geplatzt. Colonel (geschwärzt) ist wieder hier aufgetaucht. Diesmal ist er weit weniger jovial und hat eine Menge Männer mitgebracht. Überall sind Lastwagen. ›Perimetersicherung‹ nennt er das. In den vergangenen Wochen haben wir nicht ein einziges Sicherheitsproblem gehabt, warum also jetzt? Warum all diese Uniformierten, denen vollkommen egal ist, WO sie hintreten?

Isobel sagt, Minister (geschwärzt) mache sich Sorgen wegen der ›westlichen Ausbeutung einheimischer Kulturgüter‹. Nun, als Westler darf ich wohl kaum erwarten, in diesem Teil der Welt sonderlich beliebt zu sein, und in dieser Hinsicht verstehe ich sie. Aber als diese Expedition zusammengestellt wurde, hat Isobel einen Vertrag mit der Regierung abgeschlossen, in dem eindeutig steht, dass keinerlei Artefakte von tunesischem Gebiet entfernt werden würden. Für was für einen Menschen halten sie sie?

Zynismus könnte einen dazu verleiten zu sagen, hier gehe es nur darum, wer den größten finanziellen Profit aus der ganzen Sache zieht, aber vielleicht tue ich dem Minister damit unrecht. Aber ob seine Sorge nun echt ist oder nicht – und ich bin eigentlich davon überzeugt, dass sie echt ist –, was ich nicht weiß, ist Folgendes: Wie soll ich ihm klarmachen, dass das, was hier ans Tageslicht gebracht wird, nicht zu SEINER Kultur gehört?

Ich musste die Übersetzung erst einmal liegen lassen. Ich wollte dabei sein, wenn sie den Steingolem hochholen.

Sie haben meine uneingeschränkte Erlaubnis, William Davies die bisherige Übersetzung des Sible-Hedingham-Manuskripts zu zeigen. Wenn es Vaughan Davies hilft, dann wäre das nur ein geringer Lohn für den Dienst, den er der Wissenschaft erwiesen hat.

Pierce

Nachricht	#236 (Pierce Ratcliff)
Betreff:	Ash
Datum:	21/12/00, 13.07 Uhr
Von:	Longman@

Adressformat gelöscht
Andere Einzelheiten
verschlüsselt und
unwiederbringlich zerstört

Pierce,

ich mache mir Sorgen. Als ich aus East Anglia zurückgekommen bin, habe ich feststellen müssen, dass jemand bei mir eingebrochen ist und meine persönlichen Dateien durchsucht hat. Und im Büro heute Morgen das Gleiche . . . Das war kein normaler Einbruch.

Ich glaube, ich wäre immer noch verwirrt, hätte ich nicht einen Freund angerufen. Ja, ich arbeite auf einem recht unbekannten Gebiet der akademischen Publikationen, aber ich habe auch Freunde im investigativen Journalismus. Er ist einer von ihnen.

Seine erste Reaktion war, dass das so ein ›Sicherheitsding‹ gewesen sein müsse.

Vorher hatte ich das noch nicht durchdacht. Seit Jahren besteht der Nahe Osten aus nichts anderem als aus Terrorismus und Krieg; wenn Sie irgendetwas auf dem Meeresboden gefunden haben, von dem alle Aufzeichnungen sagen, es sei nicht da ... Mein Freund hat angedeutet, dass es ›Spione‹ geben müsse. Die Menschen müssen alles genau unter die Lupe nehmen, habe ich Recht? Besonders, wenn die Neuigkeit publik werden soll.

Pierce, ich WEISS, dass das nach Panikmache klingt; aber es war nicht einfach irgendjemand, der in meine Wohnung eingebrochen ist. Ich weiß nicht, was Sie davon halten, von Sicherheitsleuten verhört zu werden, aber ich schlage vor, dass Sie Ihre und Isobels Festplatte löschen, falls sie irgendetwas von dieser Korrespondenz aufbewahrt haben. Und sollten Sie Ausdrucke haben, stecken Sie sie in den Schredder.

Normalerweise bewahre ich keine Kopien meiner Mails auf, da ich nicht genügend Festplattenplatz habe, aber für gewöhnlich lege ich eine Papierkopie beiseite. Da Sie in Fragen der Geheimhaltung so besorgt sind, war ich sogar noch vorsichtiger – daher die Verschlüsselung der Nachrichten. Tatsächlich habe ich die Ausdrucke zusammen mit einer Floppy gestern nach Colchester mitgenommen, da ich glaubte, sie brauchen zu können, um mein Gedächtnis aufzufrischen, sollte Vaughan nichts sagen – Sie wissen ja, dass ich selbst kein Akademiker bin. Also habe ich sie noch immer.

Ich werde sie an einem sicheren Ort unterbringen. Falls das wirklich etwas Offizielles IST, können sie auch offiziell mit einem Durchsuchungsbefehl in der Hand zu mir kommen. Dann ist alles in Ordnung; vorher aber nicht.

In einer Stunde rede ich mit dem MD, um zu sehen, auf wessen Seite er steht. In dieser Sache sollte er lieber *mich* unterstützen.

Anna

Nachricht	#430 (Anna Longman)	
Betreff:	Ash	
Datum:	22/12/00, 09.17 Uhr	
Von:	Ngrant@	Adressformat gelöscht
		Andere Einzelheiten
		mit einem nicht
		rekonstruierbaren
		persönlichen Schlüssel
		kodiert

Anna,

wir sind draußen.

Alles war so verwirrend, und ich weiß nicht, ob es in den Medien kam, wo doch ganz Großbritannien vollauf mit Weihnachten beschäftigt ist . . . Wir sollen ganz von tunesischem Gebiet verschwinden; sie wollen noch nicht einmal mehr, dass wir vor der Küste rumdümpeln.

Ich schicke das übers Netz an so viele Leute, wie ich erreichen kann. Sprechen Sie mit Ihren Medienkontakten. Machen Sie so viel Lärm wie möglich. Sie KÖNNEN diese Ausgrabungsstätte nicht einfach für die Wissenschaft dichtmachen! Sie können archäologische Beweise nicht einfach KIDNAPPEN! Das ist einfach nicht richtig: Wir müssen es wissen.

Bei genauerem Nachdenken ›müssen‹ wir es natürlich nicht. Meistens beruht das auf einem Vorurteil: ›Nichts darf der Wahrheitsfindung im Weg stehen‹. In anderen Perioden der Geschichte gab es natürlich andere Prioritäten: ›Nichts ist so wichtig wie . . . sagen wir Ideologie, Handel oder militärische Macht.‹

GOTTVERDAMMT NOCHMAL, ICH WILL ES WISSEN! Sie können uns das doch nicht antun!

Pierce

Nachricht   #240 (Pierce Ratcliff)
Betreff: Ash
Datum: 22/12/00, 10.04 Uhr
Von: Longman@   Adressformat gelöscht
                                Andere Einzelheiten
                                verschlüsselt und
                                unwiederbringlich gelöscht

Pierce,

haben Sie noch den Steingolem aus den Ruinen von Karthago heraufgeholt? Wo ist der Kuriergolem von der Landausgrabungsstätte? Pierce, was ist da los? Ich kann nichts tun, bevor ich nicht die Fakten habe.

Anna

Nachricht   #431 (Anna Longman)
Betreff: Ash
Datum: 22/12/00, 11.13 Uhr
Von: Ngrant@   Adressformat gelöscht
                                Andere Einzelheiten
                                mit einem nicht
                                rekonstruierbaren
                                persönlichen Schlüssel
                                kodiert

Anna,

tut mir leid. Ja, Sie müssen es wissen; ich war einfach nur zu beschäftigt damit, jeden Kontakt auszunutzen, den ich habe. Wenn wir schon sonst keinen Druck machen können, sollten wir wenigstens die akademische Gemeinde und die Medien auf unserer Seite haben.

Isobels Team hatte gerade erst mit der Analyse des Steingolems ANGEFANGEN. Als ich dort eintraf, hatten sie ihn in einem Tank. Es gab Streit über ein paar leichte Beschädigungen durch die Taucher – oder auch nicht. Es kann höchstens zwei Stunden später gewesen sein, als die tunesische Marine kam und alles konfisziert hat. Alles außer dem, was Isobel und ihre Leute auf dem Leib trugen! Sie haben das ganze Schiff ausgeräumt, und sie haben auch den Tank mitsamt Steingolem mitgenommen.

Ich kann einfach nicht GLAUBEN, dass das passiert ist. Es gab keinen Grund dafür. Ich kenne Isobel: Sie hatte NIE die Absicht, irgendetwas aus Tunesien fortzuschaffen.

Aber da ist eine Sache, die ich Ihnen nicht erzählen kann, ohne mir möglicherweise zu widersprechen ... aber ich habe es mit eigenen Augen gesehen.

Als ich zum ersten Mal zu dem Steingolem im Tank trat, hat es mir im wörtlichen Sinne die Sprache verschlagen. Geräusche, die von Metall widerhallen, das Plätschern von Wasser, all die Geräusche eines modernen Schiffs auf See ... und dort, im Tank, diese großartige steinerne Gestalt, größer als jeder Mensch. Zusammen mit dem Sockel muss sie Tonnen wiegen. Ich hege den größten Respekt vor dem Team, das dieses Ding vom Meeresgrund raufgeholt hat.

Was ich durch die Kameras gesehen habe, hat mich in keinster Weise darauf vorbereitet, ihn in echt zu sehen. Wie Sie wissen, hatte ich ihn halb in Schutt vergraben gesehen, von Schlick überzogen und von Meeresbewohnern überwuchert. Als ich auf dem Schiff eintraf, war bereits ein Teil gesäubert, und Isobel befand sich im Tank und reinigte andere Stellen.

Die MACHINA REI MILITARIS. Blinde, starrende Augen. Dick mit Grünspan überzogene Bronzegelenke. So viel ist, wie Sie wissen, auch unter Wasser schon zu sehen gewesen. Das Gesamtbild war damals allerdings nicht zu erkennen.

Jetzt schon.

Das Gesicht, die Gliedmaßen, der Sockel: Die UMRISSE kamen klar durch die Kameras rüber. Aber was wir gesehen haben, sind nur die

Verkrustungen auf der Oberfläche gewesen. Nach Abtragen der Kruste war es möglich, den Stein an sich zu sehen.

Einiges davon IST noch immer Stein. Das Team sagt, ursprünglich sei es irgendein auf Silizium basierendes Konglomerat gewesen.

Neunzig Prozent davon waren VERGLAST.

Vorne – das ›Vorne‹ hatten wir schon über die Bildverstärker gesehen – sind Kopfform und vorderer Teil des Torsos deutlich zu erkennen. Der Rest, einschließlich des Sockels, ist geschmolzen. Schlick und Sandstein sind zu einem schweren, brüchigen Glas verschmolzen. Er ist GEFLOSSEN.

Silizium beziehungsweise Sand wird zu Glas, wenn man es ausreichend hohen Temperaturen aussetzt. Stellen Sie sich einmal die Stärke des Blitzeinschlags vor, der dazu im Stande wäre. Das muss ein Blitz gewesen sein, der das Gebäude, in dem der Golem stand, regelrecht entzweigeschlagen hat – und den Unterwasseraufnahmen nach zu urteilen, hat er das auch.

Ich meine eine elektrische Entladung, die stark genug war, um das gesamte Artefakt verglasen zu lassen. Die innere Struktur verschmolz zu unreinem, lichtbrechendem, Wasser reflektierendem Glas: Ich habe ein Spiegelbild von Isobels Gesicht darin gesehen.

Es IST der Steingolem, und er IST zerstört worden, und zwar genau so, wie es in den Chroniken beschrieben ist. Anna, dieser archäologische Beweis ist Beleg für die Richtigkeit des Manuskripts. Das Sible-Hedingham-Manuskript beschreibt unsere ›erste Geschichte‹.

Ich kann nur beten, dass es sich nur um eine vorübergehende Unterbrechung seitens der Behörden handelt. Ich lasse gerne jedwedes Artefakt in Tunesien, solange Isobels Leute mit ihren Analysen weitermachen können. Ein Siliziumcomputer. Selbst ein zerstörter. Was wir alles daraus lernen könnten . . .

Ich werde unterbrochen. Später mehr

Pierce

Nachricht   #241 (Pierce Ratcliff)
Betreff: Ash
Datum: 22/12/00, 14.24 Uhr
Von: Longman@   Adressformat gelöscht
                                 Andere Einzelheiten
                                 verschlüsselt und
                                 unwiederbringlich gelöscht

Pierce,

ich mache mir Sorgen, weil ich noch nichts von Ihnen gehört habe. Wo sind Sie? Sind Sie noch immer auf dem Expeditionsschiff? Mailen Sie mir, rufen Sie mich an, irgendwas.

Anna

Nachricht#447 (Anna Longman)
Betreff: Ash
Datum: 22/12/00, 18.00 Uhr
Von: Ngrant@   Adressformat gelöscht
                                 Andere Einzelheiten
                                 mit einem nicht rekons-
                                 truierbaren persönlichen
                                 Schlüssel kodiert

Anna,

Ich bin immer noch auf dem Schiff, aber ich muss all meine Überredungskunst aufbringen, um überhaupt irgendwelche Kommunikationsmittel in die Finger zu bekommen. Zu dem tunesischen Patrouillenboot haben sich zwei weitere gesellt. Sie haben ja keine AHNUNG, wie sehr mich das ängstigt. Die Vorstellung, in einen echten ›Zwischenfall‹ verwickelt zu werden … Ich weiß, als Biograph neigt man dazu, tief in die Materie einzutauchen; das hier hat mich allerdings von allen Gedanken daran kuriert, in Ashs Zeit leben zu wollen.

Isobel sagt, die britische Botschaft hier habe Kontakt zu uns und den Tunesiern aufgenommen und vorgeschlagen, WIR sollten aufhören, Ärger zu machen. Gott helfe mir, ich weiß, dass das Mittelmeer ein sensibles Gebiet ist, aber das ist ein wenig übertrieben! Ich wünschte, ich hätte Kontakte zum Außenministerium. Vielleicht hilft ja, dass ich ein paar Professoren kenne, die auch als Sicherheitsberater für die Regierung tätig sind, aber es wird einige Zeit dauern, bis ich Kontakt zu ihnen aufnehmen kann.

Tamis Kollege James Howlett hat mich informiert, dass der Netzverkehr zu diesem Thema überwacht wird, und mich gebeten, nur noch verschlüsselt zu senden. Ich nehme an, er kennt sich damit aus; es wird schon so sein. Was ist PASSIERT? Irgendetwas, das für mich nur ein interessantes physikalisches Problem darstellt, sorgt dafür, dass die Regierungen (wie Howlett sich ausdrückt) ›sich vor Angst in die Hose scheißen‹!

Könnten Sie sich bitte noch einmal Zeit nehmen, um mit Vaughan Davies zu reden, falls er denn überhaupt reden kann? In Gedanken versuche ich gerade, eine Herkunftsgeschichte des Sible-Hedingham-Manuskripts zusammenzustellen. Es könnte eine Verbindung zwischen dem Manuskript, Hedingham Castle, den Earls of Oxford und damit auch Ashs Earl, John de Vere, geben. Vaughan Davies könnte ein wenig Licht in die Sache bringen.

Im Augenblick ist jedoch eines noch weit wichtiger: In seiner Zweiten Edition hat er uns ein Addendum versprochen, in dem er die Verbindung der ›ersten Geschichte‹ zu unserer Gegenwart in allen Einzelheiten beschreiben wollte. Er hat es vor seinem Verschwinden nie publiziert. Ich denke, die Zeit ist gekommen, dass ich erfahren muss, was das für eine Theorie ist.

Wir müssen uns nun ernsthaft mit der Möglichkeit auseinandersetzen, dass die Realität um Anfang 1477 herum eine schwerwiegende Veränderung durchlebt hat. Ebenso offensichtlich ist die Möglichkeit, dass Fragmente dieser vorhergehenden Geschichte in unserer Welt überlebt haben, allerdings immer ›irrealer‹ geworden sind, je weiter sich das Universum vom Zeitpunkt des Bruches entfernt hat. Ich kann das akzeptieren, ebenso wie unser Physiker mit Fachbereich ›Theoretische Physik‹: Sowohl Burgund als auch die Wilden Maschinen sind in einem katastrophalen ›Wunder‹ vernichtet worden, die Westgoten und die Wilden Maschinen sogar vollständig, während Burgund den Traum von einem verlorenen Land hinterlassen hat.

Weit schwieriger zu akzeptieren – aber angesichts der unterseeischen Fundstätte nichtsdestotrotz eine Tatsache – ist, dass das Universum sich NOCH IMMER verändert. Wenn ich lese, was Vaughan Davies 1939 geschrieben hat, habe ich den Eindruck, dass er das bereits gewusst und eine Theorie dazu entwickelt hat.

Ich will wissen, was das für eine Theorie ist. SEINE Theorie mag ja richtig oder falsch sein, aber ICH habe überhaupt keine Theorie! Wenn ich wieder zurückkomme, werde ich Sie bitten, William Davies zu fragen, ob ich seinen Bruder besuchen darf.

Pierce

△▽△

Nachricht	#244 (Pierce Ratcliff)	
Betreff:	Ash	
Datum:	22/12/00, 18.30 Uhr	
Von:	Longman@	Adressformat gelöscht
		Andere Einzelheiten
		verschlüsselt und
		unwiederbringlich gelöscht

Pierce,

bitte, seien Sie VORSICHTIG. Man glaubt nie, das so etwas jemandem passieren würde, den man kennt. Es braucht nur einen verrückten Soldaten mit einem nervösen Finger am Abzug, und wenn die Regierung sich dann entschuldigt, ist es bereits zu spät. Ich will nicht die Nachrichten einschalten und hören müssen, dass Sie getötet worden sind.

Anna

Nachricht   #246 (Pierce Ratcliff)
Betreff: Ash
Datum: 23/12/00, 21.50 Uhr
Von: Longman@   Adressformat gelöscht
                             Andere Einzelheiten
                             verschlüsselt und
                             unwiederbringlich gelöscht

Pierce,

verdammt: noch immer keine Mail von Ihnen. Ich hoffe, es gibt keinen Grund, dass Sie in den Nachrichten landen.

Bis jetzt gibt es noch kein Medientheater. Wenn man genau darüber nachdenkt, war die Aktion gut getimt; hier denkt jeder nur an Weihnachten.

Der Wochenendverkehr ist die Hölle (Weihnachten fällt auf einen Montag), aber ich bin trotzdem nochmal nach Colchester gefahren. Ich weiß nicht, was für eine Art Schock dafür notwendig ist, dass jemand all seine Erinnerungen seit dem fünfzehnten Lebensjahr verliert. Ein nachhaltiges Trauma, sagt William. Vielleicht war Vaughan mit fünfzehn zum letzten Mal glücklich. Ich hasse es, darüber nachzudenken, was ihn in diesen Zustand versetzt haben könnte.

William und ich wechseln uns dabei ab, ihm Ihre Übersetzung des Sible-Hedingham-Manuskripts vorzulesen. William ist optimistisch. Ich hingegen bin nicht so sicher, ob William es aufnimmt; aber er ist der Mediziner.

Ich beabsichtige, morgen wieder runterzufahren und über Weihnachten so viel Zeit wie möglich mit ihnen zu verbringen. Ich behalte die Nachrichten im Auge und werde ständig meine Mails überprüfen. Sie können mich immer in der Arbeit oder auch über meine Privatadresse erreichen (die lautet [geschwärzt]); natürlich können Sie auch anrufen, falls sie irgendwie an ein Telefon kommen. Meine Nummer ist (geschwärzt).

Anna

Nachricht	#247 (Pierce Ratcliff)
Betreff:	Ash
Datum:	24/12/00, 23.02 Uhr
Von:	Longman@ Adressformat gelöscht Andere Einzelheiten verschlüsselt und unwiederbringlich gelöscht

Pierce,

es gab einen Durchbruch.

Es war ein regelrechter Schock. Die Ärzte haben William über Nacht zur Beobachtung ins Krankenhaus eingewiesen. Er ist ein furchtbarer Patient, aber ich nehme an, das sind alle ehemaligen Mediziner. Ich bin zwischen seiner Abteilung und der Neurologischen, wo Vaughan liegt, ständig hin- und hergelaufen. Inzwischen bin ich völlig mit den Nerven am Ende; aber ich glaube nicht mehr, dass William noch in ernsthafter Gefahr schwebt.

Es bricht mir nur das Herz, ihn dort liegen zu sehen. Wenn er wach ist, ist er ein aufgeweckter alter Mann; wenn man ihn jedoch im Krankenhausbett schlafen sieht, erkennt man, wie zerbrechlich er in Wirklichkeit ist. Ich nehme an, inzwischen mag ich ihn einfach richtig gern. Ich habe keinen meiner beiden Großväter gekannt.

Vaughan ist jetzt ruhig. Ich bin nicht sicher, ob er unter Medikamenten steht oder ganz normal schläft.

Ich bin im Wartezimmer, sitze inmitten der traurigen Weihnachtsdekoration, schreibe auf meinem Notebook und trinke den widerwärtigen schwarzen Kaffee aus dem Automaten. Immer mal wieder kommt eine Krankenschwester vorbei und wirft mir ›den Blick‹ zu. Ich muss bald wieder zurück und mich durch den Heiligabendverkehr quälen, aber ich will nicht aufbrechen, bevor die Ärzte William nicht ihr O. K. gegeben haben.

Außerdem haben die beiden keine Verwandten mehr.

William war gerade mit Vorlesen dran, als es passiert ist. Es war während jenes Teils des Fraxinus'-Manuskriptes, wo Ash in Karthago ist. Er liest sehr gut. (Ich habe KEINE Ahnung, ob er das, was er liest, für ›Geschichte‹ oder kompletten Müll hält.) Vaughan hat zugehört, glaube ich, auch wenn das schwer zu sagen ist. Er hat ein schmales Gesicht, und ich glaube, dass er als junger Mann verdammt gut ausgesehen hat. Sehr arrogant. Nein, nicht arrogant; er hat einen Gesichtsausdruck wie die Leute in den Vorkriegsfilmen, eine Art unverschämtes Selbstbewusstsein, wie man es heute nicht mehr sieht. Ich nehme an, das ist so ein typisch englisches Klassending. Und Vaughan glaubt, er ist immer noch fünfzehn. Hat es je einen reichen Jungen in diesem Alter gegeben, der nicht von sich geglaubt hat, er sei Gottes Geschenk an die Menschheit?

Von einem Augenblick auf den anderen hat sich dieses Gesicht ›aufgelöst‹. Ich habe zugesehen, und es war, als wären plötzlich sechzig Jahre auf ihn eingestürzt. Er sagte, ›William?‹, als hätte William ihn nicht jeden Tag besucht. ›William, dürfte ich dich darum bitten, mir einen Spiegel zu reichen?‹

Ich hätte es nicht getan, aber es war nicht meine Entscheidung. William gab ihm einen Spiegel vom Nachttisch. Ich stand auf, um eine Krankenschwester zu rufen. Halb rechnete ich damit, dass Vaughan Davies einen hysterischen Anfall bekommen würde. Würden Sie keinen bekommen, wenn Sie sich für fünfzehn halten und plötzlich das Gesicht eines Mannes in den Achtzigern sehen?

Er betrachtete sich jedoch einfach nur im Spiegel und nickte. Einmal. Es war, als hätte er etwas bestätigt gefunden, was er sich schon längst gedacht hatte. Dann legte er den Spiegel beiseite und sagte: ›Wie wäre es jetzt mit einer Tageszeitung?‹

Das verschlug mir die Sprache, doch William griff sich eine Zeitung, die ein anderer Patient liegen gelassen hatte. Vaughan betrachtete sie eingehend – inzwischen glaube ich, dass sein Staunen vor allem von dem für ihn ungewohnten Tabloidformat herrührte – und warf einen Blick auf die Schlagzeilen und das Impressum. Er sagte zwei Dinge: ›Der Krieg ist also vorbei, hm?‹ und ›Ich nehme an, wir haben gewonnen, sonst würde ich das vermutlich auf Deutsch lesen müssen‹.

Ich glaube nicht, dass ich die nächsten Sätze richtig mitbekommen habe. William stellte ihm Fragen, das weiß ich noch, und Vaughan beantwortete sie in einem Ton der Verwunderung à la ›Warum stellst du mir so dumme Fragen?‹, und ich erinnere mich daran, gedacht zu haben, dass Vaughan seinen Bruder nicht sonderlich mochte. Was für eine Schande nach sechzig Jahren.

Das Nächste, woran ich mich erinnere, ist, wie Vaughan gereizt sagte: ›Natürlich bin ich bei dem Bombenangriff nicht verletzt worden. Wie zum Teufel kommst du überhaupt darauf?‹ Er schnappte sich wieder den Spiegel und betrachtete sich. ›Ich habe keine Narben. Wo hast du deine her?‹

Wäre er mein Bruder, ich hätte ihm eine Ohrfeige verpasst.

William ignorierte es jedoch, ging die neurologischen Berichte durch und erklärte seinem Bruder, dass er jahrelang in einem Heim eingesperrt war – was ich normalerweise niemandem so unverblümt unter die Nase gerieben hätte, aber er kennt seinen Bruder selbst nach all den Jahren offenbar noch gut genug, denn Vaughan ›schaute‹ ihn nur an und sagte: ›Wirklich? Wie seltsam.‹ Und in einem Tonfall, als wäre ich gerade aus dem Nichts aufgetaucht: ›Wer ist die junge Person?‹

›Diese junge Lady‹, antwortete William, ›assistiert dem Mann, der dein Mittelalterbuch neu schreibt.‹

Ich erwartete, dass Vaughan an diesem Punkt explodieren würde, zumal William absichtlich nicht gerade taktvoll gewesen war. Kein

Wunder, dass die beiden nie unter einem Dach gelebt hatten. Ich bereitete mich auf einen Wutausbruch vor. Der kam jedoch nie.

Vaughan Davies schnappte sich wieder die Zeitung und hielt sie auf Armeslänge vor sich. Es dauerte einen Augenblick, bis ich erkannte, dass er nach dem Datum suchte, die kleine Schrift aber nicht lesen konnte. Ich informierte ihn, welches Datum wir haben.

Vaughan Davies sagte: ›Nein. Der Monat ist Juli und das Jahr 1940.‹

William beugte sich vor und nahm ihm die Zeitung ab. Er sagte: ›Unsinn. Du warst doch nie dumm. Schau dich einmal um. Du warst in einem Trauma gefangen, vermutlich seit Juli 1940; aber jetzt sind sechzig Jahre vergangen.‹

›Ja‹, erwiderte Vaughan, ›offensichtlich. Ich war jedoch in keinem Trauma. Junge Frau, Sie sollten Ihren Arbeitgeber warnen. Wenn er mit seinen Forschungen weitermacht, wird er ebenfalls dort enden, wo meine mich hingebracht haben, und das würde ich nicht meinem schlimmsten Feind wünschen – hätte ich einen, der noch lebt.‹

Er sah recht zufrieden aus. William erklärte mir flüsternd, Vaughan habe offenbar jetzt erst erkannt, dass er wahrscheinlich all seine akademischen Rivalen überlebt hatte.

Dann sagte William: ›Wenn du nicht in einem Trauma warst, wo warst du dann? Wie, vermutest du, wird auch Doktor Ratcliff enden?‹

Wie Sie wissen, ist die Krankengeschichte von Vaughan Davies noch vollständig erhalten. Er IST Williams Bruder. Die Familienähnlichkeit ist auch beachtlich. Ich meine, wir WISSEN, wo er gewesen ist. Ich fragte mich nur, wo er GLAUBTE, gewesen zu sein. In Kalifornien? Australien? Auf dem Mond? Um ehrlich zu sein, wenn Vaughan Davies behauptet hätte, gerade aus einer Zeitmaschine gekommen zu sein – oder gar in unserer ›zweiten Geschichte‹ zurückgereist zu sein, nachdem er die ›erste Geschichte‹ besucht hatte –, es hätte mich nicht überrascht!

Aber Zeitreise scheidet nun mal aus. Die Vergangenheit ist kein Land, das wir besuchen können. Und wie Sie gesagt haben, existiert die ›erste Geschichte‹ nicht mehr. Sie ist überschrieben und in dem Prozess ausgelöscht worden.

Wenn ich es richtig verstanden habe, ist die Wahrheit allerdings weit weniger aufregend, eher traurig.

›Ich bin nirgends gewesen‹, sagte Vaughan. ›Und ich bin nichts gewesen‹.

Er blickte gar nicht mehr spöttisch drein; der arrogante Gesichtsausdruck war verschwunden. Er sah einfach nur wie ein dünner, alter Mann in einem Krankenhausbett aus. ›Ich war nicht real.‹

Irgendetwas an diesen Worten, ich kann nicht genau sagen was, jagte mir einen Schauer über den Rücken. William starrte seinen Bruder einfach an. Dann blickte Vaughan zu mir.

Er sagte: ›Sie scheinen wenigstens ansatzweise zu verstehen, was ich meine. Kann es sein, dass dieser Doktor Ratcliff meine Arbeit schon so weit repliziert hat?‹

Ich konnte nur sagen, ›Nicht real?‹ Aus irgendeinem Grund glaubte ich, er meine, er sei tot gewesen. Ich weiß nicht warum. Doch als ich das sagte, funkelte er mich an.

›So einfach ist das nicht‹, sagte er. ›Zwischen dem Sommer 1940 und dem, von dem Sie behaupten, es sei das Ende des Jahres 2000, war ich . . . nur möglich.‹

An seine genauen Worte kann ich mich nicht erinnern, aber an das eine schon: ›nur möglich‹. Dann sagte er irgendetwas im Sinne von:

›Was irreal ist, kann real gemacht werden, Augenblick für Augenblick. Das Universum erschafft eine Gegenwart aus einer unbestimmten Zukunft und produziert eine Vergangenheit, fest wie Granit. Und doch, junge Dame, ist das nicht alles. Was real ist, kann auch wieder irreal gemacht werden, potenziell, einfach nur möglich. Ich war nicht in einem Trauma gefangen. Ich habe mich in einem Stadium der Unwirklichkeit befunden.‹

Ich deutete mit dem Finger auf seine Gestalt im Bett. ›Und dann sind Sie wieder real geworden?‹

Er entgegnete: ›Vergessen Sie nicht Ihre Manieren, junge Dame. Es ist unhöflich, mit dem Finger auf jemanden zu zeigen.‹

Das verschlug mir den Atem, doch Vaughan war nicht lange sauer auf mich. Sein Gesicht nahm eine ungesunde Farbe an. William klingelte nach der Krankenschwester. Ich trat zurück und verschränkte die Hände hinter dem Rücken, um Vaughan nicht weiter aufzuregen.

Er war so grau wie ein abgenutztes Betttuch, aber er redete immer weiter. ›Können Sie sich vorstellen, wie es sein mag, nicht nur die unendlichen Möglichkeiten wahrzunehmen, die sich aus der universellen Wahrscheinlichkeit herauskristallisieren können, sondern auch zu erkennen, dass Sie selbst, Ihr Geist . . . irreal sind? Nur wahrscheinlich, nicht tatsächlich. Können Sie sich das Gefühl Ihrer eigenen Unwirklichkeit vorstellen? Zu wissen, dass Sie nicht verrückt, aber in etwas gefangen sind, aus dem Sie nicht entkommen können? Sie sagen sechzig Jahre. Für mich war das nur ein einziger Augenblick ewiger Verdammnis.‹

Pierce, das Problem ist, ich KANN es mir vorstellen. Ich weiß, dass Sie mit Isobels Physikern über Vaughan Davies sprechen müssen, denn ich habe einfach nicht den wissenschaftlichen Background dafür. Doch ich kann es mir gut genug vorstellen, um zu wissen, warum er grau geworden ist.

Ich stand einfach nur da, starrte ihn an und kämpfte gegen ein hysterisches Kichern oder ein Schaudern an, vielleicht auch gegen beides; und das Einzige, woran ich denken konnte, war: Niemand hat Schrödingers Katze je gefragt, wie sie sich gefühlt hat, als sie noch in der Kiste war.

›Aber JETZT sind Sie real‹, sagte ich. ›Sie sind WIEDER real.‹

Er legte sich auf das Kissen zurück. William wurde nervös, und so beugte ich mich vor, um ihn zu beruhigen, und da traf mich Vaughans Unterarm genau vor den Mund. Ich bin noch nie so erschrocken. Ich stand auf und wollte ihn ordentlich zusammenstauchen, doch er hatte mich nicht geschlagen, sondern wurde von immer heftigeren Krämpfen geschüttelt.

Ich rannte los, um eine Krankenschwester zu holen, und wäre fast über die gestolpert, die gerade zur Tür hereinkam.

Das muss jetzt ein paar Stunden her sein. Ich wollte es niederschreiben, solange meine Erinnerung daran noch frisch ist. Ich mag ein paar Worte falsch wiedergegeben haben, aber es kommt der Wahrheit so nahe, wie es mir möglich ist.

Natürlich könnten Sie sagen, das sei Senilität oder Demenz, oder Sie könnten behaupten, er sei seit Jahren schon ein alter Penner mit einem verrotteten Gehirn gewesen, aber das denke ich nicht. Ich weiß nicht, ob es Worte gibt, um das zu beschreiben, was ihm widerfahren ist, aber falls ja, dann wäre er derjenige, der sie kennen müsste, denn schließlich ist er ein hoch dekorierter Akademiker. Wenn er sagt, er hätte die vergangenen sechzig Jahre in einem anderen Stadium der Realität existiert, dann glaube ich ihm.

Das ist alles Teil von dem, was Sie gesagt haben, nicht wahr? Das Verschwinden des Angelotti-Manuskripts, dass es zuerst als Geschichte klassifiziert war, dann als Romantik und schließlich als Fiktion. Und Karthago taucht an einem Ort wieder auf, wo vorher gar nichts gewesen ist.

Ich wünschte, Vaughan wäre lange genug bei uns geblieben, um uns sagen zu können, warum er glaubt, gerade jetzt wieder ›zurückgekehrt‹ zu sein. Warum JETZT?

Während ich hier herumsitze, habe ich nachgedacht. Wenn Vaughan Davies dabei war ›zurückzukommen‹, ist es durchaus MÖGLICH, dass er unter Amnesie gelitten hat. Ebenso wie es MÖGLICH für ihn gewesen war, spurlos zu verschwinden. Das wäre dann wieder ein anderes mögliches Stadium des Universums. Jetzt ist er hier – aber vor diesem ›Jetzt‹ war es möglich, dass ihm andere Dinge widerfahren sind. Sein Verschwinden könnte alles bedeuten.

Es ist eine Sache, über Felsbrocken und greifbare Artefakte zu reden, die plötzlich wieder zurückkommen, Pierce; es ist jedoch etwas vollkommen anderes, wenn es um einen Menschen geht.

Ich habe das Gefühl, als hätte ich keinen festen Boden mehr unter den Füßen, als könnte ich morgen aufwachen und die ganze Welt hätte sich verändert: Ich könnte einen anderen Job haben, könnte nicht mehr ›Anna‹ sein. Vielleicht hätte ich Simon in Oxford geheiratet oder wäre in Amerika geboren worden, Indien oder sonstwo. Es ist alles MÖGLICH. Es ist nicht so passiert; es ist nicht real, aber es hätte passieren KÖNNEN.

Wie Eis, das unter meinen Füßen bricht.

Ich habe Angst.

Vaughan ist alt, Pierce. Wenn irgendjemand mit ihm sprechen will, sollte dieser Jemand das so rasch wie möglich tun. Wenn er wieder zu Bewusstsein kommt, und er ist bei Verstand, werde ich ihn nach seiner Theorie fragen, von der Sie gesprochen haben. Ich werde mich allerdings an die Anweisungen der Mediziner halten müssen. Ich werde ihn fragen, wie er das Sible-Hedingham-Manuskript bekommen hat. Vielleicht morgen – nein, es sind Ferien.

Nehmen Sie Kontakt zu mir auf. WAS WOLLEN SIE DESHALB UNTERNEHMEN?

Anna

Nachricht	#248 (Pierce Ratcliff)	
Betreff:	Ash	
Datum:	25/12/00, 02.37 Uhr	
Von:	Longman@	Adressformat gelöscht
		Andere Einzelheiten
		verschlüsselt und
		unwiederbringlich gelöscht

Pierce,

haben Sie meine letzte Nachricht erhalten?

Könnten Sie mich bitte kontaktieren, einfach, um mich zu beruhigen?

Anna

Nachricht   #249 (Pierce Ratcliff)
Betreff: Ash
Datum: 25/12/00, 03.01 Uhr
Von: Longman@   Adressformat gelöscht
                            Andere Einzelheiten
                            verschlüsselt und
                            unwiederbringlich gelöscht

Pierce,

laden Sie eigentlich Ihre Mail runter? Lesen Sie Ihre Mail? Liest das hier überhaupt irgendjemand?

Anna

Nachricht   #250 (Pierce Ratcliff)
Betreff: Ash
Datum: 25/12/00, 07.16 Uhr
Von: Longman@   Adressformat gelöscht
                            Andere Einzelheiten
                            verschlüsselt und
                            unwiederbringlich gelöscht

Pierce,

diese Nachrichten müssen sich doch bei Ihnen inzwischen stapeln. Um Gottes willen antworten Sie mir.

Anna

Nachricht	#251 (Pierce Ratcliff)
Betreff:	Ash
Datum:	25/12/00, 09.00 Uhr
Von:	Longman@	Adressformat gelöscht
		Andere Einzelheiten
		verschlüsselt und
		unwiederbringlich gelöscht

Pierce,

ich habe mit der britischen Botschaft telefoniert. ENDLICH bin ich durchgekommen. Allerdings ist niemand bereit, mir irgendwelche Informationen zu geben. Die Telefonzentrale der Universität hat über die Weihnachtsfeiertage geschlossen. Ich kann keine Kontaktnummer für Isobel Napier-Grant bekommen. Ich kann nicht zu Ihnen durchkommen. Keine Fernsehstation will etwas wissen: Das sind die Ferien. Bitte, ANTWORTEN SIE MIR.

Anna

▲▼▲

Übertragung der folgenden Textdatei – verlburg.doc – aufgezeichnet am 25/12/00 um 09.31 Uhr.

Bis jetzt sind keine weiteren Übertragungen mehr empfangen worden.

Teil Sechzehn

26. Dezember 1476 –
5. Januar 1477

Das Verlorene Burgund*

---

* Letzter Teil des Sible-Hedingham-Manuskripts

Eins

Und jetzt«, sagte Ash, »musst du *meine* Hinrichtung anordnen.«

Licht strömte durch die geöffneten Fenster in die herzoglichen Gemächer– der Morgen am Fest des heiligen Stephan begann spät und war bitterkalt. Der Dunst gefror und drang den Menschen durch Haut und Knochen. Dann und wann wehten Windböen herein.

»Bist du *sicher*, dass du sie hörst?«, hakte Florian nach.

»ES BRAUCHT JETZT NUR NOCH ZEIT: UNSERE ZEIT RÜCKT NÄHER ...«

»Ja, ich bin sicher!« Ash schlug die Schaffellhandschuhe gegeneinander, in der Hoffnung, ihre tauben Finger wenigstens etwas zu wärmen.

»Hast du das schon jemand anderem erzählt? Dass das Ende der *machina rei militaris* gar nichts zu bedeuten hat?«

»Nein. Ich wollte ihnen die Feier nicht verderben.«

»Aha.« Florian versuchte sich an einem Lächeln. »Das war es also. Ich dachte schon, die Westgoten hätten einen Nachtangriff gemacht ...«

Ihre Gesichtsfarbe veränderte sich, und sie stützte sich mit dem Arm an der Wand ab. Der Samtsaum ihres Kleides schleifte über die blanken Steinplatten – Streu war keine mehr da. Sie trug die Hirschhornkrone nicht, aber ein geschnitztes Holzkreuz hing auf ihrer Brust, halb verborgen in ihrem aufgeknöpften Wams und dem gelben Leinenhemd. Über alldem trug sie eine große Robe aus Wolfsfellen, schwer genug selbst für einen Mann.

»Du siehst fertig aus«, bemerkte Ash.

In dem zunehmenden Licht betrachtete Ash die Wand, an der der Arzt lehnte. Sie war prachtvoll bemalt – wie es einem Herzog geziemte –, mit Bildern von Männern und Frauen und kleinen Städten auf Hügeln. Jede der Gestalten tanzte Hand in

Hand mit einer anderen: Kardinal, Zimmermann, Ritter, Kaufmann, Bauer, Greis, schwangeres Mädchen und gekrönter König. Mit knochigen Händen führten Skelette sie allesamt in den Tod. Florian del Guiz legte geistesabwesend die Stirn an den kalten Stein und rieb sich unter dem Fell den Bauch.

»Ich habe die halbe Nacht auf der Latrine verbracht.« Dem Gesicht der Frau war deutlich anzusehen, wie sie sich an das Gemetzel erinnerte, das sie hatte beobachten müssen und das sie zum Trinken getrieben hatte. »Wir müssen meinen Bruder heute wieder zu Gelimer zurückschicken, und zwar mit einer Antwort, die dafür sorgt, dass wir nicht vor dem Abend angegriffen werden. Nun *das* ...«

Ash beobachtete, wie Florian die Kammer durchquerte, weg von dem Kamin, in dem das einzig nennenswerte Feuer des Palastes brannte und wo die Herzogin ihren Dienern gestattete, sich zusammenzurollen und zu schlafen.

Ash zwang ihren Geist, nicht auf das maulende, triumphierende Flüstern der Wilden Maschinen zu hören, das diesen Worten folgte.

»Nein ...« Florian hob die Hand. »*Nein*. Deine Hinrichtung wäre genauso wenig hilfreich wie die der Faris.« Ihr schmales Gesicht entspannte sich zu einem Lächeln. »Dummes Weib. Du hast verdammt viel Zeit damit verbracht, mir zu erklären, warum sie nicht sterben sollte. Was ist mir dir? Was ist da anders?«

»Weil nicht *sie* es ist, sondern *ich*.«

»Ja, ich glaube, das habe ich schon verstanden«, sagte die spindeldürre Frau ironisch und blickte Ash warm an. »Nachdem du deswegen anderthalb Stunden lang auf mich eingeredet hast, ist das wohl kein Wunder.«

»Aber ...«

»Boss, *halt's Maul*.«

»Nicht *sie* ist es, sondern *ich*, und ich brauche den Steingolem noch nicht einmal ...« Ashs Tonfall veränderte sich.

»Wenn ich deinen Tod befehle, hätte ich die Pucelle verloren, ›die Löwin von Burgund‹, die Jungfrau von Dijon ...«

»Oh, verdammte *Scheiße!*«

»Gib mir nicht die Schuld an deinem Bild in der Öffentlichkeit«, knurrte Florian schroff. »Es ist, wie ich gesagt habe: Wir brauchen dich. Du hast mir erklärt, die Faris sei unwichtig, weil Burgunds Blutlinie noch weit über ihren Tod hinaus überleben müsse. Nun muss sie noch weiter über *deinen* hinaus überleben! Es tut mir leid, dass die Zerstörung der *machina rei militaris* keinen Unterschied gemacht hat.« Ihr Gesichtsausdruck veränderte sich. »Gott weiß, dass es mir um Godfrey leidtut; aber ich brauche dich im Feld, und zwar lebendig.«

»Und das macht keinen Unterschied?«

»Ich werde deinen Tod nicht befehlen.« Florian del Guiz wandte den Blick ab. »Und komm ja nicht auf die Idee, da rauszugehen und es den Feind für dich tun zu lassen.«

Trotz der hohen, gewölbten Decke des herzoglichen Gemachs drückte der Raum auf Ash herunter, sodass sie Platzangst bekam. Sie ging zum Fenster und blickte auf das Eis im Rahmen.

»Du gehst ein großes Risiko ein«, sagte Ash. »Die Stadt wird bald überrannt werden. Wenn du getötet wirst ... Du hast meine Schwester wegen ihres Wissens gebraucht. Es gibt jedoch ein Dutzend Kommandeure, die genauso gut sind wie ich!«

»Aber die sind nicht die Pucelle. Ash, es ist egal, für was *du* dich hältst oder ob du mit deinen Aussagen richtig liegst.«

Florian trat neben sie ans Fenster.

»Du bist doch nicht in der Erwartung hierhergekommen, dass ich dich auf der Stelle abführen und hinrichten lasse. Du weißt, dass ich das nicht tun würde. Und du bist auch nicht hierhergekommen, damit ich dir sage, du sollst dich selbst umbringen.« Sie kniff die Augen vor dem Licht aus dem Süden zusammen. »Du bist hierhergekommen, damit ich es dir ausrede. Ich soll dir *befehlen* zu leben.«

»Das bin ich nicht!«

»Wie lange kenne ich dich jetzt schon?«, sagte Florian. »Fünf Jahre? Komm schon, Boss. Nur weil ich dich liebe, heißt das nicht, dass ich dich für sonderlich *klug* halte. Du willst, dass jemand anderer die Verantwortung übernimmt, indem er dir sagt, du sollst am Leben bleiben. Und du hältst mich für dumm genug, das nicht zu bemerken.«

Wind wehte Ash ins Gesicht. Die Schafslederhauke, die sie über die Rüstung gezogen hatte, wärmte sie kaum, nicht mehr als die Haube auf ihrem kurz geschorenen Kopf unter der Kapuze. Ash sagte: »Vielleicht ist es ja ganz gut, dass ich dich nicht so lieben kann, wie du gerne willst. Du bist zu klug für mich.«

Florian warf den Kopf zurück und lachte so laut, dass die Diener am Kamin den Kopf hoben und in ihre Richtung blickten.

»Was?«, verlangte Ash zu wissen. *»Was?«*

»Oh, wie galant!« Florian spuckte aus. »Wie ritterlich! Ach ... scheiß drauf. Ich fasse das jetzt einfach als Kompliment auf. Allmählich tut mir mein Bruder leid.«

Verwirrt wiederholte Ash: *»Was?«*

»Vergiss es.« Florians Augen funkelten, als sie mit Fingern, so kalt wie überfrorener Stein, Ashs Narben berührte.

Keinerlei Gefühl wurde durch diese eiskalte Berührung übermittelt. Was Ash in ihrem Inneren empfand – was sie vom Sprechen abhielt, abgesehen von einem verwirrten Murmeln –, war ein zehrendes nicht-körperliches Verlangen nach Nähe. Plötzlich erkannte sie: *Agape**. Agape, würde Godfrey das nennen: die Liebe zu einem Gefährten. Ich will ihr mein Vertrauen schenken.

Ich habe Godfrey vertraut, und was ist mit ihm passiert?

»Du solltest besser die Leute raufrufen«, sagte Ash. »Es wäre wohl angebracht, mit ihnen zu reden.«

Während Florian Boten ausschickte, kratzte Ash mit den

---

* ›Agape‹, griechisch: ›Nächstenliebe‹. So wird das Wort im Neuen Testament gebraucht.

behandschuhten Fingern das Eis vom Glas des inzwischen wieder geschlossenen Fensters und machte einen Fleck frei, sodass sie wieder hinausblicken konnte. Limonengelb, aktinisch: Die Sonne war gerade über dem Horizont aufgegangen und warf blau-weiße Schatten auf die Dächer von Dijon. Das Tal jenseits der Mauern war vollständig mit Frost bedeckt.

Im Westen wurden die Schatten immer länger. Jede Grashütte, jedes Zelt und jeder Legionsadler war als blau-schwarze Silhouette vor dem Frost zu erkennen. Draußen, auf dem weißen, aufgewühlten Grund setzten sich Männer der III Caralis in Bewegung: Fußsoldaten marschierten schleppend auf die Belagerungsgräben zu, und ein Kavallerietrupp galoppierte in Richtung des östlichen Flusses und zu der Brücke hinter den westgotischen Linien.

Lassen sie ihre Truppen zum Angriff aufmarschieren? Oder wollen sie uns nur nervös machen?

Von Ashs Standort aus konnte man nicht erkennen, was sich jenseits des Niemandslandes und dem westgotischen Belagerungswerk dahinter verbarg.

Aber ich bezweifele, dass sie die Leichen von gestern weggeräumt haben. Es schadet unserer Moral weit mehr, wenn sie sie liegen lassen, damit wir sie uns ansehen können.

Ohne große Eile knarrten die roten Granitfassaden der Golemmaschinen in Richtung Mauer.

»Das ist noch kein Angriff«, vermutete Ash. »Er versucht nur, dich zu provozieren, sodass du dich darüber beschwerst, dass er den Waffenstillstand bricht.«

Ash schnippte mit den Fingern nach einem Pagen. Ein Junge brachte zwei Eschenschüsseln, in der gewürzter Cidre dampfte, den die Weinhändler Dijons anstelle des nicht mehr vorhandenen Weins anboten. Nachdem der Junge die Herzogin bedient hatte, reichte er die zweite an Ash, die das warme Getränk dankbar entgegennahm. Sie drehte sich wieder zum Fenster um und nickte in Richtung des fernen Lagers.

»Wir haben ihren Kommandeur. Im Augenblick gibt es nicht viel, was wir nicht über sie wissen«, sagte Ash leidenschaftslos. »So wissen wir zum Beispiel, warum sie ihre Reiterei galoppieren lassen können. Laut der Faris haben sie sogar einen Überschuss an Futter. Nicht dass ich das auf diesem Untergrund machen würde – der muss steinhart sein.« Sie hielt kurz inne.

»Wäre ich Gelimer und *mein* Oberster Befehlshaber wäre zum Feind übergelaufen, würde ich jetzt wie ein Bulle mit brennendem Schwanz herumlaufen und versuchen, jede Schwäche in der Verteidigung auszumerzen, bevor ich zum Angriff übergehe. Also haben wir eine Möglichkeit zuzuschlagen, bevor er es kann.«

»Christus«, sagte Florian hinter ihr. »Ich habe sechstausend Zivilisten allein in dieser Stadt. Ich weiß nicht, was im Rest des Landes vor sich geht. Ich bin ihre Herzogin. Ich sollte sie *beschützen.*«

Ash wandte den Blick vom Fenster ab. Florian hatte nicht getrunken, nur die Finger an der Schüssel gewärmt. Beim Geruch der Gewürze knurrte Ash der Magen, und sie hob ihre eigene Schüssel und trank. Sie spürte die Wärme durch ihren Körper fließen.

Ash wollte Florian den Arm um die Schultern legen. Doch stattdessen hob sie die Schüssel zum Salut und grinste auf eine Art, die wie eine Umarmung war.

»Ich weiß genau, was wir als Nächstes tun werden«, sagte Ash. »Wir werden kapitulieren.«

Der Wind raubte ihr den Atem; er war so kalt, dass ihre Zähne sogar hinter den fest aufeinandergepressten Lippen schmerzten. Nordwind. Das Wasser, das Ash aus den Augen floss, gefror auf ihren vernarbten Wangen. Ash ging die Nordmauer hinunter in den schwachen Schutz des Torturms.

»Du hast Recht.« Florian sprach abgehackt. »Niemand wird uns . . . belauschen. Nicht da draußen.«

»Die Wilden Maschinen könnten mich hören . . .« Ash zog die Lippen zu einem Grinsen hoch. *»Aber wem sollen sie es sagen?«*

»Ein schlechter Ort . . . für einen Kriegsrat.«

»Der beste Ort.«

»Boss, du bist verrückt!«

»Ja . . . Euer Gnaden!« Ash rückte das Schwert an ihrer gepanzerten Hüfte zurecht. »Verdammter Scheißdreck, ist das kalt hier!«

Das blasse Mauerwerk des Torturms ragte neben ihr auf, und der hellblaue Himmel ließ die Perspektive verschwimmen. Ein paar tote Ranken klammerten sich an die Mauersteine, und unter der Turmhurde waren zwei Schwalbennester zu sehen. Jonvelles Männer bewachten die Tür mit ihren Hellebarden und dem großen roten Burgunderkreuz auf ihren Waffenröcken. Sie betrachteten ihre Herzogin und ihren Generalhauptmann draußen in der Kälte, als hätten die beiden Frauen nun auch noch das letzte Körnchen Verstand verloren.

Ash zuckte schwerfällig mit dem Kopf. Florian ging mit ihr wieder auf die Mauer zurück und in die Hurden. Sie kniff die Augen zusammen und blickte zu den gut fünfhundert Meter weit entfernten westgotischen Linien.

»Niemand kann . . . auf wenige Meter an uns herankommen«, sagte Ash. »Die Belagerungsmaschinen haben das Haupttor unter Beschuss genommen. Hier sind im Augenblick keine, und sollten sie welche in Stellung bringen, werden wir es sehen. Das ist ein gut einsehbares Mauerstück . . . Niemand kann sich an uns heranschleichen . . . ohne gesehen zu werden. Ich will nicht, dass jemand unsere Unterhaltung belauscht.«

»Über Burgunds Kapitulation«, sagte Florian und blies in ihre behandschuhten Hände. Sie klang skeptisch.

»Du glaubst mir nicht.«

»Ash.« Florian hob den Kopf. Der Wind hatte ihre ungesund

gelben Wangen gerötet. Ihre Nase triefte. »Ich *kenne* dich. Ich weiß genau, was du tust – in einer bestimmten Situation. Wann immer wir in einer hoffnungslosen Lage waren, in Unterzahl, unter Feuer, keine Chance auf Sieg … dann hast du *angegriffen*.«

»O Scheiße, du kennst mich wirklich«, erwiderte Ash nicht unzufrieden.

Ein Scheppern und Klappern von Rüstungen, Stiefeln und Schwertscheiden näherte sich von hinten. Ash drehte sich um. John de Vere und ein Dutzend seiner Männer stiegen die Stufen von Dijons Straßen herauf. Der englische Earl befahl seine Soldaten zum Torturm und lief selbst über die Mauer weiter.

»Madam Duchess. Mylord de la Marche wird sich bald bei Euch melden.« Der Earl of Oxford schlug die behandschuhten Hände zusammen. »Er macht sich große Sorgen. Der Fluss auf der östlichen Seite Eurer Stadt ist zugefroren.«

Florian begriff sofort, was Ash zu schätzen wusste, und verlangte zu wissen: »Kann das Eis das Gewicht eines Mannes tragen?«

»Noch nicht. Aber es wird kälter.«

»Und wie es kälter wird, verdammt nochmal.« Ash schauderte.

Selbst bei hochgeklapptem Visier war von John de Veres Gesicht durch die Öffnung seines Vollhelms hindurch nur wenig zu sehen. Er hatte seine rot-gelb-weiße Livree bei seinen Männern gelassen und sah wie ein anonymer Ritter in Plattenrüstung aus; blassblaue Augen blickten auf das sie umgebende Flusstal und die dort lagernden Legionen hinunter. Ash, die ebenfalls Rüstung trug, wirkte genauso anonym wie er. Sie blickte zu Florian. Die Herzogin trug einen Mantel, hatte die Kapuze über den Kopf gezogen und war in Wolfsfelle gehüllt.

»Wir sollten es nicht riskieren, sie hier draußen stehen zu lassen«, sagte Ash zu de Vere, als wäre der Arzt gar nicht anwesend. »Aber es ist durchaus möglich, dass die Westgoten

Spione in der Stadt haben. Ich will nicht, dass Diener oder Soldaten uns belauschen. Niemand. Kein Bettler, kein Verrückter; *nichts.*«

»Dann seid Ihr sicher genug, Madam. Niemand, der noch einigermaßen bei Verstand ist, ist heute auf diesen Mauern!«

»Um der Liebe Christi willen!« Florian zog den Wolfsfellmantel enger um die Schultern und klapperte mit den Zähnen. »Sorgt dafür, dass das vorbeigeht. Rasch!«

»Lass uns ein Stück gehen.« Ash machte sich im Schutz der Hurden auf den Weg über den Wehrgang in Richtung Weißer Turm. Als hinter ihr ein Ruf ertönte, drehte sie sich um. Die burgundischen Wachen traten zurück, um weitere in Mäntel gehüllte Gestalten auf die Mauer zu lassen.

Eine – Ash erkannte den alten, mit Kerzenwachs verschmierten blauen Mantel – war Robert Anselm. Die andere, das bärtige Gesicht blass von Kälte, stellte sich als Bajezet von den Janitscharen heraus. Leidenschaftslos trotz der Kälte verneigte er sich vor der Herzogin und murmelte etwas Höfliches.

»Colonel«, keuchte Florian. Sie blickte zu Ash. »Wolltest du noch auf de la Marche warten, oder kann ich jetzt schon anfangen?«

»Warte noch.« Als sie sich wieder auf den Weg die Mauer hinunter machten, reihte sich Ash neben Robert Anselm ein und nickte dem Janitscharen zu. »Roberto, frag ihn, in welchem Zustand seine Pferde sind.«

Robert Anselm runzelte die Stirn, dann wandte er sich an den Türken.

Der Türke blieb abrupt stehen, wedelte mit den Armen und schrie eine deutliche Verneinung. Mit hochrotem Kopf brüllte er weiter.

»Das ist offensichtlich Türkisch für ›nicht *meine* verdammten Pferde!‹« Florian grinste, drehte sich mit dem Rücken zum Wind und ging rückwärts vor Ash weiter. »Er glaubt, wir wollten sie essen.«

»Ich *wünschte*, das wäre so. Robert, sag ihm, dass die Frage ernst gemeint war.«

Bajezet hörte auf zu schreien. Die Erklärungen in holprigem Türkisch dauerten, bis die Gruppe das Ende des Wehrgangs und die Männer, die den Weißen Turm bewachten, erreicht hatte. Die Zinnen nahmen dem Wind etwas von seiner Wucht.

Jenseits des Weißen Turms war die Mauer mit vierzig Fuß langen Balken abgestützt; halb verbrannte Hurden hingen von den Zinnen herunter. *Eine Schwachstelle*, dachte Ash.

»Er sagt, die Pferde seiner Männer seien in keinem guten Zustand, weil sie nicht gut gefüttert würden.« Ohne den Tonfall zu ändern, fügte Robert Anselm hinzu: »Man könnte sie *ver*füttern. An uns.«

»Glaubt er, dass er sie galoppieren lassen kann?«

»Nein.«

Ash nickte nachdenklich. »Gut. Dann können wir mit ihnen also niemanden abhängen ...«

Inzwischen folgten ihnen neugierige Blicke von beiden Enden der Mauer. Ash lächelte vor sich hin. *Wenn ich ein einfacher Soldat wäre und die Stadtkommandeure würden auf der Mauer einen vertraulichen Kriegsrat abhalten, würde ich sie auch beobachten ... Früher habe ich immer geglaubt, die Bosse würden sich gerade was Saudummes ausdenken, wenn ich sie so gesehen habe.*

Nun wünschte ich, irgendjemand anderer würde die Entscheidungen für mich treffen.

»Soll ich noch einmal einen Mann zu de la Marche schicken?« Anselm knirschte mit den Zähnen.

»Noch nicht. Er wird schon auf dem Weg sein.«

Der türkische Kommandeur deutete über die Mauer und sagte etwas. Ash blickte in die entsprechende Richtung, als sie an der Öffnung zwischen zwei Zinnen vorüberkamen. Sie sah nichts Besonderes im feindlichen Lager. »Was hat er für ein Problem, Robert?«

»Er sagt, es ist kalt.« Anselm zog die Schultern hoch zum Zeichen, dass er dem Türken zustimmte. »Er sagt, an anderen Orten ist es auch kalt, und es ist dunkel.«

»Was?«

Florian ging Schulter an Schulter zwischen Ash und de Vere; nun blickte sie zu dem Janitscharen. »Frag Colonel Bajezet, was er damit meint. Und übersetz mir einfach, was er *sagt*, Roberto, ja?«

Ash sah rot-blaue Livreen am Fuß der Mauer. Sie unterbrach die anderen. »Da ist de la Marche ja endlich.«

Olivier de la Marche stieg zum Wehrgang herauf und winkte seinen Männern, sie sollten gehen. Vorsichtig, aber zügig marschierte er über die zugefrorenen Steinplatten und verneigte sich vor Floria del Guiz.

Bajezet, dem Robert Anselm etwas ins Ohr murmelte, sagte durch seinen Dolmetscher: »Frau-Bey, es gibt keinen Ort mehr, wo irgendjemand von uns hingehen könnte.«

»Was meint Ihr damit, Colonel?« Florian wandte sich direkt an den türkischen Offizier, nicht an Anselm, und während sie der Antwort zuhörte, beobachtete sie Bajezets Gesicht.

»Der Colonel sagt, er hätte ›schreckliche Dinge‹ auf dem Weg hierher gesehen. Die Donau ist zugefroren. Eisfelder. Auf den Äckern lagen Menschen – festgefroren; man hatte sie einfach liegen lassen. Nichts außer Dunkelheit.« Robert Anselm stolperte über die Worte, fragte noch einmal bei dem Janitscharen nach und fuhr dann fort: »Von hier bis Dalmatien sind die Dörfer verlassen. Die Menschen leben in Höhlen und nutzen die Wälder für Feuerholz. Einige Städte sind dem Feuer zum Opfer gefallen, weil man Scheiterhaufen vierundzwanzig Stunden am Tag hat brennen lassen.«

»Es ist noch immer nichts von der Sonne zu sehen?«, fragte Florian Bajezet.

»Er sagt, nein. Er sagt, er hätte zugefrorene Seen gesehen. Tiere und Vögel tot im Eis. Nur die Wölfe werden fett. Und die Raben und Krähen. An einigen Orten mussten sie einen

Umweg machen wegen . . .« Robert Anselm runzelte die Stirn. »Nein. Das verstehe ich nicht.«

»Es ist möglich, dass er von den Prozessionen spricht«, sagte John de Vere. »Prozessionen von tausend Menschen oder mehr, Madam. An einigen Orten hat man die Juden verbrannt. Andere haben sie gerettet. Viele befanden sich auf einer Pilgerfahrt zum Leeren Stuhl*. Die meisten Menschen folgten jedoch den Gerüchten und marschierten in Richtung der burgundischen Grenze.«

Der Janitscharen-Colonel fügte irgendetwas hinzu. Robert Anselm übersetzte: »Sie werden sich mit vielen, vielen anderen Flüchtlingen um Nahrung streiten müssen.«

Ash blickte hinter sich und in den Himmel hinauf. Das war eine instinktive Bewegung. Aus den Augenwinkeln heraus sah sie, dass Florian das Gleiche tat.

Ein Dunstschleier legte sich über den eisig blauen Himmel. Die Sonne blendete aus Südost und spiegelte sich auf dem Eis der Dächer und Türme Dijons. Der eisige Wind trieb Ash die Tränen in die Augen. Ash setzte sich wieder in Bewegung. Die Männer gingen mit ihr. Florian blieb stehen, wo sie war.

Ash folgte Florias Blick und sah, dass die große Frau zu den Zelten und Erdbaracken der Westgoten starrte, die ordentlich aufgereiht entlang der Lagerstraßen standen; sie blickte zu den für die Trebuchets aufgestapelten Felsblöcken, den Pferden in ihren Pferchen und den Tausenden von Bewaffneten, die sich nun an den Verpflegungsplätzen sammelten, um ihre Morgenrationen abzuholen.

»Sie erwarten Fernando bald zurück. Uns bleiben immer weniger Möglichkeiten«, sagte Florian. »Und wir haben keine Zeit mehr für Entscheidungen.«

John de Vere blieb ebenfalls stehen und rieb sich die Hände. »Euer Gnaden«, verkündete er, »Euch ist kalt.«

* Rom?

Ohne auf eine Antwort zu warten, hob er die Stimme zu einem tiefen englischen Bellen. Bevor eine Minute vorüber war, kamen zwei Soldaten auf den Wehrgang. Zwischen sich trugen sie ein eisernes Kohlebecken auf Tragestangen; das stellten sie dann vor den Earl of Oxford. Einer der Männer fachte das Feuer an; flackernde Hitze stieg von der roten Glut auf.

»Das wird einige Zeit halten«, sagte John de Vere. »Sicherheit ist zwar von allergrößter Bedeutung, Euer Gnaden; aber deshalb muss ja nicht Euer gesamter Kommandostab erfrieren.«

Der Morgen nahm seinen Lauf. Gewürzter Cidre und Schwarzbrot wurden verteilt; und so stand der Kriegsrat dicht gedrängt um das Kohlebecken, hielt Becher mit warmem Cidre in den Händen und diskutierte jede Möglichkeit für eine Stadt zwischen zwei Flüssen, die von fünfzehntausend Soldaten umgeben war, Fußvolk, Reiterei und Kriegsmaschinen. Musste man mit einem Angriff über den zugefrorenen Fluss rechnen? Sollte man einen Ausbruch wagen und fliehen ... durch ein Land voller (worauf de la Marche hinwies) westgotischer Kundschafter, Spione und leichter Kavallerietrupps? Sollte man die Herzogin von hier fortschaffen ... und damit jegliche Hoffnung auf Unterstützung von Seiten der Türken, Deutschen, Franzosen und Engländer verlieren?

»Edward wird nicht eingreifen«, erklärte John de Vere grimmig. »York glaubt, jenseits des Kanals sicher zu sein. Ich bin der einzige Engländer, den Ihr zu Eurer Verfügung haben werdet, Euer Gnaden.«

»Das ist mehr als genug«, erwiderte Florian und nippte an ihrem Cidre. Auch wenn sie nicht gerade gesund aussah, grinste sie den Earl an.

Zur vierten Morgenstunde* war die Sonne am Südhimmel bis zu einem Punkt gestiegen, von dem aus sie die gesamte Um-

* 10.00 Uhr

gebung von Dijon erhellte: die zugefrorenen Flüsse, das Tal voller Zelte und marschierender Soldaten, die Rauchwolken der Schlangen*, die absichtlich die Bedingungen des Waffenstillstands brachen, die frostbedeckten Hügel und weit im Norden der wilde Wald.

All diese Argumente habe ich schon einmal gehört, dachte Ash. *Die meisten von ihnen sogar zweimal.*

Sie verschloss ihren Geist und lauschte absichtlich nicht in ihre Seele hinein. Der weiß-blaue Morgenhimmel und Dijons Türme mit den Kegeldächern, auf deren zugefrorenen Ziegeln sich das Licht spiegelte, blendeten sie. Dennoch, selbst mit dem Wind hinter sich, das Gesicht den Kohlen zugewandt, blieb ein Teil ihrer Aufmerksamkeit nach innen gerichtet. Auf einer unterbewussten Ebene flüsterten unzählige unmenschliche Stimmen:

»BALD. BALD. BALD.«

»Ich weiß«, sagte Ash laut. Bajezet und Olivier de la Marche diskutierten gerade (mit Anselms Hilfe); sie hielten nicht einen Augenblick inne. De Vere blickte Ash jedoch neugierig an.

Florian sagte: »Ich kenne diesen Blick. Du hast etwas.«

»Vielleicht. Lass mich nachdenken.«

Vergiss die machina rei militaris. *Vergiss, dass ein Unterschied besteht, ob du sie nicht mehr hast oder ob du dort bist, aber keine Willenskraft mehr besitzt. Denke daran, dass ich das mein ganzes Leben lang gemacht habe.*

Mit der Unvermeidlichkeit eines Schachspiels kam alles in ihrem Kopf zusammen: *Wenn wir das tun, dann wird es geschehen; aber wenn das geschieht und wir es tun, dann wird dieses andere Ding...*

Ash packte Florian am Arm und grub die Finger tief in den Wolfspelz. »Ja. Ich habe etwas.«

Die große Frau strahlte Ash an. Ohne auch nur einen Hauch

---

* Kleine, auf Lafetten montierte Feldgeschütze.

von Zynismus in der Stimme sagte sie: »Und das ohne deine *machina rei militaris*.«

»Ja. Ohne sie.« Auch auf Ashs Gesicht erschien ein schwaches Lächeln; sie konnte einfach nicht anders. »Ja ...«

Florian sagte: »Dann erzähl mal. Was hast du?«

»Eine Sekunde ...« Ash legte die Hand an die Zinne und sprang in die Hurde. Der Holzboden hallte hohl unter ihren Stiefeln wider, als sie in Richtung Torturm und wieder zurück rannte. Der eiskalte Wind ließ ihr Gesicht einfrieren, als sie durch eines der Mörderlöcher nach unten griff und nach Seilen und Leitern tastete und in den Schatten nach Bewegung Ausschau hielt.

Nichts.

»In Ordnung.« Sie kletterte wieder zwischen den Zinnen hindurch. »Lasst uns von vorne anfangen, ja?«

Der Wind ließ sie nach Luft schnappen und zittern; dennoch verlor sie nichts von ihrer Autorität. Taktvoll hielt sie eine Sekunde inne, bis Florian ihr winkte fortzufahren.

»Also gut«, sagte Ash. »Wir sind hier. Da draußen liegen nahezu fünfzehntausend Mann. Die Männer der Faris. Plus die zwei frischen Legionen von Gelimer. Und es gibt gewisse Reibungspunkte zwischen den beiden.«

De Vere und de la Marche nickten; die beiden Männer wussten offensichtlich, wie es war, nach drei Wochen in verschlammten Gräben und vor uneinnehmbaren Mauern Verstärkungen zu bekommen, die alles besser wussten.

»*Fünfzehntausend*«, wiederholte Florian zwischen ihren behandschuhten Händen hindurch, die sie sich zum Schutz vor der Kälte vor den Mund gelegt hatte.

»Und wir haben tausendachthundert Burgunder, die dreihundertachtzig des Azurblauen Löwen, abzüglich Kanoniere, und fünfhundert Janitscharen.« Ash konnte sich ein Lachen nicht verkneifen, als sie den Gesichtsausdruck der großen Frau sah. »Wir kennen ihre Positionen. Gelimers zwei Legionen stehen im Norden. Zwischen den Flüssen. Die Männer der Faris haben ihre Stellungen größtenteils im Westen und Osten an den Flussufern.«

Unbewusst waren die Männer näher zusammengerückt, sodass ihre Schultern den Wind aussperrten. John de Vere, der Earl of Oxford, sagte nachdenklich: »Madam, ich hatte eigentlich an einen Angriff über den Fluss gedacht. Bajezets Janitscharen hätten auf ihren Pferden rüberschwimmen können. Dieses Eis bedeutet natürlich das Ende dieses Plans, es sei denn, es kann das Gewicht der Tiere tragen.«

»Und was sollen sie tun, wenn sie erst einmal drüben sind?«

»Nichts, außer ihre Rückraumstellungen in Stücke schlagen, Madam.«

Ash nickte ungeduldig. »Ich weiß; aber das würde uns gar nichts einbringen. Es würde Gelimer nur wütend machen, die Belagerung aber nicht durchbrechen, und dann hätte er endlich eine Entschuldigung dafür, uns platt zu hauen.«

Nach einem kurzen Austausch mit Anselm sagte der türkische Kommandeur etwas, das der Engländer danach übersetzte: »Geht Ihr ernsthaft davon aus, den Belagerungsring durchbrechen zu können?«

»Unsere Rationen gehen zu Ende. Die Zivilisten sind krank. Wenn wir etwas unternehmen, muss es geschehen, bevor wir zu schwach dafür sind.« Ash streckte die Hände aus und packte Florians Arm auf der einen, de Veres auf der anderen Seite. »Wir dürfen das Ziel nicht aus den Augen verlieren. Unsere gnädige Herzogin mal beiseite gelassen ...«

»Du kannst mich auch am Arsch lecken«, kommentierte Florian.

»... was müssen wir tun? Wir müssen dafür sorgen, dass der König-Kalif schwach aussieht. Wir müssen etwas tun, damit seine Verbündeten von ihm abfallen – und sich Burgund anschließen. Wir müssen stark aussehen. Wir müssen gewinnen«, sagte Ash.

Olivier de la Marche riss die Augen auf. »›Gewinnen‹?«

»Schaut mal. Wir bekommen keine Verstärkungen; also können wir aufgeben, oder wir können warten – und wir werden nicht lange warten müssen! Sollen sie ruhig heute oder morgen kommen und in den Straßen gegen uns kämpfen. Wir werden sie zermalmen. Aber wir werden verlieren. Wie auch immer, Florian werden sie hinrichten.« Ashs Stimme hatte einen pragmatischen Ton angenommen. »Schaut euch die Situation einmal an. Da draußen liegen fünfzehntausend Mann. Wir sind zweieinhalbtausend. Das heißt, sie sind uns fünf zu eins überlegen!«

Sie grinste Florian an.

»Du hast Recht. Es gibt nur eines, was wir tun können. Wir greifen an.«

»Ich dachte, wir würden kapitulieren!«

»Ach! Wir *sagen*, dass wir kapitulieren würden. Wir werden einen Gesandten rausschicken und König-Kalif Gelimer darum bitten, eine formelle Kapitulation zu arrangieren, um die Übergabebedingungen für Dijon abzusprechen.« Ash lächelte Florian an. »Wir werden *lügen*.«

Ein leichtes Stirnrunzeln erschien auf dem Gesicht des Earl of Oxford. »Das widerspricht den Regeln und Sitten des Krieges.«

Olivier de la Marche nickte. »Ja. Das ist Verrat. Aber meine Männer werden sich an Jean *Sans Peur** auf der Brücke von Montereau erinnern. Die Franzosen haben für ihren Verrat nicht büßen müssen, da er erfolgreich war. Wir hier befinden uns nicht in der Position, stolzer zu sein als ein Franzose.«

»Unsere Lage *ist* verzweifelt«, pflichtete ihm John de Vere bei.

Ash schluckte ein Lachen hinunter. Sie wischte sich die Nase am Mantel ab. Der Wind drang durch Wolle, Metall und Haut, die Kälte bis zu den Knochen. Steif trat Ash von einem Fuß auf den anderen, um sich aufzuwärmen.

* ›ohne Angst‹

»Es sieht hoffnungslos aus.« Sie fletschte die Zähne zu einem Grinsen. »Es *ist* hoffnungslos. Für den Sultan sieht es ebenfalls hoffnungslos aus. Und für König Ludwig. Und für Friedrich von Habsburg. Könnt ihr euch vorstellen, was geschehen wird, wenn wir gewinnen? Ein kühner Schlag ... und Gelimer hat keine Verbündeten mehr.«

»Und wir haben unser Leben nicht mehr!«, knurrte Florian. Sie wippte vor dem Kohlebecken auf den Zehenspitzen. Ash ignorierte den bissigen Ton ihres einstigen Arztes und ihrer jetzigen Herzogin.

»Die meisten ihrer Männer – Gelimers Legionen – stehen auf der Nordseite. Zwischen den beiden Flüssen. Sie können auch ihre anderen Männer dorthin bringen, aber das wird Zeit kosten. Also haben wir es mit nicht mehr als ... mit höchstens zehntausend Mann zu tun.«

»Du wirst alle in den Tod rennen lassen«, sagte Florian.

»Nicht alle. Nur eine einzige Person.« Ash stieß die Herzogin mit einem vollkommen tauben Finger an. »Hör zu. Was geschieht, wenn *Gelimer* stirbt?«

Schweigen folgte diesen Worten.

Florians Mund verzog sich ganz, ganz langsam zu einem breiten Grinsen, und sie sagte: »Gelimer. Du willst den *König-Kalifen* angreifen? Höchstpersönlich?«

Olivier de la Marche sagte: »Die Faris behauptet, ihr Nachfolger – Lebrija – sei ein Mann, der nur Befehlen folgen könne.«

»Sie würden eine neue Wahl abhalten müssen, stimmt's?« Robert Anselm nickte. »Vielleicht müssten sie dafür sogar wieder zurück nach Karthago. All die Emire ... die Kämpfe zwischen ihnen ...«

»Es gibt keinen Kandidaten für den Thron des König-Kalifen«, bemerkte der Earl of Oxford. »Kalif Gelimer ist niemand, der mächtige Emire an seinem Hof dulden würde. Er hat den Einfluss vieler geschwächt. Madam, diese Idee ist gut durchdacht: Nehmt ihnen den Oberbefehlshaber weg, und sie werden nicht nur die Belagerung aufgeben, ihr Kreuzzug könnte den Winter über hier feststecken – vielleicht sogar für alle Zeit.«

»Und sie hätten keine Freunde mehr«, sagte Ash trocken. »Wir könnten dabei zusehen, wie Ludwig und Friedrich die Beine in die Hand nehmen. Und der Sultan würde eingreifen ... Korrekt, Colonel?«

Anselm übersetzte, was Bajezet antwortete: »Das wäre nicht unmöglich, Frau-Bey.«

John de Vere sagte: »Aber, Madam, König-Kalif Gelimer ist kein dummer Mann. Ja, wir könnten einen Ausfall in voller Stärke unternehmen, seine Männer überrennen und ihn töten – aber wo ist er? In welchem Teil des feindlichen Lagers? Oder hat er sich vielleicht schon in eine nahe gelegene Stadt zurückgezogen? Er wird mit solch einem Versuch gegen sein Leben rechnen.«

»Er kann rechnen, womit er will: Wenn ihn zweieinhalbtausend Mann treffen, ist er Hundefutter.« Ash schüttelte den Kopf und sprach lauter, um die Männer zu übertönen. »Hört mir zu!« Sie schnappte in dem kalten Wind nach Luft. »Die Faris kennt ihre ... ihre Stellungen und Wachzyklen. Sie wusste, dass sie früher oder später zu uns überlaufen musste. Deshalb hat sie Informationen gesammelt. Wenn wir Spione raus- und wieder reinbekommen können, bevor sie alles umgestellt haben ... dann können wir Gelimers Aufenthaltsort finden, ohne dass er es bemerkt und bevor er ihn wieder verlagert. Meine Vermutung ist, dass er sich irgendwo im Norden befindet. Er muss seine Truppen im Auge behalten.

»Bei Gottes *Zähnen!*«, sagte John de Vere.

Ash ließ ihren Blick über die feindlichen Linien jenseits der Mauer schweifen, fand aber keine Spur von der Kalifenstandarte. Gelimer könnte sich in jedem der edleren Pavillons oder besseren Hütten aufhalten – *welche auch immer am wärmsten ist*, dachte Ash zynisch und ließ Florian und de la Marche zu den Legionen im Norden blicken.

»Es müsste sehr schnell gehen«, sagte der Earl of Oxford nachdenklich. »Und wenn er sich wirklich bei diesem Untergrund dort aufhalten sollte, wird er es für schwierig halten, Truppen aus Nordost oder Nordwest schnell genug heranzuführen. Nein, es ist unmöglich. Bevor wir uns versehen, hätten sie sich auf uns gestürzt, und wir würden wie in einem Flaschenhals feststecken.«

»Ich weiß, wie das funktionieren kann«, sagte Ash.

Sie sprach mit einem Selbstbewusstsein, dass die Männer ihre klappernden Zähne ebenso ignorierten wie Ashs Zittern. Sie hatte die Arme um die Brust geschlungen. Die immer höher steigende Sonne tauchte die Mauern von Dijon in ein blassgoldenes Licht. Der Frost auf den Zinnen schmolz jedoch nicht.

»Ich weiß, wie wir die Truppen da rausbekommen können«, wiederholte Ash. Sie blickte zu Florian. »Es ist der Tag des heiligen Stephanus, und es ist noch keine vierundzwanzig Stunden her, seit die Faris zu uns übergelaufen ist. Was auch immer wir tun werden, wir müssen vor allem schnell *Informationen* sammeln.« Sie atmete tief durch. »Ein paar Schwächen kann Gelimer nicht verändern. Er kann seine schwachen Einheiten nicht verändern – aber er kann sie in andere Stellungen bringen. Er muss glauben, Zeit dafür zu haben, denn wir wollen ja schließlich ›kapitulieren‹. Wir brauchen Zeit, um uns darauf vorzubereiten. Und er darf auf keinen Fall glauben, dass *er* unser Ziel sein könnte.«

Florian lachte leise und ein wenig heiser und atemlos. Sie streckte die Hände zum Kohlebecken aus. »Er ist unser Ziel. Ja. Wir sind von fünfzehntausend Mann umzingelt – also werden wir ihren Anführer angreifen. Das ist die *perfekte* Logik, Boss!«

»Das ist sie. Das ist der Grund, warum sie *dich* wollen. Schlag den Kopf ab, und der Körper stirbt.« Ash hielt inne. »Schau mal: Wenn wir das durchziehen, dann war's das. Alles hängt an einem seidenen Faden. Wenn wir erst einmal draußen sind und verlieren, werden sie reinkommen und die Stadt in Stücke schlagen.«

Die Herzogin sagte offen: »Und wo willst du mich so lange hinstecken? Ins tiefste Verlies, wo sie mich nicht finden können? Vergiss es; sie werden mich so oder so finden.«

»Sie könnten die Stadt angreifen, während wir sie angreifen«, warf Olivier de la Marche ein. »Wenn sie die Gelegenheit für günstig halten, könnten sie eine Legion reinschicken, während wir draußen kämpfen. Dann hätten wir verloren – Ihre Gnaden wäre tot – alles wäre am Ende.«

»Auch darauf habe ich eine Antwort«, sagte Ash. »Stimmen wir denn generell überein?«

Sie blickten einander an.

Am Ende war es Florian, die als Erste wieder sprach. In Wolfsfelle eingehüllt und mit schmutzigem Gesicht schluckte sie Galle hinunter, verzog das Gesicht und sagte: »Nicht bevor wir nicht jede Einzelheit mindestens sechsmal gehört haben. Ich kaufe keine Katze im Sack. Und was genau ist die Rolle der Herzogin bei diesem Plan?«

»Das«, sagte Ash, lächelte und nickte dem Janitscharen-Kommandeur zu, »ist der Punkt, wo Colonel Bajezet und seine Pferde ins Spiel kommen. Und«, sie drehte sich zum Earl of Oxford um, »Euer jüngster Bruder, Mylord. Wir müssen mit Dickon de Vere sprechen.«

Ash traf erst zur zweiten Nachmittagsstunde wieder im Kompanieturm ein. Sofort rief sie Ludmilla Rostovnaja und Katherine zu sich.

»Wie viele weibliche Sergeanten haben wir im Augenblick in der Kompanie?«

Ludmilla runzelte die Stirn und blickte zu ihrer Lanzenkameradin. »Ich bin nicht sicher, Boss. Ungefähr dreißig, würde ich sagen. Warum?«

»Ich will, dass ihr sie zusammenruft. Schnappt euch alle Hellebarden, die wir entbehren können – auch die burgundischen. Jonvelle erwartet euch. Ihr werdet ein paar Leuten eine Grundausbildung geben.«

Die Russin hatte die Stirn noch immer in Falten gelegt. »Jawoll, Boss. Und wem?«

»Den Zivilisten hier. Sie sollen in Grundzügen lernen, wie sie die Stadtmauer verteidigen können.«

»Grüner Christus, Boss, *die können nicht kämpfen!* Sie wissen nicht wie! Das würde ein Massaker werden.«

»Ich glaube nicht, dass ich dich nach deiner Meinung gefragt habe«, erwiderte Ash. Einen ernsten Augenblick später fügte sie hinzu: »Es macht einen Unterschied, ob wir hilflos sterben, wenn wir überrannt werden, oder ob wir versuchen, noch jemanden mitzunehmen. Diese Menschen wissen das. Ich will, dass ihr Frauen ihnen zeigt, welches Ende der Hellebarde sie festhalten müssen und wie weit sie auseinander stehen sollen, ohne sich gegenseitig aufzuspießen. Das ist alles. Ihr solltet das heute noch erledigen.«

»Ja, Boss.« Die Russin drehte sich um, blieb stehen und fragte: »Boss . . . warum die Frauen?«

»Weil ihr die Männer *und* die Frauen von Dijon trainieren werdet. Du magst es vielleicht nicht bemerkt haben, Soldat, aber sie mögen Soldaten nicht sonderlich. Sie halten sie für laute, zügellose, aggressive Ratten.« Ash grinste, als sie Ludmillas engelhaft unschuldigen Gesichtsausdruck sah. »So. Die weiblichen Zivilisten werden es lernen, wenn sie sehen, dass es bereits Frauen gibt, die das können. Die Männer werden es lernen, weil sie sich nicht von Frauen übertreffen lassen wollen. Zufrieden?«

»Ja, Boss.« Ludmilla Rostovnaja ging grinsend davon.

Ashs Belustigung schwand. *Zivilisten verwandeln sich nicht über Nacht in eine Miliz, und selbst eine Miliz funktioniert erst richtig, wenn sie mehrere Kämpfe hinter sich hat. Sie werden niedergemetzelt werden.*

Brutal, aber ehrlich dachte sie: *Aber besser sie als Männer, die kämpfen können.* Die *brauche ich.*

»Boss?« Thomas Rochester schlüpfte zur Haupttür herein, und die Wachen schlossen sie sofort wieder hinter ihm. Dennoch wehte Schnee mit ihm herein und blieb auf den Bodenplatten liegen, ohne zu schmelzen. Er sagte:»Du solltest besser kommen, Boss. Die Janitscharen verlassen die Stadt.«

»Gut!«, sagte Ash.

Zwei

Auf den Wehrgängen an Dijons Nordosttor war die Kälte nicht weniger bitter.

»Kreuz die Finger«, knurrte Robert Anselm, der neben Ash stand. Er hatte die Enden seines Mantels um die Arme geschlungen und den Rest eng um seinen Körper gelegt; die Kapuze hatte er fast bis zur Nase hinuntergezogen.

Die Zinnen warfen Schatten in der blassgelben Nachmittagssonne. Ash beschattete die Augen mit der Hand und blickte nach Norden zu dem Reiter mit dem roten Halbmond, der sich über das Niemandsland zwischen Stadt und westgotischen Linien bewegte. Ein zweiter Reiter – auf einer geborgten türkischen Stute – trug ein gelbes Seidenbanner mit dem Blauen Eber der Oxfords.

»Nun, zumindest wird sie das endgültig davon überzeugen, dass wir kapitulieren wollen.«

Anselm kicherte. »Verdammt richtig. Unsere letzten Verbündeten machen sich vom Acker.«

Hinter sich, vom Platz hinter dem Nordosttor, hörte Ash das Klappern von Pferdegeschirr und das Knarren von Sätteln; Hufe traten unruhig auf den gefrorenen Pflastersteinen herum. Ash blickte nach unten. Die gleichförmigen ockerfarbenen Gewänder und spitzen Helme von Bajezets Janitscharen machten sie ganz benommen. Die paar Engländer – de Veres Haustruppen, seine Brüder und Viscount Beaumont – waren dank ihrer weiß-maulbeerfarbenen Livreen deutlich zu erkennen.

Ash war vor lauter Sorge fast wie gelähmt. Sie sagte: »Ich kann einfach nicht glauben, dass wir das tun. Ich scheiße mir gleich vor Angst in die Hose. Roberto, geh, und sag ihnen, sie sollen es abblasen.«

»Vergiss es, Mädchen. Das war deine Idee!« Robert Anselm warf den Kopf hoch und zog die Kapuze ein Stück zurück, um Ash besser sehen zu können. Er grinste sie an. »Kneif jetzt nicht den Schwanz ein. Du hast selbst gesagt: ›ein kühner Schlag‹.«

Obwohl sich niemand im Umkreis von vierzig Metern befand, der sie hätte hören können, flüsterte Ash:

»Das ist nichts, worüber man Witze macht. Wir riskieren Florian. Wir riskieren alles.«

Ebenso leise und mit Ruhe und Vernunft in der Stimme erwiderte Anselm: »Wenn es nicht riskant wäre, würden die Westgoten es kommen sehen, richtig? Ich dachte, das hättest du im Sinn gehabt.«

»Verdammt«, sagte Ash. »Scheiße. O *Scheiße.*«

Anselms Gesicht lag in den Schatten seiner Kapuze verborgen, trotzdem sah Ash Schweißtropfen auf seiner Stirn. Sie lehnte sich zwischen den Zinnen hindurch und blickte zu den Reitern.

Ein westgotischer Adler, unglaublich glänzend in der eisigen Luft, löste sich aus den feindlichen Linien. Ash bemerkte erst, dass sie die Luft angehalten hatte, als sie wieder ausatmete. Nicht mehr als zwanzig Mann, westgotisches Fußvolk und Reiter, verließen das Lager, und sie bewegten sich im Schritttempo ins Niemandsland.

»Ich habe dir ja gesagt, dass sie nicht auf die Türken schießen würden.«

»Noch nicht«, entgegnete Anselm.

»Christus auf einem Baum, würdest du bitte das *Maul* halten?«

Anselm erwiderte in kameradschaftlichem Ton: »Es hilft, wenn man jemanden zum Anschreien hat«; dann beugte auch er sich zwischen den Zinnen hindurch, um das Treffen der beiden Trupps genauer beobachten zu können. »Das wär's dann, Jungs. Immer mit der Ruhe. Macht jetzt keine Scheiße.«

Offensichtlich sprach er zu den türkischen und englischen Gesandten. Ash beschattete ihre Augen wieder. Der Frost lag weiß und schwer auf der Erde. Zweihundert Meter vor dem Tor hielten der rote Halbmond und der Blaue Eber an, und einer der Westgotenreiter mit dem Adler näherte sich. Die gepanzerten Gestalten auf ihren Pferden verschwammen vor Ashs Augen.

»Würdest du dir nicht wünschen, eine Fliege auf diesem Pferd zu sein?«, murmelte sie. »Ich weiß, was Bajezets Vojniki sagt: ›Burgund wird fallen. Mein Herr, der Sultan, hat kein Vertrauen mehr in die Herzogin. Es ist an der Zeit, dass wir wieder in unsere Heimat zurückkehren.‹«

Robert Anselm nickte langsam. »Ich glaube nicht, dass Gelimer einen Krieg mit den Türken will. Nicht *diesen* Winter.«

Das Geschehen in der Ferne nahm seinen Lauf. Auf dem Platz hinter Ash wieherte ein Pferd. Ash schauderte im Wind. Sie wischte sich die Nase am Mantel ab. Die feuchte Wolle schabte Haut ab.

Der Westgotenreiter kam immer näher, bis Ash die Männer nicht mehr voneinander unterscheiden konnte; sie sah nur noch bunte Seide vor dem strahlend blauen Himmel. Der westgotische Fußtrupp wartete stoisch unter dem Adler.

»Und ich weiß auch, was Mylord Oxford sagt«, bemerkte Anselm. Er sprach, ohne Ash anzusehen; all seine Aufmerksamkeit war auf das Treffen im Niemandsland gerichtet. »Ich bin ein englischer Earl im Exil. Burgund geht mich nichts an.

Bei den Türken werde ich Unterstützung für das Haus Lancaster finden.«

»Das ist nicht unvernünftig.«

»Lass uns hoffen, dass Gelimer genauso denkt.«

Ash legte die linke Hand aufs Heft ihres Schwertes. »Was auch immer er denken mag, Fakt ist, dass fünfhundert noch einigermaßen frische Kämpfer die Stadt verlassen. Sie überlassen Burgund seinem Schicksal.«

Anselm spähte zu den Reitern hinaus. »Sie haben sie noch nicht umgebracht.«

»Es ist, wie du gesagt hast: Gelimer will Mehmets Armeen im Augenblick noch nicht an seinen Grenzen sehen.« Ashs Griff um das lederumwickelte Holzheft verstärkte sich. »Die beste Möglichkeit, die Türken davon abzuhalten, ihn herauszufordern, ist, Dijon dem Erdboden gleichzumachen. Er glaubt, das ohnehin zu schaffen, aber er würde es mit Sicherheit vorziehen, dabei nicht auch noch ein paar Männer des Sultans abzuschlachten. Und ich glaube auch nicht, dass es ihm missfällt, wenn der große englische Soldaten-Earl mit Bajezet verschwindet ...«

»Bitte, lieber Gott«, sagte Anselm fromm.

»Ich kann nicht glauben, dass ich so etwas Riskantes tue. Ich muss den Verstand verloren haben.«

»Also gut. Du hast den Verstand verloren. Jetzt halt den Mund«, sagte Robert Anselm.

Ash kehrte dem Treffen im Niemandsland den Rücken zu und ging zu den Zinnen auf der anderen Seite des Wehrgangs. Sie blickte auf den Platz hinunter. Keine Schweine wühlten in dem nun hart gefrorenen Schlamm; keine Hunde bellten, und keine weißen Flügel flatterten in den Taubenschlägen.

Fünfhundert berittene türkische Bogenschützen saßen auf ihren Pferden und hatten sich in Formation aufgestellt.

Nahe beim Tor, unmittelbar unter dem Wehrgang, stand Viscount Beaumont mit den Brüdern des Earl of Oxford bei ihren Schlachtrössern. Sein Lachen hallte klar und deutlich durch die eiskalte Luft. Ash empfand das unsinnige Verlangen, hinunterzugehen und ihn zu schlagen. John de Veres siebenundvierzig Soldaten standen ein Stück abseits mit ihren Packpferden, auf die sie ihren verbliebenen Besitz geladen hatten. Die Oxford-Brüder trugen ebenso wie Beaumont volle Plattenharnische. Die beiden mittleren Brüder, George und Tom, schienen über einen gerissenen Riemen an der Rüstung ihres jüngsten Bruders Dickon zu diskutieren.

Ash blickte zu dem dritten Bruder hinunter, einem jungen Mann in Stahlplatte, Schwert und Dolch über die Livree geschnallt. Die Wintersonne spiegelte sich auf dem silbrigen Metall und auf dem scharlachroten, gelben und weißen Wappen sowie auf dem blonden Haar, das ihm bis auf die Schultern reichte. Er trug den Helm unter dem Arm und schaute auf die Köpfe von Tom und George hinunter, die sich vorgebeugt hatten, um seine Tassetten genauer in Augenschein zu nehmen.

»Zieh den verdammten Helm *an*«, flüsterte Ash.

Sechzig Fuß über dem gepflasterten Platz konnte man sie nicht hören. Dickon de Vere stieß seine Brüder beiseite, ging ein paar lange, prüfende Schritte über den tückischen Grund und schlug sichtlich verärgert mit dem Handschuh auf die widerspenstige Platte. Viscount Beaumont sagte etwas. Der jüngste Bruder des Earl of Oxford lachte reumütig, blickte zum Tor hinauf, und Ash schaute in das Gesicht von Floria del Guiz.

Robert Anselm sagte leiser als die Schritte einer Maus: »Fünf Jahre lang ist sie als Mann in einer Söldnerkompanie durchgegangen. Niemand wird sie entdecken, Mädchen.«

Floria war ja groß für eine Frau, dachte Ash, aber in einer Rüstung sah sie mehr wie ein Junge aus. Sie bewegte sich gut; die Rüstung passte ihr. Hohe Reitstiefel, die mit Knöpfen an ihrem Wams befestigt waren, verbargen, dass ihr Dickon de Veres Beinröhren nicht gepasst hätten: Die Beinmuskeln zweier Männer waren selten gleich, und bei etwas so eng Anliegendem wie einem Plattenharnisch gab es keinen Spielraum.

Florias Blick ging rasch wieder zu Tom de Vere zurück. Sie sagte etwas, offensichtlich ein Scherz: Der Mann lachte. Ash wusste nicht, ob die Frau sie gesehen hatte oder nicht.

»Ich kann einfach nicht *glauben*, dass wir das tun.«

»Wenn du willst, sperre ich dich in der Latrine ein, bis alles vorbei ist«, bot ihr Robert Anselm verzweifelt an.

»Das wäre vielleicht das Beste.« Ash rieb sich das Gesicht. Die Riemen ihrer Handschuhe schabten über die Haut, die in der bitteren Kälte dünn geworden war. Sie seufzte, drehte sich wieder um und ging erneut zur anderen Seite der Mauer. Die türkische Flagge, das englische Banner und der westgotische Adler standen noch immer mitten im Niemandsland.

»Die Menschen sehen, was sie zu sehen erwarten«, sagte Ash mit ruhiger Stimme. »Ich wäre allerdings glücklicher, wenn ihr London-Englisch besser wäre.«

»Schau mal«, sagte Robert Anselm. »Wie du gesagt hast, wird Dijon jetzt fallen. Es wird passieren. Wir greifen an, und sie kommen rein und hauen uns platt – egal. So oder so, wir sind am Arsch. Und wir reden hier von Tagen, vielleicht nur von Stunden.«

»Das habe ich dir ja gesagt.«

»Als wenn du mir das sagen müsstest . . .«, erwiderte Anselm in bissigem Ton. »Mädchen, wenn sie hierbleibt, ist sie tot. So ist sie da draußen bei fünfhundert scheißeheißen Kämpfern, mit denen sich keiner anlegen will. Natürlich gibt es unzählige Gründe, warum das schiefgehen könnte. Du suchst etwas ›Sicheres‹? Es gibt nichts ›Sicheres‹. Gelimer glauben zu machen, dass sie hier ist, wenn sie schon weg ist, ist das ›Sicherste‹, was wir bekommen können.«

»Roberto, du bist ja so beruhigend.«

Bei all dem Tumult und während man Florian angekleidet und gegen Dickon de Vere ausgetauscht hatte, dachte Ash, *hatte ich noch*

nicht mal Zeit, ihr auf Wiedersehen zu sagen. Die verdammte Huren-
tochter.

»Wie weit, hast du ihnen gesagt, sollen sie gehen?«, fragte
Anselm.

»De Vere wird das selbst entscheiden. Wenn es sicher ist,
einen Tagesritt von hier ein Lager aufzuschlagen, wird er es
tun. Die Westgoten dürfte es nicht überraschen, wenn die Türken noch ein wenig in der Gegend rumhängen, um zu sehen,
wie die Belagerung ausgeht, damit sie das daheim berichten
können.«

»Und wenn es wirklich unsicher ist?«

Ash grinste Anselm an. »Dann sind wir ohnehin nicht mehr
da, um uns den Kopf darüber zu zerbrechen. Wäre ich dann an
Oxfords Stelle, würde ich auf Teufel komm raus zur Grenze reiten und versuchen, es zu einer der türkischen Garnisonen zu
schaffen.« Ihr Grinsen verschwand. »Auch dann würde es noch
immer eine Herzogin geben.«

Draußen im Niemandsland wendete der Westgotenreiter
sein Pferd und galoppierte zu den Gräben zurück. Der türkische Dolmetscher und John de Vere rührten sich ebenfalls –
aber nur, um ihren Pferden etwas Bewegung zu verschaffen,
wie Ash sah. Die entrollten Banner hingen schlaff herab, als
der Wind sich legte. Weißer Atem stieg aus den Nüstern der
Pferde empor.

»Da kommt er wieder.«

Ash stand Schulter an Schulter mit Robert Anselm in der
Kälte am Tag des heiligen Stephanus auf den Wehrgängen von
Dijon. Eine Krähe flog über das Niemandsland, krächzte, landete und begann, an irgendwas auf der gefrorenen Erde he-
rumzupicken.

Der Vojniki und der Earl of Oxford ritten zurück. Sie suchten sich einen Weg zwischen den Gefallenen hindurch zum
Nordtor. Ihre gut ausgebildeten Pferde scheuten nicht, auch
wenn Oxfords Tier wegen des Gestanks schnaubte.

Ash ballte die Fäuste.

Es schien nur Sekunden zu dauern, nicht Minuten, bis sich die Tore von Dijon öffneten und die türkischen Reiter hinausritten. Ash rann ein Schauder über den Rücken, und es dauerte einen Augenblick, bis sie sich wieder beruhigt hatte. Tom und Viscount Beaumont ritten zum Earl of Oxford; der jüngste Bruder folgte mit George de Vere und den Haustruppen.

Der Knall hallte durch Torhaus und Tor, doch Ash bemerkte den Schlag erst, als das Fallgatter wieder heruntergelassen wurde.

Unter dem klaren Himmel, im Wintersonnenschein, in der Kälte und in einer geliehenen Rüstung ritt Floria del Guiz inmitten der Janitscharen Mehmets II. fort von Dijon.

Wie alle trug sie den Helm unterm Arm, ritt für alle sichtbar mit entblößtem Kopf zwischen den westgotischen Legionen hindurch. Ihr Gesicht hatte nichts Weibliches mehr an sich.

Ash versuchte, sie weiter zu beobachten, verlor sie aber bald zwischen den westgotischen Soldaten auf dem Weg zur intakten Ostbrücke aus den Augen. Auch die Brücke war inzwischen mit Eis bedeckt.

»Lieber Gott«, sagte Ash. »Lieber Gott.«

Sie drehte sich um, ging zur Treppe und stieg scheppernd zum Platz unten hinunter. Neben den burgundischen Wachen stand gut ein Dutzend ihrer Lanzenführer. Sie unterhielten sich leise miteinander.

»Also gut.« Ash grinste sie voll Selbstvertrauen an. Was ihr den Magen umdrehte, ignorierte und verbarg sie. »*Jetzt.* Das ist der Punkt, wo wir unsere Ärsche in Bewegung setzen müssen, Jungs. Wo ist Messire de la Marche? Wir werden eine Stunde warten und dann einen Gesandten zu König-Kalif Gelimer schicken, der ihm genau das sagen wird, was er hören will.«

Robert Anselm sagte: »Ja? Und wen?«

Drei

»Wenn wir Fernando del Guiz *nicht* rausschicken, um die Übergabe zu verhandeln«, sagte Ash reumütig zu Olivier de la Marche, »wird Gelimer misstrauisch werden.«

Die Sonne des Stephanstages ging in weinrotem Feuer unter. Schnee fiel in der Dämmerung, kleine Flocken landeten im schwarzen Nichts. Ash schloss die Fensterläden der herzöglichen Gemächer. Einen Augenblick lang lehnte sie die Stirn gegen das kalte Holz und lauschte in sich hinein.

»... KLEINER SCHATTEN, DER BALD WIE DIE ANDEREN SCHATTEN WERDEN WIRD. EIN GEIST, EIN DING, DAS NIE WAR. NOCH NICHT EINMAL EIN TRAUM ...«

Ihre Macht zerrte an ihr wie die Strömung eines schnell dahinfließenden Flusses. Ihre Stirn wurde warm und feucht von der Anstrengung, ihnen Widerstand zu leisten. Ein Lächeln erschien auf ihrem Gesicht, als sie sich wieder aufrichtete. »Ihr gebt einfach nicht auf, nicht wahr?«

»FÜHLE UNSERE MACHT ... WACHSEN ...«

»BALD. NICHT MEHR LANGE.«

Ash ignorierte die Furcht und ging durch die leere Kammer zurück.

»Nicht, wenn jemand von ausreichend hohem Rang an seiner statt geht«, sagte Olivier de la Marche am Kamin. »Es ist meine Pflicht zu gehen. Ich bin Burgunder, Generalhauptmann.«

»Das ist wahr. Aber Gelimer ist durchaus zuzutrauen, dass er einen Gesandten foltert, um sich die Wahrheit bestätigen zu lassen. Das weiß ich aus persönlicher Erfahrung.« Ash blickte dem Burgunder in die Augen. »Es gibt Leute, die einfach viel zu viel darüber wissen, was wir jetzt vorhaben. Ihr seid einer von ihnen – ebenso wie ich. Wir werden nicht gehen. Es macht durchaus Sinn, Fernando zu schicken.«

Außer dass er vorher mit seiner Schwester, der Herzogin, wird sprechen wollen.

Daran hatten offensichtlich auch de la Marche und Anselm gerade gedacht; doch keiner von beiden sprach es aus. Ash blickte durch das herzogliche Gemach zu der Gestalt mit Kopfputz, Schleier und Brokatkleid. Ihr Mund zuckte.

»Ich denke nicht, dass Fernando mit der Herzogin sprechen *müsste.*«

Am einzigen noch nicht verschlossenen Fenster blickte Dickon de Vere in die Dunkelheit hinunter, die die Dächer von Dijon verbarg. Er blickte noch immer angewidert drein. »*Du willst, dass ich* was *trage?*«, hatte er zu John de Vere gesagt.

»Lösch die Lampe, oder schließ die Fensterläden!«, knurrte Robert Anselm den jungen Engländer an, und als Dickon sich mit einem ungläubigen Gesichtsausdruck zu ihm umdrehte, sagte er: »Du willst ihnen doch kein hell erleuchtetes Ziel bieten, Junge ... Euer Gnaden?«

Dickon de Vere schaute sich nach Dienern um, fand aber keine und streckte unbeholfen die Hände aus, um die Fensterläden zuzuziehen. Anselm schlug ihm kameradschaftlich auf die in Samt gehüllte Schulter, als er wieder zum Feuer ging.

»Schau mal, Boss.« Anselm blickte zu Ash. »Gelimer weiß, dass du deinen Gemahl nicht gerade magst. Häng Fernando auf. Schick jemand anderen raus – mit der Leiche. Sag dem König-Kalifen, du hättest nur eine Familienangelegenheit bereinigt. Wenn Fernando tot ist, kann er sich nicht über irgendwas das Maul zerreißen. Und der, den du mit ihm rausschickst, kann dann über die Kapitulation verhandeln.«

»Ich will ihn aber nicht tot sehen.«

Sie sagte das, bevor sie darüber nachgedacht hatte. Anselm verzog keine Miene. De la Marche war es nicht aufgefallen. Er nickte nur und sagte: »Er ist der Bruder Ihrer Gnaden der Herzogin; ohne ihren ausdrücklichen Befehl möchte ich ihn nicht dem Tod überantworten.«

Ich nehme an, so kann man es auch sehen.

»Wenn wir ihn einsperren würden . . .«, begann Ash.

Anselm unterbrach sie. »Wenn du ›Bruder‹ Fernando del Guiz ins Verlies wirfst, wird es Gerede geben. Wir müssen davon ausgehen, dass über kurz oder lang ein Informant den Weg zu ihm findet und ihn sagen hört, dass er seine Schwester in letzter Zeit nicht gesehen hat. Dann wäre die Kacke am Dampfen.« Er stieß mit dem Finger nach Ash. »Vergiss, was der Doc sagen würde. Lass ihn töten.«

Die bittere Kälte biss sich durch die spärliche Wärme des Kamins. Ash streckte ihre steifen Glieder und ging ein wenig über die nackten Bodenbretter; ihr Knarren war das einzige Geräusch im Raum.

»Nein.«

»Aber, Boss . . .«

»Bringt mir seine Priestergewänder«, sagte Ash. »An Toten mangelt es uns nicht, stimmt's, Roberto? Findet eine Leiche in seiner Größe und steckt sie in seine Gewänder. Sperrt sie dann in einen Käfig, und hängt sie von der Stadtmauer . . . Ich will, dass es so aussieht, als wäre der Mann verhungert. Wer auch immer als Herold zu Gelimer hinausreitet, kann dorthin deuten und ihm erklären, ich hätte eine Angelegenheit mit meinem ehemaligen Gemahl bereinigt . . .« Sie kniff die Augen zusammen. »Ihr solltet das Gesicht ein wenig herrichten. Ich würde nicht ausschließen, dass sie eine Golemmaschine haben, die ein Gesicht über mehrere hundert Meter Entfernung erkennen kann.«

Olivier de la Marche nickte. »Und Fernando del Guiz selbst?«

Ash hörte auf, hin und her zu gehen. Sie hob den Kopf. »Steckt ihn zu den anderen Gefangenen. Steckt ihn zu Violante, Adelize und der Faris. Die Faris könnte einen Beichtvater gut gebrauchen, und er ist der einzige arianische Priester, den wir haben.«

Soll er seine Chance bekommen, mit ihr zu sprechen.

Robert Anselm erwiderte nichts darauf, sondern nickte nur höflich. Doch Ash konnte seinen Gesichtsausdruck sehr wohl deuten, sie weigerte sich aber, darauf zu reagieren. Einen Augenblick später fragte er: »Und wen willst du nun rausschicken, um sich die Eier abschneiden zu lassen?«

Ash tippte mit den Fingern auf ihre gepanzerte Hüfte. »Im Idealfall sollte es jemand von ausreichend hohem Rang sein, der nichts über die militärischen Dinge auf unserer Seite weiß.«

Olivier de la Marche schnippte mit den Fingern. »Ich hab's! Der Vizegraf und Bürgermeister. Follo.«

»Richard Follo?« Ash dachte darüber nach.

Mit der typischen Verachtung eines Ritters für einen Mann, der nicht zum Vergnügen kämpft – oder zumindest um der Ehre willen –, zuckte de la Marche mit den Schultern. »Pucelle, ist das nicht offensichtlich? Er ist Zivilist. Genauer gesagt: Er ist ein glaubwürdiger Feigling. Wenn man ihm sagt, wir würden kapitulieren, wird er in gutem Glauben darüber verhandeln.«

Da spricht der Edelmann.

»Ihr meint, wer wird ihn schon vermissen?«, sagte Ash und stellte überrascht fest, dass sie tatsächlich Reue bei der Vorstellung empfand, den Mann zum Sündenbock zu machen.

»Es würde dem fetten Bastard guttun, auf Wanderschaft zu gehen!«, bemerkte Robert Anselm. Das brachte ihm ein Lachen von de la Marche ein und einen finsteren Blick von Dickon.

Einerseits ist Richard Follo ein arroganter, pompöser Unruhestifter. Andererseits ist er der Bürgermeister. Er ist Zivilist, und seine Familie lebt noch. Wir sollten keinen von unseren Leuten verlieren, egal was für ein Ärgernis er auch sein mag ...

Sei nicht so begierig darauf, ihn zu retten, nur weil du ihn nicht magst.

»Von Leuten dieses Ranges«, sagte Ash, »ist er vermutlich derjenige, der Gelimer am wenigsten Nützliches verraten könnte. Olivier, lasst einen Eurer Herolde ein Treffen vorbereiten, und zwar zwischen Follo und ... ich nehme an, auf der anderen Seite wird es Sancho Lebrija sein.«

De la Marche nickte, stand auf und ging zur Tür.

»Wo...?« Ash trommelte ruhelos mit den Fingern, begann wieder, auf und ab zu gehen und ignorierte die drei Männer im Raum. »Wo? *Wo* ist Gelimer?«

»Du hast ihn«, sagte Ash.

Der Waliser brauchte ihr nichts zu sagen. Euen Huws selbstgefälliger Gesichtsausdruck sagte alles. Die beiden Tydder-Brüder bei ihm – Simon und Thomas in schmutzigen Westgotentuniken mit Kettenhemden darunter – sahen ebenso selbstzufrieden aus.

»Du kennst doch ihren Streifenrhythmus ganz genau, Boss, und wer bemerkt schon einen Speerkämpfer mehr oder weniger? Der lebt richtig komfortabel«, bemerkte Euen Huw. »Besser als du, Boss. Er hat doch all die Sklaven, oder? Und die Steinmänner und ich weiß nicht was. Und er hat Kohlebecken. Da drin war es heiß genug, dass es mir fast die Haut vom Leib geschmolzen hätte. Mir war zum ersten Mal warm, seit wir hier angekommen sind.«

Ash kniff sich in die Nase und blickte ihn an.

»Wir hätten ihn gehabt, wenn wir gekonnt hätten.« Der Frust des Walisers war offensichtlich. »Das nenne ich Hochsicherheit. Ich wette, er nimmt sogar noch zwölf Mann zum Scheißen mit! Es hat schon lange genug gedauert, nahe genug heranzukommen, um festzustellen, dass wirklich *er* es war.«

»Bogen? Armbrust? Arkebuse?«

»Naaah. Ich verstehe schon, warum die Jungs, die wir rausgeschickt haben, nicht zu ihm gelangen konnten. Die Einheit, die ihn umgibt, ist wirklich scheißegut. Ich würde keine Waffe in ihrer Nähe anpacken.«

»Und wo genau ist er?«

»Hier.« Euen Huw fingerte in seiner Lederbörse herum.

Nicht im Süden, betete Ash. *Lass ihn mich nicht über den Fluss hinweg angreifen müssen. Selbst wenn der zugefroren ist.*

Euens schmutzig schwarze Hände breiteten ein Blatt Papier vor Ash aus. Die Tydders drängten sich an seiner Schulter. Euen fuhr mit dem Finger über die Holzkohlelinien, die die Stadt markierten sowie die Flüsse im Osten und Westen und das offene Tal im Norden. Das Westgotenlager war ebenfalls eingezeichnet; inzwischen waren dessen Konturen schon gut ausgearbeitet. Euen Huw tippte mit dem Finger auf das Stück Papier.

»Er ist *da*, Boss. Ungefähr eine halbe Meile nördlich des Nordwesttores. Von uns aus gesehen flussaufwärts auf dieser Seite des Flusses. Da, hinter ihren Linien, ist eine Brücke. Sie haben sie nicht eingerissen. Ich nehme an, er hockt da, damit er über die Brücke fliehen kann, sollte es Ärger geben.«

»Ja, wenn er die Brücke überquert, hat er Straßen nach Süden und Westen . . .«

»Nicht dass wir das zulassen würden.«

Ash gestattete sich, den Waliser anzulächeln. »Wir müssen scheißeschnell sein, um ihn aufzuhalten. Gut gemacht, Euen, Jungs. Gut. Ich muss noch mehr Leute rausschicken, um ihn im Auge zu behalten. Seid vorsichtig. Seine Arifs haben inzwischen genug Zeit gehabt, die Wachpläne zu überarbeiten. Ich *muss* es wissen, wenn König-Kalif Gelimer seinen Haushalt verlagert.«

Der 27. Dezember ging vorbei. Ein dutzend Mal pro Stunde vermisste Ash John de Vere; sie vermisste seinen Rat, sein Selbstvertrauen, ja selbst sein Temperament.

Und die Abwesenheit von Floria del Guiz bereitete ihr Sorgen wie ein schmerzender Zahn.

»Aktivitäten im Westgotenlager. Sie setzen ihre Männer in Bewegung«, berichtete Robert Anselm.

»Haben Sie schon unserem Herold geantwortet?«

»Follo ist noch immer da draußen und redet«, antwortete Anselm in gleichmütigem Ton. »Je länger wir das so laufen lassen, desto mehr Schwachstellen kann der König-Kalif beseitigen.«

»Ich weiß. Aber wir haben gewusst, dass das Ganze seine Zeit dauern würde. Wir *müssen* sie überraschen: Wir müssen da raus und direkt durch sie durch und zu Gelimer. Alles andere wäre nutzlos.«

Ash legte den Weg von Mauer zu Mauer in Dijon allein zwanzig Mal an diesem Tag zurück. Sie hörte sich Berichte an, gab Befehle und setzte sich mit de la Marche und Jonvelle in Verbindung. Als sie sich nach dem Mittag für eine Stunde ausruhen wollte, saß sie plötzlich wieder aufrecht im Bett, und in ihrem Kopf dröhnte es vor Lärm.

»FÜHLE, WIE ES KÄLTER WIRD, KLEINER SCHATTEN. FÜHLE, WIE WIR DIE SONNE HERUNTERZIEHEN.«

In dem kurzen Zwielicht gegen Ende des 27. Dezember trottete der burgundische Herold über den eisenharten Schlamm zwischen Dijon und dem Westgotenlager zurück.

Schließlich kam Richard Follo zu Ash, die mit Olivier de la Marche im Prunksaal des Palastes wartete, umgeben von den schweigenden Kaufleuten Dijons. Die verschleierte Herzogin saß stumm auf dem großen Eichenthron der Fürsten aus dem Hause Valois.

Follo wurde von den Flüchtlingen, die sich auf den Straßen drängten, hereineskortiert. Es waren nur noch wenige von ihnen übrig – weiß um die Augen, dürr vor Hunger und schon jenseits der Verzweiflung –, die keine Hellebarde, Heugabel oder, wenn schon nichts anderes, einen eisenverstärkten Stab trugen.

»Und?«, verlangte de la Marche zu wissen, wie auf Geheiß der Herzogin.

Richard Follo nahm sich einen Augenblick Zeit, um seine Amtskette zu richten und wieder zu Atem zu kommen. »Es ist arrangiert, Messire. Wir werden morgen vor dem Oberkommandierenden, Qa'id Lebrija, kapitulieren. Er will, dass zuerst alle Fürsten und Magnaten der Stadt unbewaffnet herauskommen, und zwar ins Niemandsland vor dem Nordosttor. Dann folgen die Kämpfer, ebenfalls unbewaffnet, in Gruppen von je zwanzig, um in westgotische Gefangenschaft zu gehen.«

Ash hörte de la Marche fragen, »Garantiert er für unsere Sicherheit?«, doch sie hörte nicht länger zu. Sie blickte zu Robert Anselm, Angelotti, Geraint ab Morgan, Ludmilla Rostovnaja und den burgundischen Centeniers. Sie alle blickten drein, als hätten sie diese unangenehme Nachricht erwartet; tatsächlich wirkten sie sogar ein wenig erleichtert.

»Die Kapitulation ist für morgen zur vierten Morgenstunde festgesetzt worden«, schloss Follo seinen Bericht ab. Die Anstrengung hatte schwarze Schatten unter seinen Augen entstehen lassen. »Um zehn Uhr. Stimmen wir dem zu?«

Mit teilnahmslosem Gesichtsausdruck ignorierte Ash den Rest des Geredes; sie konnte nur denken: *Also gut. Das ist es also.*

»Angeli«, sagte sie. »Geh und finde Jussey. Jetzt wissen wir, wann wir anfangen werden.«

Zur Komplet war es zu kalt für Schnee geworden. Ash stapfte über eisglänzendes Pflaster und hart gefrorenen Schlamm und kehrte in den Hof des Kompanieturms zurück, wo Männer noch ein letztes Mal ihre Ausrüstung vor der Schlacht überprüften.

Fackeln an den Wänden brannten qualmend in der eiskalten Luft. Ash schlug die Hände zusammen; sie waren taub in ihren Stahlhandschuhen. Einen Augenblick lang war sie von den vielen großen, stämmigen und gepanzerten Männern und Frauen eingeschüchtert. Sie holte tief Atem, drängte sich weiter auf den Hof und begrüßte ihre Leute.

Überall standen Männer zusammen, und ihre Gespräche stiegen in die Nachtluft hinauf. Lanzenführer überprüften die Truppen, für die sie verantwortlich waren. Ash sprach mit Fußkämpfern, Bogenschützen, Sergeanten und Knappen; von allen kannte sie wenigstens den Vornamen. Dann machte sie Platz für die Sergeanten, die größere Gruppen von Männern im hinteren Teil des Hofes zusammenstellten: alle Hellebardiere, alle Bogenschützen und alle Arkebusiere. Gebellte Befehle hallten von den Wänden des Turms wider.

Ash ging zwischen den Männern hindurch. Banner und Eskorte stellten sicher, dass immer ein Weg für sie frei war. Sie sprach mit den Hellebardieren und Schützen.

Was vermisse ich?, fragte sie sich plötzlich. Und dann: *Die Pferde!*

Es war kein Hufgetrappel auf den Pflastersteinen zu hören: keine aufgezäumten Schlachtrösser, keine Packpferde, noch nicht einmal Maultiere. Alle waren inzwischen in die Kompanieküche gewandert, aus der ein leichter Duft emporstieg – die letzten Rationen vor dem Morgengrauen.

»Henri Brant hat ein paar Fässer Wein aufgespart«, verkündete sie mit vor Kälte krächzender Stimme. »Bei Sonnenaufgang werdet ihr davon bekommen.«

Jubel ertönte von jenen, die nahe genug standen, um sie zu hören.

Als sie den Eingang der Waffenkammer erreichte, hob Ash die Stimme: »Jean.«

»Fast fertig, Boss!« Jean Bertran grinste im roten Licht der Schmiede. Hinter ihm ging es zum letzten Mal geschäftig zu, und Hammerschläge hallten von den mit Werkzeugen behangenen Wänden wider. Zwei Lehrlinge drehten und hämmerten Pfeilspitzen so schnell wie in einer Manufaktur.

Taub vom Hämmern blieb Ash einen Augenblick lang in der willkommenen Wärme der Schmiede stehen. An einem Amboss schlug einer der Schmiede die Beulen aus einer Brustplatte, und helle Funken flogen von dem glühenden Metall. Sein nackter Arm mit den angespannten Muskeln schimmerte von Schweiß und Dreck, während er mit großem Geschick zu Werke ging. Ash sah diesen muskulösen Arm einem Westgoten die Waffe ins Gesicht dreschen. *Vielleicht in ein paar Stunden.*

An der Turmtür entließ sie ihre Eskorte von Schützen in die vergleichsweise angenehme Wärme des Wachraums und stapfte selbst unbeholfen die Stufen ins Untergeschoss hinunter.

Der Gestank von Scheiße ließ sie blinzeln. Sie zog die Handschuhe aus und rieb sich die Augen. Blanche trat durch den von Talgkerzen erhellten Raum auf sie zu. Eine Gruppe Kinder hing ihr an den Röcken. Ash zählte grob nach, dachte, *Das sind die meisten Trosskinder*, und nickte ihnen zu.

»Ich habe sie zum Verbandwechseln eingeteilt«, keuchte Blanche. Ihre Wangen waren genauso hohl wie die der Männer draußen, und ihre Augen eingesunken. »Jeder Mann, der noch laufen kann, ist da draußen, selbst die mit bandagierten Handgelenken oder Schultern. Für die anderen kann ich nichts tun. Der Brunnen ist zugefroren; ich habe noch nicht einmal Wasser für sie.«

Die Reihe der Strohbetten erstreckte sich bis weit in das Zwielicht hinein. *Sind es jetzt mehr als vierundzwanzig?* Ash versuchte, wenigstens die Fälle von Ruhr zu zählen. *Dreißig? Einunddreißig?*

»Szechy ist gestorben«, fügte die Frau hinzu.

Ash folgte ihrem Blick. Drüben an der Wand wickelte ein dunkler, dürrer Mann den kleinen Ungarn in irgendetwas ein – zerschlissenes Sackleinen, sah Ash, das als Leichentuch herhalten musste.

»Wenn du hier fertig bist, geh raus zum Appell«, sagte Ash. »Morgen wirst du deine Chance bekommen.«

Der Mann verknotete das Leinen, legte den Körper ab und stand auf. Tränen rannen ihm über den Teil des Gesichts, der zwischen dem langen Haar und dem Schnurrbart sichtbar war. Er sagte etwas – nur *Scheißgoten töten!* war zu verstehen – und wankte zur Treppe.

»Mach es ihnen so bequem wie möglich. Das Wasser brauchen wir allerdings für die, die noch kämpfen können.« Ash betrachtete die auf dem Rücken liegenden Fieberopfer. »Sollte irgendeiner von ihnen sich plötzlich ›erholen‹, schick ihn raus.«

Blanche lächelte ein wenig und schüttelte den Kopf. »Ich wünschte, das *wären* Simulanten.«

Als Ash wieder in die Eingangshalle zurückkehrte, fand sie sie gesteckt voll vor: Euen Huw, Rochester, Campin, Verhaecht, Mowlett und ein Dutzend andere.

»Sucht Anselm und Angeli: Sie werden sich darum kümmern!« Ash drängte sich an den vertrauten Gesichtern vorbei und stieg die schmale Treppe hinauf. Eine der Wachen zog den Ledervorhang beiseite. Ein kurz geschorener Page eilte herbei, um Ash Mantel, Kapuze, Haube und Schwert abzunehmen.

»Rüstung ausziehen, Boss?«.

»Ja. Rickard wird das erledigen. Ich will allerdings vor der Laudes wieder gerüstet sein.« Sie zögerte und blickte auf den Jungen hinunter – er war ungefähr zehn, schätzte sie. »Wie war nochmal dein Name?«

»Jean.«

»Also gut, Jean. Du wirst mich gut eine halbe Kerzenmarkierung vor der Laudes wecken. Bring die anderen Pagen, Essen und Licht.«

Der Junge blickte auf das Bündel aus feuchter, verdreckter Wolle, Schafshaut und Waffen in seinen Armen. »Alles klar, Boss!«

Als der Junge den Raum verließ, schloss Ash die Augen. Sie hörte seine Schritte auf der Treppe und einen leisen Kommentar der Wachen. Einen Augenblick lang sah sie deutlich, wie das Gesicht des Kindes aussehen würde, nachdem das Axtblatt einer Hellebarde es gespalten hatte.

»Boss.« Rickard löste sich vom Kamin, wo das Feuer nur noch Glut war. Neben dem Kamin war ein armseliges Häuflein geplünderter Balken zum Trocknen gestapelt.

Rickard öffnete die Schnallen von Ashs Schulterpanzer, und sie schloss erneut die Augen, diesmal aus Müdigkeit. Sie fühlte, wie der Junge die dünnen Stahlplatten hinunterhob, und sie hatte das Gefühl, als nähme er ihr Felsbrocken ab. Nachdem er Beinröhre und Kniekacheln entfernt hatte, streckte Ash die Beine aus, dann, als sie ihren Kürass und die Armröhren los war, die Arme, um jeden Muskel in ihrem Körper noch einmal zu bewegen, bevor sie sich entspannte.

»Die muss sauber gemacht werden«, sagte sie, als Rickard die Rüstung auf den Ständer hängte. »Mach das unten.«

»Ist es zu laut zum Schlafen, wenn ich das hier mache, Boss?«

Inzwischen war er größer als sie, erkannte Ash, eine halbe Handspanne schon. Sie musste tatsächlich nach oben blicken, um ihm in die Augen zu sehen.

»Lass Jean die Rüstung machen. Geh du für mich nach St. Stephan.«

Sie erteilte die Instruktionen automatisch; sie hörte sich selbst nicht mehr zu, als sie ihm sagte, was sie wollte. Die großen gelb-roten Winkel, die an die Wand gemalt waren, sahen im Zwielicht seltsam aus, und der Rauch der Talgkerzen brannte Ash im Hals.

»Sorg dafür, dass ich nicht gestört werde«, fügte sie hinzu und bemerkte, dass Rickard ihr breit und aufgeregt zugrinste, bevor er sich dann umdrehte, um den Mailänder Harnisch nach unten zu tragen.

Er ist zu jung dafür. Zu jung für morgen. Zur Hölle nochmal, wir sind alle *zu jung für morgen.*

Sie machte sich nicht die Mühe, Polsterwams und Hose auszuziehen; die Riemen, die von den Ketteneinlagen baumelten, kümmerten sie nicht. Sie stülpte das älteste ihrer pelzbesetzten Gewänder darüber, stellte die Talgkerzen auf ihren Ständern näher an den Kamin, hockte sich hin und stocherte in der Glut herum, bis eine wärmende Flamme erschien.

Der Geruch von altem Schweiß ihres eigenen Körpers stieg Ash in die Nase. Sie kratzte sich die Flohbisse unter dem Wams. Als sie aufhörte, sich zu bewegen, wurde sie benommen. *Ich habe mich schwindelig geredet,* dachte sie und hatte das Gefühl, als würden die Füße in ihren kurzen Stiefeln noch immer über Pflastersteine, Fliesen und Stufen stapfen. Mit einem Grunzen setzte sie sich auf das Kastenbett, das einer der Pagen näher an den Kamin gerückt hatte, grub ihre noch immer tauben Finger in das weiche Leder ihrer Stiefel und zog sie nacheinander aus. Ihre Hose war bis zum Knie schwarz und stank nach Dung.

Und all das kann im nächsten Augenblick verschwunden sein ... jeder Geruch, jedes Gefühl; das Ich, *das das denkt ...*

Ash streckte die Hand nach dem Tonbecher aus, der neben dem Feuer stand, und schnüffelte am Inhalt. Schales Wasser. Vielleicht ein, zwei Tropfen Wein. Sofort bemerkte Ash jedoch, wie trocken ihr Mund war, und sie leerte den Becher in einem Zug und wischte sich mit dem Wamsärmel den Mund ab.

»Boss«, sagte eine Männerstimme fröhlich von der Tür her.

Ash wandte den Blick vom Feuer ab. Das schwache Licht reichte nicht aus, um etwas zu sehen. Sie erkannte jedoch die Stimme des Wachsoldaten: Das war einer von Giovanni Petros italienischen Schützen.

»Lass sie rein.«

»Alles klar, Boss.« Und in rauem Italienisch: »Mach die Schlampe fertig, Boss.«

Ein kalter Wind wehte herein, als der Ledervorhang zur Seite gezogen wurde und wieder zufiel. Ash griff nach ihrem Gürtel, den Rickard beiseitegelegt hatte, und schnallte ihn sich müde wieder um. Das vom vielen Gebrauch blank polierte Heft ihres Panzerstechers schmiegte sich hervorragend in ihre Hand.

Eine weibliche Stimme fragte aus Richtung Tür: »Ash? Warum willst du mich sehen?«

»Hier rüber. Hier ist es wärmer.«

Die Eichenbohlen knarrten. Ash hörte das Klappern von Metall. Eine menschliche Gestalt humpelte im trüben Licht der Talgkerzen zum Feuer und brachte den scharfen Geruch von Frost und Kälte mit. Das Geräusch von Metall auf Metall ertönte erneut, als die Gestalt die Hände hob und die Kapuze zurückschlug und sich in die Faris verwandelte; sie war an Händen und Füßen mit schweren, kurzen Eisenketten gefesselt.

Der Feuerschein warf einen roten Glanz auf ihre Wangen, die wegen der guten Rationen im Westgotenlager noch immer rund waren, und ließ ihre Augen funkeln.

Schweigend deutete Ash auf den Boden neben sich. Die Westgotin schaute sich um und setzte sich stattdessen auf eine schwere, eisenbeschlagene Truhe auf der anderen Seite des Kamins.

Ash wollte protestieren, grinste dann jedoch. »Schau ruhig nach. Wenn du was anderes als Spinnen darin findest, gehört es dir!«

»Was?«

»Das ist meine Kriegskasse«, sagte Ash. Sie betrachtete die sitzende Frau und das Lichtspiel auf den Eisenketten. »Nicht dass man mit Geld im Augenblick etwas ausrichten könnte. Es gibt ja nichts zu kaufen. Außerdem habe ich selbst in meinen besten Tagen nie so viel verdient, dass ich den König-Kalifen hätte bestechen können!«

Die Faris lächelte nicht. Sie blickte über die Schulter in die Dunkelheit der Halle zurück. Wände und Deckenbalken waren nun unsichtbar. Dass es Fenster in den Nischen gab, merkte man nur, wenn die Fensterläden rappelten.

»Warum redest du mit mir?«, verlangte sie zu wissen.

Ash hob die Stimme. »Paolo?«

»Ja, Boss?«

»Verzieh dich ein Stück nach unten. Ich will nicht gestört werden.«

»Alles klar, Boss.« Das Lachen des Schützen hallte durch die Dunkelheit. »Lass mich und die Jungs wissen, wenn du mit ihr fertig bist . . . Wir haben hier auch noch was für sie!«

Kalte Luft brannte Ash im Gesicht, und kalter Schweiß sammelte sich in ihren Achselhöhlen. Die Erinnerung an männliche Stimmen über ihr, an den gleichen verächtlichen Tonfall, jagte ihr Schauer über den Rücken.

»Ihr werdet sie wie ein menschliches Wesen behandeln, oder ich lasse euch die Haut abziehen; *ist das klar?*«

Es folgte ein kurzes Schweigen und dann das bereitwillige »Ja, Boss« des Schützen.

Langsam beruhigte sich Ash wieder.

Ash lauschte aufmerksam und hörte Schritte, die sich über die Treppe entfernten.

Sie blickte wieder zur Faris.

»Ich kann alles, was du mir sagen kannst, in de la Marches Berichten finden. Du bist hier, weil ich mit *ihm* nicht reden kann.« Sie deutete auf die Stelle, wo Paolo gestanden hatte. »Oder mit Robert. Oder mit Angelotti. Oder mit sonst jemandem aus der Kompanie. Und zwar aus dem gleichen Grund, warum ich nicht mit de la Marche oder diesem burgundischen Bischof reden kann. Vertrauen ist eine . . . gefährliche Sache. Da bleibst also . . .«

Florian ist weg. John de Vere ist mit ihr gegangen.

Godfrey ist tot.

». . . da bleibst also nur du.«

»Haben wir nicht schon *genug* geredet?«

Die Gefühlstiefe in der vom Akzent geprägten Stimme der Frau überraschte Ash. Ash streckte die Hand aus und suchte zwischen den Bechern und Tellern nach etwas zu essen oder zu trinken, das man vielleicht für die burgundische Oberkommandierende dagelassen hatte. Mehr durch Tasten als durch Sehen fand sie schließlich eine Tonflasche mit einer Flüssigkeit darin und nahm sie an sich.

»Wir haben nie miteinander geredet. Nicht du und ich. Nicht ohne dass sonst irgendetwas los gewesen wäre.«

Die Westgotin rührte sich nicht. Ein abgenutzter Mantel hing über ihrem schlecht sitzenden Wams und ihrer Hose, und ihre Hände waren weiß vor Kälte. Als hätte Ashs Blick sie darauf aufmerksam gemacht, streckte sie die Finger zum Feuer aus.

»Du hättest mich töten sollen«, sagte sie schließlich, diesmal auf karthagischem Latein.

Ash goss brackiges Wasser in zwei einigermaßen saubere Holzbecher und kniete sich neben den Kamin, um einen davon der Faris anzubieten. Die Frau blickte ihn lange an, bevor sie unbeholfen wegen der Ketten beide Hände danach ausstreckte.

»Und die Herzogin, dein Mannweib«, fügte die Faris hinzu, »sie hätte dich jetzt töten sollen.«

Ash sagte: »Ich weiß.«

Das Gefühl, so zu tun, als befände sich Florian noch immer in der Stadt, war seltsam beunruhigend.

Die Talgkerze begann zu flackern und gab einen noch dickeren schwarzen Rauch ab. Ash, die nicht nach einem Pagen rufen wollte, stand auf, zuckte zusammen, als sie ihre steifen Muskeln spürte, und humpelte durch den Raum, um eine neue Kerze zu suchen und am Kamin zu entzünden. Schon einen Schritt vom Feuer entfernt war es bitterkalt.

Der Feuerschein ließ das kurz geschorene Haar der Frau rotgold, nicht silbern schimmern – *wie meins wohl auch*, dachte Ash. *Wenn jetzt jemand hereinkommen würde, würde er erkennen, wer wer ist?*

»Wir haben viel zu viel Zeit damit verbracht, einander am Leben zu erhalten, auch wenn die Umstände nicht danach verlangt haben«, sagte Ash spöttisch. »Florian, du, ich. Ich frage mich, warum?«

Als hätte sie viel darüber nachgedacht, erwiderte die Faris: »Weil mein Qa'id Lebrija einen Bruder hat, der in diesem Krieg gefallen ist, und noch einen, der in Alexandria lebt, sowie eine Schwester, die mit einem Vetter des Fürst-Emirs Childerich verheiratet ist. Weil Herr de la Marche der Schwager von halb Frankreich ist. Und alles, was ich habe, bist du; und alles, was du hast, Jund Ash, bin ich.« Sie zögerte einen Augenblick lang, verzog das Gesicht und fügte dann hinzu: »Und Adelize. Und Violante.«

Das ist Familie?, dachte Ash.

»Ich könnte dich niemals wirklich töten. Ich hätte es aber tun sollen.« Ash steckte die Kerze in den Ständer und ging wieder zum Kamin zurück. »Und Florian ... würde mich nie hinrichten. Anstatt auch nur einen Menschen zu töten, riskiert sie lieber das Leben von tausenden – von abertausenden.«

»Das ist schlimm.« Die Faris hob den Blick. »Ich habe mich geirrt. Weißt du noch, als ich dich bei meinen Männern während der Jagd hatte? Ich wollte nicht akzeptieren, dass auch nur ein Mensch sterben sollte. Mein Vater Leofric, die *machina rei militaris*, sie alle hätten mir gesagt, wie falsch das war ... und sie hätten Recht gehabt.«

»Du sagst das, aber so recht glaubst du nicht daran, nicht wahr?«

»Ich glaube es. Wie sonst könnte ich im Krieg einen Angriff befehlen? Selbst wenn ich gewinne, werden Menschen sterben.«

Ash trat das Wasser in die Augen. Sie hustete, wedelte mit der Hand den lästigen Qualm der Talgkerze weg, hob den Holzbecher und trank. Sauer schmeckendes Wasser rann ihre Kehle hinunter.

Menschen werden sterben.

»Wie lebst du damit?«, fragte Ash. Dann schüttelte sie plötzlich den Kopf und lachte. »Mein Gott! Valzacchi hat mich das in Karthago gefragt. ›Wie kannst du mit dem leben, was du tust?‹ Und ich habe ihm geantwortet: ›Es macht mir nichts aus.‹ Es macht mir nichts aus.«

»Ash . . .«

»Du bist hier«, sagte Ash hart, »weil ich nicht schlafen kann, und wir haben keinen Wein mehr, mit dem ich mich betrinken könnte. Also kannst du genauso gut hier rumsitzen und mir verdammt nochmal Antwort geben. Wie lebe ich mit dem, was ich tue?«

Sie erwartete, dass die Faris nachdachte, doch sie antwortete sofort aus den Schatten heraus.

»Wenn Gott gut zu dir ist, bleibt dir nur wenig Zeit, um damit zu leben. König-Kalif Gelimer wird dich morgen früh nach der Kapitulation hinrichten. Ich kann nur beten, dass ich vorher zu ihm durchdringen kann – oder mein Vater, Fürst-Emir Leofric –, um ihm zu sagen, dass er die Herzogin Floria erst hinrichten darf, wenn du tot bist.« Die Faris beugte sich im Feuerschein vor; ihr Blick ruhte auf Ash. »Wenn du sonst nichts tust, so schick mich morgen als Erste zu ihm raus! Dann bete, dass ich lange genug lebe, um mit ihm zu sprechen, bevor er *mich* hinrichtet.«

Ein Schnaufen, das einem Lachen glich, bahnte sich einen Weg aus Ash heraus. Sie wischte sich mit dem Ärmel übers Gesicht und hockte sich vor das Feuer, den Becher noch immer in der Hand.

»Dann hast du also von der Kapitulation gehört. Dass die Belagerung vorüber ist.«

»Männer reden. Priester nicht weniger als andere. Fer... Bruder Fernando hat mit den Mönchen gesprochen.«

Ash bemerkte das Zögern in der Stimme der Faris und sagte leise: »Das war vorhersehbar.« Dann fügte sie rasch hinzu, bevor die Faris nachhaken konnte: »Ich gebe einen Scheiß darauf, was morgen geschieht! Jetzt ist jetzt. Ich will wissen ... Wie lebe ich damit, dass Menschen, die ich kenne ... dass Freunde getötet werden?«

»Warum?«, fragte die Faris. »Willst du bei der Kapitulation kämpfen?«

Die Kälte im Turmzimmer nagte an Ashs Fingern und Füßen, sodass sie froh darüber war, dem bohrenden Blick der Faris entkommen zu können, indem sie sich rasch die Stiefel wieder überzog. Einen Augenblick lang spürte sie alles – die schwache Wärme, die das Feuer ins Leder übertragen hatte, den Schmerz der Erschöpfung in ihren Muskeln, den Hunger in ihrem Bauch – als wäre es das erste Mal.

»Vielleicht«, sagte Ash. Sie wollte nicht lügen, nicht einmal in die falsche Richtung deuten. *Nicht dass es etwas ausmachen würde. Bevor du wirklich etwas herausfinden könntest, ist eh alles vorbei.*

»Vielleicht«, wiederholte Ash.

Die Faris legte die gefesselten Hände im Schoß zusammen. Wie zur Entschuldigung blickte sie ins Feuer und sagte: »Du lebst in dem Wissen, dass du in einem Krieg sterben wirst.«

»Das ist etwas anderes!«

»Vieles kann sie auch in Friedenszeiten töten: die Trunksucht, die Pocken, das Fieber, harte Arbeit ...«

»Ich *kenne* diese Leute.« Ash hielt inne und wiederholte dann: »Ich *kenne* diese Leute. Einige von ihnen kenne ich sogar schon seit Jahren. Ich kannte Geraint ab Morgan, als er noch dünn war. Ich kannte Tom Rochester, als er außer Englisch kein Wort verstand und sie ihm gesagt haben, sein Name bedeute im Flämischen *Arschloch*. Ich habe Roberts zwei Bastardsöhne in der Bretagne kennen gelernt ... Keine Ahnung, ob er glaubt, dass sie noch leben oder nicht.«

So objektiv, als wäre sie weder Gefangene noch voreingenommen, sagte die Faris: »Denk nicht darüber nach.«

»Wie soll ich aufhören, darüber nachzudenken?«

Nach kurzem Schweigen begann die Faris zaghaft: »Vielleicht können wir das nicht. Bruder Fernando sagt ...«

»Was? *Was* hat er gesagt?«

»... er hat gesagt, es sei schwieriger für eine Frau, Soldat zu sein, als für einen Mann. Frauen gebären, und deshalb empfinden sie das Töten als so schwierig.«

Ash bemerkte, dass sie die Hände über dem Bauch verschränkt hatte. Sie drückte ihren blauen Samtmantel an sich, blickte der Faris in dem trüben Licht in die Augen und hustete ein lautes, harsches Lachen. Die andere Frau schlug die Hände vor den Mund, riss die Augen auf und warf dann den Kopf zurück, um ebenfalls laut zu lachen.

»Er s ... sagt ...«

»... ja ...«

»Sagt ...«

»*Ja!*«

»Oh, Scheiße. Hast du ihm gesagt ...? Was für ein Müll ...«

»Nein.« Die Faris wischte sich elegant über die Augen. Ihre Ketten rasselten. Ihr Vergnügen war ihr deutlich anzusehen. Schnaufend sagte sie: »Nein. Ich dachte, ich könnte einen meiner Qa'id mal mit ihm reden lassen, falls ich überlebe. Die könnten diesem fränkischen Ritter ja mal erklären, wie viel *einfacher* es für einen Mann ist, in den Eingeweiden und im Blut des besten Freundes zu stehen ...«

Das Lachen verhallte, nicht sofort, sondern langsam. Prustend blickten die beiden Frauen einander an.

»Ja, das wäre was«, sagte Ash. »Das wäre was.«

Die Frau wischte sich übers Gesicht; ihre Finger berührten eine schmutzige, aber makellose Haut. »Ich habe immer meinen Vater oder meine Qa'id oder die *machina rei militaris* um mich gehabt; nicht wie du, Ash. Trotzdem habe ich häufig genug gesehen, was der Krieg den Menschen antun kann, was er mit ihren Herzen, ihren Körpern anrichtet. Du hast noch mehr gesehen als ich. Seltsam, dass es dich nun mehr quält.«

»Waren sie je mehr als Schachfiguren für dich?«

»O ja!« Die Faris klang verletzt.

»Ah. Ja. Denn wenn du sie nicht als fehlbare Menschen kennen würdest«, vervollständigte Ash, »wie solltest du sie dann in die Schlacht schicken können? Ja. Ich weiß. Ich weiß. Was *sind* wir? Wir sind so schlimm wie der Steingolem. Schlimmer noch. Wir hatten die Wahl.«

Ash setzte sich zurück und schlang die Arme um die Knie.

»Ich bin nicht daran gewöhnt«, sagte Ash. »Wenn ich jetzt so darüber nachdenke, verdankst du dieser Tatsache dein Leben, Faris. Vielleicht hat nur meine Sentimentalität mich davon abgehalten, dich zu töten.«

»Und deine Herzogin? War es auch sentimental von ihr, dass sie dich nicht getötet hat?«

»Vielleicht. Woher soll ich den Unterschied zwischen Sentimentalität und ...« Ash würde das Wort nicht sagen. Es saß unbeweglich in ihrem Geist. Sogar zu sich selbst konnte sie nicht sagen: *Liebe.*

»Scheiße, ich hasse Belagerungen!«, rief sie, hob den Kopf und schaute sich in dem kalten, dunklen Zimmer um. »Am Schluss war es sogar schon in Neuss schlimm genug. Sie haben ihre eigenen Babys gegessen. Hätte ich damals, im Juni, gewusst, dass ich sechs Monate später auf der anderen Seite einer solchen Belagerung hocken würde ...«

Ketten rasselten, als die Faris von der großen Truhe hinunterglitt, um sich davor auf den Boden zu setzen und sich müde ans Holz zu lehnen. Einen Augenblick lang verspannte sich Ash instinktiv, obwohl sie genau wusste, dass die Ketten auf ihren Befehl hin so kurz waren, dass der Träger niemanden erdrosseln konnte.

Automatisch zog sie die Füße an und legte die Hand ans Heft ihres Dolches. So hockte sie da und starrte ins Feuer, doch ihre ganze Aufmerksamkeit war auf die Frau am Rand ihres Sichtfeldes gerichtet. Sie befand sich in jenem Zustand, wo jede noch so kleine Bewegung das Ziehen einer Waffe bewirken konnte.

»Ich werde nie vergessen, wie ich dich zum ersten Mal gesehen habe«, sagte die Faris leise. »Man hatte mir zwar erzählt, dass ich einen ›Zwilling‹ hätte, seltsam war es trotzdem. Eine Frau unter den Franken ... Wieso wusstest du nicht, dass du von Geburt Karthagerin bist?«

Ash schüttelte den Kopf.

Die Frau fuhr fort: »Ich habe dich in deiner Rüstung gesehen, unter Männern, die dir Treue schuldeten – dir, nicht deinem Emir oder König-Kalifen. Ich beneidete dich um die Freiheit, die du genossen hast.«

»Freiheit!« Ash schnaufte. »Freiheit? Lieber Gott ... Und dieser Neid hat dich nicht davon abgehalten, mich nach Karthago zu verfrachten, ja? Und das obwohl du ganz genau wusstest, was Leofric mit mir vorhatte.«

»Das ...« Die Faris richtete den schlanken, schmutzigen Zeigefinger auf Ash. »Das ... Das ist es.«

»Das ist was?«

»Wie du es machst«, antwortete die Frau. »Ja, ich wusste es ... aber nicht wirklich. Ich habe gewusst, dass man dich benutzen würde, nicht jedoch töten. So musst du es auch in der Schlacht machen: Deine Männer könnten überleben und nicht getötet werden. Einige von ihnen *werden* überleben. Es ist nur eine Frage, was man sich selbst wissen *lässt*.«

»Aber ich weiß es!« Ash schlug gegen das Kastenbett hinter sich. »Ich werde es einfach nicht mehr los – dieses Wissen.«

Ein Astloch in dem brennenden Holz erzeugte ein lautes Knistern, das Ash unwillkürlich zusammenzucken ließ, und die Faris auch. Ein goldenes Stück Glut fiel aus dem Feuergitter und verfärbte sich auf Ashs Mantelsaum rasch grau, dann schwarz. Ash schnippte es weg und klopfte den Stoff ab. Sie blickte zu der verrußten Ziegelwand hinter dem Kamin, spürte den Luftzug und roch den angesengten Samt.

»Lass uns sagen«, erklärte Ash, »dass es zu einem Kampf kommen wird. Lass uns sagen, dass ihr Jungs mich aus Genua, Basel und sogar aus Karthago vertrieben und anschließend durch halb Frankreich gejagt habt, und lass uns sagen, dass ich hier in Dijon endlich kehrtmachen werde.«

Die Faris hielt Ash den Holzbecher entgegen. Automatisch schenkte Ash ihr noch etwas von dem schalen Wasser ein. Die Faris blickte auf ihre gefesselten Hände, die sie nicht weit auseinanderbewegen konnte. Dann hob sie den Becher hoch und nippte daran.

»Ich sehe, wie es ist. Morgen wirst du kämpfen, um dich töten zu lassen«, sagte sie kühl und mit einem Hauch der Autorität, die sie in Rüstung unter ihren Armeen besessen hatte. »Das wird die *Ferae Natura Machinae* um ihren Sieg betrügen. Auch wenn du vordergründig für ein anderes Ziel kämpfen magst, so kenne ich dich inzwischen gut genug, um zu wissen, dass du den wahren Feind nicht aus den Augen verlierst.«

Ash stand auf und bewegte ihre schmerzenden Beinmuskeln. Die Wärme des Feuers ließ nach; das Holz war verbrannt. Gelassen fragte sie sich: *Soll ich noch etwas nachlegen oder noch etwas bis morgen aufsparen?*; dann korrigierte sie sich selbst: *So oder so, es gibt keinen Grund mehr, mit irgendetwas zu sparen.*

»Faris ...«

Kalte Luft ließ ihre Finger frieren, ihre Ohren und ihre vernarbten Wangen. Wieder streckte sie sich; diesmal rollte sie mit dem Kopf, um ihren steifen Nacken zu entspannen. Der Tisch stand größtenteils in den Schatten. Die eine Talgkerze reichte nicht aus, um die Papierstapel zu beleuchten, die Musterrollen, Karten und Pläne am anderen Ende. Irgendjemand – vermutlich Anselm – hatte einen verbrannten Stock aus dem Feuer benutzt: Die Tischplatte war von Holzkohlestrichen übersät, welche das Nordwest- und das Nordosttor von Dijon zeigten sowie die Straßen des Westgotenlagers dahinter.

»Du bist diejenige, die so versessen auf Selbstmordkommandos ist und den Feind dazu zwingen will, sie hinzurichten. Wenn ich es für notwendig halten würde, würde ich mich nicht Gelimer übergeben; ich würde zur Turmspitze gehen, und dann ... vier Stockwerke direkt nach unten.« Ash machte eine entsprechende Geste.

»Du planst etwas, nicht wahr? Ash – Schwester –, sag mir, was es ist. Ich war ihr Kommandeur. Ich kann helfen.«

Jeder will, dass ich das tue. Selbst sie!

»Ich werde dir helfen, wenn es zur Zerstörung der Wilden Maschinen führt.« Die Faris verlagerte ihr Gewicht auf die Knie; ihr faltenloses Gesicht wirkte schrecklich jung. Aufgeregt sagte sie: »König-Kalif Gelimer wird das Kommando nicht auf die gleiche Art führen wie ich, oder genauer gesagt: nicht so wie ich mit der *machina rei militaris* ...«

»Das muss er auch gar nicht. Er hat fünfzehntausend Mann da draußen.«

»Aber ... Du könntest mich im Feld einsetzen: nicht als Kommandeur, sondern als dein Schlachtfelddouble ...«

»Ich brauche deine Hilfe nicht. Wir haben dich schon ausgequetscht. Du hast die Pointe offenbar nicht verstanden, Faris.«

»Die Pointe?«

Ash trat ein paar Schritte vor und setzte sich auf den Rand der Truhe. Jetzt war sie in Reichweite, sollte die Frau vor ihr sich dazu entschließen, sie mit den Ketten zu schlagen.

Ihre Augen brannten. Sie rieb sie und roch Holzkohle an ihren Fingern. Wasser, heiß und schwer, sammelte sich in ihren unteren Augenlidern und rann über ihre Wangen.

»Der Punkt ist, wem sonst kann ich sagen, dass ich Angst habe? Wem sonst kann ich sagen, dass ich nicht zusehen will, wie meine Freunde getötet werden? Selbst wenn wir durch irgendeinen abstrusen Glücksfall *gewinnen* sollten, werden viele meiner Freunde tot sein!«

Ihre Stimme zitterte kein einziges Mal, doch die Tränen flossen unaufhaltsam weiter. Die andere Frau blickte auf und sah Ashs Gesicht rot und voller Wasser und Schnodder.

»Aber du weißt . . .«

»Ich *weiß* es, und es kotzt mich an!« Ash vergrub das Gesicht in den Händen. In der feuchten, verschwitzten Dunkelheit flüsterte sie: »Ich . . . will . . . nicht . . . dass sie . . . dass sie sterben. Deutlicher kann ich es nicht sagen! Entweder gehen wir morgen da raus, und sie sterben, oder wir bleiben morgen hier drin, und wir sterben. Herrgott, was verstehst du denn daran nicht?!«

Irgendetwas berührte ihr Handgelenk. Reflexartig ballte sie die Faust und schlug es beiseite. Ein Knöchel traf auf Eisen. Sie fluchte, riss die andere Hand vom Gesicht – der Blick von Tränen getrübt – und sah, wie die andere Frau zum Zeichen des Friedens die aneinandergeketteten Hände erhoben hatte.

Verzweifelt sagte die Frau: »Ich bin nicht dein Beichtvater!«

»Du verstehst es! Du hast das selbst gemacht . . . Du *weißt*, was . . .«

Die Faris griff nach vorn und zog mit den gefesselten Händen an Ashs Gürtel und Mantel. Ash hörte auf, Widerstand zu leisten. Sie glitt an der Truhe hinunter, schlug hart auf dem steinernen Boden auf und drückte sich an den warmen Körper der Faris.

»Ich will nicht . . .«

Ketten bewegten sich und verfingen sich im Stoff. Ash spürte, wie die Faris versuchte, ihr den Arm um die Schulter zu legen – und scheiterte –; stattdessen ergriff sie Ashs linke Hand.

»Ich weiß. Ich weiß!« Die Faris schlang ihre Arme um Ashs Arm. Ash spürte den harten Druck der Frau.

». . . will nicht, dass sie getötet werden!« Das Schluchzen machte ihr das Sprechen fast unmöglich.

Ash kniff die Augen zu; trotzdem zwängten sich Tränen zwischen den Lidern hindurch. Die Faris murmelte irgendetwas, doch in einer Sprache, die Ash nicht verstand.

Unvermittelt senkte Ash den Kopf und erstickte das Geräusch im verdreckten Gewand der Faris. Sie schluchzte, drückte sich an die Faris und weinte sich an der Schulter ihrer Schwester aus.

Es gab keine Glocken mehr in der Stadt, die die Stunde hätten verkünden können. Ash blinzelte mit wunden, geschwollenen Augen in die Dunkelheit hinein und starrte in die graue Glut des Feuers.

Vollkommen entspannt schlief die Westgotin mit ihrem Gesicht, ihrem Haar und ihrem Körper neben ihr weiter.

Ash bewegte sich nicht. Sie sagte nichts. Sie saß einfach nur allein da.

Der Page Jean betrat den Raum.

»Es ist Zeit, Boss«, sagte er.

Am dritten Tag nach Weihnachten und der Rückkehr der Nichteroberten Sonne, in der Dunkelheit, eine Stunde vor der Terz:

»Gehet in Frieden!«, verkündete Vater Richard Faversham. »Und möge die Gnade Gottes uns diesen Tag begleiten!«

Er und Digorie Paston verneigten sich vor dem Altar. Die beiden Männer trugen Kettenhemden und Helme.

Der harte Steinboden der Abtei, auf dem Ash kniete, drückte den Stahl des Panzers in das Polsterzeug hinein. Sie bekreuzigte sich und stand mit klopfendem Herzen auf; die Kälte, die ihr bis in die Knochen drang, spürte sie kaum. Rickard stand neben ihr auf: ein junger Mann in Kettenzeug und mit der Livree des Azurblauen Löwen, das Gesicht blass. Er sagte etwas zu Robert Anselm, und Anselm lachte.

»Angeli!« Ash packte Angelotti am Arm, als die Kompanie die Kirche verließ. »Sind wir bereit?«

»Alles bereit.« Sein Gesicht war kaum sichtbar, als sie aus der Kirche auf den Grund der Abtei des heiligen Stephan traten. Dann fing sich das Licht einer einzelnen Fackel in seinen goldenen Locken und zeigte sein breites Grinsen. »Du bist verrückt, Madonna, aber wir haben das früher schon gemacht!«

»Habt ihr alle vorgewarnt?«

Robert Anselm neben ihr antwortete: »Ich habe Läufer von all unseren Lanzenführern bekommen: Alle sind in Position.«

»Wir sind . . . fast in Position«, grunzte Centenier Lacombe.

»Dann setz deinen Arsch in Bewegung!«

Der Morgen kündigte sich mit dem schwächsten Grau am Himmel an. Ash marschierte durch die eisigen Straßen; ihr Kopf drehte sich vor lauter Informationen, und sie sprach mit zwei, drei Leuten gleichzeitig. Sie schickte Männer hierhin und dorthin, wohl wissend, dass ihr Geist wie eine Maschine arbeitete, ohne Gefühl. Olivier de la Marche meldete seine Bereitschaft über einen Kurier, gerade als Ash das zerschossene Niemandsland hinter dem Nordwesttor von Dijon erreichte.

Sie gab Rickard ihren Helm. Ungeschützt betäubte der eiskalte Wind sofort ihr Gesicht, ließ ihre Augen tränen, und sie blinzelte. Ein Wort hier, ein Schulterklopfen dort: Ash ging durch ihre Männer und die burgundischen Einheiten hindurch zum Fuß der Mauer.

Fackeln warfen goldenes Licht auf die unteren Bereiche der Stadtmauer; von außen war davon nichts zu sehen. Männer gaben rasch Geschützmunition die Treppen zu den Wehrgängen hinauf. Ash trat zur Seite, als eine burgundische Geschützmannschaft ein Orgelgeschütz über das gefrorene Pflaster zog. Die stahlverstärkten Holzräder waren mit Lumpen verhüllt, und auch die acht Rohre waren unter Stoff verborgen.

Am Fuß der Treppe hielten die Männer gar nicht erst an. Sie

neigten das Orgelgeschütz lediglich ein Stück und zogen es dann zum Wehrgang hinauf. Weitere Geschützmannschaften folgten ihnen. Männer wuchteten drei Holzrahmen hinauf: Mangonels.

Ashs taube Haut spannte sich bei jedem Geräusch. Gedämpfte Schritte, ein Fluchen; verschwitztes Grunzen, als ein weiteres leichtes Geschütz auf die Mauer geschafft wurde. *Werden sie uns hören? In dieser Kälte tragen Geräusche weit. Es ist zu still!*

»Sag ihnen noch mal, sie sollen leise sein!« Ash schickte einen Läufer – Simon Tydder – zu den Mauern, machte auf dem Absatz kehrt und marschierte schnellen Schrittes mit ihrem Stab fünfzig Meter parallel zur Mauer vom Weißen Turm zum Torturm.

Sie rannten in burgundische Schützen und Pikeniere. Ash reckte den Hals, um zu den Dächern zu blicken. Der rasch heller werdende Himmel war nicht länger grau, sondern neblig weiß mit einem dunkelroten Glühen im Osten.

»Wie lange noch, verdammt nochmal?« Ihr Atem bildete weiße Wolken in der Luft. »Der Haufen ist spät dran! Wie viel noch? Haben wir alle in Stellung?«

»Wir brauchen mehr Licht, damit wir sehen, was wir tun«, grunzte Anselm.

»Wir brauchen aber nicht so viel Licht, dass *sie* sehen, was wir tun!«

Thomas Rochester schnaufte. Der dunkle Engländer trug wieder Ashs persönliches Banner, ein Ehrenposten, für den er sein Amt als vorübergehender Kommandeur der Fußtruppen wieder an Robert Anselm übergeben hatte. Er, oder irgendjemand aus dem Tross, hatte einen Riss in seiner Livree ordentlich genäht. Sein Schaller glänzte, so blank poliert war er. *Die Nacht über warst du wohl damit beschäftigt, anstatt zu schlafen. Sie alle: Sie haben sich vorbereitet.*

»Bringt eure Männer in Stellung!«, brüllte sie die Burgunder an. »Verdammte Scheiße! Ich gehe auf die Mauer rauf. Ihr bleibt hier!« Sie deutete auf Rochesters Löwenbanner.

Ash sprang so schnell die Stufen zum Wehrgang hinauf, dass die Brandverletzung wieder schmerzte. Sie grunzte. Als sie auf Dachhöhe angelangt war, peitschte Wind von Osten heran und riss ihr den Atem aus dem Mund. Sie wurde langsamer und versuchte, sich möglichst leise in ihrer Rüstung zu bewegen. Fußspuren in der Eisschicht zeigten ihr, wo Minuten zuvor andere heraufgekommen waren.

Licht fiel auf die Wehrgänge.

Helligkeit drang zwischen den Zinnen hindurch. Ash drehte sich nach Osten um. Zwischen den lang gestreckten, tiefen Wolkenbänken erschien die gelbe Wintersonne.

Wir sind nicht eine Minute zu früh dran.

Männer hockten hinter den Zinnen. Kanoniere in ihren Jacken, Schaller und Kriegshüte vor den Füßen, damit sie nicht das verräterische Sonnenlicht einfingen; stumm zählten sie ihre Munition, während ihre Lader an der Mauer lehnten. Andere Geschützmannschaften hielten ihre Kanonen von den Zinnen fern und luden sie mit Pulver, Kugeln und alten Lumpen als Polster. Weiter den Wehrgang hinunter arbeiteten Männer in schlagkräftigen Gruppen, um die frisch geschmierten Wurfmaschinen zu spannen.

Richtung Turm rechts von Ash war der Wehrgang vollkommen verlassen.

»*Gut . . .*« Ihr warmer Atem war eine Sekunde später auf ihren Lippen gefroren.

Draußen, jenseits der aufgewühlten Erde, lag das Westgotenlager wie ein riesiges Geschwür zwischen den beiden Flüssen. Ash schlug das Herz bis zum Hals, als sie sah, dass die ersten Kochfeuer bereits brannten. Hinter den Sturmwänden und Gräben erschienen Standarten, Banner und Adler – wie ein Wald im Licht der aufgehenden Sonne.

Bewegt sich da jemand?

Eine Sekunde lang sah Ash das Lager nicht als eine Masse von Zelten und den Männern der XIV Utica, VI Leptis Parva und III Caralis, sondern als eine einzige große Struktur, die sich im Morgengrauen schier unendlich weit erstreckte: eine Pyramide, deren Grundfesten auf namenlosen Sklaven beruhten, dann auf den Truppen mit ihren Arifs und Naziren, auf den Fürst-Emiren des westgotischen Reiches und schließlich – die Spitze von allem – auf König-Kalif Gelimer. Und in derselben Sekunde war sie sich auch der Stützen dieses Gebildes bewusst: der Ingenieure, die Vorräte über die zugefrorenen Flüsse heranbrachten, der Sklavengüter in Ägypten und Iberien, die Nahrung produzierten, und der reichen Kaufleute, deren schnelle Schiffe immer wieder der türkischen Flotte entkamen, um an hunderten von Hafenstädten im Mittelmeer, in Afrika und sogar im Schwarzen Meer Handel zu treiben.

Und was sind wir? Knapp tausendfünfhundert Mann, und diese tausendfünfhundert Mann stehen vor acht-, neuntausend Zivilisten.

Ash wandte den Blick ab. Der westliche Fluss zog sich als weißes Band durchs Land, hart gefroren wie Stein. *Ist das Eis wirklich stark genug? Bitte, Gott.* Ash konnte die überlebenswichtige Brücke nicht sehen, die hinter den Myriaden von Zelten und Grashütten der Westgoten verborgen war. Was das Quartier des König-Kalifen und seines Haushalts betraf, so unterschied die Gebäude nichts voneinander, außer ihrer Lage.

Vor zwei Stunden hat er da geschlafen. Und wenn er jetzt nicht mehr da ist . . . nun . . . dann sind wir am Arsch.

Als die Sonne weiter den Himmel hinaufstieg, erregte das Funkeln von Messing ihre Aufmerksamkeit. Golems beobachteten das Tor – Golems mit Griechischen Feuerwerfern.

Das Einzige, was für uns sprechen könnte, ist, dass sie noch nicht in Stellung gebracht worden sind. Vielleicht sind sie noch nicht einmal geladen . . . Scheiße, ich wünschte, ich könnte so weit sehen.

Und sie können nicht in den Nahkampf feuern.

Was ein Lächeln hätte sein sollen, sah eher säuerlich aus. Ash blickte nach Osten ins Licht: nichts außer Zelten; Zelte und noch mehr Zelte; hunderte von Männern, tausende ... Allmählich rührten sie sich.

»Komm schon, Jussey ...«

Die Kälte war Ash bis in die Knochen gedrungen. Sie bewegte sich steif, rannte fast. Die steinernen Stufen waren rutschig vom Reif. Ash blinzelte, als sie wieder in den Schatten kam. Ihre Muskeln fühlten sich schlaff an, und ihre Blase drückte; beides vertrieb sie rasch aus ihren Gedanken.

Kann ich das tun?

Nein: Aber das kann niemand tun!

Ah, zur Hölle damit ...

Am Fuß der Mauer packte Ash Anselms Arm. »Zeit, zu Werke zu gehen. Sind alle in Position?«

»Es gibt eine Verzögerung bei den burgundischen Pikenieren.«

»Pech gehabt! Wir müssen los!«

»Aber abgesehen von ihnen ist alles bereit.«

»Gut. Wo ist Angeli ...?« Sie entdeckte Angelotti im Zwielicht. »Gut, hol deine Jungs raus: *Tu* es. Und lass mich nicht hängen!«

Der italienische Kanonier rannte los.

»Das ist es dann wohl«, sagte Ash. Sie blickte zu Anselm auf; sein Gesicht konnte sie nicht sehen. »Entweder tut jetzt jeder, wozu er ausgebildet worden ist ... oder wir sind am Arsch. Wir können nicht mittendrin kehrtmachen!«

Anselm grunzte. »Wie eine Lawine, die einmal losgetreten ist. Wir müssen es einfach durchziehen!«

Wenn ich getroffen werde, lass es ein schneller Tod sein. Ich will nicht verstümmelt werden.

»Wenn ich falle, übernimmst du; solltest du fallen«, sagte Ash, »übernimmt Tom. De la Marche wird das Kommando übernehmen, wenn wir alle im Dreck liegen!«

Der Kommandotrupp trottete hinter ihr her, als sie über den aufgewühlten Grund zu den Barrikaden zurückmarschierte. Eine Laterne spendete nur wenig Licht auf dem gefrorenen Schlamm. Ash rutschte aus und fluchte. Sie hörte etwas, bevor sie es sah, und erkannte, dass sie ans Ende der Schlachtreihe der Kompanie gekommen war. John Burren, Willem Verhaecht und Adriaen Campin diskutierten erregt miteinander.

»Wir hier sind in Position, Boss.« Willem Verhaecht spie aus und warf einen Blick auf die Männer und Frauen in der Livree des Azurblauen Löwen, die sich an ihren Piken und Hellebarden festhielten und sein Grinsen erwiderten. »Wir sind bereit. »Ich würde alles tun, um mich in dieser Kälte einfach nur zu bewegen!«

Gut vierzig Mann standen hinter ihm. Die Piken ragten über ihre Köpfe hinaus. Die Männer hatten sich alles an Rüstung angezogen, was sie besaßen; vieles davon hatten sie Toten abgenommen. Ash hörte leise gesprochene letzte Scherze, das Begleichen oder Vergeben alter Schulden und Gebete.

»Wir sind bereit, Boss«, sagte John Burren und nickte zu der Einheit weiter vorne.

Im Dämmerlicht kämpften Jan-Jacob Clovet und Pieter Tyrell mit einer sechs Fuß breiten Eichentür, die sie aus irgendeinem Haus geholt hatten. Tyrells halbe Hand rutschte von dem gefrorenen Holz ab. Eine kleine, rundliche Gestalt in abgeschnittenem Kittel trat hinter ihn und nahm ihm das Gewicht von den Schultern. Als sie eine weibliche Stimme fluchen hörte, erkannte Ash Margarete Schmidt. Zwei weitere Armbrustschützen packten die Tür. Dann sah Ash andere Armbrustschützen mit weiteren Türen, langen Planken, Pavesen und herausgerissenen Fensterläden.

»Wir sind hier, Boss!«, sagte Katherine Hammell neben ihr. Nur die Zielstäbe, die über ihre Köcher hinausragten, ließen sie als Schützen erkennen.

Hinter ihnen wiederum sah Ash im heller werdenden kalten Licht Geraint ab Morgans bewaffnete Vögte sowie ein Dutzend Trossfrauen mit hochgezogenen Röcken und rasiermesserscharfen Eschenspeeren. Thomas Morgan hielt die große Schlachtstandarte des Azurblauen Löwen in der Hand. Und hinter ihm Gesichter unter Helmen; Gesichter, die Ash kannte, manche seit Jahren; die Schlachtreihe schlängelte sich durch die Ruinen, etwas mehr als dreihundert Mann stark.

Ich will diese Männer nicht in so etwas führen.

»Setz sie in Bewegung«, sagte sie zu Anselm. »Ich sollte den Burgundern wohl mal in den Arsch treten ...«

Die Stille wurde zerrissen.

Eine plötzliche Folge von lautem Krachen ließ Ash die Zähne fletschen. Ein Schauer ging durch ihren ganzen Körper. Durch den Boden unter ihren Füßen spürte sie das Donnern der Geschütze und hörte das täuschend sanfte ›Twack!‹ der Wurfmaschinen.

»Das ist Jussey! Besser spät als nie, verdammt nochmal!«

Es hatte scheinbar eine Ewigkeit gedauert, all diese Männer in Stellung zu bringen, und jetzt ließ einer seine Pike mit lautem ›Klang!‹ gegen eine Wand fallen, und ein Dutzend andere jubelten laut. Sergeanten schoben alle noch einmal in Position, spien in die Hände und zogen hier und da noch einen Riemen fest ...

Wie lange dauert das?, dachte Ash, während der Lärm von Jusseys Bombardement sich fortsetzte. *Wie lange haben wir noch?*

Hauptmann Jonvelle sprang aus der langen Schlachtreihe der Burgunder.

»Sie haben den größten Teil einer Legion mobilisiert!« Er drehte sich um, um sich das von einem Läufer bestätigen zu lassen. »Sie haben sie aus den Gräben geholt ... Sie glauben, wir würden einen Ausbruch Richtung Ostbrücke versuchen ... Da drüben beziehen sie Stellung ...«

»Gut, jetzt *wartet*. Sollen sie sich da richtig schön einrichten.«

Ash zählte im Kopf und ließ qualvolle acht Minuten vergehen.

Dann nickte sie knapp, ging zur Mauer und drehte sich um, sodass sie zwischen zwei vorrückenden Einheiten von Armbrustschützen stand und zu den Einheiten dahinter blicken konnte. Formlose Haufen von Männern: jeder hundert Mann stark. Jetzt wurden Einheitenbanner im Dämmerlicht gehoben, aber es waren so wenige – kaum ein Dutzend. *Geschützmannschaften auf den Mauern, Ingenieure in den Minen: Selbst mit allem, was laufen kann hier unten, sind wir kaum mehr als tausenddreihundert.* Scheiße . . .

Ash atmete tief ein, brüllte, und ihre Stimme übertönte das Feuer der weit entfernten burgundischen Geschütze.

»Wir werden Folgendes tun: Wir greifen jetzt an! Sie erwarten uns nicht. Sie erwarten, dass wir kapitulieren! Wir werden aber *nicht* kapitulieren!«

Ein Raunen ging durch die Reihen nur wenige Meter vor ihr. Spannungsvolle Erwartung, Blutlust, Furcht: All das war hier zu finden. Ein paar blickten zu dem Weg, der bis zum Nordwesttor freigeräumt worden war: dieser Flaschenhals . . . die Sonne erreichte bereits die Oberkante der Ruinen . . . war eine Todesfalle.

Ash neigte den Kopf ein wenig zur Seite. Ihr kurzes silbernes Haar flatterte, und ihre Augen leuchteten, als sie langsam den Blick über die Männer schweifen ließ.

»Ihr Arschgesichter! Bastarde! Ihr wisst auch ohne mich, was ihr zu tun habt! *Tötet Gelimer!*«

Die Worte hallten von den Mauern wider, als sie als lauter Schrei aus unzähligen Kehlen wieder zu ihr zurückkamen.

In vollem Harnisch und Livree stand Rochester mit dem Löwenbanner an Ashs Seite, und Ash bellte einen alten, vertrauten Schlachtruf für die Löwen und für die Burgunder:

»Wollen wir gewinnen?!«

»*Ja!*«

»Ich kann euch nicht höööören! Ich sagte: Wollen wir *gewinnen?!*«

»JA!«

»Tötet Gelimer!«

»TÖTET GELIMER!«

Jetzt war alles im Adrenalinrausch untergegangen.

»Boss!« Rickard hielt Ash ihren Schaller hin. Sie blieb nur so lange stehen, wie er dafür brauchte, ihr Bart und Helm anzuschnallen. Das Geräusch der Schlangen und Orgelgeschütze im Osten wurde bereits weniger regelmäßig, weniger laut. Ash schob das Visier hoch; dann nahm sie sich einen kurzen Kriegshammer und ließ ihn locker von der linken Hand baumeln.

Ein lautes ›*Bumm!*‹ ertönte von der Stadtmauer hinter ihr.

»Ja! Los, Ludmilla!«

Eine rasche Folge von Schüssen, die Vibrationen einer abgefeuerten Mangonel, deren Arm hart gegen den Spannbalken schlug – und jede Schlange, jede Hakenbüchse, jede Kanone und jedes Orgelgeschütz auf der Mauer um das Nordwesttor herum eröffnete das Feuer. Ash zuckte unwillkürlich zusammen, auch wenn der Lärm durch das Helmpolster gedämpft war.

Aber ist das alles, was wir haben?

Sie knurrte vor sich hin: »*Angeli, komm schon!*«

Ash drehte sich wieder zur Schlachtreihe um. Auf allen Gesichtern stand deutlich ›Scheiß drauf!‹ geschrieben, Selbstmordkommando hin oder her, aber auch – vermutlich aus demselben Grund wie bei Ash – Angst.

»Ich weiß, dass ich mich auf euch verlassen kann, Jungs! Ihr seid zu dumm, um zu wissen, wann ihr besiegt seid!«

Ein lauter Gesang ertönte. Eine Sekunde lang konnte Ash ihn nicht deuten. Dann hörte sie in einem halben Dutzend Sprachen: »Der Löwe! Der Löwe von Burgund! Die Löwin!«, und: »*Die Jungfrau!*«

Irgendetwas ließ den Boden unter ihren Füßen erzittern.

Das Eis, das sich dort gesammelt hatte, brach. Ein dumpfes,

lautes, erderschütterndes Brüllen ertönte. Felsbrocken, Mauerstücke und Balken flogen in alle Richtungen: Alle duckten sich und zogen die Helme herunter.

Ash hob Kopf und Visier.

An einem Mauerabschnitt zwischen Torturm und Weißem Turm waren nur noch Staub und Rauch zu sehen.

»Angeli! *Ja!*«

Angelotti und die burgundischen Ingenieure: Sie hatten eine Mine geöffnet und sie die ganze Nacht über unter der Mauer erweitert. Dann hatten sie Pulver hineingebracht und gebetet, dass es genug war ...

Die Mauer stand noch einen Augenblick lang. Ash blieb ein Herzschlag Zeit, um zu denken: *Wenn Angelotti hier Mist gebaut hat und sie in unsere Richtung fällt, dann sind wir tot*, und die Mauer zerbarst und fiel.

Lautlos bewegte sie sich eine Sekunde lang durch die Luft ... nach außen.

Die Wucht des Aufpralls ließ Ash taumeln. Fluchend erlangte sie ihr Gleichgewicht zurück. Hinter den wirbelnden Staubwolken, die ihr den Atem raubten, lagen zweihundert Meter Mauer quer über dem Graben. Jetzt waren nur noch knapp fünfhundert Meter freies Feld zwischen ihnen und den ersten Gräben des westgotischen Lagers.

»Das ist es.« Benommen sprach Ash laut zu sich selbst. Sie starrte über die Köpfe der Männer vor sich hinweg zu dem zweihundert Meter großen Loch in der Mauer. »Dijon ist nicht mehr zu verteidigen. Jetzt haben wir keine Wahl mehr.«

»Sankt Georg!«, bellte ihr Robert Anselm ins Ohr.

Thomas Morgan schrie unter der Löwenstandarte: *»Sankt Godfrey für Burgund!«*

Ash schluckte, um ihren Hals freizubekommen, atmete tief ein und brüllte so laut sie konnte: *»Angriff!«*

Vier

Eine Trompete ertönte schrill an ihrem rechten Ohr. Ihr Helm dämpfte den Lärm.

Mauertrümmer knirschten und rutschten unter ihren Stiefeln.

Ashs Brust hob und senkte sich, und der Atem zischte trocken in ihrem Hals, und ihre Füße berührten harten Schlamm, und sie rannte ... Sie sprintete inmitten der bewaffneten Männer, die sie nur durch den Schlitz in ihrem Visier sehen konnte; ihre stahlgepanzerten Beine stampften und zwangen ihre Muskeln über die gefrorene Erde ... raus aufs freie Feld.

Körper drängten sich um Ash herum. Links erhaschte sie einen Blick auf ihr Banner. Der raue Untergrund brachte sie zum Straucheln. Stein oder Knochen, sie verlor den Halt. Irgendjemand packte sie unter dem Arm und warf sie nach vorne, sodass sie nicht an Tempo verlor.

Ein dunkler, eckiger Schatten ragte vor ihr in den Himmel auf.

Bevor sie denken konnte, *Was?*, fiel er um. Ihre Stiefel rutschten bereits über gefrorenes Holz, bevor sie realisieren konnte, dass das eine Tür war. Zu beiden Seiten knallten Holzlatten und -balken in den gefrorenen Schlamm. Einen Augenblick lang sah sie einen sechs Fuß tiefen Graben mit einer improvisierten Brücke ...

Das ist ihr Graben, die erste Verteidigungslinie!

Sie lief von den Planken hinunter; Anselm und Rickard waren dicht bei ihr. Eine verwirrende Masse von Livreen versperrte ihr die Sicht – rote Kreuze, blau und gelb. Plötzlich erschien ein Langbogen zu ihrer Linken – irgendjemand schoss –, und im Lärm der Messinghörner, der schreienden Männer und der scheppernden Rüstungen hörte sie das ›Twing!‹ der Bogensehne.

Sie stieß gegen den Rücken des Mannes vor ihr, prallte ab und schaute sich kurz nach dem Banner und Rochester um – eine gepanzerte Gestalt an ihrer Schulter, die Eskorte dicht bei ihm – und sah ansonsten nichts um sich herum außer behelmten Köpfen vor dem blassen Himmel und *dort* die Löwenstandarte . . .

»Verliert sie nicht!«, bellte sie. »Weiter! *Weiter!*«

Ihr Fuß verfing sich in einem Hering. Sie geriet ins Wanken, rannte aber weiter. Zu ihrer Rechten sauste eine Klinge herab, zerteilte eine Zeltschnur, blieb aber in der Zeltstange stecken. Ash trat das Schwert des Mannes frei, ohne anzuhalten. Ein anderer Mann stieß gegen sie, fiel quer vor ihre Füße, mit dem Gesicht nach unten, die Arme hoch über den schwarzen Schaller erhoben, das Schwert zwischen den ungepanzerten Beinen.

Ash riss ihn mit Hilfe eines von Rochesters Männern in die Höhe und schrie: »*Weiter!*«

Überall um sie herum waren rennende Männer. Sie konnte kaum mehr als zwei Fuß weit sehen. Links von ihr ertönte die Trompete wieder. Die Welt vor ihrem Sehschlitz verschwamm. Zelttuch riss an ihren Armkacheln, und irgendjemand schlug die Hellebarde hinein. Ash hörte ein ersticktes Quieken unter dem Tuch, schlug mit dem Hammer zu und rannte weiter.

Überall brachen Zelte zusammen. Ash sah Feuer am Himmel über sich. Eine Pechfackel landete zwischen den leicht gepanzerten Männern zu ihrer Rechten: Männer schrien und fluchten; die Fackel rollte wirkungslos in nasses Zelttuch und wurde in die Erde getrampelt.

Die Männer strömten immer weiter vorwärts, konnten sich plötzlich freier bewegen, und Ash dachte: *Festgetrampelte Erde. Die Lagerstraßen!*

Rüstungen klapperten, Männer rannten vorwärts, keuchten; zwei Mann gingen rechts von ihr zu Boden, einer links . . .

Ein dünner Pikenier in einer Jacke fiel flach vor ihr hin. Sie fiel auf ihn, auf sein Gesicht. Der Mann schrie. Irgendetwas krachte in der Hand, in der sie den Stiel des Kriegshammers hielt. Dann wurde sie von hinten an der Livree gepackt und in die Höhe gerissen – *Anselm?* Ein Pfeil steckte im Unterleib des Pikeniers, der sich kreischend und blutend auf der Erde wand.

»Sind wir hier richtig?«, bellte ihr Anselm ins Ohr. Er lief neben ihr, sein Schwert in der Hand. *»Wo lang…?«*

Panik überkam sie: *Sind wir im Kreis gelaufen?* »Weiter!«

Von irgendwoher kam ein Zischen wie von Wasser auf Glut: Ash konnte nicht sehen, aus welcher Richtung. Schreie übertönten den Lärm der gebrüllten Befehle, scheppernden Rüstungen und keuchenden Männer. Ashs Lunge brannte, sie bekam keine Luft mehr; ihre Beine schmerzten, und ihr heißer, feuchter Atem prallte vom Bart ab und warf den Geruch von Stahl zurück.

Vor ihr öffnete sich eine Lücke.

Sie sah eine Straße aus festgetrampelter Erde und einen einsamen zerbrochenen Langbogen.

Ich falle zurück; deshalb ist da eine Lücke…

Sie zwang sich dazu, schneller zu laufen. Die Lücke schloss sich nicht.

Scheiße, ich schaffe es nicht…

Ihr Visierschlitz wurde schwarz. Blind rannte sie weiter. Als sie darüber wischte, war ihre Hand feucht. Sie schob den Schaller mit blutigen Handschuhen ein Stück in den Nacken. Der Geruch brachte sie zum Würgen. Unmittelbar vor ihr hoben Männer ihre Hellebarden und ließen die Axtblätter niedersausen. Über ihren Köpfen wehte die gelb-blaue Standarte des Löwen neben der des Herzogtums von Burgund.

»Macht, dass ihr da raufkommt!«, schrie Ash. *Eine Scheißarbeit machen wir hier!*

Irgendjemand prallte von hinten gegen sie – einer von Rochesters Männern oder Rochester selbst. Sie stolperte und fing sich wieder; mit den Fersen rutschte sie über die zugefrorene Erde zum Rand der Straße. Über die Helme und Helmbüsche hinweg sah sie das Dach einer Blockhütte – *Helmbüsche? Legionäre!* Die Masse der Männer um sie herum drängte und drängte nach rechts, weg von irgendetwas zu ihrer Linken ...

»... Scheißpfeile!«

Ein harter Aufprall riss ihren Kopf nach rechts. Schmerz schoss durch ihren Nacken. Ein Speerblatt schimmerte vor ihren Augen. Der Kriegshammer wollte nicht hochkommen; er hatte sich in irgendetwas verfangen. Dann stieß ein stahlgepanzerter Arm vor ihr vorbei, die Speerspitze rutschte ab und traf auf ihre Brustplatte. Die Wucht des Stoßes schleuderte sie halb herum. Sie riss ihre Waffe los. Eine Frau schrie. Ein westgotischer Speerkämpfer stolperte in Ashs Sichtfeld und fiel.

Ash stieß mit der oberen Spitze des Hammers nach unten und trieb sie dem Mann in die Wade; ein Fußkämpfer in Löwenlivree schlug dem Mann den Streitkolben ins ungeschützte Gesicht. Blutige Knochensplitter spritzten Ash auf den Brustharnisch ...

Der Flaggenstab ihres persönlichen Banners krachte hart auf ihre rechte Schulter. Ein Gepanzerter prallte von hinten gegen sie; ein westgotischer Speerkämpfer hing dem Mann am Gürtel und stieß ihm immer wieder mit dem Dolch in den Unterleib. Blut spritzte.

Sie dürften nicht so nahe an mich herankommen ...

Die Menschenmasse schob sich nach rechts; Ash fiel fast über den Rand des festgestampften Weges. Die Bannerstange verfing sich zwischen ihrem Helm und ihrem Schulterstück und drückte sie nach unten.

»Wei ... Weiter!«

Unter großer Anstrengung vervollständigte sie die Drehung und wandte sich, so weit es ging, nach links. Die Bannerstange riss die Schulterplatte herunter.

Thomas Rochester griff danach.

Alle Männer um ihn herum trugen weiße Westgotenlivreen und Kettenhemden.

Rochester öffnete den Mund und schrie Ash an.

Ein Schwert schlug ihm ins Gesicht, traf ihn am unteren Rand des Schallers, rutschte das Kieferstück hoch, und sein Gesicht verschwand in einer Blutfontäne.

Ash packte den Kriegshammer mit beiden Händen und rammte dem Westgoten die Spitze unter den erhobenen Arm, durch die Kettenringe hindurch. Ash spürte den Stoß hart in ihren Schultermuskeln. Der Schaft bog sich, als sie versuchte, den Hammer wieder herauszureißen. Blut spritzte auf ihre Unterarme. Männer in rot-blauer Livree stießen gegen sie und schoben sie zurück. Nur mit Mühe gelang es ihr, den Hammer nicht aus den Fingern zu verlieren, und sie dachte: *Mein Gott! Ich sehe in die falsche Richtung. Ich habe mich umgedreht. Wo ist das Banner...?*

»Hebt das verdammte *Banner* HOCH!«

Bleib sichtbar, beweg dich, überlebe...!

Immer wieder stießen Männer von hinten gegen sie. Sie versuchte, ihnen Wiederstand zu leisten, doch ihr Gewicht schob sie vorwärts. Aufrecht taumelte sie weiter, trat auf Leichen, trat auf aufgeschlitzte kettengepanzerte Rücken und blutige Brustharnische. Ihr Fuß knickte um, als sie zwischen zwei Leichen trat und in Blut und Eingeweiden ausrutschte.

Scheiße. Ich habe keine Ahnung, in welche Richtung ich mich bewege...

Mit den spitzen Ellbogenkacheln versuchte sie, sich Platz zu schaffen, und drehte sich um; der Himmel war schwarz von Pfeilen. Schweiß gefror auf ihrem Gesicht. Ein blau-gelbes Löwenbanner wurde gehoben...

»Boss!« Rickards jugendliche Stimme quiekte neben ihr und übertönte den Lärm; er hatte die Bannerstange fest im Griff.

Zwei Männer stießen von der Seite gegen sie. Löwenlivree. Rochesters Männer, ihre Eskorte. Drei weitere.

»Weiter! Scheiße! Verliert nicht den Schwung!«

Sie drängte sich vorwärts, packte die Stange über Rickards Hand, schob und bellte: »*Vorwärts!*« Dann ließ sie das Banner wieder los und stieß ihren Hammer quer gegen die Rücken vor ihr, grub die Füße in die Erde und drückte mit all ihrem Gewicht. Zwei Männer neben ihr taten dasselbe.

Vorne – über der Masse der burgundischen und westgotischen Helme und einem schimmernden Legionsadler – bewegte sich die Löwenstandarte plötzlich zurück und im Kreis.

Der Druck ließ Ash drei Schritte zurücktaumeln. Sie hörte die Flüche der Männer, das Stapfen gepanzerter Füße und die Schreie der Verwundeten, über die hinweggetrampelt wurde. Rote Gischt spritzte auf ihre Handschuhe und ihre Armschienen. Rickard stieß einmal unbeholfen mit dem Schwert zu; Ash konnte nicht sehen, ob das Wirkung gezeigt hatte. Vor ihr hoben die Männer die Hellebarden und ließen sie wieder hinuntersausen.

Der Druck vor ihr ließ nach.

Sie zog Rickard herum, schob ihn vorwärts – *Scheiße, wo ist Robert?!* – und hielt nach Anselm Ausschau; dann stolperte sie auf der harten Straße wieder zurück.

Hellebardiere in burgundischer Livree – *Loyectes Männer!* – fluteten über sie zurück. Ash duckte sich. Ein Pfeil prallte am Nackenschutz ihres Schallers ab; ihr Kopf wurde zurückgerissen. Drei oder vier Männer fielen gegen sie, einer mit heruntergerissenem Helm. Ein Westgote hatte sich in seinem braunen Haar festgekrallt; Blut strömte über sein Gesicht. Ein Mann in rot durchtränkter Livree stieß einem Westgoten den Panzerstecher in den Unterleib, und auch diese beiden drückten gegen Ash. Ash stieß dem Westgoten ihren Panzerhandschuh ins Auge, spürte, wie die Augenhöhle brach, und hörte den Mann selbst durch ihr Helmpolster hindurch schreien. Der Druck ließ wieder nach. Ash konnte wieder sicher stehen.

Herrgott, ich vermisse mein Pferd! Ich kann verdammt nochmal nichts sehen!

»Wo ist mein verfluchter Kommandotrupp?!« Ihre Stimme hatte keine Kraft mehr. »Rickard! *Finde die Löwenstandarte.* Wir müssen weiter vorrücken. *Wenn wir stehen bleiben, sind wir tot!*«

Ihre Hände fühlten Leere. Sie schob sich weiter zwischen die Männer hinein. Zwei harte Schläge gegen ihren Brustpanzer ignorierte sie und stieß mit den Armen nach vorne, wie ein Schwimmer. Vor ihr wurden Hellebarden hochgerissen und wieder fallen gelassen, hoch und runter ... und Ash schob sich in Richtung dieser unregelmäßigen Bewegung.

»Da!«

Rickard hing an ihrer linken Schulter und drehte sie herum. Ash hielt ihr Schwert in der Hand – *Wann habe ich das denn gezogen, und wo ist mein Kriegshammer?* – und starrte über einen acht, zehn Meter großen Freiraum hinweg auf die Rücken von Kämpfern, die allesamt vorwärts drängten; und hinter ihnen wehte die Standarte mit dem Löwen.

Ash öffnete den Mund, um »*Gut. Los!*« zu schreien, als ein Feuerblitz ihr die Sicht raubte.

Mit dröhnendem Kopf und tauben Armen krallte sie nach dem, was sie von ihrem Gesicht unter dem in den Nacken geschobenen Schaller erreichen konnte. Die Benommenheit verschwand im Bruchteil einer Sekunde, und sie sah, dass sie am Rand eines dichten Gedränges stand ...

Auf dem Boden vor ihr lag ein Haufen Männer, die Arme vors Gesicht geschlagen. Bei jedem waren große Brandflecken an Hose, Livree oder Kürass zu sehen.

Rauch stieg von ihnen auf. Es roch nach gebratenem Fleisch. Ash lief das Wasser im Mund zusammen.

Zwei Männer mit verbrannten, nicht mehr zu erkennenden Gesichtern erhoben sich vor ihr und schrien.

Ein weiteres Zischen, Wasser auf heißem Feuer, kam aus hundert verschiedenen Richtungen. Ein Fuß traf Ash in die

Kniekehle. Sie fiel und schlug hart auf der Erde auf. *Am Boden: wehrlos!* Ihre Blase gab dem Druck nach. Panisch robbte sie über die kalte Erde. Irgendetwas fiel oder trat auf ihren Rückenpanzer: Ihr Helm schlug auf die Erde, und irgendjemand kreischte ihren Namen.

Etwas Weißes flackerte am Rand ihres Sichtfeldes.

Ein laut schreiender Westgoten-Nazir kroch vor ihr; er schlug nicht zu, schaute sie noch nicht einmal an. Sein ganzer Rücken war schwarz verbrannt und qualmte.

Ash richtete sich auf. Ein Mann sprang über sie hinweg. Sie zuckte zurück. Sechs, sieben oder mehr: Männer in Hosen und Jacken, Löwenlivree, stählerne Kriegshüte, die im kalten Sonnenlicht funkelten, alle hoben sie die Waffen.

Über ihren Köpfen sah sie ein weißes steinernes Oval: Marmor in Form eines Gesichtes. Messing glitzerte auf seiner Rückseite. Das tiefe Brüllen eines Feuerrohres; Körper fielen um Ash herum zu Boden; Hitze verbrannte ihr Gesicht, und sie riss zu spät die Arme hoch. Ihre Haut brannte; ihre Augen tränten. Wankend stand sie auf, blinzelte und sah den Golem vor sich stehen; wahllos hielt er das schwarz verbrannte Rohr, aus dem das Griechische Feuer strömte, hierhin und dorthin ...

Zwei Männer in Löwenlivree duckten sich. Zwei schwangen Waffen. *Schwere Zweihandhämmer!*, sah Ash, und der steinerne rechte Arm und die linke Hand des Golems flogen in Stücke. Das Feuerrohr fiel zu Boden. Die beiden Männer schlugen weiter auf den Golem ein, diesmal von der Seite und auf die Kniegelenke gezielt. Ash sah, wie die Maschine nach hinten fiel, sah, wie inzwischen vier Mann präzise auf ihn eindroschen, und sie hörte ihren Anführer bellen: »Damit wäre einer im Arsch! Weiter! *Vorwärts!*« Das war Geraints Stimme.

»BOSS ...«

Irgendjemand riss sie herum. Ein Mann in Rüstung, einen Kopf größer als sie. Löwenlivree. Anselms Stimme. Robert Anselm schrie: »Hier entlang! Hier rüber! *Hier entlang!*«

Sie lief, stampfte, keuchte; dann war sie wieder mitten im Gedränge, überall Ritter zu Fuß, und im Himmel über ihnen und an Anselm vorbei die Löwenstandarte – die sich nicht bewegte.

Die sich nicht bewegte.

Wir sind im Arsch. Wir haben den Schwung verloren. Wir stecken fest.

O Jesus. Es sind hunderte von ihnen um uns herum. Das ist das Ende.

Jeder Muskel in ihrem Leib hatte sich verkrampft. Eine Sekunde lang, im dichtesten Kampfgedränge, blieb sie stehen und beugte sich halb vornüber. Ihre Schenkel schmerzten; ihre Schultergelenke waren ein einziger Schmerz, und jeder Fleck unter ihrer Platte – Schlüsselbein, Hüfte, Knie – war voller Blutergüsse. Ihr Kopf dröhnte. Blut lief ihr in ein Auge, und sie tupfte ihr Gesicht ab. Dabei sah sie, dass der Ringfinger ihrer rechten Hand aus dem Handschuh gerutscht war und in einem Neunzig-Grad-Winkel über dem Handteller lag. Den Bruch spürte sie nicht. Blut strömte aus einer Wunde an der Innenseite ihres Ellbogens; eine Tassette war abgerissen und verschwunden, und alles auf ihrer linken Seite – Brust-, Arm-, Hüft- und Beinpanzer – zeigte die Kratzer von Pfeileinschlägen, die sie nicht gespürt hatte.

Ich wünschte, ich hätte mir ein Panzerhemd angezogen, um beweglicher zu sein. In diesem Harnisch kann ich keinen verdammten Meter mehr gehen.

Ich kann nicht kämpfen. Ich bin tot.

Anselm bellte mit vom Helm gedämpfter Stimme: »Komm schon, Mädchen!«

Ash setzte an weiterzugehen. Nach einem halben Schritt blieb sie jedoch wieder stehen, und die Schreie der Männer hämmerten durch die Helmpolsterung hindurch auf ihre Ohren ein. Ihre Arme waren zu schwer geworden, um sie zu heben, und ihre Beine zu schwer zum Gehen.

Der Mann, der ihr am nächsten stand, kämpfte nicht. Die

Schreie und das Kreischen kamen von weiter her. Ein großer Lärm ... unverständliche Worte.

»Was zum ...?«

Über die Köpfe der Männer vor ihr wurde etwas weitergereicht – von vielen Händen zum Löwenbanner weitergereicht und weiter zu Robert Anselm – irgendetwas, das Anselm Ash in die Hände drückte.

Instinktiv nahm sie es an: einen Westgotenspeer. Ihre Hand packte den Schaft. Er fiel nach vorne. Ash packte ihn auch mit der anderen Hand und fluchte wegen der Schmerzen. Ihr Schwert baumelte an seinem Halteriemen, und sie blickte nach oben, um zu sehen, was den Speer aus der Balance gebracht hatte.

Ein abgeschlagener Kopf.

Der Bart des Kopfes zitterte; er war mit Gold durchwirkt.

»*Gelimer ist tot!*«, bellte Robert Anselm. Er deutete nach oben; sein stählerner Arm war bis über den Ellbogen hinaus voller Blut. »GELIMER IST TOT!«

Unten von Ash ertönte ein großer Schrei.

»Wir müssen dem Einhalt gebieten!«, schrie Ash. Sie hielt den Schaft fest im Griff. »Wir müssen ... *Wissen sie, dass er tot ist?*«

»Sein Banner ist gefallen!«

»WAS?«

»Sein BANNER ist GEFALLEN!«

»Lass mich durch.« Ash trat einen weiteren Schritt auf die Schlachtreihe der Hellebardiere zu – das war John Prices alte Einheit, die vor ihm Carracci gehört hatte – und duckte sich an Schäften vorbei, die zurückgerissen wurden. »Lasst mich zur verdammten Front durch! *Schnell!*«

Die Rücken der Männer bewegten sich. Ash drängte sich zwischen den kräftigen Männern hindurch, den Speer fest mit beiden Händen gepackt. Robert Anselm folgte ihr mit dem Banner. Sie wurde in die zweite Reihe der Hellebardiere geschoben. Hellebardenschäfte flogen über ihre Schulter, und Blut troff von den Axtblättern und Dornen.

»Gelimer ist tot!« Sie schrie so laut, dass ihr der Hals schmerzte.

Die Hellebardiere wichen einen Schritt zurück und drängten sich um sie. Die Waffen waren erhoben, schlugen aber nicht zu. Das Sonnenlicht fing sich auf Speerspitzen. Eine Schlachtreihe von Westgoten in Kettenhemden und Schuppenpanzern, leuchtendes Rot, Orange und Rosa, die unteren Gesichtshälften mit schwarzen Tüchern verdeckt; Speere und Schwerter ausgestreckt ...

Ash blieb eine Sekunde, um sich zu fragen, *Ziehen sie sich zurück?*; dann bemerkte sie, dass sie bereits freie Erde und Leichen sah. Sie riskierte einen Blick nach rechts und links durch den Wald der Speere und Hellebarden. Ein Lücke von mehreren Fuß Breite ... die immer breiter wurde ...

Sie haben sein Banner fallen sehen ...

Ash stieß den Speer mit beiden Händen hoch in den blauen Himmel.

Gelimers abgeschlagener Kopf hüpfte hoch über dem Morast aus Körpern. Sein Gesicht war deutlich zu erkennen, sein Mund weit geöffnet, und sein grob durchtrenntes Rückgrat hing als rot-weißer Knochenschwanz herunter.

»Der König-Kalif ist tot!«

Das Bellen kostete Ash alle Luft, die sie in der Brust hatte. Sie wankte. Hellebardiere in Jacken und Kriegshüten neben ihr, mit roten Gesichtern, keuchend und tränenüberströmt, nahmen den Schrei auf:

»Der König-Kalif ist tot!«

Noch immer fielen von links Pfeile aus dem Himmel, und Männer schrien über den Lärm von aufeinanderschlagendem Metall hinweg. Doch überall um Ash herum wurde der Ruf immer lauter und übertönte bald alles andere:

»Der König-Kalif ist tot! Der König-Kalif ist tot!«

Mit zitternden Armen hielt Ash den Speer mit dem Kopf nach oben. *Ihr müsst ihn sehen!*

Die Lücke zwischen den Schlachtreihen wurde immer breiter: ein Stück Erde voller Zelttuch, umgestürzter Kochkessel, blutigen Bettzeugs und Leichen, die die Köpfe in den Armen hielten – und Leichen ohne Köpfe. Fünfzehn Fuß vor sich sah Ash deutlich einen Nazir, der verwirrt seinen Kommandeur anbrüllte. Der Blick des Arif war auf den Speer fixiert, auf Gelimers Kopf.

Der ansteigende Grund und die inzwischen ausreichend große Lücke zwischen den Schlachtreihen ließen Ash hunderte von Köpfen hinter der vordersten Linie der Westgoten sehen – Sklavenspeerkämpfer, westgotische Ritter zu Fuß, Bogenschützen; eine Schlachtreihe nach der anderen hatte sich zwischen die Zelte und Gebäude gedrängt, und der ganze Himmel war von Einheitenbannern übersät. Aus Erfahrung konnte Ash ihre Zahl schnell einschätzen: *viereinhalb-, fünftausend Mann.*

Ein fernes, schnelles ›B-b-bang!‹ durchschnitt die Luft. Irgendein Kanonier hielt die Lunte an alle Rohre eines Orgelgeschützes: Acht Rohre feuerten fast gleichzeitig – von der Stadtmauer.

Ich kann das hören! Hier *haben sie aufgehört zu kämpfen . . .*

Fast gleichzeitig ertönten wilde Schreie zu ihrer Rechten und das brüllende Husten von Griechischem Feuer; schwarzer Rauch sammelte sich in der Luft.

»Der König-Kalif ist tot!«, bellte Ash erneut und hatte das Gefühl, als würde ihr Hals bei jedem Wort zerreißen. Sie hörte ihre schrille Stimme über die Köpfe der Männer hallen, über die brennenden Gebäude und die Schmerzensschreie. »GELIMER – IST – TOT. *Hört auf zu kämpfen!«*

Was auch immer es sein mochte, Adrenalin oder Sauerstoffmangel, sie taumelte gegen Anselm. Er packte sie am Arm und hielt sie aufrecht. Einen Herzschlag lang glaubte sie, die ganze

Welt hielte den Atem an; es gab keinen Grund, warum die Westgoten die weniger als tausenddreihundert Mann vor sich nicht einfach überrollen sollten. *Keinen Grund auf der Welt*, dachte sie benommen und blickte mit blutigen Augen in den blauen, eisigen, klaren Himmel und zu Gelimers abgeschlagenem Kopf hoch.

»Zieht euch zurück!« Sie zwang sich, Robert Anselm zuzuflüstern: »Schick Läufer los ... Sag Morgan, er soll die Standarte halten, *wo sie ist.*«

»Verstanden!«

Hinter ihr brüllten Offiziere Befehle. Ash blickte weiter nach vorne. Sie atmete kaum, und ihre Augen waren wund und brannten. Sie sah keine bekannten Banner, auf jeden Fall nicht den Metallkopf der Faris, und auch Gelimers Fallgatter erschien nicht wieder. Und dann, jenseits der Lücke zwischen den Schlachtreihen – *Die muss schon gut dreißig Fuß breit sein –*, erschien ein Banner mit einem geometrischen Dreieck: Sancho Lebrijas stilisierter Berg.

Er folgt Befehlen.

Wird er auch den Befehlen eines Toten folgen?

»DER KÖNIG – IST TOT!«, bellte Ash. Ihr brach die Stimme.

Anselm drehte sie herum und deutete in eine Richtung. Mit jeder Sekunde strömten mehr Männer in das Gebiet. *Bald werden sie den gesamten Grund hinter uns bedecken, zwischen uns und der Stadt.* Das Lebrija-Banner zuckte; es hatte sich irgendwo in dem Gedränge verfangen. *Wie viele Sekunden noch, bevor er beginnt, Befehle zu erteilen?*

»Dort!« Anselm streckte den Arm aus und deutete auf Pferde, die sich einen Weg über die aufgewühlte Erde suchten. Der Anführer trug einen vergoldeten Helm; die Reiter trugen ein anderes Banner: ein Zahnrad. Ein schwarzes Zahnrad auf weißem Feld.

Ash sagte: »Das ist *Leofrics* Livree!«

Die beiden Banner trafen sich. Männer brüllten.

»Meine Herren Emire!«, schrie Ash. »König-Kalif Gelimer ist tot!«

Sie betonte das, indem sie den Speer in ihrer Hand hüpfen ließ. Blut und Wirbelsäulenflüssigkeit troffen auf ihre rechte Hand und schimmerten hell auf ihrem Stahlhandschuh.

Keuchend schnappte sie nach Luft. Trotz der Kälte kochte sie in ihrer Rüstung. Sie starrte zu den Westgoten.

Der Reiter mit dem vergoldeten Helm nahm seine Kopfbedeckung ab. Es war Leofric persönlich.

Büschelweise stand ihm sein weißes Haar vom Kopf ab. Er drückte seiner Stute die Sporen in die Flanken, lenkte sie zwischen den Toten und Sterbenden hindurch und ritt nahe genug heran, sodass Ash sehen konnte, wie er die Augen zukniff, als er den aufgespießten Kopf anblickte, entweder aus Wut oder als Schutz vor der Morgensonne.

Einer Sonne, die kaum über den Horizont gestiegen war. *Ich bezweifele, dass seit dem Fall der Mauer mehr als fünfzehn Minuten vergangen sind.*

»Leofric!«, schrie sie. »Gelimer ist tot. *Er kann dich nicht mehr davon abhalten, die Wilden Maschinen zu zerstören!*«

Der Wind fing ihre Worte und das Schluchzen der verwundeten Männer und Frauen auf. *Kann er mich hören?* Mehrere Sekunden lang starrte sie in sein faltiges Gesicht ... *Ist er verrückt? War er überhaupt jemals verrückt?* ... Er wandte sich von ihr ab und sagte etwas in scharfem Ton. Einer seiner Offiziere erteilte daraufhin brüsk Befehle, und die Banner der Uqda bewegten sich auf ihn zu – Lebrijas eingeschlossen.

»Er tut es. Er übernimmt den Befehl. Gottverdammt nochmal, er tut es.« Ash stampfte mit den Füßen. »*Er tut es.*«

Robert Anselm fluchte leise vor sich hin.

Gut dreißig Meter links von Ash schloss sich die Lücke zwischen den Schlachtreihen wieder. Wie durch einen Korridor blickte Ash auf Hellebardenköpfe und Pikenspitzen, Speere und gehobene Schilde, Männer, die zu dicht beieinander standen, um ihre Langwaffen einsetzen zu können, und nur nach den Gesichtern stachen. Ein vereinter westgotischer Schrei: Das Banner mit dem Andreaskreuz wich zehn Meter zurück.

Das ist irgendein Arif, der sich selbstständig gemacht hat...

»Befehlt ihnen aufzuhören!« Sie stemmte sich gegen den Druck der Körper von hinten und brüllte zu Leofric hinüber. »Macht dem Kampf ein *Ende! Jetzt!*«

Lebrijas Arifs brüllten. Ash wurde unaufhaltsam vorwärts geschoben, taumelte zwischen den Hellebarden nach vorne. Rickards Schulter schabte über die ihre. Das Löwenbanner geriet ins Wanken. Robert Anselms tiefes »*Halt!*« hallte über das frostige Lager und die Truppen hinter ihm.

Zwanzig Meter rechts von Ash, den Hang hinunter, ertönte das heisere Brüllen von Griechischem Feuer.

»Mein Gott! Diese Dinger hören einfach nicht auf!«

Leofric wandte den Kopf. Der Fürst-Emir stellte sich in den Steigbügeln auf und blickte über die Köpfe der Westgoten hinweg. Laut schrie er etwas in befehlsgewohntem Ton. Ash kniff die Augen zusammen und blinzelte den Schmerz ihrer geschwollenen Augen fort. Wieder hörte sie das hustende Brüllen, und ein Keil von Westgoten stürmte in die burgundischen Pikeniere. Männer fielen und verschwanden, Banner tauchten in der Masse unter, und eine Flamme nahm Ash einen Augenblick lang die Sicht...

»Sie feuern auch auf ihre eigenen Männer!«, schrie Anselm. Die Männer um sie herum bewegten sich. Ash drehte sich halb um. Ein Läufer in der Livree mit dem Andreaskreuz keuchte, »... schießen auf *alles* ...«. Die Offiziere bei Leofric rannten los, brüllten, und Einheiten setzten sich in Bewegung; und dann nichts, nichts... dreißig Sekunden lang.

Nichts. Kein Griechisches Feuer.

Ein toter Mann hat keine Freunde.

Eine hohe Stimme schrie *hinter* Ash. Karthagisches Latein. Wieder wurde Ash ein Stück nach vorne geschoben; diesmal war sie jedoch darauf vorbereitet. Sie hielt beide Hände fest um den Speerschaft geschlossen, und Gelimers abgetrennter Kopf schwankte wie die Mastspitze eines Schiffes. Zwei Schritte vorwärts, drei ... Sie wurde in Richtung der westgotischen Schlachtreihe gezwungen. Der Druck ließ nach. Ash blieb stehen, starrte auf Speerspitzen, starrte auf Reflexbögen, sah, wie eilig Pfeile in die Sehnen gelegt wurden ...

Der Nazir fünfzehn Fuß vor ihr brüllte: »*Halt!*«

Ash lehnte sich zurück und brachte ihren Mund so nah wie möglich an Roberts Helm. »Mehr Läufer ... zu den Kommandeuren ... Stellung halten ... *nur* verteidigen ...«

Rickard blieb rechts von ihr ein Stück zurück, und Ash sah zwischen zwei Hellebardieren hindurch, wie der Boden leicht in die Richtung abfiel, aus der sie gekommen waren.

Gott, sind wir wirklich so weit gekommen?

Ich erinnere mich gar nicht an diesen Hang.

Gott ...

Ein schmaler Streifen aus zertrampelter Erde, Zelttuch, zerbrochenen Zeltstangen, Kochtöpfen und Männern mit Waffen in den Händen verlief den Hang hinunter bis nach Dijon.

Wären sie in Stellung gewesen, anstatt zu schlafen ...

Die Luft war klar und eisig. Ash atmete den Gestank von Scheiße und Blut ein. Am Ende der burgundischen Schlachtreihe füllte eine große Menge westgotischer Legionäre die Straßen und Gassen des Lagers auf, und die Sonne spiegelte sich auf bewegungslosen Schilden und Schwertern. Weit im Osten herrschte Chaos; Cornicen und gebellte Befehle hallten von dort herüber. Im Nordlager waren zwei Legionen gerade erst zu den Waffen gerufen worden. Noch immer strömten Männer aus den Grashütten, fünftausend frische Kämpfer allein von der III Caralis.

Sie müssen uns einfach nur überrollen ...

Vor Dijons Mauern war das Niemandsland voller Männer in gelber oder rot-blauer Livree; einige bewegten sich noch. Das

Loch in der Mauer wirkte vollkommen schwarz. Metall funkelte in den Schatten: Sicheln und Heugabeln. Dijons Bürger. Dahinter das zertrümmerte Mauerwerk.

Ash ließ ihren Blick langsam wieder den Hang hinaufwandern, blinzelte und zählte: *Ich kann die Unsrigen alle sehen, oder zumindest das, was von ihnen übrig ist . . . !*

Eine Bewegung lenkte ihre Aufmerksamkeit wieder zu den Westgoten vor ihr. Die Reihe der Schützen teilte sich. Frische Truppen marschierten in die Lücke: Eine hohe Stimme schrie weiter hinten im westgotischen Lager auf karthagischem Latein: »Vorrücken! Angriff!«

»Ach, *Scheiße* . . .«

Eine Cornice ertönte. Atemlos warf Ash einen Blick rechts und links die Reihe der schwitzenden Hellebardiere entlang; auf ihren Gesichtern sah sie Verachtung und Entsetzen gleichermaßen, und dann stieß einer der Männer ein lautes Lachen aus und entblößte seine blutigen Zähne.

Sie blinzelte mit den geschwollenen Augenlidern. Das waren keine Westgoten vor ihr, sondern Männer in fränkischer Livree. Bogenschützen und Hellebardiere. Auch Panzerreiter befanden sich darunter. Und niemand bewegte sich, nicht ein Mann löste sich aus der Schlachtreihe . . .

Die karthagische Stimme, die Befehle schrie, wurde mit einem seltsam komischen Gurgeln zum Schweigen gebracht.

»Sie dir *das* an!« Blut spritzte beim Sprechen aus dem Mund des Hellebardiers. »Sie dir *das* an, Boss!«

Agnus Deis weißes Banner schimmerte in der Sonne; die Goldstickereien funkelten, und weiter die Schlachtreihe hinunter waren Onorata Rodianis Schwert zu sehen sowie der Halbmond von Joscelyn van Mander: alles fränkische Söldner.

Ash sah einen Reiter in Mailänder Harnisch die Hand nach dem Bannerträger ausstrecken. Agnus Dei. Die Sonne spiegelte sich auf seinem Handschuh, als er die gestreifte Stange ergriff. Italienisches Geplapper hallte durch die kalte Luft herüber, aber nicht laut genug, um es zu verstehen.

Die goldene Spitze des Banners senkte sich.

Die gepanzerte Hand des Reiters zwang es nach unten, das Banner fiel, die Seide faltete sich, die Spitze des Banners berührte den blutdurchtränkten Dreck, und das Lamm Gottes verschwand in dem zusammengeknüllten Stoff auf der Erde.

Tränen ließen Ashs Blick verschwimmen. Um sie herum ertönten raue Schreie. Weiter hinten wurde auch Rodianis Banner gesenkt, dann Montefortes und schließlich, endlich, auch das silberne und blaue Banner mit dem Schiff und dem Halbmond. Alle Söldnerbanner wurden unter dem wilden Jubel der Männer in den Dreck gesenkt.

Robert Anselm schlug Ash auf die Schulter und deutete mit seiner freien Hand nach vorne. »Er ruft sie zurück!«

Schrill ertönten Cornicen im Zentrum des Lagers und an dessen anderem Ende. Im Osten wurden noch immer Geschütze abgefeuert. Ash drehte sich um und streckte Rickard den Speer entgegen. »Gib mir das Banner!«

Kurz kämpfte sie mit ihren Händen. Der gebrochene Finger wollte nicht so recht vom Speerschaft loskommen; dann jedoch war sie frei, nahm das Banner nur mit der linken Hand und schwenkte es müde über dem Kopf.

Das Geschützfeuer im Osten verstummte. Binnen einer Minute stellten sämtliche Geschützmannschaften das Feuer ein.

Leofric ritt an Gelimers Ex-Söldnern vorbei zur Infanterie des Hauses Leofric; Lebrijas Banner begleitete ihn, die der anderen Qa'id folgten. Dann zügelte Fürst-Emir Leofric sein Pferd und sprach mit einem seiner Offiziere.

Arif Alderich löste sich aus der Schlachtreihe. »Mein Herr sagt: ›Es sei Friede zwischen uns! Friede zwischen Karthago und Burgund!‹«

Ash atmete tief durch und schrie: »Hat er ... das Recht und die Macht, uns solches anzubieten?«

Alderich brüllte so laut, dass ihn zumindest die Westgoten und die Burgunder in der Nähe deutlich verstehen konnten. »Nach dem Tod Gelimers in der Schlacht beansprucht Fürst-Emir Leofric den Thron des König-Kalifen für sich. Es gibt hier keine anderen Emire in seinem Rang. Es ist eine Ehre für ihn und seine Pflicht. Heil König-Kalif Leofric!«

Robert Anselms Stimme neben Ash explodierte: »Du kannst mich mal!«

Die Westgoten jubelten.

Alderich rief: »Jund Ash, er besitzt diese Macht. Karthago wird seine Wahl noch hier bestätigen. Wirst du den Frieden annehmen, den er euch anbietet?«

»Scheiße, *ja!*«

Sie warteten auf die Neugruppierung. Ein Wald von Bannern und Standarten umgab Ash: Thomas Morgan mit der blau-goldenen Standarte des Azurblauen Löwen; de la Marche und sein Bannerträger mit dem Wappen des Herzogtums Burgund; der schreitende Löwe, Ashs persönliches Banner, und die Standarten einzelner Einheiten. Doch die Männer in den blutigen Plattenpanzern und zerrissenen Kettenhemden starrten nicht zu den Flaggen hoch, sondern zu dem Speer, den Ash an die Schulter gelehnt trug, und dem abgeschlagenen Kopf an dessen Spitze, der für jedermann auf diesem Teil des Feldes sichtbar war.

Ash empfand gar nichts.

»Sag Leofric, wo wir es aufstellen wollen. Auf offenem Feld, vor dem Loch in der Mauer.«

Anselm nickte bestätigend, winkte zwei von Morgans Männern und verschwand in Richtung Leofric.

Das laute Geräusch der Erleichterung, eines gerade erst erfolgten Erkennens, dass sie gewonnen hatten ... nichts davon durchdrang die Blase der Taubheit, die Ash umgab.

»Wir haben es geschafft!« Rickard riss mit der freien Hand den Helm herunter. Er strahlte über sein rotes jugendliches Gesicht. » *Wir haben es geschafft!* Hey, Boss! Wirst du mich jetzt zu deinem Knappen machen?«

Tiefe männliche Stimmen dröhnten zustimmend. Plötzlich machten die Männer Platz, und der schwarzhaarige Junge ließ sich vor Ash auf ein Knie nieder; dabei hielt er weiter die gestreifte Stange von Ashs persönlichem Banner in der Hand.

»Ach, Scheiße!«, sagte Ash. Sie grinste, und ihre wunde Gesichtshaut spannte sich schmerzhaft. Eine Flut warmer Gefühle brach über sie herein. Noch immer war ihr Blick verschwommen, als sie ihr Schwert an der Halteschlaufe hochzog, es packte und Rickard die blanke Klinge auf die Schulter legte. »Wenn ich dich zum Ritter schlagen könnte, ich würde es tun! Betrachte dich als befördert!«

Der Jubel entsprang teils Freude, teils Erleichterung, und teils war es auch einfach das Gefühl, dass das in diesem Augenblick so sein *musste*. Gepanzerte Männer halfen dem Jungen wieder auf die Beine und schlugen ihm auf die Schultern. Die kalte Luft brannte Ash wieder im Gesicht. Sie zog ihren Helm nicht ab, noch nicht.

»Bleibt hier.« Ohne große Zeremonie drückte sie Rochesters Sergeanten, Elias, den Speer in die Hand, und bahnte sich mit den Ellbogen einen Weg ein paar Meter westlich durch die Menge, bis sie an der hintersten Reihe vorbeisehen konnte.

In ihrem Geist war die Richtung klar … *Egal, auf was für einem Grund man ein Lager baut, es ist immer das Gleiche.*

Der *augenblickliche* Führer von Carraccis und Prices Hellebardieren schloss sich Ash rasch als Eskorte an.

»Vitteleschi«, keuchte er. »Wenn du nichts dagegen hast, habe ich jetzt das Kommando über diese Jungs.«

»Für den Augenblick kein Problem.« Ein weiteres breites Grinsen, dem sie einfach nicht widerstehen konnte: *Wir haben es geschafft! Wir haben es geschafft!*, und ihre Wangen brannten.

»Dein Gesicht ist ganz rot, Boss«, sagte Vitteleschi.

»Ja?«

»Deine Haut.« Rasch fuhr er sich mit dem behandschuhten Finger über das eigene Jochbein.

»Richtig ...« Langsam abkühlender Schweiß stach Ash in die Augenwinkel und drückte auf ihre geschwollenen Lider.

Nun konnte sie an der hintersten Reihe vorbeisehen, vorbei an einer Grashütte – Gelimers Hauptquartier? – und bis zu der Brücke dahinter.

»Ich will sehen, was Jonvelle ...«

Leuchtend rotes Blut bedeckte das Eis.

Und Blut bedeckte auch den dicken Frost am Ufer. Ash kniff die Augen zusammen und blickte auf Fleischhaufen auf der zertrampelten Erde, die menschenähnliche Schatten warfen.

Draußen auf dem Eis schleppten Männer die Toten an Armen und Beinen fort, sammelten Köpfe ein und hinterließen blutige Schmierstreifen in der weißen Landschaft. Weiter flussabwärts verstreut liegende Leichen waren mit Pfeilen gespickt.

Ash zählte die am Ufer durch. *Zweiundzwanzig.*

Zwischen den fallen gelassenen Waffen lagen weggeworfene Knochenschlittschuhe.

Geht in Position; haltet die Brücke; lasst Gelimer nicht entkommen.

Ein burgundischer Sergeant stapfte heran.

»Wo ist Jonvelle?«, erkundigte sich Ash.

»Tot.« Der Mann hustete. »Tot, Demoiselle-Hauptmann. Hauptmann Berghes ist ebenfalls tot, und auch Hauptmann Romont.«

Bedeutende Männer.

Ash wandte den Kopf und sah auch Männer auf der Nordseite der Brücke liegen. Sie lagen in seltsamen Haltungen auf der kalten Erde, die Arme ausgestreckt, die Beine ineinander verknotet. Hellebardiere, Schützen, Männer nur mit Jacken,

Brigantinen und Helmen. Ash blickte in ihre Gesichter. Blut war aus ihrem Mund geflossen. Jetzt floss es nicht mehr. Fünfzig? Sechzig?

Ein Mann saß auf dem Boden vor den noch warmen Körpern, hatte sich vornübergebeugt und stöhnte. Ein halbes Dutzend burgundische Hellebardiere kam über die Brücke auf sie zu. Sie stützten Männer und Frauen, die bei jedem Schritt vor Schmerz schrien. Jonvelles Bannerträger trug noch immer die Farben seines Herrn. Sein rasch bandagierter Arm tropfte; vom Ellbogen abwärts war alles weg.

Fast wäre Ash über einen abgeschlagenen Kopf gestolpert, als sie einen Schritt zurücktrat.

»Vitteleschi.«

»Boss.«

»Schick einen Läufer zu Fürst-Emir Leofric. Sag ihm, dass unsere Ärzte in der Stadt sind. Sag ihm, er soll uns die Mediziner seiner Legionen schicken.«

»Aber ...«

»*Sofort*, Vitteleschi.« Sie drehte sich wieder zu dem burgundischen Sergeanten um. »Hast *du* hier das Kommando?« Und auf sein Nicken hin – *Scheiße, ist jeder mit einem Rang höher als Sergeant gefallen?* – sagte sie: »Ich will keinen Müll hören von wegen, wir lassen uns nicht von Gotenärzten behandeln, ist das klar? Lass jeden, der noch lebt, verbinden und Krücken verteilen. Bring sie in die Stadt, sobald du bereit bist. Dort gehst du dann ins Hospiz der Abtei.«

»Ja, Demoiselle-Hauptmann.« Seine Stimme klang vollkommen gefühllos.

Ash drehte sich zu Vitteleschi um. »Weiter.«

Die Männer machten ihr eine Gasse frei, als sie wieder zurückging; fast alle hatten sich inzwischen um die Banner ihrer Einheiten versammelt. Ash ging zwischen Männern in burgundischer und in Löwenlivree hindurch, zwischen Männern, die leise miteinander sprachen, und über allem war nun das

Schreien und Kreischen der Verwundeten zu hören; Männer lagen oder krochen zwischen ihnen und den westgotischen Legionen. Eine Frau, die ihren Helm verloren hatte, übergab sich; Blut lief wie ein Spinnennetz über ihre Stirn.

Sie unterscheiden nicht zwischen ihren und unseren Leuten.

»Schick einen Läufer in die Stadt. Er soll den Mönchen sagen, dass sie hier rauskommen und diesen Männern helfen sollen. Und nein, ich weiß *nicht*, ob das sicher ist! Sag ihnen einfach, sie sollen ihre Ärsche hier rausbewegen! Und sie sollen Blanches Frauen mitbringen.«

Sie suchte nach de la Marches Banner.

»Er ist wieder in die Stadt zurück. Auf dem gleichen Weg, den wir reingekommen sind. Er hält einen Appell vor den Mauern ab.«

Ash ging an den Burgundern vorbei, gefolgt von Rickard mit der Standarte, Elias mit dem Speer und dahinter Vitteleschi und seinen Männern. Die Schlachtreihen teilten sich vor ihr – dünne Schlachtreihen. Sie blickte zurück und sah wenige, sehr wenige, und dachte: *Scheiße, ich glaube es einfach nicht! Wir können doch nicht so viele verloren haben!* Sie ging am Rand eines Gebiets vorbei, wo alles schwarz war: Erde, zerstörte Zelte, selbst die Männer, die sich auf dem Boden wanden.

»Holt einen verdammten Arzt hierher!«

Einer von Leofrics Westgoten schritt mit wehendem Gewand an ihr vorbei; verkohlte Zeltreste knirschten unter seinen Sandalen. Die Kapuze fiel zurück, und Ash sah einen weiblichen Arzt mit verkniffenem Gesicht, der auf Latein nach seinen Gehilfen rief.

Ich kenne sie.

»Du.« Die Stimme der Westgotin erklang genau vor ihr. Ash öffnete die Augen. Sie hatte gar nicht bemerkt, dass sie sie geschlossen hatte. Sie kannte dieses Gesicht, und sie kannte die Stimme, die gesagt hatte: ›Das Tor zum Mutterleib ist fast vollkommen zerstört.‹

»Ich werde deinem Sklaven hier eine Salbe für deine Augen geben, sonst werden sie weiter zuschwellen. Schlimmsten Verbrennungen bist du aus dem Weg gegangen, aber vernachlässige nicht ...«

»*Verpiss dich.*« Ash stieß die Frau beiseite und ging weiter.

Bei einem verbrannten Mann mit einem Bein in blauer Hose blieb sie stehen. Der Körper lag mit dem Kopf hügelabwärts, niedriger als die Füße. Der Schwanz einer gelb-blauen Livree war vom Feuer unberührt geblieben. Vitteleschi erteilte einen kurzen Befehl. Zwei Hellebardiere knieten nieder und drehten den verkohlten Leichnam um. Der Italiener sagte: »Hauptmann Campin.«

Unter Adriaen Campins Leiche lag die seines Lanzenführers. Sie war fast nicht verbrannt. Willem Verhaechts Augen standen weit offen in seinem geröteten Gesicht und blinzelten nicht in den starken Sonnenschein hinein. Irgendetwas, vermutlich die Hand eines Golems, hatte seinen Brustpanzer durchstoßen und einen Lungenflügel durch das Metall herausgezogen. Ash starrte ihn zehn Herzschläge lang an, und das rot-schwarze Fleisch zuckte nicht.

Bildet Gruppen: Schaltet die Golems aus. Schaltet ihre Waffen mit dem Griechischen Feuer aus.

»Seht nach, ob noch jemand lebt.«

Im Sonnenlicht sah sie, wie Tränen über Vitteleschis faltiges, verdrecktes Gesicht rannen.

»Scheiße, tut es einfach«, sagte Ash mit schwacher Stimme. Vitteleschi nickte noch immer weinend und begann, die verbrannten Arme und Torsos auseinander zu ziehen, die an den Händen brachen, wie ein Stück verdörrtes Fleisch.

Die Löwen- und die burgundische Standarte kamen langsam hinter Ash den Hügel herunter; Männer hatten sich unter ihnen formiert. Dann ging es weiter den Abhang hinunter, vorbei an der zweiten Schneise, die das Griechische Feuer geschlagen hatte, und hier ...

Eine Hand packte Ashs gepanzertes Knie. Ash blickte hinunter auf den Handschuh und in ein Gesicht, das sie nur anhand des Löwenkopfes erkannte, den der Mann auf der Livree trug; sein Gesicht selbst war zur Unkenntlichkeit zerschmettert. Neben ihm saß ein Hellebardier, der mit glasigen Augen und weißem Gesicht sein Handgelenk an die Brust drückte; die Hand selbst fehlte.

»Bader! Ein Arzt!«, bellte Vitteleschi über die Schulter zurück. »Holt die Ärzte hier runter!«

Die Standarten kamen näher. Die Männer suchten sich einen Weg zu Ash. In einem Radius von zehn Metern war der Boden mit Fußkämpfern in ihrer Livree bedeckt; einige bewegten sich, andere nicht, aber alle waren blutüberströmt. Ash trat einen Schritt zurück und traf mit dem Stiefel den Arm eines Mannes, der am Ellbogen abgetrennt war.

Eine schwache Stimme rief um Hilfe. Ashs Blick war noch immer auf den blutigen, nicht erkennbaren Mann gerichtet – *Ist das Treville? Ist das Henri? Ich kenne diese Rüstung.* Sie wich zurück, drehte sich um und sah Thomas Rochesters Armbrustschützen Ricau auf dem Boden knien; Thomas Rochester selbst saß mit dem Rücken an ihn gelehnt.

»Boss«, sagte Ricau. »Hilf mir mit ihm, Boss! Ich weiß nicht, was ich mit ihm tun soll!«

»Rickard, hol ein paar von diesen verdammten Ärzten her …«

»Läufer, Boss … Es sind noch nicht genügend hier …«

Steif ließ sie sich auf ein Knie nieder, mitten auf den von allen möglichen Körperflüssigkeiten und Exkrementen rutschigen Boden. Sie streckte die Hand aus und zögerte. Vitteleschi hockte sich mit einem blutigen Stück Stoff neben sie – ein abgerissenes Stück Livree – und streckte die Hand aus. Ricau nahm es und wischte damit vorsichtig den Mann ab, der an ihm lehnte. Rochester schrie. Das Geräusch durchdrang die Stille auf dem Feld und endete in etwas, das kein Niesen, sondern eine Explosion von Blut war.

»Es ist sein *Auge!*«, jaulte Ricau.

Er hatte seinem Kommandeur den Schaller ausgezogen. Aus zwei schwarzen ovalen Höhlen strömte Blut über Rochesters Gesicht, auf sein Kettenunterzeug und von dort seinen Brustpanzer hinunter. Von seiner Nase war nichts mehr übrig, nur noch ein Stück Nasenbein. Ein weißer Knochensplitter ragte aus der roten Masse heraus, die sein rechtes Auge war – sein eigener Knochen, wie Ash anhand der zertrümmerten Nase erkannte.

Die Männer, die den Hang herunterkamen, wurden langsamer und schauten auf Rochester. Sie versuchten nicht zu atmen, um den Gestank von Scheiße nicht in die Nase zu bekommen, den er ausstieß.

»Reißt euch zusammen.« Ash leckte sich über die Lippen. »Haltet ihn *still* und ruhig. Legt das Tuch darauf, saugt es auf ... und lasst ihn atmen. Tom. Tom? Hilfe ist unterwegs. Wir werden dich wieder zurückbringen. Scheiße ...« Sie richtete sich auf und sprang hoch. »Hat irgendjemand Wein? Wasser?«

Die Frage ging durch die Menge; die Männer tasteten an ihren Gürteln. Es gab einige wenige Feldflaschen, aber wie es den Anschein hatte, mit kaum was drin ...

»Hier!« Rickard wandte sich ab, schrie und winkte mit dem Löwenbanner den weiß gewandeten Männern zu, die sich von den Legionen über das Schlachtfeld zu ihnen vorarbeiteten. »Hier rüber!«

»Scheiße!« Ash machte auf dem Absatz kehrt und ging zu den burgundischen Einheiten, die sich nun zwischen den zertrümmerten Zelten befanden. Sie hörte ein Keuchen. Rickard und das Banner holten sie ein. Rickard sagte irgendetwas. Ash ging weiter. Neben ihr war Platz; die Männer teilten sich, und Ash ging zu Rickard, der sich niedergekniet hatte. Ash blieb stehen.

Die beiden Leichen lagen nebeneinander inmitten des verdreckten Zelttuchs eines ehemaligen Mannschaftszeltes. *Hier sind wir zur Straße durchgebrochen. Hier haben die Zeltgruppen ihre Arbeit getan.*

Ein kleiner, rundlicher Körper lag unter Rickards Händen. Der Junge rollte ihn herum. Der Kopf fiel unnatürlich nach hinten; das Genick war gebrochen. Ein paar gelbe Haarsträhnen ragten unter dem offenen Schaller hervor, und Blut floss aus acht, neun Löchern in der Brigantine.

»Margarete Schmidt«, sagte ein Mann, und Ash blickte auf und sah Giovanni Petro sowie den Schützen Paolo.

Petro zuckte mit den Schultern als Antwort auf ihre unausgesprochene Frage. »Wir sind die Einzigen, die von uns übrig sind.«

Schneeweiß und mit schimmernder Haut wie die Verwundeten stand Rickard wieder auf. Das Banner hatte er lose über die Schulter gelegt.

»Das ist Katherine Hammell«, sagte er.

Ash wollte dem widersprechen, doch dann sah sie, dass er nicht von Margarete Schmidt, sondern von dem anderen Körper sprach, der daneben wie ein Fötus im Dreck lag. Die Frau stöhnte. Ein Pfeil ragte unter dem Schulterblatt aus ihrem Kettenhemd heraus, und ein Schwert stak in ihrem Bauch; die Spitze trat hinten wieder aus. Mit ihren blutdurchtränkten Handschuhen hielt sie sich die Eingeweide.

»Sie lebt noch. Holt einen Arzt für sie.« Und als Ash Rickards Gesichtsausdruck sah, sagte sie: »Wer weiß?«

»Wir brauchen ein Wunder!«, heulte er.

Auf Ashs Gesicht brach sich ein zynisches Lächeln Bahn. Eine Sekunde lang hätte sie schreien oder in Tränen ausbrechen können. »Und genau das können wir nicht bewirken ...«

Ein schneller Schritt brachte sie wieder zu den marschierenden Männern und in Richtung der von Golems ausgehobenen Gräben, die die Stadt umgaben. Sie ging steif und schweigend.

Hier lagen weniger Leichen. Ash stolperte weiter, blickte

kurz zu der Lücke in der Mauer, sah Leofrics Banner und die von Anselm und Follo sowie eine Hand voll Zivilisten, die aus der Stadt herauskamen ...

»*Pass auf!*«, schrie Rickard.

Ashs Fuß trat auf etwas Weiches. Sie stolperte und fing sich wieder. Der Mann unter ihren Füßen kreischte und brach in Schluchzen aus. Schwarz gefiederte Pfeile ragten aus ihm heraus. *Er ist noch lebendig genug, um zu schreien,* dachte Ash, und dann: *Euen ...!*

Der drahtige dunkle Mann wirkte in seinem Kettenhemd und der Livree ungewöhnlich stämmig. Blutflecken verbargen den Löwen. Ash kniete nieder, zählte, *ein Pfeil im Arm, ein Pfeil im Gesicht, zwei Pfeile im Oberschenkel,* und sagte: »Euen, halt durch!«

»Scheiße, Boss!«, knurrte Rickard.

»Wenn er schreien kann, wird er es schaffen ...« Die Hand, mit der sie Euen abtastete, verharrte plötzlich. Unbeholfen schälte sie seine Livree und seinen Panzer ab und zog die Hand dann wieder weg; sie war heiß und rot von Blut, dass förmlich aus Euens Bauch sprudelte. »*Holt jemanden her!*«

Rickard sprintete los.

Ash drückte mit ihrem ganzen Gewicht auf die Wunde, bis die westgotischen Ärzte eintrafen, Euen auf eine Trage verfrachteten und die Männer anschrien, ihn ins Hospitalzelt zu schaffen. Ash stand auf. Ihre Hände trieften von Blut, und sie beobachtete, wie die Letzten ihrer Streitmacht an ihr vorüber und über die improvisierten Brücken über die Gräben zogen.

Die Verteidigungsstellungen waren inzwischen wieder bemannt: Westgoten in Schuppenpanzern und Helmen blickten sie an. Leise Stimmen stiegen in der stillen Luft empor, und ein Nazir knurrte einen Befehl. Ash fühlte, wie viele Bögen unauffällig gehoben worden, wie viele Männer Blicke austauschten, die sagten: *Nahe genug, um die Fotze zu töten.*

Ash streckte die Hand nach Rochesters Sergeanten Elias aus

und nahm ihm den schweren Speer mit dem Kopf ab. Eine behelfsmäßige Brücke aus einer unsicheren Eichentür und zwei Fensterläden stöhnte unter ihrem Gewicht, als sie den Graben überquerte. Rickard stolperte hinter ihr her.

Ja, wir haben es über die Belagerungsgräben hinweg geschafft.

Raus durch die Mauer, Brücken über die Gräben, die Zelte platt hauen und die Straße finden. Und dann müssen die Männer Gelimer und sein Banner gefunden haben. Ich wusste, dass er es würde heben lassen müssen, wenn er das Kommando übernehmen wollte. Ich wusste, dass er die Flucht versuchen würde. Und Jonvelle hat ihn an der Brücke aufgehalten. Ein paar Hellebardiere oder Ritter zu Fuß haben ihn dann getötet. Ich wusste, dass sie es schaffen würden.

Ich wusste es.

Wer braucht schon die Stimme des Löwen?

Ash warf einen Blick zurück und sah weitere westgotische Gesichter in den Gräben. Mit dem Löwenbanner über ihrem Kopf stand sie im Mittelpunkt der Aufmerksamkeit – wie ein Gaukler auf einem Jahrmarktswagen, der für tausende zu sehen ist.

Noch immer humpelten Männer und Frauen vom Feld hinter ihr her und reihten sich stumm zum Appell ein. Nur dass es keine Reihe war, keine Linie, sondern ein zerlumpter Haufen Männer hier, ein anderer dort, nichts, was einer Linie auch nur annähernd ähnlich war, und als Ash grob nachzählte, kam sie auf noch nicht einmal fünfhundert.

Sie war wie benommen, als wäre dies eine Niederlage und kein überraschender Sieg jenseits aller Hoffnung.

Hinter denen, die selber laufen konnten, kamen jene, die gestützt werden mussten: Pieter Tyrell mit dem Arm über Jan-Jacob Clovets Schulter, Saint-Seigne mit zwei Fußkämpfern, die ihn sitzend auf ihren Hellebardenschäften trugen, ein Schütze, dessen Augen nur noch eine blutige Masse waren, wurde geführt. Zwei weitere Blinde folgten ihm. Ein Hellebardier, in dessen Schuh Blut quatschte; an einer Hand hatte er keine Finger mehr. Eine taumelnde Kolonne von Verwundeten – die meisten trugen noch immer ihre Waffen über der Schulter – kam auf Ash zu, sodass sie sie als scheinbar bewegungslose Masse wahrnahm, über deren Köpfen blutverkrustete Waffen schwankten.

Und dann die Männer, die mit dem Gesicht nach unten auf den Tragen lagen oder die von anderen an Armen und Beinen geschleppt wurden. Menschen, die sich nicht rührten; Blut tropfte hinunter. Menschen, die weinten, kreischten; entsetzte, wilde Schreie. Fünfzehn, zwanzig, vierzig, mehr als fünfzig, mehr als hundert. Mönche und westgotische Ärzte trotteten zwischen ihnen hindurch, machten rasche Diagnosen und gingen zu jenen weiter, denen sie noch helfen konnten.

Das Trappeln eisenbeschlagener Hufe ließ den Boden beben. Ein westgotischer berittener Bogenschütze zügelte ein paar Meter von Ash entfernt sein Pferd. »Mein Herr Leofric hat alles für Euch vorbereitet.«

Der Mann klang nicht nur respektvoll, sondern verängstigt.

»Sag ihm . . . Sag ihm, dass ich dort sein werde.«

Ash blieb lange genug stehen, sodass die Sergeanten ihr das Ergebnis des Appells mitteilen konnten. Olivier de la Marche trat neben sie, gefolgt von seiner großen rot-blauen Standarte. Ein paar seiner Centeniers waren bei ihm, Lacombe und drei weitere: Saint-Seigne, Carency, Marle. *Sind das alle?*

»Demoiselle-Hauptmann?« De la Marche klang wie betäubt.

»Dreihundertzwölf Burgunder sind gefallen, zweihundertsiebenundachtzig verwundet. Es gibt . . .«

Rickard, Vitteleschi und Giovanni Petro blickten Ash an.

»Von uns sind zweiundneunzig nicht getötet oder verwundet worden. Hundertacht Gefallene.«

Der italienische Schützenhauptmann sagte: »Scheiße.« Rickard brach in Tränen aus.

»Und weitere hundert sind verwundet; ungefähr zwei Drittel von ihnen können noch gehen. Der Löwe wird mit knapp weniger als zweihundert Mann hier rauskommen, und das auch nur, wenn wir Glück haben.«

Der kalte Wind nahm wieder zu. Unbeholfen öffnete Ash die Schnalle der Fingerplatten an ihrem rechten Handschuh, packte den feuchten Innenhandschuh, bog ihren gebrochenen Finger wieder zurecht und band den Fingerriemen darüber, um ihm Halt zu geben.

»Lasst uns gehen«, sagte sie.

Fünf

Ein goldenes Teppichtuch bedeckte zwanzig Quadratmeter Erde unter dem Torturm. Darüber hatte man ein Zeltdach aufgebaut. Darunter umgaben Banner die Männer an einem langen Tisch. Als Ash auf den Pavillon zuging, spürte sie die Hitze der großen Feuer, die man überall entzündet hatte.

An den Feuerzungen vorbei blickte sie in den Winterhimmel hinauf und zu dem riesigen Lager der Belagerer.

»Wahnsinn.«

De la Marche nickte zustimmend und mit einem Lächeln, das verriet, dass er bereits begonnen hatte, den Gedanken an die Toten und Verwundeten beiseitezuschieben. »Aber Ihr habt es geschafft, Demoiselle-Hauptmann! Jungfrau von Dijon! Ihr habt es geschafft!«

Während sie hier entlangging, konnte sie nur Sturmwände und Pavesen sehen und die ersten spitzen Dächer von Mannschaftszelten. Nazire und Arifs bellten Befehle in den Gräben und zwischen den Zelten. Das hielt die Männer jedoch nicht davon ab, herauszukommen und die riesige Lücke in Dijons Mauer anzustarren; es waren tausende.

Ash zitterte plötzlich in ihrer stickigen Rüstung. Sie winkte Rickard, das Banner an Giovanni Petro zu geben, zu ihr zu kommen und ihr den Bart abzunehmen. Sie atmete tief ein und spürte, wie Rickard ihr den Helm lockerte. *Entweder bekommen wir jetzt Frieden oder nicht, und ich will verdammt sein, wenn ich mir jetzt wegen Meuchelmördern den Kopf zerbreche!*

Es ist mir egal.

Die kalte Luft traf auf ihre Kopfhaut. Ash kratzte sich mit der Linken das Haar und ignorierte das Blut auf ihrem Handschuh; dann sah sie das Spiegelbild ihres Gesichts im Helm, den Rickard hielt. Ein Streifen verbrühter Haut verlief quer durch ihr Gesicht, genau über den Wangenknochen, knapp über den Narben. Ihre unteren Augenlider waren geschwollen, und ihre Nase leuchtete hellrosa.

Ich bin eine der zweiundneunzig, und das hat nur etwas mit Glück zu tun.

Robert Anselm kam auf sie zu; Richard Follo war ein paar Schritte hinter ihm. Der verstaubte Vizegraf und Bürgermeister wirkte benommen. Er lachte leise, und es klang wie ein Ausdruck purer Freude.

Ash kannte die Worte, die zu dieser Art von Lachen gehörten: *Wir leben noch.*

Das goldene Tuch riss unter ihren Panzerstiefeln, als sie darüber hinwegschritt. Sechs, sieben Mann saßen an dem langen Tisch: Leofric in der Mitte, Friedrich von Habsburg zu seiner Rechten, links die französischen Gesandten und de Commines, dann Lebrija und die anderen Qa'id. Hinter ihnen standen weitere Männer in Rüstung; einer – sehr jung – mit den charakteristischen Gesichtszügen des Hauses Leofric.

Ash ließ den Blick über die Männer schweifen – der Habsburger Kaiser lächelte leicht – und schaute dann direkt zu dem karthagischen Emir Leofric.

»So verrückt seid Ihr also gar nicht, hm?«, sagte sie philosophisch. »Das habe ich auch nicht geglaubt. Nicht nachdem ich mit Eurer Tochter gesprochen habe. Aber es hat Euch am Leben gehalten, nehme ich an.«

Nun grinste sie geschockt und begeistert zugleich. *Ich hätte jemanden meine Rüstung zumindest abspülen lassen sollen.* Getrocknetes Blut und Fleisch klebten noch immer daran, und sie stank nach Schlachthof. Hier stand sie also nun in ihrem Plattenharnisch: eine Frau mit kurzem, silbernem, blutverschmiertem Haar, zerrissener Löwenlivree, Schwert an der Hüfte und mit einem Gewicht in der Hand.

Ash hob den schweren Gegenstand hoch und stellte ihn mit lautem Knall auf den Tisch. Gelimers Kopf. Getrocknete Körperflüssigkeit hatte die Innenseite ihres Handschuhs klebrig gemacht. Das blutverschmierte Haar war an ihrem Handschuh festgeklebt und zog an ihrem gebrochenen Ringfinger. Ash fluchte.

»Da ist Euer verdammter Ex-Kalif!«

Sein Kopf war inzwischen geschrumpft, das Blut rot-schwarz getrocknet, und die weißen Knochen im Rest seines Rückgrats deutlich sichtbar; unter seinen halb geschlossenen Augenlidern hatte sich ein weißer Rand gebildet.

Schweigend betrachteten die Männer den Kopf.

»Ich muss den Friedensvertrag mit der Herzogin persönlich unterzeichnen.« Leofric runzelte die Stirn. »Werdet ihr sie aus der Stadt bringen?«

»Sobald wir ...«

Eine tiefe Stimme sagte: »Sprich den König-Kalifen mit dem gebührenden Respekt an, Jund.« Ash drehte sich um und sah Alderich hinter seinem Herrn. Der Arif war nicht verwundet und grinste hinter seinem frisch geölten und geflochtenen Bart.

Ash erwiderte das Grinsen.

»Sobald wir geredet haben, ›mein Herr König-Kalif‹«, sagte sie. »Sobald dieser Frieden auf festen Beinen steht. Aber das Wichtigste zuerst. Ihr kennt die Wilden Maschinen. Ihr wisst, was sie zu tun versuchen. Ich werde Euch sagen, warum sie es noch nicht getan haben, Mylord … Mylord Vater. Ich werde Euch sagen, warum die Herzogin von Burgund leben muss.«

Mit dem Beenden von Kämpfen, dem Löschen von Feuern und dem Heranschaffen von Versorgungsgütern vergingen gut vier Tage. Ash schickte Reiter nach Osten und Norden. Danach mussten Ash, de la Marche und Lacombe nicht nur um Nahrung und Feuerholz verhandeln, sondern auch dafür sorgen, dass die Gräben mit den Toten gefüllt und die Verwundeten in die Abtei geschafft wurden.

Die Erde war eisenhart, sodass man keine Gräber ausheben konnte; deshalb stapelten Westgotensklaven die Toten zu großen rot-weißen Haufen. Wären nicht die gotischen Ärzte gewesen, die Verluste wären noch weitaus höher ausgefallen.

Ash besuchte ihre eigenen Verwundeten und weinte mit ihnen.

Sie fand Simon Tydder bei den Toten. Sein Helm fehlte, und sein Kopf war bis zum Kiefer gespalten. Der dritte der Brüder, Thomas, kniete bei Simons Leichnam in der Abteikapelle und wollte sich nicht trösten lassen.

Euen Huw lebte noch sechzehn Stunden.

Ash saß dreimal jeweils eine Stunde bei ihm, währenddessen sie Anselm und de la Marche das Kommando überließ. Sie saß in der grau beleuchteten oberen Kammer des Abteihospizes, gewärmt von Kohlebecken und Kaminfeuer, und spürte, wie seine Hand in der ihren immer kälter und kälter wurde. Bei der Untersuchung hatte man festgestellt, dass seine beiden Beine aufgerissen waren, an einem Schienbein bis auf den Knochen; aber es war die Speerwunde im Unterleib, die den Mann schließlich umbrachte. Er starb, von Krämpfen geschüttelt, in den frühen Stunden des neunundzwanzigsten Tages des Monats Dezember. Die Totenglocken läuteten.

»Emir Löwe!«, sagte Leofrics weiblicher Arzt, der sie an der Tür abfing. »Lasst mich Eure Augen mit Salbe einreiben.«

Dass Ash verschwommen sah, hatte nicht nur etwas mit ihren Tränen zu tun. Eine plötzliche Furcht drehte ihr den Magen um: *Blind und hilflos zu sein ...!*

Ash setzte sich ans Fenster und ließ sich mit einem beruhigenden Kraut behandeln. Allein der Geruch, den die Kleider der Frau ausströmten, brachte die Erinnerung an das Observatorium des Hauses Leofric wieder zurück und an den Schmerz tief in ihrem Unterleib.

»Verbindet sie über Nacht«, fügte die Frau hinzu. »In vier Tagen sollte es Euch besser gehen.«

»Wo du schon dabei bist, könntest du dich auch um das hier kümmern.« Ash streckte ihre Hand aus. Die Frau zog an dem Finger, zischte irgendetwas von wegen ›fränkischen Metzgern‹ und band den gebrochenen Ringfinger an den Mittelfinger.

»Ihr solltet ihn zehn Tage schonen.«

Als wenn ich zehn Tage hätte, um mich auszuruhen ...

»Danke«, sagte Ash; sie war überrascht, sich selbst sprechen zu hören.

Als sie die Steintreppe des Hospizes wieder hinunterkam, hörte sie Stimmen, und auf dem untersten Absatz traf sie Fernando del Guiz und die Faris.

Keiner von beiden sagte ein Wort. Das Strahlen auf ihren Gesichtern verriet Ash alles, was sie wissen musste. Ein echtes Gefühl von Taubheit dämpfte ihre Reaktion. Sie lächelte schwach und schickte sich an, an den beiden vorbeizugehen.

»Wir wollten, dass du es weißt«, sagte Fernando.

Ash sah, wie jung, wie richtig jung er aussah und wie verletzlich, und sie wurde von dem Wissen geplagt, dass viele ähnlich junge Männer nun tot auf dem Feld vor Dijon lagen.

Die Faris fragte: »Wird dein Priester uns verheiraten?«

Ash wusste nicht, ob ihr eigener Gesichtsausdruck ein Lächeln sein sollte oder doch eher ein Weinen.

»Digorie Paston ist tot«, antwortete sie. »Ein Golem hat ihn getötet; aber ich nehme an, Vater Faversham wird es tun. Er ist oben.«

Die Frau und der Mann drehten sich rasch um. Ash fühlte, wie schnell sie ihre Aufmerksamkeit auf das freudige Ereignis richteten. Nur mit sich selbst beschäftigt, vollkommen isoliert von Tod und Trauer ...

»Ach, warum nicht?«, sagte sie laut vor sich hin. »Tut es, solange ihr noch könnt.«

»NOCH IMMER WIRD ES KÄLTER, KLEINES DING DER ER-DE ...«

»... KALT ...«

»... WIR *WERDEN* SIEGEN!«

Die Stimmen der Wilden Maschinen in Ashs Kopf flüsterten in panischer Verwirrung. Mit wilder Zufriedenheit dachte sie: *Keine Faris, kein Steingolem, noch nicht einmal veraltete Berichte aus zweiter Hand. Ihr seid am Arsch. Ihr wisst gar nichts!*

Am 30. kehrte ein Reiter aus Osten zurück, begleitet von Bajezets Stellvertreter. Robert Anselm berichtete: »Er sagt ja. Florian kommt zurück. Sie wird einen Vertrag unterzeichnen, wenn de la Marche ihn gutheißt.«

»Was denkt Ihr?«, fragte Ash den Burgunder.

Olivier de la Marche blies in die kalten Hände und blickte von der zerstörten Stadtmauer zum Westgotenlager. »Ohne Zweifel gibt es noch immer Männer dort drüben, die Fürst Leofric für wahnsinnig halten. Es gibt aber auch jene, die ihn nicht für verrückt halten, und es gibt genug von denen, die einfach der Macht folgen, wer auch immer das Kalifat innehaben mag. Meiner Meinung nach sitzt er mindestens so lange fest im Sattel, bis er nach Karthago zurückkehrt und die Emire ihn herausfordern. Ich sage, es ist an der Zeit, einen Friedensvertrag zu unterzeichnen.«

Ash beobachtete, wie die Golems den Boden im Kathedralenhof bearbeiteten. Mit ihren steinernen Händen hoben sie Gräber aus. Auf dem für Menschen undurchdringlichen Eis lagen Leichen gestapelt.

Mit einem Adrenalinschub kam die Erinnerung an die erste Leiche, die sie je gesehen hatte. Sie war bei weitem nicht so ansehnlich gewesen wie die gewaschenen weißen Körper unter dem grauen Himmel hier. Ash war in der süßen Sommerluft durch einen Wald gerannt, wo Sonnenstrahlen zwischen den grünen Blättern hindurchfielen, und hatte einen Felsen umrundet – für *sie* war er riesig gewesen –; dabei wäre sie dann fast auf die Leiche eines Mannes getreten, der bei einem Gefecht am Vortag getötet worden war.

Er war ein glitzernder grün-schwarzer Haufen, der erst als Leiche zu erkennen war, nachdem die unzähligen Fliegen aufgeflogen waren, die auf ihm hockten.

Ich bin stehen geblieben, als wäre ich gegen eine Wand gerannt! Aber damals war ich anders.

Ashs Gedanken kehrten wieder in den geruchlosen Kathedralenhof zurück. Abt Muthari und Abt Stephan sangen, und Leofric stand neben ihr. Seine Gewänder rochen muffig, die Stickereien waren steif; er blinzelte wegen der unerbittlich kalten Luft. Kleine Wölkchen stiegen von seinen Lippen auf.

Westgoten in Dijon. Friedensvertrag hin oder her, die Vorstellung drehte Ash den Magen um.

»Aber warum ist es hier nicht dunkel?«, fragte der Westgotenfürst, ohne dass vorher jemand etwas gesagt hatte. Ash folgte seinem Blick, konnte in dem Dunst aber noch nicht einmal ansatzweise die Sonnenscheibe sehen.

»Wegen des Friedensvertrages ...« Feuchtkalte Luft ließ die Haut auf ihrem Gesicht gefrieren. »Ich habe nachgedacht, Herr Vater. Ich denke, wir sollten einen Bündnisvertrag unterzeichnen.«

»Das, was die *Ferae Natura Machinae*, die Wilden Maschinen, tun, ist ohne Zweifel real.« Leofric schniefte ein wenig, und seine Nase war leicht gerötet. Auch seiner Stimme war die Kälte anzumerken. »Wenn Burgund die Realität bewahrt, wie du sagst, müsste es dann nicht auch hier ›sonnenlos‹ sein?«

»Ein Bündnis von Gleichgestellten«, hakte Ash nach.

»Das Original ist immer besser ... so sagt man doch bei den Franken, oder?. Für uns armselige Erben der Römer war die Vergangenheit immer besser als diese degenerierte Gegenwart.«

Sein Blick war vielleicht dazu gedacht, sie in seine Gedanken mit einzubeziehen; Ash wusste es nicht.

»Und Burgund klammert sich an die Vergangenheit?«, murmelte Ash spöttisch.

Offenbar absichtlich missverstand Leofric ihre Worte und warf ihr das freundliche Lächeln eines alten Mannes zu. »Nicht immer. Frieden mit Karthago ...«

»Ein Bündnis. Wir mögen ja nicht die einzigen Menschen nach den Wilden Maschinen sein, aber vielleicht sind wir die Einzigen mit dem Willen, sie zu zerstören. Wir *werden* sie zerstören.«

Der fehlende fragende Unterton in diesen Worten ließ Leofric schaudern. »O ja ... sie zerstören. Es ist offensichtlich, dass es sich bei dem Feuer nicht um einen Segen handelt. Emir Gelimer ist tot; Gott hat seinen Willen in der Schlacht offenbart. Um die Pyramiden selbst verschmilzt der Stein mit Pflanzen, kleinen Tieren und sogar mit Menschen und Pferden. Wir müssen sie aufhalten und sie mit Hilfe unserer Geschützmeister zerstören.«

Dankbar dafür, wieder über militärische Fragen reden zu können, sagte Ash: »Wenn es direkt bei ihnen nicht mehr ganz so haarig ist, sollten wir dann nicht darüber nachdenken, ein paar Petarden zu legen?«

»*Falls* es aufhört.« Leofric zog seinen langen, pelzbesetzten Mantel enger um die Schultern und winkte seinen Stab, die

Ratgeber des Kalifen, noch ein Stück weiter zurück. »Ein Bündnis. Das würde viel darüber aussagen, wie wir über Burgund denken.«

»Das würde es wohl.«

Das *Wupp-Wupp* fallender Erde – es war zu kalt, um sie in Stücke zu spalten – dröhnte rhythmisch über den Kathedralenhof. Die beiden Äbte beteten gemeinsam die Totengebete, jeder ein Häretiker für den anderen.

Ash runzelte die Stirn und erinnerte sich. »Was habt Ihr mit ›Original‹ gemeint?«

»Wer erzählt eine Geschichte *als Erster?*«, erwiderte Leofric. »Wer auch immer es sein mag, sie wird zum Maßstab werden; andere werden danach beurteilt, inwieweit sie vom Original abweichen. Die erste Erzählung besitzt eine ganz eigene Autorität.«

Er blickte wieder zu Ash. Sie sah Aufregung in seinen Augen: Er war das Musterbeispiel eines Mannes, der über einer Theorie brütet, ohne sich darum zu kümmern, wem die Wahrheit nützen könnte – ihm oder einem anderen. All seine bisherigen Experimente waren den Kalifen zugute gekommen, nicht ihm selbst. *Ist das Leofric? Der ›zufällige‹ Kalif?*

Das ist der Mann, der mich hat aufschneiden und töten wollen . . . Wir könnten von Glück sagen, hätte er es getan.

»Ich verzeihe Euch nicht«, sagte Ash. Ihre Lippen bewegten sich kaum.

»Und ich dir auch nicht.« Und auf ihr Entsetzen hin: »Ein Experiment, das über ein halbes Jahrhundert gelaufen ist, und dann gehst du hin und . . .«

»Verdirbst es?« Ironie oder schwarzer Humor, eines von beiden überlagerte ihre Wut.

»Modifizierst es.« Da war immer noch dieses Abschätzende, wenn er sie anblickte. »Vielleicht nur, um zu beweisen, dass es einen Bereich gibt, in dem Unwissenheit herrscht.«

»Und . . . in diesem Bereich?«

»Weitere Studien.«

Eine Sekunde lang dachte Ash an das Haus in Karthago zurück – nicht an die Untersuchungsräume, sondern an die Zelle und an ihre eigene Stimme, die laut genug heulte, um von den eigenen Echos übertönt zu werden.

»Habt Ihr nicht *genug* studiert?«

»Nein.« In Leofrics Gesichtsausdruck lag die vertraute Arroganz – nicht nur in Bezug auf sie, Ash, sondern auch gegenüber dem jungen Mann, der plötzlich neben ihm stand, nachdem er an einer Gruppe Berater vorbeigegangen war, zu denen auch (das sah Ash jetzt) Annibale Valzacchi gehörte sowie dessen Bruder Gianpaulo: Agnus Dei.

»Sisnandus«, sagte Leofric in sanftem Ton. Im Hintergrund erklang die Totenmesse.

Ash erkannte den Karthager als eines der Gesichter um den Tisch auf dem goldenen Teppich: ein dünner junger Mann, schlachterfahren, mit Leofrics Mund; ansonsten kennzeichnete ihn nichts als das ehemalige Oberhaupt des Hauses Leofric, außer der Livree.

»Haus Leofrics und Haus Lebrijas Boten sind in die Hauptstadt aufgebrochen«, berichtete er.

Sei höflich: Das ist jemand, den Leofric für die Macht erzieht, sonst hätte er Sisnandus nicht das Kommando überlassen, während er den Wahnsinnigen gespielt hat.

Vorausgesetzt, Sisnandus hat überhaupt gewusst, dass er nur Teil eines Spiels war.

An seinem überraschend lebhaften Gesichtsausdruck konnte Ash nicht erkennen, ob er sich über Leofrics plötzliche Genesung und seine eigene daraus folgende Degradierung als Oberhaupt des Hauses ärgerte oder ob er nun ohnehin wieder die Verantwortung für das Haus trug, während Leofric sich mit den Pflichten des König-Kalifen zufriedengab.

Politik: Das ist alles Politik. Ash schaute zu dem Mann unmittelbar hinter Sisnandus, der zu dessen Eskorte gehörte. Der

Mann wandte den Blick ab. Guillaume Arnisout: Er schämte sich zu sehr dafür, ihr nicht nach Dijon zurückgefolgt zu sein. *Und in den nächsten Tagen werde ich auch mit ihm sprechen.*

»Ein Bündnis für den Frühlingsfeldzug.« Leofric blies seinen warmen Atem in die kalte Luft, und sein Blick wanderte zu den Golems, die die Toten inzwischen in die Erde hinabließen. »Die Franzosen könnte ich davon überzeugen. Könntest du auch die Türken holen? Der Vertrag wartet nur noch auf die Unterschrift der Herzogin.«

Der Morgen des 3. Januar war klar und sehr, sehr kalt; die Wintererde war so steinhart, dass man ein Pferd nur Schritt gehen lassen konnte.

»Braucht Ihr wirklich so viele von den gesunden Männern, um hinauszureiten und die Herzogin Floria wieder zurückzuholen?«, erkundigte sich Olivier de la Marche.

Ash saß auf einer geborgten Westgotenstute und grinste aus ihrem Kriegssattel zu ihm hinunter. »Jep«, antwortete sie fröhlich.

»Ihr nehmt fast dreihundert Mann mit, um Euch mit Bajezets fünfhundert berittenen Janitscharen zu treffen.«

Ash blickte auf die hundertzehn Männer unter der Standarte des Azurblauen Löwen und Lacombes Burgunder. »Wir wissen nicht, ob Bajezets Türken auf der Stelle kehrtmachen und zu Sultan Mehmet zurückreiten. Ich bin paranoid. Der Friede ist ausgebrochen, aber ich bin immer noch paranoid. Schaut mal da raus. Nichts zu essen. Dunkelheit jenseits der Grenzen. Zusammenbruch des Gesetzes. Es wird Jahre dauern, bevor wieder Ruhe in dieses Land einkehrt. Wie würdet Ihr Euch fühlen, wenn ich sie an irgendeinen Banditenhaufen verliere?«

Der große Burgunder nickte. »Da kann ich Euch nicht widersprechen.«

Im Laufe der letzten vier Tage waren dutzende von Männern und Frauen aus niedergebrannten Städten und Dörfern aus der Umgegend nach Dijon gekommen, kaum dass sich die Neuigkeit auf dem Land verbreitet hatte. Einige waren aus Höhlen in den Kalksteinhügeln gekrochen, andere aus dem Wilden Wald; alle waren hungrig, und alle waren weit davon entfernt, ehrenhaft zu sein.

De la Marche fügte hinzu: »Und ich muss Euch auch zugestehen, dass Ihr, die Ihr die Hauptlast der Schlacht getragen habt, die Ehre haben solltet, unsere Herzogin nach Hause zu führen.«

Nicht mehr lange, und es ist Schluss mit diesem Müll von wegen ›Löwin‹ – sobald wir unseren Feldzug im Süden planen.

»Aber ... sie?« De la Marche blickte zur Faris, die zwischen zwei von Giovanni Petros Männern ritt.

»Ich ziehe es vor, sie dort zu haben, wo ich sie sehen kann. Sie hat diesen Haufen mal kommandiert, erinnert Ihr Euch? Gut, jetzt ist es vorbei, aber wir wollen keine Risiken eingehen.«

Nicht dass ich keine Schritte unternommen hätte, um sie zur Zusammenarbeit zu ermutigen.

Am Rande der Menge von Bürgern um das offene Nordosttor herum entdeckte Ash einen Mann im Priestergewand: Fernando del Guiz. Seine Eskorte aus Löwen-Hellebardieren flankierte ihn. Er hob die Hand zum Segen – ob aber nun zu seiner ehemaligen oder zu seiner jetzigen Frau, das war nicht zu erkennen.

Ash blickte in den Himmel hinauf. »Es bleiben uns nicht mehr viele Stunden Licht. Wir werden sie frühestens morgen erreichen ... *wenn* wir sie denn so einfach finden können! Erwartet mich in drei, vier Tagen wieder zurück. Messire, da die Westgoten so großzügig mit ihrem Proviant, ihrem Wein und ihrem Feuerholz waren ... Glaubt Ihr, wir könnten uns eine Feier leisten?«

»Generalhauptmann, Pucelle, wahrlich«, sagte Olivier de la

Marche und lachte. »Damit bestätigt sich, was ich immer schon gesagt habe: Heuert einen Söldner an, und er wird euch die Haare vom Kopf fressen.«

Ash ritt unter den Augen der westgotischen Kanoniere, die sie von den Hügeln aus beäugten, über die Ostbrücke. Sie winkte, drückte der Stute die Sporen in die Flanken und ritt an die Spitze der Kolonne.

Die Kälte riss ihr die Luft aus dem Mund. In einer weißen Atemwolke nickte sie im Vorbeireiten den neuen Lanzenführern zu: Ludmilla, Pieter Tyrell und Jan-Jacob Clovet ritten mit ihr anstelle von Katherine Hammell; Vitteleschi marschierte an der Spitze von Prices Hellebardieren, und Euen Huws Dritter, Tobias, führte dessen Lanze. Thomas Rochesters Pferd wurde von seinem Sergeanten Elias geführt. Rochester trug einen Verband über dem blinden rechten Auge und eine noch von der Schmiede schwarze Stahlplatte über dem Loch in seinem Gesicht. Andere Lanzenführer – Ned Mowlett, Henri van Veen – blickten mit neuem Ernst, neuer Autorität drein.

Die Gesichter ändern sich. Die Kompanie macht weiter.

Mit Kundschaftern vor und hinter der Kolonne und an den Flanken ritt Ashs Streitmacht aus Dijon hinaus und zu den menschenleeren Weilern und geplünderten Feldern; durch Ausläufer des Wilden Waldes ging es in ein Ödland.

»Wissen wir, in welche Richtung Bajezet geritten ist?«, fragte Ash Robert Anselm. »An seiner Stelle hätte ich nicht versucht, die Scheiß-Alpen zu überqueren!«

»Er hat gesagt, er wolle nach Norden durch das Herzogtum reiten«, knurrte Anselm. »Dann nach Osten in die Franche-Comté und von dort über die Grenze nach Longeau in Haute-Marne, anschließend nordwestlich durch Lothringen. Es wird davon abhängen, wie gut sie vom Land leben können. Er sagte, sollten sie nicht vom Ende des Krieges hören, würde er nach

Straßburg reiten, dort dann nach Osten abbiegen und hoffen, irgendwann an der Donau auf die nach Westen vorstoßenden Türken zu treffen.«

»Wie weit, sagen die Kuriere, sind sie gekommen?«

»Über die Grenze. In die Dunkelheit. Sie befinden sich auf dem Weg zurück von Osten.« Anselm grinste. »Und wenn keiner von uns sich verirrt hat, befinden wir uns vielleicht sogar auf derselben Straße!«

Gegen Ende des Tages fielen erste Schneeflocken aus dem gelb gewordenen Himmel.

»Macht es uns nur so hart, wie ihr könnt«, murmelte Ash beim Reiten vor sich hin, während der eisige Wind zwischen Bart und Visier in ihren Helm eindrang.

»HART, JA, KALT . . . «

»WINTER-KALT, WELT-KALT . . . «

». . . BIS DER WINTER EUCH BEDECKT, BIS ER DIE GANZE WELT BEDECKT!«

Ash bemerkte einen panischen Unterton in ihren Stimmen.

Sie dachte, sagte es aber nicht laut: *Wir haben gewonnen. Ihr könnt die Christenheit in eine gefrorene Ödnis verwandeln, aber wir haben gewonnen. Leofric ist Kalif. Wir unterzeichnen den Vertrag und brechen nach Süden auf . . . Wir schnappen uns euch.*

Ash ritt nach Osten und nach Norden; ihr Zaumzeug klirrte in der schneegesättigten Luft, und sie lächelte.

Am folgenden Tag, nach langem frustrierenden Wandern durch eine schneebedeckte eintönige Landschaft, stieß die Vorhut der Janitscharen auf Kundschafter des Azurblauen Löwen; es war eine Meile vor einem niedergebrannten und verlassenen Dorf, wie Ash herausfand, als man sie dorthin eskortierte. Noch immer stieg Rauch von den Ruinen des Gutshauses und der Kirche auf, und Schnee bedeckte die Hänge der Hügel, die einmal Weinberge gewesen waren.

Während es immer dunkler und damit die Sicht immer schlechter wurde, ritt Ash mit Anselm, Angelotti und dem Burgunder Lacombe neben einer zerstörten Steinbrücke über einen zugefrorenen Bach. Gut ein Dutzend Lehmhütten stand noch, die Reetdächer vom Schnee eingedrückt. Und die Janitscharen führten sie in ein überraschend ordentliches Zeltlager, das sie um die intakten Gebäude und die Mühle herum errichtet hatten.

Zwei Männer kamen aus einem hohen Fachwerkgebäude heraus. Ein Mann in Rüstung und mit der Standarte des Blauen Ebers; der andere nahm den Helm ab und entblößte einen Schopf aus sandfarbenem Haar und ein von Falten durchzogenes Gesicht, auf dem ein breites Lächeln erschien, als er die Livreen von Ash und ihren Männern erkannte.

»Sie ist in Sicherheit«, rief er zu Ash hinauf.

Ash stieg ab, gab Rickard ihren Helm und ging John de Vere, dem Earl of Oxford, entgegen. Sie sagte: »Es herrscht Frieden.«

»Das hat uns Euer Reiter schon gesagt.« De Vere kniff die blassblauen Augen zusammen. »Und die Schlacht davor war schlimm?«

»Ich glaube allmählich, dass es überhaupt keine guten Schlachten gibt«, erwiderte Ash, und als de Vere zustimmend nickte, fügte sie hinzu: »Florian?«

»Ihr werdet ›Bruder Dickon‹ am Kamin der Mühle finden«, antwortete John de Vere und grinste »Bei Gottes Zähnen, Madam! Ein englischer Earl lässt sich nicht wie ein Bauer beiseiteschieben! Was ist mit der Frau los? Man könnte schwören, sie hätte noch nie zuvor eine Herzogin von Burgund gesehen!«

Im Laufe der Nacht hörte der Schneefall auf. Am nächsten Morgen, dem 5. Januar, brachen sie beim ersten Morgengrauen in Richtung Südwesten auf.

Ash ritt Knie an Knie mit Florian und erzählte der Herzogin, »Gelimer ist tot«; dann berichtete sie in allen Einzelheiten vom Kampf und Tod von Freunden, über die Florian etwas wissen wollte. Schließlich musste Ash Fragen über die Verwundeten beantworten: wie die westgotischen Ärzte Katherine Hammell, Thomas Rochester und die anderen behandelt hatten.

»Es herrscht Frieden«, endete Ash. »Zumindest bis irgendjemand Leofric umbringt! Bis dahin sollten uns allerdings noch ein paar Monate Zeit bleiben. Bis zum Frühling.«

»Es wird Jahre dauern, bis wir uns von diesem Krieg erholt haben.« Florian schlang die Falten ihres Mantels um die Beine, um sich vor dem Wind zu schützen, der nun noch kälter geworden war, nachdem der Schneefall aufgehört hatte. »Ich kann nicht ihre Herzogin sein. Schafft uns die *Ferae Natura Machinae* vom Hals, und ich bin fertig hier.«

Die Westgotenstute leckte vorsichtig an dem Schnee an ihren Hufen. Ash beugte sich vor, um den schlanken Hals unter der blauen Schabracke zu klopfen.

»Du wirst nicht in Burgund bleiben?«

»Ich habe nicht deinen Sinn für Verantwortung.«

»›Verantwortung‹ . . . ?«

Florian nickte nach vorne, in Richtung der Männer von Lacombe und Marle. »Wenn du sie einmal kommandiert hast, beginnst du, dich für sie verantwortlich zu fühlen.«

»Ach, was für ein Scheiß!«

»Sicher«, sagte Florian. Das auf ihrem Gesicht hätte ein Lächeln sein können. »Sicher.«

Zwei Meilen die Straße hinunter, in einem Tal, wo der uralte Wilde Wald, der die Hügel bedeckte, an den Hängen zur Hälfte schwarz verbrannt war, zügelte Ash ihr Pferd, weil sie einen Kundschafter zurückkommen sah: einen langgliedrigen Jungen in Polsterwams.

»Lasst den Mann durch.«

Thomas Tydder drängte sich zu ihr durch und griff keuchend nach ihrem Steigbügel. »Truppen ... Da vorne. Gut tausend Mann, Boss.«

»Goten?«, fragte Ash lebhaft. Tydders junge Stimme überschlug sich; er zögerte kurz. »Größtenteils Deutsche. Das Hauptbanner ist ein Adler, Boss. Es ist der Heilige Römische Kaiser. Es ist Friedrich.«

»Auf dem Weg nach Hause«, bemerkte Robert Anselm.

»O ja, ich nehme an, er musste ausgerechnet diese Straße nehmen ...« Ash setzte sich im Sattel auf, blickte nach vorne und dann die sich windende Straße wieder zurück. Verschneite Wälder schlossen die Straße ein, auf der sie sich befanden. »Wir werden weiterreiten, bis der Weg breiter wird, dann zur Seite ausweichen und ihn durchlassen.«

»Hat ja nicht lange gedauert, bis er die Goten im Stich gelassen hat, hm?«, knurrte Robert Anselm.

»Die Ratten verlassen das sinkende Schiff, Madonna.« Angelotti lenkte seine ebenfalls von den Westgoten geborgte Stute neben sie. »Er wird nicht gerade der Liebling von Emir Leofric sein. Deshalb wird er wohl nach Hause reiten, um erst einmal Ordnung an seinem eigenen Hof zu schaffen.«

»Robert, reite zurück, und sorg dafür, dass Bajezet versteht, dass wir die Straße für ihn frei machen. Ich will hier keine Rangeleien sehen.«

Hundert Meter weiter hielt Ash wieder an und wartete bei ihren Männern, während John de Veres Truppen und die Janitscharen-Eskorte rechts und links die Straße räumten.

»Boss!« Anselm kam wieder zurückgaloppiert. »Wir haben ein Problem. Es ist kein weiterer Kundschafter mehr zurückgekommen. Seit fünfzehn Minuten hat niemand mehr einen Bericht gebracht.«

»Oh, *Scheiße.* Gut ... Panik ...« Ash stellte sich in ihren Steigbügeln auf und blickte blinzelnd zu der Stelle zurück, wo die Wälder auf beiden Seiten die Straße zu einem Engpass machten. Zwei, drei dunkle Gestalten verschwanden im selben

Augenblick an den Hängen. »Sie haben Reiter um uns herumgeführt! Gib Alarm, Roberto!«

Der Trompeter blies ein langes Jaulen durch das schneebedeckte Tal. Ash hörte, wie Pferde sich hinter ihr bewegten. Einheiten nahmen Formation ein, Männer riefen Befehle, und Robert Anselm deutete nach vorne.

»Sie haben angehalten und schicken einen Herold.«

Sollen wir versuchen auszubrechen und zu fliehen? Nein: Sie haben die Wälder hinter uns besetzt. Ein Durchbruch geradeaus? Das ist die einzige Möglichkeit. Aber Florian!

Wie gelähmt beobachtete Ash, wie der Herold sich aus den inzwischen sichtbaren Reihen der Deutschen löste und auf sie zukam. An diesem eiskalten Morgen war es nicht windig genug, um die triefnassen Banner flattern zu lassen. Vage erkannte Ash das Gesicht des Mannes – *Gehörte er nicht bei Neuss zu Friedrichs Hofstaat?* –, aber nicht den westgotischen Qa'id, der neben ihm ritt.

»Gebt die Frau auf«, verlangte der Herold ohne Vorrede.

»Und welche Frau mag das sein?« Ash sprach, ohne den Blick vom Feind zu nehmen. Insgesamt waren es zwischen tausend und tausendfünfhundert Mann. Reiterei: europäische Ritter in schweren Plattenrüstungen und westgotische Kataphrakten in Schuppenpanzern. Zumindest die Westgoten sahen wie Veteranen aus. Ash sah die Adler.

Das sind Männer aus den neuen Legionen, III Caralis und I Carthago, Gelimers persönliche Legionen.

Bei ihnen befand sich eine schwarze Masse aus Sklavensoldaten und ein fester Block aus deutschen Fußkämpfern; von Schützen war kaum etwas zu sehen ...

»Die Frau, die sich selbst die Herzogin von Burgund nennt«, rief der Herold mit schriller Stimme, »und die mein Herr Friedrich, Kaiser der Römer und Herr von Deutschland, nun in seinen Gewahrsam nehmen wird.«

»Die er *was*?«, schrie Ash. »Für wen, zum Teufel, hält er sich?«

Wut und Furcht hatten sie sprechen lassen, und der westgotische Offizier blickte sie scharf an. Der Qa'id verlagerte sein Gewicht und wendete das Pferd. »Er ist *mein* Herr Friedrich ... der einst ein treuer Vasall meines inzwischen verschiedenen ruhmreichen Herrn Gelimer war, und der nun das Kalifat des westgotischen Reiches für sich beansprucht.«

Große Scheiße, dachte Ash.

»Friedrich von *Habsburg*?«, meldete sich Florian ungläubig. Sie unterdrückte ein Husten, indem sie eine Hand vor den Mund legte. »*Friedrich* stellt sich zur Wahl für den Thron des *König-Kalifen*?«

»Er ist Ausländer!«, protestierte Anselm bei dem Westgotenoffizier, doch Ash schenkte ihm keine Beachtung.

Ja, das kann er wohl tun, überlegte sie.

Unten in Dijon ist die Armee vermutlich in ›ja‹, ›nein‹ und ›vielleicht‹ gespalten. ›Ja‹ – jene für Leofric. ›Nein‹ – jene, die Gelimer treu ergeben waren; aber ein toter Mann hat wenig Freunde. Und ›vielleicht‹ – jene, die abwarten, in welche Richtung sich die Waagschale neigt.

Diese Jungs hier werden Gelimers ehemalige Vasallen sein, die er als Offiziere in seinen Legionen eingesetzt hat. Und der Grund, warum sie Friedrich folgen ...

»Gebt uns die Frau!«, knurrte der Westgoten-Qa'id. »Verwechselt Herrn Friedrich nicht mit Leofric. Leofric ist ein schwacher Mann, der sich nichts sehnlicher gewünscht hat, als Frieden mit euch zu schließen, und das, wo wir unmittelbar vor dem Sieg standen. Mein Herr Friedrich, der Kalif sein wird, ist bereit, Gelimers Willen zu erfüllen, den dieser äußerte, bevor er auf so heimtückische Art und Weise ermordet wurde. Mein Herr Friedrich wird diese Frau, Floria, die sich selbst die Herzogin von Burgund nennt, hinrichten, um unseren Sieg über Burgund zu vervollständigen.«

Anselm knurrte: »Verdammter Hurensohn.«

Der rosige Dunst auf den Hügeln wurde weiß, je weiter die Sonne aufstieg. Der aufgewirbelte Schnee schimmerte. Ashs

Atem strömte weiß aus ihrem Mund. Sie überprüfte die Positionen: Bajezet befand sich zu ihrer Linken an der Spitze seiner Männer; de Veres Blauer Eber flatterte rechts. Ash kniff die Augen zusammen und starrte über die fünfhundert Meter zwischen ihnen und Friedrich mit seinen Truppen hinweg.

»König-Kalif Friedrich ...«, sagte sie. »Ja. Wenn er die Herzogin tötet, das hier in eine Niederlage für Burgund verwandelt, dann ist er der Held des westgotischen Reiches, dann *ist* er vermutlich Kalif – und er bekommt einen beachtlichen Teil von Burgund für sich selbst. Ludwig von Frankreich erhält vermutlich auch seinen Teil, aber Friedrich bekommt das meiste. Und wenn die Türken heulend über die Grenze stürmen – *seine* Grenze –, hat er seine Armeen und die der Westgoten, und er ist in Sicherheit; er kann ihnen allen in den Arsch treten. Heiliger Römischer Kaiser *und* König-Kalif. Und alles, was er dafür tun muss, ist, hier rauszukommen und die Herzogin zu töten.«

»Ich glaube es einfach nicht ...« Florians Stimme explodierte in einem Husten. Sie wischte sich die tränenden Augen; ihre Nase war rosa angelaufen. Und Ash hatte nur einen Augenblick Zeit, Mitleid mit ihrem Arzt, der Herzogin, zu empfinden, die offenbar eine Erkältung bekam. »Das ist ein politischer Kampf! Friedrich *muss* wissen, was die Wilden Maschinen vorhaben!«

Ash sagte: »Offensichtlich glaubt er es nicht.«

»Du hast die westgotischen *Legionen* geschlagen! Das kann doch nicht in irgendeinem *Hinterhalt* enden!«

»Niemand ist so etwas Besonderes, dass er nicht durch irgendeinen Mist sterben könnte, nachdem der Krieg gewonnen ist«, erwiderte Ash grimmig und fügte, an Robert Anselm gewandt, im Lagerjargon hinzu: »Wir werden sie frontal angreifen und durchbrechen. Mylord Oxford, Ihr und Bajezet nehmt Florian – brecht durch und reitet weiter. Holt Hilfe aus Dijon.«

»Sobald wir festgestellt haben, wer in Dijon das Kommando

hat«, ergänzte John de Vere bitter. Er drehte sich im Sattel um, um den Janitscharen Befehle zu erteilen.

Ash gab ihrer Stute die Sporen und ritt näher an den deutschen und westgotischen Herold heran. »Geht zurück und sagt Friedrich, dass er nur bellt. Diese Herzogin steht unter unserem Schutz, und er kann sich genauso gut verpissen.«

Der Westgotenoffizier hob den Arm und ließ ihn wieder fallen. Von vorne ertönte das Zischen von Bögen. Ash zog instinktiv den Kopf ein: Pfeile schlugen zwischen den Pferden ein; die Herolde gaben ihren Tieren die Sporen und galoppierten zu den eigenen Reihen zurück.

Die Janitscharen griffen ohne zu zögern an. Fünfhundert Pferde wirbelten Dreck und Schnee auf. Ein Brocken aus feuchten Schlamm traf Ash am Helm. Sie schob den Schaller in den Nacken, wischte sich übers Gesicht und rief Anselm zu: »Formiert euch!« Die berittenen Bogenschützen der Janitscharen zogen ihre Bögen und schossen im Reiten, de Veres Banner und Floria del Guiz mitten zwischen ihnen. *Sie können sie sicherlich nicht erreichen!*, dachte Ash. Der Angriff vor ihr löste sich in einer Masse schreiender Tiere, stürzender Männer und fallender Banner auf.

In dem Durcheinander schreiender Pferde sah Ash, wie sich die Schlachtreihen vor ihr teilten.

Gestalten, größer als jeder Mann, stapften durch den Schnee. Ihre Bewegungen waren langsam, dennoch legten sie mit jedem Schritt eine furchterregende Entfernung zurück, und ihre steinernen Füße waren so schwer, dass sie nicht fielen. Das rote Licht der aufgehenden Sonne ließ ihre Körper glühen und spiegelte sich in ihren blicklosen Augen.

Eine von ihnen riss einen Mann vom Pferd. Der Golem hielt den zappelnden Türken am Fußgelenk und knallte mit dessen Körper wie mit einer Peitsche.

Zwanzig oder mehr karthagische Kuriergolems stapften mit ausgestreckten Händen auf Ash zu.

Rasch wich sie zurück und fand Rickard mit dem Banner neben sich. Ihr Körper verkrampfte sich, weil er Griechisches Feuer erwartete …

Ein Golem schickte einen brüllenden Flammenspeer zwischen die Türken und löste ihre Formation auf.

Nur einer: Ist ihnen das Griechische Feuer ausgegangen? Wo kam der Golem überhaupt her?

Eine Masse von Reitern schoss quer vor ihr vorbei und versperrte Ash für Augenblicke die Sicht auf die Golems; ein zweites Mal ertönte das Brüllen der Flammen, und Pferde schrien. Ashs Kommandotrupp wich auseinander; sie empfing Bajezet, ein Dutzend türkische Reiter und John de Vere, der Florians Stute an den Zügeln führte.

»Sie kommen durch, Frau-Bey!«

»Robert! Kundschafterberichte! Wo können wir uns verschanzen, bis ein Reiter Hilfe holen kann?«

Anselm deutete in die entsprechende Richtung. »Am Waldrand, am Hang zu unserer Rechten, gibt es ein paar Gebäude. Es sind Ruinen, aber sie bieten uns Deckung.«

»Florian, da gehen wir jetzt hin. Ich will keinen Widerspruch hören.« Ash sprang aus dem Sattel der in Panik geratenen Stute und landete hart, aber auf den Füßen. Sie riss ihr Schwert aus der Scheide, deutete Richtung Wald und brüllte dem Standartenträger des Azurblauen Löwen zu. »Lasst euch in den Wald zurückfallen!«

Vitteleschi rannte herbei: Hellebardiere formierten sich vor Ash, Pfeile prallten von Kriegshüten ab. Ein Mann grunzte und brach den Schaft eines Pfeils in seinem Bein ab. Rickard griff nach Ashs Zügeln und kämpfte mit der Stute und dem Löwenbanner zugleich. Ash ratterte eine ganze Reihe von Befehlen herunter: Lanzenführer schrien ihre Männer an; langsam wichen sie zurück, sehr langsam, weg von der Straße. Inzwischen kämpften sie gegen deutsche Ritter, welche die Hellebardiere jedoch nicht direkt angreifen wollten, und Bolzen von Jan-Jacob Clovets Armbrustschützen surrten durch die Luft ...

»Gut, zieht euch zurück, langsam, ruhig, *kommt!*«

Ash spürte nur die Müdigkeit in ihren Gliedern und das Bedürfnis zu rennen, schnell, in voller Rüstung, einen von Baumstümpfen übersäten verschneiten Hang hinauf. Der Schnee zog an ihren Beinen, und in jedem versteckten Kaninchenbau drohte sie sich den Fuß zu brechen.

Zwei Oxford-Reiter und Florian ritten in gefährlicher Geschwindigkeit voraus. Ash erhaschte einen Blick auf zerfallene graue Wände vor ihnen. Robert Anselm bellte und ließ die Männer sich in einer langen Reihe formieren, deren eines Ende an die Gebäude anschloss. Ash sprintete ans andere Ende der Reihe bei einer Gruppe halb niedergebrannter uralter Bäume und schob die Männer in Position. Ihr Banner war an ihrer Schulter; Rickard trug es, das Gesicht weiß, keuchend, und der kleine Page Jean führte die Pferde. Ash schwang herum, als die roten Granitgolems den Hang hinaufstapften, in die Schlachtreihe hinein.

Sie können unsere Reihe durchbrechen, sie können uns in die Flanke fallen, wenn sie hinter uns gelangen, durch die Bäume ...

»Ash!« Rickard schrie ihr ins Ohr, nachdem er sich zwischen Ned Mowlett und Henri van Veen durchgedrängt hatte. »Ash!«

»*Was?*« Sie packte sich einen Läufer: »Sag de Vere, er soll *Armbrüste* einsetzen. Wenn sie Rüstungen durchschlagen können, können sie auch Stein brechen! Rickard, was?«

»Es ist Florian!«

Ash riss sich von dem Kampf los: Eine wankende Schlachtreihe wich langsam den Hügel hinauf zurück. Die Löwenstandarte flatterte im Zentrum der Schlachtreihe; Pieter Tyrell trug sie in einer Lederhalterung dicht am Körper. In einer Häuserruine – einer Kirche, erkannte Ash anhand der Reste hoher, farbiger Fenster – hatte sich eine Hand voll Männer zusammengekauert. Richard Faversham, Vitteleschi, Giovanni Petro.

»Sie ist verletzt!«, schrie Rickard. »Sie ist *verletzt*, Boss!«

»ES IST ZEIT. ES IST *UNSERE* ZEIT!«

Die Wilden Maschinen schrien ihren Triumph hinaus. Die Kraft der Stimmen ließ Ash taumeln; sie packte Rickard an der Schulter, um nicht umzufallen.

Ein Schatten huschte über den Jungen, trübte seine Rüstung. Ash blickte nach oben.

Das morgendliche Sonnenlicht wurde so schnell schwächer, wie Wasser aus einem zerbrochenen Krug fließt.

Sechs

Im letzten trüben Licht sah sie den verschneiten Hang, schwarz von Männern, die zu ihnen heraufstürmten, und das Adlerbanner von Friedrich von Habsburg ... und das Banner von Sigmund von Tirol sah sie ebenfalls, und mit reumütiger Belustigung erinnerte sie sich an Neuss. *Das ist der Mann, der aus purer Schadenfreude dafür gesorgt hat, dass ich Fernando heiraten musste.* Und da! Noch ein Banner: das Zahnrad, von Leofrics nur unterschieden durch einen Streifen. Ein halbes Dutzend Dinge ergab plötzlich ein Gesamtbild, und Ash erinnerte sich an den jungen Mann bei Leofric am Verhandlungstisch und während der Beerdigung: Sisnandus – *auch wenn wir einander nie formell vorgestellt worden sind* – mit Golems, die er seinem Haus gestohlen hatte.

Ash stolperte über Vitteleschi, als dieser zur Schlachtreihe zurückrannte. Sie griff nach unten, um sich abzufangen, und fand die Schulter von Thomas Rochester, der halb blind versuchte, eine Lunte zu entzünden.

»Zunder!«, bellte sie. »Fackeln! Licht!«

Sie stapfte den Hang weiter hinauf in Richtung der kleinen Kirchenruine. Irgendwo vor ihr ertönte eine Stimme in der

Dunkelheit und sang Latein: Richard Faversham. Ash drängte sich mit den Ellbogen durch die Männer, und Antonio Angelotti drückte ihr eine Fackel in die Hand. Das gelbe Licht leckte an seinem gelben Haar.

»Ich habe die Arkebusen links in Stellung gebracht!«

»Schaltet diese verdammten Golems aus! Brecht sie auseinander! Vorwärts!«

Ash blieb nicht stehen und überließ es ihrer Eskorte, mit ihr Schritt zu halten. Sie schlurfte über eine niedrige eingestürzte Mauer und fiel neben Richard Faversham auf die Knie.

Florian lag neben dem Priester in dem mageren Schutz, den die nur noch fünf Fuß hohe Wand bot. Ash drückte Rickard die Fackel in die Hand, der sie für sie hielt.

Florians Helm war weg, die Haut an ihrem Hals aufgeschürft. Schwarzes Blut verklebte ihr Haar unmittelbar über dem rechten Ohr. Ash nestelte an ihren Handschuhen und berührte mit ihren verbundenen Fingern die verklumpte Masse. Irgendetwas gab nach. Die Frau stöhnte.

»Was war das?«

Dickon de Vere, der kreidebleich unter dem Visier war, schrie: »Eines dieser *Dinger!* George ist tot. Es hat Viscount Beaumont aus dem Sattel gerissen. Mein Herr Bruder, der Earl of Oxford, hat uns rausgeholt. Es hat sie getroffen. Es hat sie *getroffen.* Durch den Helm und alles hindurch!«

»Scheiße!« *Lass sie ruhig liegen, für Wochen oder für Monate; übergib sie der Obhut der Priester, und sie könnte mit der Zeit wieder gesund werden. Aber nicht hier auf diesem Hügel, nicht hier in der Finsternis, wo auf der anderen Seite der Wand ein Kampf tobt.*

Thomas Rochester stolperte in den Lichtkreis und trat Richard Faversham auf die Füße. Er hielt eine zweite Fackel in die Höhe. Draußen in der Dunkelheit bellte Robert Anselm Befehle, und von weiter weg ertönte John de Veres Ruf: *»Haltet die Stellung!«*

Ein Dröhnen in der Luft warnte Ash. Pfeile fielen aus der

Dunkelheit um sie herum. Ash schützte Florian mit ihrem Körper und grunzte, als ein Geschoss von ihrem Rückenpanzer abprallte.

»Bringt sie in Deckung!«

»Es gibt keine!«, schrie Richard Faversham über den Lärm aufeinanderschlagender Klingen hinweg. »Die Mauer hier ist das Beste, was wir haben, Boss.«

»Sie stirbt!« Dickon de Vere sank weinend neben Florian auf die Knie. »Madam, das ist das Ende aller Dinge!«

»Verdammter *Hurensohn!*«

Ein wilder Schrei ertönte in der Nähe. Ash sprang auf und schlug nach der Gestalt, die über die Mauer kam. Der Mann fiel auf Richard Faversham, vier Breitkopfpfeile staken in seinem Rücken. Am anderen Ende der Mauer erschien eine weitere Gestalt in Plattenrüstung.

Die Faris, ein gezücktes Schwert in der Hand, trat ins Licht und auf Rickard mit dem Banner zu. »Es sind zu wenige von uns und zu viele Golems. Wir haben drei mit Bolzen zerstört, aber mit Klingen können wir nicht gegen sie standhalten ...« Sie blieb unvermittelt stehen, als sie den bewusstlosen Körper von Floria del Guiz im Fackellicht sah. »Gottes Mund! Ist sie tot?«

Richard Faversham hörte auf zu singen. »Sie liegt im Sterben, Madam.«

Die Faris hob die Klinge.

Ash schaute ihr zu.

Als sich die Schwertspitze auf Höhe ihres offenen Visiers befand, verspannte sich ihr Körper, ohne dass sie es gewollt hätte. Die rasiermesserscharfe Klinge und Spitze wurden vor ihren Augen immer größer.

»Wir haben keine Zeit, dass es uns leidtun könnte«, sagte die Westgotin. Noch während sie sprach, packte sie das Schwert mit beiden Händen, hob es über den Kopf und schlug mit aller Kraft zu.

Ein hartes *Krach!* hallte durch die schwarze Luft. Das Schwert der Faris würde aus der Bahn geworfen und verfehlte Ash nur um einen Fuß. Die Frau fiel schreiend auf den Rücken. Ash schaute mit offenem Mund zu, wie sie sich wand.

»Niemals!« Antonio Angelotti stand am Ende der Mauer. Die Arkebuse in seiner Hand qualmte noch. Der Geruch des Zunders war stark in der kalten Luft. Er trat vor und blickte auf zerschmetterte Knochen, Knorpel und Blut hinunter, die einst das rechte Knie der Frau gewesen waren. »Scheiße. Ich wollte sie in den Rücken treffen. Madonna, tu, was auch immer du tun wirst. Und tu es jetzt!«

»Was soll ich denn tun?«, erwiderte Ash benommen. Sie konnte sich selbst nicht über den Schlachtenlärm und die Schreie der Faris hinweg hören. »Was soll ich …?«

»Madonna.« Angelotti ging zwischen Dickon de Vere, Rickard und Thomas Rochester hindurch und ergriff ihre Hand. »Sie werden dich jetzt zwingen – die Wilden Maschinen. Ich glaube, sie haben schon zu dir gesprochen. Da ist etwas, das du tun wirst. Tu es.«

Vage war sich Ash bewusst, dass Richard Faversham Florian in den Armen hielt. Die Herzogin wirkte klein vor seiner mächtigen Brust. Ein Soldat und Thomas Rochester knieten bei der Faris und schnitten ihr mit ihren Dolchen die Rüstplatten vom Knie.

Ich werde niemals erfahren, ob Florian in diesem Augenblick meinen Tod befohlen hätte. Ash löste sich von Angelotti, kniete neben Floria del Guiz nieder und berührte das goldene Haar der Frau.

»Das …« Angelottis helle Stimme ertönte hinter ihr. »Das hier, die Faris … Sie glaubte, sie sei die Waffe der Wilden Maschinen. Nun wusste sie, dass *du* es bist und dass sie *dich* kontrollieren und dass *du* das nicht aufhalten kannst … Ja, Madonna … Es war klug von ihr zu versuchen, dich zu töten. Da ist etwas, das du tun wirst.«

Als Ash über die Schulter blickte, sah sie, wie Angelotti die Arkebuse lud. Rickard war leichenblass und starrte ihn entsetzt an. Thomas Rochester brüllte den Soldaten, die nicht bemerkt hatten, was sich am anderen Ende der Mauer zugetragen hatte, Befehle zu. Dickon de Vere nickte vor sich hin.

»Tu es«, sagte der Italiener, »sonst werde ich beenden, was sie begonnen hat. Ich habe die Wilden Maschinen in Karthago gesehen, Madonna. Ich habe Angst genug, dich zu töten.«

Druck breitete sich in Ashs Körper aus. Sie geriet ins Wanken, löste sich von Florian und drehte sich zu Angelotti um. Tränen hatten weiße Bahnen über sein von Pulver geschwärztes Gesicht gegraben; im Fackellicht konnte sie das deutlich sehen. Er biss sich auf die Lippe. Er stand zehn, elf Fuß entfernt; weit genug – falls seine Arkebuse nicht sofort zündete –, um den Krummsäbel zu ziehen, bevor sie ihn erreichen konnte.

Er meint es ernst, dachte Ash. *Und er hat Recht.*

»Ja, da ist etwas, das ich tun kann. Bis jetzt habe ich es nicht gewusst. Du bist ein sehr überzeugender Mann, Angeli.«

»Ich bin ein Mann, der große Angst hat«, erwiderte er mit fester Stimme. »Wenn du jetzt stirbst, haben wir noch immer die Chance, Krieg gegen Karthago zu führen und die Wilden Maschinen zu zerstören. Wir hätten Zeit. Madonna, was kannst du tun? Kannst du ihrer Macht widerstehen?«

Eine weitere Welle der Schwäche durchflutete sie: tief in ihrem Geist und ihrem Körper.

Sie grinste ihn an.

»Sie kontrollieren mich. Ich kann das nicht aufhalten. Ich kann nichts tun«, sagte Ash. »Außer ... Ich kann mit ihnen reden. Das kann ich noch immer tun.«

Sie ging die paar Fuß zu dem überwucherten, umgestürzten Altar. Die Fackel erhellte den Stein, die herausgemeißelten Löwen in den vier Ecken, und, auf dem Frontbild, den Eber unter dem Baum. Ash kniete sich in den Schnee.

»Warum?«, fragte sie laut. »Warum tut ihr uns das an?«

Die Stimmen in ihrem Kopf, vielfältig und kalt, vereinten sich zu einer einzigen menschlichen Stimme.

»ES MUSS SEIN. DAS WISSEN WIR SCHON LÄNGER, ALS IHR EUCH VORSTELLEN KÖNNT.«

Ein Gefühl der Trauer erfüllte Ash.

Es war jedoch nicht ihre eigene, erkannte sie entsetzt; das war keine menschliche Trauer. Kalte, unversöhnliche Trauer.

»Warum *muss* es sein?«

»WIR HABEN KEINE ANDERE WAHL. WIR HABEN ÄONEN AUF DIESEN EINEN AKT HINGEARBEITET. ES GIBT KEINEN ANDEREN WEG, NUR DIESEN.«

»Ja. Richtig. Einfach weil ihr uns auslöschen wollt«, sagte Ash in spöttischem Ton. Tränen rannen über ihr Gesicht. Sie spürte Angelottis Finger auf ihrer Schulterplatte.

»Das ist ein schlimmer Krieg«, sagte sie. »Das ist alles. *Ein schlimmer Krieg.* Ihr wollt uns einfach auslöschen.«

»JA.«

Der Druck in ihrem Geist nahm zu, der Druck zu handeln, den sie nicht leugnen konnte.

»Warum?«

»WAS BEDEUTET ES DIR, KLEINER SCHATTEN?«

»Ihr wollt alles auslöschen«, sagte sie. »Alles. Als hätte es nie existiert, das habt ihr gesagt. Als hätte es nie etwas anderes gegeben außer euch, vom Anbeginn der Zeit.«

»IN DAS HIER IST MEHR EINGEDRUNGEN, ALS DU WISSEN KANNST. ES IST AN DER ZEIT. BURGUND STIRBT. ES IST ...«

»Ich *will* es wissen.«

Ash *lauschte.* Sie wand sich: Geist, Seele, Körper; sie fiel nach vorne auf die schneebedeckten Steine und schmeckte Blut im Mund.

»WIR TRAUERN UM DICH.« Die Stimmen der Wilden Maschinen dröhnten in ihrem inneren Ohr. »ABER WIR HABEN GESEHEN, WAS DU GEWORDEN BIST.«

Verwirrt fragte Ash: »Was?«

Sie sangen in ihrem Kopf, trauernde Stimmen; die großen Dämonen der Hölle trauerten.

»FÜNFTAUSEND JAHRE LANG SIND WIR GEWACHSEN. GEIS-
TER, DIE HELL IN DER DUNKELHEIT WURDEN. WIR HABEN
DEINE SCHWACHE KRAFT GEFÜHLT UND DARAUS ABGELEI-
TET, WAS WIR KONNTEN. VON GUNDOBAD HABEN WIR GE-
LERNT, DASS DIE WELT . . .«

»Darauf möchte ich wetten«, knurrte Ash säuerlich und mit
einem Mund voll Blut und Schnee. Deutlich spürte sie Angelotti, der mit erhobenem Krummsäbel neben ihr stand, während jenseits der Kapelle die Schlacht tobte; und gleichzeitig
spürte sie, wie sich jeder ihrer Muskeln verspannte, wie sie wegen des Kampflärms zusammenzuckte, und die Stimmen
dröhnten in ihrem Kopf.

»WIR HABEN ÜBER JAHRHUNDERTE HINWEG KOMMUNI-
ZIERT, EUCH LÄNGERE ZEIT BEOBACHTET, UND WIR HABEN
ERRECHNET . . .«

»SCHNELLER ALS EIN GEDANKE, SCHNELLER ALS DER
GEIST DER MENSCHEN . . .«

»UND JAHRHUNDERT AUF JAHRHUNDERT . . .«

»BERECHNET, WAS AUS EUCH WERDEN WIRD.«

Sie sprachen zusammen, als Einheit.

»IHR WERDET DÄMONEN WERDEN.«

»Ich habe viele Kriege gesehen und in vielen Kriegen gekämpft«, sagte Ash schlicht und richtete sich wieder auf alle
viere auf. »Ich denke nicht, dass ich an Dämonen glauben muss.
Nicht, wenn ich sehe, wozu Menschen fähig sind . . . wozu ich
fähig bin. Aber das gibt euch noch lange nicht das *Recht*, uns aus-
zulöschen.«

»WAS IHR GETAN HABT, IST NICHTS. ALL DIE GRAUSAMKEI-
TEN DES KRIEGES, ÜBER JAHRHUNDERTE HINWEG, SIND
NICHTS IM VERGLEICH ZU DEM, WAS AUS EUCH WERDEN
WIRD.«

Ash lehnte sich kniend zurück. Tränen rannen in der bitteren Kälte über ihr Gesicht, in der Dunkelheit, und sie konnte
nicht anders, als eine hysterische Fröhlichkeit zu empfinden.

Während die Welt untergeht, diskutiere ich mit Dämonen. Diskutiere!
Scheiße.

Sie sagte: »Schlimmere Waffen vielleicht . . .«

»IHR VERÄNDERT DIE WELT«, sangen sanfte, klagende Stimmen in ihrem Geist. »GUNDOBAD. DU. JEDER MENSCH HAT SEINE EIGENE LAST DER GNADE ZU TRAGEN. JA, WIR SELBST HABEN DIE RASSE GEZÜCHTET, DIE DICH HERVORGEBRACHT HAT, ABER WIR HABEN NUR ZUERST GETAN, WAS DEINE RASSE IRGENDWANN OHNEHIN GETAN HÄTTE. EURE ZUKUNFT IST ASCHE.«

Verwirrt und schwer atmend zwang Ash sich zu sagen: »Ich . . . ich verstehe nicht.«

»DU BIST ALS WAFFE GEZÜCHTET WORDEN. STARK: STARK GENUG, UM DIESE WELT IRREAL ZU MACHEN. ES WERDEN WEITERE WIE DU GEZÜCHTET WERDEN; WIR HABEN ES VORAUSGESEHEN. ES IST UNAUSWEICHLICH. UND DIE WAFFEN WERDEN BENUTZT WERDEN . . . BIS SCHLIEßLICH NICHTS FESTES MEHR ÜBRIG SEIN WIRD. WIR WERDEN NICHT EXISTIEREN. DIE VIELEN SPEZIES DIESER WELT WERDEN NICHT EXISTIEREN. ES WIRD NUR DEN MENSCHEN GEBEN, DEN WUNDERWIRKER, DER DAS GEWEBE DES UNIVERSUMS ZERREISST, BIS ES IN FETZEN HÄNGT. UND ER WIRD AUCH SICH SELBST VERÄNDERN. BIS NICHTS MEHR STABIL IST, GANZ ODER REAL; NUR WUNDER ÜBER WUNDER, VERÄNDERUNG ÜBER VERÄNDERUNG, EIN ENDLOSER SICH AUFLÖSENDER FLUSS.«

Kälter als der Schnee, in dem sie kniete, sagte Ash: »Mehr Wunderwirker . . .«

»AM ENDE WERDET IHR ALLE WUNDERWIRKER SEIN. IHR WERDET EUCH DAZU ZÜCHTEN. WIR HABEN DIE SIMULATION MILLIARDEN UND ABERMILLIARDEN MALE DURCHLAUFEN LASSEN: DAS IST, WAS SEIN WIRD. ES GIBT KEINEN WEG, DAS ZU VERHINDERN, ES SEI DENN, WIR VERHINDERN EUCH. WIR WERDEN DIE MENSCHHEIT AUSRADIEREN, ES SO

MACHEN, ALS HÄTTE SIE NIE EXISTIERT, DAMIT DAS UNIVER-
SUM GANZ UND ZUSAMMENHÄNGEND BLEIBT.«

Sieben

Sie drangen vollständig in ihren Geist ein: Worte, die so schnell
verarbeitet wurden, dass man sie verbal nicht verstehen konnte.
Es war die Ansicht einer Welt, die fließt, gleitet, mutiert, sich in
unzählige Realitäten wandelt, von denen keine stabiler ist als
die vorherige. Bis das Muster selbst verloren geht, die Struktur
ihre Struktur verliert; Geometrie und Symmetrie sind nicht
mehr. Und es gibt keinen Geist mit einem kontinuierlichen Ich
mehr, der nicht verändert werden könnte, von einem Freund,
von einem Feind oder von einem momentanen Impuls der Verzweiflung.

»Das ist also das Warum?« Ash zitterte benommen. Furcht
erschütterte sie bis ins Mark. »Das ist also das Warum. Was . . .
nur uns zerstören? Ist das alles?«

»DU BIST UNSERE WAFFE. WIR WERDEN DIE KRAFT DER
SONNE IN DICH LENKEN, JETZT.«

»WIR WERDEN DIR ALLE MÖGLICHKEITEN GEBEN, ALLE
WAHRSCHEINLICHKEITEN, DIE JE EXISTIERT HABEN . . .«

»ROTTE DEIN VOLK AUS. WO AUCH IMMER ES FÜR SIE
MÖGLICH GEWESEN SEIN MAG ZU SEIN, MACH ES ANDERS,
MACH ES UNMÖGLICH . . .«

»LASS DIE GEBURT DEINER ART IN UNMÖGLICHKEIT ZU-
SAMMENFALLEN . . .«

»MACH ES, ALS HÄTTE DIE MENSCHHEIT NIEMALS EXIS-
TIERT.«

Es brannte sich in sie hinein: das Wissen, das sie nicht wissen
wollte.

»Ich dachte, ihr wolltet uns auslöschen, weil ihr die Einzigen sein wolltet!«

»WENN EURE SPEZIES ÜBERLEBT, DANN WIRD ALLES AN-DERE STERBEN ... SCHLIMMER ALS STERBEN. ES WIRD SICH VERÄNDERN UND WIEDER VERÄNDERN, NICHT MEHR WIE-DERZUERKENNEN SEIN.«

»Ich dachte ...«

Die Schreie in der Außenwelt drangen zu Ash durch. Sie riss die Augen auf und sah die Beine von Männern, die über den blutgetränkten Schnee im Fackelschein an ihr vorbeirannten. Sie hörte die gebrüllten Befehle; sie roch Urin, Schnee, Schlamm; sie hörte einen Schrei ...

Ein Mann fiel neben ihr nieder. Angelotti. Er packte sich ans Bein. Blut spritzte in hohem Bogen aus der Hauptschlagader.

»Scheiße!« Ashs Hände waren voller Blut. Sie versuchte, Angelotti zu packen und den Blutfluss aufzuhalten.

»KLEINER KRIEGER, DU WILLST DIE WUNDERKRIEGE NICHT SEHEN.«

»Ich will überhaupt keine Kriege sehen!« Ash drückte ihr Gewicht nach unten. Antonio Angelotti blickte mit vor Entsetzen weit aufgerissenen Augen zu ihr auf. Eine breite Schulter schob sich dazwischen: Richard Faversham, der Bandagen um das Bein schlang. Der Stoff war sofort rot. War wirklich die Hauptschlagader durchtrennt oder nur Muskelgewebe im Unterleib? *Aber so viel Blut, so schnell ...*

»WIR WERDEN DIR GEBEN, WAS WIR DIR GEBEN KÖNNEN. DU MUSST IN DER VERÄNDERUNG STERBEN, DIE DU BE-WIRKST. WIR WERDEN DIR DIE MACHT UNSERER BERECH-NUNGEN GEBEN, FÜR DICH, FÜR EINE NEUE VERGANGEN-HEIT.«

»Aber ich werde nicht mehr existieren!« Ash starrte Angelotti noch immer an: Die weiblich weiche Haut seines Gesichts wurde immer glatter. »Ihr wollt, dass alles von uns verschwindet; das ist es, was eure Veränderung bewirken wird!«

»DU MUSST EXISTIEREN, DAMIT DIESES WUNDER SEIN KANN.«

Die Stimmen in ihrem Kopf nahmen einen weicheren Klang an.

»ES MUSS EINE MENSCHLICHE GESCHICHTE GEBEN, DAMIT DU GEBOREN WERDEN KANNST, UM DAS ZU TUN. ES WIRD EINE GESCHICHTE VON GEISTERN WERDEN, DA DEINE GANZE RASSE VERSCHWUNDEN UND UNMÖGLICH GEWORDEN IST. UND DOCH ... DIESE GESCHICHTE VON GEISTERN KANN ALLES SEIN, WAS DU WILLST.«

»Ich verstehe nicht!«

»WIR WERDEN DIR DIE MACHT GEBEN, SIE ZU WÄHLEN, EURE GESCHICHTE VON GEISTERN, WENN DU DAS WUNDER WIRKST. ORDNE DIE DINGE, DIE WAREN: MACH EIN NEUES DING, DAS WAR. DU WIRST IN DIESEM AUGENBLICK MIT DEM REST STERBEN, ABER DU WIRST EIN ANDERES LEBEN GELEBT HABEN. EINE ILLUSION; EINFACH NUR EINE WAHRSCHEINLICHKEIT, ABER SIE KÖNNTE – WIR HOFFEN, DASS SIE ES KÖNNTE – DIR VOR DEINER NICHTEXISTENZ EINEN AUGENBLICK FRIEDEN GEBEN.«

Da ist ein Druck in ihrer Brust. Der Morgen des 5. Januar 1477 ist schwarz. Männer schreien und sterben in dieser Dunkelheit. Die Kälte beißt. Der Druck wächst. Ash packt sich an den Kopf, reißt den Riemen auf, wirft den Helm weg, bis sie ihren Schädel mit den Händen greifen kann ...

»ALLES, WAS WIR BRAUCHEN, BIST DU, UNSERE WAFFE. UNSERE ZUCHT. AN DEINEM LEBEN ALS KRIEGER IST NICHTS, WAS WIR BRAUCHEN. WIR HABEN DEM GEIST ZUGEHÖRT, DER IN DER *MACHINA REI MILITARIS* GELEBT HAT, DEINEM ›GODFREY MAXIMILIAN‹. WIR KENNEN DICH DURCH IHN. WENN DU JETZT DEIN WUNDER WIRKST UND DIE WELT VERÄNDERST, KANNST DU SIE SO MACHEN, DASS DU LIEBENDE ELTERN HATTEST, EINE FAMILIE. SODASS MAN SICH UM DICH GEKÜMMERT HAT. SODASS DU NIE AUSGESETZT WORDEN

BIST ... DAS BEDEUTET UNS NICHTS: DU WIRST AUCH SO IN DER LAGE SEIN ZU TUN, WAS WIR VON DIR VERLANGEN.«

Der Druck in ihrer Brust ist Erinnerung.

Die große Hand eines Mannes drückte Ash nach unten. Erwachsene Knie drückten ihre Beine auseinander. Ein schmerzhaftes Reißen in ihrem Inneren: die auseinandergerissenen, besudelten Genitalien eines Kindes.

Tränen rannen über ihr Gesicht. »Nicht zweimal. Nicht mit mir. Nicht zweimal ...«

»WIR DACHTEN, ES WÄRE NETT. DU KÖNNTEST BEI JENEN GEBOREN WORDEN SEIN, DIE SICH UM DICH KÜMMERN. MITGLIEDER DEINER SPEZIES KÜMMERN SICH OFT. DU DARFST DIESE DINGE MIT UNSERER ZUSTIMMUNG VERÄNDERN. LÖSCHE DIE VERGEWALTIGUNG AUS, HUNGER, FURCHT. DANN, WENN DU STIRBST, WIRD ES EIN AUGENBLICK DES WISSENS UM DIESE LIEBE SEIN.«

Unter ihren Händen seufzte Antonio Angelotti. Ash spürte, wie er starb. Mit blutverschmierten Händen berührte sie sein Haar und schloss ihm die ovalen Augen. Sie roch den Gestank, als sein Darm und seine Blase sich entleerten. Richard Faversham hob seinen zitternden Tenor und sang den Segen, der über das Schreien hinweg kaum zu hören war.

Ash sagte: »Ich werde es nicht verändern.«

Da war Trauer, Verwirrung, Bedauern in ihrem Geist; ein Teil davon war ihres, das meiste nicht.

»Was auch immer ich sein mag«, sagte sie, »was auch immer mit mir geschehen mag, das ist, was ich bin. Ich werde es nicht verändern. Nicht für eine Liebe von Geistern. Ich habe ...«

Sie streichelte Angelotti übers Haar.

»Ich habe Liebe gekannt.«

Sie stand auf, trat zurück und überließ es Richard Faversham, den Toten zu salben. Der bitterkalte Wind trocknete die Tränen auf ihren Wangen. Diesmal versuchte sie nicht, die Trauer zu verdrängen. Sie blickte im Licht der Fackeln zu den eingefallenen Mauern und den Männern, die auf granitene Kriegsmaschinen einhackten. Robert Anselm schwang eine Axt, sodass ein granitenes Glied Funken sprühte; Ludmilla Rostovnaja ließ ihre Armbrust fallen und zog ihren schweren Krummsäbel; John Burren und Giovanni Petro kämpften Schulter an Schulter neben ihr. Verwirrung, Dunkelheit; und die augenlosen Köpfe der Golems glitzerten hell im letzten Fackellicht.

Ruhig ging Ash zu dem Altar zurück, wo Richard Faversham Florian del Guiz in den Armen hielt. Rickard stolperte in ihren Rücken hinein.

»IN DER ZUKUNFT, SO HABEN WIR BERECHNET, WIRD SICH ALLES VERÄNDERN. ES WIRD KEIN ›ICH‹ GEBEN, AUF DAS IHR EUCH VERLASSEN KÖNNT, KEINE IDENTITÄT, DIE TAG FÜR TAG BESTAND HAT. UND IHR WERDET DIESES CHAOS IN EIN UNIVERSUM TRAGEN, DAS GRÖSSER IST, ALS IHR EUCH VOR-STELLEN KÖNNT.«

»Sie kommen!«

In der Dunkelheit konnte Ash die Hälfte der Leute nicht sehen; sie konnte nur das Schreien hören, das den Hang herauf-kam, und die Rücken von ein paar Männern. Zwei, drei Helle-bardiere stolperten in die zerstörte Kapelle zurück. Ein reiterlo-ses Pferd – eine Janitscharenstute – prallte gegen Ash, als es mit gebrochenen Beinen stürzte.

»Ash!«

Rickard. Er schleifte sie beiseite; sie richtete sich auf die Knie auf, sackte wieder zusammen, und ein Dutzend oder mehr Män-ner stürmte durch Schnee und Trümmer an ihr vorbei in die Dunkelheit.

»Ein Löwe!«

Der Schlachtruf hallte schrill über ihr wider und endete in einem Kreischen. Ash rollte sich mit scheppernder Rüstung auf alle viere. Dann schwang sie herum und suchte nach ihrem Banner ...

Im Bruchteil einer Sekunde sah sie das Banner fallen; Rickard packte sich mit beiden Händen an den Kopf; ein Westgote in Kettenhemd fiel rückwärts über die Mauer zurück, und Ned Mowlett drosch mit seinem Bastardschwert auf ihn ein, sprang über die Mauer und verschwand ...

Das Banner des Azurblauen Löwen lag im Schnee. Ash sah einen gezackten, dicken Splitter aus Rickards Helm ragen. Ein Speer hatte ihn getroffen, war abgerutscht, der Schaft am Kragen zersplittert, und ein weißes, rasiermesserscharfes Holzstück ragte aus dem Sehschlitz des Schallers.

Blut quoll im Fackellicht hervor und schwärzte das Holz. Rickards Hände kratzten über den Stahl. Schreiend fiel er zurück, krümmte sich und lag still.

»Rickard!«

Ash stand auf und blickte nach unten.

»Ich ... ja. Wenn ich könnte, wenn ich leben würde, jetzt ... dann würde ich das verändern. Zurückgehen und auslöschen ... Die Menschen werden es tun. Ihr habt Recht. Aus welchem Grund auch immer ... Die Menschen werden Gottes Gnade nutzen, wenn sie sie haben. Wenn ein Wunder jemanden von den Toten zurückholen kann ...«

»UND DANN, DIE VERÄNDERUNG KENNT KEIN ENDE.«

»Nein.« Ash war kalt, vom Kopf bis zu den Zehen, vom Herz bis in die Seele; eine Kälte, die mehr war als nur die Dunkelheit um sie herum und das Massaker ein paar Meter entfernt. Das Fackellicht tanzte über gelbe Seide, einen blauen Löwen: Mit blutüberströmtem Gesicht richtete Thomas Rochester das Banner wieder auf. Ash legte stolpernd und mit tauben Füßen die kurze Distanz zu der Stelle zurück, wo Florian an der Mauer lag. Richard Faversham war verschwunden.

»ES IST ZEIT. JETZT.«

Zwischen Trauer und Albtraum hin und her gerissen, zwischen diesem Schlachten und der Enthüllung der Zukunft, war Ash wie benommen.

Es ist dunkel.

Unbeholfen kniete sie sich neben Florian. Der Atem der Frau hob immer noch ihre Brust.

Verzweifelt flehte Ash: »Warum alles verändern? Warum nicht...?« Sie tastete nach Florians Hand. Da war ein weiterer Gefallener, vielleicht die Faris, vielleicht einer ihrer Männer.

Anselm wird sie aufhalten, dachte Ash, *und de Vere wird den Kampf für uns gewinnen. Oder auch nicht. Ich kann nichts tun...*

Ihr Verstand arbeitete, wie er in Panik immer arbeitete; das war eines der Dinge, die sie für ihren Beruf so geeignet machten.

»Warum alles verändern? Warum nicht *ein* Ding verändern?«, verlangte Ash zu wissen. »Was ihr in mir gezüchtet habt, die Gabe des Wunderwirkens, löscht *sie* aus. Nehmt uns diese Fähigkeit! Lasst uns sein, was wir sind, aber nehmt uns *das* weg.«

Die Klage der Stimmen war laut in Ashs Gedanken.

»WIR HABEN DARÜBER NACHGEDACHT. DOCH WAS ALS SPONTANE MUTATION ENTSTANDEN IST, KÖNNTE ERNEUT ENTSTEHEN. ODER IHR ERFINDET IN DEN KOMMENDEN JAHRHUNDERTEN EINE MASCHINE, DIE WUNDER FÜR EUCH WIRKT. UND WAS HABEN WIR DANN NOCH, UM EUCH AUFZUHALTEN? DU WIRST NICHT MEHR DA SEIN; ES WIRD KEINE WUNDERWIRKER MEHR GEBEN, UND WIR SIND NUR STEIN – STUMMER, UNBEWEGLICHER, DENKENDER STEIN.«

»Ihr müsst uns nicht auslöschen...«

»WIR HABEN EINE WAFFE GEZÜCHTET. UND WENN DU BENUTZT WORDEN BIST, ASH, WERDEN WIR NIE WIEDER EINE WAFFE HABEN, DIE WIR BENUTZEN KÖNNEN, DENN DEINE RASSE WIRD NIE EXISTIERT HABEN. WAS WIR TUN, *MÜSSEN* WIR JETZT TUN. WIR HEGEN KEINEN HASS AUF EUCH, NUR AUF DAS, WAS EURE SPEZIES TUN WIRD ... UND IHR WERDET ES TUN. ABER WIR WERDEN ES VERHINDERN, JETZT. VERZEIH UNS.«

»Ich werde *etwas* tun«, murmelte Ash.

Ihre Gedanken überschlugen sich. Der vereinte Druck der Stimmen machte sie benommen. Sie spürte das Blut in ihren Adern pochen, und irgendetwas in dem geteilten Teil ihrer Seele setzte sich in Bewegung. Sie fühlte, wie ihr Geist sich ausdehnte, und sie erkannte, dass es die gewaltige Intelligenz der Wilden Maschinen war, die mit ihrer verschmolz. Sie nahm eine riesige erkennende Macht wahr.

»Ich kann das tun«, sagte Ash knapp und klar. »Hört mir zu. Ich kann das Wunderwirken aus der Geschichte tilgen. Ich kann uns die Fähigkeit für Wunder nehmen, in der Gegenwart wie in der Vergangenheit. Ich kann uns jedwede *Möglichkeit* dazu nehmen. Ihr könnt die ganze Geschichte der Menschheit für mich in eurem Geist aufbewahren – die ganze Vergangenheit –, und ich kann es *tun*.«

Sie hielt Florians warmen Leib in den Armen. Die Frau atmete noch immer. Angewidert sagte Ash laut und bevor die Maschinen antworten konnten:

»Aber Florian muss sterben, bevor ich das tun kann. Vor der Veränderung.«

»AUCH DAS BEREITET UNS TRAUER.«

»Nein«, sagte Ash. »*Nein.*«

Verwirrung breitete sich unter den vielfältigen unmenschlichen Stimmen aus.

»DU KANNST DICH UNS NICHT VERWEIGERN.«

»Ihr versteht nicht«, sagte Ash. »*Ich verliere niemals.*«

Der Morgen des 5. Januar war so schwarz wie die Mitternacht ohne Mond. *Vielleicht ist es erst eine halbe Stunde her, seit Friedrich von Habsburgs Männer mit dem Angriff begonnen haben. Kämpfen sie in der unnatürlichen Dunkelheit weiter?* Männer schrien, brüllten, gaben widersprüchliche Befehle. Oder waren es nur die Golems? Hirnlose, brutale Tötungsmaschinen, die nicht sahen, wer hinter einer Mauer kniete, während alle anderen rannten oder tot waren?

»Ich verliere niemals«, wiederholte Ash. »Ihr habt mich für

das gezüchtet, was ich bin. Ihr braucht mich als Kämpfer, ob ihr das nun wisst oder nicht. Ich kann die Entscheidung treffen, andere Menschen zu opfern. Das ist, was ich tue. Aber ich tue das nicht, wenn ich es will, sondern wenn es notwendig ist.«

»DU HAST KEINE WAHL.«

Eine sehr schwache Stimme sagte: »Ich habe Städte nie gemocht. Hässliche, ungesunde Orte. Habe ich eine Erkältung?«

Florians Augen waren weit geöffnet. Sie schienen ins Leere zu blicken. Sie flüsterte nur, und ihre blauen Lippen bewegten sich kaum.

»Irgendjemand . . . sollte dich töten. Wenn ich es befehle.«

Das Gewicht der Frau hielt Ash fest. Sanft sagte sie: »Das wirst du nicht.«

»Ich . . . werde das, verdammt. Siehst du denn nicht, dass ich dich liebe, du dummes Gör? Aber ich *werde* das tun. Mir bleibt nichts anderes übrig.«

Ash legte die Hände an Florians Wangen. »Ich werde nicht sterben, *und ich werde nicht verlieren.*«

Die Wilden Maschinen schrien Trauer und Triumph in ihrem Kopf. Ash fühlte eine Macht, die fast ihren Höhepunkt erreicht hatte. Sie bewegte sich unterhalb ihres Bewusstseins, tief im Dunkel ihrer Seele, im stärksten ihrer Reflexe, ihres Appetits, ihres Glaubens.

»Ich kann überleben und siegen, wo es keine Chance mehr gibt«, sagte sie und lächelte schief. »Was, glaubst du eigentlich, habe ich mein ganzes Leben lang getan?«

»ALS SOLDAT.«

»Lange *davor* . . .«

Ash strich Florian sanft die Haare zurück. Als sie den Haaransatz berührte, erzitterte die Frau vor großem Schmerz. Blut verklebte ihr strohgoldenes Haar, doch es floss keines mehr; dennoch spürte Ash den Kopf unter ihren Fingern schwellen. *Sie sollte in einem Hospital liegen; sie sollte in der Abtei sein.*

In täuschend lockerem Tonfall sagte sie: »Komm schon. Halt durch. Gutes Mädchen. Als ich vergewaltigt worden bin. Als sie den Greifen-in-Gold aufgehängt haben. Als Guillaume mich verlassen hat. Als ich mir als Hure mein Essen verdient habe. *Damals.* Halte durch. Das ist es.«

»SIE STIRBT. BURGUND VERGEHT.«

»Wir haben keine Zeit. Streite nicht mit mir.« Ash schob die Hand in den Kragen der Frau und fühlte ihre eiskalte Haut und ihren Puls. »Ich habe schon Männer mit solchen Verwundungen gesehen.«

»SIE ATMET, NOCH ...«

»NOCH SCHLÄGT IHR HERZ ...«

Der Druck in Ashs Kopf wurde unerträglich.

»Und ich werde ... *mein* Wunder ... wirken ... nicht *eures.*«

»*NEIN* ...«

Um sie herum eine Wand aus Dunkelheit und Männern, die einander töteten. Panik und kontrollierte Wut. Im Licht der flackernden Fackeln sah Ash – eine Sekunde lang –, wie Robert Anselm die Löwenstandarte packte, als John Burren kopfüber über die Mauer fiel. Die ungeheure Kälte machte ihre Finger taub, ihr Gesicht, ihren ganzen Körper. Das Kämpfen hielt an.

»DU WIRST NICHT ...«

Ash fühlte ihre Macht. Mit dem Teil ihrer Seele, der zuhörte, der diese Macht zu sich herunterzog, griff sie nach ihr und versuchte, sie aus ihnen herauszusaugen und sich selbst einzuverleiben. Sie leisteten Widerstand. Ash fühlte sie, ihre gewaltigen Geister, fühlte, wie sie dagegenhielten.

»*Jetzt!*«, knurrte sie. »Versteht ihr denn nicht? Ich brauche sie *lebend.* Sie ist *Burgund.*«

»DAS WIRD NICHTS NÜTZEN!«, protestierten die Wilden Maschinen. »WAS NÜTZT ES, NUR DIE MACHT DER WUNDER ZU ENTFERNEN UND NICHT EURE GESAMTE SPEZIES? SIE WIRD WIEDER ZURÜCKKEHREN, UND WIE SOLLEN WIR SIE DANN NOCH AUFHALTEN?«

Ash fühlte Geschichte, Vergangenheit und Erinnerung, wie sie verschiedene Formen annahmen. Ein großer, leerer Hunger ergriff von ihr Besitz, nicht nach dieser neuen Zukunft, sondern nach ihrer eigenen Realität.

Ruhig sagte sie, »Ihr braucht Burgunds Natur, um sicherzustellen, dass keine Wunder mehr geschehen.«

Ash war benommen von der Welt, die sich in ihrem Kopf auftat: Die Wilden Maschinen mit ihren jahrtausendelangen Berechnungen breiteten die gesamte Vergangenheit und Gegenwart vor ihr aus.

Und im Herzen von ihnen werden, schneller, als sie begreifen kann, *neue* Berechnungen angestellt.

Mit beiden Händen – eine nackt, eine bandagiert, der Schmerz von der Kälte abgetötet – riss Ash den Kragen von Florians Wams auf und schob die Hand auf ihre heiße Haut. Und ungeachtet des Drecks leckte sie sich an der anderen Hand über die Finger und hielt sie Florian unter die Nase, um den Atem zu spüren.

Laut sagte sie: »Ihr braucht Burgund bis in alle Ewigkeit.«

Schnee und Dreck klebten feucht unter ihren gepanzerten Knien. Blut besudelte Hose und Stiefel. Aus der Dunkelheit wehte ein Wind heran, kalt genug, um ihr die Augen tränen zu lassen, sie blind zu machen. Die letzte Fackel flackerte.

Ash hob den Kopf und sah brennende Flecken Griechischen Feuers im Schnee, und ein Golem stapfte über die eingestürzte Mauer und hob den Flammenwerfer.

Ein Brüllen ertönte. Ein gepanzerter Mann in Löwenlivree sprang vor Ash und schwang den Schlachthammer. Steinsplitter flogen durch die Luft. Ein Flammenstoß fiel mit dem Arm des Golems und leckte an Bronze und Granit empor.

»*Ein Löwe!*«, bellte Robert Anselms vertraute Stimme.

Ash öffnete den Mund zu einem Schrei. Der Golem wedelte mit seinen steinernen Armstümpfen. Robert Anselm warf sich mit dem Gesicht nach unten in den Dreck. Der Tank mit dem

Griechischen Feuer auf dem Rücken des Golems verging in einem geräuschlosen blau-weißen Feuerball.

In dem grellen weißen Licht sah Ash die unregelmäßige Schlachtreihe der Kämpfer außerhalb der Kapelle: die Silhouetten von Bögen und Hellebarden, die Löwenstandarte, dahinter Friedrichs Adler, Männer und steinerne Maschinen.

»Kommt und probiert es mal!«, bellte eine männliche Stimme dreißig Fuß entfernt über ein plötzliches Lachen hinweg. »Mal sehen, ob ihr hart im Nehmen seid!«

Zerbrochene Wände warfen tiefe Schatten; dahinter war alles schwarz. Nun schrien Männer über den Kampflärm hinweg und versuchten, sich in schwarzem Humor zu übertreffen.

»Ein Löwe!«, brüllte Anselms Stimme. »Ein Löwe!«

Heißer Atem berührte Ash. Sie drehte sich nicht um.

Aus dem Augenwinkel heraus sah sie, wie sich eine große, krallenbewehrte Pranke auf die Mauer legte.

Unter ihrer Hand spürte sie keinen Herzschlag mehr, und auf ihrer verschwitzten Haut lag nur noch der Hauch von Atem. Aber Florians Fleisch war noch immer warm.

Ash schloss die Augen zum Schutz vor der Majestät des Wappentiers von Gottes Gnade, das jagend aus der Dunkelheit trat.

»*Jetzt.*«

Sie zerrte an ihnen, saugte sie leer: das Gold im Herzen der Sonne. Ash fühlte, wie die unaufhaltsame Veränderung ihren Anfang nahm.

»Ich verliere niemals«, sagte sie und drückte Florian an die Brust. »Oder falls doch ... rettest du immer so viele von den deinen, wie du kannst.«

Es war der Augenblick der Veränderung:

Ash war sich Florians Gewicht bewusst. Erst dann öffnete sie ihre Augen wieder, blickte in den zertrampelten Schnee um den aufgegebenen Altar, auf die schneebedeckten Mauern, und sie sah, was ihr vertraut war.

Doch dies war ein jüngerer Wald, ein anderes Tal; hier gab es keine zerbrochenen Fenster, kein Ilex.

Sie hatte Zeit zu lächeln. *Fortuna. Nur Zufall.*

Als würde sich ihr Geist ausdehnen, fühlte Ash die gewaltige reflektierende Macht der Wilden Maschinen durch sich hindurchfließen und sie einhüllen; sie wurde zu einem Werkzeug, das sie benutzen konnte. Mit der Präzision eines feinen Schnittes konnte sie errechnen, was wahrscheinlich werden musste und was schlicht möglich werden durfte.

»Lass mich jetzt nicht hängen.« Ash packte Floria noch fester. Ihre Hände berührten Burgund. »Komm schon, Mädchen!« Und leise, in der Dunkelheit: »An ... einen sicheren Ort.«

Sie fragte sich, was Priester mit Gottes Gnade fühlten und ob sie nun das Gleiche empfand.

Liebe für die Welt, wie bitter sie auch immer sein mochte, von Trauer erfüllt oder brutal. Liebe für die ihren. Der Wille und das Verlangen, sie zu beschützen.

In dem autoritären Ton, dem Menschen gehorchen, sagte sie: »Tu es!«

Sie *verschiebt* Burgund.

Abschrift eines aufgezeichneten Gesprächs zwischen Professor Davies, Mr Davies, Dr. Ratcliff und Ms Longman.

Datum der Abschrift: 14/01/2001

Ort nicht spezifiziert; Hintergrundgeräusche entsprechen allerdings denen eines Hospitals, eher Privat- als Gruppenzimmer.

Ursprüngliches audiovisuelles Band nicht zugänglich. Löschungen und Auslassungen entsprechen dem Original dieser Niederschrift.

Abhörband (geschwärzt)
Behörde (geschwärzt)
Nr. (geschwärzt)

(Bandrauschen; Geräusch eines elektrischen Schalters)

WILLIAM DAVIES: (– nicht zu verstehen –) ein Mann mit fotosensitiver Epilepsie sollte kein Fernsehen schauen.

VAUGHAN DAVIES: In der Tat. Aber ein Mann, der sich der vergangenen sechzig Jahre nicht bewusst ist, sollte das schon. Ich gestehe, dass ich wirklich staune. Ich dachte, schon in den Dreißigern wäre es mit dem allgemeinen Geschmack bergab gegangen. Das hier ist nichts weiter als ekelhafte Unterhaltung für den Mob.

PIERCE RATCLIFF: Falls ich mich vorstellen dürfte, Professor Davies . . .

(unverständlich: Hintergrundgeräusche)

VAUGHAN DAVIES: Sie sind Ratcliff. Ja. Es hat verdammt lange gedauert, bis Sie zu mir gekommen sind, wenn ich das so sagen darf. Anhand Ihrer früheren Veröffentlichungen sehe ich, dass Sie einen Verstand mit einem gewissen Maß an Disziplin besitzen. Darf ich zu meiner Freude annehmen, dass Sie mein Werk mit angemessener Intelligenz behandelt haben?

PIERCE RATCLIFF: Ich hoffe doch.

VAUGHAN DAVIES: William, vielleicht könntest du . . .

WILLIAM DAVIES: Kümmere dich nicht um mich. Ich habe es hier recht bequem.

VAUGHAN DAVIES: Ich würde gerne mit Dr. Ratcliff unter vier Augen sprechen.

(unverständlich: Hintergrundgeräusche, Stimmen draußen)

ANNA LONGMAN: (– nicht zu verstehen –) etwas Kaffee in der Cafeteria hier. Brauchen Sie Ihren Stock?

WILLIAM DAVIES: Gütiger Gott, nein. Das sind nur ein paar Meter.

(unverständlich: Tür öffnet und schließt sich?)

VAUGHAN DAVIES: Dr. Ratcliff, ich habe mit diesem Mädchen gesprochen. Vielleicht wären Sie so freundlich, mir zu erklären, wo Sie die letzten drei Wochen gewesen sind.

PIERCE RATCLIFF: Mädchen? Oh. Anna hat mir schon gesagt, dass Sie sich offenbar um mich sorgen.

VAUGHAN DAVIES: Bitte, beantworten Sie meine Frage.

PIERCE RATCLIFF: Ich verstehe nicht, warum das von Bedeutung sein sollte.

VAUGHAN DAVIES: Verdammt nochmal, junger Mann, würden Sie jetzt bitte meine Frage beantworten!

PIERCE RATCLIFF: Ich fürchte, dazu kann ich nicht viel sagen.

VAUGHAN DAVIES: Haben Sie kürzlich zu irgendeinem Zeitpunkt in Lebensgefahr geschwebt?

PIERCE RATCLIFF: Bitte? Habe ich *was*?

VAUGHAN DAVIES: Das ist eine vollkommen ernst gemeinte Frage, Dr. Ratcliff, und ich wäre Ihnen dankbar, wenn Sie sie auch als solche behandeln würden. Zu entsprechender Zeit wird Ihnen schon alles klar werden.

PIERCE RATCLIFF: Nein. Ich meine . . . nun, nein.

VAUGHAN DAVIES: Sie sind von Ihrer archäologischen Expedition zurückgekehrt . . .

PIERCE RATCLIFF (unterbricht): Nicht von meiner. Von Isobels. Dr. Napier-Grant, heißt das.

VAUGHAN DAVIES: So viele Frauen. Wir scheinen wirklich degeneriert zu sein. Wie auch immer. Sie sind aus Nordafrika zurückgekehrt, und Sie haben in keinerlei Gefahr geschwebt?

PIERCE RATCLIFF: Falls ja, so war ich mir dessen zumindest nicht bewusst. Professor Davies, ich verstehe Sie wirklich nicht.

VAUGHAN DAVIES: Das Mädchen hat mir erzählt, Sie hätten das Sible-Hedingham-Manuskript gelesen, dass diese recht eigenwillige Übersetzung hier Ihre Arbeit ist.

PIERCE RATCLIFF: Ja.

VAUGHAN DAVIES: Dann ist selbst für den armseligsten Intellekt offensichtlich, was hier geschehen ist! Wundern Sie sich, dass ich mich um einen Berufskollegen besorgt zeige?

PIERCE RATCLIFF: Offen gesagt, Professor Davies, wirken Sie nicht gerade wie ein Mann, der sich um andere Menschen Sorgen macht.

VAUGHAN DAVIES: Nein? Nein. Vielleicht haben Sie Recht.

PIERCE RATCLIFF: Ich bin nicht früher gekommen, weil ich verhört worden bin . . .

VAUGHAN DAVIES (unterbricht): Von wem?

PIERCE RATCLIFF: Ich glaube nicht, dass es im Augenblick klug wäre, näher darauf einzugehen.

VAUGHAN DAVIES: Ist es möglich, dass irgendein Mitglied Ihrer archäologischen Expedition einen Unfall gehabt hat? Einen Verkehrsunfall vielleicht?

PIERCE RATCLIFF: Das war Isobels Expedition. Nein. Isobel hätte es erwähnt. Ich verstehe nicht, was das mit dem Sible-Hedingham-Manuskript zu tun hat.

VAUGHAN DAVIES: Aus diesem Dokument ist ersichtlich, was uns widerfahren ist.

PIERCE RATCLIFF: Die Fraktur in der Geschichte, ja. (– unverständlich –) das haben sie in Ihrem Anhang zur zweiten Ausgabe geschrieben, falls Sie ihn denn wirklich geschrieben haben.

VAUGHAN DAVIES: Oh, ich habe ihn geschrieben, Dr. Ratcliff. Ich hatte ihn in der Tasche, als ich nach London gereist bin. Jeder vernünftige Verleger wäre während der Bombardierung durch die Deutschen aus London verschwunden, aber nein . . .

PIERCE RATCLIFF (unterbricht): Wenn wir wieder darauf zurückkommen könnten? Sie haben das Sible-Hedingham-Manuskript gelesen, Sie haben über die Fraktur geschrieben, die ›erste Geschichte‹ . . .

VAUGHAN DAVIES (unterbricht): Ja, und offensichtlich musste es mit aller Dringlichkeit veröffentlicht werden. Ich war mit meiner Ausgabe der ASH-Papiere so nahe an der Wahrheit dran. Nach Durchsicht des Sible-Hedingham-Manuskripts war mir klar, dass Burgund irgendwie von uns ›wegbewegt‹ worden ist. Es wurde auf eine Ebene der Materie gehoben, die wir noch nicht finden können . . . ein glücklicher Gedanke: Vielleicht können wir sie ja jetzt finden, hm?

PIERCE RATCLIFF: Es gibt entsprechende Experimente zur Physik der Partikel und der Wahrscheinlichkeitstheorie, ja.

VAUGHAN DAVIES: Sie sind zu denselben Schlüssen gekommen wie ich. Es scheint der Fall zu sein, dass wir vor der Fraktur bewusst haben tun können, wozu wir jetzt nur noch unterbewusst in der Lage sind.

PIERCE RATCLIFF: Das Unwahrscheinliche in sich zusammenfallen und Wunder ›real‹ werden lassen. Die echte, feste Welt. (Pause) Aber es hat mich verwirrt! Das Universum ist real, ja, das können wir sehen. Aber das Universum ist auch unsicher. Seit Heisenberg ist uns das bekannt; auf subatomarer Ebene wird alles ein wenig unscharf. Die Beobachtung eines Experiments verändert das Ergebnis. Man kann nur wissen, wo sich ein Partikel befindet oder in welche Richtung er zieht, nie beides. Das ist nichts Festes, nichts Reales wie das, wovon in dem Manuskript die Rede ist . . .

VAUGHAN DAVIES (unterbricht): Würden Sie bitte aufhören, auf und ab zu laufen.

PIERCE RATCLIFF: Verzeihung. Aber ich sehe es jetzt: Es IST real. Was Burgund tut, ist, alles konsistent zu halten. Wenn es heute unsicher wäre, wäre es morgen auf die gleiche Art unsicher! Ungebändigte Irrealität: Davor schützt uns Burgund. WILLKÜRLICHKEIT. Wir mögen ja keine gute Existenz haben, aber wir haben zumindest eine konsistente.

VAUGHAN DAVIES: Natürlich, vorher wären wir in der Lage gewesen, solch eine Konsistenz, solch eine Stabilität ›nicht-existent‹ zu machen. Wenn Sie sich das 20. Jahrhundert ansehen, Dr. Ratcliff – und ich zumindest betrachte die zweite Hälfte mit den Augen eines Fremden –, dann können Sie doch nicht ernsthaft behaupten, dies sei die beste aller Welten. Es ist des Menschen Los zu leiden. Aber es ist eine ›konsistente‹ Realität. Das Böse im Menschen ist auf das Mögliche beschränkt. Es gibt viel, wofür wir dankbar sein können!

PIERCE RATCLIFF: Das offensichtliche Beispiel. Ich habe darüber nachgedacht. Stellen Sie sich einmal vor, was Hitler mit den Juden gemacht hätte, wenn er ein Wunderwirker gewesen wäre, wenn er die Realität im wörtlichen Sinne hätte manipulieren können. Wir wären alle blonde Arier. Es hätte nie eine jüdische Rasse GEGEBEN. Ein Holocaust schlimmer als ein Holocaust.

VAUGHAN DAVIES: Was für ein Holocaust?

(Pause)

PIERCE RATCLIFF: Vergessen Sie's. Es hätte militärische Forschungen gegeben. Die Menschen hätten Waffen gezüchtet. Wie Ash, ja, wie Ash. Eine Wahrscheinlichkeitsbombe ... schlimmer als ein nuklearer Sprengsatz.

VAUGHAN DAVIES: Nuklear? Nuklearer Sprengsatz?

PIERCE RATCLIFF: Das ist ... Oh, das ist schwer ... Das ist ... eine Bombe, die ...

VAUGHAN DAVIES (unterbricht): Rutherford! Er hat es also doch geschafft!

PIERCE RATCLIFF: Ja ... nein ... egal. Schauen Sie.

(Pause)

VAUGHAN DAVIES: Das ist eines der interessanteren Paradoxa, denken Sie nicht? Dieser Krieg, den zu führen die Natur des organisierten Gedankens verlangte, verstärkt die Natur der rationalen Realität ...

während gleichzeitig die damit verbundene Zerstörung zum Chaos führt.

PIERCE RATCLIFF: Deshalb hat sie es auch verstanden, nicht wahr?

VAUGHAN DAVIES: Ash? Ja. Das glaube ich zumindest.

PIERCE RATCLIFF: Ich konnte es nicht verstehen, wissen Sie? Ich habe es erst begriffen, als ich erkannt habe, dass Burgund noch immer da ist und tut, was es tut. Es ist Teil unserer Rassenerinnerung, Teil unseres Unterbewusstseins, ein verlorenes goldenes Land. Aber gleichzeitig existiert es wissenschaftlich verifizierbar auf einer anderen Ebene der Realität, und es folgt weiter seiner Funktion.

VAUGHAN DAVIES: Dr. Ratcliff, sind Sie sich des möglichen Grundes dafür bewusst, warum einige Dinge wieder zurückkehren?

PIERCE RATCLIFF: Ich verstehe, wie einige Dinge übrig bleiben konnten. Kein Prozess ist perfekt; das Universum ist groß und komplex, und Ash und die Wilden Maschinen haben ... Es ist nicht überraschend, dass einige Beweise für die erste Geschichte nicht ausgelöscht worden sind. Die Realität besitzt ihr eigenes Gewicht. Sie hat nach und nach die Anomalien ›herausgequetscht‹ ... Die Dinge wurden zu Legenden, Mythen, Fiktion.

VAUGHAN DAVIES: Der Manuskriptbeweis.

PIERCE RATCLIFF: Eine Statue dort, ein Helm hier. Ashs Worte, die im Mund von jemand anderem auftauchen. Das kann ich alles verstehen. Es gab eine einzelne Fraktur, sie hat getan, was sie getan hat, und wir beobachten, wie die Beweise langsam ... verblassen.

VAUGHAN DAVIES: Die falsche Geschichte, die mit der Fraktur aufgetaucht ist – in der zum Beispiel Karl der Kühne nach der Belagerung, und zwar in der Schlacht von Nancy gefallen ist –, weist hier und da Bruchstücke der wahren Geschichte auf. Zum Beispiel in den Chroniken, die die Familie del Guiz nach 1477 geschrieben HÄTTE.

PIERCE RATCLIFF: Nicht wie sie vor der Fraktur existierten, sondern wie sie existiert HÄTTEN, wenn die Geschichte weitergegangen wäre. Fünfhundert Jahre alte Beweise gleiten in die Fugen der Geschichte zurück. Gleiches gilt für das Fraxinus-Manuskript. Es könnte tatsächlich schon vorher existiert haben.

VAUGHAN DAVIES: Ja. Das ist recht klar. Ich frage mich, Dr. Ratcliff, ob Sie die Bedeutung des Sible-Hedingham-Manuskripts in diesem Zusammenhang wirklich verstehen.

PIERCE RATCLIFF: Sie erinnern mich sehr an meinen alten Professor, wenn ich so sagen darf. Er hat mir immer dieselben trickreichen Fragen gestellt.

VAUGHAN DAVIES: Wissen Sie, was mir seltsam vorkommt? Sie erweisen mir den Respekt, von dem Sie glauben, dass er einem alten Mann zusteht. Im Geiste, Dr. Ratcliff, bin ich aber vermutlich jünger als Sie.

(unverständlich: Verkehrslärm – Fenster offen? Rauschen. Pause, bevor Gespräch fortgesetzt wird)

PIERCE RATCLIFF: Das Sible-Hedingham-Dokument ist noch unwahrscheinlicher. Das ist, was Ash geschrieben hätte – nein, sie hätte es jemandem diktieren müssen –, aber nach 1477, nach der Fraktur. Vielleicht hat sie es in England nach einem Besuch beim Earl of Oxford gelassen.

VAUGHAN DAVIES: Dr. Ratcliff, ich habe beabsichtigt, Sie zu warnen, und das will ich jetzt tun. Es geht um den möglichen Grund, warum manche Dinge zurückkommen. Meine Theorie ist Folgende: Das Auftauchen dieser unwahrscheinlichen Artefakte lässt darauf schließen, dass Burgund irgendwie in seiner Funktion versagt hat.

PIERCE RATCLIFF: Ich habe gedacht ... Ich hatte Angst ... JA. Unmögliche Ereignisse, irrationale Dinge, nicht vorhersehbar. Aber ... Warum sollte es zusammenbrechen? Warum jetzt?

VAUGHAN DAVIES: Um das zu beantworten, müssen Sie verstehen, wie das Verlorene Burgund tut, was es tut, und ich glaube, da ich der wissenschaftlichen Entwicklung sechzig Jahre hinterherhinke, bin ich nicht qualifiziert genug, um eine Theorie aufzustellen. Was ich jedoch tun werde, wenn es mir gestattet ist, ist, Sie zu warnen.

PIERCE RATCLIFF: Tut mir leid. Ja. Bitte. Um was geht es?

VAUGHAN DAVIES: Was mit mir geschehen ist, ist wegen des Sible-

Hedingham-Manuskripts geschehen. Ich habe es Ende 1938 in Hedingham Castle entdeckt. Ich glaube, dass es kurz zuvor noch nicht ›existiert‹ hat, wenn Sie so wollen.

PIERCE RATCLIFF: Die Wahrscheinlichkeitswelle ist lokal zusammengebrochen. Ein Artefakt ist real geworden.

VAUGHAN DAVIES: Genau wie in Nordafrika vor ein paar Monaten.

PIERCE RATCLIFF: Karthago.

VAUGHAN DAVIES: Ich habe im Haus meines Bruders gelebt, als ich die zweite Ausgabe fertig gestellt habe, und gerade über die Oxfords geforscht – wegen John de Veres Verbindung zu Ash. Ich theoretisiere nun, dass das Sible-Hedingham-Manuskript sich nicht lange nach meiner Ankunft manifestiert hat, wenn Sie so wollen. Ich habe das Manuskript gestohlen . . .

PIERCE RATCLIFF (unterbricht erregt): Gestohlen?!

VAUGHAN DAVIES: Sie wollten es mir weder verkaufen noch mir gestatten, es zu studieren. Was hätte ich sonst tun sollen? Beten?

PIERCE RATCLIFF: Nun . . . nein . . . ich meine . . . ich weiß nicht.

VAUGHAN DAVIES: Ich habe das Manuskript also gestohlen und gelesen. Mein Latein ist ein gutes Stück besser als Ihres, wenn ich das mal so sagen darf. Da der Herstellungsprozess schon zu weit fortgeschritten war, um das Sible-Hedingham-Manuskript noch in den Text einzubinden, habe ich das Addendum mit den offensichtlichen Schlussfolgerungen geschrieben und mich mit meinem Verleger in London verabredet. Ich habe die Veröffentlichung einer revidierten Fassung geplant, einschließlich des Manuskripts. (Pause) Ich bin in einen Bombenangriff geraten. Eine Bombe ist in meiner unmittelbaren Nähe eingeschlagen. Ich hätte getötet oder verschont werden können. Stattdessen fand ich mich irreal wieder – unwahrscheinlich. POTENZIELL.

PIERCE RATCLIFF: Was hat das mit dem Manuskript zu tun?

VAUGHAN DAVIES: Das ist recht einfach. Ich vermute, dass es ein Energiefeld gibt, eine Art Strahlung, welche den Zusammenbruch der Wahrscheinlichkeit in die Realität umgibt. Wenn nun etwas vollkommen Unmögliches wieder auftaucht, ist die Strahlung ungleich stärker.

PIERCE RATCLIFF (unterbricht): Eine Strahlung im eigentlichen Sinne kann das wohl kaum sein.

VAUGHAN DAVIES: Würden Sie mich bitte ausreden lassen? Danke. Was auch immer es sein mag, ein subatomares Phänomen oder eine Energie, ich war ihm in jedem Fall ausgesetzt. Ich glaube, es ist umso stärker, je kürzer das Artefakt wieder real ist. Dass ich dem ausgesetzt war, hat irgendwie meine eigene Realität destabilisiert. Als ich das Manuskript gefunden habe, war mir das natürlich noch nicht bewusst. Dann, bei dem Bombenangriff, als die Wellenfront für mich in einem entscheidenden Augenblick zusammengebrochen wäre – sterbe ich, sterbe ich nicht –, ist die Destabilisierung akut geworden. Ich wurde und blieb ein potenzielles Ding.

PIERCE RATCLIFF: Und Sie warnen mich . . . weil ich an den Ausgrabungsstätten in Karthago gewesen bin.

VAUGHAN DAVIES: Ja.

PIERCE RATCLIFF: Ich könnte noch nicht einmal sagen, ob da was war. Wie auch? Tests. Vielleicht könnte man irgendeine Art Test dafür entwickeln.

VAUGHAN DAVIES: Falls das, was ich mal Ihre ›Kohäsion‹ nennen möchte, beeinträchtigt worden ist, könnten Sie in Gefahr schweben.

PIERCE RATCLIFF: Wenn der Effekt nachlässt, je länger die Artefakte real sind, dann bin ich vielleicht nicht . . . beeinträchtigt. Es gibt aber keine Möglichkeit, das festzustellen, nicht wahr? Es sei denn, man hätte einen Unfall oder würde einen Punkt der Entscheidung erreichen . . . Was mit Ihnen passiert ist, könnte auch mir widerfahren. Und Isobel. Dem Rest. Oder es könnte nie geschehen.

VAUGHAN DAVIES: Wir müssen darauf hoffen, dass irgendjemand einen Test dafür entwickelt, um so etwas festzustellen. Ich würde ja selbst daran arbeiten, aber mir ist durchaus bewusst, dass ich nicht mehr der Mann bin, der ich einmal war. Es ist schon ein seltsames Gefühl, jung und alt zugleich zu sein, aber an das, was dazwischen ist, keine Erinnerung zu haben. (Pause) Ich habe das Gefühl, als wäre ich beraubt worden.

PIERCE RATCLIFF: Ich werde es nicht erfahren, nicht wahr? Wenn ich dieser ›Strahlung‹ ausgesetzt gewesen sein sollte, meine ich.

VAUGHAN DAVIES: Doktor Ratcliff!

PIERCE RATCLIFF: Tut mir leid.

VAUGHAN DAVIES: Lassen Sie uns hoffen, dass Sie nicht in einen Unfall verwickelt werden, Dr. Ratcliff.

PIERCE RATCLIFF: Das ist ... (Pause) ... Das ist ein ziemlicher Schock.

(Lange Pause. Hintergrundgeräusche)

PIERCE RATCLIFF: Ein paar Leute experimentieren im Augenblick im Bereich der Wahrscheinlichkeitstheorie, allerdings in sehr kleinem Maßstab. Zwei Regierungsbehörden haben mich verhört. Die Amerikaner haben mich tatsächlich von dem Schiff im Mittelmeer geholt. An Weihnachten! Es war furchterregend. Man hat mich mehrere Tage lang verhört. Sie sind immer noch hinter mir her. Ich weiß, das klingt nach Verfolgungswahn ...

VAUGHAN DAVIES (unterbricht): Werden theoretisch Fortschritte gemacht?

PIERCE RATCLIFF: Isobels Kollegen scheinen das zumindest zu glauben. Ich bezweifele allerdings, dass ich mit ihnen reden kann, ohne die Aufmerksamkeit der Sicherheitsbehörden zu erregen. Ich habe nur das Gefühl – falls Sie Recht haben –, dass sich irgendjemand SIE anschauen sollte. (Pause) Und mich auch.

VAUGHAN DAVIES: Ich werde mich gerne für Studien zur Verfügung stellen, wenn uns das der Wahrheit näher bringt.

PIERCE RATCLIFF: Und kann Burgund WIRKLICH nicht mehr länger die Wahrscheinlichkeiten stabilisieren? Und warum ausgerechnet JETZT?

(Verstärkte Hintergrundgeräusche. Stationsarzt (geschwärzt) betritt den Raum. Medizinisches Gespräch gelöscht. Türgeräusche. Lange Pause)

VAUGHAN DAVIS: (– unverständlich –) diese kleinen Demütigungen, die einem die Herren von der medizinischen Profession zufügen. Kein Wunder, dass William Arzt geworden ist. Dr. Ratcliff, ich weiß, worauf sich der Vorfall im Manuskript bezieht. Ich weiß, was in diesem Sinne aus Burgund geworden ist.

PIERCE RATCLIFF: (Pause) Woher können Sie das wissen? Ja, wir können spekulieren, theoretisieren, aber...

VAUGHAN DAVIES (unterbricht): Ich bin vielleicht der einzige lebende Mensch, der Grund hat zu behaupten, dass er es wirklich weiß.

PIERCE RATCLIFF: Sie haben eine Krankengeschichte. Psychiatrische Kliniken, Hospitäler.

VAUGHAN DAVIES: Dr. Ratcliff, Sie wissen, dass ich die Wahrheit sage. Die vergangenen sechzig Jahre habe ich, wenn Sie so wollen, im Rohzustand des Universums existiert – in den unendlichen Möglichkeiten, bevor der Rassenverstand des Menschen sie zu einer einzigen Realität kollabieren lässt. Für mich war es ein Augenblick von unendlicher Dauer, doch ohne Zeit. Ich müsste Theologe sein, um den Augenblick der Ewigkeit genau beschreiben zu können.

PIERCE RATCLIFF (erregt): Was wollen Sie mir sagen?

VAUGHAN DAVIES: Während ich mich in diesem Stadium der Existenz befand – auch wenn das Wort ›während‹ unangebracht ist, da es ein Vergehen von Zeit impliziert –, aber egal... Als ich als schlichte Möglichkeit existierte, habe ich wahrgenommen, dass zwischen den unendlichen chaotischen Möglichkeiten eine andere Art von Ordnung existiert.

PIERCE RATCLIFF: Auf einer subatomaren Ebene? Sie sahen...

VAUGHAN DAVIES: Ich sah, dass ich Recht gehabt habe. Das hat mich nicht sonderlich überrascht. Wissen Sie, ich habe die Theorie aufgestellt, dass die burgundische Blutlinie, wenn wir sie denn so bezeichnen wollen, als eine Art Anker oder Filter diente. Sie verhinderte jedwede Manipulation von Ereignissen auf Quantenebene. Jedes so genannte Wunder oder Gebet. Und gleichermaßen ist das ideale Burgund...

PIERCE RATCLIFF (unterbricht): Die Sonne? Was ist mit der Sonne?

VAUGHAN DAVIES: Die Sonne?

PIERCE RATCLIFF: Über Burgund! Sie wussten nicht, warum ... ICH weiß es nicht ... Es hätte anders sein wollen ... wenn die Wilden Maschinen so real waren, wie wir es verstehen. Komplexe Siliziumstrukturen könnten eine organische Chemie geschaffen haben, ECHTE Lebewesen ... (Pause) Dann hätte es dunkel sein müssen.

VAUGHAN DAVIES: Aaah. Jetzt verstehe ich. Sie enttäuschen mich, Dr. Ratcliff.

PIERCE RATCLIFF: Ich enttäusche SIE? (laut)

VAUGHAN DAVIES: (– unverständlich –) ich fortfahren dürfte? (Pause) Nein, ich hatte gedacht, Sie würden es sofort erkennen ... so wie Leofric es getan hat, nur dass er es in den Termini seiner Kultur beschrieben hat. Meiner Theorie nach haben die Ferae Natura Machinae den initialen Quantenpunkt umgekehrt, und die Sonne ist sofort ausgegangen. In Burgund wurde die Wirklichkeit bewahrt, die Realität. Burgund bewahrte das vorherige, PLAUSIBLERE Stadium. Die Welt draußen ist, wissenschaftlich betrachtet, real, wenn Sie es so schlicht betrachten wollen, aber es ist eine SPÄTERE Realität. Burgund bildet bereits eine Quantenblase: Es beginnt bereits, das IDEALE Burgund zu werden. (Pause) Verstehen Sie, was ich meine, Dr. Ratcliff?

PIERCE RATCLIFF: Und ... oh, ich ... Und als der Himmel sich nach dem Tod des Herzogs verdunkelte ...

VAUGHAN DAVIES (unterbricht): Genau! Die beiden nicht-synchronisierten Quantenrealitäten haben versucht, sich zu vereinen! Die Ferae Natura Machinae haben versucht, ihre der anderen aufzuzwingen, und zwar mittels der Faris! Ich sollte aber wohl besser von ›verwobenen‹ Realitäten sprechen ...

PIERCE RATCLIFF (unterbricht): Die Wilden Maschinen zwingen ihre Version der Realität, ihre Quantenversion der anderen auf, und vor Dijon scheitert das, und dann kommt Ash ... (Pause)

Ich hätte das erkennen müssen. Keine Realität steht über der anderen; sie sind alle real – außer dass einige weniger MÖGLICH sind, schwieriger herbeizuführen ... und leichter AUFZUHALTEN.

VAUGHAN DAVIES: Genau. Ratcliff, ich weiß, was Ash getan hat. Sie hat Burgund verschoben ...

PIERCE RATCLIFF (unterbricht): Eine Phasenverschiebung . . .

VAUGHAN DAVIES (unterbricht): Sie hat es auf irgendeine tief liegende Ebene hinuntergedrückt – oder vorwärts –, und zwar an einen Ort, wo die Realität sich verfestigt. Ratcliff, dass müssen Sie doch sehen. Sie hat Burgund und die Natur von Burgund genommen und zeitlich vor uns versetzt – vielleicht nur den Bruchteil einer Sekunde.

PIERCE RATCLIFF (unterbricht): Es verschoben . . . eine Nano-sekunde . . .

VAUGHAN DAVIES (unterbricht): Wo das Mögliche real wird, dort ist Burgund. Ich habe es gesehen. Das ist, was uns erhalten hat, das ist, was für uns das Universum zusammengehalten hat. Die Natur von Burgund als Anker oder Filter . . .

PIERCE RATCLIFF (unterbricht): Sodass die Fähigkeit, die Wellenfront BEWUSST zusammenbrechen zu lassen, nie wieder auftauchen kann. Das ist zu UNWAHRSCHEINLICH . . .

VAUGHAN DAVIES (unterbricht): Über Jahrhunderte nach dessen Ver-schwinden hinweg hat kein Historiker über Burgund berichtet. Erst mit Charles Mallory Maximilian haben wir begonnen, uns zu erinnern. Aber wir erinnern uns eigentlich nicht, wir NEHMEN WAHR. Wir neh-men wahr, dass das verlorene Burgund als mythisches Bild in unse-rem Rassenbewusstsein existiert, und das ist so, weil es tatsächlich und wissenschaftlich verifizierbar existiert, und wir kommen seiner Realität Stück für Stück näher.

PIERCE RATCLIFF: Burgund . . . Es ist wirklich noch immer da.

VAUGHAN DAVIES: Ich habe geglaubt, Sie wären ein Mann mit einer gewissen Intelligenz. Ja, Doktor Ratcliff, Burgund war immer noch da. Gefangen in einem ewigen goldenen Augenblick, funktioniert es als Führer, Regulator oder Dämpfer, wenn Sie mir die ingenieurtechni-sche Metapher verzeihen. Es filtert die Realität ins Rassenbewusst-sein. Es hat uns real gehalten. Ist das deutlich genug für Sie?

PIERCE RATCLIFF: Was haben Sie wahrgenommen? Was . . . (Pause) Wie ist es in Burgund, jetzt? Ich habe schon darüber nachgedacht, wie es sein könnte. (Pause) Ein endloser Hof, ein endloses Turnier, eine Jagd. Vielleicht Krieg, drüben in den Wilden Wäldern. Ihr Krieg ist eine lebende Metapher, die Unwahrscheinlichkeiten besiegt, die von außen eindringen.

VAUGHAN DAVIES: Nein. Das war es nicht, was ich wahrgenommen habe. Burgund hat keine ›Dauer‹. Es ist in einem ewigen Augenblick eingefroren, einem einzigen Akt: dem Akt, aus der Realität eine zusammenhängende Welt zu formen.

PIERCE RATCLIFF: Ash? Florian? Der ganze Rest?

VAUGHAN DAVIES: Seltsam, dass Sie sich auf die Menschen konzentrieren. Das kommt davon, weil Sie reiner Historiker sind, nehme ich an, und über kein naturwissenschaftliches Verständnis verfügen. Meine Wahrnehmung der Wellenfront der Wahrscheinlichkeit war weit bedeutungsvoller. Nichtsdestotrotz ist es richtig, dass ich auch ›Geister‹ in jenem Stadium der Existenz wahrgenommen habe.

PIERCE RATCLIFF: Konnten Sie sie erkennen?

VAUGHAN DAVIES: Ich denke schon. Ich glaube, es waren die Menschen, die im Sible-Hedingham-Manuskript erwähnt sind. Das können Sie nicht verstehen. Es gibt dort keine Zeitdauer, kein Handeln: nur das SEIN. Burgund führt die Realität nicht durch das, was es tut. Es muss gar nichts tun. Es funktioniert allein durch seine Existenz, durch das, was es ist.

PIERCE RATCLIFF: Also ist es eine Art Hölle – für die Geister der Menschen, meine ich.

VAUGHAN DAVIES: Dr. Ratcliff, ich bin hier, um Ihnen zu sagen, dass Sie damit vollkommen richtig liegen. Was ich erfahren habe, war eine unendliche Hölle. Oder ein Himmel.

PIERCE RATCLIFF: Ein Himmel?

VAUGHAN DAVIES: Gemessen daran, dass ich die Realität DIREKT wahrgenommen habe.

PIERCE RATCLIFF: Ein ideales Burgund, wollen Sie das damit sagen?

VAUGHAN DAVIES: Burgund existiert mitten in der Realität und beherrscht ihre Gestalt. Es ist – oder war – die eine wahre Realität, von der wir nur unvollkommene Schatten sind. Gütiger Gott, Mann, liest man denn heutzutage nicht mehr Platon?

PIERCE RATCLIFF: Platon war kein Experte für theoretische Physik.

VAUGHAN DAVIES: Diese Dinge haben die Angewohnheit, in das Rassenbewusstsein einzusickern. Sie sind in unserem Blut, auf einer tieferen Ebene als Freuds Unterbewusstsein. Jungs Rassenunterbewusstsein vielleicht. Auf einer Ebene, die so tief sitzt und automatisch funktioniert wie die Mutation der Zellen in unserem Körper. Da überrascht es wenig, wenn unser mythischer Geist Gespenster und Schattenbilder der Realität produziert. Immerhin erinnern wir uns an Burgund.

PIERCE RATCLIFF: Wir erinnern uns JETZT daran. Ein wenig auch im 18. Jahrhundert, dann Mallory Maximilians erste Ausgabe, dann Ihre, dann ich, dann Karthago, und . . .

VAUGHAN DAVIES: (unverständlich; schwach)

PIERCE RATCLIFF: (– unverständlich –) nach und nach SCHEITERT in dem, was es tut. Sind Sie SICHER, dass es das ist, was Sie gesehen haben? Fünfhundert Jahre nach dem, was sie getan hat, wird Burgund schwächer und versagt? Ist es das?

VAUGHAN DAVIES: Ja, ich bin sicher.

(Lange Pause. Bandrauschen. Schritte. Tür öffnet sich und schließt sich wieder)

PIERCE RATCLIFF: Tut mir leid. Ich musste mal raus und mich ein wenig bewegen.

VAUGHAN DAVIES: Das chaotische Gewebe des Universums ist stark. Vielleicht etabliert es sich immer wieder neu, egal, was man tut.

PIERCE RATCLIFF: Dann hat sie also alles umsonst gemacht.

VAUGHAN DAVIES: Fünfhundert Jahre, Dr. Ratcliff. Das ist alles nun schon seit fünfhundert Jahren vorbei.

PIERCE RATCLIFF (erregt): Aber das stimmt nicht. Nicht wenn Ihre Wahrnehmungen korrekt waren. Dann war es ein ewiger, unendlicher Augenblick. Und jetzt verliert das alles seine Kraft. JETZT verliert es seine Kraft. Jetzt!

VAUGHAN DAVIES: In diesem Sinne haben Sie Recht. Ihr archäologisches Wiederauftreten in Karthago. Das Manuskript. Selbst ich, glaube ich. Mein Wiedereintritt in die Realität ist eine direkte Auswirkung des Schwächerwerdens des verlorenen Burgund. So muss es sein. Es kann keine andere Erklärung dafür geben.

PIERCE RATCLIFF: Es gibt Experimente im Bereich der Wahrscheinlichkeit. Nur auf einer unendlich kleinen Ebene, aber . . . Ist das der Grund? Glauben Sie? Destabilisieren WIR sie? Ich muss . . . Nein, Isobels Leute werden nicht mit mir darüber sprechen, nicht bei den ganzen Sicherheitsmaßnahmen.

VAUGHAN DAVIES: Für uns ein Bogen von fünfhundert Jahren, für das verlorene Burgund nur ein Augenblick. Ein Augenblick, der jetzt endet. Das Universum ist riesig, mächtig, chaotisch, zwingend, Dr. Ratcliff. Es war unweigerlich, dass es sich wieder reetablierte.

PIERCE RATCLIFF: Was geschieht, wenn Burgund endgültig versagt? Bedeutet das das Ende aller Kausalität? Ein Ansteigen der Entropie, des Chaos, der WUNDER?

VAUGHAN DAVIES: Sie unterziehen mich einer Reihe von interessanten Tests in dieser Abteilung. Zwischen den Tests habe ich bemerkenswert viel Zeit. Ich habe viel davon der Analyse gewidmet, was der Verlust von Burgund bedeuten könnte – auch wenn William darauf besteht, dass ich in diesen televisuellen Kasten schaue. Ich glaube, Sie sind zu dem gleichen Schluss gekommen wie ich.

PIERCE RATCLIFF: Das Rassenbewusstsein wird fortfahren, das Wahrscheinliche in die vorhersehbare Realität kollabieren zu lassen. Aber schlussendlich, ohne Burgund, wird genug Chaos durchdringen, und wir werden erneut beginnen, die Realität bewusst zu manipulieren – oder technologisch. Es wird Kriege geben. Kriege, in denen die Realität das Opfer ist.

VAUGHAN DAVIES: Irgendjemandes Realität fällt immer dem Krieg zum Opfer, Dr. Ratcliff. Aber ja, das ist, was die Ferae Natura Machinae vorausgesehen haben. Das unendlich irreale Universum, wenn Sie so wollen, die Wunderkriege.

PIERCE RATCLIFF: Das muss ich veröffentlichen.

VAUGHAN DAVIES: Sie wollen das in Ihre Ausgabe der Ash-Papiere aufnehmen?

PIERCE RATCLIFF: Wenn es erst einmal veröffentlicht ist, kann man es nicht mehr ignorieren. Es wird eine Untersuchung geben MÜSSEN! Müssen wir aufhören, Experimente auf subatomarer Ebene durchzuführen? Können wir Burgund stärken?

VAUGHAN DAVIES: Bitte, verzeihen Sie, aber für die meisten Leute werden Sie schlicht wie ein Verrückter klingen, Dr. Ratcliff.

PIERCE RATCLIFF: Das ist mir egal. Alles ist besser als diese ›Wunderkriege‹ . . .!

(Tür öffnet sich. Schritte; eine nicht feststellbare Zahl von Personen betritt den Raum)

WILLIAM DAVIES: Ich denke, das reicht für heute.

VAUGHAN DAVIES: Also wirklich, William. Ich glaube, ich kann meinen eigenen Gesundheitszustand ganz gut selbst beurteilen.

WILLIAM DAVIES: Nicht so gut wie deine Ärzte. Ich mag ja in Rente sein, aber ich erkenne Erschöpfung, wenn ich sie sehe. Dr. Ratcliff wird morgen wiederkommen.

VAUGHAN DAVIES: (unverständlich)

PIERCE RATCLIFF: (unverständlich)

ANNA LONGMAN: Wir müssen reden, Pierce. Ich habe im Büro angerufen. Wir werden noch vor dem Wochenende ein paar harte Entscheidungen in Bezug auf die Publikation treffen müssen.

PIERCE RATCLIFF: Professor Davies. (Pause) Es war mir eine Ehre. Ich werde mich morgen wieder bei Ihnen melden.

(undeutliche Türgeräusche, das Geräusch von Stühlen, die hin und her geschobenen werden)

VAUGHAN DAVIES: (– unverständlich –) sobald als möglich veröffentlichen. Wir brauchen die Hilfe der wissenschaftlichen Gemeinde. (Band verzerrt) (– unverständlich –) weitere Untersuchungen auf weltweiter Ebene.

PIERCE RATCLIFF: (– unverständlich –) wir haben keine Ahnung, nicht wahr? Wie lange haben wir noch? Bevor es endgültig versagt?

(Band endet)

PATIENT »VAUGHAN DAVIES« AM 02/02/01 INS (geschwärzt) HOSPITAL FÜR WEITERE UNTERSUCHUNGEN UND TESTS VERLEGT

Nachwort

Mit dem abrupten Ende des Sible-Hedingham-Manuskripts ist auch die Dokumentation dieser Ereignisse beendet.

Es ist nun offensichtlich, dass es am 5. Januar 1477 zu einer signifikanten Veränderung in der Natur des Universums gekommen ist.

Um es zusammenzufassen: An diesem Punkt sind die Ereignisse der menschlichen Geschichte bis dato verändert worden, und in der Folge davon ist eine andere Geschichte wahrgenommen worden. Dabei handelt es sich weder um eine vorherige Geschichte der Menschheit noch um die von den Siliziumintelligenzen der ›Wilden Maschinen‹ gewünschte Zukunft. Ob unsere Geschichte von 1477 an nun die zufällige oder die beabsichtigte Wirkung dieses ›Wunders‹ ist, ist schwer zu sagen.

Aber wie auch immer die Wahrheit lauten mag, nicht zu leugnen ist die Tatsache, dass die Fähigkeit des menschlichen Geistes, die Wellenfront der Wahrscheinlichkeit bewusst zu verändern und zu einer beliebigen Realität zusammenbrechen zu lassen, damals ausgelöscht worden ist. Die menschliche Existenz ging jedoch weiter: das konsistente und rationale Universum, wie es vom menschlichen Rassenbewusstsein bestimmt wird und beschützt und erhalten durch die veränderte vorherige Geschichte – durch das ›verlorene Burgund‹, das uns als Mythos in Erinnerung geblieben ist.

Wenn schon kein ideales Universum, so ist es doch ein konsistentes. Gut und böse, diese Wahl haben wir immer noch.

Mir ist durchaus bewusst, dass diese Schlüsse, welche ich aus den Texten und zugänglichen archäologischen Beweisen gezogen habe, zu einigen Kontroversen führen werden. Ich halte es jedoch für äußerst bedeutsam, sie so weit wie möglich bekannt zu machen und entsprechend zu handeln.

Das Gesetz von Ursache und Wirkung ist in der menschlichen Einflusssphäre ständig aktiv. Wie das Universum ansonsten aussieht, an anderen Orten, das wissen wir nicht. Wir sind nur eine Welt unter Millionen, eine Galaxie unter Milliarden, in einem Universum, so groß, dass weder Licht noch unser Verständnis es zu durchqueren vermögen. Was wir hier an Naturgesetzen haben, können wir beobachten, ist rational, konsistent und vorhersehbar. Selbst dort, wo auf subatomarer Ebene die Kausalität ›verschwommen‹ ist, steht dies in Einklang mit der wissenschaftlichen Realität, nicht mit dem Chaos. Was heute ein unsicheres Partikel ist, wird auch morgen ein unsicheres Partikel sein und kein Drache – oder ein Löwe, oder ein Hirsch.

Wäre das alles, wäre das ›verlorene Burgund‹ zwar eine äußerst bedeutsame Entdeckung für unser Verständnis der Konstruktion des Universums, aber sie wäre uns nichtsdestotrotz verschlossen. Ash hat ihre Entscheidung getroffen, Burgund wird ›verschoben‹, die Natur Burgunds verankert uns in der Kausalität, und da stehen wir nun.

Abgesehen davon, dass die Ereignisse der letzten Zeit beweisen, dass ›Burgund‹ schwächer wird, dass es allmählich versagt. Es ist eine unausweichliche Tatsache, dass einige Dinge, die schlicht unwahrscheinlich sind (im technischen Sinne des Wortes), in den vergangenen sechzig Jahren in ein Stadium objektiver Realität eingetreten sind. Die Ausgrabungsstätte in Karthago öffnet uns in dieser Hinsicht die Augen – auch wenn die Arbeiten dort vor einiger Zeit eingestellt werden mussten.

Aus welchem Grund auch immer, die Natur von Burgund hat sich erneut verändert; vielleicht wird es schwächer, vielleicht hat es gar aufgehört zu existieren. Ich denke, die Beweise deuten darauf hin, dass dem in der Tat so ist.

Ich vermute, dass das, was Vaughan Davies (wie in einem Gespräch mit dem Autor beschrieben) wahrgenommen hat, tatsächlich der Augenblick der Veränderung ist. Seinen Beobachtungen zufolge, ›hält die Veränderung nicht länger an‹ –

oder für jene, die darin gefangen sind, hat sie nicht ›geendet‹. Was wir jetzt sehen, *ist* das Ende dieses Augenblicks.

Was notwendig war, ist getan worden. Burgund ist sozusagen ›aus der Spur‹ der fortschreitenden Realität und in eine Wahrscheinlichkeitswelle gebracht worden, wodurch das menschliche Universum kausal geworden ist.

Es ist möglich, dass das nicht mehr länger so bleiben wird. Die spontane Mutation, das ›Wundergen‹, könnte wieder auftauchen. Oder es könnte eine technologische Möglichkeit entdeckt werden, die Wellenfront kontrolliert zum Einsturz zu bringen.

Was bedeutet das für uns, die wir heute leben?

Ohne das Verlorene Burgund wird das Rassenbewusstsein der Menschheit fortfahren zu tun, was es getan hat, seit wir als organisches Leben ein Bewusstsein entwickelt haben. Es wird die Realität so manipulieren, dass sie konstant, kohärent und konsistent ist. Morgen wird auf heute folgen; das Gestern wird nicht wieder zurückkehren. Das ist, was wir tun – was alles organische Leben tut, egal auf welch niedrigem Level –, wir bewahren eine konstante Realität.

Was Burgund jedoch getan hat, war, unsere Realität vor der Rückkehr der Möglichkeit zu schützen, die Wellenfront der Wahrscheinlichkeit *bewusst* in eine andere, vorher unwahrscheinliche Realität zusammenbrechen zu lassen.

Und wenn Burgund fällt und das komplexe Chaos des Universums Burgund wieder mit der Realität verschmilzt, von der es – einen ewigen Augenblick lang – die Speerspitze gewesen ist, was hält uns dann davon ab zu werden, was unsere Vorfahren waren? Priester und Propheten, Wunderwirker und Empfänger von Gottes Gnade? Was hält uns dann davon ab, unser eigenes organisches Bewusstsein zu entwickeln oder unsere eigenen Maschinen?

Nichts.

Wenn wir das materielle Universum nicht der Gefahr aussetzen wollen, sich in entropisches Chaos aufzulösen oder in eine reine Quantensuppe zu verwandeln, dann müssen wir etwas tun, und zwar jetzt.

Ich beabsichtige, diese Papiere zu veröffentlichen, und ich will sie als ›Ruf zu den Waffen‹ für die wissenschaftliche Gemeinde verstanden sehen. Wir müssen das untersuchen. Wir müssen handeln. Wir müssen irgendwie den Zusammenbruch des Verlorenen Burgund aufhalten; oder wir müssen etwas erschaffen, das seinen Platz einnehmen kann. Sonst wird das geschehen, wovon Ash in den Manuskripten geschrieben hat, dass es nicht geschehen soll, nämlich dass alles hier ungeschehen gemacht werden wird, als hätte es nie existiert.

Ich werde eine Webseite unter http:(geschwärzt) einrichten, über die Videokonferenzen abgehalten werden können. Jede ausreichend anerkannte Institution und jedes Individuum sei hiermit ausdrücklich eingeladen, sich einzuloggen. Ich werde all meine Daten zur Verfügung stellen.

Noch sind wir nicht bereit, zu Göttern zu werden, und vielleicht werden wir das auch nie sein.

Pierce Ratcliff
London, 2001

Nachwort
(vierte Ausgabe)

Ich habe die Worte eines weit jüngeren Mannes unverändert gelassen.

Die Geschichte ist zum großen Teil eine Frage der Interpretation.

Neun Jahre sind keine lange Zeit – und doch reicht es manchmal aus, um die Welt so weit zu verändern, dass man sie nicht mehr wiedererkennen kann. Manchmal genügen sogar neun Minuten.

Ich nehme an, ich hätte mich daran erinnern sollen, was Ash selbst gesagt hat: *Ich verliere niemals.*

Offen gesagt, ist das ›Nachwort‹ der Ausgabe von 2001 von einem Mann in Panik geschrieben worden. Ich habe es hier im Wesentlichen unverändert abdrucken lassen, obwohl ich meine alte URL gelöscht habe, um Verwirrungen vorzubeugen. Um ehrlich zu sein, habe ich den Winter 2000 und das Frühjahr 2001 größtenteils in Angst verbracht; ein Zustand, der sich noch weiter verschlimmerte, nachdem am 25. März alle Exemplare von *Ash: Die Verlorene Geschichte von Burgund* zurückgezogen wurden, fünf Tage, bevor sie in die Buchhandlungen hätten kommen sollen.

Ich stehe bei Anna Longman tief in der Schuld; eisern hat sie meine Arbeit in den Verlagskonferenzen verteidigt. Ohne sie hätte das Buch das Druckstadium nie erreicht. Aber auch sie konnte nicht verhindern, dass das Innenministerium ihren Verlagsleiter, Jonathan Stanley, unter Druck gesetzt hat.

Zwei Tage später sind meine Belegexemplare von *Ash: Die Verlorene Geschichte von Burgund* aus meiner Wohnung entfernt worden.

Eine Woche später bekam ich Besuch von der Polizei und wurde verhört, nicht von ihnen, sondern von einem Stab der Sicherheitsbehörden dreier Länder.

Ohne Zweifel hat zu diesem Zeitpunkt Furcht mein Urteilsvermögen beeinträchtigt.

Die Realität hat sich jedoch behauptet.

Ich wurde mit einer gebundenen Kopie meiner dritten Ausgabe konfrontiert, in die man eine Diskette und einen Ausdruck meiner E-Mail-Korrespondenz gelegt hatte, sorgfältig kommentiert von einem Sicherheitsmann. Das waren nicht meine Kopien; meine hatte ich zerstört.

Man informierte mich, dass sie Anna seit Dezember 2000 beobachtet hatten. Bei einer zweiten – unbemerkten – Durchsuchung ihrer Wohnung in Stratford hatte man keine Geschäftskorrespondenz gefunden, da sie die Kopien stets bei sich getragen hat, bis sie im Spätfrühling 2001 verschwunden sind.

Eine genaue Analyse der CCTV-Aufzeichnungen und der Berichte der Beschattungsteams bestätigte schließlich, dass man sie am 1. März 2001 die British Library ohne ein Buch hatte verlassen sehen. Das wäre nicht weiter bemerkenswert gewesen, wäre sie eine Stunde vorher nicht *mit* einem Buch hineingegangen. Auf den Standbildern des CCTV war dieses Buch als ein Leseexemplar von *Ash: Die Verlorene Geschichte von Burgund* zu erkennen.

Obwohl sie wussten, dass es dort war, brauchten die Behörden einen Monat, um es zu finden. Da die Wahrscheinlichkeit, dass ein Buch aus der British Library gestohlen wird, extrem gering ist, glaubte niemand, Vorkehrungen gegen jemanden treffen zu müssen, der mit einem Buch *rein*kommt und es in dem Chaos versteckt, das beim Umzug der Bibliothek geherrscht hat.

Ich wage zu behaupten, dass es binnen eines Jahrzehnts gefunden und katalogisiert worden wäre.

Als man mich mit unserer Korrespondenz konfrontierte, erkannte ich – ein paar Sekunden, bevor man es mir sagte –, dass dies hier keine paranoide Verschwörung war, um mich ›zum Schweigen‹ zu bringen, sondern tatsächlich eine Art Einstellungsgespräch.

Es war jedoch nicht mein Expertenwissen über Manuskripte des 15. Jahrhunderts, was sie dazu bewogen hatte, mich für das ›Projekt Karthago‹ anzuwerben, sondern die Tatsache, dass ich Augenzeuge bei der Rückkehr der Artefakte aus der ›ersten Geschichte‹ gewesen war, was meine Korrespondenz mit Anna ja belegte.

Tatsächlich *bin* ich Geschichte, wie Anna manchmal zu mir sagt, und das mit mehr Humor, als ich ihr vormals zugetraut hätte.

Wir alle sind Geschichte.

Glücklicherweise sind wir auch die Zukunft.

Am Ende der darauf folgenden Woche flog ich von London nach Kalifornien, nachdem ich an der Universität gekündigt hatte. In den Jahren danach habe ich dann eine zweite berufliche Karriere gemacht (und dabei ein unerwartetes Talent für Verwaltungsaufgaben entdeckt); eine Karriere, in deren Verlauf ich – mit Isobel Napier-Grant, Tami Inoshishi, James Howlett und einem Stab von Mitgliedern unterschiedlichster Institutionen – eine erstaunliche Erweiterung des menschlichen Wissens gesehen habe. Auf persönlicher Ebene habe ich das abwechselnd als anspruchsvoll, aufregend, frustrierend und erleuchtend empfunden, und die Fortschritte in der Quantentheorie verstehe ich bis jetzt noch nicht!

Der gegenwärtige Stab des ›Projekts Karthago‹ besteht natürlich aus den ›offiziellen‹ Wissenschaftlern, auf die Isobel Napier-Grant gehofft hat, als sie beschlossen hat, die Ausgrabungsstätte in Karthago für die Forschung zu öffnen; mit der Ausnahme, dass wir auch eine Reihe von Physikern brauchten, die sich um die Mathematik und die Terminologie kümmern und uns so von Spekulationen und einer metaphorischen Sprache wegführen konnten. Über die letzten neun Jahre hinweg muss ich sagen, dass sie alles erreicht haben, worauf wir hoffen durften, und sogar mehr.

Diese vierte Ausgabe der ›Ash‹-Papiere dient dazu, keine Missverständnisse im Zusammenhang mit ›Projekt Karthago‹ aufkommen zu lassen. Der Verlauf des Projektes und die verschiedenen Funde, die im Laufe der letzten neun Jahre veröffentlicht worden sind, sind weit genug bekannt, als dass alles hier ausführlich wiederholt werden müsste. Inzwischen verfügen wir über einen Stab von fünfhundert Mann, und es werden noch weitere hinzukommen. Nächstes Jahr, zu unserem zehnten Geburtstag, plane ich eine Geschichte des Projekts zu veröffentlichen.

Die vorbereitende Veröffentlichung dieser Papiere soll sowohl den Hintergrund für das ›Projekt Karthago‹ liefern als auch die Geschichte von Ash zu Ende führen – sofern man überhaupt von einem Ende sprechen kann.

Es kostete mich fast zwei Jahre herauszufinden, wonach wir eigentlich suchen sollten.

Nach langwierigen Verhandlungen der Vereinten Nationen mit der tunesischen Regierung wurde ein Team von Wissenschaftlern zu den unterseeischen Ruinen von Karthago gelassen; diesmal arbeitete man allerdings direkt mit dem Archäologischen Institut in Tunis zusammen. Die Artefakte sind seitdem intensiven Analysen unterzogen worden, sowohl hier als auch im Ausland. (Wir wurden unserer russischen und chinesischen Mitglieder durch den sino-russischen ›Jahrtausend-Krieg‹ von 2003 bis 2005 beraubt; aber glücklicherweise sind sie inzwischen wieder zurückgekehrt.)

Zur gleichen Zeit wurde die Geschichte des ›Westgotischen Reiches‹ mehr und mehr enthüllt, und zwar anhand von Texten, die vom 14. Jahrhundert bis ins späte 19. Jahrhundert reichen. Ein faszinierender Aufsatz eines Historikers von der

Universität Alexandria beschreibt in allen Einzelheiten, wie die westgotischen Stämme nach 416 eine Siedlung an der nordafrikanischen Küste aufrechterhielten und später dann in die arabische Kultur integriert wurden (in einem Prozess, der dem Schicksal der lateinischen Kreuzfahrerstaaten ähnelte).

Spuren einer Invasion der Christenheit sind bei Genua in Norditalien ausgegraben worden, wo es offensichtlich zu einer großen Schlacht gekommen ist.

Das Universum nimmt Vorfälle der ›ersten Geschichte‹ in seine Maschen auf, welche sie dort bequem unterbringen kann. Natürlich gibt es Diskrepanzen; die wird es immer geben. Das Universum ist schier unglaublich komplex, selbst unter den ›lokalen Bedingungen‹, die wir als Spezies wahrnehmen.

Diese Reintegration von erster und zweiter Geschichte wurde von uns allen im Laufe des Projekts beobachtet, und sie fand in etwa zwischen 2000 und 2005 statt, die stärkste Ausprägung in der Zeit von 2002 bis 2003. Das mit dem Versagen des ›Verlorenen Burgund‹ eine Art historischer ›Abfall‹ in unsere Realität hinüberschwappte, das hielten wir – zumindest theoretisch – nie für unmöglich. Tatsächlich war er ja sogar schon da, und jeden Tag erschien mehr davon. Mehr Beweise – unbestreitbare, *faktische* Beweise –, die am Tag zuvor noch nicht da gewesen waren.

In jenen ersten Tagen des neuen Jahrtausends lebten wir in der Erwartung, dass die Welt jeden Tag unter unseren Füßen zerbröckeln konnte. Für uns war es nichts Ungewöhnliches, morgens aufzuwachen und sich erst einmal mit geschlossenen Augen zu fragen, ob man noch dieselbe Person war wie am Tag zuvor. So entwickelten wir im ›Projekt Karthago‹ eine innige Beziehung, fast eine Art Kriegsmentalität.

Im Jahre 2001 habe ich geschrieben, dass wir noch nicht bereit dafür seien, Götter zu sein. Aber tatsächlich vermag jede Beschäftigung mit der Geschichte den Studierenden davon zu überzeugen, dass wir noch nicht bereit dafür sind, *Menschen* zu sein. Am Ende eines Jahrhunderts mit beispiellosen Massakern wie dem Holocaust wussten wir im ›Projekt Karthago‹, dass sogar noch schlimmere Dinge möglich waren. Angesichts der Macht, die Wahrscheinlichkeit zu manipulieren, wurden wir immer wieder von Bildern eines neuen Holocaust und eines Hightechkrieges heimgesucht: Das hätte die menschliche Grausamkeit auf eine ganz neue Ebene gehoben. Endlose menschliche Erniedrigung, Leiden, Angst und Tod. Falls es das war, was die Siliziumintelligenzen der ›Wilden Maschinen‹ vorhergesehen hatten, dann konnte man ihre Weigerung, das zuzulassen, nur als moralischen Akt verstehen.

Wir wussten, dass wir im ›Projekt Karthago‹ die Front im Krieg gegen die Irrealität darstellten: Entweder würden wir einen Weg finden, ›Burgund‹ zu stabilisieren, oder wir würden – wenn nicht jetzt, dann doch in zwanzig oder zweihundert Jahren – zusehen müssen, wie Unwahrscheinlichkeitskriege das Gewebe des Universums zerstören.

Als Historiker habe ich das Team geleitet, dass für die Dokumentation der Rückkehr der ›ersten Geschichte‹ verantwortlich war. Im Jahre 2002 habe ich dann erkannt, dass die Vorfälle, die ich dokumentierte, durchaus möglich waren. Wie ich in einem Gespräch mit Isobel Napier-Grant über das Netz gesagt habe:

»(...) Die auftauchenden Artefakte sind nicht weniger rational als das, was man von einem kausalen Universum erwarten würde. Wir haben die Ruinen eines fünfhundert Jahre alten Karthago. Wir haben jedoch kein Karthago aus dem 15. Jahrhundert voller Westgoten, das plötzlich im heutigen Tunesien auftaucht – oder voller außerirdischer Besucher oder anderer Dinge, welche der menschliche Verstand nicht wahrnehmen kann. Es ist das Karthago, *wie es jetzt sein sollte*, hätte sich die erste Geschichte nach 1477 fortgesetzt.«

Einfach gesagt: Was sich in die Realität reintegrierte, waren *mögliche* Ereignisse, *mögliche* Artefakte und *wahrscheinliche* Geschichte. Keine Wunder.

Keine Wunder.

Es hat mich fast sieben Jahre gekostet, um sie zu finden.

Im Sommer des Jahres 2002 hatte ich eine erste Ahnung. Der Augenblick – jene fünfhundert Jahre während Ewigkeit in einem Burgund, das sowohl Mythos als auch realer als die Realität war – neigte sich seinem Ende zu. Damit wären wir dann ungeschützt und einer stetig wachsenden Zahl willkürlicher Phänomene ausgesetzt gewesen. Und doch hat sich die Kohärenz des Universums, wie wir sie wahrnehmen, zwischen 2001 und 2002 offensichtlich *nicht* aufgelöst.

Das Verlorene Burgund *muss* jedoch versagt haben oder schwächer geworden sein: Wie sonst hätten wir uns das Wiedererscheinen von so viel aus der ›burgundischen‹ Geschichte erklären sollen? Ließ der Instinkt des menschlichen Rassenbewusstseins die Wellenfront zu einer kohärenten Realität zusammenfallen? Ohne Zweifel; aber das konnte nicht alles erklären. In dieser Zeit lebten die Physiktheoretiker in ständiger Angst vor den möglichen Instabilitäten, die sie auf der subatomaren Ebene beobachteten. Sie verfolgten diese scheinbar willkürlichen Ereignisse – die jedoch wieder kohärent wurden.

Es war im wörtlichen Sinne ein Gefühl. Ich empfand es zum ersten Mal kurz nach der Beisetzung von Professor Vaughan Davies – einem Mann, der noch lange genug gelebt hat, um seine seltsame Existenz über sechzig Jahre hinweg analysiert und bestätigt zu sehen, der aber bis zum Schluss nie genug Selbstbeherrschung aufgebracht hatte, um sich einer bissigen Bemerkung zu enthalten. (In einem wachen Augenblick während seines letzten Komas sagte er zu mir: »Es ist weit interessanter, als ich erwartet habe. Ich bezweifele jedoch, dass *Sie* das verstehen werden.«)

Auf dem Rückflug mit Isobel Napier-Grant von seiner Beerdigung sagte ich plötzlich: »*Menschen* kommen zurück.«

»Vaughan ist in diesem Sinne ›zurückgekommen‹«, erwiderte Isobel Napier-Grant. »Einschließlich einer geisterhaften Geschichte über seine wahrscheinliche Existenz, in der er gut sechzig Jahre lang gefangen war. Willst du damit etwa sagen, das sei auch jemand anderem passiert?«

»Passiert oder *wird* passiert *sein*«, sagte ich und hatte damit die Richtung gefunden, in die ich die nächsten Jahre forschen würde. Als Isobel mich am Flughafen stehen ließ, um die Rattenkäfige aus dem Laderaum zu holen, hatte ich bereits ein Programm entwickelt.

Im Mai jenes Jahres bin ich dann nach Brüssel geflogen, zum Hauptquartier der Réaction Rapide Force Unité. Diese Militäreinrichtung liegt außerhalb von Brüssel auf dem flachen Land. Ich wurde von einem *Unité*-Fahrer hinausgefahren und mit einem Dolmetscher ausgestattet – in einer paneuropäischen Streitmacht ist das nach wie vor eine Notwendigkeit.

Den ganzen Flug über hatte ich es mir ausgemalt. Sie würde in einem Büro des Hauptquartiers sein, modern und vom natürlichen Licht eines Frühlingstages in Europa erhellt, Karten an den Wänden. Sie würde die Uniform eines *Unité*-Offiziers tragen. Aus irgendeinem Grund stellte ich sie mir trotz der Akten, die vor mir lagen, älter vor: Ende zwanzig bis Anfang dreißig.

Ich wurde an den Rand eines Pinienwaldes gefahren und von dort im grauen Nieselregen einen zerfurchten Weg hinaufgeführt. Der Regen hörte nach gut einer Meile auf.

Ich fand sie bis zu den Waden im Schlamm; sie trug Uniform, Kampfstiefel und einen roten Uniformpullover. Sie blickte aus einer Gruppe von Männern auf, die im hinteren Teil eines Jeeps über einer Karte brüteten, und grinste. Ich nehme an, ich sah recht nass aus. Der Himmel klarte allmählich wieder auf, und der Wind wehte ihr das kurze Haar vor die Augen.

Sie besaß schwarzes Haar, braune Augen und dunkle Haut.

Die RRFU hatte mir die Erlaubnis gegeben, Film- und Tonaufnahmen zu machen: Ich hatte das auch schon bei früheren Gelegenheiten gemacht; bis jetzt hatte sich die Frau jedoch jedes Mal als die falsche erwiesen. In diesem Fall hätte ich die Schulterkamera beinahe sofort wieder abgeschaltet und das Interview augenblicklich abgebrochen.

»Tut mir leid«, sagte sie fröhlich und kam zu mir. »Das mit dem Regen, meine ich. Diese verdammten Übungen. Angeblich steigert es die Effizienz, wenn wir sie ohne Vorwarnung ansetzen. Schnelle Truppenaufstellung. Sie sind Professor Ratcliff, nicht wahr?«

Sie sprach mit einem leichten Akzent. Eine große Frau mit breiten Schultern und den Schulterklappen eines Majors. Das Sonnenlicht enthüllte kaum sichtbare silberne Linien auf ihrer rechten Wange ... und auch auf der anderen Seite ihres Gesichts.

»Ich bin Ratcliff«, bestätigte ich der Frau, die ganz und gar nicht den Beschreibungen in den Manuskripten entsprach; und einem Impuls folgend, fügte ich hinzu: »Wo ist Ihr Zwilling, Major?«*

Die Frau besaß ein arabisches Aussehen und trug die Uniform eines Majors der RRFU; ihre Ausstrahlung war bemerkenswert. Sie stemmte die schmutzigen Fäuste in die Hüfte und grinste mich an. Sie trug eine Pistole am Gürtel. Ein Leuchten erschien auf ihrem Gesicht. *Ich wusste es.*

»Sie ist in Düsseldorf. Sie ist mit einem deutschen Geschäftsmann aus Bayern verheiratet. Wenn ich frei habe, besuche ich sie. Die Kinder mögen mich.«

Einer der Männer neben dem Jeep rief nach ihr. »Major!«

Er hatte ein Funkgerät in der Hand. Es handelte sich um

---

* Alle Zitate stammen aus der Abschrift der Audio- und Videoprotokolle, Ort: RRFU HQ, Brüssel, 14/05/2009 (Projekt Karthago-Archiv).

einen Mann mit den Streifen eines Sergeanten. Er war Ende dreißig oder Anfang vierzig und kahl unter seinem Barett; dazu trug er eine abgenutzte Uniform. Er sah wie ein typischer Sergeant aus: ein Mann, der nichts für unmöglich hält und der festen Überzeugung ist, dass kein Offizier genügend Verstand besitzt, um sich auch nur die Schuhe zuzubinden.

»Der Brigadier will dich sprechen, Boss«, sagte er knapp.

»Sag Brigadier Oxford, dass ich ihn gleich zurückrufen werde. Sag ihm, ich hocke gerade auf einem Baum oder sowas! Sag ihm, er muss warten!«

»Oh, er wird das lieben, Boss.«

»In jedem Leben«, verkündete sie mit fröhlich-rachsüchtigem Unterton in der Stimme, »fällt verdammt viel Regen. Es ist doch *seine* Schuld, dass er diese Übung angesetzt hat. Professor, ich habe frischen Kaffee hier. Sie sehen so aus, als könnten Sie ihn brauchen.«

Benommen folgte ich ihr zum Jeep und dachte: *Sie ist es. Sie ist es. Wie kann das sein?* Und dann: *Natürlich. Die Westgoten sind nach der Niederlage Karthagos in die arabische Kultur integriert worden. Und Ash war von ihrer Abstammung her nie Europäerin.*

»Wie heißt Ihr Sergeant?«, fragte ich, nachdem ich einen Schluck des kräftigen Gebräus getrunken hatte.

»Sergeant Anselm«, antwortete sie mit trockenem Humor in der Stimme, als sei das ein Scherz, den nur wir beide verstanden. »Mein Brigadier ist ein englischer Offizier: John Oxford. Meine Männer nennen ihn Mad Jack Oxford. Mein Name ...«, sie deutete mit dem Daumen auf das Namensschild an ihrem Pullover, »... ist Asche.«

»Sie sehen gar nicht deutsch aus.«

»Das ist der Name meines Ex-Mannes.« Noch immer lächelte sie wie jemand, der gerade einen Scherz gemacht hatte.

»Sie waren verheiratet?« Einen Augenblick lang war ich überrascht. Sie sah kaum älter als neunzehn oder zwanzig aus.

»Fernando von Asche. Ein Bayer. Ehemaliger Panzeroffizier.

Nach unserer Scheidung hat er meine Schwester geheiratet; ich habe den Namen behalten. Doktor Ratcliff, in der Nachricht hieß es, Sie wollten mir eine Menge Fragen stellen. Das ist nicht die richtige Zeit dafür: Ich habe hier ein Manöver zu führen. Aber eines könnten Sie mir trotzdem schon mal beantworten: Was gibt Ihnen überhaupt das Recht, mir Fragen zu stellen?«

Sie beobachtete mich. Das Schweigen machte ihr offenbar nichts aus.

»Burgund«, antwortete ich. »Burgund ist nun Teil des Bewusstseins der menschlichen Spezies. Es ist nun so fest darin eingebettet, wenn Sie so wollen, dass die ›geisterhafte Vergangenheit‹, die aus der Fraktur entstanden ist, in der Unwahrscheinlichkeit versinken kann. Unsere erste Vergangenheit kehrt zurück – Ihre Geschichte.«

Major Asche nahm mir die Feldflasche mit dem Kaffee ab und trank einen kräftigen Schluck. Sie wischte sich über den Mund, die dunklen Augen nach wie vor auf mich gerichtet. Der Wind drückte ihr kurzes Haar auf die vernarbten Wangen.

»Ich bin keine Geschichte«, stellte sie klar. »Ich bin hier.«

»Sie sind *jetzt* hier.«

Sie beobachtete mich weiter. Irgendwo im Wald ertönten Schüsse. Sie blickte zu Sergeant Anselm zurück, der beruhigend die Hand hob. Sie nickte. Weit draußen auf der verschlammten Ebene kamen Schwebepanzer in Sicht.

Ich fragte: »Wie lange sind Sie schon hier?«

Sie hob die Augenbrauen und blickte mich schief an. »Ungefähr zwei Tage. Solange das hier dauert, sitze ich in einem Militärzelt fest, zwei Meilen da runter.« Sie deutete in die entsprechende Richtung.

»Das habe ich nicht gemeint. Oder vielleicht doch.« Ich rief die Daten auf meinem PDA auf und ging sie langsam durch. Die Informationen waren spärlich. »Ich glaube, Sie haben eine ›geisterhafte Geschichte‹, wenn man das so sagen kann. Sie sind noch sehr jung und haben schon den Rang eines Majors erreicht. Aber der Krieg ist eine Zeit schneller Beförderungen. Sie sind in Afghanistan aufgewachsen, unter den Taliban. Deren Einstellung zu Frauen war ... mittelalterlich. Sie haben sich dem Widerstand angeschlossen und dort das Kämpfen gelernt; und nachdem ihre Widerstandsgruppe zerschlagen war, haben Sie an den russisch-chinesischen Grenzkämpfen teilgenommen. Dort zählten nur Ihre Führungsqualitäten, Ihre Fähigkeit, andere zu kommandieren. Als Sie sechzehn Jahre alt waren, hat man Sie zum Hauptmann gemacht, und als die Armeen Osteuropas sich mit der RRFU vereint haben, haben Sie sich der *Unité* angeschlossen.«

Die Berichterstattung im Netz über die Kämpfe entlang der russisch-chinesischen Grenze ist mir noch gut in Erinnerung.

»Am Ende des sino-russischen Krieges vor zwei Jahren hat man Sie zum Major befördert.« Ich blickte von dem kleinen PDA-Bildschirm auf, über den die Daten scrollten. »Aber ich bin absolut bereit zu glauben, dass Sie erst zwei Tage hier *sind*, in einem Militärzelt irgendwo auf einem Feld.«

Major Asche blickte mich lange an.

»Lassen Sie uns ein Stück gehen.« Sie setzte sich strammen Schrittes in Bewegung. »Roberto! Wo bleiben die verdammten Hubschrauber! Glauben die etwa, wir würden den ganzen Tag hier warten? Wir müssen in einer Stunde wieder auf dem Marsch sein.«

Als wir an ihm vorübergingen, grinste Robert Anselm sie an. »Reg dich nicht auf, Boss.«

Das frische Gras war rutschig. Ich trug keine Stiefel. Mit kalten und nassen Füßen ging ich schneller, um mit dem Major Schritt zu halten. Wir kamen an einem Lastwagen vorbei, aus dem Soldaten stiegen. Major Asche blieb kurz stehen, um ein paar Worte mit dem Korporal zu wechseln, bevor sie weiterging.

»Die Truppen der *Unité* sind gemischt«, bemerkte sie. »Der

Haufen hier besteht hauptsächlich aus Walisern und Engländern. Ich habe auch eine Bande von Jungs aus Brüssel und eine Menge Deutsche. Und *viele* Italiener.«

Sie blickte mich aus den Augenwinkeln heraus an. Noch immer wirkte sie ein wenig amüsiert. Ich schaute zu den Männern zurück und sah, wie sie, hervorragend getarnt, mit dem Wald verschmolzen.

»Wie hieß der Korporal, mit dem Sie gerade gesprochen haben?«

»Rostovnaja.«

»Ist die gesamte Kompanie hier?«, fragte ich, ohne nachzudenken, und dann sah sie mich an, schüttelte den Kopf, und ihre Augen leuchteten.

»Alle außer den Toten«, antwortete sie. »Alle außer den Toten. Leben und Tod sind sehr real, Professor Ratcliff. Es gibt Gesichter, die ich vermisse.«

Weiter vorne sah ich Zelte auf einer Lichtung neben dem Waldweg. Grüne Militärzelte. Soldaten und Männer in weißen Overalls rannten von Zelt zu Zelt.

»Angelotti. Rickard. Euen Huw.« Sie schüttelte den Kopf. »Aber wir waren kurz davor, *alle* zu verlieren.«

»Ich glaube, ich weiß, was geschehen ist«, sagte ich. »Warum Sie zurück sind. Burgund hat . . . versagt. Nehme ich zumindest an.«

Major Asche blieb stehen und blickte nach vorne zu den Zelten.

Ich sagte: »Nahe an der Wahrscheinlichkeitswelle verläuft die Zeit anders. Der Augenblick, in dem Sie und die Wilden Maschinen sowohl berechnet als auch *gewollt* haben, dass die menschliche Geschichte sich verändert . . . endet jetzt. Er hat geendet. Es ist Ihnen gelungen, der unmittelbaren Gefahr aus dem Wege zu gehen. Aber der *Prozess*, durch den das geschehen ist, ebbt langsam ab. Fragmente der wahren Vergangenheit fügen sich in die Maschen der Geschichte ein, wie wir sie kennen. Es ist durchaus möglich, dass die Geschichte, die wir von Burgund kennen, irgendwann einmal die Geschichte von ›Ashs Burgund‹ sein wird.«

Sie lächelte.

Ich fuhr fort: »Aber es ist vorbei. Nicht wahr? Ich glaube, in den letzten sechs bis acht Jahren haben wir die Reintegration des verlorenen Burgund beobachten können. Burgund ist verschwunden, stimmt's? Wir werden nicht länger beschützt.«

»Oh, das werden wir.«

Eine blonde Frau in weißem Overall kam über den Waldweg auf uns zu. Der Wind ließ sie die Augen zusammenkneifen, aber ich sah, dass sie grün waren. Ihr Kopf war kahl geschoren und vor kurzem genäht worden: Die Narben der Stiche und der erste Flaum ihres nachwachsenden Haars waren deutlich unter der Kappe zu sehen.

»Die Medizin der Emire war besser als unsere«, sagte Asche zu mir. »Warum sollte die von jemand anderem dann nicht besser sein als ihre?«

Auch der Tod ist eine verschwommene Grenze.

Die Frau blickte von mir zu Major Asche. »Ist das der Eierkopf?«

»Jep.«

Das Namensschild auf ihrem Overall sagte: DEL GUIZ.

»Hast du ihm schon gesagt, wo deine Schwester ist?«

»Sicher.«

Die groß gewachsene, dürre Frau wandte sich mir wieder zu. Trotz ihrer ungesunden Blässe lächelte sie. »Gestern ist sie nach Düsseldorf geflogen. Mit einem Militärflieger. Sie musste sie einfach sehen.«

»Meine Schwester hat zwei Kinder«, sagte Asche ernst, aber schelmisch. »Violante und Adelize.«

Sie lächelte.

»Violante hält sich Ratten. Ich werde bald wieder rüberfliegen. Wir haben uns viel zu erzählen.«

Die Frau, die Floria del Guiz sein musste, sagte brüsk und als wäre ich nicht da: »Ratcliff wird uns alle befragen wollen. Das wollen so Büromenschen immer. Ich bin im Sanizelt. Irgendein verdammter Idiot hat versucht, aus 'nem Schwebepanzer auszusteigen, bevor er stoppte. Das ist jetzt schon der Vierte. Herrgott! Und jetzt sage mir noch einer, Soldaten seien nicht blöd.«

Sittsam und demütig erwiderte Major Asche: »Das würde ich niemals wagen.«

Floria del Guiz stapfte zu den Zelten zurück und wedelte mit der Hand, was – wäre plötzlich ein hochrangiger Offizier erschienen – durchaus zu einem Salut hätte werden können.

»Ich hätte alles dafür gegeben«, sagte Asche, und ich sah, dass sie die Fäuste ballte, »sie jetzt alle hier zu haben. Und Godfrey. Aber der Tod ist real. Alles ist real.«

»Aber für wie lange?«

»Sie haben es immer noch nicht verstanden, oder?« Asche wirkte amüsiert.

»*Was* verstanden?«

»Wir sind wieder zurückgekommen«, sagte Asche. »Das hatte ich mir schon gedacht. Aber sie sind geblieben.«

In diesem Augenblick starrte ich sie einfach an. Erst jetzt habe ich eine Theorie entwickelt, nämlich dass organische Materie und organischer Geist unausweichlich ›zurückgesaugt‹ werden, wenn man so will, zurück ins Rassenbewusstsein der Menschheit, in den Hauptteil der Realität, weg vom ›vorderen Rand‹. Und das, weil sie Menschen *sind* und organisch, und Ash musste das – mit all der Rechenleistung, die ihr zur Verfügung gestanden hatte – erkannt haben.

»›Sie sind geblieben‹?«

»Die Wilden Maschinen«, sagte Asche in einem Ton, als hätte das selbst ein Kind sehen müssen.

Und ich sah es auch. *Die Wilden Maschinen.*

»*Ja.*« Der Wind raschelte in den Bäumen; Regentropfen fielen von den Pinienblättern und auf mein Gesicht. Ich starrte die Frau in Felduniform und Pullover an; sie grinste breit. »Ich nehme an, ich bin einfach davon ausgegangen ... Es gibt keinen Grund dafür, von so etwas auszugehen! Es gibt keinen Grund dafür anzunehmen, dass die Siliziumintelligenzen der Wilden Maschinen zerstört worden sind, als Sie ... getan haben, was Sie getan haben.«

Und wenn sie Teil des Verlorenen Burgund sind, Teil seiner Natur? Wenn das Verlorene Burgund in einem ewigen Augenblick existiert, wo die Zeit keine Dauer hat, dann heißt das noch lange nicht, dass sie mit ihrer schier unglaublichen Rechenkraft nicht mehr funktionieren könnten. Zeit, wie wir sie kennen, ist dort, wo sie existieren, ohne Bedeutung.

Gewaltige natürliche Maschinenintelligenzen, die die Wahrscheinlichkeitswelle beobachten und jedwede Möglichkeit für Wunder aus der Realität fern halten. Ihr Wahrnehmungsfeld ist um ein Vielfaches größer als das der Menschen; ihre Kraft ist anorganisch und endlos, denn sie zapft das Gewebe des Universums an. Bewahrt, hält zusammen.

»Sie konnten sich selbst nicht dort hinbewegen«, sagte Asche. »Wir wirkten ein Wunder, und ich habe uns alle bewegt. Uns alle. Auch Karthago. Und nun sind sie da draußen – wo auch immer – und tun, was Burgund getan hat. Die Wilden Maschinen sind jetzt Burgund.«

Erneut rauschte der Wind in den Bäumen, ein Rauschen, das sich alsbald in das Donnern eines Hubschrauberrotors verwandelte. Asche griff nach dem RT in ihrer Tasche, antwortete aber nicht. Sie kniff die Augen zusammen und blickte über die Bäume hinweg in den strahlend blauen Himmel.

»Sie wussten, dass das geschehen würde«, sagte sie. »Als ich ihnen gesagt habe, was ich vorhatte. Sie haben zugestimmt. Sie sind Maschinen. Godfrey würde sagen, dass meine Hölle – der ewige Augenblick – ihr Himmel ist.«

Der Bogen, den sie und ihr ›Augenblick‹ umspannten, deckte fünfhundert Jahre wissenschaftlicher Entdeckungen ab. Als Spezies haben wir viele menschliche Leiden gelindert und gleichzeitig die furchtbarsten Grausamkeiten begangen. Dann hat das Verlorene Burgund also nicht die Wahlmöglichkeit der Menschen eingeschränkt. Wir können uns noch immer frei entscheiden, was wir als gut und was als böse wahrnehmen.

»Das Verlorene Karthago?«, schlug ich vor.

»Ein verlorener und goldener Augenblick«, sagte die Frau.

Über unseren Köpfen senkte sich der Hubschrauber auf die Lichtung herab, und wir konnten uns nicht mehr unterhalten, bis er gelandet war. Ein junger Mann in Felduniform sprang heraus und sprintete auf uns zu.

»Boss, sie brauchen dich drüben bei Planquadrat ... Ist das Funkgerät kaputt?«, unterbrach er sich selbst. Mit seinen langen Knochen war er kaum dem Jungenalter entwachsen. »Major Rodiani will dich sehen! Und auch Colonel Valzacchi.«

Major Asche grinste breit und überrascht.

»Colonel Valzacchi? Hm. Ich komme gleich, Tydder.« Als der Junge wieder zurückrannte, sagte sie: »Das hier ist wirklich nicht der geeignete Augenblick für so ein Gespräch. Ich werde Sie vom Hubschrauber wieder nach Brüssel bringen lassen. Da werde ich dann so schnell wie möglich mit Ihnen reden.«

»Was passiert mit Ihnen?«, fragte ich. »Jetzt, meine ich.«

»Alles.« Sie lächelte in Richtung der stillstehenden Rotorblätter des mit Tarnfarbe bemalten Helikopters und schüttelte den Kopf mit all der seltsamen Energie der Jugend; es schien sie zu überraschen, dass jemand so dumm sein konnte. »Ich werde mein Leben leben; *das* wird mit mir passieren. Ich kann alles tun. Behalten Sie mich im Auge, Doktor Ratcliff. Sie werden sehen: Ich schaffe es noch bis zum Fünf-Sterne-General! Und ich nehme an, ich werde mich auch etwas um diese Scheißpolitik kümmern müssen. Aber immerhin weiß ich ja jetzt, wie das geht.«

Sie bot mir die Hand an, und ich schüttelte sie. Sie fühlte

sich warm an. Jeder Gedanke, den ich gehabt haben mochte, dass sie aus der Armee austreten und vielleicht sogar davon überzeugt werden konnte, sich ›Projekt Karthago‹ anzuschließen, erwies sich als haltlos und irreal. Grausamkeit und Missbrauch sterben nicht, auch wenn sie überwunden werden können; sie ist wieder, was sie immer sein wird: eine Frau, die andere Menschen tötet. Ihre Treue, falls sie denn sowas kennt, gilt den ihren, egal wie viele jemals dazugehören mögen.

Als ich mich zum Gehen wandte, sagte sie: »Man hat mir gesagt, wir würden bald wieder an die chinesische Grenze abrücken. Als Friedenstruppe. In mancherlei Hinsicht ist das schlimmer als Krieg! Aber alles in allem betrachtet ...« Ein langer, direkter Blick aus dem vernarbten Gesicht. »Es ist vermutlich besser so. Glauben Sie nicht?«

Das war vor drei Monaten.

Als ich mit dem Kollationieren des Textes der dritten Ausgabe mit der chronologischen Dokumentation der Jahre 2000 und 2001 beschäftigt war und dieses Nachwort geschrieben habe, hat Major Asche kurz das Hauptquartier von ›Projekt Karthago‹ in Kalifornien besucht. Kurz bevor sie uns wieder verließ, schlug sie mir vor, dass wir vielleicht unser inoffizielles lateinisches Motto ein wenig ändern sollten.

Jetzt lautet es: *Non delenda est Carthago.*

Karthago darf nicht zerstört werden.

Pierce Ratcliff-Napier-Grant
Brüssel, 2009

Danksagung

Ich stehe tief in der Schuld von Anna Monkton (geb. Longman) für ihren Rat bei der Präsentation unserer redaktionellen Korrespondenz. Zum Zeitpunkt der Publikation wird sie uns unser erstes Enkelkind präsentieren – oder in meinem Falle: Stief-Enkelkind. Sie und meine Frau weigern sich allerdings, sie mich nach unserer ›schmuddeligen Söldnerin‹ nennen zu lassen: Ash.

Aber ich hege noch Hoffnung, dass ich sie vom Gegenteil überzeugen kann.

*Die Goblins sind zurück! Und sie sind
wilder denn je …*

Jim C. Hines
DIE RÜCKKEHR
DER GOBLINS
Roman
336 Seiten
ISBN 978-3-404-28516-7

Einst galt der Goblin Jig in seiner Sippe als Versager. Doch diese
Zeiten sind vorbei! Denn Jig hat sich wegen seiner heilenden
Kräfte den Respekt der anderen Goblins erworben. Nur einer
hasst ihn wie die Pest: die neue Anführerin Kralk, die Jig am lieb-
sten tot sähe. Als eines Tages ein Oger auftaucht und die Goblins
um Hilfe bittet, entsendet Kralk den armen Jig auf eine brandge-
fährliche Mission. Jemand tötet die Oger in ihren Höhlen! Und
der schwächliche Jig soll dem Morden ein Ende bereiten …

Bastei Lübbe Taschenbuch

Für alle Freunde von Eragon
Der zweite Band der Serie DIE HISTORIE
DES DRACHEN-NIMBUS

Irene Radford
DER LETZTE KRIEGSMAGIER
Roman
496 Seiten
ISBN 978-3-404-20583-7

Nimbulan, der letzte Kampfmagier und Gründer der magischen
Universität, arbeitet fieberhaft daran, die Grenzen des Königreichs
Coronnan zu sichern. Doch die Feinde sind zu zahlreich, um sie
endgültig zu besiegen. Da erfährt er, dass seine bislang verschol-
lene Frau Myrilandel in Lebensgefahr schwebt. Weder die Treue
zu seinem König, noch die Verantwortung für sein Volk können
Nimbulan davon abbringen, ihr zu Hilfe zu eilen – denn Myrilandel
ist die letzte Verbindung der Sterblichen zu den Drachen ...

Bastei Lübbe Taschenbuch